Knaur.

Knaur.

Über die Autorin:
Daniela Winterfeld, geboren 1978, studierte Literaturwissenschaften, Psychologie und Geschichte. Heute ist sie in einer Literaturagentur tätig und lebt mit ihrer Familie in Berlin.

DANIELA WINTERFELD

DER GEHEIME NAME

ROMAN

KNAUR TASCHENBUCH VERLAG

Besuchen Sie uns im Internet:
www.knaur.de

FSC
www.fsc.org
MIX
Papier aus verantwortungsvollen Quellen
FSC® C083411

Originalausgabe Januar 2013
Knaur Taschenbuch

Ein Unternehmen der Droemerschen Verlagsanstalt
Th. Knaur Nachf. GmbH & Co. KG, München

Redaktion: Alexandra Baisch
Umschlaggestaltung: ZERO Werbeagentur, München
Umschlagabbildung: plainpicture / Pictorium; Sami Evilä
Satz: Adobe InDesign im Verlag
Druck und Bindung: CPI – Clausen & Bosse, Leck
Printed in Germany
ISBN 978-3-426-51127-5

2 4 5 3 1

Für meine Töchter –
nichts bedeutet mir mehr als ihr

Und für all jene Kinder auf der Welt,
deren Leben
in Gold
aufgewogen wird

Prolog

In dichten Schwaden lauerte der Nebel über dem Moor. Seine feinen Tröpfchen waren auf das Wollgras niedergesunken, glitzerten auf den Torfmoosen und verwandelten die schmalen Stege zwischen den Torfstichen in glitschige Pfade. Fast so, als wollte der Nebel eine Falle stellen, verbarg er die dunklen Tümpel, tarnte die schwankenden Gräser unter seinem Schleier und ließ nur die Birken und Kiefern daraus hervorlugen, deren Wurzeln sich an den Rand der Wege klammerten. Fast erweckte es den Eindruck, als würde das Moor hinter den ersten Torfstichen enden. So eng standen die Bäume dort beisammen, als würde es in einen urigen, verwachsenen Wald übergehen. Doch auch zwischen diesen Bäumen krochen die Dunstschwaden so verräterisch über den Grund, als versuchten sie, das Plätschern zu verbergen, das wie ein Herzschlag durch die Torfadern gurgelte. Es entsprang in der Mitte des Moores, dort, wo der Grundlose See unter einem Nebelmeer schlummerte und seinen Wellenschlag in einem steten Rhythmus gegen das schwankende Ufer schlug.

Etwas Lebendiges schien das Moor zu sein, etwas, das atmete und die Zähne bleckte, während es hungrig auf Nahrung wartete.

Nicht umsonst hatten die Menschen sich jahrtausendelang vor den Mooren und ihrem Nebel gefürchtet. Unter den weißen Schleiern lauerten Gefahren, Geheimnisse, Dinge, die sich jeder Vernunft entzogen. Nicht umsonst waren die Moore die letzten Gebiete, welche die Menschen für sich erobert hatten – weil sie unberührbare Zonen waren, die den Tod verhießen, wenn man sich in ihnen verirrte.

Auch in diesem Moor verbarg sich ein Geheimnis, vielleicht

das letzte, das sich noch vor den Blicken der Menschen verstecken konnte. Es war ein Männlein, gerade so groß wie ein achtjähriges Kind, das am Rande des Wanderweges unter den Birken wartete, genau dort, wo einer der glitschigen Pfade abzweigte, der in den undurchdringlichen Teil des Moores führte. Unruhig sprang es von einem Bein auf das andere, erfüllt von einer zähen Kraft, die nur schwer zu bändigen war. Viele Jahrtausende war es alt, und doch hatte die Zeit nicht das winzigste Gebrechen an ihm hinterlassen. Unzählige Menschen hatte es gesehen, im Leben wie im Sterben, obwohl es seit eh und je nur in diesem Wald umherging, der das Moor umhüllte.
Dieses Männlein machte aus seinem Dasein ein so sorgfältig gehütetes Geheimnis, dass es seinen wahren Namen nicht einmal in Gedanken benutzte, aus Angst, es könnte ihn versehentlich aussprechen und einem Menschen verraten. Seinen Tod würde es bedeuten, gäbe es seinen Namen preis – so wie die meisten anderen seiner Art auf diese Weise den Tod gefunden hatten.
Mit weit aufgerissenen Augen blickte das Männlein über den Wanderweg, der durch das Moor führte. Wie weiße Bälle stachen seine Augäpfel hervor, viel größer als die Augen eines Menschen und beinahe so, als wollten sie aus den Höhlen herausfallen – bis sich seine großen Lider darüber schlossen und sie zu schmalen Schlitzen verengten. Fast sah es aus, als könnte sein Blick so noch weiter in die Ferne dringen, während er vom Wanderweg abschweifte und über die weiße, neblige Ebene glitt, unter der sich der Grundlose See verbarg. Schließlich fand er den Punkt am anderen Ufer, an dem der Wanderweg das Moor verließ und ins Dorf führte.
»Nun soll sie kommen, das Menschenweibchen!« Die Stimme des Geheimen knurrte, rauh geschliffen von den Selbstgesprächen, mit denen er sich Gesellschaft leistete. »Allein ist er nun

schon so lange. So soll sie ihm endlich geben, was sie ihm versprach. Ihre Gegenleistung soll sie erbringen, die sie ihm für seinen Gefallen schuldet.« Sein spitzer Bart wippte im Takt seiner Worte, zitterte in der Spannung, die ihn erfüllte. »Und wehe ihr, sie wagt es, ihn zu betrügen. Wehe, sie ist ein so hinterhältiges Menschenwesen, das versucht, ihm sein Eigentum zu verwehren.« Seine Augenlider sprangen wieder auf und ließen seine Augäpfel hervorstechen, als er seine letzten Worte über den nebligen See hinweg rief: »So wird seine Rache ihr Leben in den Abgrund stürzen!«

Er lauschte, wie die Worte von der Oberfläche des Wassers widerhallten und schließlich vom Nebel verschluckt wurden. Gleich darauf wandte er seinen Blick zurück auf den Wanderweg und kniff die Augen zusammen. Täuschte er sich, oder hatte er gerade die Erschütterung menschlicher Schritte vernommen? Tatsächlich: Ein leichtes Beben vibrierte durch den Torfgrund unter seinen Füßen. Doch sie schien nicht aus ihrem Heimatdorf zu kommen, sondern von der anderen Seite. Durch den Wald, durch den der Weg viel zu lang war, als dass sich ein menschlicher Moorbesucher freiwillig von dieser Seite nähern würde.

Der Geheime drehte sich ihr entgegen, stieß seine spitze Nase in die Luft, als könnte er wittern, welche List sie mit sich führte. »Verlogenes, betrügerisches Menschenpack!«, zischte er. »Keine Ehre und keine Ehrlichkeit besitzen sie. Gierig sind sie: Alles wollen sie haben, und alles nehmen sie sich. Alles zähmen sie und unterwerfen es ihrem Nutzen. Hinterhältige Huren und Heuchler.« Er spuckte vor sich aus. »Nicht einmal sein Moor respektieren sie noch. Nicht einmal der Nebel lehrt sie noch das Fürchten. Breite befestigte Wanderwege bauen sich die Menschen, damit ihre hübschen Füße trocken bleiben.« Spöttisch ließ er seinen Kopf hin und her wackeln.

Wie als Antwort wurde das Beben des Wanderweges deutlicher, bis es sich dem Rhythmus menschlicher Schritte anglich.
Der Geheime zwang seine lose Zunge zu schweigen. Er grub die Füße tiefer in den Grund und kniff die Augen erneut zu schmalen Schlitzen zusammen, als versuchte er, den dichten Nebel mit seinem Blick zu durchdringen.
Das Beben hielt inne, zögerte, setzte sich schließlich so langsam fort, dass er ihr zurufen wollte, sie möge sich doch beeilen, nachdem sie seine Geduld so viele Wochen auf die Folter gespannt hatte!
Wieder kniff er die Augen zusammen, um ihre Gestalt hinter den grauen Schleiern ausfindig zu machen. Tatsächlich schob sich ein menschlicher Schatten durch den Nebel auf ihn zu. Die Konturen eines Menschenweibchens schälten sich langsam daraus hervor. Ihre langen, hellen Haare hingen über dem Mantel, mit dem sie sich zu schützen versuchte. Zu seiner Freude hielt sie etwas in den Armen.
Der Geheime sprang von einem Bein auf das andere. »So komm sie zu ihm, komm sie doch!« Er schielte auf das Salztor, das er auf dem Wanderweg für sie ausgelegt hatte. Noch konnte sie ihn nicht sehen. Erst musste sie darüber treten, um unter seinen Tarnkreis zu gelangen. »Er wartet auf sie, so komm sie doch!«
Das Weibchen streckte ihr Gesicht seiner Stimme entgegen. Es war nass von Tränen, ihre Augen rotgeweint.
Ihre Angst gefiel ihm. Sie trieb ein Prickeln durch seinen Körper, das ihn lebendig machte.
»Was für ein schönes Gesicht sie besitzt«, schnurrte er. »Wenn im Antlitz ihrer Tochter auch nur ein kleines bisschen von ihr zu finden ist …«
Das Weibchen zuckte zusammen. Ihr Blick huschte in seine

Richtung, durchbohrte die Luft vor ihm und starrte angestrengt in die Leere um ihn herum.
»Nur wenige Schritte noch, dann ist sie bei ihm.« Der Geheime lockte sie, trat selbst noch näher an das Tor heran.
Auf einmal ertönte ein Laut aus dem Bündel auf ihren Armen, ein leises Quäken.
Das Weibchen erzitterte.
Der Geheime legte seinen Kopf zur Seite, ließ ihn auf seiner Schulter ruhen und versuchte, zwischen den Decken etwas zu erkennen.
Obwohl das Gesichtchen des Kindes gut verborgen blieb, zog ein warmes Gefühl durch seine Brust. Bald war das Kind sein!
Das Weibchen stand direkt vor seinem Tor. Ganz langsam ging sie den letzten Schritt – und erstarrte.
Endlich konnte sie ihn sehen. Er erkannte es an ihrem Entsetzen.
Der Geheime war es gewohnt, von Menschen für hässlich befunden zu werden – doch unter ihrem Blick verwandelte sich das warme Gefühl in ein eisiges Klirren. »Was starrt sie denn so? Viel zu lange hat sie ihn warten lassen! Nun gib sie ihm endlich, was ihm gehört!« Er streckte seine Arme nach dem Kind aus, wollte sein Gesicht über das Bündel beugen.
Das Weibchen wich vor ihm zurück, trat wieder über das Salztor und suchte ihn mit einer panischen Drehung.
»Törichtes Weibchen!«, fluchte der Geheime. »Sie muss hierbleiben, bei ihm. Es sind seine Regeln, die sie zu befolgen hat!«
Das Weibchen hielt den Atem an, abermals strömten Tränen über ihr Gesicht, ein unterdrücktes Wimmern entwich ihrer Kehle.
Der Geheime sprang hin und her. »Nun komm sie wieder zu

ihm! Weiß sie denn nicht, dass er sie töten wird, wenn sie ihm nicht gehorcht?!«
Die Menschenfrau kam wieder näher, trat über sein Salztor und wischte die Tränen aus ihren Augen. »Du kannst mir mein Kind nicht nehmen!« Ein wütender Ausdruck tauchte auf ihrem Gesicht auf. »Ich gebe dir alles, was du willst, wenn du mir nur mein Kind lässt.«
Der Geheime umrundete das Weibchen, schob sich zwischen sie und das Salztor und trieb sie weiter in seine Welt. »Wirklich alles will sie ihm geben?« Ein gieriges Lächeln glitt über sein Gesicht, verschlang die Formen ihres Körpers, bis sie zitternd vor ihm zurückwich.
»O nein, sie lügt schon wieder. Nicht alles möchte sie ihm geben.« Der Geheime kicherte. »So sind sie immer, die Menschen. Erst versprechen sie ihm ihr Teuerstes, und dann wollen sie es nicht hergeben. Was möchte das Weibchen ihm denn bieten? Will sie ihm das Gold zurückgeben, das er ihr schenkte? Will sie ihm eines ihrer Häuser vermachen? Was soll denn der Geheime mit solcherlei Gut? Es ist wertlos in seiner Welt!« Er schnaubte verächtlich. »Gib sie ihm das Lebendige, ihr Liebstes – so wie ihr Wort es versprochen hat.« Wieder streckte er seine Arme aus.
Sie zog das Kind vor ihm zurück.
Der Geheime fauchte sie an: »Will sie ihn reizen? Will sie von ihm getötet werden? Er kann ihr den Wunsch gerne erfüllen. Nun gib sie ihm das Kind!«
Das Weibchen hielt den Atem an. Trotzig streckte sie ihr Kinn vor. »Und was, wenn ich deinen Namen weiß?«
Er erschrak. Seine Arme zuckten vor ihr zurück. Seinen Namen! Konnte sie seinen Namen wissen? Hatte er ihn unbedacht ausgesprochen? Hatte ein Wanderer ihn aufgeschnappt und ihr verraten? Sie würde ihn töten, wenn sie seinen Namen nannte.

Das Weibchen kniff die Augen zusammen, fast so, als könnte sie seinen Blick imitieren. »Dein Name ist Rumpelstilzchen!«
Der Geheime lachte laut auf, die Erleichterung ließ ihn auf und ab hüpfen. »So ein einfältiges, törichtes Weibchen! Hat sie doch geglaubt, ihn mit einem Menschenmärchen besiegen zu können!« Er verstummte, verengte seine Augen zu Schlitzen und knurrte sie an: »Sie hat ihre Chance vertan. Nun gib sie ihm ihr Kind! Es ist sein!« Er stieß seine spitze Nase in ihre Richtung, sprang auf sie zu und griff nach dem Kind.
Sie schrie auf, aber es war ein Leichtes, ihr das Bündel aus den Armen zu reißen. Er sprang ein ganzes Stück vor ihr zurück und drückte das Kleine fest an sich. Es war winzig und zart, und doch schwerer, als er es von etwas so Kleinem erwartet hätte.
Das Menschenweib rannte auf ihn zu, wollte ihm das Kind wieder wegnehmen. Aber er war flinker, wich ihr aus und verpasste ihr einen so kräftigen Stoß, dass sie zu Boden fiel.
»Gib mir mein Kind zurück!«, kreischte das Weibchen so laut, dass es in seinen Ohren schrillte.
Der Geheime hatte genug von ihr. »Ein tolldreistes Weibchen ist sie! Nun geh sie endlich, bevor er sie tötet! Er braucht sie nicht mehr, vergiss sie das nicht! Nur seine Gnade lässt ihr das Leben!« Er packte sie am Arm, zerrte daran und ließ sie die Kälte spüren, mit der er sie töten könnte.
Auf einmal beeilte sie sich, folgte seinem Ziehen und stand auf. Der Geheime stieß sie über das Tor auf den Wanderweg. Sie taumelte nach hinten, sah sich um und suchte nach ihm. Doch für ihren Blick war er unter dem Tarnzauber verborgen.
Hastig wischte der Geheime mit den Füßen über das Salz, verteilte es über den Boden und trat es in den feuchten Untergrund, damit es sich auflöste.
»Wo bist du? Gib mir sofort mein Kind!« Das Weibchen lief über die Stelle, an der eben noch das Salz gelegen hatte.

Aber das Tor hatte seine Wirkung verloren. Sie blieb stehen, drehte sich um sich selbst. Ihr Blick irrte vom See über den Wanderweg, streifte den Geheimen, ohne ihn zu sehen.
Der Geheime unterdrückte jeden Laut, hoffte, dass auch das Baby still bleiben würde, während er über den schwingenden Boden davonschlich. Schließlich erreichte er den Pfad, der zwischen den Torfstichen in den abgelegenen Teil des Moores führte, und blieb stehen. Zum ersten Mal warf er einen Blick auf das Gesicht der Kleinen. Mit großen, schwarzen Augen sah sie ihn an. Auch ihre Haare waren schwarz, und ihre Haut schimmerte in einem dunklen Karamellton.
Der Geheime suchte im Antlitz des Kindes nach den Zügen des Weibchens – doch offenbar kam es ganz nach seinem Vater. Hatte es einen so dunklen Vater?
Warum nicht?, versuchte der Geheime sich zu beruhigen. Die Menschen hatten sich über die ganze Welt verteilt und durchmischt, also konnte dieses Weibchen sich auch in ein dunkles Männchen verliebt haben.
Das Weibchen war hinter ihm auf dem Wanderweg zusammengesunken und schluchzte.
Der Geheime ging weiter. Er achtete nicht länger darauf, seine Schritte vor ihren Ohren zu verbergen, und eilte auf dem Pfad immer tiefer ins Moor hinein. Seine Füße waren geübt, fanden mühelos Halt auf den glitschigen Baumstämmen, mit denen er den schlammigen Grund befestigt hatte. Er ließ das Weibchen weit hinter sich und kam in den Wald, der unter seinem Tarnkreis so ursprünglich geblieben war wie vor Tausenden von Jahren. Immer schneller huschte er über die Wege, die seine Füße in das Laub gegraben hatten, und erreichte schließlich den ältesten Teil des Waldes, in dem seine Hütte versteckt war. Das Kindchen blickte ihn noch immer aus großen, neugierigen Augen an, als er durch die Tür trat und mit einer Hand das

Öllämpchen heller drehte. »So ein angenehmes Kindchen ist sie«, säuselte der Geheime ihr zu. »Sie weint ja gar nicht, das gefällt ihm. Ja, so eine kleine Süße!« Ein warmes Kribbeln strömte durch seinen Bauch, während er die Kleine auf seinen Armen wiegte. »Gegen Gold hat ihre Mutter sie eingetauscht. Ja, so eine schlechte Mutter. So eine braucht sie gar nicht mehr. Sie wird schon sehen, er wird gut für sie sorgen.« Er stupste seine spitze Nase an ihre Wange und rieb sie kitzelnd hin und her.

Ein glucksendes Lachen hüpfte aus dem Mund der Kleinen.

Dem Geheimen traten Tränen in die Augen. »Ja, so eine goldige, kleine Prinzessin. Ist sie seine kleine Prinzessin?« Wieder rieb er die Nase an ihrer Wange.

Wieder lachte die Kleine und öffnete ihren zahnlosen Mund.

Dem Geheimen wurde ganz warm ums Herz. So war es doch gleich, ob sie blonde oder schwarze Haare hatte, ein ganz wunderbares Weibchen würde sie werden. »Jetzt wird er sie erst einmal frisch wickeln und dann etwas Ziegenmilch für sie wärmen. Hat sie Hunger? Hat sie eine nasse Windel?«

Er bettete die Kleine auf das Lager, das er für sie errichtet hatte: eine schaukelnde Wiege, ausgestattet mit Strohsäcken und weichen Fellen. Ganz vorsichtig öffnete er das Bündel und zog die Menschenkleidung von ihren Beinchen.

Kratziges Plastik banden die Menschen ihren Babys um das Gesäß, auf dass ihre Exkremente ja nicht durch den Stoff sickerten.

Der Geheime schüttelte den Kopf. Hastig befreite er die Kleine von ihrer Menschenwindel – und erstarrte.

Es war keine Kleine! Es war keine Prinzessin! Es würde niemals sein Weibchen werden! Es war ein Junge!

Der Geheime schrie und sprang zurück. Rasende Wut packte ihn und ließ ihn durch die Hütte toben. »So hat sie ihn betrogen! Hinterhältiges, heuchlerisches Menschenweib! Das wird sie ihm büßen!«

Das Kind fing an zu schreien, zu kreischen. Sein Gesichtchen verzog sich zu einem faltigen Antlitz.

Der Geheime raufte sich die dicken, struppigen Haare, bedeckte die Ohren mit den Händen. So laut er konnte, brüllte er seine Wut durch die Wände der Hütte in den Wald hinaus. Auf dass sie ihn hörte und ihn fürchtete für den Rest ihres Lebens: »Er wird sich ihre Tochter schon noch holen – und wenn es das Letzte ist, was er tut! Das schwört er der garstigen Menschenhure! Bei dem Geheimnis seines Namens!«

1. Kapitel

Der Duft der Kräuter lag so schwer in der Luft, dass jeder Atemzug danach schmeckte. Rosmarin, Thymian, Lavendel. Vor allem der Lavendelduft überwog an diesem Nachmittag, an dem die Erntemaschinen über das Feld hinter dem Haus fuhren und die lilafarbenen Reihen enthaupteten. Fast kam es Fina vor, als fegte der Duft in einem letzten Aufschrei über das Land, bevor er sich für den Rest des Jahres verabschieden würde.

Fina lenkte die Schimmelstute auf den Weg, der zwischen den Weinstöcken den Weinberg hinaufführte, und schloss die Augen. Ein letztes Mal atmete sie das satte Lila in ihre Lungen, während sie die Lavendelfelder so weit wie möglich hinter sich ließ.

Sie schmeckte den Abschied in dem Duft, ahnte den Wechsel der Jahreszeiten, der sich an diesem Nachmittag in dem Aufschrei des zerschnittenen Lavendels zum ersten Mal ankündigte. Der Anblick des Lilas ging Fina nicht aus dem Kopf, und sie wusste schon jetzt, dass die Farbe für immer mit diesem Geruch verbunden sein würde – ganz egal, wo sie im nächsten Jahr leben, ganz egal, ob sie die Provence jemals wiedersehen würde.

Nichts schien Erinnerungen so unverwechselbar abzuspeichern wie Gerüche.

Fina fühlte das weiche Fell des Pferdes an ihren nackten Beinen und legte sich nach vorne auf den Hals der Stute. Bald schon würde sie fort sein. Sie hatte noch nicht mit ihrer Mutter darüber gesprochen, wohin sie gehen würden. Aber sie waren bereits seit fünf Monaten hier, und Fina hatte selten mehr als einen Jahreszeitenwechsel an ein und demselben Ort verbracht.

Warum also sollte sie jetzt auch noch das Ende des Sommers in der Provence erleben?

Flucht! Das Wort, das ihr Leben beherrschte, spukte durch Finas Gedanken. Ihre Mutter und sie waren auf der Flucht. Schon seit sie denken konnte. Dennoch hatte sie sich nie daran gewöhnen können.

Und jetzt wollte sie sich nicht mehr daran gewöhnen. Ihr Leben musste sich ändern! Sie war erwachsen. Sie durfte ihre eigenen Entscheidungen treffen – und ganz sicher wollte sie nicht für den Rest ihres Lebens vor ihrem Vater fliehen.

Fina seufzte. Wann hatte es in ihrem Leben schon eine Rolle gespielt, was sie sich wünschte? Ihr Vater war ein Stalker, besessen von der Idee, seine Frau und seine Tochter zu sich zu holen. Fina war ihm zwar nie begegnet, aber sie wusste um die Angst ihrer Mutter. Um jeden Preis wollte ihr Vater sie besitzen, an jedem Ort der Welt hatte er sie bislang aufgespürt – und falls er tatsächlich irgendwann vor ihrer Tür stünde, gäbe es keine Chance mehr zu entkommen. Denn eher würde er sie und ihre Mutter töten, als sie wieder gehen zu lassen.

Mit einem weiteren Seufzer trieb Fina die Stute zum Galopp. Sie duckte sich über die weiße, flatternde Mähne und genoss die warme Luft, die ihr entgegenschlug, als sie den Weinberg hinaufpreschte. Wer konnte schon sagen, wie oft sie noch hier entlangreiten würde? Womöglich war sie morgen bereits ganz woanders.

Oben angekommen, parierte sie das Pferd wieder zum Schritt. Die Stute atmete heftig, und ihr Fell klebte feucht an Finas Beinen. Die kleine Camarguestute war nicht mehr die Jüngste.

Fina beschloss, ihr ein bisschen Ruhe zu gönnen. Während sie das Pferd im Schritt weiterlenkte, sah sie über die Weinstöcke hinweg ins Tal. Die trockenen Grasflächen leuchteten ockerfarben, die Feldwege zogen rötliche Linien durch die Landschaft, und das Licht der Morgensonne wurde im Grün der Rosmarinsträucher reflektiert. Der Himmel schimmerte in einem tiefen Blau, nur unterbrochen von zwei riesigen Wolken, die aussahen wie Ufos. Nahezu regungslos hingen die Wolkenufos über dem Tal, als wollten sie jeden Moment zur Landung ansetzen. Lenticularis – die Vorboten des Mistrals, der bald von den Alpen herüberwehen würde.

Noch war die Luft heiß und sandig, gesättigt vom Duft der Kräuter. Doch jederzeit konnte der kühle Nordföhn einsetzen, um den Sommer hinwegzufegen.

Die Sonne war inzwischen so hoch gewandert, dass sich ihr Licht hinter der größeren Ufowolke verfing. Ein langer, mandelförmiger Schatten streifte das Gut des Weinbauern und verdunkelte das kleine Bruchsteinhaus, in dem Fina mit ihrer Mutter wohnte.

Fina ließ die Stute anhalten und zog ihren Rucksack nach vorne auf den Bauch. Das Pferd trat auf der Stelle, während sie ihre Kamera herausholte. Sie schraubte einen Polarisationsfilter auf das Weitwinkelobjektiv, mit dem sie die Farben noch intensiver einfangen konnte.

Ein Lächeln stahl sich auf ihr Gesicht, als sie durch den Sucher blickte. Sie hatte lange auf diesen Himmel gewartet, auf dieses bedrohliche Bild, das kaum perfekter sein könnte als an diesem Morgen. Sie nahm die beiden Ufos ins Visier, den Traktor, das Lavendelfeld und das kleine Ferienhaus, über dem der dunkle Schatten schwebte.

Ihre Mutter hatte das Haus vor einem halben Jahr gekauft. So machte sie es jedes Mal, wenn sie weiterfliehen mussten: Sie kaufte ein möbliertes Ferienhaus, irgendwo auf der anderen Seite der Welt. Dort lebten sie, bis ihr Vater ihre Spur ausfindig machte, und wenn sie weitergeflohen waren, verkaufte sie das Haus wieder.

Fina machte ein Foto nach dem anderen, zoomte näher heran und weiter weg, verschob den Bildausschnitt und stellte Belichtungszeiten und Blenden unterschiedlich ein.
Schließlich tauchte eine andere Reiterin in ihrem Bild auf. Es war die Tochter der Nachbarn, die sich von der Invasion der Außerirdischen nicht weiter beeindrucken ließ. Fina musste grinsen. Sie ließ die Wolken so sehr verschwimmen, dass sie tatsächlich wie unbekannte Flugobjekte aussahen.
Vielleicht sollte sie Celine das Bild schenken – als Entschädigung für ihr schlechtes Benehmen. In den fünf Monaten, die sie jetzt hier waren, hatte Fina nur einmal mit ihr geredet. Sie waren ungefähr gleich alt, und Celine wollte nach dem Sommer in Paris studieren. Etwa eine halbe Stunde lang waren sie nebeneinander hergeritten, und die Nachbarstochter hatte davon geredet, wie dringend sie von zu Hause wegwollte, um endlich etwas von der Welt zu sehen. Fina hatte ihrem Monolog gelauscht und sich gedacht, dass sie genug hatte von der Welt und dass es ihr reichen würde, irgendwo ein Zuhause zu finden. Doch sie hatte Celine nichts davon anvertraut. Sie war eine Fremde. Finas verkorkstes Leben ging sie nichts an.
Die Stute wurde unruhig. Sie machte ein paar Schritte zum Wegesrand und senkte ihren Kopf, um zu fressen. Fina konnte es ihr nicht verübeln. Dennoch fasste sie die Zügel kürzer und trieb das Pferd zurück auf den Weg. Sie schob ihre Kamera in den Rucksack und setzte ihn wieder auf den Rücken.
Obwohl es über dreißig Grad waren und der Schweiß nur so über ihre Haut rann, musste sie plötzlich an den Weihnachtsmann denken. Als sie klein war, hatte sie ihn jedes Jahr darum gebeten, ihr endlich ein richtiges Zuhause zu schenken. Aber der Weihnachtsmann hatte ihren größten Wunsch niemals erhört. Bis sie begriffen hatte, dass es ihn gar nicht gab und ihre

Mutter die einzige Instanz war, die Wünsche erfüllen konnte – oder eben nicht.

Fina seufzte ein drittes Mal. Seit sie ihre Abiturprüfung bestanden hatte, war sie unruhig. Sie wollte studieren: Fotografie, ganz egal, an welchem Ort. Hauptsache, sie wurde an irgendeiner Uni zugelassen und konnte für ein paar Jahre dort bleiben.

Ein paar Jahre … Ein großer Wunsch, wenn man fliehen musste. Fina wusste nicht, ob das überhaupt möglich wäre, aber sie musste endlich mit ihrer Mutter darüber reden.

Ihr Blick fiel wieder auf Celine. Für einen Moment wünschte sie sich, sie käme in ihre Richtung. Seit ihrem ersten Gespräch war Fina ihr Tag für Tag ausgewichen. Celine hatte die Ablehnung schnell gespürt, und immer, wenn sie einander doch einmal über den Weg liefen, erkannte Fina den verletzten Stolz in ihrem Gesichtsausdruck.

Falls die Nachbarstochter ihr jetzt entgegenkäme, würde sie sich bei ihr entschuldigen. Sie würde ihr das Ufo-Bild zeigen und ihr vielleicht sogar erklären, warum sie sich so bescheuert verhalten hatte.

Celine ritt an dem Lavendelfeld vorbei, vorbei an dem Traktor, der ihm Reihe für Reihe seine lila Farbe nahm – und schlug schließlich den Weg ein, der in die entgegengesetzte Richtung führte.

Für einen Moment war Fina versucht, ihr zuzurufen. Doch stattdessen sprach sie nur mit sich selbst. »Je suis désolée. Ich hab's wohl nicht besser verdient.«

Dabei hätten sie Freundinnen werden können.

Fina hatte nie viele Freunde besessen. Sie war nie in eine richtige Schule gegangen, und wenn überhaupt, dann hatte es nur Nachbarskinder gegeben, mit denen sie sich anfreunden konnte. Doch es endete jedes Mal auf die gleiche Weise: Man schrieb sich noch ein paar Briefe, und irgendwann kam keine Antwort mehr.

Je länger eine Brieffreundschaft gedauert hatte, desto enttäuschter war Fina hinterher gewesen – und je älter sie geworden war, desto deutlicher hatte sie begriffen, dass es immer so weitergehen würde. Also hatte sie aufgehört, sich für andere zu interessieren. Stattdessen versuchte sie mit aller Kraft, sich an nichts zu hängen. Nicht einmal das Pferd nannte sie bei seinem Namen.

Tränen traten in ihre Augen, lösten sich und mischten sich mit dem Schweiß auf ihrem Gesicht. Fina wischte sie wütend beiseite. Ihr Blick fiel auf das Postauto, das von weitem auf das Weingut zufuhr. Sie bog in den Pfad ein, der wieder ins Tal führte, trieb die Stute zum Galopp und raste den Weinberg hinab, an dem Lavendelfeld und dem Traktor vorbei, bis sie die Straße erreichte. Der Postbote kam heute früh. Oder sie hatte sich zu viel Zeit gelassen und nicht darauf geachtet, wie spät es war.

Fina keuchte, als sie ihr Pferd neben der Straße anhielt. Das Postauto hatte bereits am Weingut gehalten und fuhr auf sie zu. Der Postbote lächelte ihr entgegen, hielt neben ihr an und ließ die Fensterscheibe herunter. »Ça va?«

Fina sprang vom Pferd, fasste es am Zügel und stützte sich in den Fensterrahmen. »Ça va.« Die Worte legten den kleinen Sprachschalter um, der schon seit Ewigkeiten in ihrem Kopf saß. Wie ein kleiner Babelfisch übersetzte er alles, was sie hörte oder sagen wollte: auf Französisch, Englisch, Spanisch oder Portugiesisch, je nachdem, welche Sprache den Schalter aktiviert hatte.

Der Mann zwinkerte ihr zu. »Du hast dich doch nicht wegen mir so gehetzt?« Er beugte sich zu dem Kasten auf seinem Beifahrersitz, suchte zwei große Umschläge heraus und reichte sie ihr. »Warum wartest du nicht einfach, bis die Post in deinem Briefkasten liegt?«

Fina stieß ein atemloses Lachen aus. Sie nahm die Briefe und studierte die Absender. Einer kam von einem College in New York, der andere von einer Fotografenschule aus Berlin. Es waren Bewerbungsunterlagen und Infobroschüren, nicht gerade das, was ihre Mutter im Postkasten finden sollte. »Sagen wir, ich habe ein kleines Geheimnis.«

Der Postbote nickte. Gutmütige Lachfältchen erschienen um seine Augen. »Ein Geheimnis? Etwas so Gefährliches?«

Fina lachte erneut. Sie mochte den Postboten. Er sagte meistens etwas, worüber sie lachen musste. »Ein wahnsinnig gefährliches Geheimnis.« Sie ließ ihre Stimme so tief wie möglich klingen.

Plötzlich verschwanden seine Lachfältchen, wichen einem finsteren Ernst. »Dann bewahre dein Geheimnis, solange es ausreicht, darüber zu schweigen.« Der Postbote winkte sie mit dem Zeigefinger heran, wartete, bis sie sich zu ihm beugte, und sprach leise weiter: »Aber wenn du beginnen musst zu lügen, dann löse es auf. Denn wer einmal lügt, muss weiterlügen. Und wer immer lügt, wird schnell zum Verräter.« Er schüttelte den Kopf, verzog sein Gesicht zu einer hoffnungslosen Grimasse. »Und wenn du erst die verrätst, die du liebst – dann verlierst du alles, was dir wichtig ist.«

Fina wich vor ihm zurück. Etwas an seinen Worten vertrieb die Hitze des Sommers und blies einen eisigen Windhauch über ihre Haut. Plötzlich kam es ihr vor, als würde er das Ende ihrer Geschichte bereits kennen.

Der Postbote brach in lautes Lachen aus. Seine Fältchen kehrten zurück, während er sein Gesicht aus dem Fenster streckte. »Hhm. Abkühlung.« Er deutete auf die entfernte Silhouette der Alpen. »Der Mistral.«

Finas Blick folgte seinem, streifte die riesigen Wolken, und erst jetzt bemerkte sie, woher der eisige Wind stammte. Urplötzlich hatte der Mistral eingesetzt, winzige Sandkörnchen hagelten auf ihre Haut und stachen wie tausend kleine Stecknadeln.

»Ich muss weiter.« Er hob die Hand zum Abschied. »Au revoir!«

»Au revoir.« Fina trat von dem Auto zurück. Mit gekräuselter Stirn sah sie ihm nach. Der kühle Wind fegte um ihren Körper, ließ die blonden Haare in ihr Gesicht flattern und trocknete ihren Schweiß.

Wenn du erst die verrätst, die du liebst – dann verlierst du alles, was dir wichtig ist.

Dieser Satz bedeutete etwas, hatte etwas mit ihrem Leben zu tun.

Sie hatte niemanden verraten, und so bald wie möglich würde sie ihr kleines Geheimnis auflösen.

Der Postbote hielt am Haus ihrer Mutter, warf etwas in den Briefkasten neben der Oleanderhecke und fuhr weiter. Düster lugte das kleine Bruchsteinhaus über der Hecke hervor. Der Schatten des Wolkenufos lag noch immer darüber und raubte ihm das Sonnenlicht.

Ein furchtbares Nagen zog durch Finas Magengegend, wie ein hungriges Tier kletterte es aus einem Abgrund, dessen schwarze Tiefen sie noch nie gesehen hatte. Sie dachte an ihren Vater, dem sie nie begegnet war. Alles, was sie über ihn wusste, hatte ihre Mutter ihr erzählt. Fina hatte sich immer darauf verlassen, dass Susanne die Wahrheit sagte. Aber wenn sie genau darüber nachdachte, dann gab es Hinweise darauf, dass etwas nicht stimmte. Es gab einen Teil der Geschichte, den ihre Mutter geheim hielt. Wann immer Fina zu viele Fragen stellte, wich Susanne ihr aus.

Nicht Fina war diejenige, die ein gefährliches Geheimnis hütete.
Auf einmal wurde ihr klar, dass sie Susannes Geheimnis immer ignoriert hatte. Es war ein furchtbarer Gedanke, von der eigenen Mutter hintergangen zu werden – so schrecklich, dass sie lieber so getan hatte, als wäre alles in Ordnung. Aber was, wenn der Postbote recht hatte?
Die plötzliche Kälte brachte Fina zum Zittern. Sie kniff die Augen zusammen und starrte auf die Oleanderhecke.
Verschwieg ihre Mutter ihr nur etwas, oder hatte sie bereits angefangen, sie anzulügen? Log sie nur manchmal oder immer? Und war sie nur eine Lügnerin, oder hatte sie bereits begonnen, ihre Liebsten zu verraten?
Das Pferd schnaubte, und Finas Aufmerksamkeit kehrte zurück in die Gegenwart. Die Stute trat auf der Stelle und warf ihren Kopf hin und her. Ihre weiße Mähne flatterte im Wind.
Fina klopfte ihr beruhigend den Hals. Ihr Blick streifte die beiden Wolkenufos, die noch immer regungslos über dem Tal standen. Sand knirschte zwischen ihren Zähnen, setzte sich in ihre Ohren und verklebte ihre Nase. Sie kraulte der Stute die Mähne und fühlte den Sand zwischen ihren Fingern. »Keine Angst. Das ist nur der Mistral.«

* * *

Ganz leise schlich Fina sich ins Haus. Eigentlich wollte sie nicht schleichen, zumindest hatte sie es nicht geplant. Es passierte von ganz allein.
Irgendetwas in ihrem Leben war faul. An irgendeiner Stelle lauerte eine große Lüge. Vielleicht musste sie nur leise und aufmerksam sein, um die Wahrheit herauszufinden.

Fina zog die Schuhe aus, blieb in der Eingangsdiele stehen und horchte.
Schließlich hörte sie ein Lachen aus dem Büro. Ganz so, als würde ihre Mutter telefonieren.
Vom Büro aus regelte sie ihre Geschäfte, kaufte Häuser, die sie teuer vermieten konnte, oder verkaufte sie, wenn sie dafür mehr bekam. Dabei ließ sie die Arbeit vor Ort von ihren Angestellten erledigen, während sie aus der Ferne die Entscheidungen traf und den Gewinn kassierte.
Fina hatte sich niemals besonders für die Immobilienfirma ihrer Mutter interessiert. Etwas daran gefiel ihr nicht. Das Verhältnis aus Arbeit und Gewinn erschien ihr unpassend. Ihre Mutter arbeitete wenig und verdiente Unmengen an Geld. Mehr als genug, um einen Privatlehrer zu bezahlen, dauerhaft mit einem Mietwagen zu fahren und Langstreckenflüge zu buchen, die nur wenige Stunden später abhoben. Sie waren auf der Flucht, und dennoch führten sie ein Luxusleben – während anderswo Menschen unter unwürdigen Bedingungen lebten.
Vielleicht war das der größte Widerspruch von allen. Dass ihre Mutter immer über arme Menschen sprach, dass sie Fina an die schlimmsten Orte der Welt geführt hatte, um ihr das Elend des Lebens zu zeigen: Straßenkinder in Bombay, Menschen, die in Guatemala auf Müllhalden lebten. Fast so, als müsste sie ihr beweisen, wie gut sie es trotz ihrer Flucht hatten.
Etwas stimmte hier nicht, und Fina musste endlich den Kopf aus dem Sand ziehen. Auch wenn es furchtbar war, betrogen zu werden – wenn sie wie eine Erwachsene behandelt werden wollte, musste sie wenigstens den Mut aufbringen, auch die unangenehmen Fragen zu stellen.
Ganz leise ging sie der Telefonstimme ihrer Mutter entgegen. Ihr Puls raste, während sie sich bis zur Bürotür pirschte.
Wieder lachte ihre Mutter, ein warmer, herzlicher Klang, der

Fina einen Schauer über den Rücken jagte. Es war kein gewöhnliches Lachen, keines, das zu einem geschäftlichen Telefonat passte. Es war ein zärtliches, intimes Lachen, das Fina noch nie von ihrer Mutter gehört hatte.

»Dann treffen wir uns also morgen.« Auch ihre Stimme säuselte. »Ja, du hast recht. Eine viel zu lange Zeit.«

Finas Herz hämmerte so laut, dass es die Worte fast übertönte. Eine Weile schwieg ihre Mutter, während offensichtlich der andere sprach.

Oder hatte sie aufgelegt?

Fina wollte gerade zurückweichen, als ihre Mutter weitersprach. »Ja, das Abizeugnis haben sie uns geschickt. Abgesehen von der 2+ in Mathe hat sie nur Einsen. Bei den Sprachen sogar jeweils eine 1+.«

Fina hielt den Atem an. Ihre Mutter sprach über sie, über ihr Abitur!

»Ja, ich weiß, das war abzusehen. Sie hat ja ihr Leben lang nur gelernt und gelernt und gelernt. Aber stell dir vor, sie ist in acht Fächern geprüft worden und hat mit keiner Wimper gezuckt. Solche Nerven möchte ich haben.« Wieder klang das Lachen ihrer Mutter durch die Bürotür. »Ich bin ja schon halb wahnsinnig geworden, weil wir für die Externenprüfung nach Bayern mussten. Ich dachte die ganze Zeit: ›O mein Gott. Gleich klopft er ans Fenster.‹«

Fina wurde schwindelig. Mit wem zum Teufel telefonierte sie? Wen ging es etwas an, wie gut ihr Abitur war oder wie viel sie dafür gelernt hatte? Wer kannte die Geschichte mit ihrem Vater?

»Jetzt ist sie draußen und reitet das Pferd des Weinbauern. Davon hab ich dir doch erzählt, oder? … Ja, ich weiß. Ich mache mir auch Sorgen. Was, wenn er da draußen plötzlich vor ihr steht? Aber ich kann sie ja nicht im Haus einsperren. Und wenn sie auf einem Pferd sitzt, kann sie wenigstens schneller fliehen.«

Fina schloss die Augen, das Blut rauschte in ihren Ohren. Wer war der Fremde am Telefon? Warum machte er sich *auch Sorgen* um sie?

»Ich weiß. Wir müssen uns jetzt Gedanken um die Zukunft machen. Ich denke, sie wird ein Fernstudium anfangen. Etwas anderes kommt eigentlich nicht in Frage.« Ihre Mutter machte eine Pause, während offenbar der andere etwas sagte. »Nein, über das Fach haben wir noch nicht geredet. Sie ist sehr schweigsam, was ihre Zukunftswünsche angeht. Ich denke, sie sollte etwas aus ihren Sprachkenntnissen machen. Aber es ist nicht leicht, mit ihr darüber zu reden.«

Fina kniff die Lippen zusammen, um nicht laut dazwischenzurufen. Von wegen. Es war nicht leicht, mit ihrer Mutter darüber zu reden – ein Fernstudium? Waren eine einsame Kindheit und Jugend nicht schon genug? Sollte sie jetzt auch noch ihr halbes Erwachsenenleben allein mit ihrer Mutter verbringen, am Ende womöglich sogar ihr ganzes?

»Aber wir sehen uns ja morgen.« Die Stimme ihrer Mutter wurde wieder so zärtlich, dass Fina erneut ein eisiger Schauer über den Rücken lief. »Du nimmst dir bestimmt einen Mietwagen am Flughafen, oder? … Ja, aber erst, wenn sie schläft. Am besten wir treffen uns bei *Gustav,* der hat in der Feriensaison lange geöffnet. Und wenn sie spät ins Bett geht, treffen wir uns im Hotel. … Ja, ich rufe dich an, wenn sie eingeschlafen ist.«

Fina wich vor der Tür zurück. Gleich würde ihre Mutter auflegen, gleich würde sie herauskommen.

So leise sie konnte, huschte Fina zurück in die Diele. Ihre Gedanken drehten sich in einem seltsamen Schwindel. Ihre Mutter hatte ein Geheimnis, jetzt stand es fest! Einen Freund, von

dem Fina nichts wusste und den sie vor ihr versteckte. Aber warum?
Langsame Schritte drangen aus dem Büro zu ihr, kurz bevor ihre Mutter herauskam. Fina putzte hastig ihre Schuhe an der Fußmatte ab und legte ihre Hand an die Türklinke, als wäre sie gerade erst von draußen gekommen.
Ein verräterisch glückliches Lächeln leuchtete auf dem Gesicht ihrer Mutter. Es wich einem leichten Schrecken, als sie Fina entdeckte. »Ach! Fina! Du bist schon zurück?« Sie blickte kurz zur Bürotür, fast als wollte sie abschätzen, ob ihre Tochter wohl etwas gehört hatte.
Fina hörte auf, sich die Füße abzuputzen, und richtete sich auf. »Ja. Ich bin schon zurück.« Für einen Moment fürchtete sie, dass ihr sämtliches Misstrauen und alles, was sie gehört hatte, ins Gesicht geschrieben stand.
Doch falls ihre Mutter es sah, überspielte sie es mit einem hastigen Lächeln. »Das ist schön. Ich habe einen Bärenhunger. Sollen wir zusammen was zum Mittag kochen? Ich hab frischen Fisch, Gemüse und Kräuter vom Markt mitgebracht.«
Fina zuckte die Schultern. Sie wollte ihre Mutter jetzt nicht sehen, sie musste nachdenken, musste versuchen, das alles zu verstehen. Außerdem trocknete ihr Schweiß allmählich zu einer klebrigen Schicht, gemischt mit Sand und Pferdehaaren, die anfing, auf ihrer Haut zu jucken. »Ich wollte erst mal unter die Dusche. Vielleicht danach.«
Ihre Mutter lächelte, und eine Spur von ihrem glücklichen Blick kehrte zurück. »Das ist prima. Dann kann ich dir auch Bilder von dem Ferienhaus zeigen, das ich in Neuseeland gekauft habe.«
Neuseeland? Fina horchte auf. So stellte ihre Mutter sich das also vor: Sie zogen weiterhin von einem Land ins andere, und

nebenbei machte sie irgendein Fernstudium. »Ich muss …« Fina räusperte sich. »Ich muss mit dir reden, Ma.«
Das glückliche Strahlen ihrer Mutter zerfiel, wandelte sich in eine unbestimmte Furcht.
Fina fiel es schwer weiterzureden. Aber der Postbote hatte recht. Geheimnisse waren nichts Gutes. Und ihr Geheimnis war im Grunde nur Feigheit. »Ich möchte nicht mehr fliehen. Von mir aus jetzt noch einmal nach Neuseeland. Aber dann will ich mich für eine Hochschule bewerben. Ich möchte Fotografie studieren. Vielleicht Dokumentarfotografie.«
Ein erleichtertes Lächeln erschien auf dem Gesicht ihrer Mutter: »Ach Schatz. Das ist doch kein Problem. Wir finden ein passendes Fernstudium für dich, und dann …«
»Nein!«, rief Fina dazwischen. »Ich möchte richtig studieren, so wie alle anderen auch. Ich möchte an einem Ort bleiben, möchte endlich andere Menschen kennenlernen und Freunde finden.«
Die Stirn ihrer Mutter kräuselte sich. »Fina. Du weißt, dass das nicht geht.«
»Doch!« Tränen drängten sich in ihre Augen, ihre Nasenflügel weiteten sich, während sie dagegen ankämpfte. »Ich bin fast neunzehn! Ich bin erwachsen. Ich kann tun, was ich will!«
»Aber Fina. Das ändert doch nichts. Er ist trotzdem noch hinter uns her. Und wenn er uns findet, dann bringt er mich um und nimmt dich mit.«
Fina schnaubte. Sie wischte die Tränen ab und starrte ihre Mutter an. »Und was macht dich da so sicher? Woher weißt du eigentlich, dass er immer noch hinter uns her ist? Und wieso weißt du immer im Voraus, wenn er uns gefunden hat? Ist er etwa so blöd und ruft dich vorher an: ›Hallo Susanne. Ich habe euch gefunden. Morgen komme ich und hole euch!‹«

Ihre Mutter nickte langsam. Ihre Stimme klang leise. »Ja. So in etwa.«

Fina lachte auf. »So was Bescheuertes! Wieso sollte er das tun? Nach fast neunzehn Jahren müsste er doch wissen, dass wir dann weg sind. Wenn er uns ernsthaft holen will – warum taucht er dann nicht einfach vor unserer Tür auf?«

Ihre Mutter trat auf sie zu. »Ach Süße. Ich weiß es nicht. Das frage ich mich doch auch immer.«

Fina wich vor ihr zurück. »Nenn mich nicht Süße! Ich bin kein Baby mehr. Und deine ganze, komische Story – weißt du, wonach die klingt? Nach einer ganz beschissenen Lüge! Das Märchen kannst du vielleicht einem Kind erzählen. Aber ich bin kein Kind mehr!«

Das Gesicht ihrer Mutter schien verzweifelt, Tränen sammelten sich in ihren Augen. »Fina …«

»Nein!« Fina hob die Hand. »Ich gehe duschen!« Sie wandte sich ab, rannte die Treppe hoch ins Obergeschoss. Sie musste endlich allein sein, musste endlich verstehen, was hier vorging. Doch erst, als das warme Wasser auf ihren Körper herabprasselte und den klebrigen Schweiß von ihrer Haut wusch, konnte sie ihre Gedanken ein wenig ordnen.

Was bedeutete das alles? Ihre Mutter hatte mit jemandem telefoniert. Aber mit wem? Jemand, der Fina kannte?

Sie überlegte, welche Verwandten in Frage kamen. Eigentlich gab es nur noch ihre Großeltern in der Familie. Aber mit denen hatte ihre Mutter sich schon zerstritten, bevor Fina geboren wurde.

Vielleicht ein Angestellter ihrer Mutter? Oder ein alter Freund von früher?

Fina kannte niemanden von früher, und ihre Mutter hatte auch niemanden erwähnt. Dennoch hatte das Telefonat den Anschein erweckt, als würde sie den Fremden schon lange

kennen, als wäre sie schon lange mit ihm zusammen. Wer auch immer der Fremde am Telefon war: Ihre Mutter liebte ihn. Sie waren ein Paar und trafen sich heimlich, wenn Fina schlief.
Warum eigentlich heimlich? Warum durfte sie nichts von ihm wissen? Damit sie keine Hoffnung schöpfte? Damit sie nicht glaubte, dass sie bald einen Stiefvater bekam und vielleicht auch ein sesshaftes Leben? Oder fürchtete ihre Mutter, dass sie eifersüchtig wäre?
Fina wurde nicht schlau daraus. Und überhaupt: Wie lange ging das eigentlich schon so?
»Wenn sie schläft …« Fina musste schlucken. Plötzlich dachte sie an eine Nacht vor sieben oder acht Jahren. Ja, sie musste elf gewesen sein, damals in Kanada. Mitten in der Nacht war sie von einem Alptraum aufgewacht. Aber als sie zu ihrer Mutter gehen wollte, war deren Bett leer. Stattdessen hatte sie Stimmen und Lachen von der Terrasse gehört und war lieber schnell wieder ins Bett geschlichen. Plötzlich erinnerte sie sich an das fremde Männerlachen, das so intim geklungen hatte wie das ihrer Mutter vorhin im Büro.
Oder noch früher, als sie ganz klein war – immer wieder waren Babysitter bei ihr gewesen, während ihre Mutter ausgegangen war. Fina hatte damals noch nicht darüber nachgedacht, ob ihre Mutter allein ausging oder ob es womöglich einen Begleiter gegeben hatte.
War es immer derselbe, oder hatte sie wechselnde Freunde?
Fina dachte an das glückliche Strahlen ihrer Mutter. So, als wäre sie frisch verliebt. Aber wenn sie ihren Freund noch nicht lange kannte, warum interessierte er sich dann für Fina?
Sie schauderte. Wie konnte so etwas sein?
Das Wasser wurde kühler. Offensichtlich hatte sie den Boiler leer geduscht.

Fina streckte noch einmal ihr Gesicht unter den erfrischenden Strahl und drehte das Wasser anschließend aus.
»Verflucht. Was bedeutet das alles?« Sie flüsterte vor sich hin, während sie nach einem Handtuch angelte und ihren Körper abrubbelte.
Als sie gerade anfing, ihre Haare auszuwringen, wusste sie, was sie tun musste: Wer auch immer der Fremde war – er kam morgen ins Dorf. Sobald sie schlief, würde ihre Mutter ihn bei *Gustav* treffen.
Bitte, das konnte Susanne haben. Fina würde morgen Abend sehr müde sein.

2. Kapitel

Den ganzen Tag lang wich Fina ihrer Mutter aus. Sie ging wieder nach draußen, mistete bei dem Pferd den Stall aus und fotografierte mit ihrem Makroobjektiv schillernde Mistfliegen, die ihre Rüssel in einen Pferdeapfel tauchten. Sie schob die Stalllampen zurecht, um eine dicke Spinne auszuleuchten, die gerade eine Fliege fraß – und schließlich grub der Hund einen verwesenden Knochen aus dem Misthaufen aus, in dem es von Maden nur so wimmelte. Fina ging mit der Kamera so nah heran, dass sie nur die Hundezunge im Bild hatte, wie sie die glitschigen Maden aufschleckte.

Als sie am Abend ins Haus zurückkehrte, strömte ihr süßlicher Milchreisduft entgegen. Fina hielt inne. Es war ihr Lieblingsgeruch, das Allheilmittel ihrer Kindheit. Nur ein Löffel von dem weichen Brei, und sie war stets so ruhig geworden wie ein gestilltes Baby.

Doch heute war es anders. Fina konnte noch nicht sagen, was es war, der Geruch weckte irgendein Gefühl, das sie nicht zu fassen bekam.

Sie zog die Schuhe aus und trat in die Küche. Ihre Mutter saß vor dem Laptop am Küchentisch. Buntes Licht reflektierte auf ihrem Gesicht, beleuchtete das vorsichtige Lächeln, mit dem sie zu Fina aufsah. »Ich hab uns Milchreis gekocht. Und hier sind Bilder von dem Haus in Neuseeland. Willst du sie sehen?«

Fina starrte ihre Mutter an, deren Lächeln ihr auf einmal wie eine Maske erschien. Eine Maske, hinter der sie ihre Lügen versteckte. Und der Milchreisduft sollte ein Trick sein, das war es. Ihre Mutter wollte ihren Zorn bezähmen, wollte ihr Vertrauen zurückgewinnen.

Susanne sprang auf, füllte Milchreis in eine Schale und reichte sie ihr.
Fina blickte auf die weichen, weißen Körner. Wie ein Haufen glitschiger Maden wanden sie sich umeinander.
Ihre Mutter setzte sich wieder und deutete auf den Computerbildschirm. »Hier. Schau! Das ist das Haus. Ich hab es von einem neuseeländischen Farmer gekauft. Früher haben seine Arbeiter darin gewohnt. Jetzt ist es hübsch renoviert.«
Fina trat hinter ihre Mutter, betrachtete die bunten Fotos von blühenden Blumen vor einer rotgestrichenen Veranda. Ihre Mutter zappte von einem Bild zum anderen, zeigte ihr neues Zuhause aus allen Perspektiven.
Auch diese Bilder waren eine Maske. »Hübsches Haus. Noch bessere Fotos.« Fina verlieh ihrer Stimme einen kalten Klang.
»Wie meinst du das?« Ihre Mutter hielt beim Durchklicken inne. Eine riesige Wohnküche leuchtete auf dem Monitor.
Fina zuckte die Schultern. »Ich meine, dass die Küche nie im Leben so groß ist. Der Weitwinkel will dich täuschen.«
Ihre Mutter beugte sich vor. »Ein Weitwinkel? Im Ernst? Es ist aber nicht gebogen, nicht verzerrt.«
Fina starrte auf die Maden in ihrer Schale. Sie hatte keinen Hunger. »Es ist ein gutes Objektiv. Aber trotzdem ein Weitwinkel.«
Ihre Mutter lachte auf. »Der Farmer hat erzählt, sein Sohn hätte die Fotos gemacht. Dann scheint er wohl ein guter Fotograf zu sein. Er müsste zwei, drei Jahre älter sein als du. Vielleicht versteht ihr euch ja?«
Das wilde Tier, das seit heute Morgen in Finas Brust hauste, sprang auf. »Willst du mir jetzt im Ernst den Sohn des Farmers anpreisen? Als Trostpflaster, weil wir hier schon wieder wegmüssen? Super Idee, Ma! Ich verliebe mich in ihn, und anschließend zerbricht mein bescheuertes, kleines Herz daran. Manchmal denkst du echt nicht zu Ende!«

Die Milchreismaden fingen an, sich gegenseitig aufzufressen. Fina knallte ihre Schale auf den Tisch. »Danke! Ich hab keinen Hunger!« Sie ging zur Tür.
»Fina! Warte!« Die Stimme ihrer Mutter zitterte. Irgendetwas lag darin, das Fina innehalten ließ.
Angst! Ihre Mutter hatte Angst!
»Wir haben doch keine Wahl!« Susannes Gesicht verzog sich besorgt. »Wenn er uns findet, dann wird er mich töten und dich …« Sie schluckte. »Was er mit dir macht, möchte ich mir gar nicht erst vorstellen.«
Ihr Vater! Ihr furchtbarer, grausamer Vater. Wenn er sie wirklich immer wieder ausfindig machte – warum war er dann nie vor ihrer Tür aufgetaucht?
Ihre Mutter sagte nicht die Wahrheit. Aber was, wenn sie selbst an ihre Lüge glaubte? Ihre Augen waren so weit aufgerissen, als würden sie geradewegs auf eine Bedrohung blicken, die Fina nie gesehen hatte.
Manche Menschen hatten Angst vor Dingen, die gar nicht existierten. Was, wenn ihre Mutter so jemand war? Wenn sie die ganze Zeit vor einer Wahnvorstellung flohen?
Der Boden unter Finas Füßen schwankte. Ihr wurde schwindelig. Sie rannte aus der Küche und stolperte nach oben.
Ohne sich auszuziehen, warf sie sich aufs Bett – und noch während sie sich unter ihrer Decke zusammenrollte, fühlte sie, wie der Traum an ihr zog. Die Dunkelheit des Schlafes fing sie ein und ließ sie ahnen, dass dort unten etwas auf sie wartete.
Fina konnte nicht sagen, was es war. Aber es fühlte sich schön an.
Sie wollte dorthin!

* * *

Ich träume den Traum immer und immer wieder. Wenn ich die Augen schließe, wenn meine Gedanken im Nichts verschwinden, dann gleite ich an diesen Ort. Ich weiß es, auch wenn ich mich nie daran erinnern kann, wo ich gewesen bin. Und wenn ich dann aufwache, ist der Ort wieder verschwunden, und mir bleibt nur das Gefühl von einem schrecklichen Abschied.

Du kennst das schon, liebe Großmutter, so oft, wie ich Dir von meinem »Geheimen Traum« geschrieben habe. Aber in letzter Zeit ist es besonders schlimm. Oder besonders schön? Ich weiß es nicht. Inzwischen kommt der geheime Traum fast jede Nacht zu mir. So, als wollte er mir etwas Wichtiges sagen. Aber verflucht: Nichts von seiner Bedeutung überdauert meinen Schlaf! Der Traum hält sich vor mir versteckt, macht ein Geheimnis aus sich selbst, als wollte er mich verspotten.

Nur heute ist ein kleines bisschen mehr geblieben als sonst: Als ich die Augen geöffnet habe, hatte ich plötzlich das starke Gefühl, dass ich bis gerade eben zu Hause war. Man könnte meinen, dass ich gar nicht weiß, wie sich ein Zuhause anfühlt. Aber in diesem Moment eben, da wusste ich es. Es war vertraut, warm und sicher. Endlich nicht mehr diese Unruhe, von der ich mein Leben lang gehetzt wurde. Mir kam es so vor, als hätte ich den Geruch von Milchreis in der Nase, und auf einmal musste ich an Euch denken. An unseren Besuch, als wir damals bei Euch waren, erinnerst Du Dich? Nur dieses eine Mal habe ich Dich und Großvater gesehen. Damals muss ich drei oder höchstens vier Jahre alt gewesen sein. Du hast an diesem Abend Milchreis gekocht. Bislang hatte ich es vergessen, aber jetzt erinnere ich mich wieder daran, wie ich in Eurem Wohnzimmer saß und der Duft aus der Küche zu mir herüberzog.

Ich muss versuchen zu verstehen, wie das alles zusammenhängt: Ich träume also seit Jahren diesen Traum, an den ich mich nie erinnern kann. Und jetzt wache ich auf und fühle plötzlich, dass ich dort, in dem Traum, zu Hause bin. Ausgerechnet in diesem Moment muss ich auf einmal an den Besuch bei Euch denken. Ist das ein Hinweis darauf, dass ich in dem Traum auch bei Euch war? Dass ich bei Euch mein Zuhause finden könnte?
Ich bin verwirrt. Und gerade jetzt komme ich mir so vor, als würden meine Gedanken mit mir durchgehen, weil ich noch halb schlafe.
Das mit dem Milchreis: Ist das ein uralter Familienzauber? Hast Du Susanne auch schon mit warmem Milchreis getröstet, wenn sie traurig war? Oder werfe ich zwischen Traum und Halbschlaf alles durcheinander?
Falls Du das Milchreis-Trösten tatsächlich erfunden hast, dann hat sie es mir nie erzählt. Sie hat mir fast nichts über Euch erzählt. Nichts, nichts, nichts!
Aber sie ist ja ohnehin eine Lügnerin. Das weiß ich jetzt. Ich weiß zwar noch nicht, was sich hinter ihren Lügen verbirgt – aber das werde ich heute herausfinden!

Fina kritzelte das letzte Ausrufezeichen so tief in das Papier, dass es beinahe zerriss. Mit einem Fluchen schlug sie das Tagebuch zu, öffnete ihre Schublade und knallte es hinein.
Für meine liebe Großmutter, Buch 15: Provence – die goldgeschwungenen Lackbuchstaben auf der Vorderseite der Kladde leuchteten ihr noch kurz entgegen, bevor sie die Schublade wieder zuwarf.
Alles eine Lüge! Das Misstrauen in ihrer Brust grollte sein tiefes Knurren.
Selbst ihre Großmutter, der sie seit Jahren jammervolle Tage-

bücher schrieb, war nicht mehr als ein sorgsam gehütetes Geheimnis ihrer Mutter. Wenn Fina sich nicht daran erinnern könnte, dass sie einmal dort gewesen waren, dann wüsste sie nichts von ihrer Oma und ihrem Opa. Ihre Mutter verschwieg diese Familie genauso wie alles andere aus ihrer Vergangenheit. Nur ein einziges Mal hatte Susanne Finas Großvater erwähnt: als Fina sie gefragt hatte, wie sie zu ihrer Immobilienfirma gekommen war. Angeblich hatte sie die Häuser und das kleine Unternehmen von ihrem Vater übernommen, als er sich selbst nicht mehr darum kümmern konnte. Aber inzwischen erinnerte Fina sich an die Details, die ihre Kinderaugen von dem Haus ihrer Großeltern aufgenommen hatten, von dieser kleinen, heruntergekommenen Mühle in der Lüneburger Heide: Sie sah die vergilbten, geblümten Tapeten eines Wohnzimmers, das lange nicht mehr renoviert worden war. Sie erkannte den bröckelnden Putz und das schiefe, löchrige Dach der Mühle. Selbst die Kleidung ihrer Großmutter wirkte ausgewaschen und zerschlissen. Fina sah ihren Großvater, dessen Hemdsärmel auf der einen Seite leer herunterbaumelte und der seinen verbliebenen Arm kaum bewegen konnte. Schreckliche Spuren eines Unfalls schienen es zu sein, die zu dem unglücklichen Ausdruck seiner Augen passten.

Zwar war die herzliche Wärme ihrer Großeltern so deutlich, dass Fina sie bis in jeden Winkel der Welt fühlen konnte – aber es war unübersehbar, dass ihre Großeltern niemals reich gewesen waren.

Wenn also ihre Mutter die Immobilienfirma angeblich von Finas Großvater übernommen hatte – wie konnte es dann sein, dass ihre Großeltern in solcher Armut lebten?

Alles eine Lüge!

Fina warf einen Blick aus dem Fenster. Es war ein klarer Morgen. Obgleich die Ufo-Wolken von dem tiefblauen Himmel verschwunden waren, duckten sich die Bäume unter dem Mistral. Die Morgensonne versteckte sich noch hinter den Weinbergen, und das Licht schimmerte matt und gräulich auf den abgemähten Reihen des Lavendels. Irgendetwas an diesem Bild verriet Fina, dass sich der Herbst in dieser Nacht angeschlichen hatte – wahrscheinlich waren es die ersten rotbraunen Flecken auf dem Grün der Weinranken.

Jederzeit könne man hier Pinsel und Leinwand herausholen, um die Landschaft zu malen. Irgendwo hatte sie einmal diesen klischeehaften Satz über die Provence gelesen.

Ihre Mutter hatte tatsächlich einen Sinn für schöne Landschaften – wenigstens das, wenn sie schon fliehen mussten. Eine Luxusflucht.

Trotzdem – alles eine Lüge!

Fina stand von ihrem Schreibtisch auf. Sie fühlte sich benommen und müde, fast so, als hätte sie gar nicht geschlafen. Sie war noch im Dunkeln aufgewacht, und wahrscheinlich wäre es vernünftiger, sich noch einmal hinzulegen. Aber Fina wusste, dass die Anspannung ihr keine Ruhe lassen würde.

Während sie auf leisen Sohlen die Treppe hinunterschlich, ahnte sie, dass ihre Mutter ebenfalls aufgestanden war.

Fina hielt inne. Vielleicht würde sie auch dieses Mal etwas herausfinden, wenn sie nur leise genug war. Gleiches mit Gleichem … Wenn ihre Mutter sich nachts aus dem Haus schlich, um geheimen Verabredungen nachzugehen, dann durfte Fina wohl auch durch das Haus schleichen, um geheime Machenschaften aufzudecken.

Tatsächlich drang ihr der Duft von Kaffee schon in der Diele entgegen. Fina folgte ihm, bis sie durch die offene Tür in die Küche sehen konnte. Ihre Mutter saß am Küchentisch und schrieb etwas in ein kleines, hübsches Büchlein, das schon ganz

abgewetzt war vom vielen Umblättern, Lesen und Hineinschreiben.
Ein Tagebuch.
Fina versuchte, sich so geräuschlos wie möglich in die trübe Dunkelheit des Flures zu ducken, um nicht vorzeitig entdeckt zu werden.
Ihre Mutter führte also ein Tagebuch. Seit mehr als achtzehn Jahren lebte Fina mit ihr zusammen, ohne jemals davon erfahren zu haben.
Ein Tagebuch – der Kelch der Wahrheit. Das misstrauische Tier in Finas Brust wurde still vor Spannung, es wollte sie dazu bringen, sich anzuschleichen und im letzten Moment nach dem Buch zu greifen, nur um mit der Beute davonzurennen und dann gierig zu verschlingen, was darin stand.
Dummes, gieriges Tier! Viel besser war es doch, das Opfer zu beobachten, das Versteck auszuspionieren und den Kelch später in aller Ruhe zu leeren.
Fina erschrak über ihre Gedanken. Seit wann war sie so hinterhältig? Seit wann hatte sie keine Achtung mehr vor dem Privatleben ihrer Mutter?
Seitdem sie verraten wurde – seitdem sie wusste, dass sie belogen und verraten wurde.
Ein unkontrollierter Laut grummelte aus ihrer Kehle.
Ihre Mutter zuckte zusammen, ihr Blick fuhr auf und begegnete Fina, dem Raubtier, das in der Dunkelheit lauerte.
»O Gott, Fina!« Susanne fasste sich an die Brust. »Hast du mich erschreckt. Seit wann schleichst du dich so an?«
Fina ging mit langsamen Schritten zur Küchentür. Sie spürte, wie sich ihr Mund zu einem schiefen Grinsen verzog. »Ich dachte, du schläfst noch, und wollte dich nicht wecken.«
Ihre Mutter lächelte. »Das ist lieb von dir. Aber ich konnte nicht so gut schlafen.« Wie beiläufig schloss sie das Tagebuch

und nahm es in die Hand, als wäre es eine Zeitung, die sie gleich in den Müll werfen wollte.
Fina versuchte, nicht darauf zu schauen, versuchte, keinen Verdacht zu wecken. Sie musste unbedingt beobachten, wohin ihre Mutter das Tagebuch legte.
»Magst du einen Milchkaffee?« Ihre Mutter stand auf und ging zur Espressomaschine.
»Ja, gerne.« Fina beobachtete den Rücken ihrer Mutter, verfolgte die Bewegung ihrer Arme. Wohin würde sie das Buch bringen? Konnte sie Milch erwärmen und Kaffee eingießen, ohne es aus der Hand zu legen?
Im Vorbeigehen schob ihre Mutter es in ihre Handtasche, die an einer Stuhllehne hing.
Fina versuchte, die Tasche nicht anzustarren. Sie musste sich bis zu dem Moment gedulden, in dem sie mit der Handtasche allein war. Vielleicht würde ihre Mutter irgendwann einen Spaziergang machen und ihre Tasche hierlassen. Dann hätte Fina etwas Zeit, um darin zu lesen. Vielleicht könnte sie auch schnell mit dem Faxgerät im Büro ein paar Seiten kopieren.
Sie musste nur auf einen passenden Moment warten.

* * *

Fina wartete lange auf ihre Gelegenheit. Wann immer sie in der Küche war, kontrollierte sie, ob die Handtasche noch da war. Aber ihre Mutter war stets in der Nähe, und Fina wollte sich auf keinen Fall verdächtig machen.
Abgesehen davon wusste sie nicht, wohin mit sich. Bis vorgestern hatte sie sich heimlich auf ihre Bewerbungen vorbereitet. Sie war die Infobroschüren der Fotoschulen durchgegangen, hatte über die Themen der Mappenprüfungen nachgedacht und die Fotos auf ihrem Laptop schon einmal sortiert und be-

arbeitet. Es hatte Spaß gemacht, nebenbei von einer besseren Zukunft und einem glücklichen Leben zu träumen.
Doch jetzt war das alles sinnlos geworden. Eine dumpfe Trauer breitete sich in ihrer Magengrube aus, während sie die Spinnen- und Madenfotos sichtete. *Vergänglichkeit* war das Thema einer Mappenprüfung. Allzu gerne hätte Fina dazu ein kleines Gruselkabinett zusammengestellt.
In einem Anfall von Trotz ging sie schließlich in die Küche und versteckte eine Portion Milchreis in der obersten, hintersten Ecke des Küchenschrankes. In ein paar Tagen würde es bestialisch stinken und ein paar hübsche Fotos abgeben.
Fina fühlte sich ein wenig besser, als sie mit einem Grinsen an ihren Schreibtisch zurückkehrte. Sie suchte eines der Ufo-Wolkenfotos von Celine heraus und druckte es auf Fotopapier. Auf der Rückseite schrieb sie eine wehmütige Entschuldigung an ihre Nicht-Freundin und steckte es in einen großen Briefumschlag. Fina wusste noch nicht, ob sie den Brief jemals in den Postkasten der Nachbarstochter werfen würde – aber wenn, dann erst an ihrem letzten Tag, bevor sie von hier verschwinden musste.
Am Nachmittag ging ihre Mutter tatsächlich spazieren, und Fina bekam endlich ihre Gelegenheit, in der Handtasche nachzuschauen. Das Tagebuch war nicht mehr darin.
Sie suchte noch eine Weile danach, zuerst im Büro und schließlich im Schlafzimmer ihrer Mutter. Aber das Tagebuch blieb verschwunden.
Vielleicht hatte Susanne es mitgenommen, um unterwegs hineinzuschreiben?
Doch wenigstens wusste Fina jetzt, dass dieses Tagebuch existierte, dass es eine Möglichkeit gab, endlich die Wahrheit zu erfahren. Also konnte sie auch ruhig noch auf eine andere Gelegenheit warten.

Je näher der Abend rückte, desto aufgeregter wurde ihre Mutter. Fina versuchte, sich nichts anmerken zu lassen. Sie setzte sich mit einem neuen Roman auf das Sofa, blätterte von Zeit zu Zeit eine Seite um und beobachtete, wie ihre Mutter rastlos von einer Tätigkeit zur anderen wechselte. Ihren Versuch, ebenfalls zu lesen, gab sie nach wenigen Minuten auf. Mit einem Seufzen verschwand sie in ihrem Büro, aber nur kurz, dann kam sie wieder zurück und räumte in der Küche die obere Hälfte der Spülmaschine aus. Schließlich huschte sie ins Bad, um zu duschen.

Als sie wieder herauskam, trug sie einen Jogginganzug, so unverfänglich, als wollte sie gleich zu Bett gehen. Doch Fina konnte ihre Unruhe von Minute zu Minute deutlicher spüren, ihr drängendes Warten und das Dilemma, dass sie sich noch nicht einmal hübsch anziehen konnte, bevor ihre Tochter nicht tief und fest schlief.

Wozu dieser Aufwand, nur um mich anzulügen? Die Frage lag Fina auf der Zunge, aber sie sprach sie nicht aus. Stattdessen beschloss sie, ihre Mutter noch ein bisschen zu ärgern. »Wollen wir zusammen einen Film gucken? Du siehst grad so aus, als wüsstest du nicht, wohin mit dir.«

Ihre Mutter fuhr überrascht herum. Ihre blonden Haare waren noch nass, aber sie rochen nach Schaumfestiger und waren zu Wellen geknetet, die sich nach dem Trocknen zu hübschen Locken rollen würden. »Nein. Also, lieber keinen Film. Ich hab letzte Nacht so wenig geschlafen und wollte gleich ins Bett gehen.«

Fina blickte wieder in ihr Buch. »Dann eben nicht. Ich bin eigentlich auch müde.«

Vielleicht kam es ihr nur so vor, aber Fina hatte den Eindruck, als würde ihre Mutter aufatmen. »Was ist das, was du da liest?« Susanne zeigte auf das neue Buch. »Wieder Fantasy?«

Fina hob den Kopf. Immer das gleiche, leidige Thema. »Ja. Was dagegen?«
Ihre Mutter zuckte die Schultern. »Nein. Ich finde nur, du könntest mal was über die richtige Welt lesen.«
Fina rollte mit den Augen. »Die richtige Welt zeigst du mir doch schon. Die Menschen flüchten sich immer in Gegenströmungen. Schon vergessen?«
Ihre Mutter winkte ab. »Schon gut!«
Fina spürte, wie ihre Laune noch tiefer in den Keller sank. Eine Viertelstunde später ging sie in ihr Zimmer, zog sich nur halb aus und legte sich ins Bett.
Tatsächlich kam ihre Mutter nach einer Weile herein.
Fina hatte ihre Decke bis über die Ohren gezogen und achtete darauf, in tiefen Zügen ein- und auszuatmen. Eine frische Parfümbrise wehte in ihre Nase und brachte sie aus dem Takt. Gerade noch rechtzeitig konnte sie den Stolperer tarnen, indem sie sich murmelnd umdrehte.
Ihre Mutter hatte mal erwähnt, dass sie im Schlaf oft Unverständliches murmelte. Sie hatte Finas Murmeln nachgemacht, worüber sie beide so sehr lachen mussten, dass Fina sich noch gut daran erinnerte.
Offensichtlich bestand sie den Schlaftest. Jedenfalls ging ihre Mutter aus dem Zimmer, und kurz darauf fiel die Haustür zu.
Fina sprang aus dem Bett und lief zum Fenster. Draußen war noch ein schmaler Lichtstreifen am Horizont, der einen schwachen Orangeschimmer über die Landschaft warf.
Ihre Mutter fuhr im Auto davon. Hoffentlich wirklich nur ins Dorf zu *Gustav.* Denn falls sie sich im Hotel trafen, wüsste Fina nicht, welches der beiden Hotels im Dorf gemeint war – und selbst wenn: In einem Hotelzimmer waren sie vor ihren Blicken sicher verborgen.
Als das Auto hinter dem Hügel verschwunden war, zog sie sich

hastig Hose und Pulli an, warf sich den Rucksack über die Schulter und rannte nach draußen. Sie schnappte sich ihr Fahrrad und fuhr die Straße in die Richtung, in die auch ihre Mutter verschwunden war.

Der Mistral hatte zum Abend so plötzlich nachgelassen, wie er eingesetzt hatte. Jetzt kroch die Sommerhitze aus dem trockenen Boden hervor und wärmte die Abendluft.

Das Dorf war nicht weit entfernt, nur wenige Minuten mit dem Auto. Aber mit dem Fahrrad brauchte Fina fast eine halbe Stunde.

Schließlich schob sie das Rad durch die engen Gassen zwischen den kleinen Steinhäuschen. Dicht an dicht drängten sich die mittelalterlichen Gebäude aneinander. Die Straßenlaternen brachten ihre ockerfarbenen Fassaden zum Leuchten, und Fina spürte die Wärme, die von den Wänden und den Pflastersteinen zurückstrahlte. Manche der Fensterläden waren geschlossen, vor anderen Häusern hatten sich Leute ein paar Stühle auf die Straße gestellt und saßen bei einem Glas Wein oder einem Kartenspiel zusammen.

Eine Gruppe von Männern nickte Fina zu, und sie erkannte den Postboten unter ihnen.

Ob er ahnte, wie recht er gehabt hatte? Er hatte über ihr Gesicht gelacht, als wären seine Worte nur ein Scherz gewesen. Aber Fina war sich nicht sicher. Vielleicht wusste er etwas. Konnte es sein, dass er derjenige war, mit dem ihre Mutter sich verabredet hatte?

Nein! Sie hatte am Telefon Deutsch gesprochen. Und wenn er es wäre, müsste ihre Mutter jetzt bei ihm sein.

Fina sah nach unten und schob ihr Rad an den Männern vorbei. Sie stellte es in einer Häuserecke ab und betrat den Marktplatz von der Seite, die am weitesten von *Gustav* entfernt war. Auch vor dem kleinen Restaurant standen die Tische auf der

Straße, und Fina erkannte ihre Mutter von weitem. Schnell verbarg sie sich im Schatten einer buschigen, gedrungenen Platane und versuchte, den Mann genauer zu sehen, der ihrer Mutter gegenübersaß. Doch sie waren zu weit entfernt.

Zum Glück hatte sie damit gerechnet. Sie setzte ihren Rucksack ab, hockte sich daneben, um noch weniger aufzufallen, und holte ihre Kamera heraus. Schon am Nachmittag hatte sie das Teleobjektiv daraufgeschraubt. Jetzt hob sie die Kamera hoch und blickte hindurch.

Es war zwar viel zu dunkel, um zu fotografieren – aber Fina konnte deutlich sehen, wie ihre Mutter die Hand an die Wange des Mannes legte und so verliebt lächelte, als wäre sie mindestens zwanzig Jahre jünger. Der Mann saß ein wenig schief auf seinem Stuhl, so dass Fina nur seinen Rücken sehen konnte. Doch als er sich etwas drehte, erkannte sie ihn!

Ihr Herzschlag setzte aus. Sterne fielen vor ihre Augen, und für einen Moment glaubte sie, ohnmächtig zu werden. Gleich darauf verschwanden die Sterne und ließen sie wieder klar sehen. Der Mann, mit dem ihre Mutter lachte und flirtete, dessen Gesicht sie streichelte und der unablässig über ihre Hand strich, war niemand Geringerer als Finas Vater. Ihr leiblicher, wahrhaftiger Vater – vor dem sie flohen. Der seine Frau angeblich umbringen wollte, um dann seine Tochter zu sich zu holen.

Fina sackte neben der Platane auf die Knie, lehnte sich an den dicken Stamm und schloss die Augen. »Das kann alles nicht wahr sein«, flüsterte sie. »Bitte sag, dass ich träume. So furchtbar kann sie mich nicht belügen.«

Das misstrauische Tier wollte brüllen vor Schmerz, wollte über den Marktplatz kreischen, welcher Betrug hier begangen wurde. Doch Fina hieß es zu schweigen.

Sie musste sich Gewissheit verschaffen. Sie blickte wieder nach oben und sah zu ihren Eltern. Nur ein einziges Foto besaß sie von ihrem Vater, eines, das alt war und das ihre Mutter schon vor Jahren weggeworfen hatte. Aber Fina hatte es aus dem Mülleimer geholt und bewahrte es seither auf. Wann immer sie es betrachtete, fragte sie sich, ob der blonde, lächelnde Mann mit den freundlichen Augen wirklich so schlimm sein konnte. Gerade diese Augen stellten alles in Frage. Es waren Finas Augen, das gleiche Rehbraun, das sie so gerne mochte, auf das sie immer ein bisschen stolz war. Es passte zu ihrer Haut, die schnell braun wurde, und bot einen interessanten Gegensatz zu den hellblonden Haaren.

Ihr Vater besaß die gleiche Haut, die gleichen Haare. Je älter sie geworden war, desto mehr staunte sie darüber, wie hübsch der angeblich so böse Mann auf dem Foto aussah, und noch erstaunlicher war es, wie sehr sie ihm ähnelte.

Jetzt wusste sie, dass ihre Mutter gelogen hatte. Wie auch immer ihr Vater war – offensichtlich war er nicht das, was ihre Mutter behauptete.

Fina nahm ihren Rucksack und die Kamera und stand wieder auf. Im Schatten der Bäume schlich sie um den Marktplatz herum, bis sie ihren Vater von vorne sehen konnte. Hier war sie zwar etwas näher am Geschehen, aber sie fand ein schattiges Plätzchen zwischen der Kirchmauer und einer Platane, an dem sie gut getarnt war.

Wieder spähte sie durch das Teleobjektiv und spürte, wie sie ruhig und kalt wurde. Sie holte ihren Vater so nah wie möglich heran, betrachtete die Lachfältchen, die um seine Augen spielten, und begutachtete seinen Anzug, der so perfekt saß, als wäre er maßgeschneidert. Immer wieder lachte er mit ihrer Mutter, strich mit seiner Hand durch ihre sorgfältig gelockten Haare, und obwohl er ein Gläschen Rotwein vor sich stehen hatte, wirkte er weder betrunken noch aggressiv.

Fina schaltete den Blitz ihrer Kamera aus, stellte das Bild ihres

Vaters scharf und drückte auf den Auslöser. Zwar würden die Bilder verwackeln, aber Fina genoss das Gefühl, diesen Moment festzuhalten, die Kamera auf ihre glücklichen Eltern zu richten und abzudrücken.

Alles eine Lüge!

Fina fotografierte ihre Eltern, bis das Bild vor ihren Augen verschwamm. Schließlich senkte sie die Kamera und glitt an der Kirchmauer hinab auf den Boden. Sie versuchte gar nicht erst, die Tränen zu bändigen, die in wilden Strömen über ihre Wangen liefen. Sie versuchte auch nicht, wieder aufzustehen und fortzugehen. Wenn ihre Eltern sie jetzt finden würden, wäre es egal. Vielleicht wäre es sogar am besten, dann könnten sie endlich einmal über die Wahrheit reden.

Doch niemand beachtete die weinende junge Frau an der Kirchmauer. Seite an Seite genossen Franzosen und Touristen den lauen Sommerabend im Licht des Restaurants, und niemand interessierte sich für die schattigen Flecken des Marktplatzes.

Nach einer ganzen Weile bemerkte Fina, wie ihre Eltern zahlten und aufstanden. Sie war sich sicher, dass die beiden jetzt in ihr Hotel verschwinden würden. Doch sie kamen in Finas Richtung und blieben im Schatten einer anderen Platane stehen. Wie ein junges Paar, das gerade erst zusammengekommen war, fielen sie übereinander her und küssten sich. Ihre Hände streichelten über den Körper des anderen, verwuschelten ihre Haare und glitten unter die Kleidung.

Fina hielt den Atem an und blickte wieder durch den Sucher der Kamera. Sie sah die Gesichter so nah, als wäre sie die Zuschauerin eines Kinofilms. Während sie das Paar betrachtete, vergaß sie für einen Moment, dass es ihre Eltern waren. In sanften Bewegungen tasteten die Lippen des Paares nacheinander, begegneten sich, trennten sich, schienen aufeinander zu warten und fanden sich wieder.

Ein weiches Ziehen zog durch Finas Körper. Es war ein schönes Paar, das dort unter der Platane zueinandergefunden hatte, am Ende einer dramatischen Geschichte um Liebe und Trennung …

… um Flucht und Verbannung und die Lügen der Susanne M. Fina fühlte, wie sich ihre Nasenflügel verächtlich zusammenzogen.

Die Art, wie ihre Eltern sich küssten, wurde gierig, ein leises Keuchen flatterte durch die Nacht und ließ die Stimme ihrer Mutter erahnen.

Das ist eklig! Fina wusste nicht, ob sie es aussprach oder nur dachte. Sie hatte genug!

Hastig packte sie die Kamera ein und warf den Rucksack auf ihren Rücken. Sie duckte sich tief in den Schatten der Kirche, huschte um das Gemäuer herum und fing an zu rennen.

3. Kapitel

Fina fuhr auf. Sie saß in ihrem Bett, Schweiß klebte auf ihrer Haut und durchnässte ihr T-Shirt. Ihre Augen brannten, als drängten die Tränen dahinter hinaus. Aber die Tränen kamen nicht.

Sie hatte geträumt. Schon wieder. Sie war dort unten gewesen, an dem geheimen Ort, der sich in ihrem Schlaf versteckte. Was sie gestern zum ersten Mal entdeckt hatte, spürte sie heute ganz deutlich: In der Dunkelheit ihres Schlafes fand sie Nacht für Nacht ihr Zuhause. Und wenn sie erwachte, dann trauerte sie darum, weil nicht einmal ihre Erinnerungen dieses Zuhause festhalten konnten.

Doch heute schien noch mehr hinzugekommen zu sein, ein Gefühl, das sie noch nicht kannte. Plötzlich wusste sie, dass dort unten jemand bei ihr war, Nacht für Nacht, jemand, der ihr etwas bedeutete – und den sie soeben, mit dem Ende ihres Traumes, verloren hatte.

Das Brennen in ihren Augen ließ nach, als sich die Tränen endlich daraus lösten und über ihre Wangen tropften.

Fina wischte über ihr Gesicht. Hastig sprang sie aus dem Bett und holte ihr Tagebuch aus der Schreibtischschublade. Draußen war es noch dunkler als am Morgen davor. Selbst der Mond stand noch am Himmel, riesig groß und nur knapp über dem Horizont, hinter dem er bald verschwinden würde.

Fina schlug das Buch auf und kritzelte im Mondlicht hinein.

Liebe Großmutter,
Heute Nacht bin ich dem Geheimnis meines Traumes wieder etwas näher gekommen, sehr nah sogar, so nah wie nie zuvor. Zum ersten Mal fange ich an zu verstehen,

warum dieser Traum und ich so sehr miteinander verbunden sind. Das klingt jetzt vielleicht verrückt: Ich war noch niemals verliebt. Aber in diesem Traum lebt jemand, den ich liebe. Fast kommt es mir vor, als wäre er dort unten gefangen und als wäre ich die Einzige, die ihn befreien könnte. Ich will zu ihm, bei ihm sein, mich wenigstens an ihn erinnern. Vielleicht bin auch ich die Gefangene – und wenn ich ihn und unser gemeinsames Zuhause endlich finden könnte, dann wären wir beide frei.
Zum Teufel, wieso kann ich mich nie an den Traum erinnern? Er ist so wie mein ganzes Leben: Alles, was mir lieb und wichtig ist, zerrinnt mir unter den Händen. Von dem, was gestern war, gibt es schon morgen nichts mehr. Selbst meine Mutter belügt mich und nimmt mir die einzige Liebe, auf die ich vertraut habe.
Vergänglichkeit ist das Thema einer Mappenprüfung, auf die ich mich vorbereiten wollte. Aber wie immer frisst mich die Vergänglichkeit, bevor ich ihr in die Augen sehen konnte.

Fina klappte das Buch zu. Wieder sah sie das Bild ihrer Eltern unter der Platane vor sich, wie sie sich küssten und streichelten. Fast kam es ihr wie ein böser Alptraum vor. Doch es war wirklich geschehen.
Sie konnte jetzt nicht darüber schreiben, konnte es nicht einmal ihrem Tagebuch und ihrer weit entfernten, fast unbekannten Großmutter berichten.
Mit einem Seufzen stand sie auf, tauschte ihr nassgeschwitztes T-Shirt gegen einen trockenen Jogginganzug und schlich die Treppe hinunter. Sie musste noch mehr herausfinden, vielleicht konnte sie jetzt noch einmal nach dem Tagebuch ihrer Mutter suchen.

Was hatte das Ganze zu bedeuten? Warum war ihre Mutter mit ihrem Vater zusammen und liebte ihn, während sie gleichzeitig auf der Flucht vor ihm waren?

Unten in der Diele war alles hell erleuchtet. Ihre Mutter war bereits in der Küche. Sie stand mit dem Rücken zur Tür und hantierte mit der Espressomaschine. Ihre Hände zitterten, als sie Kaffeepulver einfüllte. Schwarze Krümel rieselten auf die Arbeitsfläche, direkt neben den Aschenbecher, in dem eine Zigarette qualmte.

Fina wusste, was das alles bedeutete. Noch heute würden sie die Provence verlassen. Mit dem nächstmöglichen Flug würden sie nach Neuseeland fliehen, wie ihre Mutter es vorbereitet hatte. Bestimmt lagen die Pässe mit den frischen Visa schon in ihrem Büro, und bestimmt hatte sie den Flug schon gebucht, direkt, nachdem sie sich an diesem Morgen die erste Zigarette angezündet hatte.

Ihre Mutter rauchte nur, wenn sie flohen. Sobald sie am neuen Ort ankamen, bereute sie es und gewöhnte es sich wieder ab.

Fina fühlte, wie das Zittern ihrer Mutter auf sie übergriff. Ihre Zähne schlugen leise klappernd aufeinander. »Was ist los?«

Susanne wirbelte herum. »Fina!« Tränen glitzerten auf ihren Wangen. »Er hat uns gefunden. Wir müssen weg von hier!«

Fina erstarrte. *Wer hatte sie gefunden?* Ihr Vater etwa, der Liebhaber ihrer Mutter?

Plötzlich ahnte Fina, welches Spiel hier gespielt wurde: »Er hat uns gefunden? Hör auf, mich anzulügen! Du hast dich gestern mit ihm getroffen! Ich habe euch gesehen. Wie ihr euch abgeleckt habt, mitten auf dem Marktplatz. So was Widerliches!«

Wie konnte ihre Mutter sie auf diese Weise betrügen? Ihn erst hierherlocken und dann vor ihm weglaufen. »War es jedes Mal so? Hast du dich erst mit ihm getroffen und bist dann geflohen?« Fina starrte ihre Mutter an. »Das ist doch echt krank,

Mama! Bist du abhängig von ihm? Ist er so geil im Bett, dass du nicht anders kannst, als ihn alle paar Monate anzurufen – damit er auf einen kleinen Besuch vorbeikommt?« Der Boden unter Finas Füßen schwankte. Sie musste einen Schritt zur Seite machen, um das Gleichgewicht nicht zu verlieren. »Na klar! Deshalb wusstest du also immer, dass er uns gefunden hat! Weil du es ihm gesagt hast.«

Ihre Mutter war bleich geworden. Ihre Hände klammerten sich an die Anrichte. »Fina ... das ist ... ich ...« Sie schüttelte den Kopf, blickte für einen Moment so hilflos drein, dass es Fina fast leidtat. Schließlich atmete Susanne tief ein und wischte die Tränen aus ihren Augen. »Das ist so viel komplizierter, als du dir vorstellen kannst. Ich kann das jetzt nicht erklären.« Sie wandte sich von Fina ab, ihre Hände wanderten ziellos über die Knöpfe und Hebel der Espressomaschine. »Wir haben nicht mehr lange, bis unser Flieger geht. In zwei Stunden müssen wir gepackt haben. Bitte beeil dich!«

Fina konnte ihre Tränen nicht länger zurückhalten. Ihre Mutter musste krank sein. Anders war es nicht zu erklären. Sie erinnerte sich an das Telefongespräch. Ihre Eltern hatten über sie geredet, über ihr Abitur, über ihre Zukunft – ganz so, als wären sie völlig normale Eltern. »Du warst doch glücklich mit ihm. Das hab ich gesehen. Dass ihr euch liebt, dass ihr zusammen sein wollt – warum darf ich ihn nicht treffen? Was ist so gefährlich an ihm? Ich verstehe das nicht?«

Ihre Mutter hielt inne. Ihr Rücken bebte, aber sie drehte sich nicht um. »Ja, Fina. Wir sind glücklich zusammen. Und trotzdem ... Wir haben jetzt keine Zeit. Wir müssen packen. Lass uns das nach dem Umzug besprechen.«

Ihre Mutter war krank. Auf einmal war Fina sich sicher. Ihre Angst, ihre Flucht – alles nur eine Folge von dem Wahn einer Geisteskranken.

Finas Hals fühlte sich eng an. Wenn sie blieb, würde sie entweder heulen oder schreien. Stattdessen drehte sie sich um und rannte nach oben in ihr Zimmer.

* * *

Fina warf einen Blick durch ihr kleines Reich, das bald nur noch in ihrer Erinnerung existieren würde. Sie besaß nicht viel, was sie einpacken konnte, hatte nicht viel, das ihr gehörte. Etwa zwanzig Bücher, die sie im letzten halben Jahr gelesen hatte, standen auf dem Regalbrett, daneben ein paar neue CDs, die längst auf ihrem MP3-Player gespeichert waren. Abgesehen davon gab es nur noch ihre letzten Schulsachen in der Schreibtischschublade, ihre Klamotten und wenige andere Dinge, die sie hier gekauft oder bekommen hatte.
Es war nicht viel – dennoch musste sie sich sogar davon trennen. Sie konnte nur so viel mitnehmen, wie in ihren Trekkingrucksack passte. Nur so viel, wie sie vom Flughafen ins Taxi tragen konnte, nur einen Rucksack voll, damit sie notfalls einen Sprint einlegen konnte, falls ihr Vater sie am Flughafen abfangen wollte.
Finas Blick blieb an dem hübschen Boutis hängen, der geblümten, aufwendig gearbeiteten Tagesdecke, die ihre Mutter ihr zum Geburtstag geschenkt hatte. Ordentlich zusammengefaltet hing sie über dem Rand ihres Bettes und wartete auf ihren Einsatz. Daneben auf der Fensterbank entdeckte sie das Schälchen mit dem bunten, duftenden Potpourri, das sie sich vor kaum einem Monat auf dem Markt gekauft hatte. Fina hatte sich oft vorgestellt, wie sie ihr Zimmer einrichten würde, wenn es ihr Zuhause wäre. Sie hätte gerne eine Wand in einer schönen Farbe gestrichen oder sich einen Vorhang genäht, um damit ihr Bett abzuhängen. Sie wünschte sich, ihre Fotos endlich

auszubelichten und ihre Wände damit zu dekorieren – oder sie zu kunstvollen Collagen zusammenzukleben.
Aber jede Mühe und jede Anschaffung war sinnlos, weil sie beim nächsten Umzug keinen Platz fand, um sie mitnehmen zu können. Nicht einmal die Bücher konnte Fina aufbewahren.
So würde sie fast nichts aus der Provence auf ihrem Weg nach Neuseeland begleiten. Ein Speicherchip mit Fotos war alles, was von ihrer Vergangenheit ins Gepäck passte. Mit ihrer Kamera, den Objektiven und ihrem Laptop war der Platz für Luxusgüter schon mehr als ausgereizt.
Selbst aus ihrem Kleiderschrank suchte sie nur das Nötigste heraus. Ein paar leichte Sachen für die Übergangszeit, die sie hoffentlich nach ihrer Ankunft in Neuseeland gebrauchen konnte. Auf der anderen Seite der Welt begann bald der Frühling.
Dafür besaß ihre Mutter ein Händchen: Im ewigen Sommer zu leben, immer zur passenden Jahreszeit von einer Hälfte der Welt zur anderen zu reisen. Seit etlichen Jahren gelang ihr das nun schon. Finas Haut war in dieser Zeit immer gebräunter und ihre blonden Haare immer heller geworden.
Bislang hatte sie dieses Timing für einen erstaunlichen Zufall gehalten. Aber offensichtlich war es mehr als das. Ihre Mutter plante es so. Sie bereitete alles vor, so dass sie nur noch packen mussten, rief ihren Vater an, traf sich mit ihm und suchte am nächsten Tag das Weite.
Wahrscheinlich stimmte es auch nicht, dass sie den Flug erst heute Morgen gebucht hatte. Vermutlich hatte sie das schon vor Wochen getan.
Ihre Mutter war krank! Warum sonst sollte sie sich so verhalten? Eine Verrückte, die ihre Tochter über die ganze Welt zerrte, nur um vor ihrer Wahnvorstellung zu fliehen. Wie konnte

ihr Vater das nur mitmachen? Er musste sie furchtbar lieben und eine endlose Geduld besitzen, anders war es nicht zu erklären.

Fina hielt inne, während sie auf dem Boden vor ihrem Rucksack kniete. Für einen Moment fragte sie sich, warum sie überhaupt hier saß und packte? Warum zog sie nicht einfach los und fing ihr eigenes Leben an?

Wenn sie nur wüsste, wohin? Sie hatte noch keinen Studienplatz – und kein eigenes Geld, um sich eine Wohnung zu mieten. Wenn sie wenigstens den Ort aus ihrem Traum kennen würde …

Fina spürte, wie ihre Tränen wieder hervorquollen. Sie hatte keine andere Wahl, als mit ihrer Mutter nach Neuseeland zu gehen. Das Bild des Rucksacks verschwamm vor ihren Augen. Alles, was bleiben würde, war darin verstaut.

Hastig zog Fina den Karton unter dem Bett hervor, den sie schon vor Monaten gekauft hatte. Sie sprang auf, nahm den gefalteten Boutis und legte ihn hinein. Sie sammelte ihre Bücher und die CDs aus dem Regal und schichtete sie darüber. Schließlich holte sie den handgestrickten Winterpulli aus ihrem Schrank. Erst vor zwei Wochen hatte sie ihn auf dem Markt gekauft, in der irrationalen Hoffnung, hier vielleicht auch noch den Herbst zu erleben. Sie breitete ihn über den Büchern aus und zog als Letztes ihr Tagebuch aus dem Schreibtisch.

Fieberhaft schrieb sie einen letzten Eintrag hinein.

Liebe Großmutter,
es ist so weit, wir ziehen um. Es ist alles ein großer Betrug, aber davon schreibe ich Dir später, weil ich jetzt keine Zeit habe. Wie immer schicke ich Dir meine Lieblingssachen, die ich nicht mitnehmen kann. Bitte bewahre sie für mich auf.

Fina blickte von dem Buch auf und sah nach draußen. Der Mond war schon lange vom Himmel verschwunden. Stattdessen glitzerte das erste Sonnenlicht auf dem Tau, der die grauen Reihen des abgeernteten Lavendelfeldes überzog.
Vor fünf Jahren hatte sie angefangen, das Tagebuch an ihre Großmutter zu schreiben. Vor jedem Umzug hatte sie es in einen Karton gepackt und mit ihren Lieblingssachen zu ihr geschickt.
Plötzlich erinnerte sie sich daran, was sie ihr früher immer geschrieben hatte.
Fina beugte sich wieder über ihr Tagebuch.

Erinnerst Du Dich daran, was ich Dir früher immer geschrieben habe? Ich habe davon geträumt, dass es ein Zimmer bei Dir gibt, in dem Du meine Sachen sammelst, ein Zuhause, das auf mich wartet. Ich habe Dir immer geschrieben, dass ich eines Tages zu Dir kommen werde.
Keine Ahnung, warum: Aber in den letzten Jahren habe ich das wohl aus den Augen verloren. Vielleicht, weil ich angefangen habe, an eine andere Zukunft zu glauben, an ein Studium und echte Freunde. Ich habe geglaubt, dass meine Mutter mich ziehen lässt, wenn ich erwachsen bin. Aber daraus wird wohl nur etwas, wenn ich es selbst in die Hand nehme.
Jetzt gerade habe ich aus dem Fenster gesehen und meinen Plan geändert. Ich werde zu Dir kommen. Jetzt gleich. Nur etwas mehr als tausend Kilometer Landweg liegen zwischen uns. Bald sehen wir uns.

In Liebe,
Deine (Jose)Fina

Fina fühlte ihre Erleichterung, als sie das Tagebuch zuoberst in den Karton legte. Ihr Blick streifte die schweren Bücher. Sie hatte noch keinen genauen Fluchtplan – aber eines war klar: Wenn sie mit diesem Paket schnell und unauffällig von hier verschwinden wollte, müsste sie erst noch Superkräfte entwickeln. Hastig nahm sie die Bücher wieder heraus, bis auf das Buch, das ihr von allen am besten gefallen hatte. Schließlich schloss sie den Karton, klebte ihn zu und schrieb die Adresse ihrer Großmutter darauf.

Allemagne – in deutlichen, fetten Buchstaben malte sie das letzte Wort.

Deutschland. Das Land ihrer Muttersprache, Heimat ihrer Vorfahren. Es musste so ungefähr das einzige Land auf der Welt sein, in dem sie noch nicht gelebt hatte. Nur zweimal war sie dort gewesen: zuerst für einen Besuch bei ihren Großeltern, als sie noch ganz klein gewesen war – und zuletzt für ihre Abiturprüfung.

In Deutschland würde es zu viel regnen, die Menschen seien mürrisch und das Essen zu fettig, hatte ihre Mutter immer geklagt. Es gebe viel zu viele Städte, und die wenigen Flecken, an denen die Natur noch schön sei, wären so klein, dass man selbst mittendrin noch den Verkehrslärm einer nahen Landstraße hören könne. Außerdem sei Deutschland das langweiligste Land der Welt.

Kaum ein gutes Haar hatte ihre Mutter an ihrem Heimatland gelassen, fast so, als wollte sie dafür sorgen, dass Fina niemals auf die Idee käme, Deutschland zu betreten.

Doch je älter sie wurde, desto größer wurde ihr Interesse an der Höhle des Löwen.

Fina hatte ein flaues Gefühl im Magen, als sie aufstand. Wie sollte sie es schaffen, vor ihrer Mutter zu fliehen? Zumal es eine doppelte Flucht war, schließlich konnte es tatsächlich sein, dass ihr Vater nach ihr suchte. Wenn er gestern noch im Dorf gewesen war, dann hatte er sie vielleicht längst gefunden und wartete nur darauf, dass sie ihm in die Arme lief.

Doch selbst wenn sie ihr Leben lang vor ihm geflohen waren – womöglich suchte er nur nach ihr, um sie endlich vor ihrer wahnsinnigen Mutter zu retten. Vielleicht wäre es sehr aufschlussreich, sich einmal mit ihm zu unterhalten.

Fina schüttelte den Kopf, um die Gedankenfliege zu verscheuchen. Sie wollte endlich ihr eigenes Leben beginnen. Ganz gleich, was es mit ihrem Vater auf sich hatte – es war sicherer, ihm nicht über den Weg zu laufen.

Fina schlich zur Wand und horchte. Ihre Mutter schien nebenan in ihrem Zimmer zu sein und ebenfalls zu packen. Vorsichtig öffnete Fina die Tür und schaute in den Flur. Die Zimmertür ihrer Mutter war geschlossen.

Jetzt oder nie!

Fina setzte ihren Rucksack auf und nahm das Paket. Ihr Blick fiel auf ein Kuvert, das noch auf ihrem Schreibtisch lag: der Entschuldigungsbrief an Celine. Sie griff danach, trug alles nach unten und brachte es in der Nische neben der Tür in Position. Dann schlich sie in das Büro ihrer Mutter und fand die beiden Pässe tatsächlich ganz oben auf dem Schreibtisch. Direkt daneben lagen die beiden Kreditkarten ihrer Mutter. Fina zögerte einen Moment. Dann nahm sie beide Karten und beide Pässe und steckte sie in ihre Tasche.

Schließlich lief sie noch einmal ins Obergeschoss und schob den Kopf in das Zimmer ihrer Mutter. Sie versuchte, entschuldigend zu lächeln. »Ich hab fertig gepackt. Wenn du nichts dagegen hast, gehe ich noch kurz zu dem Pferd und verabschiede mich.«

Ihre Mutter lächelte ihr traurig zu. »Aber mach nicht zu lange. In einer Dreiviertelstunde fahren wir los. Und bring deinen Rucksack schon mal ins Auto.«

Fina nickte. »Mach ich.« Ihre Stimme drohte zu brechen. Schnell schloss sie die Tür und schluckte den Kloß herunter.
Sie konnte ihrer Mutter nicht einmal tschüss sagen. Darüber hatte sie nicht nachgedacht. Sie konnte ihr auch keinen Zettel hinterlegen, weil sie ihn womöglich zu früh finden würde. Und an die Neuseeländer Adresse brauchte sie erst recht nicht zu schreiben, weil ihre Mutter ohne sie sicherlich gar nicht erst dorthin fliegen würde. Noch dazu ohne ihren Pass.
Am besten, sie schrieb einfach später eine E-Mail und teilte ihr mit, dass sie noch lebte. Ohne Ortsangabe.
Fina kam sich schäbig vor, aber sie brauchte einen Vorsprung und wollte auf keinen Fall gefunden werden.
Mit einem entschlossenen Nicken lief sie zurück nach unten, setzte ihren Rucksack auf und sammelte das Paket und den Brief ein.
Draußen schnallte sie den Karton auf den Gepäckträger ihres Rades und behielt den Rucksack auf dem Rücken. Sie öffnete den Kofferraum des Autos und schlug ihn wieder zu, als hätte sie tatsächlich ihre Sachen darin verstaut. Einen Moment überlegte sie, einfach das Auto zu nehmen und damit bis zum nächsten Bahnhof zu fahren. Aber wenn sie jetzt den Motor startete, würde ihre Mutter sofort wissen, dass sie sich aus dem Staub machte.
Fina sah noch einmal zu dem kleinen Steinhaus zurück, suchte die Wand nach den Fenstern ab, die zu dieser Seite zeigten: Küche und Bad unten und ihr Zimmer oben. Das Zimmer ihrer Mutter, genau wie das Wohnzimmer und das Büro führten zu den anderen Seiten hinaus.
Fina zögerte. Vielleicht sollte sie den Pass ihrer Mutter nicht gleich mitnehmen. Ihn nur zu verstecken, wäre wohl ebenso effektiv.
Kurzentschlossen warf sie ihn in den Briefkasten und schwang

sich auf ihr Rad. Es war schwer beladen und wackelig, aber sie stemmte sich in die Pedale, um möglichst schnell anzufahren. Neben der Einfahrt und der rosa blühenden Oleanderhecke war sie erst einmal nicht zu sehen. Aber weiter hinten, neben dem Lavendelfeld, könnte ihre Mutter sie durch einen zufälligen Blick aus dem Fenster entdecken.

Fina fuhr, so schnell sie konnte. Erst, als sie über den Hügel hinweg war, war sie wirklich außer Sichtweite. Sie erreichte die lange Einfahrt, die zum Gut des Weinbauern führte. Zwei Briefkästen standen dort: einer, der dem Patron gehörte, und der andere von Celines Familie, die weiter hinten neben dem Gut wohnte. Fina steckte ihren Entschuldigungsbrief in den Postkasten und warf einen letzten Blick auf das Haus und die Stallungen des Weinbauern. Die weiße Camarguestute des Patrons graste davor. Zu weit entfernt, um jetzt noch einen Abstecher zu ihr zu machen.

»Au revoir, Fleur.« Zum ersten und einzigen Mal benutzte Fina den Namen des Tieres. Tränen traten in ihre Augen und verschleierten ihren letzten Blick auf das Tal, als sie wieder auf ihr Rad stieg und weiterfuhr.

Fina atmete tief ein, um wenigstens noch einmal den Duft der Kräuter in sich aufzunehmen.

Doch das Aroma des Lavendels hatte sich endgültig aus der Luft verabschiedet.

4. Kapitel

Mora blickte sich zufrieden in der Hütte um. Schnell und gründlich hatte er für Ordnung gesorgt, solange der Geheime abwesend war. Die Felle auf den Schlaflagern waren gelüftet und ausgebürstet, über der Feuerstelle kochte eine Suppe, und der Boden war gefegt. Mora hatte die Kräuterbüschel an der Decke gesichtet und die trockenen Stengel mit sauberen Händen in die Holzdosen gebröselt. Jetzt fehlte nur noch das Wasser von der Quelle, das er holen sollte, um dem Herrn die Füße zu waschen, sobald dieser zurückkehrte.

Mora griff den Holzkübel und lief aus der Hütte. Mit schnellen Schritten sprang er durch den Wald. Er spürte weder die piksenden Kiefernzweige noch die spitzen Tannennadeln unter seinen Fußsohlen. Doch die schattige Luft des Spätsommers streifte so zärtlich über seine Haut, dass es ihn zum Schaudern brachte.

Allzu deutlich war sich Mora wieder dessen bewusst, wie sehr er sich verändert hatte. Früher waren die Veränderungen beängstigend gewesen: Er war immer größer geworden, bis er den Geheimen um mehrere Köpfe überragte. Mit jedem Jahr hatte er sich tiefer vor seinem Herrn verneigen müssen.

Doch irgendwann hatte das Wachsen aufgehört. Seitdem nahmen nur noch seine Muskeln zu. Inzwischen waren sie so kräftig und ausdauernd geworden, dass er den ganzen Tag lang schwere Arbeiten verrichten konnte.

Dem Herrn missfiel seine Größe, vielleicht sogar seine Kraft – aber viel schlimmer waren die Veränderungen, die nicht zu sehen waren: Moras Haut war auf eine Weise empfindlich geworden, die nicht aufhören wollte, ihn zu quälen. Nicht die Schläge des Herrn trafen ihn härter als in seiner Kindheit, viel-

mehr waren es die zarten Berührungen, die seinen Körper in Aufruhr versetzten: Auch jetzt fand der lauwarme Luftzug jeden Winkel seiner unbedeckten Haut, strich über seine Arme, seinen Oberkörper, fuhr im Laufen um seine Beine, und ohne dass Mora etwas dagegen tun konnte, wuchs die Gier in seiner Körpermitte. Viel zu lange drängte er sie schon zurück. Bald würde er die Kontrolle darüber verlieren.
Mora erreichte den Bach. Er sprang ins Wasser und blieb regungslos stehen. Das Gefühl war so schön, dass er nachgeben wollte. Er wünschte sich, die Stelle zu berühren, die verbotene Qual herauszulassen.
Hastig sah er sich um. Der Herr war fortgegangen, er war allein an diesem Bach. Wenn er jetzt nachgäbe, hätte er für einige Tage Ruhe.
Doch was, wenn der Geheime unter seinem Tarnzauber verborgen war? Wenn er in seiner unsichtbaren Form den Bachlauf entlangwanderte? Vielleicht schlich er sich sogar absichtlich schon vor der Zeit an, um seinen Diener zu prüfen.
Es wäre zu gefährlich, es hier zu tun. Der Herr glaubte seit Jahren, Mora hätte seinen Trieb besiegt – wenn der Geheime ihn jetzt noch einmal ertappte, würde er die Strafe nicht überleben.
Mora kniete sich ins Wasser, ließ seinen Körper von der Strömung umspülen. Das Gefühl wurde so intensiv, dass er aufstöhnte. Doch gleich darauf tat die Kälte ihre Wirkung und ließ die Regung abflauen.
Mora schloss die Augen und wartete, bis er sicher war, die Gefahr gebannt zu haben. Als er sie wieder öffnete, fiel sein Blick auf das zerzauste Menschengesicht, das ihm aus dem Wasser entgegenschaute. Fast erschrak er über sich selbst. Seine schwarzen Haare fielen lang und wild über seine Schultern, und sein Bart war so dicht und struppig, dass nur noch seine Augen und die Nase darüber hervorlugten.

Ein ausgewachsenes Menschenscheusal war aus ihm geworden. *Morasal*, so nannte der Herr ihn, seitdem Mora über seinen Kopf hinausgewachsen war. *Morasal* von Scheu*sal.* Auch Mora selbst musste sich so nennen, und wehe, ihm rutschte sein alter Kindername heraus. Dabei schämte er sich für seinen Erwachsenennamen, schämte sich für das struppige Menschenscheusal, zu dem er geworden war. Er verschloss die Augen vor seinem Antlitz. Menschen waren böswillige Kreaturen, die sich die ganze Welt unterworfen hatten. Eine Art, die sich von ihrer Gier und ihrer Zerstörungswut leiten ließ und nichts achtete außer sich selbst.

Mora hielt den Atem an und ließ sich nach vorne ins Wasser fallen. Ganz flach drückte er sich auf den Grund des Baches, legte sein Gesicht in den Sand und atmete langsam aus.

Er war ein Menschenscheusal, eine Kreatur, die gezähmt werden musste. Nur mit Mühe und harten Bestrafungen war es dem Geheimen gelungen, ihn im Zaum zu halten.

Mora sollte ihm dankbar dafür sein. Doch stattdessen wuchsen seine bösen Kräfte. Allzu oft wollte er gegen seinen Herrn aufbegehren, wollte seine Befehle verweigern und ... Mora drückte sein Gesicht noch tiefer in den Schlamm, um den Gedanken zu unterdrücken, der sich doch nicht kontrollieren ließ: Er wünschte sich, den Geheimen zu verletzen, sich auf ihn zu stürzen und mit dem Jagdmesser auf ihn einzustechen, bis der Herr sich nicht mehr rührte.

Doch der Geschicklichkeit des Geheimen hatte er nichts entgegenzusetzen. Wann immer er ihm trotzte, zog der Herr seine Peitsche so schnell, dass Mora es erst bemerkte, wenn der Schmerz über seine Haut knallte. Es war ein Schmerz, der ihn augenblicklich wieder gefügig machte und ihn dazu brachte, sich nur umso tiefer zu ducken, wenn der Herr mit ihm sprach.

Die letzten Luftblasen blubberten aus Moras Mund. Er verspürte den Drang einzuatmen.
Was, wenn er hier einatmete, im Wasser? Er war ein Mensch, und Menschen konnten sterben.
Doch seine Nase sperrte sich dagegen, das Wasser einzusaugen. Mora fuhr auf und schnappte nach Luft, riss eine Wasserwelle mit sich, die tosend in den Bach klatschte. Schnell sprang er auf die Füße, beugte sich nach vorne und schüttelte das Wasser aus seinen Haaren.
Er sollte sich beeilen, endlich zurückzugehen. Aller Fleiß des heutigen Nachmittags wäre umsonst, wenn die wichtigste Vorbereitung noch nicht getroffen war, ehe der Herr zurückkehrte.
Mora hatte doch niemanden außer dem Geheimen. Niemanden sonst, der mit ihm redete. Ohne den Herrn wäre er allein – mit seiner Bosheit.
Aber wenn er für eine Weile alles richtig machte, dann würde der Herr ihn vielleicht sogar loben.
Mora nahm den Wasserkübel vom Ufer und watete weiter durch den Bach, bis dorthin, wo das abgemauerte Quellbecken das saubere Wasser auffing, ehe es über den Beckenrand sprudelte und sich mit dem braunen Torfwasser mischte, das der Bach aus dem Moor herüberschwemmte.
Mit schnellen Bewegungen füllte Mora den Kübel und trug ihn zurück durch den Wald. Plötzlich musste er daran denken, wie sehr er sich als Kind mit dem schweren Bottich abgekämpft hatte. Die harte Arbeit, die der Geheime ihm auftrug, hatte seinen Kinderkörper geschunden und gequält. Dennoch wünschte Mora sich manchmal, noch ein Menschenkind zu sein. Wenigstens die bösen Gefühle hatte es damals noch nicht gegeben.
Als er die Hütte erreichte, war der Geheime noch nicht zurückgekehrt. Mora atmete auf und trug den Kübel zur Koch-

stelle. Schnell schüttete er das frische Wasser in einen sauberen Kessel, hängte ihn neben dem Suppentopf in die Vorrichtung und schwenkte ihn über die Glut.

Als Kind war Mora manchmal fast ins Feuer gefallen bei dem Versuch, einen gefüllten Kessel einzuhängen. Allzu oft hatte er sich die Haut an den Flammen versengt.

Vielleicht war es doch nicht so schlecht, ein ausgewachsenes Menschenscheusal zu sein.

Mora zog das nasse Ledertuch aus, das er um die Hüfte trug, hängte es vor die Feuerstelle und holte sich ein sauberes aus der Wandnische neben seiner Schlafstatt. Hastig band er es sich um, damit der Geheime ihn nicht nackt hier stehen sah.

Das Wasser im Kessel erhitzte sich schnell. Er musste darauf achten, es nicht zu heiß werden zu lassen. Wenn er dem Herrn auch nur den kleinen Zeh verbrannte, würde Mora die nächste Nacht in Schmerzen und Ohnmacht verbringen.

Gerade, als das Wasser die passende Temperatur erreicht hatte, trat der Geheime in die Hütte. Seine Augen verengten sich zu Schlitzen, während er sich prüfend in der Wohnstatt umsah. Sein Blick blieb an dem nassen Hüfttuch hängen, das vor dem Feuer trocknete, spähte auf Moras neue Bekleidung und suchte in seinem Gesicht nach einer Spur seiner Schuld. Schließlich stieß er seine spitze Nase in die Luft, als könnte er damit wittern, wie Mora die letzten Stunden verbracht hatte, ob das Menschentier nur gearbeitet hatte oder ob es heimlich der Gier seines Körpers erlegen war.

Mora hängte den Kessel aus und verneigte sich tief vor seinem Herrn. »Sein Diener hat ihm warmes Wasser bereitet. Wünscht der Geheime ein Fußbad?«

Ein zufriedenes Grummeln löste sich aus der Kehle des Herrn. Sein spitzer Kinnbart wippte, während er mit dem Kopf zu seinem Schaukelstuhl deutete. »Dort! Und wehe dem Menschenscheusal, wenn es nicht genug Feingefühl in seinen Fingern hat.«

Mora verneigte sich noch tiefer. »Jawohl, Herr.« Er schüttete das warme Wasser in den Waschbottich und trug ihn in geduckter Haltung zum Lieblingsplatz des Geheimen, wo dieser bereits Platz genommen hatte. Eilfertig hockte Mora sich vor seine Füße, um sich der unbequemen Haltung zu entziehen. Er testete noch einmal die Temperatur und hob die Füße des Geheimen ins warme Wasser. Für die geringe Größe des Herrn waren sie riesig, fast größer als Moras Menschenfüße.

Mora massierte sie mit sanften Bewegungen, wie der Herr es gernhatte. Sorgfältig achtete er darauf, ihn nicht zu kneifen oder eine Stelle zu vergessen. Selbst bei dem geringsten Fehler wäre die Peitsche des Alten schneller als jede Entschuldigung, die Mora hervorbringen konnte.

Ganz langsam rieb er den Dreck von den Fußsohlen, schob seine Finger zwischen die Zehen und reinigte die empfindlichen Stellen.

Der Geheime lehnte den Kopf nach hinten und schloss die großen Lider über seine Augen. Seine dicken, roten Haare lagen struppig um sein spitzes Gesicht, während er im Takt der Massage ein tiefes Brummen ausstieß.

Auf einmal wollte Mora den Herrn nicht mehr berühren, wollte nicht sanft zu ihm sein, damit dieser sich vor Wonne räkeln konnte. Vor allem wollte er dieses Brummen nicht länger hören.

Moras Nasenflügel blähten sich, sein Körper spannte sich und wollte zurückweichen. Nur seine Hände erledigten die Arbeit, wie sie es gewohnt waren.

Der Geheime gab einen tiefen Seufzer von sich. »Wenn das Menschenscheusal sich Mühe gibt, könnte man fast meinen, es habe Weibchenhände.«

Moras Nackenhaare sträubten sich. Er sah auf und begegnete dem Blick des Herrn.

Der breite Mund des Geheimen verzog sich zu einem Grinsen. »Nur ansehen darf man das hässliche Menschentier nicht.«

Mora senkte schnell den Kopf und befahl seinen Händen, ganz ruhig weiterzumachen. Der Herr wartete nur auf einen Grund, ihn zu schlagen.

Weibchenhände ... Allein bei dem Wort stellten sich die feinen Härchen in Moras Nacken auf. Es war falsch, den Geheimen mit Weibchenhänden zu berühren.

Mora zog seine Hände von den Füßen zurück. Sollte der Herr ihn doch schlagen. Schmerzen waren ihm lieber als der Schmutz, den er auf einmal an seinen Fingern fühlte.

Hastig duckte er sich und wartete auf den Peitschenhieb.

»Der Geheime hat einen Auftrag für Morasal.«

Mora zuckte zusammen. Der Tonfall des Herrn klang so sonderbar, dass er wieder aufsehen musste.

»Einen besonderen Auftrag.« Der Geheime lächelte und entblößte sein breites Gebiss.

Der Herr war hässlich – zum ersten Mal hatte Mora diesen Gedanken –, ein hässliches Herrenscheusal. Plötzlich musste er grinsen, konnte nichts dagegen tun, während ein kaum merkliches Beben durch seinen Körper lief. Noch nie hatte er so etwas gewagt: etwas Böses über den Herrn zu denken und ihn dabei anzugrinsen. Jeden Moment erwartete er den Hieb.

Doch die Schläge blieben aus.

»Morasal wird ab morgen allein leben.« Der Herr sprach im gleichen Ton weiter. »Nördlich des Moores hat der Geheime ihm eine Erdhöhle eingerichtet. Dort soll das Menschentier hausen.«

Moras Brust durchzog ein Schmerz, der schlimmer war als alle Schläge, mit denen der Herr ihn je gestraft hatte. Der Herr wollte ihn verbannen. Er durchschaute seine Bosheit.

»Morasal bereut alles, was es falsch gemacht hat. Bitte, Herr: nicht in die Verbannung. Es will ein eifriger Diener sein und die bösen Menschengefühle besiegen.«
Der Schaukelstuhl knarrte, als der Herr sich vorbeugte. Seine Finger berührten Moras Kinn und hoben es an. »Er hat gesagt, er habe einen Auftrag für Morasal. Einen wichtigen Auftrag. Wenn das Menschentier ihn erfüllt hat, darf es zurückkommen.«
Mora blickte in die großen Augen. Fast gütig sahen sie ihn an. Ein heißes Gefühl strömte durch seinen Körper. Nur drei oder vier Mal in seinem Leben hatte ihn der Herr so angesehen.
»Der Geheime weiß, dass Morasal ein guter und fleißiger Diener ist. Darum gibt er ihm auch diesen Auftrag.« Der Geheime strich über Moras Kopf, schob seine Haare zur Seite und legte die Hand in seinen Nacken.
Mora schloss die Augen. Die Hand brannte auf seiner Haut. Sie gehörte nicht dorthin – und dennoch war es schön. Weil der Herr noch nie so gut zu ihm gewesen war wie in diesem Moment.
Die Stimme des Herrn kam näher, säuselte an seinem Ohr. »Damit Morasal seine Aufgabe erfüllen kann, hat er ihm einen eigenen Tarnkreis geschaffen, der den ganzen Wald nördlich des Moores umfasst.«
Mora schluckte. Seine Stimme krächzte, ließ sich kaum noch kontrollieren. »Das ist der größte Teil seines Revieres.«
Die Finger des Herrn streichelten seinen Nacken, zeichneten Kreise auf Moras Haut. »Ja, so ist es. Der Geheime setzt großes Vertrauen in Morasal.«
Mora stieß die angehaltene Luft aus, duckte sich noch tiefer unter der Berührung und wollte gleichzeitig aufspringen und den Herrn von sich stoßen. Wenn der Geheime von seinen Gedanken wüsste, von seinem Bedürfnis, ihn zu verletzen, ihn zu töten … So viel Vertrauen war er nicht wert.

Doch er durfte den Herrn jetzt nicht enttäuschen. »Was soll es tun?«

Die Finger des Geheimen glitten weiter, strichen über Moras Schulter, streiften seine Brust und ließen ihn endlich los.

Mora atmete auf. Doch sein Köper wurde von einem Zittern ergriffen, so heftig, dass es sich nicht verbergen ließ.

Die Augen des Herrn blitzten, nahmen es wahr. Dennoch wurde seine Stimme so sanft wie nie zuvor: »Morasal soll dem Geheimen etwas bringen. Aber Anweisungen dazu wird er ihm erst geben, wenn die Zeit gekommen ist. Bis dahin soll das Menschentier seine Höhle einrichten und für Nahrungsvorräte sorgen.« Das Gesicht des Herrn kam wieder näher. »Und denke es immer daran: Sein Auftrag ist von großer Bedeutung.«

Moras Herz raste, fast als wollte es versuchen, die sanfte Stimme durch seinen Leib zu pumpen. Er durfte den Herrn nicht verletzen, durfte nie wieder so etwas denken. Der Geheime meinte es gut mit ihm.

Mora streckte den Oberkörper und neigte sein Haupt. »Jawohl, Herr. Morasal wird den Geheimen nicht enttäuschen.«

5. Kapitel

Immer heftiger strömte das Adrenalin durch Finas Körper, während sie das Tal hinter sich ließ. Sie konnte sich nicht daran erinnern, jemals so schnell Rad gefahren zu sein, war sich sicher, noch nie solche Panik gespürt zu haben.
Was, wenn ihre Mutter sie aus dem Fenster gesehen hatte? Und was, wenn ihr Vater noch in der Nähe war und ihr gleich in seinem Mietwagen entgegenkam?
Sie wurde von zwei Seiten verfolgt und fühlte sich in der Weite der Landschaft wie eine Maus, die den Bussard bereits über sich kreischen hörte.
Als sie die Landstraße erreichte, warf sie ihr Rad an den Straßenrand und streckte den vorbeifahrenden Autos den Daumen entgegen. Bereits in einer halben Stunde wollte ihre Mutter zum Flughafen losfahren. Spätestens in ein paar Minuten würde sie Fina vermissen und anfangen, nach ihr zu suchen.
Vielleicht hatte sie auch längst bemerkt, dass die Pässe und ihre Kreditkarten verschwunden waren. Wahrscheinlich sogar. Aber wenn Fina Glück hatte, dann glaubte Susanne, dass sie die Papiere selbst verlegt oder längst eingesteckt hatte, und durchsuchte noch einmal alles.
In jedem Fall musste Fina so schnell wie möglich aus der Gegend verschwinden, zu irgendeinem Bahnhof, nach Marseille, Aix-en-Provence oder Avignon.
Tatsächlich hielt bereits das zweite Auto, und eine freundliche junge Frau winkte Fina auf den Beifahrersitz.
Während die Frau sie in einen unbedeutenden Small Talk verwickelte, versuchte Fina, sich nicht allzu oft umzusehen. Sie musste sich beruhigen. Niemand hatte gesehen, dass sie hier

eingestiegen war, also würden ihre Eltern sie wohl kaum in diesem Auto suchen.

Fina hatte Glück. Die Frau fuhr nach Marseille zur Arbeit und setzte sie an einer Metrostation ab, wo sie nicht lange warten musste, um zum Hauptbahnhof Marseille-Saint-Charles weiterzufahren.

Als sie endlich in der riesigen Ankunftshalle des Bahnhofes ankam, warf sie nur einen kurzen Blick auf eine der blau leuchtenden Anzeigetafeln: Der nächste Zug nach Paris fuhr in vierzehn Minuten ab.

Mit schnellen Fingern tippte Fina ihr Ziel in den Ticketautomaten, der unerträglich langsam war, und lief endlich zu den Bahnsteigen, die einer neben dem anderen im dortigen Kopfbahnhof mündeten.

Im nächsten Moment erstarrte sie. Nicht weit von ihr entfernt, direkt vor dem Bahnsteig, an dem der Zug nach Paris wartete, stand ein blonder Mann, dessen Anblick sie seit gestern nicht mehr vergessen würde.

Ihr Vater!

Fina huschte hinter eine Informationstafel und spähte durch einen Spalt in der Mitte zwischen zwei Fahrplänen.

Wie konnte es sein, dass ihr Vater sie ausgerechnet hier suchte? Warum war er nicht in Aix-en-Provence oder in Avignon? Warum versuchte er es nicht auf dem Flughafen?

Woher wusste er überhaupt, dass sie ohne ihre Mutter geflohen war? Hatte ihre Mutter ihn etwa angerufen und ihn um Hilfe gebeten?

Anders war es nicht zu erklären. Wenn er glauben würde, dass ihre Mutter bei ihr war, hätte er sie auf dem Flughafen gesucht. Aber von den Bahnhöfen war dies der größte in der Gegend, derjenige, der sie am schnellsten weit wegbrachte. Dass sie hier auftauchte, war am wahrscheinlichsten.

»So eine Scheiße!« Fina spähte auf ihren Zug, der bereits in wenigen Minuten abfahren würde, lugte durch den Spalt zu ihrem Vater, der inzwischen ein Handy in der Hand hielt und aufgeregt telefonierte.
Mit wem? Mit ihrer Mutter? Konnte es tatsächlich sein, dass die beiden unter einer Decke steckten?
Fina hatte keine Zeit, um darüber nachzudenken. Sie musste es irgendwie zu diesem Zug schaffen, ohne von ihrem Vater entdeckt zu werden.
Hastig sah sie sich um und fand eine Gruppe junger Rucksacktouristen, die in ihre Richtung eilten und auf den Pariser TGV deuteten.
Fina warf einen Blick durch den Spalt zu ihrem Vater. Er kehrte ihr den Rücken zu und überprüfte die Zugänge zu den anderen Zügen.
Die Rucksackreisenden kamen an Fina vorbei. Ganz selbstverständlich reihte sie sich neben ihnen ein und ging mit ihnen zusammen auf den Bahnsteig. Sie zwang sich, ruhig zu bleiben und sich nicht zu ihrem Vater umzudrehen. Wenn er ihre blonden Haare von hinten erkannte, hatte sie Pech gehabt. Aber es gab genug andere blonde Mädchen hier, hinter denen er auch nicht herlief – und an ihrem Gang oder ihrer Figur würde er sie wohl kaum erkennen.
Die jungen Reisenden neben ihr scherzten auf Englisch. Fina hörte nicht auf die Worte, lachte aber einfach mit und lächelte einem Mädchen zu, das neben ihr ging.
Noch mitten im Lachen stiegen sie in den Zug ein. Gleich darauf pfiff der Schaffner, und die Türen schlossen sich. Erst jetzt drehte Fina sich um und schaute aus dem Fenster.
Sie entdeckte ihren Vater, der ein Stückchen auf den Bahnsteig gekommen war. Sein Blick flog die Fensterreihen des Zuges entlang. Fina wich noch einen Schritt zurück, als er sie streifte.

Für einen Moment sah sie das Braun seiner Augen aufblitzen. Gleich darauf wandte er sich ab.
Fina atmete auf. Er hatte sie nicht bemerkt.

* * *

Fina verbrachte die Zugfahrt inmitten der Gruppe von Rucksackreisenden, mit denen sie eingestiegen war. Es war eine bunte Gruppe aus verschiedenen Ländern, die sich zufällig in Marseille zusammengefunden hatte und jetzt nach Paris weiterreiste. Sie alle waren offenbar schon eine Weile durch die verschiedensten Länder unterwegs.
Während Fina ihren Abenteuergeschichten von der großen Weltreise lauschte und die französische Landschaft an sich vorbeiziehen sah, versuchte sie, ein wenig ruhiger zu werden.
Wenn sie Glück hatte, dann war sie in Paris bereits sicher. Zwar würden ihre Eltern ahnen, dass es ihre erste Anlaufstation war, aber in der großen Stadt und auf den vielen Bahnhöfen dürften sie es schwer haben, sie zu finden.
Und dann? Fina lehnte den Kopf an das Nackenpolster ihres Sitzes. Sie brauchte einen Plan, wie sie weitermachen wollte, was sie eigentlich vorhatte. Zu ihrer Großmutter erst mal. Aber sie wollte auch studieren – und dort, wo ihre Großmutter lebte, konnte sie nicht studieren. Also war es wieder nur eine Zwischenstation?
Dabei wollte sie doch nur irgendwo ankommen, irgendwo zu Hause sein.
Ihre Gedanken wirbelten durcheinander. Sie war noch immer auf der Flucht. Sie hatte es noch nicht geschafft. Erst musste sie noch ihre Spuren verwischen.
Fina schloss die Augen und versuchte, sich in die Überlegungen ihrer Mutter hineinzuversetzen. Vermutlich ging sie davon

aus, dass sie ein Ziel hatte. Eine frühere Freundin vielleicht, oder einen Ort, an dem sie schon einmal gelebt hatten.
Von den beiden besten Freundinnen, die Fina jemals besessen hatte, wohnte die eine in der Nähe von London und die andere in einem kleinen, schwedischen Dorf in Småland.
Aus Sicht ihrer Mutter kamen die beiden für ihre Zuflucht bestimmt in Frage. Aber ob sie damit rechnete, was Fina wirklich vorhatte? Sie hatten nie über ihre Großeltern geredet. Von den Tagebüchern und den Paketen wusste ihre Mutter nichts, und vielleicht glaubte sie sogar, dass Fina sich gar nicht an ihre Großeltern erinnerte.
Dennoch beschloss sie, noch ein paar falsche Spuren zu legen: Als sie in Paris ankam, kaufte sie mit der einen Kreditkarte ein Bahnticket nach London und mit der anderen Karte eines nach Schweden.
Schließlich war sie zufrieden mit ihrem Fluchtplan. Nur alles, was danach kommen würde, lag noch immer im Dunklen. Ihre Großmutter, studieren … Sie brauchte Geld, um zu leben. Die Kreditkarten konnte sie nicht mehr benutzen, wenn sie am Ziel angekommen war. Also würde sie arbeiten müssen.
Fina schlenderte noch einige Stunden durch Paris, zog hier und da etwas Bargeld aus einem Bankautomaten und stieg am Abend mit ihrem Schweden-Ticket in den Nachtzug Richtung Deutschland. Wenigstens die Hälfte ihres Tickets konnte sie auf diese Weise verbrauchen.
In Finas Viererabteil waren nur noch zwei andere Frauen, die sich nach dem Verstauen ihres Gepäcks in den Speisewagen aufmachten.
Fina kletterte auf ihre unbezogene Liege, legte sich auf den Bauch und blickte aus dem Fenster. Erst als sie ihr Kinn aufstützen wollte, bemerkte sie, wie ihre Hände zitterten.
Eine aufgeregte Frauenstimme rief durch den Gang.

Fina zuckte zusammen. Ihre Mutter!
Doch als die Stimme etwas ruhiger weitersprach, hörte sie, dass es eine Fremde war.
Auch bei der nächsten Männerstimme horchte sie auf. An seinem Tonfall konnte sie hören, dass er jemandem eine Frage stellte.
Sie kannte die Stimme ihres Vaters nicht. Was, wenn er hier auftauchte?
Die Tür ihres Abteils wurde aufgerissen.
Fina fuhr auf, knallte mit dem Kopf an die Decke und brauchte einen Moment, um zu realisieren, dass es nur der Schaffner war, der zu ihr hereinschaute.
»Entschuldigung. Ich wollte Sie nicht erschrecken«, erklärte er freundlich. »Ich würde nur gerne Ihre Fahrkarte kontrollieren.«
Fina sprang von ihrem Bett und kramte eine Weile verwirrt in ihrem Rucksack, bevor sie die Fahrkarte fand.
Während der Schaffner die Karte abstempelte, fragte sie sich, ob ihre Eltern eine Vermisstenanzeige aufgegeben hatten. Und wenn ja, auf welche Weise in Frankreich nach Vermissten gesucht wurde. Wurde überhaupt gesucht? Oder nur, wenn ein Verbrechen vermutet wurde? Immerhin liefen die meisten Menschen freiwillig davon, und Erwachsene konnten schließlich hingehen, wo sie wollten. Aber was, wenn zumindest der Name an alle Bahnhöfe und Flughäfen weitergegeben wurde?
Fast wartete sie darauf, dass das Lesegerät des Schaffners irgendein Signal abgeben würde, und dass er sie dann darum bat, mit ihm mitzukommen.
Aber nichts dergleichen geschah. Er bedankte sich nur, wünschte ihr einen schönen Urlaub in Schweden und gab ihr das Ticket zurück.

Als der Schaffner gegangen war, sackte Fina zurück auf ihre Liege und starrte wieder aus dem Fenster. Doch erst, nachdem der Nachtzug die Lichter von Paris hinter sich gelassen hatte, konnte sie glauben, dass ihre Eltern ihre Fährte verloren hatten.

Wenn ihre Mutter die Abrechnungen der Kreditkarten erhielt, würden sie sich bestimmt noch eine Weile mit falschen Spuren beschäftigen. Aber Finas tatsächlichen Aufenthaltsort würden sie daraus wohl nicht mehr schließen können.

Während sie anfing, ihre Liege mit dem Bettzeug zu beziehen, wurde Fina klar, wie selbstverständlich sie inzwischen darüber nachdachte, dass ihre Eltern sie gemeinsam verfolgten. Bis vorgestern war sie noch zusammen mit ihrer Mutter vor ihrem Vater geflohen und sich sicher gewesen, dass in ihrem sonderbaren Leben alles seine Richtigkeit hatte. Doch jetzt hatte sich alles auf den Kopf gestellt, und sie hatte noch immer keinen Plan, was genau aus ihrem Leben werden sollte.

Ob ihre Großmutter sich tatsächlich für sie interessierte, wenn sie aus dem Nichts vor ihr auftauchte?

Während sie sich auf der schmalen Liege zusammenrollte und die Bettdecke über sich zog, fühlte sie sich so einsam wie nie zuvor. Da war sie nun, frei von allen Verbindungen, mutterseelenallein, noch immer auf der Flucht. Und alles, was ihr blieb, war die Hoffnung auf eine Großmutter, die sie nur einmal in ihrem Leben gesehen hatte. Was, wenn diese Großmutter sie nicht bei sich aufnehmen wollte?

Die meisten Ausreißer landeten auf der Straße.

Tränen lösten sich aus Finas Augen und sickerten in das weiße Kissen.

Vielleicht sollte sie diesen Moment fotografieren, ihre Einsamkeit auf ein Bild bannen, um sie zu begreifen. Doch wie ließ sich die eigene Einsamkeit fotografieren? Ein Selbstpor-

trät von einem weinenden Mädchen? Die dunkle Leere eines Zugabteils? Könnte jemand anderes die Einsamkeit aus einem solchen Bild herauslesen? Oder lag es in der Natur dieses Gefühls, dass man auf immer damit allein blieb?
Fina schloss die Augen und lauschte dem rhythmischen Rattern des Zuges. Nur dieses Geräusch drang zu ihr vor, flüsterte ihr zu, als wollte es sie trösten: ratatatam … ratatatam – wie der Rhythmus einer weit entfernten Musik, der sie ganz allmählich in den Schlaf wiegte. Dort unten wartete jemand auf sie.

* * *

Sie ist nicht allein, jemand ist bei ihr, jemand, den es immer schon gegeben hat …
Fina fuhr auf. Ihre Hand wollte sich aufstützen und griff ins Leere. Mit einem schnellen Reflex hielt sie ihr Gleichgewicht und begriff nur langsam, dass sie beinahe aus dem Bett gefallen wäre.
Der geheime Traum! Sie hatte ihren geheimen Traum geträumt. Fina versuchte, sich den letzten Rest davon in Erinnerung zu rufen.
Der Geruch eines fremden Deos wehte in ihre Nase. Direkt neben ihr standen zwei halbnackte Frauen, die sich gerade anzogen.
Sie war in einem Liegewagenabteil. Von draußen schimmerte Tageslicht durch die Vorhänge, und aus dem Gang klangen fremde Stimmen und das Ratschen von Schiebetüren.
Fina beugte sich aus dem Bett, schob den gelben Vorhang beiseite und blickte aus dem Fenster. Der Zug rollte durch eine Landschaft, die von langweiligen Einfamilienhäusern zersiedelt wurde.
»Wir sind gleich in Hannover.« Eine der beiden Frauen sprach

Fina an. »Der Schaffner war gerade hier, um uns zu wecken. Fährst du noch weiter nach Berlin?«
Fina starrte nach draußen. Weiter nach Berlin?
Nein, sie musste nicht nach Berlin. Sie musste wohin?
Hannover! Schlagartig war sie hellwach. Sie war angekommen, sie musste aussteigen! Sie wollte weder nach Berlin noch nach Schweden. Hastig sprang sie aus dem Bett. »Nein. Ich muss auch hier raus!«
So schnell es die Enge im Abteil zuließ, zog sie sich an. Nur wenige Minuten später rollte der Zug in den Bahnhof.
Das Gefühl der Flucht griff wieder auf sie über, als sie den schweren Rucksack schulterte, mit dem Paket auf den Armen durch den Gang hastete und schließlich auf den Bahnsteig sprang.
Die Menschen um sie herum sprachen das akzentfreie, saubere Deutsch der Muttersprachler.
Kalte Panik strömte durch ihren Körper. Eine Menschenmenge, die Deutsch sprach – es war ein harter, kühler Klang, der ihr noch nirgendwo untergekommen war! Selbst dann nicht, als sie zu ihrer Abiturprüfung nach Bayern gereist waren. Ihre Mutter hatte sie mit dem Auto von Tür zu Tür gefahren – im Hotel hatten sie in ihrem Zimmer gegessen, und bei der Prüfung selbst war es ruhig und leise gewesen.
Doch jetzt war sie in der Höhle des Löwen, im Hexenkessel, genau dort, wo ihre Flucht begonnen hatte. Wie war sie nur auf die Idee gekommen, hierherzufahren?
Aber nur wenige Minuten später, während der Zug hinter ihr davonfuhr und die Menschenmenge sich zerstreute, beruhigte sie sich allmählich.
Es gab hier niemanden, der sie verfolgte, sie musste nicht mehr weglaufen. Sie musste jetzt nur noch ihr Ziel finden.
Soweit Fina das über die Gleise hinweg beurteilen konnte,

schien Hannover eine mehr oder weniger graue Stadt zu sein. Aber vielleicht lag es auch an dem grauen Himmel und ihrer düsteren Laune, oder daran, dass noch die Farben der Provence durch ihre Erinnerungen leuchteten.
Fina suchte sich den Weg zum Reisezentrum und ließ sich eine Verbindung in das Dorf ihrer Großmutter ausdrucken. Doch als sie auf das Papier starrte, war sie entsetzt: Obwohl sie die Lüneburger Heide schon beinahe erreicht hatte, würde sie noch fast drei Stunden unterwegs sein.

* * *

Der graue Himmel war aufgebrochen, als der Bus Walsrode hinter sich ließ und zwischen gelben Getreidefeldern und satten Wiesen von einem Dorf zum anderen schaukelte. Finas Blick sprang von Bauernhof zu Bauernhof, forschte in dem dunklen Grün eines Waldstückes und suchte nach irgendetwas, das ihr zeigte, dass sie tatsächlich in der Lüneburger Heide gelandet war. Aber weiße Sandwege oder violettes Heidekraut suchte sie genauso vergeblich wie grasende Schafherden. Nur das rote Ziegelstein-Fachwerk der älteren Häuser gab ihr einen Hinweis darauf, dass die Mühle ihrer Großeltern nicht allzu weit entfernt sein konnte.
Nachdem der Bus mindestens fünf Mal von einer Landstraße auf die andere abgebogen war, kündete eine Computerstimme das Dorf an, in dem ihre Oma lebte.
Fina drückte den Halteknopf und suchte den Ort durch die großen Seitenfenster. Aber selbst, als der Bus langsamer wurde und anhielt, fand sie nur eine Wiese mit grasenden Pferden und ein paar vereinzelte Häuser, die sich dahinter in den Schatten des Waldes duckten.
Zur Sicherheit warf sie noch einen Blick auf die Digitalanzeige.

Sie verkündete das Gleiche wie die freundliche Stimme zuvor: *Ebbingen-Kreuzung.*
Die Tür des Busses öffnete sich und ließ Fina keine Zeit, noch länger darüber nachzudenken, ob sie wirklich richtig war. Ehe sie sichs versah, stand sie draußen, der Bus fuhr wieder an und ließ sie allein am Rand einer Landstraße zurück.
Noch zwei weitere Autos rasten an ihr vorbei. Dann war es still.
Ein seltsames Gefühl befiel sie, während sie über die Pferdewiese hinwegblickte, auf den dunklen Wald, der sich darüber neigte. Fast schien es ihr, als gäbe es etwas in der Dunkelheit des Waldes, das sie anlockte, das sie zu sich rief, das auf sie gewartet hatte.
Fina schauderte, verdrängte das Gefühl und blickte den Weg entlang, der an der Wiese vorbeiführte und hinter dem Waldstück verschwand. Dort hinten schimmerten Hausdächer durch das Laub, und direkt am Anfang des Weges stand eine Hinweistafel, die so aussah wie ein Ortsplan.
Fina überquerte die Landstraße und studierte die Karte. Es war ein Plan, auf dem sämtliche Hausnummern des Ortes verzeichnet waren. Fina suchte das Haus ihrer Großeltern und versuchte, sich einzuprägen, wie sie dorthin gelangen würde. Schließlich schnallte sie den Hüftgurt ihres Rucksackes enger, klemmte sich das Paket unter den Arm und lief die schmale Straße neben der Pferdekoppel entlang.
Tatsächlich tauchte das Dorf hinter dem Waldstück auf, das ihr von der Landstraße aus die Sicht versperrt hatte. Die kleine Straße verzweigte sich und führte in drei Richtungen zwischen den Häusern hindurch. Alte Bauernhöfe, rote Fachwerkkaten und kleine Einfamilienhäuser schmiegten sich an den Wald, der sich dahinter noch größer und weiter erhob, als es von der Landstraße aus den Anschein hatte.

Während Fina zwischen den Häusern entlanglief, kehrte das seltsame Gefühl zurück, verwandelte sich in eine Einsamkeit, die sich so schwer über ihren Körper legte, als müsste sie daran ersticken. Sie war allein in diesem Dorf, fremd und verloren. Ein morscher Baum, der hier seine Wurzeln suchte, nur um festzustellen, dass sie schon lange verfault waren.
Fina versuchte, das Gefühl abzuschütteln, doch sie wurde es nicht los. Ihre Großmutter hatte nie auf ihre Briefe geantwortet. Sie hätte es auch gar nicht gekonnt, weil Fina nie einen Absender auf die Pakete geschrieben hatte – damit ihre Mutter nicht von dem Kontakt erfuhr.
Aber jetzt fragte sie sich, ob ihre Post überhaupt angekommen war. Was, wenn ihre Oma nicht mehr hier wohnte? Womöglich war sie eine debile, alte Frau, die längst in einem Altersheim lebte. Vielleicht waren ihre Großeltern auch schon längst gestorben. Irgendeinen Grund musste es schließlich geben, warum ihre Mutter den Kontakt abgebrochen hatte.
Fina kam es fast vor, als würde das Sonnenlicht auf der Seifenblase schillern, in der sie sich bewegte. Die Freundschaft zu ihrer Großmutter war nicht mehr als eine Illusion, eine Projektion ihrer Wünsche. Wenn sie gleich vor ihrer Haustür stand, würde ihre Seifenblase platzen.
Die Hausnummern der Fachwerkhäuser verschwammen vor Finas Augen. Sie lief an blühenden Vorgärten vorbei und bog in einen Feldweg ein, der am Forst entlang aus dem Dorf hinausführte. Der Schatten des Waldes beugte sich über sie, der Wind säuselte in den Zweigen und mischte sich mit dem sprudelnden Rauschen von herabstürzendem Wasser.
Fina erkannte die Mühle von weitem. Hastig wischte sie die Tränen ab und versuchte, das düstere Gefühl herunterzuschlucken. Vor ihr lag tatsächlich die Mühle, an die sie sich erinnerte. Noch dichter als alle anderen Häuser stand sie am Waldrand.

Die Äste und Zweige der Buchen neigten sich über ihr Dach, wie eine Mutter, die ihr Kind beschützte.
Ein beklemmendes Gefühl legte sich um Finas Brust, wie eine Kette, die ihr die Luft abschnürte. Der Zustand des Gebäudes war noch schlimmer als in ihrer Erinnerung. Das Dach war an einigen Stellen eingesunken und von Moos überwachsen. Die roten Ziegelsteine, die das Fachwerk ausfüllten, bröckelten auseinander, und die Fensterscheiben waren zerkratzt und milchig.
Der Wohntrakt der Mühle sah noch nicht ganz so schlimm aus, doch der Wirtschaftstrakt, der an den Mühlbach angrenzte, erinnerte an eine Ruine. Manche der Fensterscheiben waren zerbrochen, und in den Dachziegeln klaffte ein Loch, das so aussah, als könnte es jederzeit von den Seiten weiter einbrechen. Auch das alte, hölzerne Mühlrad stand still, zumindest die zerbrochenen Reste davon, an denen der kleine Wasserfall unbeeindruckt herabrauschte.
Einzig eine lange Reihe leuchtender Sonnenblumen vor dem Wohntrakt ließen Fina hoffen, dass in dem alten Gemäuer noch jemand lebte.
Ihr Herzschlag ging schwer, kämpfte gegen die eiserne Kette, während sie über einen grasbewachsenen Weg zur Haustür ging.
Durch eine kleine Glasscheibe konnte sie eine alte Garderobe erkennen, an der ein Mantel und eine Regenjacke hingen. Darunter standen Gummistiefel und robuste Frauenschuhe.
Finas Hand zitterte, als sie den Finger zur Klingel führte.
Im Inneren des Hauses schrillte es, gefolgt von dem Kläffen eines Hundes, der aus irgendeinem Zimmer auf sie zustürmte.
Fina schloss die Augen.
»Rübezahl, aus!« Eine ältere Frauenstimme rief den Hund zur Räson und schien durch den Flur auf sie zuzukommen.

Fina sah wieder durch die Scheibe und erkannte die rundliche Frau sofort. Sie hatte das Gesicht ihrer Mutter – nur dreißig Jahre älter.

Die alte Frau hielt inne, als sie Finas Blick begegnete. Sekunden starrten sie sich an, während das Erkennen über das Gesicht ihrer Großmutter huschte. Schließlich öffnete sie die Tür so langsam, als hätte sie Angst, ihre Enkelin wäre nur eine Illusion, die sich durch eine unbedachte Bewegung in Luft auflösen würde.

Der kleine Hund kam aus der Tür geschossen, wirbelte um Finas Beine und sprang daran hoch.

Fina stand noch immer wie erstarrt da, den Blick weiterhin auf ihre Großmutter gerichtet. Auf dem Gesicht der rundlichen Frau formte sich ein ungläubiges Lächeln. »Josefina?«

Das beklemmende Gefühl löste sich mit einem Schlag, fast konnte Fina hören, wie die Kette klirrend zersprang. »Ja, ich, ich …« Sie stammelte, wollte sich am liebsten hinter dem Paket auf ihren Armen verstecken. »Ich hab ein Paket für dich … und … und … es hätte sich nicht mehr gelohnt, das noch abzuschicken … weil ich sonst vor ihm hier gewesen wäre.«

»Fina!« Der Blick ihrer Großmutter verwandelte sich in ein Strahlen. »Du bist es tatsächlich!« Sie nahm ihr das Paket aus den Händen, stellte es neben die Garderobe und zog Fina in ihre fülligen Arme. »Du bist nach Hause gekommen!«

6. Kapitel

Der Duft von Milchreis erfüllte die Küche, zog den letzten Rest der Anspannung aus Finas Körper und beruhigte endlich auch das Zittern ihrer Hände, das seit Stunden angehalten hatte.

»Dass du jetzt wirklich hier bist ...« Immer wieder sagte ihre Großmutter diesen Satz und stieß dabei ein verhaltenes Kichern aus, fast wie ein kleines Mädchen beim Anblick der Weihnachtsgeschenke. Ihre Wangen leuchteten in einem rosigen Ton, und bei jedem Lächeln nahmen sie die Form eines Herzens an.

Fina nippte den Milchreis in kleinen Häppchen von ihrem Löffel und konnte den Blick kaum von ihrer Großmutter abwenden. Es gab sie also tatsächlich. Sie lebte in ihrer Mühle und hatte Finas Tagebücher gelesen. Nicht nur das, sie hatte auf ihre Enkelin gewartet und immer gehofft, dass sie irgendwann hierherkommen würde.

Nur einen bitteren Teil der Wahrheit gab es, den Fina kurz nach ihrer Ankunft erfahren musste: Ihr Großvater lebte nicht mehr. Wenige Monate nach ihrem Besuch damals war er an Krebs gestorben. Die tödliche Krankheit war anscheinend auch der Grund gewesen, warum Finas Mutter ihre Eltern noch einmal besucht hatte.

»Aber eines geht mir nicht aus dem Kopf ...« Fina ließ ihren Löffel sinken. »Warum ist Mama eigentlich von hier fortgegangen? Gut, wir sind angeblich vor meinem Vater geflohen. Aber warum hat sie deshalb den Kontakt zu euch abgebrochen?«

Ihre Großmutter seufzte. »Ach, Fina. Das ist eine lange Geschichte. Von uns hat sie sich schon losgesagt, Jahre, bevor es dich gab.« Oma Klara schob ihr leeres Milchreisschälchen von sich. »So ganz habe ich auch nie verstanden, warum. Aber ich nehme an, deine Mutter hatte eine sehr trostlose Kindheit bei uns.« Sie faltete die Hände unter ihrem Kinn, ihr Blick wurde traurig. »Dein Großvater, Klemens, er hatte einen Arbeitsunfall, als deine Mutter noch ein Baby war. Er hat sich im Mahlwerk der Mühle beide Arme gequetscht. Sein rechter Arm musste amputiert werden, und den linken Arm konnte er danach kaum noch bewegen.« Sie blickte aus dem Fenster auf den Bach, der in einem satten Strom aus dem Wald heranfloss, bevor er sich unter dem Mühlrad in die Tiefe stürzte. »Mein Klemens hatte in jungen Jahren den Traum, neben seiner Arbeit als Müller irgendwann auch als Maler Erfolg zu haben. Mit seinem Unfall ist dieser Traum geplatzt, und er hat sehr darunter gelitten.«

Fina sah sich wieder in der Küche um. Schon vorher waren ihr die Ölbilder und Aquarelle an den Wänden aufgefallen, die allesamt romantische Heidemotive zeigten: eine Heidschnuckenherde inmitten von Heidekraut, auf dem nächsten Bild eine weite sandige Landschaft, die mit purpurfarben blühendem Gestrüpp bewachsen war, rote Fachwerkhäuschen und Impressionen aus dem Dorf und dazwischen immer wieder die Mühle und der Mühlbach, aus allen Perspektiven.

»Susanne kannte ihren Vater nur als sehr unglücklichen Menschen.« Ihre Oma seufzte erneut. »Es ist ihm nie gelungen, ein neues Lebensziel zu finden, für das er seine Hände nicht brauchte. Die Spielerei war sein einziger Trost und der letzte Rest seiner Lebensfreude. Nach einiger Zeit hat er jede Gelegenheit zum Spielen genutzt, die er finden konnte. Jeden verfügbaren Pfennig hat er für Lottoscheine und Glücksspiele ausgegeben. Er hat jede Zeitschrift gekauft, in der Gewinnspiele ausgeschrieben waren, und hat daran teilgenommen. Wann immer sich eine Fahrgelegenheit bot, ließ er sich zum Spielkasino oder ins Wettbüro mitnehmen. Und in der übrigen Zeit hat er mit den Männern im Dorf Karten gespielt und dabei Haus und Grund verwettet. Nur, dass unsere Nachbarn ihm seine Spielschulden aus Mitleid erlassen haben. Oder vielleicht auch nur deshalb, weil sie mit einer sanierungsbedürftigen Mühle nichts anfangen konnten.« Ihre Großmutter goss sich und Fina neuen Tee in die Tassen und schüttete einen Löffel Zucker hinein. »Ich musste derweil sehr viel arbeiten, um unsere kleine Familie über Wasser zu halten. Da ich keine richtige Ausbildung hatte, habe ich für das halbe Dorf als Putzfrau geschuftet, manchmal einige Tage ohne Entlohnung, wenn einer unserer Nachbarn doch auf seinen Spielgewinn bestanden hat. Du kannst dir sicher denken, dass dein Opa und ich damals häufig Streit miteinander hatten.«

Fina nickte langsam, ihr Blick fiel auf Rübezahl, der auf einem Schaffell lag und schlief. Eine lustige, schwarz-weiß gefleckte Promenadenmischung mit dickem Bauch und kurzen Beinen.

»Und zu allem Überfluss hat das ganze Dorf über uns getuschelt, über das Pech meines Mannes und seine schlimme Spielsucht, über die Putzfrau des Dorfes, die es so schwer hatte, über unsere Mühle, die immer mehr in sich zusammenfiel, und nicht zuletzt über das arme Mädchen, das die alte Kleidung ihrer Nachbarinnen auftragen musste.«

Fina schluckte. Das arme Mädchen war ihre Mutter!

»Susanne hat sich immer sehr für uns geschämt. Wegen unserer Armut hatte sie keine Möglichkeit, ihr Abitur zu machen, und musste stattdessen schnell eine Ausbildung anfangen, obwohl sie eigentlich so gerne studieren wollte. Aber dann hat sie einen reichen Diplomatensohn kennengelernt und sich in ihn verliebt.«

Fina horchte auf. »Welchen Diplomatensohn?«

Ihre Großmutter neigte den Kopf. »Deinen Vater natürlich.«

»Meinen Vater?« Fina starrte sie überrascht an. »Ein Diplomatensohn?«
Oma Klara nickte langsam. »Hat sie dir das nie erzählt? Das sieht ihr ähnlich. Sie hat auch vor mir ein großes Geheimnis aus ihm gemacht. Ich musste mir immer an den eigenen Fingern abzählen, dass in ihrem Leben etwas Dramatisches vorging.«
Ihre Großmutter hob ihre Tasse hoch und trank einen Schluck von ihrem Tee, ehe sie weitererzählte. »Aber irgendwann habe ich herausgefunden, wer sie so durcheinanderbrachte: Dein Vater ist nicht nur ein Diplomatensohn – er war selbst in der Diplomatenausbildung, als sie ihn kennengelernt hat. Wenige Jahre später ist er wohl auch als Diplomat berufen worden. Leider habe ich ihn nie persönlich getroffen. Etwa zu der Zeit, als das mit ihm anfing, hat Susanne sich von uns abgewandt.« Ein bitterer Unterton schwang in ihrer Stimme mit. »Selbst von ihrer Hochzeit habe ich erst viel später erfahren.«
Finas Gedanken begannen zu rasen. Ihr Vater war ein Diplomat. Und ihre Mutter hatte immer schon ein Geheimnis aus ihm gemacht. Was bedeutete das? Konnte das der Grund sein, warum sie vor ihm flohen? War er am Ende vielleicht ein Geheimagent, und es wäre gefährlich, mit ihm zusammenzuleben?
Fina schauderte. Vielleicht hatte sie ihren Eltern unrecht getan. Vielleicht gab es doch eine Erklärung für den Betrug.
Möglicherweise war in Wirklichkeit auch jemand anderes hinter ihr her – ein Feind ihres Vaters. Und sie durfte die Wahrheit nicht erfahren, weil sie dadurch in noch größere Gefahr geriet.
Fina fühlte, wie sie blass wurde. »Meinst du, dass wir deshalb geflohen sind? Weil er Geheimagent ist oder so?«
Sie hatte ihrer Oma bereits die ganze Geschichte erzählt, den ganzen Betrug und den Grund ihrer Flucht. Aber ihre Großmutter hatte immer wieder die Stirn in Falten gezogen und ge-

sagt, dass sie die Zusammenhänge wirklich nicht verstehen könne. Sie hatte erzählt, wie sie jedes Mal über Finas Tagebüchern gerätselt hatte, weil sie kaum noch etwas von Susanne wusste.

Erst jetzt schien sich das Rätsel zu lichten.

Oma Klara blickte sie mit weiten Augen an. »Du meinst, dass ihr in Wirklichkeit von jemand anderem verfolgt werdet?«

Fina zuckte die Schultern. Ihr Hals wurde trocken. »So in der Art.«

Ihre Großmutter schlug die Hände vor den Mund. »O mein Gott.« Sie blickte zum Fenster, als würde der Entführer bereits dort draußen lauern.

Fina folgte ihrem Blick und fröstelte.

Vor dem Fenster war niemand. Nur der dunkle Waldrand, nicht einmal zehn Meter entfernt.

Rübezahl träumte, er stieß ein leises Jaulen aus, und seine kurzen Beinchen zuckten im Schlaf, als würde er draußen herumrennen.

»Vielleicht hat sie deshalb auch den Kontakt zu euch abgebrochen.« Fina flüsterte. »Weil sie euch nicht in Gefahr bringen wollte. Und erst, als Opa im Sterben lag, ist sie doch hierhergekommen, um ihn noch einmal zu sehen.«

Ihre Großmutter riss ihren Blick vom Fenster los. »Himmel, Fina! Du könntest recht haben! Deshalb hatte sie damals auch solche Angst. Als ihr hier wart, da kam sie mir fast schon paranoid vor. Immer hat sie die Türen verriegelt und aus dem Fenster gestarrt. Bis sie bei Nacht und Nebel wieder mit dir verschwunden ist. Danach habe ich erst wieder von euch gehört, als du mit diesen Tagebüchern angefangen hast.« Oma Klara schloss für einen Moment die Augen. »Und wir haben all die Jahre geglaubt, dass sie sich für uns geschämt hat. Dein Vater war ihre Eintrittskarte in die Welt der Reichen und Gebildeten – und wir waren uns sicher, dass wir ihr peinlich waren. Vor allem Klemens hat sich gegrämt. Er hat seine Tochter so geliebt. Er hat immer davon gesprochen, dass sie eines Tages wiederkommen würde, um die Mühle mit ihrem Geld vor dem Verfall zu retten. Aber als sie dann hier war, kurz vor seinem Tod … da war sie so anders, so, als würde Geld ihr gar nichts bedeuten. Plötzlich schien es um viel schlimmere Dinge zu gehen.« Oma Klara sah Fina wieder an. »Du ahnst nicht, welche Angst ich um euch hatte. Aber ich konnte nichts tun. Deine Tagebücher waren der einzige Trost. Wenigstens ein Hinweis darauf, dass ihr noch lebt.«

Fina atmete tief ein. Auf einmal bekam die ganze Geschichte einen logischen Zusammenhang.

»Was machen wir jetzt mit dir?« Oma Klara blickte sie noch immer mit großen, entsetzten Augen an.

Fina ließ ihren Kopf auf den Tisch sacken, legte ihn seitlich in ihre Armbeuge. Sie war müde. Sie wollte nicht wieder fliehen. Ganz egal, wer sie verfolgte, sie war gerade erst hier angekommen. Wenigstens für eine Weile wollte sie bleiben. Ganz in Ruhe wollte sie ihre Bewerbungsmappen fertigmachen und nebenbei ein wenig jobben.

Seitdem ihre Oma sie so freundlich empfangen hatte, war alles auf einmal so klar gewesen, so einfach. Dieser Ort konnte ihr Zuhause sein, zumindest für eine Übergangszeit, bis sie ihre Zukunft organisiert hatte. Und auch später würde sie jederzeit hierher zurückkehren können.

Nach einem solchen Ort hatte sie immer gesucht. Schon fast hatte sie aufgehört, darauf zu hoffen – doch jetzt, nachdem sie ihr Zuhause gefunden hatte, da konnte sie es doch nicht wieder aufgeben? Wegen einer vagen Bedrohung, die ihr niemand erklären wollte.

»Herrgott, ich bin fast neunzehn!« Fina hob den Kopf. »Ich

bin selbst verantwortlich für mein Leben! Wenn mein blöder Vater tatsächlich ein Geheimagent ist, dann hätte Ma das ja mal erwähnen können. Zumindest, nachdem ich die beiden zusammen erwischt habe.« Fina schnaubte durch die Nase. »Und überhaupt: Geheimagent. So ein Quatsch mit Soße. Mag ja sein, dass er ein Diplomat ist – aber wir sind hier doch nicht im Film!« Sie spähte wieder aus dem Fenster, suchte nach einer Bewegung im Schatten der Bäume. »In jedem Fall muss mich schon jemand entführen, bevor ich wieder von hier weggehe.«

Fina presste die Lippen aufeinander. Sie wusste nicht, ob es Stärke oder Trotz war, das auf einmal durch ihren Körper pulsierte. In jedem Fall etwas, das sie darin bestärkte, sich nicht von ihrem Ziel abbringen zu lassen. »Wenn du nichts dagegen hast, dann bleibe ich noch eine Weile, schreibe meine Bewerbungen und verschwinde wieder, wenn ich einen Studienplatz bekommen habe. Ich suche mir auch einen Job, damit ich dir nicht auf der Tasche liege.« Sie sah ihrer Großmutter in die Augen. »Und diese Agentenkacke, die vergessen wir mal schnell wieder. Was meinst du?«

Das Gesicht ihrer Großmutter formte wieder ein lächelndes Herz. »Ich meine, dass du eine ziemlich mutige junge Frau bist. Und eine verdammt hübsche noch dazu.«

Fina lachte auf.

Doch ihre Oma hob die Hand. »Ganz im Ernst: Diese rehbraunen Augen, die musst du von ihm haben. Und wenn ich sehe, wie sie vor sich hin blitzen, dann ahne ich langsam, warum dein Vater deiner Mutter so den Kopf verdreht hat.«

Fina sah nach unten. Bislang war ihre Mutter die Einzige gewesen, die ihr gesagt hatte, wie hübsch sie war. Doch diese Aussage besaß keinen Wert, solange sie von der eigenen Mutter kam.

Oma Klara wurde ernst. Sie wandte ihren Kopf zum Fenster,

suchte auf die gleiche Weise in den Schatten wie Fina zuvor. »Natürlich kannst du so lange bleiben, wie du willst. Aber vielleicht solltest du dir erst mal noch keinen Job suchen. Falls du doch von jemandem verfolgt wirst, sollten nicht so viele Leute erfahren, dass du hier bist.«

* * *

Ihre Großmutter hatte tatsächlich ein Zimmer für sie eingerichtet. Es war ein kleiner Raum, der von all den Dingen belebt wurde, die Fina in den letzten Jahren etwas bedeutet hatten. In einem großen Buchregal standen ihre Bücher und CDs, in einem Antiquitätenschrank warteten ihre liebsten Winterklamotten, und auf einer alten Kommode waren ihre kleinen Schätze dekoriert, Dinge, die ihr etwas bedeutet hatten, bis sie sich schweren Herzens von ihnen hatte trennen müssen.

Als Fina am späten Nachmittag zum ersten Mal allein in ihr Zimmer trat, konnte sie ihren Blick nicht von dem kleinen Känguru lösen, das zwischen den Schätzen auf der Kommode saß. *Kängu,* der Tröster und Gefährte ihrer Kindheit. Es war nur ein ganz kleines Känguru, damit es ins Gepäck passte. Dennoch war ihre Mutter irgendwann der Meinung gewesen, dass sie kein Kuscheltier mehr brauchte.

Kängu war das Erste gewesen, das sie zu ihrer Großmutter geschickt hatte, vielleicht sogar der Grund, warum sie überhaupt auf diese Idee gekommen war.

Finas Augen füllten sich mit Tränen, als sie ihre Hand um das Tierchen schloss. Nur sein Kopf schaute heraus, als sie es an sich drückte. Mit verschwommenem Blick streifte sie über ihre anderen Schätze: gebastelte Döschen und selbstgenähte Tiere, alte Fotoalben und ihre schönsten gemalten Bilder, die ihre Großmutter an den Wänden aufgehängt hatte. Auch ein paar

Fotografien waren darunter, eine Landschaftsaufnahme von jedem Ort, an dem sie in den letzten fünf Jahren gelebt hatte. Wenn man alles abzog, was sich kaufen und ersetzen ließ, war offenbar nur noch das von Wert, was man selbst erschaffen hatte – und die wenigen Dinge, die man wirklich liebte.

Fina wollte ihre Schätze nicht näher betrachten, nicht jetzt. Stattdessen packte sie ihren Rucksack und ihr Paket aus, dekorierte den Boutis auf ihrem Bett und blätterte durch ein paar ihrer Lieblingsbücher, die sie fast verloren geglaubt hatte. Fantasybücher. Ein trauriges Lächeln glitt über ihr Gesicht, während sie daran dachte, wie oft ihre Mutter ihr Lieblingsgenre angefeindet hatte.

Vielleicht las sie es gerade deshalb am liebsten.

Schließlich hörte sie Musik mit ihrem MP3-Player und las zum ersten Mal seit langem die Songtexte in den Booklets ihrer CDs.

Es war noch früh, als sie ins Bett ging. Aber sie lag noch lange mit offenen Augen unter ihrer Bettdecke, das kleine Känguru fest an sich gedrückt.

Es war schon erstaunlich, wie die Kindheit einen mit einem Schlag einholte, gerade in dem Moment, in dem man ihr endgültig den Rücken kehren wollte.

Im Flur klingelte das Telefon. Fina lauschte dem Klappen der Wohnzimmertür und gleich darauf der Stimme ihrer Großmutter. Sie konnte nur ihren Tonfall verstehen, distanziert und verhalten, so als wäre es ein unangenehmes Gespräch.

Fina richtete sich auf. Ihre Mutter! Wer sonst sollte es sein?

Nur wenige Minuten später klopfte ihre Großmutter an die Tür und kam herein. »Schläfst du schon?«

Fina schüttelte den Kopf.

»Das war deine Mutter.« Oma Klara kam näher. »Ich habe ihr gesagt, dass ich nichts von dir gehört habe, dass ich überhaupt

noch nie etwas von dir gehört habe, seit ihr damals bei uns wart. Ich denke, sie hat es mir geglaubt.«
Rübezahl kam hereingewirbelt und blieb schwanzwedelnd vor Finas Bett stehen.
Ihre Großmutter ignorierte ihn. »Nur eins ist seltsam ...« Sie setzte sich auf die Bettkante. »Irgendjemand scheint wirklich hinter dir her zu sein. Deine Mutter denkt, dass du auf dem Weg zu dem Pferd entführt wurdest.«
Fina schnappte nach Luft. »Das denkt sie? Aber! Ich hab ihre Kreditkarten mitgenommen und meinen Pass. Ihren hab ich versteckt. Das muss sie doch gemerkt haben – das hätte ich doch nicht getan, wenn ich entführt worden wäre.«
Oma Klara zuckte die Schultern. »Vielleicht war sie zu aufgeregt, um das Verschwinden der Papiere zu bemerken. Sie ist noch in Frankreich. Da hat sie ihren Pass vielleicht noch gar nicht vermisst. Außerdem hat sie wahnsinnige Angst um dich, Fina.« Die Stimme ihrer Großmutter geriet ins Wanken. »Es war nicht leicht, sie anzulügen. Sie war gerade so aufgelöst, dass ich ihr am liebsten alles erzählt hätte.«
Fina schloss die Augen. Das alles konnte nicht wahr sein. Hatte diese Flucht denn niemals ein Ende? »Und hat sie auch gesagt, wer mich ihrer Meinung nach entführt hat?«
Das Kleid ihrer Oma raschelte, als sie den Kopf schüttelte. »Nein. Das hat sie nicht gesagt. Aber es schien mir, als wäre sie nicht allein. Ich habe gehört, wie jemand versucht hat, sie zu beruhigen.«
Ein eisiges Frösteln zog durch Finas Körper. »Mein Vater! Dann war er bei ihr. Dann stecken die beiden wirklich unter einer Decke.«
Ihre Großmutter blickte aus dem Fenster in die Dunkelheit. »Ja, das scheint so. Aber jemand anderes verfolgt dich. Vielleicht wäre es besser, wenn wir morgen deine Eltern anrufen

und ihnen sagen, dass du hier bist. Nur die beiden wissen, was wirklich vorgeht.«
Fina legte sich wieder hin und zog die Decke über ihre Ohren.
»Ich gehe auf keinen Fall zurück zu diesen Betrügern! Eher ändere ich meinen Namen, trage Kontaktlinsen und lasse mir eine Hakennase anoperieren. Versprich mir, dass du ihnen nicht sagst, dass ich hier bin. Bitte!«
Sie hörte, wie ihre Großmutter leise seufzte. Ihr behäbiger Körper erhob sich von der Matratze. »In Ordnung, Fina. Wenn du das nicht willst, dann verrate ich dich nicht. Aber denk bitte noch mal darüber nach. Ich möchte doch auch nicht, dass dir etwas passiert.«
Fina sagte nichts. Sie widerstand dem Drang, sich die Ohren zuzuhalten, und schloss die Augen.
»Gute Nacht.« Ihre Oma öffnete die Tür.
»Ja.« Fina murmelte in ihr Kissen. »Gute Nacht.«
Schon im nächsten Moment war sie wieder allein.

* * *

Fina wollte nichts wissen von einer drohenden Entführung, sie wollte nichts hören von der Angst ihrer Mutter – und schon nach ein oder zwei Tagen brachte ihr Widerstand wenigstens ihre Großmutter zum Schweigen.
Nie wieder würde sie fliehen!
Dennoch kehrte das Fluchtgefühl zu ihr zurück und trieb sie aus dem Haus. Sie musste spazieren gehen, in Bewegung bleiben.
Immer wieder versuchte ihre Oma, sie daran zu hindern. Sie hatte Angst, dass ihr draußen jemand auflauerte. Aber immer, wenn Fina länger als ein paar Stunden im Haus blieb, fiel die Stille über sie her, als wäre sie bereits gefangen genommen. Die

Dunkelheit des Waldes drang durch die Fenster herein, schloss sich um Finas Körper und nahm ihr die Luft zum Atmen. Erst, wenn sie wieder nach draußen lief, konnte sie ihre Freiheit spüren. Sie ließ den Wald hinter sich, wich seiner Dunkelheit aus und lief dorthin, wo sie die Weite der Felder schützte, wo sie bis zum Horizont sehen konnte und jeden Fremden schon in der Ferne erblickte. Schließlich nahm sie das Fahrrad ihrer Großmutter, um möglichst weit damit zu fahren. Irgendwann gelangte sie tatsächlich in die Heide, wie ihr Großvater sie gemalt hatte, fuhr zwischen sandigen Hügeln und Tälern und betrachtete die Wacholderbüsche und das violette Blütenmeer der Besenheide. Hier fand sie die Weite der Landschaft, nach der sie gesucht hatte, und ließ sich in ihr treiben, bis sie sich darin verlor. Immer stärker rumorte die Einsamkeit durch ihr Inneres, während ihr Blick den Horizont entlangwanderte und nach etwas suchte, woran sie Halt finden konnte.

Fina versuchte, ihre Gefühle mit der Kamera einzufangen. Sie bog die Landschaft mit einem Weitwinkel in einen unnatürlichen Radius. Sie suchte nach einer Bedrohung im Bild, wartete auf eine Regenfront in der Ferne, nahm ein windgepeitschtes Bäumchen in den Vordergrund und fand als Höhepunkt das Skelett eines Schafes, halb versunken im Sand.

Doch irgendwann kam der Tag, an dem sie die Einsamkeit in der weiten Landschaft nicht mehr aushielt. Also fing sie an, sich das Gegenteil zu suchen. Schon ganz früh stand sie auf und folgte dem Lauf des Mühlbaches zwischen Feldern und Erlen. Im Licht des Sonnenaufganges fotografierte sie idyllische Motive: hängende Weidenzweige über grün leuchtendem Flusswasser, umgeben von rötlichen Nebelschwaden. Fina suchte den Schutz der Dörfer, bannte unzählige rote Fachwerkhäuschen auf ihren Speicherchip und versuchte, die Eigenheiten der Menschen mit ihren Bildern zu ergründen: die blühenden Vorgärten und die buntbemalten Ehrenscheiben, die fast an jedem Hausgiebel prangten und die Schützenkönige der letzten hundert Jahre auswiesen.

Finas Kreise um die Mühle und das Dorf wurden immer enger. Tage und Wochen vergingen, und tatsächlich kam niemand, der sich auch nur im Entferntesten für sie interessierte. Das Fluchtgefühl, das sie zwang, in Bewegung zu bleiben, wurde immer schwächer, bis es fast ganz nachließ. Irgendwann kam der Abend, an dem sie zur Mühle zurückkehrte und die Dunkelheit des Waldes zum ersten Mal ertragen konnte. Ein warmes Gefühl strömte durch ihren Körper. In dieser Nacht saß sie noch lange mit ihrer Oma zusammen, zeigte ihr die neuen Fotos und unterhielt sich mit ihr.

Als sie schließlich in ihr Zimmer ging und sich inmitten ihrer Schätze in ihr Bett legte, war sie glücklich.

Sie gehörte hierher. Endlich hatte sie ihr Zuhause gefunden.

7. Kapitel

Es war ein kühler, grau verhangener Morgen, als Fina beschloss, ihre seltsame Furcht vor dem Wald zu besiegen. An diesem Morgen brach der Herbst so spürbar über die Landschaft herein, dass er nicht mehr zu leugnen war. Doch Fina nahm es als Zeichen, um ihr Dauersommerleben endlich hinter sich zu lassen, um sich endlich der Dunkelheit zu stellen, die so dicht hinter der Mühle lauerte.

Sie stand noch vor ihrer Großmutter auf, zog sich eine Trainingshose und den warmen Wollpulli an, den sie in der Provence gekauft hatte, und joggte mit langen Schritten hinter dem Haus in den Wald. Sie rannte so schnell, dass ihr keine Zeit blieb, über ihre Furcht nachzudenken. Kühl und angriffslustig wehte der Wind um ihr Gesicht. Mit jedem Ausatmen stieß sie Atemwölkchen aus ihrem Mund und beobachtete, wie sie von ihrem Gesicht fortwehten und sich in der kalten Luft auflösten.

Wie lange war es her, dass sie so etwas gesehen hatte?

Fina nahm den erstbesten Weg, der sie tiefer in den Wald hineinführte. Mit schnellen Schritten rannte sie bergab, während die Bäume um sie herum immer dichter beieinanderstanden. Weiches Gras dämpfte ihre Schritte, auch der Gesang der Vögel schwieg an diesem grauen Morgen, bis nur noch der Rhythmus ihres Atmens an ihre Ohren drang.

Mit jedem Schritt gefiel ihr die Dunkelheit des Waldes besser, und sie fing an, sich in der Stille geborgen zu fühlen. Der Wald schien einen düsteren Teil in ihr zu wecken, der viel zu lange geschlummert hatte.

Ein seltsamer Geruch wehte ihr schließlich entgegen, eine Mischung aus welkendem Laub und feuchtem Moos, aber nicht

nur. Eine salzige Note versteckte sich darin, fast so wie die Brise eines weit entfernten Meeres.
Fina spürte, wie der Geruch sie anzog, wie sie ihm folgen wollte. Mit jedem Atemzug schien die salzige Note darin stärker zu werden, mit jedem Schritt wurde Fina schneller, um dem Geruch endlich näher zu kommen. Sie wollte wissen, was es war.
Fina schauderte. Der Geruch erinnerte sie an etwas – fast so, als würde sie ihn kennen, als wäre er …
Als wäre er etwas, das sie verloren hatte!
Immer schneller rannte sie. Ihr Atem keuchte, ihr Puls raste im Takt ihrer Schritte – aber sie musste ankommen, musste diesen Geruch ergründen, bevor er sich mit dem Wind verflüchtigte.
Der Weg unter ihren Füßen wurde immer schmaler, das Gras immer höher, bis sie nicht mehr sicher war, ob es noch ein Weg war oder nur noch ein Wildpfad. An manchen Stellen schimmerten die Spuren wilder Tiere in der dunklen Erde. Schmale Birken und gedrungene Kiefern wuchsen kreuz und quer durcheinander, umgestürzte Stämme vermoderten zwischen hohen Gräsern, und an den tiefer gelegenen Stellen schimmerten dunkle Tümpel und Pfützen, aus denen abgestorbene Bäume hervorstaken.
Schließlich verschwand auch der Pfad, dem sie folgte, doch der seltsame Geruch zog sie weiter. Fina sprang über Baumstämme hinweg, versuchte, die Pilze nicht zu zertreten, die vor ihren Füßen auftauchten, und bemerkte, wie sich der Boden veränderte. Mehr und mehr wurden die Gräser von einer dichten Moosdecke abgelöst, auf der Finas Schritte ein matschendes Geräusch erzeugten.
Keuchend blieb sie stehen. Vor ihr zogen neblige Schwaden durch den Wald, bedeckten die dunklen Tümpel mit weißen

Schleiern, als wollten sie etwas verbergen. Finas Füße versanken im Moos, eine Pfütze drückte sich daraus hervor und sickerte in ihre Schuhe.

Fina schrie auf, sprang zur Seite, nur um dort auf die gleiche Weise im Moos zu versinken. Hastig sprang sie ein paar Schritte weiter und suchte Halt auf den Wurzeln einer alten Birke, die aus dem feuchten Untergrund ragten.

Erst jetzt fiel ihr auf, dass der seltsame Geruch überhandgenommen hatte, etwas Dunkles, Schweres hatte sich zwischen die salzige Note gelegt und erfüllte die Luft so deutlich, dass sie ihn endlich erkennen konnte: Es war der moderige Geruch eines Moores, die langsame Fäulnis unzähliger Pflanzen – und versunkener Tiere.

Fina fröstelte. Der Geruch erinnerte sie an etwas. Aber woran? Er wollte sie noch immer zu sich ziehen, wollte sie dazu bringen, immer weiter in das Moor hineinzulaufen.

Fina klammerte sich an den Stamm der Birke. Wie konnte ein Geruch derartige Macht besitzen?

Plötzlich hörte sie etwas! Ein schmatzendes Geräusch!

Fina starrte in die Richtung, aus der es kam. Doch sie konnte nichts sehen, was das Geräusch hervorbrachte.

Das schmatzende Geräusch setzte sich fort, näherte sich in einem gleichmäßigen Rhythmus. Wie die Schritte eines Menschen in diesem sumpfigen Untergrund!

Fina hielt die Luft an.

Das schmatzende Geräusch der Schritte verstummte, nicht weit von ihr entfernt. Auf einmal kam es ihr vor, als würde jemand atmen, dort drüben, auf einer Erhebung zwischen zwei Moortümpeln. Aber es war noch immer niemand zu sehen.

Finas Hände zuckten, sie wollte davonlaufen! Aber sie konnte sich nicht rühren.

Auf einmal hallte etwas durch den Wald, wie das Flüstern einer

Stimme, das viel zu leise war, um es zu verstehen. Nur zwei Worte fingen sich in der Herbstluft und drangen zu ihren Ohren vor. »... *ein Weibchen.«*

Fina schrie auf. Sie stieß sich vom Baum ab und rannte über den Trampelpfad zurück, den sie gekommen war. Doch aus dieser Richtung sah das bewaldete Moor ganz anders aus. Es dauerte nur Sekunden, ehe sie ihre Richtung verloren hatte und nicht mehr wusste, ob sie nach rechts oder links laufen musste. Sie sprang um Binsen und Gräser herum. Mit jedem Schritt spritzte Schlamm an ihre Jogginghose und besprenkelte das Beige mit einer Mischung aus Torfbraun und Moosgrün.

Urplötzlich erreichte Fina einen Weg, einen befestigten Pfad, der durch das Moor führte. Mit einem Satz sprang sie darauf und blieb keuchend stehen, stützte sich vornüber auf die Knie und atmete so heftig, dass ihre Lungen brannten. Das war nicht der Weg, auf dem sie gekommen war, aber er führte in die richtige Richtung.

Der salzige Duft wehte zu ihr herüber, das schmatzende Geräusch schlich hinter ihr durch den Wald.

Fina lief weiter. Im nächsten Moment rannte sie. Schneller als zuvor, schneller als jemals in ihrem Leben. In rasendem Tempo ließ sie das Moor hinter sich. Wie im Zeitraffer schienen die Minuten zu vergehen, bis sie aus dem Wald herauskam und die Mühle vor sich sah.

* * *

Mora konnte nicht aufhören, das Weibchen zu beobachten. Er folgte ihr durch den Wald, bis ganz an den Rand seines Tarnkreises und sah ihr nach, als sie sein Gebiet verließ. Sie verschwand in einer Behausung der Menschen, in einem Gemäu-

er aus festen, roten Steinen, viel größer als die Hütte seines Herrn.
Eine mächtige Herrin musste sie sein, wenn sie in solch einem Haus wohnte. Mora ahnte, dass es ihm nicht zustand, noch länger in ihrer Nähe zu verweilen. Dennoch blieb er am Waldrand und drückte sich in den Schatten der Bäume. Er wollte sie wenigstens noch einmal sehen, noch einmal in Ruhe ihr Gesicht betrachten. Sie war so schnell vor ihm geflohen, dass nur eine Ahnung von ihrem Antlitz in seiner Erinnerung blieb, gerade genug, um zu wissen, dass sie beide von derselben Art waren. Sie beide waren Menschen, Kreaturen, die der Herr als Scheusale bezeichnete.
Doch auch wenn er sie nur kurz gesehen hatte – Mora konnte sich nicht vorstellen, dass dieses Weibchen bösartig war. In diesem kurzen Moment war sie ihm schön erschienen, schöner als alles, was er je erblickt hatte.
Er musste sie noch einmal sehen, musste herausfinden, was für eine Kreatur sie war, ob sie so war, wie der Herr die Menschen immer darstellte: hinterhältig, verlogen, heuchlerisch.
Mora konnte es nicht glauben. Er spürte noch ihre Angst, ihre Verletzlichkeit, die sie mit ihrer hastigen Flucht offenbart hatte. Mit jeder ihrer Bewegungen hatte sie Mora gerührt, vor allem, weil sie nicht schnell genug gewesen war, weil es so einfach gewesen wäre, sie zu fangen.
Es war Mora niemals leichtgefallen, Tiere zu jagen. Wenn sie rannten, wenn sie schrien, wenn sie schwächer waren als er, dann hätte er manchmal lieber den Hunger gewählt als ihren Tod durch seine Hand. Aber solche Entscheidungen traf der Herr, und spätestens seit er Mora als Strafe für ein entflohenes Rehkitz ein paar Wochen hatte hungern lassen, wusste Mora, dass ihm nichts anderes übrigblieb.
Doch dieses Rehkitz zeigte Mora noch immer seine Dankbar-

keit. Inzwischen war es eine ausgewachsene Ricke, die selbst schon viele Kitze bekommen hatte. Immer, wenn Mora allein war, fern von der Hütte seines Herrn, dann kam sie zu ihm, ließ sich das Fell von ihm bürsten und nahm die Körner, die Mora für sie zusammengeklaubt hatte. Vielleicht war es diese Ricke, die ihm gezeigt hatte, dass es nicht falsch war, Mitleid zu empfinden. In ihrer Nähe fühlte er sich gut, viel besser als in der Gegenwart des Herrn – und er wusste, dass es schrecklich sein würde, wenn der Geheime sie eines Tages jagte und tötete.

Mora lehnte bereits einen halben Tag lang an dem Stamm einer Buche, als die Ricke zwischen den Bäumen erschien und ihn besuchte. Sie stupste ihn an der Hand und ließ sich streicheln. Zusammen blickten sie auf das Menschenhaus, in dem das Weibchen verschwunden war. Wenn er sie wenigstens noch einmal sehen könnte …

Doch bis zum Abend kam sie nicht heraus. Die Ricke war schon lange wieder verschwunden, und die herbstliche Kälte kroch mit dem Tau aus der kleinen Wiese, die vor ihm lag. Mora wusste, dass es an der Zeit wäre, wieder in seine Erdhöhle zurückzukehren – aber er konnte sich nicht von diesem Platz lösen. Was, wenn das Weibchen herauskäme, sobald er weg wäre? Wenn sie woanders hinginge, ohne dass er es bemerkte?

Mora sammelte trockenes Laub und streute es in eine Mulde zwischen zwei Buchenwurzeln. Als es dunkel wurde, legte er sich hinein, vergrub seinen Körper in der losen Blätterschicht und blickte auf das Licht in den Fenstern des Hauses. Manchmal sah er Silhouetten dahinter entlanghuschen. Er konnte es nicht genau erkennen, aber er stellte sich vor, dass sie es war. Ein warmes Gefühl strich durch seinen Bauch und bannte seinen Blick in die Helligkeit der Fenster.

Dort drüben begann eine Welt, die er nicht kannte, ihre Welt, in die der Herr ihn niemals ziehen lassen würde.
Nach und nach erloschen die Lichter im Haus, bis der gelbe Schimmer nur noch aus einem der oberen Fenster zu ihm leuchtete.
Plötzlich erschien ihr Gesicht hinter der Scheibe. Sie war es tatsächlich, kein Zweifel. Ihr Blick huschte durch die Dunkelheit und richtete sich genau auf Mora. Er zuckte zusammen. Sie konnte ihn nicht sehen, ganz bestimmt nicht, schließlich war er unter dem Tarnzauber seines Herrn verborgen! Dennoch kam es ihm vor, als würden sich ihre Blicke für einen Moment begegnen.
Gleich darauf wurden ihre Bewegungen hektisch. Sie zog einen dünnen Stoff vor das Fenster, hinter dem einzig ihre dunkle Silhouette zu sehen war. Schemenhaft drehte sich ihr Schatten hinter dem roten Vorhang, nur noch kurze Zeit, bevor sie das Licht löschte und Mora allein in der Dunkelheit des Waldes zurückließ.
Allein! Mora schloss die Augen, um das Gefühl zu ertragen. Doch es half nicht. Seit der Herr ihm seine eigene Höhle zugewiesen hatte, war er allein. So allein, dass selbst die Besuche einer Ricke nicht ausreichten, so einsam, dass er anfing, der Silhouette eines Menschenweibchens nachzulaufen.
Mora fühlte sich erbärmlich, während er in die Dunkelheit des Schlafes davontrieb, und fast schon kränklich, als er wieder aufwachte. Dennoch blieb er auch am nächsten Tag, und am übernächsten. Seinen Hunger versuchte er einfach zu ignorieren. Einzig der Durst trieb ihn manchmal bis zu dem Bach, der kurz hinter ihrer Behausung aus dem Wald kam.
Irgendwann entdeckte er ein Eichhörnchen, das um ihn herum durch die Bäume kletterte. Immer wieder kam es herunter und huschte durch das Laub, ohne sich an seiner Nähe zu stören.

Mora erkannte es. Er hatte es im letzten Winter halbverhungert am Rand des Moores gefunden. Es war noch jung gewesen, eine Spätsommergeburt, die von den Eltern verlassen worden war. Offenbar hätten sie das Jungtier nicht über den Winter bringen können. Als Mora es in einer Astgabel entdeckt hatte, war es schon zu schwach gewesen, um davonzulaufen. Also hatte er ihm ein Nest gebaut, möglichst weit von der Hütte und den Fallen des Herrn entfernt. Er hatte ihm täglich Futter gebracht und erst damit aufgehört, als ihm das zahme Eichhörnchen beinahe zu seinem Herrn gefolgt wäre.

Jetzt lief es um Mora herum, sammelte Bucheckern und verbuddelte sie im Laub. Als es schließlich zu Mora kam, trug es noch immer eine Buchecker im Maul. Kurz vor ihm setzte sich das Tierchen hin, nahm die Buchecker in seine kleinen Krallen und ließ sie vor Mora fallen.

»Danke.« Er lächelte, hob das Geschenk auf und schälte die kleine Nuss aus der eckigen Hülle.

Das Eichhörnchen fütterte ihn weiter, hörte aber nach sechs oder sieben Bucheckern auf – vermutlich genug, um einen Eichhörnchenbauch zu füllen.

Mora machte sich nicht die Mühe, selbst nach etwas Essbarem zu suchen. Er fühlte sich noch immer elend, während er auf das Haus blickte. Das Weibchen war seit Tagen nicht herausgekommen.

Hatte er sie vertrieben? Hatte er ihr solche Angst eingejagt?

Plötzlich öffnete sich die Tür, in der sie verschwunden war. Ein kleiner Hund stürmte heraus, rannte über die Wiese so zielstrebig auf Mora zu, dass er aufsprang und zurückwich. Auch das Eichhörnchen stob davon und huschte in langen Sätzen eine Buche hinauf. Für Tiere besaß der Tarnkreis keine Bedeutung. Sie ließen sich nicht täuschen, vielleicht weil ihre Nasen und Ohren empfindlicher waren als ihre Augen. In jedem Fall konnte der Hund ihn wahrnehmen, blieb vor ihm stehen und kläffte ihn an.

»Rübezahl!« Die Stimme des Weibchens rief über die Wiese, traf auf die Bäume und ließ ihr Echo durch den Wald hallen. Sie klang schön, so warm, dass Mora ihren Klang fühlen konnte.

Sie rief noch einmal nach dem Hund, kam langsam über die Wiese und blieb ein paar Meter entfernt stehen. »Rübezahl! Komm her!« Ihre Stimme vibrierte, ihr Blick huschte über die Schatten, die Mora umgaben.

Mora wurde ganz still. Sie sollte ihn nicht hören, nicht einmal seinen Atem, damit ihre Angst nicht noch größer wurde. Er blickte in ihr Gesicht, auf ihre hellen goldfarbenen Haare. Endlich konnte er sie ansehen, endlich konnte er ihr Bild in seine Erinnerung aufnehmen. Ihre Augen waren braun, nicht so riesig wie die des Herrn und von geschwungenen Wimpern umrahmt. Auch ihre Nase und ihr Mund bildeten weiche Linien, ließen sie so zart erscheinen, dass er darum fürchtete, ihr weh zu tun. Sie war das Schönste, was er je gesehen hatte.

Im nächsten Moment hörte der Hund auf ihren Befehl und ließ sich von ihr ans Halsband nehmen. Sie zerrte ihn mit sich, drehte sich um und verschwand wieder im Haus.

Moras Beine fühlten sich schwach an. Er lehnte sich zurück gegen die Buche, schloss die Augen, um ihr Gesicht noch einmal zu sehen. Es fing bereits wieder an zu verblassen. Aber es war da, in seiner Erinnerung.

Der Hunger in seinem Magen brannte. Er musste sich endlich von ihr lösen, musste wieder zu seiner Höhle zurückkehren und sein Leben weiterleben.

Mora gab sich einen Ruck, stieß sich von dem Baum ab und rannte zurück in sein Moor.

* * *

Fina wagte sich nicht noch einmal in den Wald. Sie wollte das seltsame Moor nicht länger ergründen, wollte nicht wissen, ob sie das Flüstern und die Schritte tatsächlich gehört hatte. Von einem Tag auf den anderen war auch ihr Bewegungsdrang verschwunden und kehrte sich ins Gegenteil. Sie wollte sich verkriechen.
Der Herbst wurde immer düsterer, die Regentage häuften sich, und so blieb sie schließlich fast immer in der Mühle. Sie versuchte, endlich die ersten Bewerbungen fertigzustellen. Doch sie fühlte sich lustlos. Sie konnte noch nicht fort von hier. Sie war gerade erst angekommen.
Abgesehen davon bekam sie allmählich ein schlechtes Gewissen: Sie wollte nicht länger von dem spärlichen Einkommen ihrer Großmutter leben. Sie musste selbst etwas verdienen, musste ihre Oma auf irgendeine Weise unterstützen. Klara arbeitete noch immer als Haushaltshilfe und Putzfrau für einige Dorfbewohner, und Fina begleitete sie schließlich dorthin. Immer häufiger bekam sie eigene Aufgaben, die körperlich zu schwer für ihre Oma waren. Sie schnitt die Hecke eines Gartens, half einem Bauern bei der Kartoffelernte und mistete Ställe aus. Die schwere Arbeit gefiel ihr, weil sie ihren Körper forderte und ihre Gedanken von allem anderen ablenkte. Abends war sie so müde, dass sie sich kaum noch zu ihren Bewerbungen aufraffen konnte. Stattdessen ließ sie sich von ihrer Großmutter das Stricken beibringen.
Doch je diesiger und trüber es draußen wurde, desto häufiger glitt ihr Blick aus dem Fenster zum Waldrand hinüber. Immer häufiger fragte sie sich, was dort auf sie wartete, warum sie sich vom ersten Moment an vor dem Wald gefürchtet hatte – und wieso der Moorgeruch sie auf so magische Weise anzog. Immer noch. Jedes Mal, wenn sie nach draußen ging.

* * *

Fina wollte nicht aufwachen, sie wollte hierbleiben, in ihrem Traum, an dem Ort, an dem sie zu Hause war. Doch es war bereits zu spät. Die Erinnerung an das, was gerade noch geschehen war, trieb in die Dunkelheit davon.
Zurück blieb ein sanfter Schmerz, der durch Finas Brust pulsierte. Ein wehmütiger Schmerz, wie von einem Abschied.
Jemand war bei ihr gewesen, noch vor wenigen Sekunden! Fina wusste es so sicher, wie sie zu ihm zurückwollte.
Sein Geruch haftete noch in ihrer Nase.
Fina riss die Augen auf, starrte in ihr Zimmer und wusste für einen Moment nicht, wo sie war.
Sie war in der Lüneburger Heide – und der Geruch in ihrer Nase hatte etwas zu bedeuten. Sie kannte ihn! Erst vor kurzem hatte sie ihn …
Das Moor! Es war die salzige Note, die sie im Moor wahrgenommen hatte.
Hastig sprang sie aus dem Bett. Ganz egal, welche Angst sie vor dem Wald hatte, ganz egal, ob sie tatsächlich fremde Schritte im Moor gehört hatte – sie musste dorthin!
Endlich hatte sie eine Spur, woher ihr Traum stammen könnte.
Sie blickte aus ihrem Fenster. Draußen war es noch fast dunkel. Falls die Sonne bereits aufgegangen war, war an dem grau verhangenen Himmel nichts von ihr zu sehen.
Fina zog sich an und lief mit leisen Schritten nach unten. Nur Rübezahl hörte sie und erhob sich schwanzwedelnd von seinem Schlafplatz im Flur.
»Du bleibst besser hier«, flüsterte Fina ihm zu, während sie ihre Schuhe anzog. Nach kurzem Zögern nahm sie den Rucksack mit ihrer Kamera – dann schlüpfte sie aus der Tür.
Ihr Herz klopfte wild, während sich die Dunkelheit des Waldes über sie wölbte. Als wäre sie schon tausendmal hier spazie-

ren gegangen, lief sie auf einem breiten, sicheren Waldweg geradeaus, bis sie wieder das offene Feld erreichte.
Unzählige Male hatte sie sich die Wanderkarte ihrer Oma angesehen, hatte sich alle Wege und das Geländeprofil eingeprägt: Der sicherste Weg ins Moor führte außen um den Wald herum.
Fina folgte ihm, bog schließlich auf einen befestigten Wanderweg ab, der seitlich in das urige Naturschutzgebiet abzweigte. Dunkle Tümpel tauchten zwischen den Bäumen auf. Der salzige Geruch wehte ihr von weitem entgegen.
Sie holte ihre Kamera heraus, um sich abzulenken. Das Licht war zu grau und die Schatten zu kontrastarm, um eindrucksvolle Fotos zu machen. Dennoch suchte sie sich Motive, die am Wegesrand lagen: Eine alte Baumwurzel, die von Moos überwachsen war, ein zutrauliches Eichhörnchen, das bis auf wenige Meter zu ihr herankam, ein Reh, das etwas entfernt zwischen den Bäumen stand – und immer wieder fotografierte sie das Panorama des nebeldurchfluteten Moorwaldes, die schmalen Birkenstämme, einer neben dem anderen vor dem nebligen Grau.
Fina konnte nichts dagegen tun, dass sie sich ärgerte. Es könnten grandiose Fotos werden, wenn wenigstens für einen Moment die Sonne hervorkäme und von hinten durch den Nebel scheinen würde.
Doch sie tat es nicht, und so verschwammen Bäume und Hintergrund zu einem langweiligen Grau.
Wenigstens lenkte das Fotografieren Fina so sehr ab, dass sie den Geruch fast vergaß.
Erst, als sich der Moorwald vor ihr öffnete, nahm sie ihn wieder wahr. Er wehte ihr von dem See entgegen, der plötzlich vor ihr lag. Eine dunkle, weite Fläche, über der weiße Nebelschleier tanzten.

Fina erstarrte und blickte auf den See hinaus. Ein gleichmäßiges Plätschern hallte durch die Stille, schob sich mit winzigen Wellen vor ihr ans Ufer.
Konnte dies der Ort aus ihren Träumen sein? Der Ort, an dem sie sich zu Hause fühlte?
Fina schüttelte den Kopf. Es war ein feuchtes, nebliges Moor. Niemand war an so einem Ort zu Hause.
Mit langsamen Schritten folgte sie dem Wanderweg, der um den See herumführte. Dichte Nebelbänke waberten über dem dunklen Pfad, hingen zwischen den Sträuchern am Wegesrand und schwebten rechts von ihr über den Torfstichen, als wären es fette Geister, die sich an die toten Birken- und Kiefernstämme klammerten.
Endlich ein richtiges Motiv!
Während sie fotografierte, schlich Fina sich näher an die Torfstiche heran, wagte sich auf die schmalen Pfade, die zwischen ihnen hindurchführten, und versuchte, sich zu beruhigen. Aber es gelang ihr nicht. Aus den dunklen Moorlöchern blubberten Blasen zu ihr herauf, ließen den Geruch so stark werden, dass ihr für einen Moment schwindelig wurde.
Von irgendwoher tapsten Schritte auf sie zu!
Fina wirbelte herum.
Ein Eichhörnchen hoppelte zwischen den Torfstichen in ihre Richtung, hielt kurz vor ihr inne und setzte sich auf die braune Erde. Neugierig blickte es zu Fina herauf. Sein buschiger, roter Schwanz wippte auf und ab.
»Du hast mich vielleicht erschreckt.« Fina lachte erleichtert. Ganz leise sprach sie weiter: »Du bist ja zutraulich. Bist du etwa das gleiche Kuschelhörnchen wie eben am Weg?« Sie ging langsam in die Hocke und streckte ihre Hand zu dem Tier aus.
Die kleine Nase reckte sich vorsichtig in Finas Richtung.

Schließlich hopste das Eichhörnchen noch ein paar Schritte näher und schnupperte an ihrer Hand.
Fina lächelte. »Du wirst wohl häufiger von Spaziergängern gefüttert. Ich hab leider nichts für dich dabei. Nächstes Mal, okay?«
Das Eichhörnchen reckte den Kopf und blickte an ihr vorbei. Plötzlich hörte sie ein leises Flüstern hinter sich, unverständliche Worte, die vom See zu ihr herüberwehten.
Fina erstarrte. Auch das Plätschern des Wassers hatte sich verändert. Es entsprach nicht dem Rhythmus von Wellen, und dennoch kam es ihr bekannt vor.
Es klang nach einem Schwimmer!
Fina wirbelte herum, starrte auf die Fläche des Sees und suchte zwischen den Nebelbänken nach dem Plätschern. Tatsächlich entdeckte sie den Ursprung der Wellen, einen Punkt, an dem sich das Wasser teilte und zu zwei Seiten auswich, gerade so, als würde jemand durch den See schwimmen.
Nur, dass dort niemand war.
Die seltsame Welle schob sich auf sie zu, strebte zielstrebig zum Ufer.
Fina wich zurück. Das musste ein Tier sein! Das war es: ein Otter oder ein Biber, der knapp unter der Wasseroberfläche schwamm.
Hastig hob sie die Kamera. Sie wollte ihn erwischen, wenn er auftauchte. Doch je näher die Wellen kamen, desto heftiger zitterten ihre Finger.
Schließlich drückte sie den Auslöser, als wäre die Kamera eine Waffe. Immer wieder schoss sie auf den unsichtbaren Schwimmer, wartete auf das Tier.
Plötzlich hob sich das Wasser zu einer steilen Welle, als würde sich etwas Großes daraus erheben.
Etwas Unsichtbares!

Das Wasser klatschte zurück in den See und ließ keine Spur von dem, was es geboren hatte.
Fina taumelte zurück, bis ihr Rücken gegen eine Birke stieß. Der Torfboden unter ihren Füßen vibrierte, fast so, als käme ein Mensch auf sie zu.
Sie bebte am ganzen Körper, konnte sich kaum rühren. Wenn dort wirklich ein Unsichtbarer war, dann stand er auf dem Wanderweg und versperrte ihr jede Fluchtmöglichkeit. Fina hob ihre Kamera, drückte ab, als könne sie sich damit schützen.
Der Blitz tauchte die Nebelschwaden in ein helles Leuchten und wurde von dem Keuchen eines Menschen beantwortet. So dicht vor ihr, dass sie ihn sehen müsste.
Fina stöhnte auf. Ihre Hände wurden schwach, konnten die Kamera nicht mehr halten und ließen sie fallen.
Im nächsten Moment rannte sie über den schmalen Pfad, der zwischen den Torfstichen entlangführte. Doch er wurde immer unwegsamer. Bäume versperrten ihren Weg, die scharfen Abgrenzungen der Torfstiche lösten sich auf, bis sie zwischen Binsen und Moos im Slalom sprang, immer auf der Suche nach der nächsten Erhebung, die ihr Gewicht halten konnte.
Hinter ihr rannte jemand. Sie hörte seine Schritte, hörte seinen Atem, mühelos und viel zu nah in ihren Ohren. *»So bleib sie doch stehen. Es tut ihr nichts.«*
Finas Herzschlag explodierte, ihre Schritte wurden so schnell wie nie zuvor. Mit langen Sätzen jagte sie durch das Moor, sprang in riesigen Sprüngen über die Wasserlöcher.
»So bleib sie endlich stehen! Der Grund ist gefährlich!« Die fremde Stimme rief ihr nach, blieb hinter ihr zurück, fast, als hätte er die Verfolgung aufgegeben.
Fina warf einen Blick über die Schulter, wollte sehen, wo er war.

Er war unsichtbar! Ärgerlich riss sie ihren Kopf nach vorne, gerade noch rechtzeitig, um die dunklen Wasserlöcher zu sehen, die vor ihr erschienen, zu groß, um darüber hinwegzuspringen. Sie fand eine Baumwurzel, sprang darauf und rutschte im gleichen Moment ab. Krachender Schmerz zuckte durch ihr Schienbein, grauer Himmel, brauner Boden wirbelten um sie herum. Ihre Schultern landeten zuerst – weich, nass, ihr Gesicht war gerade noch über dem Wasser –, Fina strampelte, um zu schwimmen, um ihren Kopf oben zu halten. Doch die Torfmoose nahmen ihren Körper gefangen, griffen mit unzähligen kleinen Krallen nach ihr und zogen sie nach unten.

Sie war ins Moor gestürzt!

Ihre Arme und Beine kämpften, wollten ihren Kopf vor dem Untertauchen retten. Doch das Moor fraß sie nur umso schneller. Sie spürte seine Gier, seinen Hunger, mit dem es sie verschlingen wollte.

Fina schrie, bis der Kolk ihren Mund zum Verstummen brachte. Nur noch wenige Zentimeter, und er hätte ihre Nase ebenfalls umschlossen.

Finas Atem ging hektisch. Wie oft noch atmen, bevor sie Wasser in ihre Nase zog? Der Unsichtbare hatte sie gejagt, und das Moor würde sie verschlingen.

Sie würde sterben! Hier im Moor! Ohne ihre Mutter noch einmal zu sehen, ohne zu erfahren, von wem sie verfolgt wurde. Von einem Unsichtbaren. Ihre Gedanken wirbelten durcheinander – verhedderten sich in einem unlösbaren Knoten.

Panisch saugte sie die Luft ein, nur eine Sekunde, bevor ihre Nase versank.

»Nun halt sie doch still!« Die unsichtbare Stimme war das Letzte, was sie hörte, bevor auch ihre Ohren vom Gluckern umschlossen wurden.

Hände fassten unter ihre Achseln.
Einen Moment später wurde ihr klar, dass sie wieder Luft atmete, dass sie nicht ertrank. Jemand zog sie, zerrte sie auf festen Boden und hob sie hoch. Fina blinzelte und sah das Moor, den Nebel, spürte die Wärme eines Menschen, der sie trug.
Sie lebte noch, jemand hatte sie gerettet! Mit einem Keuchen wich der Atem aus ihrer Lunge, ihre Augen fielen zu, und sie tauchte ab in Dunkelheit.

* * *

Seit sie den Wald betreten hatte, hatte Mora das Weibchen nicht aus den Augen gelassen. Er wollte sie nur ansehen, wollte nur in ihrer Nähe sein und sie beschützen, solange sie in seinem Gebiet war.
Die ganze Zeit lang hatte Mora versucht, leise zu sein. Nur deshalb hatte er den See durchquert, anstatt ihr auf dem schwingenden Torfboden zu folgen. Wenn er geahnt hätte, dass sie auch seine Schwimmbewegungen hören konnte …
Jetzt trug er sie auf seinen Armen. Ihre Wange lehnte an seiner Brust, ihr Atem streifte seine Haut und verriet, dass sie noch lebte. Sie war so leicht, so zerbrechlich. Er musste sie in Sicherheit bringen und vor der Kälte schützen, die von ihrem Körper Besitz ergreifen wollte.
Er rannte, so schnell er konnte, und versuchte gleichzeitig, seine Arme ruhig zu halten.
Nur wegen ihm war sie ins Moor gestürzt! Er hatte einen Fehler gemacht, einen furchtbaren Fehler, den er wieder gutmachen musste.
Mora erreichte seine Erdhöhle. Er presste ihren Körper fester an sich, rutschte durch einen Erdtunnel in die Höhle und trug

sie auf sein Lager. Ihre Augen waren noch immer geschlossen, fast so, als wäre sie in einen tiefen Schlaf gefallen. Ihre Haare trieften vom Moorwasser, Schlamm klebte in ihren Kleidern und zog sich in Schlieren über ihr Gesicht.
Mora konnte den Blick nicht von ihr abwenden. Nie zuvor hatte er ein Weibchen aus solcher Nähe gesehen, hatte nicht gewusst, dass sie glatte, weiche Haut besaßen und helle, lange Haare.
Er streckte seine Hand nach ihr aus, strich die Haare aus ihrer Stirn und erschrak über die Kälte, die ihr Gesicht bereits erfasst hatte. Er konnte sie nicht in ihren nassen Kleidern liegen lassen. Er musste sie ausziehen und zudecken, damit sie warm wurde.
Mora betrachtete ihre Gewänder. Es waren seltsame Stoffe, mit denen sie sich umhüllte, und sie lagen so eng an ihrem Körper, dass er sich fragte, wie er sie davon befreien sollte.
Hastig suchte er nach Bändern und Schnüren, mit denen ihre Kleider verschlossen waren – und fand an ihrem Beinkleid schließlich einen Knopf. Der Herr besaß Knöpfe, jedoch nur an seinen wertvollsten Gewändern.
Mora löste ihn vorsichtig und entdeckte darunter einen Mechanismus, den er aufziehen konnte. Fasziniert blickte er darauf und ergründete die filigrane Metallstruktur. Wie mächtig sie sein musste, wenn sie so etwas besaß? Etwas, das nicht einmal sein Herr kannte.
So ein mächtiges Weibchen hatte er in seine Höhle geholt – und jetzt lag sie in einem Zustand vor ihm, in dem sie vollkommen hilflos war.
Mora wurde schwindelig, während er die Beinkleider herabzog. Er wollte sie nicht berühren, doch die enge Kleidung ließ ihm keine Wahl. Seine Hände streiften ihre Hüften. Ihr Körper fühlte sich weich an und fest zugleich. Er brach in Schweiß aus und ließ sie los. Es war nicht richtig, sie so zu berühren!

Einen Moment sah er sie nur an, ihre Beine, die viel heller waren als seine, viel schlanker.
Was sollte er tun? Sie konnte wirklich nicht so nass liegen bleiben, sie musste warm werden!
Also machte er weiter. Doch ihre Obergewänder waren noch enger. Mora musste ihren Körper anheben und stützen, um die Kleidungsstücke über ihren Kopf zu ziehen.
Seine Finger streiften ihren Bauch, erreichten ihre Brust und stießen gegen eine weiche Wölbung.
Mora zuckte zurück. Doch seine Fingerspitzen kribbelten. Was auch immer er dort entdeckt hatte – es fühlte sich weich an, schöner als alles, was er je berührt hatte.
Ein verzweifelter Laut löste sich aus seiner Kehle. Ihr Oberkörper lehnte an seinem. Trotz des Moorwassers in ihren Haaren duftete sie nach Blumen. Er wollte sie festhalten und loslassen zugleich.
Was, wenn sie aufwachte? Sie würde seine Nähe nicht wollen, würde ihn fortstoßen und bestrafen.
Sie war eine mächtige Herrscherin. Und er nur ein Diener. Er durfte sie nicht länger berühren!
So schnell er konnte, befreite er sie von dem nassen Hemd, ließ ihren Oberkörper zurück auf das Lager gleiten und sprang auf. Sein Blick fiel auf die Wölbungen ihrer Brust. Wie ein Geheimnis lagen sie unter einem letzten, winzigen Kleidungsstück verborgen.
Hastig schlug er die Schaffelle darüber, wich zurück und lehnte sich gegen die Höhlenwand.
Wie konnte ihr Körper nur so anders sein als seiner?
Schwindel tanzte vor seinen Augen, heiße Glut strömte durch sein Inneres. Er wandte sich von ihr ab und lief nach draußen.

* * *

Als Fina erwachte, war es warm und trocken. Sie lag auf etwas Weichem, umhüllt von etwas, das sich kuschelig anfühlte. Gleich darauf drang der Geruch von Holzfeuer in ihre Nase, durchmischt mit dem Duft einer heißen Fleischbrühe.

War sie bei ihrer Großmutter? Für einen Moment wollte sie sich umdrehen und gemütlich weiterschlafen.

In der nächsten Sekunde fiel es ihr ein: Sie war ins Moor gestürzt. Sie war beinahe ertrunken!

Fina riss die Augen auf. Sie brauchte einen Moment, um sich zu orientieren. Die Wände waren aus brauner Erde. Die Zimmerdecke wölbte sich dicht über sie, und nur wenig entfernt brannte ein Feuer.

Sie war nicht bei ihrer Großmutter! Sie war woanders, in einem dunklen Loch!

Fina fuhr hoch. Die weiche Decke rutschte von ihren Schultern herab und entblößte ihren nackten Oberkörper. Sie schrie auf und zog die Decke wieder über ihre Brüste.

Sie war nackt! Fast nackt! Jemand hatte sie ausgezogen!

Panik schlug wie eine wilde Flut über ihrem Kopf zusammen. Was war mit ihr passiert? Sie wollte aufspringen und davonlaufen, ihre Hände schlugen die Decke zurück – und hielten inne.

Sie trug nur noch ihre Unterwäsche! So konnte sie nicht fliehen!

Finas Herz raste, Schweißperlen bildeten sich auf ihrer Haut. Wer hatte sie hierhergebracht? Was wollte er von ihr?

Sie rutschte wieder unter die Decke, drückte sich ganz flach auf ihr Bett.

Auf ihr Bett? Erst jetzt bemerkte sie, dass es gar kein Bett war. Ihre Decke war ein Schaffell! Ihr ganzes … Lager … bestand aus Tierfellen und Stroh!

Wo zum Teufel war sie?

Fina versuchte, tief einzuatmen und sich zu beruhigen. Sie musste sich umsehen, musste nachdenken und begreifen, was mit ihr geschehen war.

Beruhig dich, Fina. Sie atmete ein, … aus, … zwang sich dazu, gegen das panische Hecheln anzuarbeiten, das sich kaum noch aufhalten ließ.

Tatsächlich schaffte sie es, etwas ruhiger zu werden und sich umzusehen. Der Raum, in dem sie sich befand, musste eine Art Höhle sein. Es gab keine Fenster, keine Türen, nur ein offenes Feuer in der Mitte und ein Loch in der Decke darüber. Abgesehen davon waren die Wände gewölbt und unebenmäßig, so als wären sie …

… in die Erde gegraben worden. Sie war in einer Erdhöhle.

Hastig suchte sie nach dem, der sie hierhergebracht hatte. Doch es war niemand zu entdecken.

Der Unsichtbare! Plötzlich wusste sie, dass er es sein musste. Er war hinter ihr aus dem See aufgetaucht. Schon das Mal davor musste er es gewesen sein, der sie durch den Wald gejagt hatte.

Fina schnappte nach Luft. Er hatte ihr eine Falle gestellt, hatte sie durch das Moor gehetzt und dann verschleppt, hatte sie nackt ausgezogen und anschließend hier eingesperrt.

Doch wo zum Teufel war er jetzt? War er noch immer unsichtbar? Saß er irgendwo in der Höhle und sah ihr zu?

Finas Panik kehrte zurück. »Wo bist du?«, kreischte sie. »Was willst du von mir?«

Niemand antwortete, selbst der unsichtbare Atem war nirgendwo zu hören.

Vielleicht war sie auch verrückt? Oder tot? Vielleicht war dies der Grund unter dem Moor, eine Welt, aus der noch niemand zurückgekehrt war?

Plötzlich bewegte sich etwas hinter dem Feuer. Jemand kam

durch eine Art Tunnel in der Erdwand herein, halb verdeckt von den Flammen. Langsam trat die Person um das Feuer herum. Es war ein Mann. Ein buschiger Bart bedeckte sein Gesicht, schwarze, zerzauste Haare fielen über seine Schultern.

Fina fuhr auf, krabbelte rückwärts gegen die erdige Wand und zog die Decke eng um ihren Körper. Der Fremde war nahezu nackt. Nur um die Hüften trug er ein Ledertuch.

Finas Hände klammerten sich noch fester in das Schaffell, ihre Muskeln zuckten mit jeder Bewegung, die er machte, während er etwas vom Boden hochhob.

Seine Haut schimmerte in einem bräunlichen Teint, graue Dreckschlieren zogen sich darüber. Für Sekunden sah er sie an, aus dunklen, undurchdringlichen Augen – bevor er auf den Gegenstand blickte, den er in seinen Händen trug.

Es war etwas Kleines, Rundliches, das von seinen großen Händen fast verdeckt wurde.

Fina erstarrte, als er auf sie zukam. Er ließ sich vor ihrem Bettende auf die Knie, beugte sich nach unten und schlug das Fell über ihren Füßen zurück.

Fina kreischte auf: »Geh weg!« Sie zog die Beine an ihren Oberkörper und wurde von einem rasenden Schmerz erfasst. »Verschwinde! Lass mich in Ruhe!« Ihre Stimme schrillte, Tränen traten in ihre Augen.

Der Fremde wich zurück. Plötzlich duckte er sich vor ihren Füßen auf den Boden.

Der Schmerz pulsierte durch Finas Körper, dumpfer, quälender Schmerz, dessen Ursprung sie nicht ausmachen konnte. Fina fing an zu zittern. Was hatte der Fremde mit ihr angestellt? Sie war bewusstlos gewesen. Jetzt war sie nackt, und ihr Körper schmerzte.

»Sie hat …« Der Fremde hielt noch immer den Kopf gesenkt.

Seine Stimme bebte, als hätte er ebensolche Angst wie sie: »Sie hat Schmerzen in ihrem Bein. Es will ihr nur helfen.«
Fina starrte ihn an. Er duckte seinen Kopf so tief, dass sie nur seinen schwarzen Haarschopf sehen konnte. Seine Hände zitterten, als er ihr den Gegenstand darin entgegenstreckte. Es war eine Holzschale. »Das ist gut. Gegen die Schmerzen.« Seine Stimme klang rauh.
Er hatte Angst, tatsächlich. Genauso viel Angst wie sie vor ihm. Fina riskierte einen Blick in seine Holzschale. Eine grünliche, feuchte Masse klebte darin.
Erst jetzt hob er den Kopf und sah sie an. Seine schwarzen Augen schimmerten, blickten Fina so klar und ehrlich an, dass sie den Rest seines struppigen Gesichtes für einen Moment vergaß.
Plötzlich erinnerte sie sich an ihren Sturz und den Schlag auf ihr Schienbein. Daher musste der Schmerz kommen. Und dieser Fremde wollte ihr womöglich wirklich nur helfen. Sie betrachtete die seltsame Pampe in der Schale. Die Furcht pochte in ihrem Brustkorb, dennoch streckte sie ihr verletztes Bein wieder aus.
Der Fremde beugte sich darüber, hielt mit der einen Hand ihren Knöchel und strich mit der anderen den Matsch auf ihr Schienbein.
Fina schloss die Augen. Sie presste die Zähne aufeinander, erwartete eine harte Berührung, weitere Schmerzen, fürchtete jeden Moment, dass er ihren nackten Körper zu sich zog und in seine Gewalt zwang.
Doch seine Berührung fühlte sich weich an, beinahe zärtlich, während er die Schmerzen unter einem eiskalten Mantel verschwinden ließ.
Schließlich spürte Fina, wie das Fell wieder über ihr Bein gedeckt wurde.

Überrascht öffnete sie die Augen, streifte seinen Blick, der offenbar schon länger auf ihr ruhte.

Verwirrung huschte über sein Gesicht. Hastig senkte er den Kopf und stand auf.

»Wer bist du?« Die Frage rutschte Fina heraus, noch bevor sie darüber nachgedacht hatte.

Der Fremde sah sie flüchtig an. Wieder zuckte ein Krausen über seine Stirn, noch verwirrter als zuvor. Mit schnellen Schritten ging er um das Feuer herum, bis er halb von den Flammen verdeckt war.

»Jetzt sag schon! Wer bist du? Wo bin ich hier?«, rief Fina ihm nach.

Der Fremde hielt seinen Blick gesenkt, als wollte er sich hinter dem Feuer verstecken.

Fina schauderte. Er wollte ihr keine Antworten geben. Also musste es schlimm sein. War sie am Ende vielleicht doch in einer fremden Welt am Grund des Moores?

»Bin ich tot?«, flüsterte sie.

Der Fremde sah durch das Feuer zu ihr herüber. Unter dem Bart und hinter den Flammen konnte sie es nicht genau erkennen – aber fast schien es ihr, als huschte ein kurzes Lächeln über sein Gesicht. Oder war es nur ein Aufblitzen des Feuerscheins in seinen Augen? In jedem Fall schüttelte er kaum merklich den Kopf.

Fina versuchte, sich zu beruhigen. Sie lebte noch. Zumindest, wenn sie seine Zeichen richtig deutete.

Aber wenn sie noch lebte, war dieser Ort umso seltsamer. Eine Erdhöhle mit einem Feuer – ein Mann, der so aussah, als käme er aus der Steinzeit.

War sie in ein Zeitloch gefallen und zehntausend Jahre in die Vergangenheit gestürzt?

Fina schüttelte den Kopf. Sie las eindeutig zu viele Fantasy-

romane. Falls sie je wieder hier herauskäme, würde sie vielleicht doch noch auf ihre Mutter hören.
Der Fremde wandte sich von ihr ab. Auf einmal wich seine geduckte Haltung einem aufrechten Gang. Während er zu einer Wandnische trat, zeichneten sich die Muskeln an seinen Beinen mit jeder Bewegung ab. Er holte etwas Glänzendes hervor, trug es zur Feuerstelle und hantierte mit einem Kessel, der an einem Metallgestell über den Flammen hing.
Während er den Kessel zu sich herüberschwenkte, zuckten die Muskeln an seinem Oberkörper, sprachen davon, dass er für gewöhnlich viel schwerere Arbeiten verrichtete.
Fina rückte tiefer unter ihre Felle. Was auch immer das für ein Ort war – wenn er sie festhalten wollte, war sie verloren.
Wieder fiel ihr ein, dass sie nackt war.
Der Fremde füllte mit einer Kelle Flüssigkeit in eine glänzende Schale. Schließlich kam er um das Feuer herum auf sie zu. Er kniete sich neben sie, duckte sich in eine demütige Haltung und reichte ihr eine Suppenschale, die so aussah, als wäre sie aus Gold.
Fina starrte sie an. Die Fleischbrühe darin duftete köstlich, ließ ihr das Wasser im Mund zusammenlaufen.
Es war eine Falle! Sie musste weg von hier!
Fina stieß das Schälchen zurück. Die Brühe schwappte über seine Hand, seinen Arm, spritzte auf das Fell.
Der Fremde zog die Hand zurück, Schmerz zeichnete sich auf seinem Gesicht ab. Doch ihm entwich kein Laut. Stattdessen senkte er seinen Kopf noch tiefer.
Fina schrie ihn an: »Ich will nach Hause! Gib mir meine Klamotten!«
Er rührte sich nicht. Nur die verbrühte Haut an seinen Armen rötete sich, seine Hände zuckten vor Schmerzen.
Plötzlich fiel ihr auf, wie jung er war. Fina hielt den Atem an.

Die Härchen auf seiner dunklen Haut wirkten noch ganz weich. Sein Oberkörper war schmal unter seinen Muskeln – wie der eines Mannes, der gerade erst erwachsen geworden war. Er schien kaum älter zu sein als sie, falls überhaupt.
Doch ganz egal, ob er jung war, das machte ihn nicht harmloser – sie musste fort von hier. »Du sollst mir meine Klamotten holen!«
Der Fremde sah von unten zu ihr auf, seine Stimme vibrierte: »Es versteht sie nicht.«
Fina starrte ihn an. »Ich will mich anziehen. Meine Kleidung! Was gibt es daran nicht zu verstehen?«
»Ihre Kleidung?«, flüsterte er.
»Verflucht!« Fina wollte kämpfen, wollte nicht länger wie ein dummes Kaninchen in der Falle hocken. »Gib mir, was du mir weggenommen hast! Du Monster!«
Der Fremde sprang auf, rannte um das Feuer herum. Erst jetzt erkannte Fina, dass ihre Sachen dahinter auf einem Holzgestell ausgebreitet lagen. Er raffte sie auf seinem Arm zusammen, kam zu ihr und fiel wieder vor ihr auf die Knie. Mit ausgestreckten Händen hielt er ihr das Bündel entgegen, den Kopf zwischen die Arme gesenkt.
Finas Blick fiel auf seinen nackten Rücken, auf die roten und weißen Striemen, die sich über seine angespannten Muskeln zogen. Das waren Narben! Wie von heftigen Misshandlungen.
Wie konnte jemand gleichzeitig so stark und so unterwürfig sein?
Ein Verrückter! Ein Wilder! Einer, der sich in den Wald zurückgezogen hatte, weil er mit dem Leben in der Welt nicht klarkam … weil er misshandelt worden war.
Das musste die Erklärung sein.
Fina hatte keine Zeit, darüber nachzudenken. Sie riss ihm die

Sachen aus den Händen, streifte sich das T-Shirt über den Kopf und gleich darauf den Pullover. Der Schmerz in ihrem Bein pulsierte, als sie unter der Decke in ihre Jeans schlüpfte. Es war nicht leicht, die Hose im Liegen über ihren Po zu ziehen. Der harte Stoff war noch feucht, beinahe nass.

Fina scherte sich nicht darum.

Auch ihre Schuhe waren in dem Bündel. Sie zog sie an und sprang auf.

Der Schmerz ließ sie aufschreien. Ihr Bein knickte ein.

Der Fremde fing sie auf, noch bevor sie fallen konnte. Ihre Nase streifte die Haut seiner Schultern, atmete einen Hauch von seinem Geruch ein. Etwas Vertrautes lag darin.

Fina schauderte. Sie blieb länger in seinem Arm, als sie wollte. Sein Bart kitzelte an ihrer Stirn, seine Hände lagen auf ihrem Rücken. Er schnupperte an ihren Haaren.

Fina riss sich los. So schnell sie konnte, humpelte sie um das Feuer herum, fand dort den Tunnel in der Erdwand, durch den er hereingekommen war. Sie stürzte darauf zu, musste am Ende des Ganges durch ein Loch kriechen, wie ein Fuchs, der aus seinem Bau ins Freie wollte.

Sie war viel zu langsam! Jeden Moment fürchtete sie seine Hand an ihrem Knöchel, seinen Atem hinter sich im Tunnel.

Doch nichts dergleichen geschah, bis sie endlich im Freien stand. Sie war mitten im Wald, in einem urwüchsigen Wald, der noch wilder erschien als das Naturschutzgebiet rund um das Moor. Fina betrachtete den Boden. Wenigstens schien er hier fest zu sein, ohne die dunklen Moortümpel und tückischen Torfmoose.

Sie musste nach Hause! Musste weg von hier.

Fina versuchte zu rennen. Doch das Schnellste, was sie zustande brachte, war ein hastiges Humpeln. Sie lief fort von der Höhle, musste irgendwo einen Weg finden, der aus dem Wald

herausführte, in irgendeines der umliegenden Dörfer, irgendwohin, wo Menschen waren.
Doch so weit sie auch lief, sie kreuzte keinen der Wege, und der Wald blieb so urwüchsig, als hätte er kaum eine Menschenhand gesehen. Sie suchte stundenlang, fast den ganzen Tag, bis die Verzweiflung ihren Körper in Besitz nahm. Sie wollte schreien, toben, wollte rennen und ihren Weg endlich finden! Doch sie musste leise sein. Er durfte sie nicht wiederfinden, sollte sie nicht erneut fangen. Aber ganz gleich, wie leise sie sein wollte – ein stetiges Wimmern entwich ihrer Stimme und begleitete sie auf ihrem Weg.
Schließlich fing es an zu dämmern. Tränen liefen über Finas Gesicht, ihr Magen knurrte vor Hunger. Wenn es dunkel wurde, war sie verloren …
Sie war kurz davor, aufzugeben, als sie plötzlich feuchten Grund unter ihren Füßen fühlte. Zwischen den Bäumen schimmerten dunkle Tümpel und helle Nebelschwaden.
Das Moor! Fina fand eine Reihe von Ästen im Moos, einen schmalen, provisorischen Holzpfad, der ins Moor hineinführte.
Musste sie womöglich diesen Weg wählen, um den seltsamen Urwald zu verlassen? Den gleichen Weg, den sie gekommen war.
Ihre Nackenhaare kribbelten, während sie über die schwankende Befestigung watete. Der Sumpf um sie herum wurde immer nasser, die Äste unter ihren Füßen führten im Zickzack um die Torfstiche.
Immer langsamer schlich Fina voran. Nur ein falscher Schritt, und sie würde wieder ins Moor fallen. Und dieses Mal gab es niemanden, der sie rettete, nicht einmal einen Unsichtbaren, der sie verfolgte.
Es sei denn, ihr Retter beobachtete sie noch. Vielleicht war er

ihr die ganze Zeit gefolgt, versteckt in der Dunkelheit. Oder getarnt als Unsichtbarer.
Fina fröstelte. Sie wurde verrückt. Menschen konnten sich nicht unsichtbar machen, und genauso wenig gab es Höhlenbewohner in der Lüneburger Heide. Nicht im 21. Jahrhundert.
Sie wollte sich nur kurz umsehen, wollte herausfinden, ob der Fremde hinter ihr herschlich. Doch der provisorische Pfad schwankte unter ihrer Drehung und ließ sie beinahe das Gleichgewicht verlieren. Sie konnte sich gerade noch fangen. Das Blut rauschte in ihren Ohren.
Warum war sie nur ins Moor gelaufen? Hätte sie es nicht noch einmal im Wald versuchen können? Dort irgendwo mussten die Wege doch sein!
Etwas huschte über den Pfad, ein kleines Tier, nicht weit entfernt. Seine Augen leuchteten im Mondlicht auf. Gleich darauf erkannte Fina die puscheligen Ohren, den buschigen Schwanz.
Das Eichhörnchen!
Fast war sie erleichtert, dem zutraulichen Tier zu begegnen. Auch wenn es der erste Vorbote für den Unsichtbaren gewesen war.
Doch vermutlich war das Moor tödlicher als der Höhlenjunge.
»Eichhörnchen!«, flüsterte Fina. »Weißt du den Weg?«
Das Eichhörnchen hoppelte weiter auf sie zu, wirbelte herum, kurz bevor es sie erreichte. Mit schnellen Schritten sprang es vor ihr her über den provisorischen Bohlenweg.
»Halt! Nicht so schnell!« Fina konnte nur schleichen. Vor jedem Schritt musste sie sich erst vergewissern, dass die Äste sie hielten.
Das Eichhörnchen wurde tatsächlich langsamer. Schließlich hoppelte es immer nur ein paar Schritte und wartete auf sie.

Nach einer geraumen Weile entdeckte Fina eine weiße, leuchtende Linie vor sich auf dem Pfad. Das Eichhörnchen sprang darüber und sah Fina erwartungsvoll entgegen.
Mit vorsichtigen Schritten trat sie über die weiße Linie, die aussah, als bestände sie aus einzelnen Körnern. Fina konnte nicht ausmachen, was genau es war – und kurz darauf interessierte sie das auch nicht mehr: Fast unmittelbar vor ihr lag der Wanderweg, der um den Grundlosen See herumführte. Sie hatte es geschafft!
Ihre Knie fühlten sich weich an, während sie die letzten Meter über den Pfad zwischen den Torfstichen zurücklegte. In wilden Strömen liefen die Tränen über ihr Gesicht, als sie schließlich auf dem Wanderweg ankam.
Hier war es gewesen: Hier war der Unsichtbare aus dem See gekommen – und hier hatte sie ihre Kamera verloren.
Das Eichhörnchen keckerte leise und raste in einem Wahnsinnstempo zurück ins Moor.
Fina sah ihm einen Moment nach. Dann ließ sie ihren Blick über den Boden gleiten. Tatsächlich lag ihre Kamera am Fuß der Birke. Fina hob sie auf, hängte sich den Riemen um ihren Nacken und lief weiter. Nur weg von hier! Sie versuchte zu rennen. Doch ihr Bein schmerzte, ihr Körper fühlte sich schwach an. Schritt für Schritt schleppte sie sich den Wanderweg entlang, zuerst um den See herum und schließlich durch den Wald, bis sie endlich die Mühle ihrer Großmutter erreichte.
Vor der geschlossenen Tür blieb sie stehen, lehnte sich in die Türnische und hob ihre Kamera hoch. Erst jetzt wischte sie den Dreck von ihrem Gehäuse und untersuchte das Objektiv auf irgendeinen Schaden. Schließlich schaltete sie das Gerät ein.
Das Display leuchtete auf.

Fina stieß die Luft aus. Wenigstens ihre Kamera lebte noch! Sie hatte den Unsichtbaren fotografiert! Ob auf den Bildern etwas zu sehen war?
Fina hielt den Atem an. Sie war kurz versucht nachzusehen. Aber dann schüttelte sie den Kopf und schlüpfte hastig ins Haus.

8. Kapitel

Finas Bein schmerzte höllisch, als sie endlich in ihrem Bett lag. Wie im Fieber drehten sich ihre Gedanken im Kreis, ließen Wachsein und Traum ineinander verschwimmen, bis sie nicht mehr unterscheiden konnte, in welcher Welt sie sich befand. Immer wieder stürzte sie ins Moor, sah den Himmel und den Grund an sich vorbeiwirbeln und wurde nach unten gerissen. Ein kurzer, schrecklicher Moment, bevor jemand sie auffing, bevor die Arme sie festhielten. Sie erkannte die schwarzen, klaren Augen des Fremden und bemerkte eine salzige Note in seinem Geruch. Seine Muskeln bewegten sich unter der dunklen Haut. Immer stärker wurde ihr Drang, das warme Sommerbraun zu berühren und die Regung darunter zu fühlen. Doch jedes Mal, wenn sie ihre Hand danach ausstreckte, verschwand das Bild, und sie fiel erneut, sah das Moor an sich vorbeiziehen und spürte, wie sie aufgefangen wurde. Mit jedem Mal verharrte sie länger in der Umarmung, versuchte, mehr von seinem Geruch zu erhaschen.

Finas Herz raste, als sie endlich aus dem Traum auffuhr, ihr Atem keuchte, Schweiß klebte auf ihrer Haut. So oft war sie gefallen …

Von draußen strömte Sonnenlicht in ihr Zimmer. Doch der Duft des Fremden hing noch in ihrer Nase, ein vertrauter Geruch, in dem sie die salzige Note des Moores wahrnahm.

Der geheime Traum! Hatte sie immer schon von diesem Fremden geträumt? Von dem Jungen im Moor?

Fina kuschelte sich tiefer in ihr Bett, umarmte ihre Decke und zog sie fest um ihren Körper. Konnte es wirklich sein, dass sie ihren Traum gefunden hatte? Ihr Zuhause?

Ein eisiger Schauer glitt über ihren Rücken. Der Fremde war

ein Wilder, ein Verrückter! Er hauste im Wald, in einer Erdhöhle, kleidete sich wie Tarzan und war so dreckig und verzottelt wie ein Straßenköter. Er jagte sie, entführte sie und zog dann unterwürfig den Kopf ein, als hätte er Angst, von ihr geschlagen zu werden.

Er war tatsächlich geschlagen worden, auf furchtbare Weise – die Narben auf seinem Rücken zeugten davon.

Vielleicht hatten seine Eltern ihn misshandelt, hatten ihn übel zugerichtet und so lange gequält, bis er davongelaufen war. Auch wenn es unglaublich klang, aber es sollte angeblich Eltern geben, die so etwas taten.

Aber was für ein Mensch wurde aus jemandem, der so aufgewachsen war? Kein Wunder, wenn er vollkommen irre war.

Fina atmete tief ein. Sie sollte die Finger von ihm lassen, sollte einen möglichst weiten Bogen um den Wald schlagen und ihn vergessen.

Ihr Schienbein schmerzte höllisch, als sie zum Frühstück nach unten humpelte. Fina versuchte gar nicht erst, die Verletzung vor ihrer Großmutter geheim zu halten. Da sie die Wahrheit unmöglich sagen wollte, behauptete sie, sie habe im Wald auf einem Baumstamm balanciert und sei dabei gestürzt.

Oma Klara hob die Augenbrauen. »Und dann hast du den ganzen Tag gebraucht, um hierher zurückzukommen?«

Fina wich ihrem Blick aus. Was sollte sie dazu sagen? Sie war im Morgengrauen aufgebrochen und erst nach dem Dunkelwerden zurückgekommen. Kein Wunder also, wenn ihre Großmutter sich Sorgen machte. »Nein. Ähm. Das ist erst am Abend passiert. Und dann kam jemand vorbei, der mir geholfen hat.«

Der Blick ihrer Großmutter wurde noch sorgenvoller. »Aber nicht der Entführer, oder?«

Fina lachte auf. Der Entführer … ein Unsichtbarer … einer,

der ihr im Moor auflauerte. Der Gedanke wirbelte durch ihren Kopf, ihr Lachen rutschte ab, klang für eine Sekunde hysterisch, bevor sie sich fing. »Nein. Also, wenn es mein Entführer gewesen wäre, dann wäre ich jetzt wohl nicht hier.« Sie räusperte sich, musste irgendetwas erfinden, was harmlos klang. »Er war nett. Und er war in meinem Alter.«
»Aha.« Das Gesicht ihrer Oma entspannte sich, formte sich zu einem vielsagenden Schmunzeln. »Und? Triffst du ihn wieder?«
Das hysterische Lachen wollte Fina erneut herausrutschen, ließ sich gerade noch zurückhalten.
Ob sie sich wieder mit dem Unsichtbaren traf?
Sie müsste nur noch einmal ins Moor gehen. Dort würde er sein und auf sie warten.
Ein wehmütiges Gefühl zog durch Finas Brust. »Ich weiß nicht.« Sie sprach leise. »Wenn wir uns noch mal über den Weg laufen.«
Für einen Moment konnte sie nicht erklären, was mit ihr los war. Sie wollte den Wilden doch nie wiedersehen, wollte alles vergessen! Oder nicht?
Das Lächeln ihrer Großmutter wurde noch vielsagender, ließ Fina ahnen, dass sie ihre Verwirrung durchschaute. Aber Oma Klara sagte nichts mehr dazu und machte sich nur daran, Finas Bein zu untersuchen. Sie diagnostizierte ihr eine mittelschwere Prellung, die sie zuerst mit kühlenden Umschlägen und schließlich mit einer schmerzlindernden Salbe behandelte. Außerdem riet sie ihr, das Bein ruhig zu stellen und eine Weile zu Hause zu bleiben.
Fina kam die Ausrede gerade recht. Es passte zu ihrem Drang, sich zu verkriechen und alles zu vergessen. Sie verbrachte die Tage auf dem Sofa im Wohnzimmer und strickte ihren ersten Schal zu Ende. In einem Anflug von Selbstüberschätzung versuchte sie sich schließlich an einem Norwegerpulli.

Bald ahnte sie jedoch, dass der Pulli viel zu groß für sie werden würde. Aber Fina wollte nicht alles wieder aufribbeln und von vorne beginnen. Also machte sie einfach weiter. Die gleichförmige Tätigkeit gefiel ihr. Das Klappern der Nadeln beruhigte sie und half ihr, ungestört darüber nachzudenken, was geschehen war: der Unsichtbare am See, ihr Sturz ins Moor und das Aufwachen in der seltsamen Höhle. Immer wieder fragte sie sich, woher der wilde Junge kam, warum er so lebte. Sie sah sein Gesicht mit dem langen Bart und den zotteligen Haaren vor sich und versuchte, seine Augen darin zu finden. Doch es gelang ihr nie, seinen Blick zu erhaschen.
Sie hatte den Unsichtbaren fotografiert. Als er aus dem Wasser gekommen war, als er vor ihr stand. Doch ihre Kamera lag seit dem denkwürdigen Tag unberührt in ihrem Zimmer. Wahrscheinlich würde nichts auf den Bildern zu erkennen sein – aber Fina wagte es nicht nachzusehen.
Über eine Woche schlich sie um ihre Kamera herum, bis zu dem Abend, an dem ihre Großmutter ausging, um sich mit einer Freundin zu treffen. Mindestens fünf Mal fragte sie Fina, ob es wirklich in Ordnung sei, wenn sie alleine blieb.
Aber Fina lachte nur und winkte ab. »Ich bin doch kein Baby mehr!«
Ihre Großmutter schien dennoch besorgt zu sein. Wahrscheinlich dachte sie an die drohende Entführung. Aber Fina beruhigte sie und versprach, dass sie alles abschließen und niemandem die Tür öffnen würde. Mit einem munteren, gespielten Lächeln behauptete sie, dass sie längst entführt worden wäre, wenn es einen Entführer gäbe.
Als ihre Oma schließlich gegangen war, nutzte Fina die Gelegenheit, um ihr Büro zu belagern. Es gab kein WLAN im Haus, und nur hier konnte sie ihren Laptop an ein Internetkabel anschließen. Sie musste endlich mit ihren Bewerbungen

weitermachen. Vor allem die deutschen Hochschulen wollte sie sich noch einmal genauer ansehen. Vielleicht ließ sich erkennen, was den Professoren gefiel und worauf sie ihre Bewerbungen ausrichten sollte.

Mit leisem Herzklopfen nahm Fina schließlich auch ihre Kamera mit ins Büro. Sie musste sich endlich entscheiden: Entweder sie nahm den Speicherchip heraus und legte ihn ganz unten in ihre Schublade – oder sie lud die Fotos herunter.

Es wäre das erste, wirklich allererste Mal in ihrem Leben, dass sie Fotos ungesehen beiseitelegte.

Fina atmete tief ein und stöpselte alle Kabel an die dafür vorgesehenen Stellen. Während sich die Fotos auf ihre Festplatte kopierten, ging sie in die Küche, um sich einen Tee zu kochen.

Der Wasserkocher zischte und knackte, erinnerte sie plötzlich an das Atemgeräusch im Moor, an die schmatzenden Schritte des Unsichtbaren.

Finas Blick fiel durch die milchigen Butzenscheiben nach draußen, dorthin, wo der Waldrand sein musste. Doch in der Dunkelheit war nichts zu erkennen. Nur der Herbstwind fuhr um die Mühle und heulte in den Ritzen der einfach verglasten Fenster. Überhaupt schien das alte Gemäuer in allen Winkeln und Ecken zu knacken.

»Das ist nur der Wind.« Fina versuchte, sich Mut zuzuflüstern. »Und das Holz, das sich in der Kälte zusammenzieht.«

Der Wasserkocher stellte sich ab, und sie goss das heiße Wasser über ihren Teebeutel.

Schließlich nahm sie die Tasse, lockte Rübezahl mit sich und ging in das Büro ihrer Großmutter. Als sie die Tür des kleinen, gemütlichen Zimmers hinter sich schloss, fühlte sie sich etwas besser. So lange, bis sie sich zum Schreibtisch umdrehte: Der Bildschirm zeigte das letzte Foto, das sie gemacht hatte.

Fina keuchte auf, ließ die Tasse beinahe fallen. Eine weiße, menschliche Form leuchtete ihr im Nebel entgegen. Sie war ganz nah, zum Berühren nah, und dennoch besaß sie kein Gesicht.

Fina schloss die Augen, um das Bild nicht länger zu sehen, blinzelte schließlich und hoffte fast, dass sie sich getäuscht hatte. Doch das Nebelbild blieb das gleiche: eine menschliche Silhouette, die sich schützend die Hände über den Kopf hielt.

Fina starrte auf die Gespenstergestalt. Sie hatte geglaubt, dass man solche Bilder nur im Internet fand, in irgendwelchen Spukforen, wo sich Mitglieder die größte Mühe gaben, eine hübsche Fotomontage herzustellen. Wie in Trance setzte sie sich auf den Bürostuhl. »Wer bist du?« Sie dachte an den Tag im Moor: an die Wellen im See, an die Erschütterung des Bodens – an den Höhlenjungen, der sie gerettet hatte. Er war echt gewesen, lebendig.

»Warum bist du unsichtbar?« Ihre Stimme war nur ein Hauch. Mit zitternden Händen klickte sie sich durch die Nebelfotos. Auf dem Bild davor erhob sich der Schatten aus dem See, das Wasser lief in einer großen Welle seinen Rücken herab. Als Nächstes kamen Fotos, auf denen er schwamm, sein graues, konturloses Gesicht knapp über der Wasseroberfläche.

Selbst auf den Bildern, die sie im Wald gemacht hatte, war er zu sehen: Er stand im Nebel zwischen den Baumstämmen und schien sie zu beobachten, hockte neben dem Eichhörnchen am Wegesrand – und zuletzt tauchte er neben dem Reh auf, das sie fotografiert hatte: ein dunkler Schatten, der den Kopf des Tieres streichelte.

Fina starrte darauf. Wenn sie nicht so unheimlich wären, wären diese Fotos die besten, die sie jemals geschossen hatte.

* * *

Je mehr Zeit verging, desto häufiger fragte Fina sich, ob das alles wirklich geschehen war oder ob sie langsam verrückt wurde. Sie hatte die Fotos auf eine DVD gebrannt und ganz hinten in ihrer Kommode verstaut – aber sie wurde die gespenstischen Bilder nicht los, genauso wenig wie die Erinnerung an den Höhlenjungen.
Manchmal war sie kurz davor, ihrer Großmutter von dem Jungen zu erzählen. Sie wollte ihr die Fotos zeigen, um endlich zu erfahren, ob dort wirklich ein Schatten zu sehen war.
Aber wenn ihre Großmutter ihn nicht sehen konnte, dann wäre sie tatsächlich ein Fall für den Psychiater. Also biss sie sich jedes Mal auf die Zunge, wenn ein Geständnis über ihre Lippen kommen wollte.
Es war Mitte November, als Fina die Ungewissheit nicht länger aushielt. Die letzten Laubreste waren von den Bäumen verschwunden, und der Wald zeigte sich nackt und grau, als sie nach draußen kam. Zum ersten Mal, seit sie bei ihrer Großmutter lebte, schienen die Sommerreserven in ihrem Körper verbraucht zu sein, und sie fror in der Herbstkälte. Ihr Bein war inzwischen geheilt. Doch ihre Muskeln fühlten sich noch schwach an, als sie mit entschlossenen Schritten in den Wald joggte.
Sie nahm den gleichen Weg wie beim letzten Mal, lief um den Wald herum und rannte schließlich den Wanderweg entlang, der ins Moor hineinführte.
Ihre Beine wurden immer schwächer, wollten nachgeben und zwangen sie, langsamer zu werden. Ihr Atem ging keuchend, das Blut rauschte in ihren Ohren, während sie die letzten Meter bis zum Grundlosen See lief. Beinahe regungslos erstreckte sich die dunkle Fläche vor ihr. Der Himmel war grau verhangen, aber wenigstens lag an diesem Mittag kein Nebel über dem Sumpf.

Fina sah sich um, blickte den Wanderweg entlang und suchte in der Ferne. Sie konnte niemanden sehen, und trotzdem wusste sie, dass der Unsichtbare hier war.

Seltsamerweise war es ein vertrautes Gefühl, eines, das die Angst löste und sie aufatmen ließ. Mit langsamen Schritten ging sie bis zu der Stelle, an der sich der Unsichtbare aus dem See erhoben hatte. Sie blieb stehen, blickte den schmalen Pfad entlang, der zwischen den Torfstichen in das undurchdringliche Moor führte.

Der Unsichtbare war hier, ganz nah. Sie wusste es – auch, wenn sie ihn weder hören noch sehen konnte. »Wo bist du?«, flüsterte sie.

Für einen Moment blieb alles still. Fast glaubte sie schon, dass sie sich irrte.

Doch schließlich spürte sie eine Erschütterung unter ihren Füßen. Der Torfgrund federte, fast wie eine Brücke unter den Schritten eines Menschen – nur viel weicher.

Der Unsichtbare kam auf sie zu! Fina fühlte das Zögern in seinen Schritten. Sie hörte seinen Atem, so unregelmäßig, dass sie die Aufregung darin wahrnehmen konnte.

Ganz dicht vor ihr hielten die Schritte inne.

Fina starrte in die Luft, dorthin, wo sein Gesicht sein musste. Sie wollte ihn endlich sehen, wollte ihn wenigstens berühren. »Gibt es dich wirklich?«

Der Atem des Unsichtbaren verstummte, nur ganz kurz, bevor er wieder einsetzte. Doch seine Antwort blieb aus.

Finas Nackenhaare stellten sich auf. Wie sollte er auch antworten? Sie war verrückt, vollkommen durchgeknallt. Warum sonst sollte sie hier im Moor stehen und mit einem Unsichtbaren sprechen?

Eine schnelle Bewegung lenkte ihre Aufmerksamkeit auf den Wanderweg. Das Eichhörnchen raste auf sie zu, sprang vor

Fina in die Luft und rannte steil nach oben. Für eine Sekunde zeichnete es die Konturen des Unsichtbaren nach, bevor es auf Augenhöhe in der Luft sitzen blieb.

Fina keuchte auf, starrte auf das surreale Bild, während das Eichhörnchen seinen Hals reckte und leise keckerte. Es sah aus, als wolle es jemandem ins Ohr flüstern.

»Sie soll keine Angst haben.« Plötzlich sprach er, eine unsichtbare Stimme, direkt vor ihr. *»Es tut ihr nichts.«*

Fina schüttelte den Kopf über seine Worte. Wovon sprach er? Von dem Eichhörnchen? »Du bist der Junge, der mich gerettet hat, oder? Warum kann ich dich nicht sehen?«

Der Unsichtbare regte sich nicht. Nur das Eichhörnchen sah neugierig zu ihr herüber.

Dort, wo es saß, musste seine Schulter sein.

»Also, wenn das Eichhörnchen auf deine Schulter klettern kann …«, hauchte Fina. »… kannst du mich dann berühren?«

Sein Atem stockte, seine Füße scharrten auf dem Grund. Plötzlich spürte sie etwas an ihrer Schulter, das Streichen einer Hand, das so flüchtig war, als wollte sie sich sofort wieder zurückziehen.

Fina griff nach seiner Hand, hielt sie fest und fühlte ihre Wärme. »Warum kann ich dich nicht sehen?«

Die Hand unter ihren Fingern zuckte. *»Sie redet so fremd. Es versteht nicht, was sie fragt.«* Sein Tonfall klang eingeschüchtert.

Finas Herz schlug ihr bis zum Hals. Sie suchte sein Gesicht in der Luft, suchte es dort neben dem Eichhörnchen, wo es sein musste. Plötzlich wusste sie, warum er so seltsam sprach. Er redete in der dritten Person.

Sie atmete tief ein, versuchte, ihre Frage in seine seltsame Sprechweise zu übersetzen: »Was muss sie tun, wenn sie ihn sehen will?«

Seine Hand wurde ganz still. Doch sie war da, warm und lebendig unter ihren Fingern. Ein wildes Gefühl rumorte in ihrem Bauch, trieb ein leises Lachen durch ihren Mund. »Muss sie erst wieder ins Moor fallen, um ihn zu erreichen?«

Eine zweite Hand berührte ihre Haare, strich ganz leicht darüber und verschwand wieder. *»Ja.«*

Fina fröstelte. Wie eisiges Wasser lief der Schauer ihren Rücken hinab. Sie wollte ihn sehen, wollte endlich Klarheit über das, was passierte! Noch nie war sie ihrem geheimen Traum so dicht auf der Spur gewesen. »Dann gehe ich jetzt baden.«

Sie ließ seine Hand los, lief über den schmalen Pfad, der seitlich zwischen den Torfstichen hindurchführte. Die Moortümpel waren von dichtem Moos überwachsen, doch dazwischen glitzerte braunes Wasser.

Fina sprang ab, fiel und tauchte mit den Füßen zuerst ein. Das Moor war fester als Wasser, nahm sie nur bis zu den Schultern. Erst jetzt wurde ihr klar, was sie getan hatte. Panik überfiel sie. Sie wollte zum Pfad zurückschwimmen, aber die Torfmoose umschlangen ihren Körper, hielten sie so fest, dass sie sich noch nicht einmal drehen konnte. Fina befreite ihren Arm aus den Ranken, griff nach einem kleinen Birkenstamm, der aus dem Tümpel ragte, und versuchte, sich daran hochzuziehen. Doch das tote Holz brach entzwei und ließ sie nach vorne sacken. Fina strampelte, ihre Hände suchten nach Halt im Schwingrasen und zerrissen die dünnen Hälmchen.

»Hilf mir!«, schrie sie, suchte mit ihrem Blick den Pfad ab, versuchte, zum Wanderweg zu sehen. Wenigstens jetzt musste er doch sichtbar werden, musste sich zu ihr beugen und sie retten. Aber sie war mutterseelenallein im Moor. Weit und breit war niemand zu sehen. Selbst das Eichhörnchen war verschwunden.

»Hilf mir!« Fina schrie, zappelte, versuchte, den Moosranken zu entgehen. Aber das Moor zog nur umso stärker an ihr, saugte ihre Schultern und Arme in sich auf, bis nur noch ihr Kopf über Wasser war.

Warum kam er nicht? Warum griffen seine Hände nicht nach ihr? Sie war so nah am Pfad, dass er sich nur zu ihr hinabbeugen musste.

Er hatte sie doch nicht das eine Mal gerettet, um sie jetzt sterben zu lassen?

»Nun komm schon!« Ihre Stimme schrillte, Sekunden, bevor ihre letzten Worte mit ihr im Moor versanken.

Fina schrie, gurgelte ihre Angst in den Schlamm, bis die Luft in ihren Lungen erschöpft war. Sie wollte einatmen, riss den Mund auf. Schlamm strömte herein und ließ sie würgen. Ihre Nase saugte die letzte Luft, ihr Körper wand sich, wollte sich übergeben und atmen.

Jemand griff unter ihre Arme, die Moosranken zerrissen und gaben sie frei. Sie würgte und röchelte, hustete den Schlamm aus ihrem Hals, der mit jedem Atemzug zurück in ihren Rachen flatterte.

Der Fremde hockte hinter ihr auf dem Pfad, sie fühlte seinen Oberkörper an ihrem Rücken, spürte seine Wärme, seine Arme. Sie konnte seine Beine sehen, die neben ihr knieten.

Er hatte ihr das angetan! Wut schäumte in ihrem Bauch auf. Plötzlich gab der Schlamm ihre Kehle frei. Sie drehte sich um und schrie ihn an, kreischte die Panik aus ihrem Körper und schlug auf ihn ein. Immer heftiger trommelte sie die Fäuste auf seine Schultern, wollte ihm weh tun, ihn verletzen, verjagen.

Doch er saß ruhig da, als würde er kaum etwas merken. Er wehrte ihre Schläge nicht ab, versuchte nicht einmal, sie festzuhalten. Erst als sie heulend zusammensackte, legte er die Arme um ihren Körper und hob sie hoch.

Ihr Gesicht berührte seine Schulter. Sie atmete seinen Geruch, fühlte die Bewegung seiner Muskeln, während er sie wegtrug. Die Wärme seiner nackten Haut beruhigte sie. Es war nichts Fremdes daran, ihm so nah zu sein. Nichts Unheimliches und nichts Falsches.

Er war sichtbar geworden. Sie war nicht verrückt. Es gab ihn wirklich!

Fina drückte ihr Gesicht dichter an seinen Hals, schloss die Augen und lauschte seinem Atem.

Sie lebte noch! Schwärze umfing sie und zog sie in die Ohnmacht.

9. Kapitel

Fina erwachte, weil etwas ihre Wange berührte. Sie brauchte einen Atemzug lang, ehe sie verstand, dass jemand darüber streichelte. Doch es fühlte sich schön an, jagte ein warmes Kribbeln durch ihre Haut, das ihr vertraut vorkam.

War sie in ihrem geheimen Traum? Konnte sie sich endlich daran erinnern? Sie wollte die Augen öffnen, wollte sehen, wer bei ihr war. Aber der Schlaf drückte noch zu schwer auf ihre Lider.

Plötzlich erinnerte sie sich an den Unsichtbaren. Langsam gelang es ihr, die Augen zu öffnen. Er sah sie an, ganz nah war sein Gesicht vor ihr. Sein Blick erschien warm, fast so, als würde er sie schon lange ansehen.

Fina zuckte zusammen. Hastig wich er vor ihr zurück, ging auf die Knie und senkte den Kopf.

Sie lag wieder auf seinem Lager in der Höhle. Es war weich unter ihr. Doch dieses Mal klebte die nasse Kleidung noch an ihrem Körper. Ganz leise schlugen ihre Zähne aufeinander, ihre Muskeln bebten, und nicht einmal das Feuer half, die Kälte zu vertreiben. Fina kauerte sich zusammen und umklammerte ihre Beine mit den Armen.

»Sie muss sich ausziehen.« Der Fremde flüsterte. »Sie muss warm werden, sonst wird das Fieber sie holen.«

Fina starrte ihn an. Sie sollte sich ausziehen, damit sie warm wurde. Wahrscheinlich hatte er recht. Wahrscheinlich war das der Grund, warum er sie beim letzten Mal entkleidet hatte.

Sie räusperte sich und versuchte, einen Blick in sein Gesicht zu erhaschen. »Dann musst du so lange rausgehen.«

Er kräuselte verständnislos die Stirn.

»Du sollst mir nicht zusehen.« Fina versuchte es noch mal. »Geh bitte nach draußen.«

Er nickte und sprang auf, lief um das Feuer herum und wollte gerade in dem Tunnel verschwinden.
»Nein! Warte!« Fina hielt ihn auf, wartete, bis er sich zu ihr umdrehte. »Hast du noch was anderes zum Anziehen?«
Er starrte sie kurz an. Dann nickte er wieder und ging zu einer kleinen Holztruhe, die an der Höhlenwand stand. Er holte etwas heraus und brachte es ihr.
Es war ein Kleidungsstück aus Leder. Fina faltete es auseinander und erkannte, dass es genauso geschnitten war wie das Tuch, das er um seine Hüfte trug.
Für ihn mochte das ausreichend sein.
Sie wollte nicht unverschämt werden. Dennoch fragte sie vorsichtig nach: »Hast du vielleicht noch was für …« Sie machte eine kreisende Bewegung vor ihrer Brust und ihrem Bauch. »… für oben?«
Er wich ihrem Blick aus und nickte hastig. Wieder holte er ein ledernes Kleidungsstück aus seiner Truhe. Er verneigte sich tief vor ihr, während er es überreichte.
Fina fragte sich ein weiteres Mal, warum er so unterwürfig war. Er war groß, kräftig und ihr körperlich um einiges überlegen.
Noch in der Verbeugung trat er einige Schritte zurück, richtete sich langsam auf und hielt nur noch seinen Kopf gesenkt. Fina hielt den Atem an. Seine Bewegung sah elegant aus, weich und kraftvoll zugleich. Seine Haut leuchtete in einem warmen Braunton, viel zu dunkel, um aus dieser Gegend zu stammen.
Sie riss sich von seinem Anblick los und faltete das Kleidungsstück auseinander. Es war ein Hemd mit langen Ärmeln, mindestens so groß wie der Monsterpulli, den sie strickte. Sie musste grinsen. »Danke!«
Er neigte seinen Kopf noch ein kleines Stückchen tiefer, drehte sich geschmeidig um und verschwand im Tunnel.
Fina sah ihm nach. Als sie sicher war, dass er nicht zurückkom-

men würde, zog sie sich aus. Ihre Sachen waren braun, klebrig und stanken nach Torf. Sie wusste nicht, wohin mit ihnen. Wenn sie die Sachen zum Trocknen aufhängte, würden sie eine Schlammkruste bekommen. Unschlüssig warf sie die Klamotten auf den Boden.

Sie streifte das riesige Hemd über ihren Kopf und bemühte sich, das Ledertuch um ihre Hüften zu binden.

Als sie schließlich an sich herabblickte, musste sie grinsen. »Und heute sehen Sie eine neue Folge von *Tarzan und Jane in der Lüneburger Heide.*« Ein leises Prusten glitt durch ihre Nase, wollte sich in ein irres Lachen verwandeln.

Hastig schlug sie die Hand vor den Mund. Doch das Lachen rutschte zwischen ihren Fingern hindurch.

Um sich abzulenken, sah sie sich in der Höhle um. Sie betrachtete das Eisengestell, an dem der Kessel über dem Feuer hing, streifte mit ihren Fingern über die Holztruhe, deren Metallbeschläge mit kunstvollen Ranken verziert waren. Abgesehen davon gab es nicht viel in der Höhle.

Erst als ihr Blick die Wandnische erreichte, aus der der Fremde beim letzten Mal etwas hervorgeholt hatte, stutzte sie. Dort standen Becher, Schalen und Teller, die im Licht des Feuers goldfarben glänzten.

Langsam ging sie darauf zu. Vorsichtig nahm sie einen der Becher und drehte ihn in ihrer Hand. Er schien tatsächlich aus Gold zu sein. Seine Wände waren breit, fast ein wenig klobig, doch rundherum waren zierliche Ranken und Tiere in das Gold eingraviert. Fina betrachtete das Bild eines Eichhörnchens, das ihr sehr bekannt vorkam.

»Darf es hereinkommen?«

Fina wirbelte herum. Der wilde Junge stand mit gesenktem Kopf vor dem Tunnel. Er trug einen Wasserbottich vor seinem Bauch.

Von welchem *Es* sprach er? Von dem Eichhörnchen?
»Ja.« Fina stammelte. Sie versuchte, den Goldbecher möglichst unauffällig zurückzustellen. »Ja, von mir aus darf es hereinkommen.«
Der Junge kam weiter in die Höhle. Während er den Bottich zum Feuer trug, fiel ihr auf, wie schwer die wassergefüllte Wanne sein musste. Viel zu schwer, um sie überhaupt anzuheben. Doch er stellte sie ab, als wäre es ein Korb mit Wäsche.
Fina suchte nach dem Eichhörnchen oder nach einem anderen Tier, das er gemeint haben könnte.
Aber ihr neuer Freund schien allein zu sein. Wieder verneigte er sich tief vor ihr und sprach mit leiser Stimme: »Soll es ihr einen Tee reichen? Mag sie Pfefferminze?«
Fina schauderte. Er meinte sich selbst! Er sprach nicht nur in der dritten Person – er bezeichnete sich selbst als *»es«*.
»Wer hat dir beigebracht, so zu reden?« Die Frage rutschte ihr heraus. »Was für furchtbare Eltern hast du, dass sie so grausam zu dir sind?«
Er starrte sie an, so verständnislos, als wüsste er nicht, worüber sie sprach. Hastig wandte er sich ab, nahm einen verbeulten leeren Kessel, schöpfte damit Wasser aus dem großen Bottich und hängte ihn über das Feuer.
Fina bereute ihre vorlaute Frage. Seine Eltern gingen sie nichts an. Auch nicht der Grund, warum er geflohen war und hier draußen lebte. »Tut mir leid. Ich hab's nicht so gemeint. Ich nehme gerne einen Tee. Und Pfefferminze mag ich auch.«
Er sah sie kurz an, nickte unsicher und trat an ihr vorbei zur Wandnische. Aus einer goldenen Dose holte er grüne, getrocknete Blätter, streute sie in einen Goldbecher und ging damit zu seinem Kessel. Eine ganze Weile rührte er darin herum, bevor er eine Kelle voll herausschöpfte und das heiße Wasser auf die Pfefferminzblätter goss.

Schließlich verneigte er sich und reichte ihr den Becher. »Herrin.«
Fina runzelte die Stirn. Sie nahm den Tee entgegen und starrte ihn an. »Wieso nennst du mich so? Ich bin nicht deine Herrin.«
Er verharrte in der geduckten Haltung. Es war ihr, als würde er den Atem anhalten. »Wie ... wie sie wünscht.« Er stammelte, ging wieder rückwärts und richtete sich erst auf, als er sich von ihr abwandte und zum Feuer trat.
Fina betrachtete die weißen Striemen auf seinem Rücken. Schatten und Licht spielten auf den Narben, während er Wasser von einem Kessel in den anderen schüttete.
Wer hatte ihm das angetan? Wer hatte ihn so gebrochen, dass er sie *Herrin* nannte und sich selbst als *es* bezeichnete?
Er warf ihre schlammige Kleidung in eine Wasserwanne. Ohne Fina anzusehen, deutete er mit dem Arm auf den großen Bottich. »Es hat ihr ein Bad bereitet. Wenn sie es wünscht, so mag sie sich waschen. Es wird so lange draußen sein und ihre Kleider reinigen.«
Fina starrte ihn an. Sie wusste nicht, was sie sagen sollte. Er verhielt sich, als wäre er ihr Sklave. »Du musst mich nicht bedienen.« Sie sprach leise.
»Wie die Herrin wünscht.« Er verneigte sich noch tiefer, nahm den Kessel mit ihren Sachen und verschwand damit im Erdtunnel.
Ein seltsamer Schmerz zog durch Finas Brust, während sie den Höhleneingang betrachtete. Wer zum Teufel hatte ihn so gequält? Seine Eltern gehörten ins Gefängnis!
Ihr fiel wieder ein, dass er zunächst unsichtbar gewesen war. Irgendetwas an dieser Geschichte ging nicht mit rechten Dingen zu, etwas viel Gravierenderes als die Frage, wer seine Eltern waren.

Zögernd ging sie zu dem Bottich und streckte ihre Hand hinein. Das Wasser war angenehm heiß.
Fina zog die seltsame Lederbekleidung wieder aus und stieg in die Wanne. Der Bottich war gerade groß genug, um sich mit angezogenen Beinen hinzusetzen. Aber immerhin war er so tief, dass ihr das Wasser bis zur Brust reichte. Sie schloss die Augen und fragte sich, ob sie träumte. Vielleicht war sie in ihrem geheimen Traum? Und gleich würde sie aufwachen und sich an nichts erinnern können.
Zumindest würde das erklären, warum ihr der Junge und das Moor so vertraut vorkamen, warum sie keine Angst mehr hatte. Vielleicht träumte sie ja schon, seit sie aus der Provence geflohen war? Vielleicht war sie an dem Abend eingeschlafen, als sie ihrer Mutter zu ihrer Verabredung folgen wollte? Sie hatte im Bett gelegen und gewartet, dass ihre Mutter losging. Aber statt ihr zu folgen, war sie eingeschlafen. Und alles, was danach geschehen war, entstammte nur ihren unterbewussten Ängsten und Wünschen: das geheime Treffen ihrer Mutter mit ihrem Vater, ihre Flucht, ihre Großmutter und die Mühle und jetzt das Moor und der wilde Junge.
Wenn sie genau darüber nachdachte, dann war das viel wahrscheinlicher, als dass dieser ganze Schwachsinn in der Realität passierte.
Ja, so musste es sein! Gleich würde sie aufwachen und ihrer Mutter beim Frühstück von dem ganzen Quatsch erzählen. Dann würden sie herzlich darüber lachen und die Geschichte weiterspinnen.
Wenn man erst einmal wusste, dass man träumte, war das Aufwachen nur noch eine Frage von Sekunden.
Doch Fina wachte nicht auf. Stattdessen wurde das Wasser allmählich kühler, und sie fing wieder an zu frieren.
Schließlich tauchte sie ihre Haare unter Wasser und rubbelte

den Schlamm daraus, rieb mit ihren Händen über Gesicht, Hals und Nacken und stand auf.
Die kalte Luft fühlte sich echt an auf ihrer Haut. Konnte man einen Traum so intensiv wahrnehmen?
Ihre Zähne schlugen aufeinander. Sie hatte nichts, um sich abzutrocknen. Suchend sah sie sich in der Höhle um. Doch abgesehen von ihrer neuen Lederkleidung, gab es nichts, was dazu geeignet wäre.
Bibbernd stieg sie aus dem Bottich und hockte sich vor die Holztruhe des Jungen. Sie klappte den Deckel auf und blickte hinein. Es war nicht viel darin, nur ein paar filigrane Werkzeuge und – tatsächlich – ein weiteres Stück Leder. Auf den ersten Blick sah es so aus, als wäre es nur ein Lappen.
Erst als sie es herausnahm und auseinanderfaltete, erkannte sie, dass es ein weiteres Hüfttuch war, noch dünner als das, das er ihr geliehen hatte.
Wenigstens hatte sie jetzt eines in Reserve. Sie wollte gerade anfangen, sich damit abzutrocknen, als sie entdeckte, was sie unter dem Ledertuch zum Vorschein gebracht hatte. Große Goldklumpen lagen am Boden der Truhe. Einige davon waren bearbeitet und zu kleinen Figürchen geformt. Auch hier gab es ein Eichhörnchen, daneben ein kleines Reh und … Fina hielt den Atem an … den Kopf einer Frau, ein Gesicht, das die Form eines Herzens besaß.
Für einen Moment dachte sie an ihre Großmutter, es sah aus wie sie, nur jünger – doch im nächsten Augenblick wusste Fina, wessen Gesicht es war: ihr eigenes.
Sie schlug den Deckel der Truhe zu, trocknete sich rasch mit dem Leder ab, faltete es wieder zusammen und legte es mit schneller Bewegung zurück in die Truhe.
Er durfte nicht merken, dass sie an seinen Sachen gewesen war. Es ging sie nichts an.

Hastig zog sie die Lederkleidung an, fürchtete plötzlich, dass er jederzeit hereinkommen könnte.
Gold. So viel Gold. Woher hatte er die dicken Klumpen? Sie mussten ein Vermögen wert sein, sicher genug, um ein Haus davon zu kaufen, anstatt in dieser Höhle zu wohnen.
Und er formte Figuren daraus.
Fina musste lächeln. Endlich jemand, dem Geld nichts wert war.
Plötzlich stand der Fremde am Eingang des Tunnels. Er trug ihre nasse Wäsche auf den Armen. Das kleine Eichhörnchen sprang neben ihm her, während er zum Feuer trat und die Wäsche auf das Holzgestell hängte.
Wie wild geworden hüpfte das Tier um ihn herum, kletterte am Holzgestell hoch, rannte über seinen Arm und hockte sich auf seine Schulter. Es keckerte in sein Ohr, und Fina konnte sehen, wie sich unter seinem Bart ein Lächeln abzeichnete.
Ein warmes Gefühl strömte durch ihren Körper.
Der Junge legte seine Wange an das Fell des Tieres, flüsterte wieder so leise, dass sie ihn nicht verstand. Fast hatte sie den Eindruck, als hätte er sie vergessen, während er die Wäsche aufhängte und schließlich mit dem Eichhörnchen auf seiner Schulter zu der Wandnische ging. Er nahm eine goldene Dose heraus, hob den Deckel ab und reichte dem Eichhörnchen eine Haselnuss.
Das Kleine griff sie mit den Pfoten, steckte sie sich in den Mund und sprang von seiner Schulter auf den Boden. Schneller, als Finas Blick ihm folgen konnte, raste es zum Tunnel und verschwand nach draußen.
Sie musste lachen, während sie dem Tier nachsah. Gleich darauf traf sie den Blick des Jungen. Seine Augen leuchteten, seine Zähne blitzten in einem flüchtigen Lächeln auf.
Fina verstummte. Sie wünschte sich, dass er weiterlächelte,

wünschte sich, endlich mehr von seinem Gesicht zu sehen. Am liebsten wollte sie einen Rasierer nehmen und ihn von seinem struppigen Bart befreien, wollte seine verfilzten Haare mit einer Schere kurz schneiden, um zu sehen, was für ein Mensch darunter zum Vorschein kam.
Das Lächeln des Wilden verschwand. Er verneigte sich vor ihr. »Entschuldigt, Herrin.«
»Nein!« Finas Herz schlug heftig. »Hör auf, dich zu verbeugen.« Sie ging zu ihm, legte die Hand unter sein Kinn und hob es an. »Du bist nicht mein Diener, und du sollst dich nicht ducken. Warum bleibst du nicht einfach du selbst, so wie eben, mit dem Eichhörnchen?« Sie versuchte, in seine Augen zu sehen.
Sein Blick erschien gequält, verwirrt, versuchte, ihr auszuweichen. »Jawohl, Herrin.«
Fina ließ sein Kinn los. Noch in der gleichen Bewegung verneigte er sich vor ihr.
Wieder zog der seltsame Schmerz durch ihre Brust. Nur mit Mühe konnte sie ihr Seufzen unterdrücken. Es hatte keinen Sinn. Sie konnte ihn nicht dazu zwingen, selbstbewusster zu sein.

* * *

Fina versuchte noch ein paarmal, mit dem Jungen zu reden. Aber was auch immer sie sagte, es verwirrte ihn und machte ihn nur umso scheuer – bis er ihr gar nicht mehr antwortete. Schließlich hörte sie auf, mit ihm zu sprechen. Sie beobachtete ihn nur, wie er in der Höhle aufräumte und das Badewasser nach draußen brachte, wie er aus einem Stück Fleisch und Pflanzen, die sie nicht kannte, eine Suppe kochte. Die meiste Zeit hockte sie auf seinem Felllager und sah ihm schweigend zu. Manchmal schien er ihre Anwesenheit fast zu vergessen.

Dann bewegte er sich in aufrechter, sicherer Haltung, erledigte seine Arbeiten mit einer so ruhigen Zufriedenheit, dass sie sich fast einbildete, einen gewissen Stolz in seinen Augen zu erkennen. Er kam ihr immer mehr wie ein wildes Tier vor, das seine ganze Schönheit nur dann zeigte, wenn es keine Menschen in seiner Nähe wähnte.

Sie sah ihm gerne zu. Noch tagelang könnte sie ihm zusehen. Doch schließlich wurde ihr klar, dass sie bald nach Hause musste. Draußen wurde es schon fast dunkel. Ihre Großmutter würde sich Sorgen machen, wenn sie am Abend nicht nach Hause kam.

Aber sie konnte jetzt nicht gehen. Schließlich hatte sie nicht einmal die Hälfte von dem erfahren, weshalb sie hergekommen war.

Als die Suppe bereits seit geraumer Weile im Kessel blubberte, ging er zu seiner Wandnische, holte eine goldene Schale und schöpfte von dem fertigen Eintopf hinein. Mit einer eleganten Verbeugung kam er zu Fina und stellte die Schale vor sie auf den Boden. Gleich darauf ging er wieder zu seinem Suppenkessel, füllte eine zweite Schale und setzte sich vor dem Höhleneingang auf den Boden.

Fina starrte zu ihm hinüber. Er sollte bei ihr essen, sollte wenigstens bei ihr sein, wenn sie schon nicht mit ihm reden konnte. Sie wollte ihn rufen, aber sie wagte es nicht, schon wieder etwas Falsches zu sagen. Stattdessen versuchte sie, ihn zu sich zu winken.

Er ließ seine Suppenschale stehen, kam zu ihr und kniete sich vor sie. »Hat sie einen Wunsch? Schmeckt ihr die Suppe nicht?«

Fina schüttelte den Kopf. »Doch, es ist alles bestens.« Sie legte die Hand auf seine Schulter und stand auf. »Bleib hier!« Hastig holte sie seine Schale und drückte sie ihm in die Hand. »Wir essen zusammen.« Sie setzte sich wieder auf die Felle und lä-

chelte ihm zu. Schließlich nahm sie ihre Schale und probierte von der Suppe.
Sie schmeckte vertraut! Fina hielt inne und ließ den Geschmack ganz langsam über ihre Zunge rinnen. Er hatte Salz und irgendwelche Kräuter hinzugefügt. Fremde Kräuter, die sie nicht identifizieren konnte und die ihr doch bekannt vorkamen. Es schmeckte, als wäre es ein Lieblingsgericht, das sie vor langer Zeit zum letzten Mal gegessen hatte, vor so langer Zeit, dass sie sich erst jetzt wieder daran erinnerte.
Fina sah den Jungen erstaunt an. »Die Suppe ist gut. Wirklich! Danke dafür!«
Endlich erwiderte er ihren Blick, für einen Moment, der länger war als alle Momente zuvor. Zum ersten Mal erkannte sie, wie schön seine Augen waren. Schwarzbraun wie das Moor, so tief und geheimnisvoll wie der Grundlose See. Die Spiegelung des Feuers schimmerte in der Weite seiner Pupillen.
Sie hatte so viele Fragen an ihn. Woher kam er, und wer war er? Wie konnte er sich unsichtbar machen? Und warum musste sie jedes Mal durch das Moor, um ihn zu finden?
Sie wollte ihn fragen, welchen Weg es gab, um wieder nach Hause zu gehen – aber noch dringender musste sie wissen, wie sie wiederkommen konnte. Weil sie bei ihm sein wollte. Um sein Vertrauen zu gewinnen. Um ihm zu zeigen, dass sie seine Freundin war und nicht seine Herrin.
Er hielt ihrem Blick noch immer stand – und zum ersten Mal erkannte sie, dass etwas in seinen Augen leuchtete, das ungebrochen war. Ein waches, neugieriges Funkeln, kindlicher, gieriger Lebensmut, der sich über jeden Widerstand hinwegsetzte. Er mochte sich verneigen und ducken, mochte furchtbare Schläge erlitten haben, die lebenslang Narben auf seinen Rücken zeichneten. Aber er war zu stark, um sich brechen zu lassen.

Ein warmes Kribbeln zog durch ihren Bauch. Sie wollte endlich seinen Namen erfahren. »Ich bin Fina.« Sie flüsterte. »Und du?«

Sein Blick zuckte vor ihr zurück, blieb an dem Schälchen in ihren Händen hängen.

Fina bereute ihre Worte. Was immer sie sagte, es war falsch. »Warum kann ich nicht mit dir reden, ohne dich zu verwirren? Ich möchte nur deinen Namen wissen.«

Sein Mund bewegte sich, formulierte lautlose Sätze.

Fina hauchte ihm zu: »Sag es lauter.«

»Sie sagt …« Vorsichtig hob er den Kopf. »Sie sagt so seltsame Worte.«

Fina fröstelte. Er hatte etwas Ähnliches schon mal gesagt, im Moor. »Welche Worte?«

Wieder wich er ihrem Blick aus. »Sie sagt ›ich‹ und ›du‹ und …« Er verstummte.

Fina stieß den Atem aus. »Du meinst …« Sie hielt inne. Sie hatte schon wieder »du« gesagt.

Ihre Gedanken ratterten, trugen zusammen, was sie wusste. Er sprach in der dritten Person, er nannte sich selbst »es«. Aber wie konnte es sein, dass er die Worte »ich« und »du« nicht kannte? Es musste doch Menschen gegeben haben, die normal mit ihm gesprochen hatten.

Fina biss sich auf die Unterlippe, musste sich konzentrieren, um so zu sprechen, dass er sie sicher verstand: »Es meint, es kennt diese Worte nicht?«

Er sah überrascht auf. »Ja.«

»Dann hat noch nie jemand ›du‹ zu ihm gesagt?«

»Nein.« Er flüsterte. »So wie sie sprach noch niemand mit ihm.«

Fina starrte ihn an. In welcher Welt war er aufgewachsen? In welcher Zeit? Bei welchen Leuten? Ihre ganze Phantasie wollte

auf einmal über sie herfallen und hinterließ dennoch nichts, mit dem sich die Fragen beantworten ließen.
Sie musste ganz von vorne anfangen. Nur wenn sie ihn nicht noch mehr verschreckte, konnte sie vielleicht erfahren, was mit ihm los war. »Ihr Name ist Fina.« Sie räusperte sich, versuchte, dem Blick des Jungen zu begegnen. »Und wie ist sein Name?« Tatsächlich sah er zu ihr auf. Seine Lippen bewegten sich vorsichtig, schienen das Wort auszuprobieren, bevor er es aussprach: »Mora.«

10. Kapitel

Fast die ganze Nacht lang saß Mora an der Wand seiner Erdhöhle und wachte über das Weibchen. Er hatte ihr sein Lager überlassen und sich selbst einen Schlafplatz auf dem Boden hergerichtet. Er war es gewohnt, auf der harten Erde zu schlafen. Doch seine neue Herrin verwirrte ihn zu sehr, als dass er Schlaf finden könnte.

Immerzu musste er ihr Gesicht betrachten. Es war noch so schön wie an jenem Nachmittag, als er sie vor ihrer Behausung beobachtet hatte, vielleicht wurde es sogar noch schöner, je länger er sie ansah. Ihre Haut schimmerte in einem warmen Hellbraun, und ihre Haare leuchteten in der Farbe der Sonne. Er wollte sich über sie beugen und die seltenen Blumen riechen, nach denen sie duftete.

Aber es stand ihm nicht zu, sich etwas zu wünschen. Sie war seine Herrin. Und er war nichts als ihr Diener.

Am Tag hatte er sie gefürchtet. Schon mit ihrem ersten Satz hatte er erkannt, dass sie von nun an über ihn bestimmte. Sie forderte von ihm, stellte ihm Fragen und wurde nachdrücklich, wenn er nicht gehorchte. Dabei klangen manche ihrer Worte so fremd, dass er ihre Anweisungen kaum verstand.

Doch jetzt, da sie schlief, da sie so hilflos vor ihm lag, schlich sich ein anderes Bild vor seine Augen: Er sah ihren schmalen Körper wieder vor sich, die geheimnisvollen Wölbungen ihrer Brust und das winzige Kleidungsstück, das sie darüber trug. Seine Finger konnten die Weichheit ihrer Haut nicht vergessen. Sie wollten mehr davon, wollten das Fell über ihrem Körper zurückschlagen, um sie noch einmal zu berühren.

Mora zog hastig die Beine an seinen Oberkörper, hielt sie mit geballten Fäusten fest, um es nicht zu tun. Solche Gedanken

waren ihm nicht erlaubt! Falls sein Herr davon erfuhr, würde er ihn hart bestrafen.
Doch die Herrin war anders. Vielleicht war das das Verwirrendste von allem: die Momente, in denen sie ganz leise wurde. Sie lächelte ihn an und ließ den Klang ihrer Stimme durch sein Inneres rieseln. In einem solchen Moment hatte sie ihren Namen verraten, und er hatte seinen genannt.
Mora wusste nicht, was es bedeutete. Namen waren etwas Machtvolles. Jedes Mal, wenn der Herr ihn Morasal nannte, war es unmöglich, seinen Befehlen auszuweichen, so als wäre es eine Zauberformel, mit der er seinen Diener beherrschte. Wahrscheinlich wollte seine neue Herrin ihm jetzt auf die gleiche Weise befehlen.
Doch warum hatte sie ihren Namen genannt? Bedeutete das, dass er die gleiche Macht über sie ausüben könnte?
Mora war immer davon ausgegangen, dass nur Diener einen Namen bekamen, damit sie sich unterwerfen ließen. Aber wenn er genau darüber nachdachte, dann hatte der Herr seinen Namen womöglich einfach nur geheim gehalten.
Vielleicht gab er sich deshalb diesen Titel: der Geheime.
Mora sog die Luft ein, lehnte den Kopf gegen die Höhlenwand und betrachtete das Gesicht des Weibchens. Was würde passieren, wenn er ihren Namen aussprach? Vielleicht war es ein Test, ein Vertrauensbeweis? Dass er ihren Namen kannte und ihn dennoch niemals über die Lippen bringen durfte. Und wenn er es doch wagte, stellte sich heraus, dass es ein falscher Name war und dass sie ihn dafür tötete.
Doch sie war nicht wie sein Herr. Mora glaubte nicht, dass sie ihm eine solche Falle stellen würde.
Sein Herr! Eine Falle? Wusste der Geheime, dass das Weibchen bei ihm war?
Ohne es zu wollen, blickte Mora zum Eingang der Höhle.

Wäre es möglich, dass der Herr hier hereinkäme? Wenn er sich tarnte, bevor er seinen Diener aufsuchte – würde Mora ihn dann bemerken?

Unruhe flammte in ihm auf. Der Herr durfte nicht herkommen, solange das Weibchen hier war. Er durfte nicht wissen, dass eine fremde Herrin in sein Revier eingebrochen war. Mora wusste nicht, wessen Macht größer war – die des Weibchens oder die des Geheimen, aber er musste auf jeden Fall verhindern, dass sie aufeinanderprallten!

Mora sprang auf und lief zum Ausgang, kroch durch den Tunnel und schlüpfte durch den Ausstieg in den nachtdunklen Wald. Die kalte Luft streifte seine Haut, brachte ihn zum Schaudern, während er sich in der Dunkelheit umsah.

Der Geheime war hier gewesen! Mora konnte ihn nicht sehen, aber er wusste es, spürte es an der Art, wie sich die Härchen an seinem Rücken aufstellten. Sie erinnerten ihn an den Schmerz, an die Angst, an die unausweichliche Macht, die ihm befahl.

Der Herr war hier gewesen. Was hatte er gewollt? Wusste er bereits, dass das Weibchen bei seinem Diener war? War er womöglich in der Höhle gewesen und hatte sie gesehen?

Hatte sie am Ende vielleicht sogar etwas mit dem Auftrag zu tun, den Mora zu erfüllen hatte?

Falls der Herr von ihr wusste, dann könnte er Mora vielleicht erklären, warum sie wieder hergekommen war, warum sie sich ein zweites Mal ins Moor gestürzt hatte, um ihn zu erreichen.

Vielleicht wollte sie gar nicht zu ihm? Vielleicht war sie auf dem Weg zu seinem Herrn?

Womöglich war das sogar sein Auftrag: das Weibchen zu dem Geheimen zu geleiten.

Mora starrte in die Dunkelheit des Waldes. Auf einmal wünschte er sich, der Herr möge zurückkommen. Er sollte ihm end-

lich weitere Anweisungen zu seinem Auftrag geben, sollte ihm sagen, was er mit dem Weibchen zu tun hatte.
Doch es war nicht an Mora, den Herrn um Anweisungen zu bitten. Der Herr würde sich an ihn wenden, wenn die rechte Zeit gekommen war.
Plötzlich fiel Moras Blick auf ein kleines Säckchen, das wenige Ellen entfernt auf einem großen Findling lag. Salz!
Er ging darauf zu und hob es auf. Also darum war der Herr hier gewesen. Mora hatte fast sein ganzes Salz verbraucht, um dem Weibchen ein Tor zu streuen. Nur so hatte sie nach ihrem letzten Besuch den Tarnkreis verlassen können.
Ohne neues Salz wäre sie auf immer bei ihm eingesperrt.
Mora atmete auf. Also wusste der Herr von ihr und hatte ihn dennoch nicht bestraft. Dann war ihre Anwesenheit also tatsächlich ein Teil seines Auftrages.
Mora wog das Salz in den Händen. Es war viel. Um einiges mehr, als der Geheime ihm jemals anvertraut hatte.
Dann musste das Weibchen von großer Bedeutung sein, eine wichtige Herrscherin, die selbst im Reich des Geheimen ein und aus gehen durfte.
Mora ahnte, dass der Geheime noch immer in der Nähe war und ihn beobachtete. Er verneigte sich gehorsam gegen die Dunkelheit und kletterte zurück in seine Höhle.
Trockener Sand rieselte von der Decke und begleitete den Rhythmus seiner Schritte, während er zu seinem provisorischen Schlaflager ging. Auch sein Schaffell fühlte sich sandig an, als er sich daraufsetzte.
Hastig sah Mora zur Decke. Seit er hier lebte, hatte die Erde genug Zeit gehabt, um zu trocknen. Jetzt löste sich der Sand daraus, und womöglich reichte die geringste Erschütterung, um die Decke zum Einsturz zu bringen.
Mora blickte zu dem schlafenden Weibchen. Die Höhle durfte

nicht über ihr zusammenstürzen. Solange er allein hier gelebt hatte, wäre es egal gewesen – aber jetzt war sie hier, und er durfte nicht zulassen, dass ihr etwas geschah!
Gleich morgen würde er damit beginnen, die Höhlendecke mit einer Holzkonstruktion abzustützen. Aber solange sie schlief, für den Rest dieser Nacht, war sie schutzlos.
Ein weicher Schmerz zog durch Moras Körper. Nur er konnte sie behüten. Er krabbelte zu ihr, kniete sich neben sie und beugte sich über ihr Gesicht.
Wenn die Decke einstürzte, dann sollte sie wenigstens noch eine Weile Luft zum Atmen haben. Vielleicht würde es ihm dann gelingen, sich nach oben zu graben und sie zu befreien.

* * *

Fina wachte von etwas Schwerem auf, das auf ihre Brust drückte, so fest, dass sie kaum noch Luft bekam. Sie öffnete die Augen und zuckte zusammen.
Der Fremde lag halb auf ihr und schlief. Das Feuer war fast heruntergebrannt und warf nur noch einen rötlichen Schimmer auf sein Gesicht.
Wieder wünschte Fina sich, seine Miene unter dem schwarzen Bart zu erkennen. Sie wollte sehen, ob er friedlich aussah, ob er lächelte oder ob sich Furcht auf seinem Gesicht abzeichnete. Sie wünschte sich einen Hinweis darauf, warum er bei ihr schlief.
Doch ganz gleich, warum er ihr so nah gekommen war – es fühlte sich vertraut an.
Fina musste lächeln. Sie schob ihn vorsichtig von ihrer Brust, bis er neben ihr auf dem Lager lag. Es war breit genug für sie beide, und jetzt, da er ohnehin schon hier geschlafen hatte, konnte er auch für den Rest der Nacht bleiben.

Fina stand auf und schüttelte ihren Arm, der unter seinem Gewicht eingeschlafen war. Sie holte sein Fell, klopfte krümeligen Sand heraus und deckte ihn zu.
Ganz leise schlüpfte sie zurück unter ihre Felle und drehte sich in seine Richtung. Schließlich schloss sie die Augen und atmete seinen Geruch.
Sie war in ihrem geheimen Traum! Sie hatte ihn gefunden.

* * *

Als sie zum zweiten Mal erwachte, war das Lager neben ihr leer. Der Duft von Gebackenem strömte in ihre Nase.
Fina schlug die Augen auf und blickte zum Feuer. Der wilde Junge hockte dahinter und wendete ein dünnes Fladenbrot auf einem Stein. Der Fladen zischte, als er wieder auf der glattgeschmirgelten Fläche aufkam. Offenbar war es ein sehr heißer Stein.
Als es anfing, nach geröstetem Brot zu riechen, strich er eine klebrige, gelbe Masse auf den Fladen.
Mora. Fina erinnerte sich an seinen Namen. Sie richtete sich auf und versuchte, seinen Blick aufzufangen, während er den Fladen zusammenrollte. Doch er sah nicht zu ihr herüber.
Fast kam es ihr vor, als spürte sie noch seine Wärme auf dem Lager neben sich. »Guten Morgen!« Sie lächelte ihm zu.
Mora fuhr auf. Gleich darauf senkte er verschämt den Kopf, trug den Fladen auf einem Teller zu ihr herüber und duckte sich vor ihr auf den Boden. »Ihre Frühmahlzeit, Herrin.«
Seine Worte schmerzten. Wie konnte er in der Nacht so nah bei ihr sein und sich am Tag so unterwürfig vor ihr verbeugen.
»Mora.« Sie flüsterte ihm zu.
Er zuckte zusammen.

Fina spürte den Drang, über seine Haare zu streichen. Sie wollte ihn beruhigen. »Sieh in ihr Gesicht.«

Er zuckte ein weiteres Mal, richtete sich langsam auf.

Fina lächelte ihm zu. Sie wusste noch immer nicht genau, wie sie mit ihm reden sollte. Sie konnte ihn unmöglich als »es« bezeichnen, selbst wenn er es so gewohnt war.

Vielleicht konnte sie einen Kompromiss finden. »Sie wird ihn mit ›er‹ anreden, in Ordnung?«

Er atmete überrascht ein. »Das ist keine Anrede für einen Diener.«

Fina spürte, wie ihr Lächeln zuversichtlicher wurde. Vielleicht würde er sie jetzt endlich verstehen. »Sie möchte ihn auch nicht als Diener anreden. Er soll nicht ihr Diener sein. Er ist gleichwertig mit ihr.«

Mora schwieg, nur seine schwarzen Augen betrachteten sie. Mora wie das Moor, Mora wie das unterirdische Reich der Zwerge. Der Name passte zu der dunklen Tiefe in seinen Augen, zu dem Ort, an dem sie waren.

Fina wich seinem Blick aus und griff nach dem Fladenbrot auf dem Goldteller. Es war noch warm in ihren Händen. »Hat er …« Sie zögerte, konnte sich nicht daran gewöhnen, in seiner Sprechweise zu reden: »Hat er sich auch schon eines gebacken?«

Mora schüttelte den Kopf.

Fina riss das zusammengerollte Brot in zwei Hälften und gab ihm eine. »Dann teilen wir.«

Wir. Kannte er das Wort?

Mora nahm das Brot und sah an die Höhlendecke.

Fina folgte seinem Blick, konnte aber nichts Besonderes entdecken. Stattdessen biss sie in das weiche Brot. »Hhm!« Sie hielt inne. Der warme Fladen war mit Salz gebacken und mit Honig bestrichen. »Das ist lecker!«

Mora starrte noch immer zur Decke, wandte sich nur langsam in ihre Richtung.

Fina ahnte, dass etwas nicht in Ordnung war. »Was ist los?«

Mora stand auf, hielt das Brot noch immer unangetastet in seinen Händen. »Sie muss seine Höhle verlassen.«

Fina stockte der Atem. Wollte er sie fortschicken? Jetzt, da sie ihm gesagt hatte, dass er ihr nicht dienen sollte?

Auf einmal kam er ihr alles andere als unterwürfig vor. Aufrecht und groß stand er vor ihr, so angespannt wie ein Kämpfer, der eine Gefahr witterte.

Fina erhob sich, schon allein deshalb, um nicht so klein neben ihm zu sein.

Doch sie war noch immer kleiner als er, klein genug, dass sie ihre Wange an seine Brust legen könnte.

Hastig trat sie einen Schritt zurück. Er war ein Wilder, unberechenbar und verrückt.

Mora löste sich aus seiner Starre. Er drückte ihr die zweite Hälfte des Brotes in die Hand, ging zu dem Holzgestell, auf dem ihre Kleidung getrocknet war, und raffte sie auf seine Arme. Mit dem Kopf bedeutete er ihr, zum Ausgang zu gehen.

Fina gehorchte ihm. Sie nahm die Brote mit, obwohl ihr der Appetit vergangen war. Während sie nach draußen kletterte, hörte sie, wie er ihr folgte.

Draußen blieb sie unschlüssig stehen. Der Wind wehte eisig um ihre nackten Beine, ließ das weite Lederhemd um ihre Haut flattern. Wie hielt er es aus, mit nacktem Oberkörper in dieser Kälte? War seine Haut schon so abgehärtet, dass er nicht mehr fror? Oder war sein Verstand so weit zerstört, dass er es nicht bemerkte?

Mora beobachtete sie.

Fina senkte hastig den Kopf. Er schickte sie weg! So plötzlich, als hätte sie etwas Falsches gesagt.

Auf einmal spürte sie seine Hand unter ihrem Kinn. Er hob es hoch, bis sie ihn ansah. »Ist sie wirklich gleichwertig mit ihm?« Fina schauderte. Sie erkannte das wache Funkeln in seinen Augen. Es konnte nicht sein, dass er verrückt war. Niemand, der so klare Augen besaß, war verrückt. »Ja, sie ist gleichwertig mit ihm.«

Mora legte die Klamotten neben ihr auf einen Findling. »Zieh sie sich an. Es … er muss noch etwas holen.« Mit vorsichtigen Bewegungen kletterte er zurück in die Höhle.

Fina betrachtete ihre getrockneten Sachen. Sie legte die Honigbrote auf den großen Stein und fing an, die Lederkleidung gegen Unterwäsche, Jeans und T-Shirt einzutauschen. Sie musste diesen Ort tatsächlich verlassen, musste so schnell wie möglich zurück zu ihrer Großmutter, bevor Oma Klara auf die Idee kam, vor Sorge ihre Mutter zu verständigen. Gestern hatte Fina den Gedanken verdrängt, weil sie nicht gehen wollte, weil sie nicht wusste, wie sie zurückkehren konnte.

Doch jetzt, da Mora sie fortschickte, erinnerte sie sich daran, wie vernünftig es war.

Und dennoch – warum wollte er, dass sie ging? Würde sie ihn wiedersehen, wenn sie diesen Ort verließ?

Finas Zähne schlugen aufeinander. Schnell streifte sie ihren Wollpulli über den Kopf.

Mora tauchte im Einstieg der Höhle auf. Er hielt ein Säckchen in den Händen.

Finas Herz klopfte so laut, dass sie es hören konnte. Es war ihre letzte Gelegenheit, ihm zu sagen, was sie befürchtete, was sie sich wünschte. »Wenn ich jetzt gehe …« Sie vergaß für einen Moment, so zu reden, dass er sie verstand, flüsterte den Satz noch einmal in seiner Ausdrucksweise: »Also, wenn sie jetzt geht, darf sie dann zurückkommen?«

Ein Kräuseln huschte über seine Stirn. Für einen winzigen Mo-

ment sah er enttäuscht aus. Dann nickte er. »Mora wird ihr zeigen, wie sie fortgehen kann.« Er senkte den Blick. »Und wie sie zurückkehren kann, wenn sie es wünscht.«
Fina atmete auf. Er schickte sie nicht für immer weg. Sie hatte nichts Falsches gesagt. Es musste einen anderen Grund geben, warum sie jetzt gehen sollte.
Er hatte eine Gefahr wahrgenommen.
Fina fröstelte. Unwillkürlich sah sie sich im Wald um. Die Kiefern waren groß und knorrig, dazwischen standen kleinere Birken, und überall lagen umgestürzte Bäume und ausgerissenes Wurzelwerk, von Gras und Moos überwachsen. Auch Moras Erdhöhle war zum Teil von einer herausgerissenen Kiefernwurzel überdacht.
Dieser Wald war ganz anders als die Wälder, die sie kannte. Fina suchte nach einem Pfad, der von hier aus vielleicht ins Moor führen würde – irgendwo in dieser Wildnis musste es sich schließlich verbergen.
Tatsächlich fand sie eine Spur, die so aussah, als würde sie häufiger benutzt. Aber wohin sie führte, war nicht zu erkennen.
Fina räusperte sich. »Muss sie immer durch das Moor, um ihn zu erreichen? Sie fürchtet sich davor, noch einmal hineinzuspringen.«
Mora sah erschrocken auf. »Sie soll nicht wieder ins Moor springen! Es ist gefährlich. Er kann sie erst in den Tarnkreis holen, wenn der Moment gekommen ist, in dem sie sterben würde.«
Fina hielt den Atem an. Sie sah die Angst in seinen Augen, erkannte erst jetzt, wie ernst die Gefahr gewesen war, in die sie sich gebracht hatte.
»Gestern gab es keinen anderen Weg.« Mora wurde leise. »Aber heute und in Zukunft gibt es wieder einen.«
Finas Blick fiel auf das Fladenbrot, das noch immer auf dem

Findling lag. Es hatte wirklich gut geschmeckt. Welche Gefahr hatte ihn so aufgewühlt, dass sie nicht einmal zu Ende essen konnten?

Fina reichte Mora seine Hälfte von dem Brot und biss noch einmal in ihre. Es war inzwischen kalt geworden, aber es schmeckte noch immer.

»Es zeigt ihr den Weg.« Mora wandte sich von ihr ab, fing zögernd an zu essen und führte sie zwischen Birken und Kiefern durch den Wald. Sie nahmen nicht den Pfad, den Fina entdeckt hatte, doch auf den zweiten Blick erkannte sie auch hier eine Spur, an der das Gras kürzer und der Boden fester war. Nach einer Weile lichteten sich die Bäume, und der Boden um sie herum wurde morastig. Die meisten Baumstämme waren abgestorben und staken tot und kahl aus den Moorlöchern.

Schließlich erschien der provisorische Bohlenweg vor ihnen, den Fina beim ersten Mal gegangen war. Mora balancierte ihn entlang und sprang fast so leichtfüßig vor ihr her wie sein Eichhörnchen.

Er musste schon lange hier leben, wenn er so sicher durch das Moor lief. Vielleicht war er doch nicht vor seinen Eltern geflohen.

Aber von wessen Schlägen stammten seine Narben?

Während Fina hinter ihm herlief, sah sie die Striemen allzu deutlich auf seinem Rücken. Er hatte sie sich wohl kaum selbst zugefügt.

Oder doch?

Vollkommen unvermittelt blieb Mora stehen. »Hier ist es.«

Fina sah sich zwischen den Moortümpeln um. Sie erkannte nichts Besonderes an diesem Ort, keine Befestigung, keine Erhebung oder Mulde, nicht einmal eine auffällige Pflanze.

Mora drehte sich zu ihr um. »Sie muss über ein Salztor treten, um den Tarnkreis zu verlassen.« Er öffnete das Säckchen, das er noch immer mit sich herumtrug, und schöpfte eine Handvoll weißer Krümel heraus.

Salz. Fina starrte darauf, während er es zu einer Linie auf den provisorischen Weg streute.

Was sollte sie tun? Wovon hatte er geredet?

Mora sah wieder zu ihr. »Die Körner lösen sich in der Feuchtigkeit auf. Wenn sie zurückkommen möchte, muss sie Salz mitbringen und hierherstreuen. Dann kann sie über das Salztor treten und den versteckten Wald erreichen.«

Fina starrte ihn an. Sie verstand noch immer nicht, was er meinte. Salztor, versteckter Wald …

Moras Blick wurde unsicher. Er hob das Säckchen an und zeigte es ihr. »Besitzt sie Salz?«

Fina fühlte eine seltsame Erleichterung. Was für eine Frage … Sie musste lächeln. »Wenn wir keins mehr haben, kaufe ich eben welches.«

Irritiert sah Mora sie an.

Sie hatte vergessen, in seiner Sprache zu sprechen. Fina winkte ab. »Ja, sie hat Salz. Mehr als genug Salz.«

Mora senkte den Kopf. Auf einmal erschien er wieder so demütig wie am Anfang. »Wenn sie über das Tor tritt, wird sie erkennen, wo sie ist.«

Fina betrachtete die Salzlinie. War das das Salztor, von dem er sprach? Vorsichtig setzte sie ihren Fuß darüber, hob den zweiten hinterher …

… und erkannte den Wanderweg hinter den letzten Torfstichen, den Grundlosen See, der sich in der Mitte des Moores erstreckte.

Fina lachte erleichtert auf. »Mora!« Sie wandte sich in seine Richtung, wollte ihm sagen, dass sie es geschafft hatten. Doch er war verschwunden!

Fina drehte sich im Kreis, ließ ihren Blick über das Moor schweifen.

Es war menschenleer! Panik stieg in ihr auf. Er konnte sich doch nicht in Luft auflösen?

»Mora!« Sie schrie so laut, dass der Hall von den entfernten Bäumen zurückprallte.

»Es ist hier.« Seine Stimme war direkt vor ihr. Plötzlich spürte sie seine Hand an ihrer. Er zog sie zu sich.

Fina stolperte, der Pfad unter ihr schwankte. Jemand fing sie auf.

Mora stand bei ihr und hielt sie fest. Sie konnte ihn sehen.

Er war unsichtbar gewesen! Wie am Anfang.

Wovon hatte er gesprochen? Sie trat über das Salztor, und dann?

Dann verließ sie seinen Tarnkreis. Plötzlich erinnerte sie sich an seine Worte, an das, was sie nicht so genau verstanden hatte.

Bedeutete das, dass er unter seinem Tarnkreis unsichtbar war? Dass sie ihn von außerhalb des Kreises nicht sehen konnte? Es sei denn, sie fotografierte seinen Schatten.

»Wer bist du?« Die Frage drängte aus ihr heraus.

Mora löste sich von ihr, hielt sie an den Schultern und schob sie von sich.

Fina bemerkte erst jetzt, dass sie sich an ihn klammerte. Sie ließ ihn los und blickte beschämt nach unten. Sie stand noch immer auf dem schwankenden Pfad. Das Salztor schimmerte in einer weißlichen Linie.

Wer zum Teufel war er? Und an was für einem Ort war sie gelandet? Plötzlich war sie sich nicht mehr sicher, ob sie wiederkommen wollte. »Ich muss jetzt gehen«, murmelte sie hastig, korrigierte sich und sprach langsamer weiter. »Sie muss gehen, ihre Großmutter wartet schon auf sie.«

Mora schnappte hörbar nach Luft. »Hat sie auch einen Herrn?«
Fina sah auf. Besorgnis stand in seinen Augen, so, als würde er um sie fürchten.
Wovon sprach er? Von ihrer Großmutter? »Was für einen Herrn?«
Mora zuckte zusammen. Er wich ihrem Blick aus und schüttelte den Kopf.
Fina starrte ihn an. Er hatte etwas Verbotenes gesagt, etwas, das ihm herausgerutscht war.
Also hatte er selbst einen Herrn! Fina fröstelte. Einen Herrn, den er nicht verraten durfte, der ihn schlug und unterdrückte, einen furchtbaren Herrn, der ihm beigebracht hatte, sich selbst als »es« zu bezeichnen.
Plötzlich wurde ihr kalt, so eisig kalt, dass sie sich ein warmes Feuer wünschte, den Kamin in der Mühle, den Trost ihrer Großmutter, fern von seinem unsichtbaren Moorland.
»Ich gehe jetzt.« Sie starrte Mora an. Etwas lag in seinem Blick, das sie festhalten wollte. So, als flehte er sie an zu bleiben, als wollte er in dieser unheimlichen Welt nicht länger allein sein.
Fina wich seinem Blick aus. Sie konnte ihm nichts versprechen. Stattdessen sprang sie über das Salztor und balancierte über den Pfad zwischen den Torfstichen. Sobald sie den Wanderweg erreichte, fing sie an zu rennen.

11. Kapitel

Mora arbeitete hart, um das Weibchen zu vergessen. Tagein, tagaus schlug er Bauholz, um die Wände und die Decke seiner Erdhöhle abzustützen. Er fällte schmale Kiefern und Fichten, schlug die Äste mit seiner Axt ab, bis glatte Stämme daraus entstanden. Er arbeitete ununterbrochen, ohne zu essen, ohne zu rasten. Nur manchmal hielt er inne, um etwas Wasser zu trinken, wenn der Schwindel so stark werden wollte, dass er fast darunter zusammenbrach. In den kurzen, ruhigen Momenten kam es ihm vor, als säße der Geruch des Weibchens noch in dem Lederhemd, das er sich übergezogen hatte. Gleichzeitig fuhr der Wind so eiskalt unter das schweißnasse Kleidungsstück, dass er beinahe darunter erstarrte – bis er sich wieder erhob und weiterarbeitete.

Als er noch bei dem Geheimen gelebt hatte, hatte er etwas wärmere Kleidung für den Winter besessen. Jeden Tag dachte er jetzt daran und sehnte sie sich herbei. Aber der Herr verwahrte sie und gab sie ihm nur, wenn er ohne sie erfrieren würde. Für das Leben in seiner Höhle hatte der Geheime ihm jedoch nur die Sommerkleidung überlassen.

Mora blieb nichts anderes, als sich dünnes Leder um die Füße zu wickeln und stets so schnell zu arbeiten, dass seine Muskeln warm blieben. Er kürzte die Stämme auf die passende Länge, setzte sie in der Höhle zu einem Fachwerk zusammen und baute eine Decke darüber.

Manchmal sackte er über seinem Lager zusammen und fiel in einen tiefen Schlaf. Doch jedes Mal, wenn er erwachte, brachen die Gedanken über ihn herein, die er nicht hören wollte: Das Weibchen würde nicht wiederkommen. Mora ahnte es, sah ihren letzten Blick immer wieder in seiner Erinnerung. Sie hatte

Angst vor diesem Ort, vor ihm, vielleicht sogar vor seinem Herrn, von dem er versehentlich gesprochen hatte. Sie würde nicht zurückkehren – und dennoch arbeitete Mora nur für sie, sicherte die Höhle, damit sie darin leben konnte, damit er sie nicht wieder fortschicken musste.

Als er das Stützgerüst beinahe fertiggebaut hatte, entschloss er sich, die Höhle zu erweitern, damit das Weibchen einen eigenen Schlafplatz bekam, eine eigene Nische, in der sie sich vor seinem Blick verbergen konnte, wenn sie es wünschte. Er fing an, mit seinem Grabstock die hintere Wand auszuhöhlen, trug die lose Erde in dem Bottich nach draußen und schüttete sie zu einem Wall auf, der den Wind brechen sollte, bevor er über die Höhle hinwegfegte.

Das Weibchen war gleichwertig mit ihm. Der Gedanke ging ihm nicht aus dem Kopf. Bedeutete das, dass sie ebenfalls eine Dienerin war? Dass sie in ihrem Reich außerhalb des Tarnkreises einen Herrn hatte, dem sie gehorchen musste?

Dann würde sie schon allein deshalb nicht zurückkehren.

Der Gedanke zwang Mora auf den Boden. »Fina.« Er flüsterte ihren Namen. Sie war eine Dienerin wie er, deshalb besaß sie einen Namen, damit ihr Herr sie beherrschen konnte.

Sie hatte ihr Leben riskiert, um hierherzukommen. Beinahe einen halben Mondzyklus war sie jetzt schon fort.

Ein brennender Schmerz zog durch Moras Körper. Warum konnte er sie nicht vergessen? Warum war sie ihm so wichtig?

Er kroch auf sein Schlaflager und schloss die Augen. Wie lange war es her, seit er geschlafen hatte? Drei Tage und Nächte mussten es sein, die er fast ununterbrochen gearbeitet hatte. Für sie, nur für sie.

Er schlief ein, noch bevor er sich zudecken konnte.

* * *

Fina wollte nicht ins Moor zurückkehren. Sie hatte Angst, noch einmal in Moras seltsame Welt vorzudringen, in seinen Tarnkreis, in dem er unsichtbar war. Sie verstand nicht, wie so ein Ort überhaupt existieren konnte, und sie wollte gar nicht erst wissen, wer oder was sein Herr war.
Auch ihre Großmutter war besorgt darüber, dass sie über Nacht weggeblieben war. Fina konnte ihr kaum eine glaubwürdige Erklärung dafür bieten. Sie behauptete, sie habe sich verirrt, ahnte aber, dass Oma Klara ihr wieder nicht glaubte.
Wenigstens hatte ihre Großmutter nicht gleich die Polizei oder ihre Mutter informiert. Ihr mildes Lächeln verriet, dass sie den Jungen in Verdacht hatte, von dem Fina beim letzten Mal gesprochen hatte.
Fina sprach nicht mit ihr darüber. Sie bekam Halsschmerzen und leichtes Fieber, was die Worte ihrer Großmutter auf ein anderes Thema lenkte und Finas Entscheidung darüber verschob, ob sie sich noch einmal ins Moor wagen sollte.
Während sie sich auf dem Sofa vor dem Kamin von ihrer Krankheit erholte, strickte sie wie besessen an dem riesigen Norwegerpulli. Sie wurde immer schneller und kam gut voran. Irgendwann, an einem der Tage, die wie ein zäher Fluss an ihr vorbeizogen, hatte sie Geburtstag. Seit sie bei ihrer Oma war, verlor sie immer wieder den Überblick über das Datum, und beinahe wäre auch ihr Geburtstag unbemerkt vorübergegangen. Doch der Geburtstagskuchen, der eines Morgens auf dem Küchentisch stand, erinnerte sie daran, dass es tatsächlich schon so weit war: neunzehn Jahre. Ihre Oma hatte ihr zur Feier des Tages einen Vorhang genäht, den sie vor ihrem Bett anbrachten. Sie aßen den Kuchen zusammen und unterhielten sich eine Weile. Doch am Ende war Fina froh, dass sie mit niemandem sonst feiern musste.
Ob Mora wusste, was ein Geburtstag war?

Ganz gleich, womit sie sich beschäftigte oder was sie sich einredete – früher oder später kehrten ihre Gedanken zu ihm zurück. Sie wurde das Gefühl nicht los, für ihn verantwortlich zu sein. Wer sonst sollte ihm sagen, dass er nicht so leben musste: in einer Erdhöhle bei offenem Feuer, ausgestattet nur mit Stroh und Fellen und ohne richtige Kleidung.

Wahrscheinlich wusste er nicht einmal, wann sein Geburtstag war.

Ohne sich klar darüber zu sein, was sie vorhatte, fing Fina an, Dinge auf ihrem Nachttisch zu sammeln, die sie ihm zeigen wollte, die ihm in seiner Welt fehlten, mit denen sie sein Leben verbessern könnte. Irgendwann räumte sie die Dinge in ihren Trekkingrucksack, zusammen mit Ersatzkleidung und einer warmen Decke.

Dennoch konnte sie sich nicht entschließen, wieder in den Wald zu gehen. Sie versuchte, so zu tun, als wäre nichts geschehen, und strickte nach und nach ihren Pullover zu Ende.

Es war ein verregneter Montagnachmittag, als Fina Vorderteil und Rückteil zusammennähte. Ihre Großmutter war mit ihrem alten Auto zum Einkaufen gefahren und hatte sie mit Rübezahl allein gelassen. Das Feuer im Kamin knackte und zischte, während von draußen der Regen gegen das Fenster schlug. Als Fina endlich ihr fertiges Werk vor sich hielt, hatte sie keinen Zweifel mehr daran, für wen sie den Pulli gestrickt hatte. Sie betrachtete die Farben: ein dunkles Grün als Grundton, und Braun mit Schwarz und Orange in dem Muster, das den Pulli auf der Brust und an den Bündchen durchzog.

Sie fragte sich, ob Mora bereit wäre, ihr Geschenk anzunehmen, versuchte, sich vorzustellen, wie er in dem Pulli aussehen würde. Es waren seine Farben, die Farben des Waldes, des Moores, das Leuchten des Feuers in seiner Höhle und das Schwarz seiner Augen.

Ein grollendes Knurren drang aus Rübezahls Kehle. Der kleine Hund sprang auf, starrte mit gesträubtem Fell zum Fenster und fing an zu bellen.
Fina zuckte zusammen, folgte seinem Blick und erfasste gerade noch eine hektische Bewegung hinter den Butzenscheiben.
Rübezahl rannte wild knurrend zum Fenster, fletschte die Zähne und bellte so gefährlich, wie Fina ihn noch nie gehört hatte.
Ihre Nackenhaare stellten sich auf. Dort draußen im Regen war etwas. Etwas, das zu ihr wollte.
Für einen Moment saß sie wie erstarrt da. Sie dachte an Mora, an seinen Schatten auf ihren Fotos.
Konnte es sein, dass er dort draußen war? Dass er zu ihr gekommen war – sichtbar oder unsichtbar?
»Ruhig, Rübezahl!« Sie versuchte, den Hund zu besänftigen. Doch ihre Stimme zitterte und ließ ihn nur noch wilder knurren.
Ganz langsam stand sie auf und trat neben ihn ans Fenster. Sie suchte im Regen nach einer menschlichen Gestalt, nach einem Schatten, nach einer Bewegung.
Dann entdeckte sie es. Es saß im hohen Gras vor dem Mühlbach, schien sie durch das Fenster zu beobachten und raste urplötzlich auf sie zu.
Fina zuckte zusammen, als das Eichhörnchen vor ihr auf dem Fenstersims landete. Rübezahls Bellen explodierte, während sich das kleine Tier aufgeregt im Kreis drehte.
Fina lachte auf, fast hysterisch hüpfte der Laut hervor, bevor sie die Erleichterung fühlen konnte. »Rübezahl, aus! Das ist nur Moras Eichhörnchen!«
Der Hund bellte weiter.
»Platz!« Fina sah ihn streng an und wartete, bis er sich kleinlaut auf dem Boden zusammenrollte. Schließlich öffnete sie

einen Fensterflügel und hielt dem Eichhörnchen die Hand entgegen.
Das Kleine lief auf ihren Arm, setzte sich auf ihre Schulter und keckerte in ihr Ohr.
»Was willst du hier?« Fina musste lächeln. »Willst du mir was sagen?«
Rübezahl knurrte leise.
Das Keckern wurde noch aufgeregter. Fina sah unwillkürlich zum Wald und entdeckte ein Reh unter den Bäumen. Das Tier blickte sie geradewegs an, beinahe so, als wollte es ebenfalls etwas von ihr.
Fina erinnerte sich an das Reh auf dem Foto. Moras Schatten hatte bei ihm gestanden und seinen Kopf gestreichelt. Von der Größe und der Statur könnte es das gleiche Tier sein. Es lief ein paar aufgeregte Schritte zum Wald, schlug mit dem Kopf und drehte sich erwartungsvoll zu Fina um. Auch das Eichhörnchen sprang wieder auf den Fenstersims und schaute sie ungeduldig an.
»Was wollt ihr von mir?« Fina sah zwischen den Tieren hin und her. Plötzlich ahnte sie, warum sie gekommen waren. »Was ist mit ihm? Ist Mora etwas passiert?«
Das Eichhörnchen keckerte.
Fina wusste nicht, ob der Laut etwas bedeutete, ob das Tier sie womöglich verstehen konnte und ihr eine Antwort geben wollte. Aber plötzlich wusste sie, dass sie zu lange hiergeblieben war.
Sie musste zu ihm!
Fina riss den Pulli vom Sofa, sprang die Treppe hinauf, steckte ihn in ihren Rucksack und lief mit dem Gepäck wieder nach unten. So schnell sie konnte, kritzelte sie eine Nachricht für ihre Großmutter, holte sich eine neue Packung Salz aus dem Küchenschrank und rannte hinaus in den Regen.

* * *

In der Höhle war es dunkel. Das Feuer war erloschen und hatte die eisige Kälte von draußen hereingelassen.
Fina konnte in der Finsternis nichts erkennen. Für einen Moment glaubte sie, dass Mora nicht mehr da war. Nur das Eichhörnchen sprang vor ihr her und keckerte. Etwa dort, wo sein Schlaflager sein musste, schien es innezuhalten.
Plötzlich hörte Fina rasselnden Atem aus dieser Richtung, gefolgt von einem bellenden Husten.
Sie warf ihren Rucksack auf den Boden und rannte zu ihm. »Mora!« Sie fiel neben ihm auf die Knie, tastete im Dunkeln nach ihm und fand seinen kalten, nassgeschwitzten Körper. Er war nicht zugedeckt! Nur das Lederhemd bedeckte seine Haut.
Ihre Hände suchten nach seinen Fellen, fanden sie und zogen sie über ihn.
Sie brauchte Licht! Nur durch den Abzug des Feuers in der Decke drang ein schwacher Schimmer in die Höhle. Aber draußen ging die Sonne bereits unter.
Sie hatte eine Taschenlampe dabei.
Fina sprang auf und lief zu ihrem Rucksack, suchte nach der kleinen Kopflampe. Eins der Dinge, die sie Mora zeigen wollte. Sie fand die Lampe, setzte sie auf ihren Kopf und knipste sie an. Trotz seiner dunklen Hautfarbe erschien Moras Gesicht bleich. Das Eichhörnchen hockte daneben und sah sie hilfesuchend an.
Fina holte die warme Decke aus ihrem Rucksack und breitete sie zusätzlich zu den Fellen über Moras Körper.
Der Lichtstrahl ihrer Kopflampe streifte die Höhlenwand, fuhr mit ihrem Blick nach oben und umrundete die ganze Höhle. Sie hatte sich verändert. Mora hatte eine Holzdecke eingezogen, gestützt von einer Art Fachwerk an den Seiten der Höhle. Am hinteren Ende hatte er so etwas wie ein zweites

Zimmer geschaffen, eine Nische mit einem weiteren Schlaflager aus Stroh und Fellen.
Wie lange war sie fort gewesen? Wie lange hatte er gebaut, und seit wann war er krank?
Fina rechnete nach: gut zwei Wochen, alles in allem.
Er musste wie ein Wahnsinniger geschuftet haben. Und jetzt war er halbtot. Seine Zähne schlugen hörbar aufeinander, sein Körper schlotterte unter den Fellen.
Er musste wieder warm werden!
Sie musste ein Feuer machen! Hastig sah sie sich um. Das Eichhörnchen sprang in der Ecke der Höhle über einen Stapel mit getrocknetem Holz.
Fina holte welches davon und schichtete es auf der Feuerstelle übereinander. Selbst die letzte Glut war in der Asche erloschen.
Wie machte er Feuer? Drehte er ein Stöckchen im Holz? Besaß er einen Feuerstein?
Sie hatte ein Feuerzeug dabei! Wieder eines der Dinge, die sie ihm zeigen wollte, die sein Leben leichter machen würden.
Jetzt würde es sein Leben retten – hoffentlich!
Fina brauchte eine Weile, bis sie das Feuer zum Brennen brachte. Die Feuerstelle war nicht so gut belüftet wie der Kamin ihrer Großmutter. Immer wieder erstickten die ersten Flämmchen, anstatt größer zu wachsen.
Doch schließlich gelang es ihr, und das Feuer fing an, sich in das Holz zu fressen.
Sie lief wieder zu Mora, beugte sich über ihn und berührte seine Stirn. Sie war noch immer kühl und nass. »Mora! Hört er mich?«
Er rührte sich nicht. Fina streichelte durch seine Haare, sie fühlten sich rauh und feucht an.
Was sollte sie mit ihm tun? Er war todkrank.
Eigentlich müsste sie einen Krankenwagen rufen. Doch was

sollte sie denen sagen? Dass sie sich im Moor ein Salztor streuen sollten, um in eine unsichtbare Welt vorzudringen? Oder wäre es möglich, einen Arzt so durch das Moor zu lotsen, dass er nicht bemerkte, in welche Welt er ging?
Sie verwarf den Gedanken gleich wieder. Spätestens, wenn die Sanitäter auf die Idee kamen, mit dem Krankenwagen näher durch den Wald heranzufahren, käme sie in Erklärungsnot.
Sie war sich nicht einmal sicher, ob andere überhaupt zu Moras Höhle gelangen konnten. Sie hatte die normale Welt und alle dort gültigen Regeln verlassen. Welche Regeln hier galten, wusste sie nicht.
Für einen Moment fragte sie sich, ob sie Mora vielleicht tragen konnte. Dann könnte sie ihn wenigstens zu ihrer Großmutter bringen.
Aber sie scheiterte bereits an dem Versuch, ihn anzuheben. Also war sie hier auf sich allein gestellt, musste ihn irgendwie heilen oder ihm beim Sterben zusehen.
Eine Panikwelle rollte durch ihren Körper. Sein Leben hing von dem ab, was sie tat, was sie richtig oder falsch machte.
Fina atmete tief ein, um die aufsteigende Panik zu unterdrücken. Nur wenn sie ruhig blieb, konnte sie ihm helfen.
»Mora.« Sie flüsterte ihm zu. »Du musst aufwachen, du musst wenigstens was trinken, sonst stirbst du.«
Für einen Moment kam es ihr vor, als würden seine Augenlider flattern, als würde er versuchen, sie zu öffnen – doch wahrscheinlich war es nur das Frösteln, das seinen Körper erschütterte.
Sie musste ihn wärmen! Ein Feuer allein reichte nicht. Wie hatten die Menschen sich früher warm gehalten?
Plötzlich wusste sie, wie es gehen konnte. Sie lief nach draußen, suchte eine Reihe von handlichen Steinen im Wald und legte sie in der Höhle ins Feuer. Über den Flammen hing noch

ein Kessel mit Wasser, das sich inzwischen erhitzt hatte. Sie schöpfte etwas in eine Schale und trug es zu Mora. Sie hatte Waschlappen und Handtücher mitgebracht, Dinge, die ihm fehlten … Vorsichtig fing sie an, sein Gesicht zu waschen. Sie zog ihm das nasse Hemd aus, rubbelte seinen Oberkörper zuerst mit heißem Wasser und dann mit einem Handtuch ab.
Schließlich ging sie zum Feuer, rollte die Steine mit einem Schürhaken heraus und wickelte sie in die restlichen Handtücher und ihre Ersatzklamotten. Einen nach dem anderen trug sie zu Mora und schob sie zu ihm unter die Felle.
Die ganze Zeit lang saß das Eichhörnchen neben seinem Lager und schien ihre Arbeit zu überwachen.
»Sie ist zurückgekommen.« Eine heisere Stimme unterbrach sie, als sie gerade den letzten Stein unter seine Decke schob.
Fina zuckte zusammen. Moras Gesicht lag in ihre Richtung gewandt. Das Feuer schimmerte in seinen schwarzen Augen – nur ganz kurz, bevor seine Lider wieder zufielen.
»Mora!« Fina berührte seine Stirn. »Sieh mich noch mal an.« Sie räusperte sich, erinnerte sich an seine Sprache. »Er muss wach bleiben, er muss etwas trinken!«
Sie sprang auf, mischte einen Becher aus heißem und kaltem Wasser, hockte sich damit neben ihn und versuchte, ihn aufzurichten. Sein Oberkörper war schwer, doch schließlich half er ein wenig und ließ sich ein paar Schlucke einflößen. Mit einem Stöhnen sackte er zurück auf die Felle. »Sie ist zurückgekommen«, murmelte er kaum hörbar, die Augen noch immer geschlossen. Einen Moment später wurde sein Gesicht ruhig, beinahe so, als wäre er wieder eingeschlafen.
Er brauchte Medizin! Wenn sie schon keinen Krankenwagen rufen konnte, musste sie ihm wenigstens Medizin besorgen.
Finas Blick fiel auf ihren Rucksack. Sie hatte Medizin dabei! Im Seitenfach war noch immer ihre Fluchtapotheke, ein Erste-

Hilfe-Set mit Verbandszeug und zusätzlich Aspirin und ... Finas Herz machte einen Satz. Sie hatte ein Antibiotikum dabei! Ihre Mutter hatte immer an alles gedacht, an sämtliche Fälle, die während ihrer Flucht eintreten könnten. Fina hatte das Notfallantibiotikum nie gebraucht. Aber ihre Mutter hatte stets auf das Ablaufdatum geachtet und ihr regelmäßig ein neues verschreiben lassen.

Die Reiseapotheke war schon so lange ihr ständiger Begleiter, dass sie gar nicht mehr daran gedacht hatte.

Fina sprang zu ihrem Rucksack, wühlte in ihrem Seitenfach. Plötzlich fürchtete sie, dass das Antibiotikum doch nicht mehr dort war. Hastig schob sie die Verbandsachen hin und her, bis sie die Schachtel in ihrer Hand hielt. Amoxicillin, ausreichend für vierzehn Tage. Sie wusste nicht, was Mora hatte, aber ein Antibiotikum würde sicher nicht schaden.

Er hatte das, was sie gehabt hatte! Mit einem Schlag wurde Fina klar, was das bedeutete. Sie hatte ihn angesteckt, mit einer Kleinigkeit, mit irgendeinem harmlosen Infekt, wie sie ihn schon unzählige Male gehabt hatte. Bei ihm war eine schwere Krankheit daraus geworden.

Plötzlich erinnerte sie sich daran, was sie einmal von Urvölkern gehört hatte, die erstmalig mit zivilisierten Menschen in Kontakt kamen. Grippale Infekte, harmlose Bakterien, alles das, was die meisten Westeuropäer aus eigener Kraft besiegten, konnte bei ihnen zu einer Seuche werden. Weil ihr Immunsystem die Keime nicht kannte.

Konnte es sein, dass Moras Körper ihre Krankheiten aus ähnlichen Gründen nicht kannte? Bedeutete das, dass er tatsächlich ohne Kontakt zu Menschen aufgewachsen war?

Fina blickte auf den wilden Jungen. Das würde zumindest erklären, warum er auf diese Weise lebte, ohne sich daran zu stören.

Sie nahm die Tabletten aus der Packung, holte frisches Wasser und kniete sich neben ihn. Wenn ihre Theorien stimmten, dann hatte er sicher noch nie eine Tablette geschluckt. Wie sollte sie ihn dazu bringen? Falls sie es überhaupt schaffte, ihn wach zu rütteln.

»Mora.« Sie streichelte wieder über seine Stirn. »Wach auf! Sie hat Medizin für ihn.«

Er reagierte nicht. Einzig seine Haut war deutlich wärmer geworden, und sein Schlottern ließ allmählich nach.

Möglicherweise war er auch deshalb krank geworden, weil er immer so leichtbekleidet herumlief. Warum kleidete er sich nur in das dünne Leder? Warum nähte er sich nichts Wärmeres aus seinen Fellen?

Vielleicht wollte er krank werden, womöglich war es ihm egal, wenn er starb.

»Mora!« Dieses Mal sprach sie lauter, beugte sich an sein Ohr. »Wach auf! Bitte. Sie hat etwas mitgebracht, das ihn gesund macht.«

Moras Kopf rollte zur Seite, wich ihrer Stimme aus.

Fina fing an zu flehen: »Ihr ist es wichtig, dass er lebt. Sie ist zurückgekommen, um ihm zu helfen. Seine Tiere haben sie gerufen.«

Mora gab ein unverständliches Murmeln von sich. Nur ein halber Satz löste sich deutlich daraus: »Es ist nicht wichtig.«

Finas Pulsschlag hämmerte durch ihre Adern. »Doch, es ist wichtig.«

Er reagierte nicht auf ihre Antwort. Nur seine Stirn wurde von Minute zu Minute heißer.

Es hatte keinen Sinn. Er würde nicht aufwachen. Und selbst wenn, wäre es wohl unmöglich, ihm eine Tablette zu verabreichen. Schließlich hatte er es kaum geschafft, etwas zu trinken.

Fina betrachtete seine geschlossenen Lider und fragte sich, ob sie jemals sein Gesicht unter dem Bart sehen würde. Ihr Blick verschwamm, bis sie ihn nicht mehr erkennen konnte.

»Warum weint sie?« Plötzlich sprach er – so leise, dass sie sich nicht sicher war.

Hastig wischte sie die Tränen aus ihren Augen.

Er sah sie an. Sein Blick erschien glasig, immer noch so, als wäre er weit entfernt in einer anderen Welt. Aber er war wach.

Fina richtete sich auf. »Nicht wieder einschlafen, Mora. Sie hat Medizin für ihn.« Sie versuchte, eine Tablette aus der Packung zu drücken, ohne ihren Blick von ihm abzuwenden. Schließlich schaffte sie es und zeigte ihm die große, längliche Pille. »Er muss das herunterschlucken. Das wird ihm helfen.«

Mora blickte verständnislos auf die Tablette. Vermutlich hatte er etwas Ähnliches noch nie gesehen.

Fina hielt sie ihm entgegen. »Sie sieht nicht so aus, aber sie hat große Kräfte. Sie kann ihn gesund machen. Du musst mir vertrauen.« Sie streichelte wieder über seine Stirn. »Vertraut er ihr?«

Mora nickte langsam.

Fina fasste seine Schultern und half ihm, sich aufzurichten. »Er muss den Mund aufmachen. Sie wird die Tablette hineinlegen, und er muss sie mit dem Wasser herunterschlucken. Er darf sie auf keinen Fall kauen. Hat er das verstanden?«

Mora zögerte einen Moment. Doch schließlich nickte er wieder und öffnete den Mund.

Fina legte die Tablette hinein und setzte den goldenen Becher an seine Lippen.

Er trank tatsächlich und verzog keine Miene zu dem unbekannten Gebilde, das er dabei hinunterschluckte. Als er sich hinlegte, atmete Fina erleichtert auf.

Auch das Eichhörnchen keckerte neben ihr. Im nächsten

Moment sprang es mit weiten Sprüngen zum Tunnel und verschwand nach draußen.
Wenn sie Glück hatten, würde Mora gesund werden.

* * *

Die ganze Nacht und den nächsten Tag lang lag Mora im Fieber. Fina blieb bei ihm und verabreichte ihm regelmäßig das Antibiotikum und so viel Wasser, wie er trinken konnte. Zwischendurch versuchte sie, in den schweren Kesseln etwas zu kochen. Sie hatte Kartoffeln, Möhren und Blumenkohl mitgebracht. Eigentlich hatte sie herausfinden wollen, ob Mora die Gemüsesorten kannte. Doch jetzt war es das Einzige, was sie zum Essen zubereiten konnte, selbst wenn er es gar nicht mitbekam.
Also schnitt sie das Gemüse in das kochende Wasser und würzte es mit dem restlichen Salz, das noch übrig war, nachdem sie sich im Moor ein Tor gestreut hatte. Aber besonders elegant konnte sie mit den schweren Gerätschaften nicht kochen. Sie schaffte es kaum, den Kessel hin und her zu bewegen, geschweige denn, ihn auszuhängen, um die Suppe zur Seite zu stellen. Ihr blieb schließlich nichts anderes übrig, als das Gemüse aus der Brühe herauszuschöpfen, damit es über dem Feuer nicht verkochte.
In den kurzen Momenten, in denen Mora wach war, flößte sie ihm einige Löffel von dem Eintopf ein. Aber meistens wies er das Essen nach wenigen Bissen zurück und legte sich wieder hin, um zu schlafen.
Schließlich fand Fina in ihrem Rucksack etwas, von dem sie gar nicht wusste, dass sie es dabeihatte: einen älteren Band ihres Tagebuches. Irgendwann in der letzten Woche hatte sie darin gelesen und das Büchlein hinterher auf ihren Nachttisch gelegt.

Offenbar hatte sie es zusammen mit den anderen Sachen eingepackt, ohne dass es ihr aufgefallen war.
Jetzt setzte sie sich auf ein Schaffell neben Moras Lager und blätterte in dem Tagebuch herum. Es war das erste Buch an ihre Großmutter, das sie vor fünf Jahren in Schweden geschrieben hatte. In dem Buch ging es vor allem um Kristin, um ihre letzte, richtige Freundin, ihre beste Freundin überhaupt, die sie dort gefunden und am Ende wieder verloren hatte.
Ohne darüber nachzudenken, schlug Fina den Anfang des Buches auf und fing an, dem Schlafenden daraus vorzulesen.

* * *

In einem endlosen Strom zogen ihre Zauberformeln über ihn hinweg, drangen in seine Träume vor und berührten seinen Geist, der sich tief in der Dunkelheit verfangen hatte. Der Tod lauerte in der Schwärze, er fühlte ihn, spürte seinen Sog und den Drang, den Widerstand endlich aufzugeben. Doch ihre Stimme wurde mit jedem Wort lauter, fing seinen geschwächten Geist auf und wollte ihn daraus hervorziehen.
Der Kampf währte lange, so schien es ihm. Für kurze Momente gewann ihre Stimme. Dann sah er das Weibchen neben seinem Lager sitzen. Er fühlte ihre Arme an seinem Oberkörper, öffnete den Mund, wie sie es verlangte, und schluckte, was sie ihm gab.
Doch die Augenblicke waren zu kurz, bevor die schwere Dunkelheit wieder nach ihm griff und ihn in die Tiefe zog. Nur ihre Zauberformeln setzten wieder ein, hielten die Verbindung zu ihm und versuchten, seinen Geist zurück ins Leben zu rufen.
Immer wieder nannte ihre Stimme seinen Namen und erinnerte ihn daran, wer er war. Mora wollte bei ihr sein. Zum ersten Mal ließ er es zu, sich etwas zu wünschen, bis er schließlich

spürte, dass die Dunkelheit um ihn herum abnahm. Ihre Stimme wurde deutlicher, die Worte ihrer Zauberformeln traten klarer hervor und ließen es dennoch nicht zu, dass er sie verstand. Ihre Formeln waren durchdrungen von den fremden Worten: *ich, wir, meine.* Mora wollte begreifen, wollte endlich verstehen, was die Worte bedeuteten.

Schließlich sprang eine noch stärkere Macht aus ihrem Zauber und ließ Bilder vor seinen Augen entstehen: Er sah einen großen See im funkelnden Licht der Sonne, sah einen dunklen Wald, der das Wasser umhüllte. Zwei Menschen waren dort, lagen im Sand am Ufer und sprangen schließlich ins Wasser. Junge Menschen, Kinder, Weibchen. Sie hatte ein fremdes Wort dafür, das er endlich durchschaute: Mädchen. Eines davon war sie, die junge Zauberin, die jetzt an seinem Lager saß.

Das Bild zerplatzte, obwohl ihre Worte weiterflossen. Mora lag noch immer in seiner Höhle, auf seinem Lager. Er betrachtete das Weibchen, das etwas auf ihrem Schoß hielt, was er noch nie gesehen hatte. Sie blickte konzentriert in dieses Etwas hinein, als würde sie ihre Formeln daraus hervorholen.

Es war noch immer ein starker Zauber, den ihre Worte webten. Er konnte das junge Weibchen fühlen, von dem sie sprach, fühlte ihre Freude und ihr Lachen, das sie mit dem anderen Kind teilte. Zu zweit waren sie nicht mehr allein.

Die Haare des Weibchens leuchteten goldfarben im Schein des Feuers, und ihr Blick schien weit entfernt zu sein, ganz so, als betrachtete sie ebenfalls die fremden Bilder, die ihre Worte erzeugten.

Mora fühlte sich eigenartig, als er ihr Gesicht betrachtete, so seltsam, dass er das Gefühl herunterschlucken musste. Er konnte nicht aufhören, ihre Lippen zu beobachten, die sich flink bewegten, während sie die Formeln aneinanderreihten. Ihr Mund war so anders als der des Geheimen, zierlich und

schmal. Weiße Zähne blitzten darin auf, und manche Worte zauberten ein Lächeln auf ihr Gesicht.
Sie war zu ihm zurückgekommen, sie hatte ihn mit ihrem Zauber aus der Dunkelheit geholt.
Ein starker Schmerz zog durch seine Brust und erinnerte ihn daran, dass er noch immer krank war. Kränker als je zuvor. Doch auf irgendeine Weise fühlte sich die Krankheit schön an. Ganz plötzlich, ohne dass er sagen könnte, warum, verstand er eines ihrer Worte.

* * *

Fina versank immer tiefer in der Geschichte von Kristin. Sie hatte nicht gewusst, wie schön sie damals, im Alter von vierzehn, schon geschrieben hatte. Mit ihren Worten kehrte sie zurück nach Schweden und durchlebte die Freundschaft noch einmal. Beinahe vergaß sie, wo sie eigentlich war.
Nur manchmal blickte sie zu Mora und wurde sich klar darüber, warum sie trotz aller Angst wieder zu ihm zurückgekehrt war: Er war der einzige Mensch, der noch einsamer sein musste als sie. Der Einzige, der sie vielleicht irgendwann verstehen würde. Falls er jemals lernte, ihre Sprechweise zu durchschauen.
Je länger sie darüber nachdachte, desto klarer erkannte sie das Problem: Wenn er wirklich sein ganzes Leben lang nur in der dritten Person gesprochen hatte, dann kannte er kein *du* und kein *ich,* kein *wir,* kein *ihr,* kein *deine* und *meine,* nicht einmal ein *mich* oder *dich.* Selbst alle Verben, die man sprach, hatten eine andere Form. Er wusste nicht, was *bin* oder *bist* bedeutete. Er kannte nur das Wort *ist.*
Aber vielleicht konnte er die Worte lernen. Womöglich half es ihm, wenn sie weiter vorlas. Also ließ sie ihre Sprache in einem

Endlosstrom über ihm herabregnen, legte ihm alles offen, was sie damals, vor fünf Jahren, erlebt hatte. Er sollte es verstehen, sollte sie kennenlernen. Je länger sie las, desto stärker wurde ihr Wunsch danach.

An irgendeinem der folgenden Tage unterbrach Moras Stimme sie plötzlich: »Wenn sie ›*ich*‹ sagt, dann meint sie sich selbst.«

Fina fuhr auf. Er lag auf seinem Lager und sah sie an. Seine schwarzen Augen leuchteten ihr entgegen, die Blässe in seinem Gesicht war seiner dunklen Hautfarbe gewichen.

Plötzlich musste sie lachen. Es funktionierte, er lernte ihre Sprache, viel schneller, als sie geglaubt hatte. »Ja! Wenn ich ›ich‹ sage, dann meine ich mich selbst.«

Mora richtete sich langsam auf. Zum ersten Mal erschienen seine Augen so klar, als wäre er aus seinem Fieber zurückgekehrt.

Das Blut rauschte in Finas Ohren. Wie lange war er schon wach, wie lange sah er ihr schon zu? Sie streckte ihre Hand nach ihm aus, berührte vorsichtig seine Brust. »Und wenn ich ›*du*‹ sage, dann meine ich dich, Mora.«

Er stieß die Luft aus, zuckte vor ihr zurück, als hätte sie ihn verbrannt.

»'tschuldigung.« Fina legte ihre Hand wieder an das Buch. »Soll ich weiterlesen?«

Mora starrte sie einen Moment lang an. Schließlich nickte er.

Fina suchte die Zeile, in der sie geendet hatte, und fuhr mit dem Vorlesen fort. Es fehlte nicht mehr viel, nur noch das plötzliche Ende, der Befehl ihrer Mutter, ihre Sachen zu packen, der Abschied von Kristin und dann der Umzug.

Als Fina das Buch zuschlug, betrachtete Mora sie noch immer. Er hatte seinen Kopf in die Hand gestützt und streichelte mit der anderen Hand das Eichhörnchen, das unbemerkt hereingekommen war. »Dann muss ihre Herrin sehr stark sein.«

Fina erstarrte. Sprach er über ihre Geschichte, über das, was sie gelesen hatte? »Meine Herrin?«

Mora nickte zögernd. »Ja. Sie ist doch ihre Herrin? Sie nennt sie Mutter oder Mama.«

Fina lachte auf, verstummte aber noch im gleichen Moment. Aus dieser Perspektive hatte sie es noch nie betrachtet. »O mein Gott, du hast recht.« Sie blickte Mora in die Augen. »Meine Mutter war meine Herrin. Aber ich bin ihr entlaufen. Jetzt bin ich frei und kann machen, was ich will.«

Moras Hand hörte auf, das Eichhörnchen zu streicheln. Das Kleine keckerte empört und angelte nach seinen Fingern.

»Und was ist mit dir?« Die Frage rutschte Fina heraus: »Bist du deinem Herrn auch entlaufen?«

Mora senkte den Kopf, sein Blick huschte über den Boden.

Fina erstarrte. Was bedeutete das? Dass sein Herr noch in der Nähe war? Dass er ihm noch immer diente?

Unwillkürlich blickte Fina zum Höhleneingang. War sein Herr auch für sie gefährlich?

Etwas Warmes legte sich auf ihre Hand und riss ihren Blick zurück.

Es war Moras Hand. Er hielt sie fest.

Sie durfte nicht wieder gehen. Ganz egal, wie gefährlich sein Herr sein mochte.

12. Kapitel

Mora erholte sich immer schneller von seiner Krankheit und drängte darauf, die Arbeiten in der Höhle zu übernehmen. Fina musste ihn zurückhalten, damit er sich nicht verausgabte. Aber bei vielen Dingen war sie auf ihn angewiesen. Nur er wusste, wo sie Nahrung und Wasser fanden, und nur er konnte die Kessel über das Feuer hängen.

Dennoch bestand sie darauf, ihn bei allem zu begleiten. So lernte sie den Pfad kennen, der zu einem sauberen Quellbecken führte, Mora zeigte ihr den Holzschuppen, der sich in einem dichten Gebüsch verbarg und in dem das Brennholz für den Winter trocknete, und schließlich erfuhr sie von dem Erdkeller, in dem er Kartoffeln, Buchweizen und Nüsse, getrocknete Früchte und Fleisch aufbewahrte. Es war ein hohler Erdhügel, den Mora von innen mit Holz abgestützt hatte und in dem es trocken und kühl war. Fina staunte über die Vorräte, die dort lagerten, vermutlich genug für den ganzen Winter.

Nach und nach erklärte Mora ihr, wie man Buchweizenmehl zu Fladenbrot und Pfannkuchen verarbeitete und wie die Wald- und Moorpflanzen aussahen, die er zum Essen pflückte.

Tag um Tag verging, und Fina blieb einfach bei ihm. Sie musste dafür sorgen, dass er sein Antibiotikum weiterhin nahm. Mit diesem Gedanken beschwichtigte sie ihr schlechtes Gewissen – und mit der Tatsache, dass sie ihrer Großmutter wenigstens geschrieben hatte, wie lange sie wegbleiben würde. *Ich muss jemandem helfen,* hatte sie in der Küche auf einen Zettel gekritzelt, *womöglich dauert es ein paar Wochen, bis ich wiederkomme, also mach dir keine Sorgen.*

Fina hoffte, dass die Worte ausreichten, um ihre Oma zu beruhigen, und verdrängte den Gedanken, so gut sie konnte.

Es war wichtig, dass sie bei Mora blieb. Endlich fing sie an, sein Vertrauen zu gewinnen. Er duckte sich nicht mehr vor ihr und versuchte manchmal sogar, ihre Worte zu benutzen.
Fina begann damit, ihn vorsichtig auszufragen, woher er die Nahrungsmittel hatte, die er in seinem Lager aufbewahrte, und Mora berichtete ihr von einer Lichtung, auf der Kartoffeln wuchsen. Er erklärte ihr, dass man Buchweizen im Moor anbauen konnte, und erzählte ihr von dem Bienenvolk, das neben dem Buchweizenfeld lebte und von dem der dunkle Honig stammte, den Fina so liebte. Schließlich zeigte Mora ihr die verschiedenen Beeren, die er im Moor und im Wald sammelte. Sie erfuhr, dass man Moosbeeren besser erst nach dem Frost erntete, weil sie dann süßer waren, und Mora warnte sie vor den Rauschbeeren, die zwar fast genauso aussahen und so ähnlich schmeckten wie Heidelbeeren, die aber zu Schwindel und Übelkeit führen konnten, wenn man zu viele von ihnen aß.
Während sie nebeneinander auf seinem Schlaflager saßen, lauschte Fina seiner leisen Stimme. Durch das Loch über dem Feuer drang bereits die Dunkelheit in die Höhle. Reste von getrocknetem Fleisch und dem Buchweizenfladenbrot lagen noch vor ihnen, und dazwischen standen die Schälchen mit den verschiedenen Beeren.
Während sie Mora zuhörte, wünschte Fina sich wohl zum tausendsten Mal, endlich sein Gesicht unter dem Bart zu sehen. Sie hatte ihm schon vieles von dem gezeigt, was sie mitgebracht hatte – aber für das, was ihr am wichtigsten war, hatte sie noch nicht genug Mut gefunden.
Als Mora schließlich aufhörte zu erzählen, ging sie zu ihrem Rucksack und holte es heraus: Sie verbarg die Schere und das Rasierzeug halb in ihren Fäusten, während sie sich wieder vor Mora niederließ. »Kennst du so etwas?« Sie öffnete ihre Hände. Er schüttelte verständnislos den Kopf.

Der Reihe nach hielt sie die Gegenstände in seine Richtung: »Das ist eine Schere und das ein Rasierer, ein Rasierpinsel und Seife. Willst du wissen, wozu man das benutzt?« Fina nahm die Schere, fasste eine Strähne ihrer Haare und schnitt ein kleines Stück davon ab.

»Nein!« Mora stöhnte auf.

Fina musste lachen. Sie hielt ihm die Haare entgegen. »Das tut nicht weh. Und das hier auch nicht:« Sie krempelte ihre Hose ein Stückchen hoch und rasierte über die Härchen an ihrem Schienbein. »Damit macht man nur die Haare ab. Eigentlich ist es dazu da, um das Gesicht zu rasieren.« Sie deutete vorsichtig auf Moras Bart.

Mora wich vor ihr zurück, fasste sich an sein Kinn und starrte sie entsetzt an.

»Also wenn du es nicht willst, dann müssen wir das nicht tun – aber ich würde gerne deine Haare schneiden. Und deinen Bart.«

Mora verneigte sich, zum ersten Mal seit langem. »Wie sie wünscht, Herrin.«

Fina betrachtete seinen gesenkten Kopf. *Herrin …* Dabei hatte sie gerade geglaubt, dass er sich endlich gleichwertig fühlte.

Vorsichtig legte sie die Hand auf seine Schulter. »Bitte hör auf, dich so zu ducken. Wir machen das nur, wenn du einverstanden bist.«

Mora sah zu ihr auf. Er nahm mit zitternden Fingern die Schere aus ihrer Hand, setzte sie an seine Haare und schnitt eine dicke Strähne ab. Während er das Büschel betrachtete, nickte er langsam. »Es ist ein Scheusal geworden. Sie mag nicht, dass es ein Scheusal bleibt.«

Fina hielt den Atem an. »Nein, Mora. Du bist kein Scheusal. Aber da, wo ich herkomme, tragen die meisten jungen Männer keinen Vollbart.« Sie musste schmunzeln, versuchte, ihn mit

ihrem Lächeln zu beruhigen. »Ich möchte gern wissen, wie du unter deinen vielen Haaren aussiehst.«
Mora nickte langsam.
Mit geschlossenen Augen saß er da, während sie seinen Bart mit der Schere kürzer schnitt. Schließlich holte sie ein Goldschälchen mit Wasser und schäumte sein Gesicht mit Seife ein. Der Rasierschaum verbreitete einen altmodischen Geruch. Sie hatte ihn im Badezimmerschrank ihrer Großmutter gefunden, vermutlich noch Überreste ihres Großvaters.
Ganz dicht hockte sie sich vor Mora, während sie sein Gesicht Strich um Strich von der weißen Schicht befreite. Sie konnte sehen, wie er den Atem immer wieder anhielt, ahnte seine Angst in dem verhaltenen Laut, bis es ihr fast schien, als könnte sie auch sein Herz rasen hören – falls es nicht ihr eigener Herzschlag war.
Plötzlich hatte sie Angst vor dem Ergebnis. Was würde sie tun, wenn er hässlich war, wenn sie sich eine Illusion über sein hübsches Lächeln gemacht hatte? Sein Bart war so lang und dicht gewesen, dass sich selbst Narben und Missbildungen darunter verstecken könnten. Nicht einmal seine Zähne hatte sie wirklich sehen können, höchstens für winzige Momente, wenn er lächelte. Was, wenn sie krumm und schief waren, mit schwarzen Löchern in ihren Reihen? Er war sicher nie beim Zahnarzt gewesen, hatte womöglich noch nicht einmal gelernt, dass man sich die Zähne putzen musste – zumindest hatte sie ihn noch nie dabei gesehen.
Vielleicht wäre es besser gewesen, das Geheimnis zu bewahren. Doch jetzt war es zu spät. Also machte sie weiter und rasierte behutsam seine Wangen, sein Kinn, seine Oberlippe, konzentrierte sich auf die letzten weißen Streifen und schwarzen Härchen, die sich verstecken wollten.
Erst als sie nichts mehr fand, wagte sie es, sein Gesicht als Gan-

zes zu betrachten. Moras Augen waren noch immer geschlossen, ließen ihr noch einen Moment, in dem sie ihn unbemerkt ansehen konnte.
Die Haut an seinen Wangen schimmerte in dem gleichen dunklen Teint wie der Rest seines Körpers. Es war eine warme Farbe, so als hätte sie die Sonne schon in sich gespeichert. Fina wollte ihre Hand danach ausstrecken, wollte die glatte Haut an seinen Wangen fühlen, die weiche Form seines Kinns entlangfahren, bis zu seinem Mund, der halb geöffnet war. Seine Lippen zuckten über einer Reihe gerader weißer Zähne, fast so, als würde er lautlos etwas flüstern.
Ein überraschtes Lachen entwich Finas Kehle. Er war nicht hässlich, er war …
Mora sah sie an, aus schwarzen, funkelnden Augen. Auf einmal erschienen sie viel größer als zuvor. Etwas Weiches lag in seinem Blick, etwas Verletzliches, als würde er ihr Lachen fürchten. Für einen Moment erschien sein Gesicht kindlich, die geschwungene Kontur seiner Nase, sein weicher Mund und die großen Augen.
Fina hielt den Atem an. Vor ihr saß der hübscheste junge Mann, den sie je gesehen hatte. Ein weiteres Lachen rutschte ihr heraus. Mora erstarrte unter dem Laut. Seine Lippen schlossen sich zu einer harten Linie, winzige Muskeln zuckten an seinen Wangen. Jegliche Weichheit fiel von ihm ab, bis sein Blick so kühl war, dass Fina darunter fröstelte.
Doch auf irgendeine Weise erschien er ihr so fast noch schöner, erwachsener, stärker – und plötzlich so unerreichbar, dass sie Angst hatte, ihn ganz zu verlieren.
Er hatte ihr Lachen falsch verstanden. Wenn sie es nicht erklärte, verlor sie sein Vertrauen. »Ich hab …« Fina stammelte. »Ich hab nur gelacht, weil …« Sie senkte den Blick. »… weil ich dich so schön finde.«

Für einen kurzen Moment schloss sie die Augen. Sie wollte seine Reaktion nicht sehen, wollte nicht wissen, wie sich sein Gesicht bei ihren Worten veränderte.
Sie konnte nur hören, wie er die Luft ausstieß. Es hörte sich schön an, überrascht und erleichtert.
Hastig kniete sie sich an seine Seite und begann, seine Haare zu schneiden. Sie wusste nicht, wie es ging, sie hatte noch nie jemandem die Haare geschnitten. Aber sie fasste einfach Strähne für Strähne und schnitt sie wenige Zentimeter über seinem Kopf ab. Sie ahnte schon, dass es ungleichmäßig und chaotisch werden würde – aber sicherlich besser als vorher.
Mora hielt still, ganz regungslos saß er da, bis sie fertig war. Fina konnte ihren Blick schließlich kaum von seinem schwarzen Wuschelkopf abwenden. Sie schob ihre Finger in seine dichten Haare, strich ganz langsam hindurch, um die letzten Knoten darin zu lösen.
Plötzlich fiel ihr Blick auf seinen gebeugten Nacken, auf den Ansatz seiner Haare und die braune Haut darunter. Ohne nachzudenken, ließ sie ihre Finger darübergleiten, erreichte seine nackten Schultern. Sie erkannte die weißlichen Narben, die sich über seinen Rücken zogen, erahnte die Qualen, die sie ihn gekostet hatten. Ganz gleich, wer es ihm angetan hatte – Fina wünschte sich auf einmal, seinen Schmerz zu lindern, wollte ihm zeigen, dass es etwas Schöneres gab. Sie legte ihre Hand auf seine Narben, breitete sie darüber aus und strich vorsichtig über die kleinen Erhebungen.
Mora sprang auf, drehte sich zu ihr um und starrte sie an. Weichheit und Härte mischten sich auf seinem Gesicht, so schön, dass es weh tat.
Fina wurde schwindelig. Sie wollte aufspringen und ihn festhalten, wollte ihm zeigen, was sie fühlte.
Doch sein Blick hielt sie davon ab. Er presste die Lippen auf-

einander, seine Augen blitzten auf und fesselten sie an ihrem Platz.
Fina senkte den Kopf. Plötzlich wurde ihr klar, dass sie zwar seinen Bart rasieren und seine Haare schneiden konnte – doch ein Teil von ihm würde immer ein wildes Tier bleiben, das sich von niemandem zähmen ließ.

* * *

Mora starrte auf das Weibchen, wie es mit gesenktem Kopf auf seinem Lager hockte. Ihre Hände brannten noch auf seinem Rücken, in seinem Nacken, auf seiner Kopfhaut.
Sie hatte gesagt, dass sie ihn schön fand. Die Worte waren in seinem Körper explodiert, zusammen mit dem Klang ihrer Stimme, die auf einmal so unsicher wurde. Mora hatte ganz stillhalten müssen, um sich nicht zu ihr umzudrehen, um nicht ihre Hand festzuhalten.
Doch mit jeder ihrer Berührungen war das verbotene Gefühl stärker geworden – nahezu unerträglich, als sie damit anfing, durch seine Haare zu streicheln, über seinen Nacken, seinen Rücken.
Mora betrachtete sie, ihren schmalen Oberkörper unter ihrem engen Hemd. Wie heiße Glut strömte das Gefühl durch seinen Körper. Er wollte sich wieder zu ihr knien, wollte sie berühren und an sich ziehen.
Das böse Gefühl drängte ihn dazu, sie festzuhalten, zu besitzen, ihr Hemd hochzuschieben und ihre weiche Haut darunter zu fühlen!
Mora schnappte nach Luft. Er musste weg von hier, musste das Gefühl besiegen, bevor es noch stärker wurde.
Er durfte so etwas nicht fühlen, nicht nur deshalb, weil der Herr es verbot. Vor allem ihretwegen durfte er es nicht. Er

konnte nicht zulassen, dass ausgerechnet sie zum Ziel seiner gierigsten Neigungen wurde!
Hastig drehte er sich um und kletterte durch den Tunnel nach draußen. Die beginnende Nacht senkte sich über ihn, der kalte Wind streifte seinen Körper. Mora wollte mehr von der Kälte, wollte das Gefühl betäuben, besiegen! Doch der Wind reichte nicht aus, machte es fast noch schlimmer, indem er zärtlich über seine Haut strich.
Er musste weg von hier, musste ihre brennenden Hände von seinem Rücken waschen und gleichzeitig die Reste seiner Haare, die überall auf seiner Haut juckten. So schnell er konnte, lief er zum Moor, sprang über die schwankenden Holzstege, die ihm selbst in der Dunkelheit vertraut waren, bis er den Grundlosen See erreichte.
Eine gekräuselte Eisschicht lag über dem Wasser, noch dünn genug, um sie beim Schwimmen zu durchbrechen. Am Rand der Wasserfläche blieb Mora stehen. Die Erinnerung an ihre Hände prickelte noch auf seiner Haut. Fast war es, als würden ihre Finger noch immer darüber streichen, warm und weich, so zärtlich, wie der Herr niemals gewesen war.
Ob sie ahnte, welches Monster sie hervorlockte? Ob sie in diesem Moment wusste, dass er davongelaufen war, weil er seine Bosheit kaum beherrschen konnte? Er wünschte sich, dass das Gefühl nachließe, dass er aufhörte, sich an ihre Berührung zu erinnern. Aber selbst jetzt, nachdem er so weit geflohen war, wollte er wieder zu ihr zurück, wollte lieber die Wärme ihrer Hände fühlen, als die Erinnerung daran im eisigen Wasser fortzuspülen.
Mora sackte am Ufer auf die Knie, spürte die Kälte des Bodens und starrte auf den See. Das Eiswasser würde alles töten, was seine Haut fühlte, würde diese Qual durch eine andere ersetzen.

Was würde sie tun, wenn er jetzt zurückkehrte? Würde sie ihn noch einmal berühren? So ahnungslos, als wäre er ein zahmes Tier, das man nach Belieben streicheln konnte?
Mora stöhnte auf. Er wollte, dass sie es tat! Die Gier in seinem Körper erwachte, sprang auf eine Stufe, von der es kaum noch ein Zurück gab. Mora kämpfte dagegen an. Ganz langsam stand er auf, der See verschwamm vor seinen Augen. Im nächsten Moment rannte er nach vorne, durchstieß das Eis mit seinen Füßen, stolperte und stürzte. Das Eiswasser schlug über ihm zusammen. Schmerzen rasten durch seine Haut, umfingen seinen Körper und trieben einen Strudel durch seine Gedanken. Es war ein kurzer Moment, so intensiv, als würde er sterben. Mora schrie dagegen an, besiegte den Schmerz, bis nur noch sein Stöhnen über die glatte Fläche des Sees hallte.
In der nächsten Sekunde strömte glühende Hitze durch seinen Körper. Sein Herz pumpte das Blut in reißendem Tempo, spülte alles fort, wovor er geflohen war, jedes Gefühl, jeden Gedanken.
Mora schwamm nach vorne, einen Zug, einen zweiten, einen dritten, immer weiter, bis er nicht mehr zählen konnte, bis die Hitze in seinen Gliedmaßen nachließ und die Kälte in seinen Körper vordrang. Dies war der Moment, in dem er umkehren sollte, niemals war er länger im Eiswasser geschwommen als bis zu diesem Zeitpunkt.
Doch heute kehrte er nicht um. Stattdessen atmete er tief ein und tauchte unter, schwamm ein Stück unter Wasser, bis sein Kopf durch die dünne Eisdecke zurück an die Oberfläche stieß. Der Wind fing sich in seinen nassen Haaren, griff in seine Ohren und pfiff ein spöttisches Lied über den Tod, den er hier finden konnte. Er musste nur weiterschwimmen, nur noch wenig, um nicht mehr zurückkehren zu können, um das Weibchen für immer zu verlassen. Seine Hände und Füße ver-

schmolzen bereits mit der Kälte des Wassers und verschwanden aus seiner Wahrnehmung. Auch seine Arme fingen an, sich in der eisigen Dunkelheit aufzulösen.

Nur noch kurze Zeit, und die Schwärze des Moorsees würde ihn verschlingen.

Bilder blitzten vor seinen Augen auf, von ertrinkenden Hasen und Eichhörnchen. Seine eigenen Hände drückten sie unter Wasser, nahmen ihnen das Leben, wie der Herr es befahl.

Der Geheime mochte ihr Fleisch, wenn es nach Angst schmeckte, wenn es hart war von dem letzten Kampf ihrer Muskeln. Er genoss es, wenn er den Widerstand ihres Lebens mit seinen Zähnen brechen musste.

Mora schloss die Augen. Er ahnte nur noch, wie sein Körper kämpfte, wie seine Muskeln zitterten, um die Kälte zu besiegen – und wie das Wasser seine Wärme nur umso schneller aus ihm herauszog. Jetzt würde er sterben wie diese Tiere. Er fühlte ihre Angst, seine Schuld, wusste, dass es nur gerecht wäre.

Das Eis knisterte neben seinen Ohren. Seine Stimme war bereits erloschen, sein letztes Stöhnen verstummt. Nur ein leises Plätschern mischte sich in die Stille des Moores.

Er wollte nicht sterben! Mora riss die Augen auf, erkannte erst jetzt, dass er bereits umgekehrt war. Das Ufer kam wieder näher. Plötzlich wollte er schneller schwimmen, wollte zurück zu dem Weibchen, zurück zu dem Gefühl, das er hier in der Kälte ertränkt hatte. Er wollte lieber bösartig sein als tot. Lieber wollte er sich ihrer Strafe unterwerfen, als in der einsamen Tiefe eines Moorsees zu versinken.

Doch er fühlte nichts mehr, nicht seine Arme, nicht seine Beine, nur noch die letzte Wärme seines Herzschlags.

Sein Blut würde immer langsamer durch seinen Körper gepumpt, würde sich kräuseln und knisternde Kristalle formen wie das Wasser, das er mit den Händen zerteilte. Er konnte

sehen, dass sie die Bewegung noch ausführten, dass sie seinen Gedanken noch immer gehorchten.
Ein letzter Impuls jagte durch seinen Körper, trieb eine heiße Welle durch seine Adern. Sein Herzschlag wurde wieder kräftiger, pumpte das Blut wieder schneller, um die Kälte zu besiegen, um seine Arme und Beine voranzutreiben.
Er musste leben, musste zu ihr zurückkehren, konnte sie unmöglich im Reich seines Herrn alleinlassen!
Tatsächlich erreichte er das Ufer, krabbelte mit letzter Kraft an Land und sackte auf dem Torfweg zusammen. Das Schlottern kehrte zurück, so heftig wie niemals zuvor. Er rollte sich zusammen, umklammerte die Beine mit den Armen, um die letzte Wärme bei sich zu halten. Doch er wusste, dass es nicht ausreichte, dass er weiter auskühlen und erfrieren würde, wenn er liegen bliebe.
Nur Bewegung konnte ihn jetzt noch retten. Er setzte sich auf, konnte sich nur langsam auf seine Beine erheben und vorsichtig vorantasten. Doch mit jeder Minute wurde es besser. Immer schneller konnte er gehen, immer sicherer wurden seine Schritte, mit denen er über die schmalen Holzstege balancierte. Als er das Moor endlich hinter sich ließ, strich er das Wasser von seinem Körper und fing an zu rennen.

* * *

Fina hob den Kopf, als Mora in die Höhle zurückkehrte. Hastig wischte sie die Tränen aus ihren Augen, umklammerte ihre Beine mit den Armen und beobachtete ihn.
Mora schien draußen gebadet zu haben. Fina erkannte es an den Wassertropfen, die noch auf seiner dunklen Haut glitzerten und an seinen Haaren, die zu einer strubbeligen Frisur verklebt waren. Ohne sie eines Blickes zu würdigen, ging er zu

seiner Wandnische, holte einen Goldbecher heraus und schöpfte heißes Wasser aus dem Kessel. Als er anfing zu trinken, bemerkte Fina sein Zittern, ganz leicht nur, als wäre der Becher zu schwer für seine Hände.

Fina hielt den Atem an. Sie wartete darauf, dass er sich abtrocknete. Allein der Gedanke, dass er mit nasser Haut durch die winterliche Kälte gelaufen war, brachte sie zum Frösteln.

Doch Mora trocknete sich nicht ab. Er trank nur von der heißen Flüssigkeit, während die Wassertropfen an seinem Körper herabliefen.

Irgendetwas an seinem Anblick kam ihr bekannt vor, brachte in den Tiefen ihrer Erinnerung etwas zum Klingen, ein Bild, das sie noch nicht ganz fassen konnte.

Fina wollte der Erinnerung näher kommen, wollte Mora wieder näher kommen. Für einen Moment wartete sie darauf, dass er etwas sagte, dass er sie wenigstens ansah.

Doch Moras Gesicht blieb so hart wie zuvor. Einzig sein plötzliches Schaudern verriet einen Anflug von Schwäche, nur für eine Sekunde, bevor er den Becher entschlossen zur Seite stellte und mit aufrechter Haltung zu seiner Truhe ging. Er holte ein sauberes Hüfttuch heraus und verschwand damit im Tunnel. Wenige Momente später kehrte er zurück, das trockene Kleidungsstück um seine Hüfte geschlungen und das nasse in den Händen.

Während er das Tuch neben dem Feuer über dem Gestell ausbreitete, bekam Fina eine Ahnung davon, was für eine Kontrolle er über seinen Körper ausübte. Sie konnte beinahe sehen, wie sehr er sich auf jede seiner Bewegungen konzentrierte, damit sein Zittern verborgen blieb.

Warum quälte er sich so? Fina starrte auf die Wassertropfen, die noch immer auf seiner braunen Haut glitzerten und das Licht des Feuers in tausend kleinen Kristallen widerspiegelten.

Sie kannte diesen Anblick! Ein seltsames Erinnerungsbild blitzte auf. Wassertropfen auf brauner Haut, das Licht der Sonne in tausend kleinen Kristallen.
Sie standen an einer Ampel in Siena. Die Sommersonne glühte vom Himmel, und die Klimaanlage im Mietwagen versagte ihren Dienst. Finas Mutter schimpfte zum hundertsten Mal, dass sie das Auto umtauschen würde und ihr Geld zurückverlangen wollte, als eine Horde junger Leute zwischen den haltenden Autos auf die Straße lief.
Ein braunhäutiger Junge kam auf sie zu. Er trug einen Schwamm und einen Fensterwischer in seinen Händen, Wassertropfen glitzerten auf seinem nackten Oberkörper, spiegelten das Licht der Sonne in tausend kleinen Kristallen wider.
Im nächsten Moment beugte er sich über ihre Windschutzscheibe, malte mit seinem Schwamm ein großes Herz darauf und wischte schließlich über die ganze Scheibe. Mit schneller Bewegung zog er das Wasser zur Seite und lächelte ihnen zu. Seine Zähne blitzten weiß im Kontrast zu seiner dunklen Haut, seine schwarzen Augen funkelten, und seine kurzen Haare standen wild in alle Richtungen.
Sekunden später war er an der Fahrerseite und schob seine Hand durch das geöffnete Fenster herein.
Fina starrte auf den Fünfzigeuroschein, den ihre Mutter ihm reichte. Sie traute kaum ihren Ohren, als Susanne in einer Sprache redete, die Fina noch nie gehört hatte, von der sie nicht einmal vermutet hätte, dass ihre Mutter sie beherrschte.
Die Augen des Jungen wurden noch größer, als sie ohnehin schon waren. Er bedankte sich in der gleichen Sprache, murmelte dreimal hastig den gleichen Satz und küsste das goldene Kreuz, das er um seinen Hals trug. Schließlich lief er um das Auto herum an den Straßenrand.
Fina entdeckte ein Mädchen in einem langen, bunten Rock, das

auf ihn zueilte. Sie war kaum älter als Fina damals, also kaum älter als fünfzehn. Dennoch hielt sie ein Baby auf dem Arm. Der Junge drückte ihr den Fünfzigeuroschein in die Hand und umarmte sie.

Für einen kurzen Moment begegnete Fina ihrem Blick. Das Mädchen strahlte aus schwarzen funkelnden Augen. Ihre langen schwarzen Haare leuchteten in der Sonne, halb verborgen unter einem bunten Tuch.

In der nächsten Sekunde wandte sie sich zu dem Jungen und küsste ihn.

Fina konnte den Blick kaum von ihnen lösen, wie sie dort standen, am Straßenrand der Kreuzung, und sich so stürmisch küssten, als wären sie vollkommen allein. Gleich darauf wurden sie umringt von den anderen: ein ganzes Rudel von Jungen mit nacktem Oberkörper und Mädchen mit bunten Röcken. Der Junge sprach kurz mit ihnen, und plötzlich sahen sie alle zu ihr und ihrer Mutter herüber. Etwas Wildes lag in ihren Blicken, unnahbarer Stolz, der so aussah, als wäre es unmöglich, ihn zu brechen.

Ein vielstimmiges Hupen riss Fina von dem Anblick los. Mit ärgerlichem Aufheulen fuhr ein Auto an ihnen vorbei. Fina sah, dass die Ampel längst wieder auf Grün gesprungen war, und blickte zu ihrer Mutter.

Doch die starrte wie paralysiert auf die jungen Menschen. Tränen liefen über ihr Gesicht, bevor sie hastig darüberwischte und mit quietschenden Reifen losfuhr.

Fast kollidierten sie mit einem anderen Auto. Ein wütendes Hupen gellte in Finas Ohren, und dann waren die Jugendlichen hinter ihnen verschwunden.

Fina konnte kaum einordnen, was geschehen war, konnte es kaum begreifen. »Was waren das für Leute?«

Ihre Mutter wischte sich noch einmal über das Gesicht und

atmete tief ein. »Das waren Roma. Früher auch Zigeuner genannt«, erklärte sie.
Und dann fing sie an zu erzählen, von einem Volk, das seit Jahrhunderten von einem Ort zum anderen reiste, ohne jemals irgendwo aufgenommen zu werden. Ihre Geschichte reichte weit zurück, bis ins achte Jahrhundert, als sie in Indien aufgebrochen waren. Menschen aus der untersten Kaste, Unberührbare, die sich und ihre Familien kaum ernähren konnten und darauf hofften, woanders ein besseres Leben vorzufinden. So zogen sie los, von einem Land ins andere, bis sie im Mittelalter Europa erreichten. Ein fahrendes Volk mit dunkler Haut und schwarzen Haaren, deren Ursprung niemand ergründen konnte. Sie gaben sich als gottesfürchtige Pilger aus, die aus dem Morgenland kamen und durch ihre endlose Reise nach göttlicher Erlösung suchten. Eine Zeitlang wurden sie verehrt und für ihr musikalisches Talent geachtet. Bis die Menschen immer misstrauischer wurden, weil einige von ihnen ihren Lebensunterhalt mit Hellseherei verdienten und andere sich mit Diebstahl ernähren mussten. Also wurden sie bald wieder gefürchtet und verachtet, gejagt und als Hexen verfolgt. Sie waren Fremde, egal wohin sie kamen, wurden überall vertrieben und gehasst. Ihr einziger Halt, ihr einziges Zuhause war ihre Familie, die Sippe, mit der sie reisten, zu der sie gehörten, die mit ihrer Gemeinschaft für jeden Einzelnen sorgte. Die Sippe stellte die Regeln auf, nach denen sie leben mussten, und die härteste Strafe für einen Roma war der Ausschluss aus seiner Gemeinschaft. So richteten sie sich nur nach ihren eigenen Gesetzen. Ein Volk, das die niedersten Mittel nutzen musste, um zu überleben, dem nichts anderes blieb, als immer weiter zu stehlen und zu betteln. Ein Volk, von dem behauptet wurde, dass es sich nicht integrieren wollte, und das immer unter sich blieb, scheinbar wild, gefährlich und unnahbar.

Nur wenige durften sich je irgendwo niederlassen und mit ehrlicher Arbeit Geld verdienen, nur wenige der Kinder kamen je in eine Schule. Mit der Bildung blieb den Roma jedoch auch der Fortschritt verwehrt, und so entwickelten sich die sesshaften Menschen immer weiter, während die Gesellschaft der Roma über die Jahrhunderte gleich blieb. Auf diese Weise wurden sie immer weiter an den Rand gedrängt, wurden immer fremder, immer unverstandener. Ein fahrendes Volk, das von überall vertrieben wurde, überall gehasst und verachtet, im Zweiten Weltkrieg zu Tausenden in KZs ermordet. In den Jahrzehnten danach zurückgedrängt nach Osteuropa und schließlich beinahe vergessen von der westlichen Welt, fast so, als wären sie nur noch Geschichte. Und dennoch waren die Roma noch immer die größte Minderheit in Europa, noch immer Vertriebene, Unberührbare, ein fahrendes Volk auf ihrer ewigen Flucht und der Suche nach einem besseren Leben.

Während Fina den Worten ihrer Mutter lauschte, entstand bei ihr ein immer stärkeres Gefühl der Verbundenheit mit den Roma. Fast so, als wäre sie selbst Teil dieses heimatlosen Volkes, ihr Leben lang auf der Flucht, ohne jemals irgendwo bleiben zu können, als würde sie von dem gleichen, uralten Fluch verfolgt.

Mora durchbrach ihren Tagtraum. Er kniete vor ihr und sah sie besorgt an. Plötzlich konnte sie die Wärme fühlen, die sein Körper abstrahlte, konnte das schwache Bibbern sehen, das er in solcher Nähe nicht vor ihr verbergen konnte. Seine braune Haut war getrocknet, die Härte war aus seinem Gesicht verschwunden, nur seine Haare standen noch genauso strubbelig von seinem Kopf ab.

Fina begegnete dem Blick seiner schwarzen Augen. Sie wurden weicher, zogen sich gemeinsam mit seinen Lippen zu einem erleichterten Lächeln.

Er besaß die gleiche braune Haut wie der Junge in Siena, die gleichen schwarzen Augen und die gleichen strubbelig dichten Haare. Und das, was sie vorhin verunsichert hatte, war dieselbe Wildheit, die auch in den Blicken der Roma-Jugendlichen lag, dieselbe, unbezähmbare Stärke, die sich von niemandem brechen ließ und allem trotzte, was sich gegen sie stellte.
Fina war sich plötzlich sicher, woher er stammte. »Du bist ein Roma.«
Mora! Selbst sein Name war ein Anagramm. Fina wurde so aufgeregt, dass sie kaum stillhalten konnte.
Doch Mora schüttelte verständnislos den Kopf. »Wovon redet sie?«
Fina starrte ihn an. Er war allein in dieser Höhle. Kein Roma lebte allein, es sei denn ... »Haben sie dich verstoßen? Hat deine Sippe dich aus ihrer Gemeinschaft ausgeschlossen?«
Mora wich ihrem Blick aus. »Es versteht sie wirklich nicht.«
Wenn er ein Roma war, warum redete er dann so seltsam? Müsste er dann nicht eine ganz andere Sprache sprechen, die gleiche, die ihre Mutter mit dem Jungen gesprochen hatte?
Fina hatte sie nie gefragt, welche Sprache es gewesen war. Über die Geschichte der Roma hatte sie diese Frage einfach vergessen.
Warum beherrschte ihre Mutter die Sprache dieses Volkes? Sie konnte viele Sprachen, genauso viele wie Fina. Aber warum konnte sie eine weitere, von der sie Fina nie etwas erzählt hatte? Und überhaupt: Warum hatte sie damals im Auto geweint? Warum hatte sie die Roma angestarrt, anstatt weiterzufahren? Warum hatte sie ihnen fünfzig Euro gegeben?
Mora wusste nicht, wovon sie sprach, und trotzdem hatte sie plötzlich den Eindruck, als würden all die ungeklärten Fragen mit ihm zusammenhängen.
»Wer ist deine Mutter?«, flüsterte sie ihm zu.

Eine steile Falte bildete sich auf seiner Stirn. »Eine Mutter wie ihre? Er hat keine solche Mutter.«
Mora kannte das Wort nicht. Fina fiel es wieder ein. Er glaubte, ihre Mutter wäre ihre Herrin. »Dann weißt du nicht, was eine Mutter ist? Das ist die Frau, die dich im Bauch hatte, die dich geboren hat. Und du bist ihr Kind. Eine Mutter liebt ihr Kind. Sie tut alles für ihr Kleines, sie gibt ihm Essen, sie zieht ihm warme Kleidung an. Wenn es sich weh tut oder traurig ist, dann nimmt sie es in den Arm und trocknet seine Tränen. Und sie bleibt immer bei ihm, so lange bis ihr Kind erwachsen ist und sie nicht mehr braucht.«
Mora lauschte ihren Worten, senkte schließlich den Kopf. Sein Zittern wurde stärker, fast so, als könnte er es nicht länger unter Kontrolle halten. »Es hat keine solche Mutter.«
Fina wollte ihm über die Haare streicheln, ihn in den Arm nehmen. Doch wenn er solche Nähe von niemandem kannte, dann war es kein Wunder, wenn sie ihn verwirrte. »Jedes Kind hat eine Mutter, Mora. Wenn du dich an deine nicht erinnern kannst, dann musst du sehr früh von ihr getrennt worden sein.«
Mora wandte sich von ihr ab, stand auf und trat ans Feuer. Sein Zittern mündete in einem kurzen Schaudern. Die Härte kehrte auf sein Gesicht zurück und zeichnete eine winzige Längsfalte auf seine Stirn.
Mehr denn je wollte Fina wissen, wer er war. »Hat dein Herr dich großgezogen? Hat er dir Essen und Kleidung gegeben? Hat er dich getröstet, wenn du geweint hast?«
Mora sah auf. Plötzlich hüpfte ein Lachen aus seiner Kehle, das erste Mal, dass sie einen solchen Laut von ihm hörte. Doch er klang hart, während seine Augen sich in kalte Steine verwandelten.
Gleich darauf wandte er sich ab, holte eine Dose aus seiner Wandnische und verschwand damit nach draußen.

Fina sackte zusammen, legte den Kopf auf die Knie und spürte, wie die Tränen in ihre Augen traten. Warum zum Teufel hatte sie ihm so viele Fragen gestellt? So furchtbare Fragen? Hatte sie etwa geglaubt, dass er über seinen Herrn reden würde? Über die Narben auf seinem Rücken?
Wie war sie nur auf die bescheuerte Idee gekommen, ihn zu fragen, ob sein Herr ihn getröstet hatte?
Sein Herr hatte ihn geschlagen! Misshandelt! Eine Mutter besaß er nicht und auch niemanden sonst, der ihn je getröstet hatte, niemanden, der ihm warme Kleidung schenkte, niemanden, der ihn liebte.
Stattdessen hatte er gelernt, sich selbst zu hassen. Warum sonst sollte er sich mit eisigem Wasser quälen und seinem Körper diese grausame Kontrolle abzwingen?
Er war gerade erst gesund geworden. Wenn jetzt der nächste Infekt über ihn herfiel, schaffte sie es vielleicht nicht mehr, ihn zu heilen.
Ein leises Winseln entschlüpfte ihr, steigerte sich zu einem Schluchzen, das von den Wänden der Höhle auf sie zurückgeworfen wurde. Sie konnte nicht damit aufhören, verbarg einzig ihren Kopf zwischen den Armen und drückte ihre Schultern auf die Ohren.
Hatte er jemals über sein Unglück geweint? Konnte man das Unglück überhaupt fühlen, wenn man nichts anderes kannte?
Es half ihm nichts, wenn sie für ihn heulte, wenn sie für ihn unglücklich war.
Fina sprang auf. Entschlossen wischte sie über ihr nasses Gesicht. Mora hatte jemanden, der ihm warme Kleidung schenkte! Sie lief zu ihrem Rucksack und holte den gestrickten Pulli daraus hervor. Warum hatte sie ihn Mora nicht schon viel eher gegeben?
Vielleicht, weil sie auf den richtigen Moment gewartet hatte,

weil sie den Pulli nicht einfach hervorholen und zeigen wollte wie ein Feuerzeug oder eine Möhre.
Sie hatte ihn extra für Mora gestrickt, er war etwas Besonderes. Und wahrscheinlich hatte sie auch gefürchtet, dass er ihn ablehnen würde. Selbst das Lederhemd trug er nur, wenn er für längere Zeit nach draußen ging, fast so, als würde es ihm gefallen, sich mit der Kälte zu quälen.
Aber jetzt musste sie ihm den Pulli schenken, ob er ihn annehmen würde oder nicht.
Fina entwich ein Lachen, in das noch der letzte Rest ihres Schluchzens gemischt war. Sie drückte den Pulli an ihre Brust und kroch durch den Tunnel nach draußen.
Nachdem sie aus dem schmalen Loch geklettert war, hielt sie inne. Mora war nicht allein vor seiner Höhle. Er saß auf dem Findling, tauchte seine Hand in die goldene Dose und streute Brotkrumen vor sich auf den Waldboden. Ein ganzer Schwarm kleiner Vögel hüpfte und flatterte hin und her, um sie aufzupicken. Es war ein seltsamer Anblick, so viele Vögel in der Dunkelheit zu sehen. Doch es war noch nicht das Merkwürdigste: Direkt neben Mora stand das Reh, das bei Fina vor der Mühle erschienen war, und stupste ihn an der Schulter. Mora nahm ein größeres Brotstück aus der Dose und gab es der Ricke. Er streichelte ihren Hals, während das Eichhörnchen auf seinen Schoß kletterte, um sich selbst etwas aus der Dose zu nehmen.
Fina musste lachen. Erneut schossen ihr Tränen in die Augen.
Es stimmte nicht, dass ihn niemand liebte.
Mora und die Tiere verschwanden hinter einem Schleier. Fina wischte sich über die Augen, brauchte jedoch einen Moment, um die erneute Flut zurückzudrängen.
Als sie wieder sehen konnte, stand Mora vor ihr. Einen guten Kopf größer als sie, seine Schulter nah genug, um sich daran anzulehnen.

Er hatte sie schon auf seinen Armen getragen, hatte sie aufgefangen, hatte ihr die Kleidung ausgezogen und war auf ihrer Brust eingeschlafen. Doch heute hatten ihre Berührungen jede Unschuld verloren, hatten eine Bedeutung bekommen, die ihm zu viel wurde.

»Ich hab etwas für dich gestrickt.« Fina hielt ihm den Pulli entgegen. »Etwas zum Anziehen, damit du hier draußen nicht wieder krank wirst.«

Mora betrachtete ihr Gesicht. Fina konnte fast spüren, wie sein Blick auf ihren Tränen ruhte. Doch er sagte nichts, streckte nur langsam die Hände nach dem Pulli aus. Er faltete ihn vor sich auseinander, begutachtete ihn mit einer Miene, die sie nicht deuten konnte.

»Du musst ihn über den Kopf ziehen.« Fina flüsterte. »So wie dein Hemd.« Sie biss sich auf die Unterlippe, konnte es kaum abwarten, während Mora ihn tatsächlich anzog.

Er passte ihm, schmiegte sich weich an seinen Körper. Selbst die Ärmel waren lang genug.

Fina wünschte sich, darüber zu streichen. Sie wollte die Wolle fühlen, Moras Wärme darunter.

Doch etwas war geschehen, weshalb sie ihm nicht mehr zu nah kommen durfte. Sie war die erste Frau, die ihm warme Kleidung schenkte. Und dennoch wollte sie alles andere sein als seine Mutter.

Wieder sah sie den Roma-Jungen vor sich, zusammen mit dem Mädchen, das ihn stürmisch küsste.

Mora tastete über seinen Pulli. Ein hübsches Lächeln glitt über sein Gesicht, strahlte Fina für einen kurzen Moment an.

Allein für dieses Lächeln wollte sie ihm um den Hals fallen. Stattdessen drehte sie sich um und kroch zurück in die Höhle.

* * *

Sobald sie eingeschlafen war, brach das Bibbern aus Moras Körper hervor. Auch wenn seine Haut bereits glühte und seine Muskeln schon lange wieder warm waren – aus seinem Inneren war die Kälte noch immer nicht vertrieben. Er kauerte sich auf seinem Lager unter die Felle und trank warmes Wasser, einen Becher nach dem anderen. Währenddessen konnte er nicht aufhören, das Weibchen anzusehen. Vollkommen regungslos lag sie in ihrem Teil der Höhle, mit geschlossenen Augen und weit entfernt in einer stillen Traumwelt.

Selbst als das Zittern endlich besiegt war, wagte Mora es nicht, zu schlafen. Er musste über sie wachen, konnte sie so nicht der Nacht überlassen, nicht den Kreaturen, die in ihr lauerten. Es wäre zu gefährlich, wenn sie beide schliefen.

Seit eh und je war es der Zustand, den Mora am meisten fürchtete. Während er schlief, war er ausgeliefert, ein hilfloses Opfer für jeden, der ihn angreifen wollte. Solange er denken konnte, war er nachts hochgeschreckt, kurz nachdem er eingeschlafen war – weil er die Schläge des Herrn fürchtete, die ihn allzu oft aus dem Schlaf gerissen hatten. Wenn er am Tag einen Fehler begangen hatte, wenn es einen Grund gab, die Strafe des Herrn zu fürchten, war es manchmal kaum noch möglich, wieder einzuschlafen. Viele Tage und Nächte hatte Mora auf diese Weise schon durchwacht – auch ganz ohne die Gesellschaft des Weibchens.

Dabei wusste er, wie wichtig es war zu schlafen, dass die Verwirrung den Geist holte, wenn man es zu lange unterließ. Aber in Gegenwart des Weibchens wurde seine Angst vor dem Schlaf noch größer. Wenn er selbst im Schlaf sterben sollte, wäre es ihm gleich. Aber er durfte nicht zulassen, dass ihr etwas geschah.

Mora spürte ihren Pullover auf seiner Haut, ihr Geschenk, wie sie es nannte. Eines ihrer fremden Worte, das schön klang in

seinen Ohren. Er fühlte die Wärme, die ihn umhüllte und mit sanften Wellen in sein Inneres vordrang.
Der Herr war immer der Ansicht gewesen, dass es gut für ihn sei zu frieren, dass es ihn von allen bösen Gefühlen läuterte und dazu anhielt, schneller zu arbeiten. Und tatsächlich war es Mora immer wie eine gerechte Strafe erschienen, die sofort richtete. Sobald er langsamer wurde, sobald er es wagte auszuruhen, ergriff die Kälte ihn und schlug mit ihren Krallen auf ihn ein. Unbarmherzig und an den kältesten Tagen sogar bereit, ihn zu töten, wenn er sich nicht ausreichend sputete. Der Geheime hatte ihm immer gerade so viel Kleidung zugeteilt, wie er brauchte, um zu überleben. Nur wenn es draußen fror und schneite, durfte er eine Fellhose, dünne Fellstiefel und eine Fellweste über dem Lederhemd tragen. Aber auch im Winter hatte der Geheime stets darauf geachtet, dass die Kleidung ihn nicht verweichlichte, und Mora hatte die Strafe der Kälte fast schon schätzen gelernt. Sie konnte alles betäuben, alles besiegen, was er nicht fühlen wollte.
Doch als er jetzt auf seinem Lager saß, in die Wärme von Finas Pulli eingehüllt, fing er an, die Kälte zu fürchten, ihre Strafe und den einsamen Tod, den er heute im See beinahe gefunden hätte. Dann säße er nun nicht mehr hier, könnte sie nicht mehr bewachen und nicht die Wärme fühlen, die sie ihm schenkte.
Mädchen. Mora ließ das Wort lautlos über seine Lippen gleiten, mit dem sie sich selbst benannte. Er wollte ihre Art zu sprechen endlich durchschauen, wollte es lernen, ihre fremden Worten zu verwenden. Er wollte sich selbst »ich« nennen und sie mit »du« anreden – weil es schön klang, wenn sie ihn so ansprach, und weil sie nicht länger glauben sollte, dass er dumm war.
Doch zu ihrer Sprache gehörte noch mehr als nur die fremden Worte. Auch manche ihrer übrigen Worte klangen verändert.

… weil ich dich so schön finde. Einer ihrer Sätze spukte durch seinen Kopf. *Ich hab nur gelacht, weil ich dich so schön finde.* Lautlos flüsterte er den Satz vor sich hin, versuchte zu durchschauen, wie sich die Worte in ihrer Sprache veränderten. Es war ein schöner Satz, sein Lieblingssatz.

Er wünschte sich, ihr etwas Ähnliches sagen zu können.

Ein schleifendes Geräusch drang aus dem Tunnel zu ihm, ließ ihn auf die Füße springen und sich der Gefahr entgegenstellen. Das Geräusch verstummte, niemand war zu sehen. Nur ein paar Sandkörner flossen mit der unsichtbaren Präsenz in die Höhle.

Mora fiel auf die Knie, duckte sich tief vor seinem Herrn. »Was wünscht der Geheime?«

Der Herr antwortete ihm nicht, nur sein Atem kroch leise durch die Höhle.

Moras Nackenhaare sträubten sich. Was wollte der Geheime von ihm, von dem Mädchen? Es gab noch immer den Auftrag, den er erfüllen sollte, von dem er noch nicht wusste, was es war.

Das Kribbeln in Moras Nacken wurde stärker. Konnte er das noch? Den Auftrag erfüllen? Dem Herrn dienen?

Was, wenn es etwas mit dem Mädchen zu tun hatte?

Mora duckte sich noch tiefer, hoffte plötzlich darauf, dass der Herr ihm keine Antwort mehr geben würde, dass er keine weiteren Aufträge mehr aussprach und einfach verschwand.

* * *

Der Geheime musste sich beherrschen, um ruhig stehen zu bleiben, um leise zu sein. Er betrachtete das schlafende Weibchen, ihr schönes Gesicht unter den hellen Haaren, ihre zarte Haut, die im Feuerschein rötlich schimmerte. Doch am besten gefiel ihm die Hilflosigkeit, in der sie dalag. So einfach wäre sie zu haben. Er müsste nur zu ihr gehen und nach ihr greifen. So leicht könnte er sie in seine Gewalt zwingen, dass sie ihm schon gehören würde, ehe sie erwachte.

Er blickte auf den Nacken seines Dieners. Für einen Moment wollte er es tun, wollte das Genick des Menschenscheusals zerbrechen, damit es sich nicht in den Weg stellte und er das Weibchen in seinen Besitz nehmen konnte. Er fühlte, wie sein Körper bei dem Gedanken zum Leben erwachte.

Doch wenn er es jetzt tat, würde sie ihm nur kurz gehören, nur so lange, bis sie fliehen konnte. Viel besser war es, seinen Plan weiterzuverfolgen, ihn so filigran umzusetzen, wie er ihn gesponnen hatte.

Mit leisem Bedauern betrachtete er Morasals Schlottern. Er hatte zugesehen, wie er sich beinahe im Eiswasser getötet hätte und wie er schließlich gekämpft hatte, um doch noch zu überleben. Es war ein schönes Spiel, Morasal kämpfen zu sehen – und es war umso aufregender, wenn er beobachten konnte, wie tief er die Qual in den Geist seines Dieners gesät hatte. So gut hatte er ihn erzogen, dass Morasal sich selbst strafte, wenn er es nicht tat.

Der Geheime blickte auf das seltsame Kleidungsstück, das den Oberkörper seines Dieners bedeckte.

Das Weibchen verweichlichte ihn, umsorgte ihn, hatte ihn gesund gepflegt.

Sie war eine Mutter, so wie alle Weibchen, ganz gleich, wie jung sie waren. Beim Anblick einer schwachen Kreatur wurden ihre Instinkte geweckt. Und wenn sie ihrer Rolle erst einmal verfallen waren, vergaßen sie alles, jede Vorsicht, jede Angst und vor allem ihre eigene Sicherheit.

Der Geheime lächelte zufrieden. Einen besseren Köder als seinen nichtsnutzigen Diener hätte er nicht finden können. Mora-

sal würde seine Rolle erfüllen, und er selbst würde endlich für die Mühen entlohnt, mit denen er ihn großgezogen hatte.
Der Geheime blickte ein letztes Mal zu dem Weibchen. Er fasste nach dem Ring ihrer Mutter, den er am kleinen Finger trug, drehte daran und beobachtete, wie das Weibchen im Schlaf das Gesicht verzog. Er schenkte ihr einen kleinen Traum, nur einen kurzen Augenblick, in dem er bei ihr war, in dem er ihren Körper berührte und die Weichheit ihrer Haut fühlte. Sie murmelte und wehrte sich, warf sich schließlich mit einem leisen Schrei zur Seite.
Auch Morasal zuckte unter ihren Lauten zusammen, schien für einen Moment zu ihr springen zu wollen, duckte sich dann aber umso tiefer vor seinem Herrn.
Er wusste, von wem sie träumte.
Der Geheime unterdrückte ein Kichern. Was so ein kleiner Ring doch bewirken konnte, wie viel Macht doch in einer Sache lag, die ihrer Besitzerin etwas bedeutet hatte. Ganze Familien ließen sich damit beherrschen – und sie hatte das Schmuckstück einfach so gegen Säcke von Gold eingetauscht. Die Menschen waren so blind in ihrer Gier!
Mit einem letzten Ruck drehte der Geheime den Ring, zeigte dem Weibchen die Peitsche, die an seinem Gürtel hing, und hörte sie noch einmal schreien.
Der Klang ihrer Stimme gefiel ihm. Er wünschte sich mehr davon. Doch alles zu seiner Zeit! Wenn sie erst ihm gehörte, würde es noch genug Nächte geben wie diese.
Er ließ den Ring los und sah zu, wie sich ein friedlicher Zug über ihr Gesicht legte. Schließlich verhüllte er den beringten Finger mit der anderen Hand und tauchte ihn in Dunkelheit.
Morgen früh würde sie sich nicht mehr an den Traum erinnern.
Mit lautlosen Schritten wandte er sich ab, kroch aus der Höhle hinaus und konnte sich nicht davon abhalten, laut zu lachen.

Der Schall zuckte und hallte bis weit durch den Wald. Der Geheime hörte Vögel auffliegen und Rehe davonhasten. Doch am deutlichsten spürte er die Angst seines Dieners, hörte sie in der Stille, mit der Morasal die Luft anhielt – fast so, als würde er glauben, dass er seine Regungen vor seinem Herrn verbergen konnte.

»Es ist ein törichtes Menschenscheusal!« Der Geheime spuckte den Satz in das Herbstlaub, ließ noch einmal das zufriedene Lächeln über sein Gesicht gleiten und rannte mit schnellen Schritten davon in seinen eigenen Tarnkreis.

13. Kapitel

Fina wurde von einem ohrenbetäubenden Lärm geweckt, den sie nicht einordnen konnte. Sie riss die Augen auf. Schwaches Tageslicht drang durch das Loch über dem Feuer. Doch der Lärm kam vom Eingang. Sie erfasste eine schnelle Bewegung vor dem Erdtunnel.

Fina sprang auf die Füße, bereit zu fliehen.

Erst im nächsten Moment begriff sie, dass Mora den Lärm verursachte. Er schlug mit einem Holzhammer auf einen schmalen Baumstamm ein, der neben dem Eingang stand, auf einen zweiten Stamm, den er darübergelegt hatte und über eine Nut mit dem ersten verkeilte.

Er baute etwas.

Finas Schreck beruhigte sich allmählich. Sie musste nicht fliehen. »Was machst du da?«

Mora fuhr zu ihr herum. In seinem Blick lag etwas Wildes, Gehetztes. Mit einem Schlag wurde ihr klar, dass es doch eine Gefahr geben musste.

Ihre Furcht kehrte zurück, wurde noch schlimmer als zuvor. »Was ist los?«

Mora ließ den Hammer sinken. Seine nackte Brust bewegte sich auf und ab. Schweiß glänzte auf seiner Haut, ließ sie ahnen, dass er schon lange in diesem Tempo arbeitete.

Fina ging auf ihn zu. Sein Gesicht war fast noch schöner als am Tag zuvor: der Blick seiner weiten Augen … wie der Blick eines Kämpfers, der alles aufs Spiel setzte, um seine Familie zu beschützen.

Mora hatte keine Familie, es gab nur sie in dieser Höhle.

Fina hielt den Atem an. »Was ist passiert? Wovor hast du Angst?«

Mora antwortete nicht. Stattdessen wurde sein Blick so eindringlich, als wollte er ihr Bild in sich aufnehmen – fast so, als wäre es das letzte Mal, dass sie sich sahen.
Fina blickte hastig nach unten, schaute auf Moras Beine, auf seine nackten Füße.
Er trat einen Schritt näher, so nah, dass er sie fast berührte. Fina schloss die Augen. Sie wünschte sich, dass er es tat. Sie wollte seine Hand an ihrer Wange spüren, an ihrer Schulter. Er sollte den Bann aufheben, der über ihnen lag. Sie wollte endlich wissen, ob er das Gleiche fühlte wie sie, ob er auf die gleiche Weise verwirrt war.
»Der Winter wird bald sehr kalt werden.« Moras Stimme strich über ihre Haare. »Es baut eine Tür, damit die Kälte nicht in die Höhle vordringen kann.« Ein leichtes Beben lag in seinen Worten, eine Anspannung, die seiner harmlosen Erklärung widersprach.
Fina öffnete die Augen, ihr Blick fiel auf den Stapel Bauholz, der im Eingang lag. Es waren schmale Baumstämme, die er, offensichtlich heute Morgen, geschlagen haben musste und die er bereits zurechtgestutzt hatte.
Seit wann arbeitete er schon?
Das Licht, das durch die Luke fiel, war noch gräulich, als wäre die Sonne noch nicht einmal aufgegangen. Das Feuer darunter war beinahe heruntergebrannt.
»Warum hast du es plötzlich so eilig?«, hauchte Fina. »Gestern lag der Winter auch schon vor uns. Aber da hast du noch nicht gebaut.«
Mora wich vor ihr zurück. Er ging zu seinem Türrahmen, hielt das Holz fest und hob den Hammer. Er schlug zu, zweimal, dreimal, ließ den Hammer schließlich sinken und ging zur anderen Seite des Rahmens. »Er arbeitet immer so schnell.« Seine Lippen bewegten sich weiter, als wollte er die Worte erst aus-

probieren, bevor er sie aussprach: »Damit die Kälte mich nicht erfrieren lässt.«
Fina erstarrte. Er hatte in Ich-Form gesprochen, hatte den Satz so fehlerlos formuliert, als beherrschte er es schon lange.
Moras Blick streifte sie. Ein zufriedenes Lächeln huschte über sein Gesicht.
Fina musste lachen, die Anspannung fiel von ihr ab. »Du hast so gesprochen wie ich! Ohne Fehler! Seit wann kannst du das?«
Mora strich weiter über den Rahmen. »Ich …« Wieder bewegten sich seine Lippen. »Ich lerne es in der Nacht.«
Fina hielt den Atem an. In der Nacht? In der Nacht hatte er schon Bauholz geschlagen … und die Stämme auf die passende Länge gehauen. »Und wann schläfst du?«
Mora hielt inne. Für einen kleinen Moment lehnte er den Kopf gegen den Türrahmen. Als er wieder aufsah, wirkte die Bewegung müde. »Ich … schlafe nicht.«
Finas Gedanken fingen an zu rasen. Er schlief nicht? Das konnte nicht sein! Sie hatte schon gesehen, wie er schlief, viele Stunden lang, als er krank war – an dem ersten Morgen, nachdem sie in der Höhle übernachtet hatte, als er auf ihrer Brust eingeschlafen war. »Doch, du schläfst. Jeder Mensch muss schlafen.«
Mora lachte auf. Für einen Moment klang sein Lachen so warm, dass Finas Herz einen Satz machte. Bis sich der Klang verwandelte, in ein atemloses Gelächter, das kaum noch aufhören wollte. Eine Spur von Irrsinn glühte in seinen Augen.
»Hör auf«, flüsterte Fina, betrachtete die Art, mit der er sich umsah, als würde ihn jemand verfolgen.
Wie lange hatte er nicht geschlafen? Menschen bekamen Halluzinationen, wenn sie nicht schliefen. »Hör auf!« Fina wurde lauter.

Moras Lachen klang immer hysterischer, überschlug sich in einem kieksenden Laut.

Fina schrie ihn an: »Du sollst endlich aufhören!«

Mora verstummte, warf sich vor ihr auf den Boden. »Es bittet um Verzeihung, Herrin.«

Fina schloss die Augen. »Wann hast du zuletzt geschlafen, Mora?«

Sein Atem strich über ihre Füße, flatterte so hektisch, dass der Sand vom Boden aufwirbelte. Schließlich hielt er inne, schien sich mühsam zu sammeln: »Als es krank war, Herrin. Und manchmal für kurze Zeit am Ende der Nacht.«

Fina schluckte. Sie konnte es nicht ertragen, dass er so vor ihr lag und sie Herrin nannte, dass er nicht schlief und sich auf so subtile Weise quälte. Sie ließ sich vor ihm auf die Knie und beugte sich zu ihm. Im ersten Moment wollte sie über seine Haare streicheln, wollte ihn an den Schultern fassen und damit zum Aufstehen bewegen.

Doch nichts wäre schlimmer, als wenn er jetzt vor ihr zurückwich. »Bitte sieh mich an«, flüsterte sie.

Mora richtete sich auf. Nur sein Kopf blieb gesenkt.

»Du musst schlafen, Mora. Jeder muss schlafen.« Sie versuchte, einen Blick in seine Augen zu erhaschen.

Er schüttelte den Kopf. »Es kann nicht schlafen, solange sie bei ihm ist. Sie ist so hilflos, wenn sie schläft. Jedes Tier könnte kommen und sie fressen. Sie könnte ihr Leben im Schlaf verlieren. Und wenn Mora genauso schliefe wie sie, dann würde er es nicht einmal bemerken, dann könnte er ihr nicht einmal helfen.« Mora hielt atemlos inne. Ganz langsam sah er auf, blickte sie schließlich mit so klaren Augen an, als hätte es seinen seltsamen Ausbruch nie gegeben. »Ich muss … dich beschützen, Fina.«

Ein winziger Laut löste sich aus ihrem Mund. Seine Worte rieselten durch ihr Inneres. Noch nie zuvor hatte er ihren Namen ausgesprochen.

Moras Blick wurde so weich, dass Fina die Augen schließen musste. Er sollte sie endlich berühren, sollte sie in den Arm nehmen und küssen.

Doch er berührte sie nicht. Allein sein Atem klang so verzweifelt, wie sie sich fühlte. Im nächsten Moment sprang er auf. Er hob den Hammer vom Boden und lief zu seinem Türrahmen. Mit kräftigen Schlägen hieb er darauf ein, immer wieder, bis Nut und Feder längst ineinandersaßen, bis das Holz anfing zu splittern.

Der Schmerz in Finas Brust explodierte. Sie wich vor Mora zurück, hielt sich die Ohren zu. »Hör auf! Du machst alles kaputt!«

Mora hörte nicht auf. Immer weiter schlug er auf den Rahmen ein.

Tränen traten in Finas Augen. Wie lange hatte er nicht mehr richtig geschlafen? Eine Woche? Noch länger? Er war nicht mehr er selbst. »Hör auf!«, schrie sie. »Du weißt nicht mehr, was du tust! Du musst schlafen!«

Der nächste Schlag blieb aus. Mora sackte nach vorne, stützte sich auf die Knie und ließ den Hammer aus seiner Hand gleiten. »Es kann nicht schlafen, es muss zuerst die Tür bauen.«

Fina wischte die Tränen aus ihren Augen. »Die Tür wird nie eine Tür werden, wenn du nicht schläfst.« Sie ging langsam auf ihn zu, blieb schließlich stehen, um ihm nicht wieder zu nah zu kommen. »Bitte leg dich hin, Mora. Die Tür kannst du bauen, wenn du ausgeschlafen bist. Und ich …« Fina musste schlucken. »Ich werde deinen Schlaf bewachen.«

* * *

Stundenlang saß Fina am Fußende seines Lagers. Der schmale Lichtstrahl, den die Sonne durch das Loch über dem Feuer warf, wanderte in einem Halbrund durch die Höhle. Finas Magen fing an zu knurren. Doch sie stand nicht auf, um etwas zu essen zu besorgen. Sie musste hier sein, wenn Mora aufwachte. Sie durfte ihr Versprechen auf keinen Fall brechen, sonst würde sie sein Vertrauen nie gewinnen.

Irgendwann hörte ihr Magen wieder auf zu knurren, und Fina wurde sich klar darüber, dass sie Mora fortbringen musste. Dies war kein Ort, an dem er den ganzen Winter verbringen konnte, selbst wenn er seine Tür gebaut hatte. Aber vor allem sollte er endlich irgendwo sein, wo er sicher war, wo er schlafen konnte, ohne Angst zu haben. Fern seines Herrn, fern des Moores, außerhalb seiner unheimlichen Welt.

Bald musste Weihnachten sein. Fina wusste nicht genau, wann es so weit war, sie hatte ein weiteres Mal den Überblick verloren. Aber es konnte nicht mehr lange dauern.

Sie wollte Mora mit zu ihrer Großmutter nehmen. Sie musste lächeln bei dem Gedanken, dort mit ihm zu leben. Falls er tatsächlich in dieser düsteren Moorwelt aufgewachsen war, dann wäre die Mühle ein friedlicher Ort, um von dort aus die Welt kennenzulernen.

Doch je länger sie darüber nachdachte, desto klarer wurde ihr, dass sie ihn nicht einfach so mitnehmen konnte, durch das Moor und über das Salztor, mitten in eine fremde Welt voller Straßen, Häuser und Autos, voll mit lärmenden, selbstbewussten Menschen. Es musste eine erschreckende Welt sein, wenn man sie nicht kannte, vermutlich noch viel erschreckender als Moras Welt.

Wenn sie ihn dorthin mitnehmen wollte, dann musste sie ihn darauf vorbereiten. So viel wie möglich musste sie ihm von ihrer Welt zeigen. Bevor er tatsächlich einen Schritt über das

Salztor setzte, sollte er eine Ahnung davon haben, was ihn erwartete.
Wenn sie ihn mitnahm, dann musste es seine Entscheidung sein.
Fina stand auf und hockte sich neben Moras Kopfende. Während sie sein Gesicht betrachtete, fing sie an, einen Plan zu schmieden: Sie musste noch einmal zu ihrer Großmutter. Sie musste Dinge besorgen, die sich dazu eigneten, ihm ihre Welt zu erklären.

* * *

Während sie auf dem provisorischen Pfad vor Mora herlief, kam es Fina vor, als würde er sie nicht aus den Augen lassen. Fast konnte sie die Wärme seines Blickes fühlen, erkannte sie in seinem Gesicht, als sie sich zu ihm umdrehte. Sie hatten die Stelle erreicht, an der sie das Salztor streuen mussten. Mora beugte sich nach unten und schüttete eine weiße Linie aus seinem Salzsäckchen.
Als er sich wieder aufrichtete, blieb sein Kopf gesenkt. »Wird sie wirklich wiederkommen?«
Fina betrachtete seine schwarzen, verwuschelten Haare. Sie konnte sich nicht länger zurückhalten. Flüchtig strich sie darüber. »Ja. So schnell ich kann.«
Mora fuhr auf. Seine Hand zuckte, zögerte, streichelte schließlich so hastig über ihre Haare, dass sie es sich genauso gut eingebildet haben könnte. Noch in derselben Bewegung drehte er sich um und lief durch das Moor zurück.
Fina sah ihm nach. Sie konnte kaum noch atmen, als er hinter den Birken des Moorwaldes verschwand. Während sie schließlich über das Salztor sprang und den Pfad zwischen den Torfstichen entlang zum Wanderweg balancierte, wurde sie von einem Gefühl ergriffen, das sie nicht kannte. Sie fühlte sich

müde und aufgeregt zugleich, so labil, als könnte sie jederzeit losheulen, und gleichzeitig so unruhig, als dürfte sie nicht einen Moment stillhalten – so lange, bis sie wieder bei ihm war. Das Gefühl wurde immer schlimmer, verwandelte sich in die irrationale Angst, dass er womöglich nicht mehr da war, wenn sie wiederkam.

Noch heute musste sie zu Mora zurückkehren!

Doch während sie durch den Wald eilte, wurde ihr klar, dass sie mindestens zwei Wochen lang weg gewesen war. Fina fürchtete sich vor der Reaktion ihrer Großmutter, vor allem davor, dass Oma Klara womöglich die Polizei oder gar ihre Mutter informiert hatte.

Was, wenn sie festgehalten wurde, sobald sie bei der Mühle ankam?

Fina rannte um den Wald herum, schlug schließlich den Weg ein, der durch den schmalen Zipfel des Forstes führte, und wurde langsam, als sie die Mühle zwischen den letzten Bäumen hindurchschimmern sah.

Am Waldrand blieb sie stehen. Fast kam sie sich vor wie ein wildes Tier, das die Gefahr wittern wollte, bevor sie sich in die Gegenwart der Menschen begab.

Hinter den Butzenfenstern der Mühle leuchtete die Adventsdekoration, vor der Haustür lag ein ungeschmückter Weihnachtsbaum.

Fina atmete auf. Wenn ihre Oma Weihnachten vorbereitete, als wäre es ein ganz normales Jahr, dann schien sie sich um ihre Enkelin keine Sorgen zu machen.

Während sie mit langsamen Schritten auf die Haustür zuging, versuchte Fina nachzurechnen. Sie wollte herausfinden, wie viele Tage es noch bis Weihnachten waren. Doch sie war zu lange weg gewesen, um das genaue Datum bestimmen zu können.

Falls Weihnachten schon morgen war: Wie sollte sie ihrer Oma klarmachen, dass sie gleich wieder gehen wollte? Wie sollte sie ihr überhaupt irgendetwas erklären?

Als Fina die Haustür aufschloss und im Flur ihrer Großmutter gegenüberstand, brachte sie nur eine lose Sammlung schuldbewusster Worte hervor. Wie sollte sie auch erzählen, was los war, ohne dabei von Mora zu sprechen?

Doch ihre Großmutter kam lachend auf sie zu und nahm sie in die Arme. »Ach Josefinchen. Ich weiß doch schon lange, dass du dich verliebt hast. Auch wenn du dir selbst etwas vorgemacht hast – ich hab gewusst, dass du bald wieder bei ihm sein willst.«

Die Worte trafen auf Finas wunde Seele und brachten sie beinahe zum Heulen. Während ihre Oma sie zu einem Milchreis einlud, konnte Fina nicht anders, als ihr von Mora zu erzählen, zumindest einen Teil der Geschichte, vermischt mit kleinen Lügen. Die gruseligen Details sparte sie aus: den Tarnkreis und Moras seltsame Kleidung, seine fremde Sprechweise und seinen dubiosen Herrn, den es irgendwo zu geben schien.

Stattdessen behauptete sie, er sei von zu Hause ausgerissen und lebe nun im Wald in einer Erdhöhle. Sie erzählte, dass seine Eltern ihn geschlagen und schlecht behandelt hätten, und dass er gerade erst anfange, ihr zu vertrauen. Fina konnte nicht anders, als von Moras brauner Haut und dem Funkeln seiner Augen zu schwärmen. Mit leiser Stimme gab sie zu, wie verwirrt sie sei, dass sie ihn immer berühren wolle – während er ihren Berührungen ausweiche. Sie gestand ihrer Großmutter, wie sehr sie seinen harten, abweisenden Blick fürchte und dass sie furchtbare Angst habe, ihn zu verlieren.

Aber ihre Großmutter schüttelte nur gutmütig den Kopf: »Wenn man die Liebe nicht kennt, dann braucht sie sehr viel Zeit. Hab Geduld mit ihm, Fina. Er braucht dich.«

Oma Klara hatte Verständnis dafür, dass sie so schnell wie möglich zu Mora zurückwollte. Sie lächelte nur, als Fina nach dem Essen aufsprang und nach oben lief.

Noch auf dem Weg in ihr Zimmer ging Fina in Gedanken die Dinge durch, die sie einpacken wollte. Sie hatte sich vorgenommen, Mora weitere Bücher mitzubringen. Weil er es gemocht hatte, als sie ihm vorlas, weil die Geschichten ihm viel über die Welt erzählen konnten.

Doch während sie eine Reihe ihrer Lieblingsromane durchblätterte, fand sie nichts, was für ihn in Frage kam. In ihren Fantasybüchern wurden Welten beschrieben, die mit ihrer nichts gemeinsam hatten, wurden zumindest Dinge für wahr genommen, die in der Realität gar nicht existierten. Wenn sie ihm solche Geschichten vorlas, würde Mora niemals lernen, was es in ihrer Welt gab und was nicht.

Doch ihre realistischen Bücher waren auf ganz andere Weise ungeeignet. Immer wenn Fina den Anfang der Geschichten las, wurde ihr klar, dass Mora sie gar nicht verstehen würde. Autos, Städte, Schulen ... Beinahe jedes zweite Wort beschrieb etwas, wovon er keine Vorstellung hatte.

Und außerdem – wie sollte sie ihm begreiflich machen, dass die Geschichten von einem fiktiven »Ich« handelten. Er hatte gerade erst gelernt, dass sie von sich selbst sprach, wenn sie »ich« sagte.

Finas Blick fiel auf die Regalreihe mit ihren Tagebüchern. Es war schön gewesen, ihm daraus vorzulesen, fast so, als könnte sie ihre Vergangenheit mit ihm teilen. Auch Mora hatte es gemocht. Er hatte sogar ihre Worte daraus gelernt.

Plötzlich kam ihr eine Idee. Sie wollte damit weitermachen, wollte ihm ihr Leben offenlegen.

Die ganze Welt kam darin vor! Fina erkannte es mit einem Schlag: Sie hatte so viele Länder gesehen – und alles Wichtige daraus in ihr Tagebuch geschrieben. Es war der beste Weg, um ihm zu zeigen, wie die Menschen lebten.

Fina musste lächeln, während sie ihre Tagebücher in den Rucksack steckte, zusammen mit ihrer Kamera und den Speicherchips der letzten Jahre. Sie packte noch saubere Wäsche ein, und nur zwei Stunden nach ihrer Ankunft nahm sie das alte Auto ihrer Großmutter und fuhr nach Walsrode, um einzukaufen. Sie durchsuchte die Geschäfte, bis sie eine Jeans fand, die so aussah, als würde sie Mora passen. Dazu kaufte sie Unterwäsche und T-Shirts, und schließlich fand sie in einem Schuhladen ein robustes Paar Stiefel, von dem sie hoffte, dass es in etwa seine Größe hatte.

Es war schon Nachmittag, als sie in den Supermarkt ging, um neues Salz zu besorgen. Sie wollte für Mora Milchreis kochen, und Nudeln mit einer leckeren Soße. Außerdem wollte sie so viele Lebensmittel mitnehmen, wie sie tragen konnte.

Der Laden war voll von hektischen Vorweihnachtseinkäufern, und Fina musste im Slalom um andere Menschen und Einkaufswagen herumlaufen. Sie suchte verschiedenes Gemüse und Obst aus und sondierte den Inhalt der Regale danach, welche Nahrungsmittel viele Nährstoffe enthielten und gleichzeitig möglichst wenig Gewicht besaßen.

Auf dem Weg zur Kasse blieb sie schließlich bei den Zeitschriften stehen. Bilder waren wohl am besten geeignet, um Mora ihre Welt zu zeigen. Also stellte sie eine Auswahl von Zeitschriften zusammen, in denen es viele Fotos gab.

Plötzlich fiel ihr Blick auf einen Angebotsständer mit Kinderbüchern. Darunter war auch ein dickes Märchenbuch mit hübschen Zeichnungen. Wenn irgendjemand so lebte wie Mora, dann Märchenfiguren: im Wald, in einfachen Hütten, bei offenem Feuer und nur mit Fellen ausgestattet. Unter den ärmsten und demütigendsten Bedingungen, so lange, bis sie den bösen

Herrscher besiegten und die Liebe der schönen Prinzessin gewannen.
Wenn es fiktive Geschichten gab, die Mora verstehen konnte, dann diese.
Fina legte das Märchenbuch kurzentschlossen in ihren Wagen und schob ihn zur Kasse. Bei den Süßigkeiten blieb sie noch einmal stehen und überlegte, ob sie Mora einen Schokoriegel mitbringen sollte. Wenn man so etwas noch nie gegessen hatte, musste es das Größte sein.
Zwischen den Süßigkeiten und den Zigaretten blieb ihr Blick auf einer schwarz-bunten Packung haften – auf einer Sache, die sie noch nie gebraucht hatte.
Plötzlich wurde ihr heiß und kalt, allein bei dem Gedanken, dass sie es kaufen könnte. *Das ist nicht dein Ernst, Fina.* Sie starrte auf die Kondome, konnte sich ein albernes Kichern nur gerade so verkneifen.
Mora berührte sie noch nicht einmal. Er wurde wütend und aggressiv, wenn sie ihm zu nah kam. Wie kam sie darauf, dass er jemals mit ihr schlafen würde?
Sie hielt den Atem an. *Sei ehrlich, Fina.* Weil sie es sich wünschte. Weil sie mit jedem seiner Blicke darauf hoffte, dass er ihr endlich näherkam.
Und weil es extrem dumm wäre, keine Kondome zu haben, falls sie irgendwann doch übereinander herfielen.
»Stehst du an, oder übst du dich in Telekinese?«, mit diesen Worten tauchte ein junger Mann neben ihr auf.
Fina zuckte zusammen. Ihr Einkaufswagen versperrte den Zugang zur Kasse, genau dort, wo das Vorweihnachtschaos am größten war. Die Kunden vor ihr waren schon fertig, und die Kassiererin winkte bereits.
»Äh. Sie können ruhig vor.« Fina schob den Wagen zur Seite und ließ den Mann vorbei. Mit einer hastigen Bewegung zog

sie eine der Kondompackungen aus dem Regal und schob sie unter ihre Zeitschriften.

* * *

Es war schon dunkel, als Fina über den provisorischen Bretterpfad durch den Moorwald lief. Doch sie wollte nicht bis morgen warten, wollte so schnell wie möglich wieder bei Mora sein. Ihr Rucksack wog schwer auf ihrem Rücken. In der Dunkelheit konnte sie ihren Weg kaum ausmachen, und die schmalen Pfade schwankten unter ihren Füßen. Wenigstens war ihre Balance inzwischen besser geworden, und schließlich erreichte sie den versteckten Teil des Waldes, in dem Mora lebte.

Der Wald umfing sie mit einem Dickicht aus Baumstämmen und Schatten, versah ihren Pfad mit einem Dach, das aus einem Gewirr von Kiefernzweigen bestand. Während sie sich darauf konzentrierte, nicht von ihrem Weg abzukommen, raschelte und knackte es hinter ihr im Unterholz. Nach einer Weile kam es ihr vor, als würden die Geräusche ihr folgen – beinahe so, als wäre dort jemand, der sie beobachtete.

Fina sah zurück, spähte über ihre Schulter in das Gebüsch.

Es war nichts zu erkennen.

Für einen Moment dachte sie an Mora, an seine unsichtbare Gestalt. Sie wollte nach ihm rufen, damit er sich zu erkennen gab.

Doch wenn er es wäre, müsste sie ihn dann nicht sehen? Sie war in seinem Tarnkreis, er konnte nicht unsichtbar sein.

Fina hielt den Atem an. Das, was hinter ihr herschlich, fühlte sich fremd an, bedrohlich – nur die unteren Zweige der Büsche bewegten sich, machten ihr klar, dass es kein Mensch sein konnte.

Es ist ein Reh, ein Wildschwein, vielleicht sogar das Eichhörnchen. Fina versuchte, sich mit diesem Gedanken zu beruhigen. Doch ihr Verfolger verhielt sich nicht wie ein Tier: Er blieb hinter ihr, immer im gleichen Abstand. In regelmäßigem Rhythmus raschelten seine Schritte im Laub: Eins, zwei, eins, zwei …

Was auch immer sie verfolgte – es war klein und hatte zwei Beine. Und es war klug, denn es hielt immer dann an, wenn sie lauschte.

Fina lief schneller. Sie musste endlich die Höhle erreichen! Wo war sie nur? Musste sie nicht bald da sein?

Die Geräusche ihres Verfolgers verstummten, als wäre er weit hinter ihr zurückgeblieben.

Etwas Helles schimmerte vor ihr im Wald – Fina erkannte den Findling, der vor der Höhle lag, die dunkle Struktur der Baumwurzel, die Moras Höhle überdachte. Noch etwa hundert Meter, dann hatte sie es geschafft.

Plötzlich setzten die Schritte wieder ein, ein lautes Rascheln, das von hinten auf sie zuraste.

Finas Panik explodierte. Sie rannte los, wurde so schnell, als würde sie fliegen. Ihr Mund öffnete sich, wollte Moras Namen schreien. Doch ihr Schrei steckte fest. Nur ein heiseres Quietschen kam heraus.

Fina erreichte den Findling, den Eingang zur Höhle. Ohne anzuhalten, sprang sie hinein, fiel mit ihrem Rucksack nach hinten und rutschte durch den Erdgang, bis ihre Füße auf etwas Festes stießen. Moras Tür! Er hatte sie fertiggebaut.

Fina versuchte, auf die Füße zu kommen, versuchte, die Tür zu öffnen. Doch sie war verriegelt.

Das Rascheln erreichte den Tunnel.

Fina schrie: »Mora!« Ihre Fäuste trommelten gegen die Tür, ihre Stimme kreischte: »Mach auf! Mach mir endlich auf!«

Plötzlich gab die Tür nach. Fina stolperte in die Höhle, erkannte Moras Gesicht, Sekunden, bevor er sie auffing. Sein Atem streifte ihre Haare, seine Arme hielten sie fest.
Im nächsten Moment sprang er zur Tür, warf sie zu und legte einen Holzbalken davor, dann einen zweiten, einen dritten. Schwere Balken, die er seitlich mit dem Rahmen verkeilte.
Fina starrte darauf. »Was war das?«
Mora drehte sich zu ihr um. Sein Blick sprach von der furchtbaren Gefahr, der sie entgangen war. Doch er sagte kein Wort.
Finas Rucksack fühlte sich so schwer an, als müsste sie darunter zusammenbrechen. Sie öffnete die Schnallen, ließ ihn achtlos auf den Boden fallen. Doch ihre Beine blieben weich, ihre Stimme vibrierte: »Was zum Teufel war das? Es war klein und schnell! Es ist mir gefolgt!«
Moras Blick veränderte sich. Zorn erschien in seinem Gesicht, während er langsam auf sie zukam. »Wie kann sie nur im Dunkeln durch das Moor gehen? Kennt sie denn gar keine Gefahren? Gar keine Angst?« Seine Augen glühten so wild, dass Fina vor ihm zurückwich. »Wie kann sie so leichtsinnig sein? Wie kann sie ihr Leben so leichtfertig ausliefern?«
Fina stieß mit dem Rücken gegen die Höhlenwand. Mora holte sie ein, beugte sich zu ihr. Seine Stimme wurde leise: »Weiß sie denn nicht, wie schwach sie ist? Dass ihr Körper zerbrechen kann? Dass ihre Haut furchtbare Schmerzen fühlt, wenn man sie quält?« Sein Mund berührte ihre Haare.
Fina heulte auf. Sie ließ ihren Kopf gegen seine Schulter fallen. Sein Wollpulli kitzelte an ihrer Wange, seine Arme schlossen sich um ihren Rücken.
Fina konnte nicht aufhören zu schluchzen. Immer tiefer sickerten ihre Tränen in seinen Pulli, bis sie schließlich kaum

noch wusste, ob sie vor Angst weinte oder weil sie ihm endlich so nah war.

»Ich …«, flüsterte Mora. »Ich habe auf dich gewartet. Im Moor. Bis zum Dunkelwerden.« Er legte sein Kinn auf ihren Kopf, ließ sie fühlen, wie sein Mund vergeblich nach Worten suchte, bis er in seiner Sprechweise fortfuhr: »Er wollte sie begleiten, wenn sie kommt, wollte sie in keinem Moment allein lassen. Morgen früh wäre er wiedergekommen. Aber wie sollte er ahnen, dass sie sich in der Dunkelheit auf den Weg macht?«

Fina drückte sich noch enger an ihn, lauschte auf die pochende Angst in seinem Herzschlag. »Ich wollte noch heute wieder hier sein – und im Hellen hab ich es nicht mehr geschafft.«

Mora atmete aus, seine Hände zogen sie näher.

Fina schloss die Augen. Sie erhaschte seinen Geruch, die dunkle Note des Moores, ein salziges Aroma, von dem sie mehr wollte.

Plötzlich ließ Mora sie los. Er fiel neben seinem Feuer auf die Knie, krümmte sich nach vorne und verbarg den Kopf schützend unter seinen Armen.

Fina starrte ihn an. Ihre Nase war noch ganz von seinem Geruch erfüllt. Was war mit ihm los? Warum wich er zurück und warf sich auf den Boden?

Es war eine Falle! Zum ersten Mal seit langem kehrte dieser Gedanke zurück. Moras Geruch hatte sie ins Moor gelockt und in seinen Bann geschlagen. Er schaltete ihren Verstand aus und ließ sie jede Gefahr ignorieren. Um bei ihm zu sein, war sie bereitwillig ins Moor gesprungen – er musste sie nur in den Arm nehmen, und sie vergaß, dass sie verfolgt wurde, dass draußen im Wald eine Gefahr auf sie lauerte. So gierig war sie auf seine Nähe, dass sie gar nicht bemerkte, wie geschickt er ihren Fragen auswich.

Mora wusste, was dort draußen lauerte. Deshalb lag er jetzt auf den Knien, deshalb konnte er ihr nicht in die Augen sehen.

»Was war das für eine Kreatur?«, flüsterte Fina. »Auf zwei Beinen, aber unmenschlich schnell und kaum größer als ein Reh.«

Mora verharrte, ohne zu atmen, lag so regungslos da, als wäre er tot.

Fina fröstelte. »Du weißt, was das war, oder?«

Mora reagierte nicht.

Fina blickte zur Tür, zu den massiven Holzbalken, mit denen sie verbarrikadiert war. Sie ließ ihren Blick über das Fachwerk streifen, mit dem er die Höhle abgestützt hatte. Draußen, oberhalb der Höhle, war es still geworden, zu still.

Fina starrte auf Moras Körper, darauf, wie er am Boden lag. Sie kannte diese Haltung, kannte die Geste, mit der er sich unterwarf – nur um sie als Herrin zu bezeichnen.

Doch dieses Mal duckte er sich nicht vor ihr. Finas Blick glitt über seinen Körper hinweg zum Feuer und von dort aus zu dem Loch, das darüber in der Decke klaffte. Fast sah es so aus, als würden sich die Flammen dort oben spiegeln – in einem Paar riesiger Augen.

Fina schrie auf. Die Augen verschwanden. Etwas raschelte neben dem Loch, trappelte über die Höhle hinweg und brachte die Holzkonstruktion zum Beben. Sand rieselte zwischen den Stämmen hindurch, Laub wehte durch das Loch über dem Feuer herein und verbrannte in den Flammen.

Dann war es still.

Fina wurde schwindelig. Mora kannte das Wesen mit den riesigen Augen. Er warf sich vor ihm auf den Boden, als würde er ihm dienen.

Es war sein Herr!

Fina schnappte nach Luft, ein leises Winseln entwich ihr. Mora lag noch immer auf dem Boden. Sie betrachtete seine schwarzen Haare, die bräunliche Haut in seinem Nacken.

Es war eine Falle!

Finas Knie gaben nach, ließen sie auf den Boden sinken. Ein stilles Lachen zuckte durch ihren Körper, während sie allmählich begriff, was hier vorging. »Ich bin die Maus, Mora.« Sie beugte sich über seinen Nacken, atmete seinen Geruch ein und schloss die Augen. Sie war die Maus, die dem herrlichen Duft folgte, den der Speck verströmte, die gerade mit glücklichem Blick zubeißen wollte …

Mit einem bitteren Auflachen stieß sie die Luft durch ihre Nase aus. »Und jetzt ist der Weg hinter der Maus verriegelt, und sie sitzt mit dem Speck in der Falle.«

Das Lachen eroberte ihre Stimmbänder, verwandelte sich in ein irres Kichern, während sie sich wünschte, die Hand auf Moras Nacken zu legen. Sie wollte seine Haut mit ihren Lippen berühren. Er sollte wieder zu ihr aufsehen, sollte sie in den Arm nehmen und festhalten. Wer sonst sollte sie festhalten? Sie hatte nur ihn. Ganz gleich, welchem Herrn er diente.

Tränen strömten in ihre Augen. »Aber weißt du was, Mora? Der Maus ist es scheißegal, ob sie in der Falle sitzt – weil das dumme Vieh nur an den Speck denken kann.«

Mora hob den Kopf, seine schwarzen Augen sahen sie an. Fina war sich nicht sicher, ob er ihr Gleichnis verstand, das Geständnis, das darin lag. Sie war sich nicht sicher, was in diesem Moment wichtiger war – ihm nah zu sein oder der Gefahr zu entrinnen.

Schuld und Angst lagen in Moras Blick. Fina konnte nicht wissen, auf wessen Seite er stand, ob er sie beschützte oder auslieferte, ob er ihr Köder war oder ein Teil des Rudels, das Jagd auf sie machte.

Sie wusste nicht einmal, woher das Fleisch stammte, das Mora

in seinem Versteck aufbewahrte, das er in seinem Kessel kochte und ihr zum Essen servierte.
Fina heulte auf. Sie krabbelte nach hinten, bis sie an die Wand stieß. Er sah noch immer so schön aus, dass es weh tat, seine verstrubbelten Haare und die großen Augen. Seine Lippen bewegten sich in einem lautlosen Flüstern. Fast schien es ihr, als wollte er sich entschuldigen – nur dass er die richtigen Worte nicht finden konnte.
Fina schloss die Augen. Sie wollte ihn – immer noch. Mehr denn je.
Manche Mäuse holten sich den Speck und entkamen der Falle.

* * *

Der Geheime rannte schnell, noch schneller als zu anderer Zeit. Nur schwerlich konnte er das Lachen bezwingen, konnte seine Stimme kaum ruhig halten, während die Wut in seinen Händen zuckte. Im Vorbeilaufen riss er kleine Bäume aus dem Unterholz, rieb seinen glühenden Daumen über die Rinde. Er spürte die Gewalt, mit der das Gold aus der Spitze des Fingers floss, mit der es in die Holzmaserung eindrang und das saftige Leben erstickte. Er ließ seinen Goldzauber sprudeln, bis auch die letzte Zweigspitze in glänzender Schönheit erstarrte, schleuderte die goldenen Baumkinder gegen die nächste Eiche und sah ihnen nach: wie der Aufprall ihre Skelette verformte, ehe sie in grotesker Haltung zu Boden fielen.
Erst als er seinen Tarnkreis erreichte, verlangsamte der Geheime seine Schritte und versuchte, die Wut zu bezähmen. »Sein Plan ist ausgezeichnet, er gelingt bestens!«, zischte er in die Dunkelheit. »Er gelingt mehr als gut, er gelingt zu gut. Wie kann sich das einfältige Weibchen nur verlieben? In seinen un-

würdigen Diener!« Der Goldzauber in seinen Fingern kochte, wollte sich entladen, zerstören. »Von allen Menschenmännchen auf der Welt: Ausgerechnet in seine dreckigen Arme wirft sie sich!« Der Geheime hob einen Kiesel vom Boden, ließ das Gold hineinsprudeln und schleuderte ihn in die Ferne. »Mitleid sollte sie haben. Ein Mütterchen sollte sie sein!« Der Geheime wiegte den Kopf von rechts nach links. »Aber sie ...? Verwandelt das Menschenscheusal in ein hübsches Männchen. Schert ihm die Haare und den Bart und wärmt sich ihre Weibchengefühle an seiner Schönheit!« Der Geheime blieb stehen und schloss die Augen. »Törichtes, törichtes Weibchen! ... aber so ein Schönes ...« Er ließ ihr Bild in seiner Erinnerung aufflackern, ihre goldenen Haare, ihr weiches Antlitz ... ihre ängstlichen Augen, als sie ihn erblickte. Er sah sie vor sich, wie sie hilflos auf ihrem Lager lag, hörte ihre leisen Schreie, die sein Traum ihr entlockte. Er wollte den Ring berühren, wollte ihr einen Traum schicken, der so gewaltsam war, dass er selbst über ihren wachen Geist herfallen würde. Ganz leicht könnte er es tun, könnte ihr einen Irrsinn schicken, aus dem sie sich nicht mehr befreien konnte.

Erst im letzten Moment hielt er sich zurück, erinnerte sich daran, dass er einen Plan hatte, den er zu Ende führen musste. Nur so würde er sein Ziel erreichen.

»Sie gehört ihm!« Der Geheime spuckte auf den Waldboden. »Sie ist ihm versprochen! Und er wird sie bekommen!« Er erreichte seine Hütte, ließ die Hand über dem Türknauf innehalten. Der Goldzauber brodelte noch darin, würde alles verwandeln, was er berührte.

Endlich brach sein Lachen hervor, giggerte durch den Wald bis weit über das Moor. Was immer er heute gesehen hatte – es war von keiner Bedeutung.

Ganz gleich, ob es seinen Diener nach dem Weibchen verlang-

te, ganz gleich, ob das Weibchen seinen Diener liebte – nur er, der Geheime, würde seine Braut bekommen.
Sein Lachen erlosch und gab Platz für ein wohliges Schauern. Nicht mehr lange, und der Wert seines Dieners würde verbraucht sein. »Er wird Morasal ohnehin töten.« Mit einem zufriedenen Lächeln öffnete er die Tür seiner Heimstatt. »Sobald das Menschenscheusal seinen Auftrag erfüllt hat.«

14. Kapitel

Fina verdrängte die Gefahr, und Mora verlor kein Wort über den Zwischenfall. Nur die Tür am Eingang der Höhle blieb verriegelt, und das Feuer brannte lichterloh unter dem Abzug, während es draußen anfing zu schneien.

Der Schnee erinnerte Fina an Weihnachten. Sie glaubte nicht, dass Mora den Sinn eines solchen Feiertages bereits verstehen würde, doch sie wollte versuchen, wenigstens die feierliche Stimmung an ihn weiterzugeben. Also erklärte sie ihm am nächsten Abend, dass dies in ihrer Welt ein besonderer Tag sei, an dem man mit der Familie zusammensitze, etwas Leckeres esse und sich gegenseitig beschenke. Sie kochte Nudeln mit Tomatensoße, servierte es feierlich auf Goldtellern und setzte sich gemeinsam mit Mora auf die Schaffelle.

Er reagierte skeptisch auf die roten, glitschigen Nudeln, hielt sich den Teller vor die Nase und zuckte zurück wie ein Welpe, der zum ersten Mal Dosenfutter fressen sollte. Fina konnte ihr Kichern nicht zurückhalten, und schließlich lachte auch Mora. Es war ein unsicherer Laut, der noch ganz ungeübt klang und ein bisschen so, als wäre er überrascht über sich selbst.

Fina mochte sein Lachen. Er sah süß aus, wenn er lachte, ein neugieriges Leuchten flackerte in seinen Augen, und auf seinem Gesicht spiegelte sich die Weichheit, die er so selten zeigte. Er sah fast noch süßer aus, als er die Nudeln endlich probierte: wie er vorsichtig mit der Zunge dagegenstieß, bevor er sie in den Mund warf und hastig herunterschluckte. Schließlich lachte er lauter, überrascht und erleichtert, und erklärte ihr, dass ihre blutenden Nacktschnecken gar nicht so eklig wären. In diesem Moment klang er frei und unbeschwert, und Fina ließ sich von seiner guten Laune anstecken.

Nach dem Essen holte sie die Dinge aus ihrem Rucksack, die sie für ihn mitgebracht hatte. Sie schenkte ihm die Jeans, die T-Shirts und die Stiefel. Als er die Sachen schließlich angezogen hatte, sah er so überraschend nach einem normalen jungen Mann aus, dass Fina den Blick noch weniger von ihm abwenden konnte. In ihrer Welt wäre er einer von denen, die umschwärmt würden, einer, der sich vor Angeboten kaum retten könnte und selbstbewusst daraus wählte. Wenn sie ihm an irgendeiner Uni begegnet wäre, hätte sie wohl einen extragroßen Bogen um ihn geschlagen, aus Angst, er könnte ihr das Herz brechen.

Hier in der Höhle gehörten alle Chancen allein ihr. Und dennoch, oder vielleicht gerade deshalb, war ihr Herz in viel größerer Gefahr.

Sie bangte und hoffte, während sie Tag um Tag in der Höhle verbrachten. Fina spürte noch immer die Bedrohung, die draußen auf sie lauerte, hatte eine leise Ahnung von der Falle, in die sie gelockt worden war. Manchmal fragte sie sich, was Mora damit zu tun hatte. Diese Kreatur dort draußen musste sein Herr sein, aber Mora redete nicht darüber, und Fina wagte es nicht, ihn danach zu fragen. Sie wusste noch immer nicht, was die Kreatur eigentlich von ihnen wollte. Aber es musste schlimm sein, denn Mora hatte mindestens so große Angst vor der Bedrohung wie sie. Fina sah es an der Art, mit der er immer wieder zur Tür blickte oder die Konstruktion seiner Höhle begutachtete. Und ein- oder zweimal murmelte er etwas von dem Feuerholz und den Nahrungsvorräten.

Immer, wenn Fina darüber nachdachte, grub sich ein mulmiges Gefühl in ihre Magengegend. Moras Erdkeller lag mehr als einhundert Meter entfernt an einer geschützten Stelle im Unterholz. Auch der Holzschuppen war dort hinten – viel zu weit entfernt, solange die Kreatur dort draußen lauerte.

Dennoch würden sie irgendwann hinausgehen müssen, um Nahrung und Holz hierherzuholen. Aber Mora setzte keinen Fuß vor die Tür, und Fina wagte es nicht, ihn darauf anzusprechen.

Stattdessen blieben sie in der Höhle und ernährten sich sparsam, zunächst von dem, was Fina mitgebracht hatte, und von den angebrochenen Vorräten, die Mora in seiner Höhle lagerte. Auf diese Weise verbrauchten sie nach und nach das Gemüse, aßen Fladen aus Buchweizenmehl dazu und kochten jeden Tag ein kleines bisschen Milchreis. Mora liebte ihren Milchreis. Jedes Mal, wenn er ihn aß, umspielte ein weiches Lächeln seine Lippen, und je länger sie in der Höhle waren, desto häufiger hörte sie sein Lachen.

Mit jedem solcher Momente kroch ein aufregendes Gefühl durch ihren Bauch. Fina liebte sein Lachen – auch wenn sie ahnte, dass er vor allem deshalb lachte, um die Gefahr zu verdrängen.

Sie selbst wollte das Gleiche, und in Moras Gegenwart gelang es ihr, fast gar nicht mehr an die Kreatur zu denken. Viel lieber beobachtete sie Mora bei allem, was er tat. Doch ganz egal, was es war, er hielt immer einen sorgsamen Abstand zu ihr.

Fina träumte davon, ihm endlich näher zu kommen – aber sie wusste, dass sie den Abstand nicht brechen durfte. Noch nicht. Um sich abzulenken, schlüpfte sie in die Rolle der Lehrerin, und Mora saugte begierig alles in sich auf, was sie ihm erklärte. Er stellte ihr unzählige Fragen zu den Bildern, die sie ihm zeigte. Mit großen Augen blätterte er durch die Zeitschriften und schien sich kaum vorstellen zu können, in welcher Geschwindigkeit Autos fuhren. Er war erstaunt darüber, wie viele Menschen es gab, und meinte damit die Personen, die auf den Fotos abgebildet waren. Fina versuchte, ihm zu erklären, dass es noch Milliarden von Menschen gab, die sie beide niemals zu Gesicht bekommen würden, in allen Hautfarben und bis in jeden Winkel der Welt verstreut. Aber sie ahnte, dass es eine Dimension war, die Mora nicht einmal in Ansätzen begreifen konnte. Erst als sie ihm ein Bild der New Yorker Skyline zeigte und ihm erzählte, dass hinter jedem der winzigen Fenster in den riesigen Türmen ein Mensch wohnte, wurde Mora von einer Ehrfurcht ergriffen, die ihn nicht mehr loszulassen schien. Er blätterte alle Zeitschriften noch einmal durch und fragte sie bei jedem Haus, das er darin finden konnte, ob dort auch Menschen wohnten. Fina sah ihm von der Seite ins Gesicht, und sie glaubte, Tränen in seinen Augen schimmern zu sehen. Doch sie kamen nicht heraus.

Nach und nach erklärte Fina ihm, dass die Menschen in ihrer Welt über sich selbst bestimmen durften, dass die Kinder zwar bei ihren Eltern lebten und ihnen mehr oder weniger gehorchen sollten, dass sie aber zur Schule gingen und alles lernten, was sie über die Welt wissen mussten. Damit sie später, als Erwachsene, ihre eigenen Herren sein konnten, die sich selbst aussuchten, wie und wo und mit wem sie leben wollten.

Mora schien fasziniert zu sein von ihren Worten, und seine Sprache machte so schnelle Fortschritte, dass Fina es kaum glauben konnte – bis er tatsächlich fast immer in der Ich-Form redete. Nur wenn er aufgeregt war, rutschte ihm manchmal noch ein »es« heraus.

An dem Abend, als Silvester sein musste, wollte Fina versuchen, so lange wie möglich wach zu bleiben. Sie wollte lauschen, ob sie auch in Moras Höhle Raketen hören würde, ob es eine Verbindung zwischen ihren Welten gab. Vor allem aber wollte sie wissen, wie Mora darauf reagierte, falls er solche Spuren aus ihrer Welt wahrnehmen konnte. Doch der Abend schien sich endlos zu dehnen, und irgendwann fragte sie sich, wie spät es war. Ihr Handy hatte längst allen Strom verbraucht,

und das Display blieb schwarz, wenn sie versuchte, es einzuschalten.
Aber die Uhr in ihrer Kamera müsste noch funktionieren. Zum ersten Mal holte sie den Apparat aus ihrem Rucksack und hockte sich neben Mora. Sie schaltete ihn ein, und das Display leuchtete auf.
Ein leiser Schrei entwich Moras Kehle, er sprang auf und machte einen Schritt zurück.
Fina sah erstaunt zu ihm auf. Erst im nächsten Moment erinnerte sie sich daran, dass sie ihn bereits fotografiert hatte. Sie musste grinsen, als ihr klarwurde, welch tödlichen Schreck ihm der Blitz versetzt haben musste.
Sie deutete auf den Stapel von Zeitschriften, der neben ihr auf dem Boden lag. »Damit kann man solche Fotos machen, wie die in den Zeitungen. Guck, hier.« Sie stand wieder auf, stellte sich neben Mora und wollte ihm ein Foto zeigen.
Mora blickte vorsichtig in das Display und hielt erstaunt die Luft an. »Das ist das Moor!«
»Ja.« Fina lächelte. Sie fokussierte die Kamera auf das Feuer und machte ein Foto von der Höhle.
Mora zuckte im Blitzlicht zusammen. Doch schließlich verglich er das Bild mit der Wirklichkeit und sah Fina aus geweiteten Augen an. »Sie zaubert.«
Fina musste lachen. Sie war sich nicht sicher, ob Mora die Kamera meinte oder ob er vor Schreck in seine alte Sprechweise verfallen war. »Nein, sie zaubert nicht. Und ich zaubere auch nicht. Das ist reine Technik. Die Menschen haben jede Menge solcher Technik.« Fina versuchte, ihm zu erklären, wie eine Kamera funktionierte. Sie vereinfachte es an vielen Stellen und war sich nicht sicher, ob Mora es wirklich verstand. Aber in jedem Fall schien er seine Angst davor zu verlieren. Sie überließ ihm die Kamera und erklärte ihm, auf welche Knöpfe er

drücken musste, um sich die Bilder darin anzusehen. Schließlich stellte sie den Modus um und bat Mora darum, ein Foto von ihr zu machen.

Seine Hände zitterten, als er abdrückte – aber gleich darauf lachte er leise, während er ihr Bild auf dem Display betrachtete. Sein Zeigefinger strich darüber, und plötzlich wurde sein Blick so zärtlich, dass es ihr den Atem raubte.

Warum sah er die echte Fina nicht so an? Wäre es so schlimm, wenn sie sich näherkämen?

Fast musste sie lachen. War sie etwa eifersüchtig auf ihr eigenes Bild? Sie presste die Lippen zusammen und streckte die Hände nach der Kamera aus. »Darf ich ein Foto von dir machen?«

Er fuhr auf. Für einen Moment blieb die Zärtlichkeit in seinem Blick, während er ihr die Kamera reichte.

Fina wollte den Augenblick einfangen. Sie fokussierte schnell, sah nur von weitem auf das Display und drückte ab.

Mora zuckte zusammen unter dem Blitz. Dann lachte er auf, sein süßes, überraschtes Lachen, das seine Augen zum Leuchten brachte.

Fina drückte ein zweites Mal ab. Ein drittes Mal, weil er immer lauter lachte und dabei so glücklich aussah wie noch nie zuvor. Schließlich hörte sie auf, betrachtete die Bilder und drohte auf die gleiche Weise darin zu versinken wie Mora. Sie hatte die richtigen Momente erwischt. Die Fotos waren großartig: drei Bilder, die alles von ihm zeigten, was so besonders an ihm war, was ihn von jedem anderen jungen Mann unterschied, und weshalb sie wahnsinnig werden würde, wenn er sie nicht endlich berührte. Wenigstens sollte er sie in den Arm nehmen, so wie an dem Abend, an dem sie wiedergekommen war.

Finas Herz fing an zu rasen. Es kam ihr vor, als müsste Mora bemerken, wie verwirrt sie war. Sie wollte sich von den Fotos losreißen, erinnerte sich schließlich daran, warum sie die Ka-

mera überhaupt herausgeholt hatte: Sie wollte wissen, wie spät es war.
Es war weit nach Mitternacht. Silvesterraketen schien es in Moras Welt nicht zu geben.

* * *

Mora mochte Finas Zauberbilder, mochte sie genauso sehr wie ihre Zauberbücher, aus denen sie ihm wieder vorlas. Tagelang saßen sie sich gegenüber, und er hörte ihrem Wortstrom zu. Manchmal gab sie ihm die Kamera, und er betrachtete die Fotos, die zu ihren Worten passten, Bilder von einer jüngeren Fina, von Landschaften, Menschen und Städten, die es draußen in ihrer Welt zu geben schien. Immer tiefer versank er darin, bis er die Höhle und sein eigenes Leben fast vergaß. Er betrachtete auch Finas Mutter auf den Bildern, hörte die Gedanken des Mädchens dazu und erlebte das Auf und Ab, das sie beschrieb. Manchmal fühlte er die Geborgenheit, die eine Mutter geben konnte, fühlte die Sicherheit und Freundschaft, bis er sie schmerzlich vermisste, und dann wieder hasste er ihre Mutter, weil sie über Fina bestimmte, weil sie über sie herrschte und immer wieder alles auseinanderriss, was das Mädchen gerade glücklich gemacht hatte.
Tage und Nächte verschwammen ineinander, während Fina immer weiterlas und Mora nicht aufhören wollte, ihr zu lauschen. Immer ungehemmter fragte er sie nach den Worten, die er nicht kannte, und Fina erklärte ihm unermüdlich alles, was er wissen wollte.
Sie war so anders als sein Herr. So viel wärmer, schöner und um so vieles gütiger. Und je mehr sie über sich und ihr Leben vorlas, desto eher verstand er, was sie eigentlich war: eine junge Frau, die bis vor kurzem noch ein Kind gewesen war, ein Mäd-

chen, das sich in etwas Stärkeres verwandelt hatte und das sich nun von der Frau befreien wollte, die ihr Leben beherrscht hatte. Dabei steckte sie voller Wut auf ihre Mutter und war gleichzeitig erfüllt von der Furcht, ohne sie allein zu sein.

Mora erkannte sich selbst in ihr, seine eigenen Ängste. Doch trotz aller Ähnlichkeit war sie weder eine Dienerin noch eine Herrin, und auch nicht die Zauberin, für die er sie zuerst gehalten hatte. Ihre Worte waren keine Zauberformeln. Sie entstammten nur einer Technik, welche die Menschen erfunden hatten, um Gedanken festzuhalten, damit man sie für andere Menschen und zu späteren Zeiten wieder hervorholen konnte. Fina nannte es Schreiben und Lesen, und Mora wusste bald, dass er es auch lernen wollte.

Während sich die Schneedecke draußen immer dicker über die Höhle legte, verloren sie jegliches Gefühl für Tag und Nacht. Sie schliefen abwechselnd, Mora meistens dann, wenn Fina lange gelesen hatte, für eine kurze Schlafphase, bis ihn der erste Traum aufschrecken ließ – und Fina für lange Stunden, während er neben ihrem Lager saß und ihr Gesicht in Gold schnitzte.

Er konnte kaum aufhören, sie anzusehen – ihre rehbraunen Augen, wenn sie wach war, ihre goldgelben Haare, wenn sie las, und ihre weiche Haut, wenn sie schlief. Ihre Haut war etwas heller geworden, seitdem sie bei ihm war, fast blass und verletzlich im Vergleich zu seiner.

Mora wollte Fina beschützen, wollte für immer in ihrer Nähe sein – er wollte sie besitzen. Je länger sie zusammen in der Höhle saßen, desto stärker wurde das verbotene Gefühl. Immerzu wollte er sie berühren, wollte ihre Haut streicheln und wünschte sich, ihren Körper zu sehen.

Manchmal, während er ihr beim Schlafen zusah, wurde das Gefühl so stark, dass er es nicht mehr aushielt. Dann rollte er

sich unter seinen Fellen zusammen und ließ den Bildern freien Lauf. Er dachte daran, ihr ein Bad zu bereiten, stellte sich vor, dass er bleiben durfte, wenn sie in das Wasser stieg – um ihre Füße zu waschen, wie er es bei dem Herrn getan hatte. Nur anders, schöner … Er tauchte die Hände zu ihr ins Wasser …
Das Bild zerbarst, während sich das Gefühl entlud und er in sein Fell beißen musste, um nicht zu schreien.
Wenn es vorbei war, kam er sich schlecht vor. Er war zu schwach, um dem Gefühl zu widerstehen, nicht würdig, um in ihrer Nähe zu sein. Er durfte die junge Frau nicht besitzen, zu der sie geworden war. Sie gehörte niemandem. Sie war frei.
Doch ganz gleich, was er sich vornahm: Nacht für Nacht wiederholte sich dieser Moment. Immer schlechter konnte er das verbotene Gefühl bezähmen, und immer grausamer drehten sich die Schuldgefühle in seinen Gedanken, während sich die Gier seines Körpers in die Dunkelheit entlud.
Es war eine dieser Nächte, in der ihn hallendes Gelächter aufschrecken ließ. Mora zuckte unter seinem Fell zusammen. Er wusste sofort, wem die Stimme gehörte: Es war sein Herr, dessen Lachen über der Höhle durch den Wald wehte.
Mora richtete sich auf. Die letzten Reste des verbotenen Gefühls pulsierten noch durch seinen Körper, während er angespannt lauschte. Ein lautes Tosen fauchte durch den Wald, ein orangefarbenes Flackern reflektierte an den Bäumen, die er durch die Luke oberhalb seiner Feuerstelle sehen konnte.
Doch es war nicht sein Feuer, das sich dort oben spiegelte – es war ein größeres Feuer!
Mora sprang auf, zog sich hastig an und lief zur Tür. Mit fliegenden Händen warf er die Riegel zur Seite, zog die Tür auf und hechtete durch den Tunnel nach draußen.
Als er oben ankam, sah er das Feuer: Riesige Flammen loder-

ten aus seinem Holzschuppen, fraßen den Unterstand mitsamt dem Feuerholz. Sie verschlangen das Gebüsch, in dem der Schuppen verborgen lag, und griffen auf den Erdkeller über, der sich direkt daneben befand.

Moras Knie wurden weich, sein Atem flüsterte und formte sich zu einem »Nein«, das inmitten des Feuersturms unterging.

Noch immer hallte das Gelächter des Geheimen durch den Wald. Seine kleine, zähe Gestalt tanzte um das Feuer herum, drehte sich und sprang im Kreis.

Moras Beine gaben nach, er sackte auf die Knie und war unfähig, etwas anderes zu tun, als auf das Feuer zu starren. Niemals hätte er geglaubt, dass der Herr so etwas tun würde. Er mochte seinen Diener schlagen und seinen Körper versehren, aber dass er Vorräte vernichtete, dass er die Grundlage ihres Überlebens zerstörte ... Der Herr selbst hatte Mora gelehrt, Nahrung zu heiligen, kein Körnchen davon zu verschwenden und die Bäume zu ehren, die ihr Holz hingaben, um ihnen Wärme zu spenden.

Mora hatte früh gelernt, sich nach diesen Regeln zu richten, und konnte nicht fassen, was vor seinen Augen geschah. Es musste einer der Träume sein, mit denen der Herr ihn heimsuchte. Eine kleine Quälerei, die sich anfühlte wie die Wirklichkeit und die seinem Herrn Spaß bereitete.

Doch während der Geheime aufhörte zu tanzen, während er sich vom Feuer löste und in Moras Richtung drehte, begriff Mora, dass es kein Traum war. Es war ein Angriff! Ein Hieb, der auf seinem Rücken niederging und ihn in den Gehorsam zurückzwang. Seit er allein in der Höhle lebte, hatte er eigene Entscheidungen getroffen. Mit diesen Vorräten hatte er ein eigenes Leben begonnen, so wie Fina ihr eigenes Leben angefangen hatte, als sie vor ihrer Mutter davongelaufen war. Mora begriff zum ersten Mal, was er unter seiner Einsamkeit nicht

bemerkt hatte: Er war frei gewesen! So frei sogar, dass er mit einem Weibchen in seiner Höhle leben konnte.
Zum allerersten Mal hatte er etwas besessen, was über sein nacktes Leben hinausging. Und jetzt, noch ehe er sich über seine Freiheit klargeworden war, hatte er sie auch schon wieder verloren.
Der Geheime blieb auf halbem Weg in seine Richtung stehen. Er stemmte die Hände in die Hüften und strich über den Knauf seiner Peitsche. Dann warf er den Kopf in den Nacken und stieß ein gellendes Lachen aus.
Mora sprang auf. So viel war von seiner Freiheit noch geblieben, dass er sich nicht ergeben würde, nicht hier und jetzt, nicht solange Fina schutzlos in seiner Höhle lag, nicht, solange er nicht verhungert, verdurstet oder erfroren war. Zum ersten Mal in seinem Leben würde er sich nicht unter dem Angriff ducken, sondern ihm trotzen – denn dieses Mal ging es nicht um ihn. Es ging um Fina!
Mora drehte sich um und sprang in den Tunnel. Er rutschte hinab, lief durch die Tür und warf die Riegel in die Verankerungen. Doch das Lachen des Geheimen hallte ihm durch den Tunnel nach, flatterte über ihm durch den Wald und sprang durch die Öffnung über dem Feuer herein.
Auch wenn Mora sich noch nicht ergeben wollte – er wusste, dass er bereits verloren hatte. Es war nur noch eine Frage der Zeit.
Sein Blick fiel auf Fina. Sie lag auf ihrem Lager und schlief, so vertrauensselig, dass sie von alldem nichts mitbekommen hatte.
Mora spürte, wie seine Beine wieder nachgaben. Er stolperte die letzten Schritte und ging neben ihr auf die Knie.
Sie lag auf der Seite, ihr Gesicht schmiegte sich in ihre Ellenbeuge, und ihre Hand ruhte daneben auf dem Fell. Mora konn-

te sich nicht länger zurückhalten. Er musste sie berühren, nur dieses eine Mal. Er streckte seine Hand aus, strich vorsichtig über ihre Finger und spürte, wie sein Körper weich wurde. Ohne es zu wollen, ließ er sich neben ihr auf den Boden fallen und betrachtete ihre Hand vor seinem Gesicht. Wärme strahlte von ihr ab. Mora schloss die Augen, rückte noch ein kleines bisschen näher und legte seine Wange in ihre Handfläche. Sie fühlte sich weich an, warm, so gütig wie ihr Blick, wenn sie lächelte.

Die Nähe rieselte mit einem sanften Schmerz durch seinen Körper. Ihre Haare dufteten noch immer nach Blumen, ihr Atem strich über seine Haut.

Als er die Augen wieder öffnete, war ihr Gesicht direkt vor ihm! Er müsste nur seine Hand ausstrecken, um Fina in den Arm zu nehmen, müsste kaum eine Nasenlänge näher rücken, um ihr Gesicht mit seinem Mund zu berühren. Obwohl er das verbotene Gefühl gerade erst gestillt hatte, wollte er sie erneut besitzen. Aber dieses Mal war es sein Herz, das schmerzhaft in seiner Brust schlug und sie für immer bei sich haben wollte.

Doch er war ihrer nicht wert. Er hatte nicht richtig für sie gesorgt, hatte sie nicht ausreichend beschützt. Er hätte bemerken müssen, wie sehr er den Herrn erzürnte, als er die Tür gebaut hatte – und er hätte wissen müssen, wozu der Geheime in seinem Zorn fähig war.

Er hätte die Vorräte schon viel eher in die Höhle holen müssen! Vielleicht hätte der Herr ihn dort oben gejagt und bestraft – aber dieses Risiko hätte Mora eingehen müssen. Stattdessen hatte er sich hier unten mit Fina versteckt, hatte mit ihr zusammen von einem fremden Leben geträumt, das niemals seines werden würde. Es war schön gewesen, das Schönste, was er je erlebt hatte – doch jetzt musste er die Konsequenzen für seinen Leichtsinn tragen.

Mora betrachtete Finas Gesicht im flackernden Licht des Feuers. »Es ist meine Schuld«, flüsterte er. »Alles, was heute Nacht geschehen ist – und alles, was noch geschehen wird.«
Plötzlich wünschte er sich, dass sie aufwachte, dass sie ihn so nah bei sich liegen sah und ihn für seine Schuld bestrafte. Sie sollte ihn schlagen, wie der Herr es tat, sollte ihn die Schuld spüren lassen und ihm jegliches Gefühl austreiben.
Doch Fina wachte nicht auf. Sie murmelte nur ein unverständliches Wort, und ihre Finger bewegten sich an Moras Wange. Es fühlte sich an wie ein Streicheln, ehe ihre Gesichtszüge sich wieder entspannten und ihre Hand zurück ins Fell sank.

* * *

Als Fina die Augen aufschlug, erkannte sie Moras Gesicht. Er schlief kaum eine Handbreit von ihr entfernt, sein Atem streifte ihre Haare, seine Finger ruhten auf ihrem Arm.
Ein weiches Gefühl rieselte durch Finas Bauch. Er hatte sich zu ihr gelegt, mitten in der Nacht. Er berührte sie, zum ersten Mal seit langem. Was hatte das zu bedeuten?
Mora lag auf dem nackten Boden. Nur in seiner Kleidung … ohne seine Felle … als wäre er versehentlich dort eingeschlafen.
Lag er häufiger nachts neben ihr? In der sicheren Dunkelheit, wenn sie es nicht bemerkte?
Fina wünschte sich, dass er jetzt aufwachte, dass sie mit einem einzigen Blick klären würden, was sie füreinander empfanden.
Doch Mora wachte nicht auf, eine ganze Weile nicht, bis Fina es nicht länger aushielt. Sie streckte ihre Hand nach ihm aus, legte sie an seine Wange und fühlte seine rauhen Bartstoppeln unter ihren Fingern. Schließlich strich sie vorsichtig die Haare

aus seiner Schläfe und bemerkte eine kleine Narbe neben seiner Augenbraue.

Mora schreckte auf. Für eine Sekunde starrte er sie an, ehe er hochfuhr und vor ihr zurückwich. Dunkle Verzweiflung glühte in seinen Augen.

Plötzlich wusste sie, dass er nicht aus Liebe neben ihrem Lager geschlafen hatte. Mora sagte kein Wort, und dennoch erkannte sie an seinem Blick, dass heute Nacht etwas Schlimmes geschehen war.

Erst jetzt bemerkte sie den Brandgeruch, der in der Luft lag, viel stärker als der Geruch der Feuerstelle. Kurz darauf entdeckte sie die schwarzen Ascheflöckchen, die ihr Schaffell überzuckerten. »Was ist passiert?«

Mora keuchte auf. Er warf sich nach vorne und duckte sich vor ihr auf den Boden. »Es tut ihm so leid! Es ist alles seine Schuld!«

Finas Körper wurde steif. »Was ist deine Schuld? Was ist passiert?«

Mora schob die Arme über seinen Kopf und drückte sich noch tiefer auf den Boden. »Es ist alles niedergebrannt. Alle Vorräte sind vernichtet, das Holz … und der Erdkeller …«

»Niedergebrannt?« Fina sog scharf die Luft ein. Ihre Vorräte, das Holz? So ein Schuppen brannte nicht einfach so nieder. Jemand musste das Holz angesteckt haben.

Jemand – diese Kreatur! Das Wesen mit den großen Augen, das sie belagerte. Moras Herr!

Mit einem Schlag kehrte die Bedrohung in Finas Bewusstsein zurück. Wenn Moras Herr ihre Vorräte verbrannte, dann war es ernst, dann wollte er sie … Ja, was wollte er eigentlich? Fina versuchte, sich darüber klarzuwerden. Wollte er sie aushungern? Vielleicht sogar töten?

Und warum lag Mora so schuldbewusst vor ihr? Was hatte er damit zu tun?

Fina schüttelte unwillig den Kopf. Brannte so ein Erdkeller überhaupt? Müsste die Erde das Feuer nicht ersticken?

»Bestimmt ist noch etwas von den Vorräten übrig«, flüsterte sie.

Mora sprang auf. Eine Sekunde lang starrte er sie an – ehe er zur Feuerstelle lief und die glühende Asche zu einem kleinen Haufen zusammenschürte. In Windeseile schichtete er neues Holz darauf und pustete so hektisch gegen die Glut, dass Fina seinen Schwindel beinahe mitfühlen konnte.

Was bedeutete das alles? Was sollten sie tun, wenn sie tatsächlich keine Vorräte mehr hatten?

Fina starrte Mora an, beobachtete seine Verzweiflung, mit der er an dem kleinen Feuer hantierte, mit der er schließlich zu seiner Wandnische lief und die letzten Vorräte durchzählte. Sie versuchte zu verstehen, was es bedeutete, keine Nahrung mehr zu haben – aber alles, was ihr einfiel, war die Tatsache, dass nur ein Moor zwischen dieser Welt und ihrer Menschenwelt lag. Sie brauchten nur einen Beutel mit Salz und einen Moment, in dem die Kreatur nicht dort draußen lauerte. Dann würden sie entkommen können.

* * *

In den nächsten Tagen suchte Fina immer wieder nach einer Gelegenheit, um Mora ihren Vorschlag zu unterbreiten. Aber Moras düsterer Blick vertrieb jede Vertrautheit, die zwischen ihnen geherrscht hatte. Er redete kaum noch und antwortete mit keinem Wort, wenn sie ihn etwas fragte. Manchmal blätterte er lustlos in den Zeitschriften, die sich neben seinem Lager stapelten. Aber er stellte keine Fragen mehr, und als Fina ihm etwas vorlesen wollte, bedeutete er ihr, dass sie aufhören solle. Stattdessen bewies er ein bemerkenswertes Talent darin, nichts

zu tun. Den größten Teil des Tages saß er einfach nur da und sah so aus, als würde er nicht einmal etwas denken.
Fina wurde fast wahnsinnig von seinem Schweigen, manchmal war sie kurz davor, ihn anzuschreien oder etwas nach ihm zu werfen. Und dann wieder fragte sie sich, was in ihm vorging, welches Gefühl so stark war, dass es ihn erstarren ließ.
Die einzigen Stunden, in denen Mora aus seiner Starre zurückkehrte, waren die, in denen sie etwas kochten und aßen. Aber während sie nach und nach das letzte Buchweizenmehl und die letzten Kartoffeln verbrauchten, wurden auch ihre Mahlzeiten immer kürzer. Als ihnen schließlich nur noch ein paar getrocknete Beeren und Nüsse blieben, rührte Mora sich kaum noch auf seinem Lager. Das einzige Geräusch, das von ihm ausging, war das gelegentliche Knacken der Nüsse in seinen Händen. Jede zweite Nuss reichte er an Fina weiter, so mechanisch wie ein lebloser Roboter.
Erst jetzt fing Fina an zu begreifen, was es in Moras Welt bedeutete, mitten im Winter keine Nahrung mehr zu besitzen. Sie lebten noch, waren bei voller Gesundheit und klarem Bewusstsein – und gleichzeitig bereits dem Tode geweiht.
Waren das die Gedanken, die in Moras Kopf kreisten? Die seinen Antrieb zum Stillstand brachten? Bedeutete das, dass Moras Herr sie tatsächlich töten wollte? Oder wollte er sie nur aus ihrer Höhle hervorlocken?
Fina wusste es nicht. Sie wusste nur, dass sie es bald wissen würde. Auch das Wasser ging allmählich zur Neige, und schließlich wurde das Feuerholz so knapp, dass sie sich unter ihre Felle kuscheln mussten, um nicht zu erfrieren.
Es war ein eisiger Morgen, als es dem Schnee zum ersten Mal gelang, über der schwachen Glut in die Höhle zu rieseln und neben dem Feuer auf dem Boden zu landen. Finas Magen schmerzte vor Hunger, und trotz der Felle war ihr so kalt, dass

sie es kaum aushielt. Mora hockte noch immer mit abwesendem Blick auf seinem Lager und sah so aus, als würde er auf sein baldiges Ende warten.
Plötzlich erwachte ein dunkler Trotz in Fina. Sie konnte Moras Regungslosigkeit nicht länger dulden. Er sollte irgendetwas sagen, irgendetwas tun, egal was. Und sie musste ihn dazu bringen!
Mit einem entschlossenen Ruck stand sie auf, hockte sich zu Mora und schlüpfte mit den Beinen unter seine Felle.
Er zuckte zusammen, wich ihrer Berührung aus und starrte sie erschrocken an.
»Ich bin vielleicht eine dumme Maus in der Falle«, knurrte Fina grimmig. »Aber ich werde nicht sterben, ohne zu zappeln.« Sie tippte ihm an die Schulter. »Und du auch nicht! Hast du das verstanden?«
Moras Augen wurden noch größer, dennoch sah er nicht so aus, als hätte er etwas verstanden. Vielmehr schien es, als wäre er noch immer weit entfernt und müsste erst ganz langsam zu ihr zurückkehren.
Finas Wut kochte auf, das Bedürfnis, ihn anzuschreien: »Mora, wo bist du?« Sie packte seine Schultern und rüttelte ihn. »Wir können hier nicht länger sitzen bleiben! Wir haben nichts mehr zu essen, kein Holz mehr, um zu heizen, und kaum noch was zu trinken. Draußen lauert zwar irgendeine Kreatur auf uns, aber wenn wir hier unten bleiben, sind wir schon so gut wie tot. Wir müssen raus, Mora! Wir müssen sehen, ob noch ein kleines bisschen von unseren Vorräten geblieben ist.«
Mora blinzelte, ein Krausen huschte über seine Stirn.
»Ach! Verflucht!« Fina ließ ihn los. Plötzlich musste sie an ihre Notreserve denken, an das, was sie bis ganz zum Schluss aufbewahrt hatte. Sie schlug das Fell zur Seite, ging bibbernd zu ihrem Rucksack und holte die beiden Schokoriegel heraus.

Schließlich schlüpfte sie zurück zu Mora, dieses Mal noch ein kleines bisschen näher. »Hier.« Sie warf ihm einen der Schokoriegel zu. »Damit du wieder auf die Beine kommst. Das ist ziemlich nahrhaft.«

Mora nahm den Riegel in die Hand und schaute ratlos darauf.

»Du musst ihn aufmachen!« Fina riss ihn aus seinen Fingern, öffnete das Papier und gab ihm die Schokolade zurück. »Und jetzt essen!«

Mora hielt die Schokolade an seine Nase, biss schließlich vorsichtig hinein – und stöhnte auf, sobald er anfing zu kauen. Es war dieser Moment, in dem sich sein Blick veränderte, fast so, als würde er aufwachen. Mit einem seltsamen Wimmern senkte er den Kopf und duckte sich unter seine Arme. »Es tut mir so leid«, flüsterte er. »Ich wollte dich beschützen, ich wollte für uns kämpfen. Aber es gibt nichts – rein gar nichts, was ich tun könnte, ohne dich in noch größere Gefahr zu bringen.«

Fina musste schlucken. Plötzlich wusste sie, was es bedeutete: Jeder Schritt, den sie nach draußen wagten, würde sie tatsächlich in Lebensgefahr bringen. Hier unten waren sie am sichersten gewesen – zumindest bis zu diesem Moment.

Doch jetzt gab es nur noch die Wahl zwischen dem sicheren Tod durch Verdursten – oder dem wahrscheinlichen Tod durch die Hände der Kreatur.

Als Mora zu Fina zurücksah, glühte noch etwas in seinen Augen, eine dunkle Gier, die sie kaum deuten konnte. Er biss erneut in seinen Schokoriegel – und auf einmal wusste sie, was das Glühen bedeutete: Es war Hunger, nackter, blutiger Hunger, den ein winziger Schokoriegel sicher nicht stillen würde.

Die Spucke lief in Finas Mund zusammen, eine schmerzhafte Welle zuckte durch ihren Magen. Hastig biss sie in ihre eigene Schokolade, kaute auf den Nüssen und schmeckte das süße Karamell. Die Glut in ihrem Körper flammte auf. Sie wollte

mehr davon, mehr Schokolade, mehr von den Nüssen, um sie zwischen ihren Zähnen zu spüren. Innerhalb weniger Sekunden hatte sie den Riegel verschlungen, während sie aus den Augenwinkeln wahrnahm, dass Mora das Gleiche tat.
Kurz darauf war der letzte Schokoladenkrümel verschwunden. Einzig die Gier zuckte noch durch Finas Körper und glühte in Moras Augen. Sie verlangte nach mehr, drohte sich zu verwandeln. Fina streckte ihren nackten Fuß aus, legte ihre Fußsohle gegen Moras Knöchel. Wenn es schon nichts zu essen mehr gab, wollte sie wenigstens seine Wärme, seine Nähe, wollte wenigstens eine andere Art von Hunger stillen.
Womöglich war dies die dritte Wahl, die sie hatten: »Das Wasser reicht noch für ein oder zwei Tage«, schlug sie leise vor. »Wenn wir dicht beieinanderliegen, halten wir es vielleicht noch so lange aus.«
Moras Atem überschlug sich, formte sich zu einem verzweifelten Lachen. Sekundenlang schien er mit sich zu kämpfen, ehe seine Füße ihr entgegendrängten. Sein Bein streifte ihres, legte sich darüber. Für einen Moment beugte er sich über sie, als wollte er sie küssen, seine Hände suchten nach ihrem Körper, streiften ihren Arm …
Mora sprang auf, blickte keuchend auf sie herab. »Es tut ihm leid!«, stammelte er. »Seine Gedanken sind … Ich bin …« Er sprach nicht weiter.
Fina schloss die Augen. Er wollte sie! Plötzlich wusste sie es. Er verlangte genauso stark nach ihr wie sie nach ihm. Allein aus diesem Grund waren sie noch gemeinsam hier, bereit, zu verdursten, zu verhungern und zu erfrieren. Wenn er nicht so fühlen würde, hätte er sie längst ausliefern können – und wenn sie nicht so verliebt wäre, hätte sie längst versuchen können zu fliehen.
»Du hast recht.« Moras Stimme unterbrach ihre Gedanken.

»Wenn wir hier unten bleiben, sind wir schon so gut wie tot.« Plötzlich erschien sein Blick so klar, als wäre er niemals abwesend gewesen. Er schaute beunruhigt zwischen dem Loch in der Decke und der letzten Glut des Feuers hin und her. »Wir brauchen Feuerholz.«

Fina schauderte. Sie folgte seinem Blick zu der Luke, und auf einmal begriff sie, was ihr größtes Problem war: Dort oben hatte die Kreatur mit den riesigen Augen gesessen. Wenn das Feuer erst erloschen war, wurde das Loch zum Eingang.

Ein scharrendes Geräusch ließ Fina zusammenzucken. Mora wirbelte herum.

»Was war das?« Finas Stimme zitterte.

Mora hob die Schultern. Er legte den Kopf zur Seite und blickte auf die Tür.

Wieder scharrte es, nur ganz leise, etwas Kleines, das am Fuß der Tür hockte. Ein gedämpftes Keckern drang durch das Holz.

Das Eichhörnchen! Fina lachte auf.

Mora ging zum Eingang, hob die Holzbalken aus ihrer Verankerung, und kurz darauf huschte das Tierchen herein. Es lief an Moras Hose hinauf, wuselte über seine Arme, während er hastig die Tür versperrte.

Mora zupfte es von seiner Schulter, nahm es auf die Hände und kraulte es am Hals. Ein Lächeln huschte über sein Gesicht, sein warmer Blick, den er für das Tier bereithielt.

Als er über den Nacken des Eichhörnchens streichelte, verschwand das Lächeln. Seine Hand wurde langsamer, hielt am Genick des Tieres inne, während der Hunger in seinen Augen aufglühte.

Fina erstarrte. »Mora?«

Er reagierte nicht. Sein Blick wurde abwesend, er schloss die Hand um das Genick.

»Mora, nein!« Fina sprang auf. »Wir können es nicht essen, nicht das Eichhörnchen! Du magst es, es hat dein Leben gerettet!«
Moras Blick klarte auf, seine Hand zuckte zurück. Hastig öffnete er die Tür und setzte das Eichhörnchen in den Tunnel. »Es soll verschwinden! Lauf es weg und komm nicht wieder!« Er rief ihm nach, schob die Tür zu und warf die Holzbalken davor. Für einen Moment hielt er sich daran fest und lehnte die Stirn an den Türrahmen.
Der Schrecken saß Fina noch in den Knochen. Wenn sie ihn nicht daran gehindert hätte – hätte er das Eichhörnchen tatsächlich getötet?
»Wir müssen Wasser holen«, flüsterte Mora. »Wir müssen neues Feuerholz schlagen und sehen, ob doch noch etwas von den Vorräten übrig ist.« Er löste sich von der Tür, sein Blick wanderte die Decke entlang, fast so, als könnte er die Gefahr dort oben orten.
Fina tat es ihm gleich und lauschte. Doch sie konnte nichts hören. »Meinst du, dein Herr ist im Moment dort draußen?«
Mora fuhr herum, starrte sie überrascht an.
»Ich weiß, dass es dein Herr ist, auch wenn du nie darüber redest.« Fina hielt seinen Blick fest. »Was will er von uns? Will er uns töten? Uns essen? Sollen wir ihm dienen, oder will er uns nur quälen?«
Winzige Muskeln zuckten an Moras Wangen, während er mit den Zähnen knirschte. Fina glaubte nicht daran, dass er ihr antworten würde. Doch schließlich schüttelte er den Kopf: »Ich weiß nicht, was er will. Er hat es mir noch nicht gesagt.«
Fina schluckte. »Noch nicht? Das heißt also, er wird es dir noch sagen?« Plötzlich klärte sich der Gedanke, der ihr schon die ganze Zeit im Kopf herumspukte: »Oder will er nur mich?«
Mora starrte sie für eine Sekunde an. Dann schaute er mit kon-

zentriertem Blick zur Decke. »Er ist nicht da, wir können nach draußen. Aber wir müssen schnell sein und immer nach Spuren Ausschau halten. Der Schnee ist frisch. Er wird uns helfen.« Mora sah sie wieder an. »Und du bleibst immer bei mir, Fina. Lass dich nicht von mir weglocken und lauf nicht davon, wenn du Angst hast.« Er atmete tief ein. »Wenn er jagt, trennt er seine Beute von der Herde.«
Fina schauderte. Plötzlich wirkte Moras Blick, als würde er sie zum letzten Mal ansehen. Er kannte seinen Herrn gut, kannte das ganze Ausmaß der Bedrohung – und gab trotzdem nur kleine Stücke davon preis.
»Dein Herr ist kein Mensch, oder?«
Mora zögerte. »So wie du und ich?« Er schüttelte den Kopf: »Nein!«
»Was ist er dann?«, flüsterte Fina.
Moras Blick wurde hart. Er wandte sich von ihr ab, zog die Stiefel an, die sie ihm geschenkt hatte, und band die Schleifen so geschickt, als beherrschte er dies schon seit seiner Kindheit. Dann ging er zur Tür und fing an, sie zu entriegeln.
Während sie hastig ihre Schuhe anzog, holte Mora eine Axt aus der Ecke der Höhle. Er hob den letzten Holzbalken an und winkte sie zu sich. Schließlich zog er die Tür auf, drehte sich zu ihr um und griff nach ihrer Hand. Eine Mischung aus Zärtlichkeit und Schuld lauerte in seinem Blick. »Er ist meine Familie, Fina.«

15. Kapitel

Panische Angst erfüllte Fina, als sie nach draußen traten. Der Waldboden erstrahlte in einem grellen Weiß, und die Luft war klar und klirrend kalt. Kleine Wölkchen stießen aus ihrem Mund, und Moras letzter Satz schrie durch ihre Gedanken. Plötzlich fürchtete sie, dass er sie nach draußen führte, um sie auszuliefern, aus Loyalität zu seiner *Familie* – um sich selbst freizukaufen und seinem Herrn zu gefallen. Warum sonst sollte er das gesagt haben? Woher sonst sollte die Schuld in seinem Blick rühren? Es würde sogar erklären, warum er in den letzten Tagen so starr gewesen war – weil er diese Entscheidung treffen musste.

Fina wollte ihn danach fragen, wollte ihn anschreien. Doch Mora stand so still neben ihr, dass sie es nicht einmal wagte zu flüstern. Sie wollte sich losreißen und durch das Moor davonlaufen. Aber er hielt ihre Hand so fest, dass sie sich kaum herauswinden könnte.

Groß und aufrecht stand er da, während sein Blick den Wald absuchte. Die Axt ruhte auf seiner Schulter, und seine Muskeln bebten vor Anspannung. Er schien bereit, jeden Moment zu kämpfen und zu töten – und Fina konnte nur noch hoffen, dass er doch auf ihrer Seite stand.

Sie folgte seinem Blick und versuchte, das zu sehen, wonach er Ausschau hielt. Doch alles, was ihr auffiel, war die Asche. Nach dem Brand musste sie überall gewesen sein, aber der Neuschnee der letzten Tage hatte sie überdeckt. Nur unter den Bäumen, wo die Schneedecke dünner war, schimmerte der Schnee gräulich, und das Gebüsch, neben dem bis vor kurzem noch der Holzschuppen und der Erdkeller gestanden hatten, bestand nur noch aus schwarzen Baumskeletten und verkohlten Trümmern. In einem breiten Radius war der Boden schwarz, so als wäre selbst der Neuschnee in der Glut der Asche geschmolzen. Fina starrte auf die Stelle, wo der Erdkeller gelegen hatte – aber von ihm war nur eine schwarze Erhebung übrig geblieben. Offensichtlich hatte er doch gebrannt, vermutlich die Holzkonstruktion, die das Erddach abgestützt hatte.

Mora ging einen Schritt voran und riss Finas Aufmerksamkeit von dem Unglücksort fort. Sie bemerkte, wie er auf den Boden sah und im Schnee nach etwas suchte. Schließlich zog er Fina zu einer seltsamen Unebenheit, die kaum zehn Meter von der Höhle entfernt war. Er hockte sich daneben und wischte den frischen Schnee mit einer lockeren Handbewegung zur Seite. Darunter kamen aschgraue Abdrücke zum Vorschein: von großen, nackten Füßen.

Fina schauderte. Es waren viele Abdrücke, knapp versetzt nebeneinander, als hätte die Person unruhig auf der Stelle getreten.

Moras Blick folgte einer Fährte aus ähnlichen Dellen, die sich von der Höhle entfernte. »Gestern Nacht.« Weißer Atemhauch wich aus seinem Mund. Er stand wieder auf, schaute in die Ferne, als wollte er jeden Winkel des Waldes untersuchen. »Achte auf solche Spuren, Fina. Wenn er kommt, dann werden wir ihn nicht sehen. Aber er wird diese Spuren in den Schnee setzen. Sie werden dunkler sein als die weiße Fläche, weil der Schnee unter seinen Füßen schmilzt und sich mit der Asche vermischt.« Mora sah sie wieder an, der Druck seiner Hand wurde stärker. »Und lass dich nicht täuschen. Du wirst ihn nur hören, wenn er es wünscht, wenn er vorhat, dir Angst zu machen. Wenn er dich wirklich jagen will, ist er lautlos.«

Fina fing an zu zittern. Plötzlich schien die Kälte sie durch ihre Jacke anzugreifen. Mora wollte sie nicht verraten, er kämpfte

auf ihrer Seite. Doch dafür schien ihr Gegner tatsächlich so gefährlich zu sein, wie sie es geahnt hatte.
Mora legte die Axt auf den Boden und fasste sie an den Schultern. »Du hältst Ausschau, und ich arbeite. Einverstanden?«
Fina sah sich um, versuchte, sich vorzustellen, wie es aussehen würde, wenn sein Herr weiter hinten durch den Schnee lief. Sie fragte sich, ob sie die Spuren von weitem überhaupt erkennen konnte – oder ob sie die Fährte erst bemerken würde, wenn es zu spät war.
»Einverstanden?« Moras Stimme war drängend.
Fina nickte hastig. Ihr blieb keine andere Wahl. »Ich werde es versuchen. Aber sieh dich bitte auch zwischendurch um. Ich weiß nicht, ob ich das so gut kann.«
Mora lächelte. »Meine Augen werden überall sein.« Er ließ ihre Schultern los, packte stattdessen ihre Hand und rannte mit ihr zu den schwarzen Aschetrümmern.
Sobald er sie losließ, wurde er schnell, schneller, als sie es jemals bei einem Menschen gesehen hatte.
Für einen Augenblick vergaß Fina ihre Aufgabe, während sie ihm zusah, wie er sich neben dem Erdkeller in die Kohle fallen ließ und rasend schnell mit den Händen in den Trümmern buddelte. Er schaufelte verbrannte Erde und verkohltes Holz zur Seite und stieß auf schwarze Überreste, die sich kaum noch identifizieren ließen. Womöglich waren es tatsächlich die Überreste ihrer Vorräte – aber was genau, konnte Fina nicht sagen, und Mora warf es so achtlos zur Seite wie das verkohlte Holz. Erst als er ein paar schwarze Kugeln in der Hand hielt, ahnte Fina, dass es Kartoffeln sein mussten. Mora zog in Windeseile seinen Pulli und sein T-Shirt aus, wickelte die verkohlten Kartoffeln in das T-Shirt, knotete es zu einem Sack zusammen und warf ihn Fina zu. Sekunden später hatte er seinen Pulli wieder angezogen und war mit der Axt bei

dem verkohlten Gebüsch. Er schlug einen Ast nach dem anderen ab, zerlegte die Büsche mit wenigen gezielten Hieben in handliche Stücke und sammelte das angebrannte Holz auf einem Haufen.

Erst jetzt fiel Fina wieder ein, was sie eigentlich tun sollte. Sie drehte ihren Rücken in Moras Richtung und ließ ihren Blick durch den Wald schweifen. Mit langsamen Schritten umrundete sie das niedergebrannte Gebüsch, dessen Reste Mora abholzte, ließ ihren Rücken in seiner Deckung und spähte in die Ferne. Dabei wusste sie noch immer nicht genau, wonach sie Ausschau hielt. Nach irgendeiner Bewegung, einer Veränderung im Schnee. Sie hoffte inständig, dass sie nicht finden würde, wonach sie suchte – und fürchtete gleichzeitig, die entscheidende Spur zu übersehen. Jedes Knacken, das Moras Schlagrhythmus widersprach, ließ sie zusammenzucken. Doch die meisten Geräusche wurden von seinem Lärm überdeckt.

Fina glaubte nicht, dass er auch Ausschau hielt. Er arbeitete noch immer in dem gleichen Wahnsinnstempo. Sein Schlagarm ruhte nicht eine Sekunde, und selbst der Takt seiner Schläge wurde nicht langsamer. Jedes Mal, wenn Fina sich zu ihm umsah, war ein weiterer Busch abgeholzt. Inzwischen war er sogar schon zu dem Nachbargebüsch übergegangen, das den Brand heil überlebt hatte, und der Holzhaufen reichte Fina bereits bis zur Hüfte.

»Ist das nicht langsam genug?«, rief sie Mora über die Schulter zu. Gleichzeitig starrte sie auf einen bläulichen Fleck weit hinten im Schnee, von dem sie sich fragte, ob er vorhin schon da gewesen war.

Endlich verstummten die Axtschläge. Mit dem Verklingen des letzten Echos breitete sich eine unheimliche Stille im Wald aus, nur durchbrochen von Moras keuchendem Atem.

»Wir brauchen auch noch Wasser … und müssen das Holz reinbringen.« Finas Stimme zitterte.
Mora trat neben sie, folgte ihrem Blick. »Das ist er.« Er klang ruhig, fast beiläufig, während er anfing, das Holz auf seinen Arm zu laden.
Fina stockte der Atem. Wie konnte er so gelassen bleiben? Warum erschrak er sich nicht einmal? »Wie kannst du wissen, dass er das ist? Das ist irgendein Schatten, weit weg!«
Mora stapelte die Äste in schnellem Tempo. »Ich weiß es, weil der Schatten breiter wird. Er tritt von einem Bein auf das andere. Das macht er immer.«
Fina schnappte nach Luft. »Wie kannst du so ruhig bleiben? Wir müssen hier weg!« Sie blickte zum Eingang der Höhle. Er war viel zu weit entfernt.
Mora sah noch einmal zu dem Schatten, stapelte weiter das Holz und schüttelte den Kopf. »Er steht dort schon lange. Er beobachtet uns nur.«
Wie konnte Mora das so genau sehen? Hatte er etwa doch Ausschau gehalten? Trotz seines schnellen Arbeitens? »Wie kannst du so sicher sein?«
Mora drückte ihr den Holzstapel in den Arm und begann, einen neuen auf seinen Arm zu schichten. »Wenn er uns töten wollte, hätte er es längst getan. Wenn er einen von uns jagen wollte, hätte er ihn längst bekommen. Er will etwas anderes.«
Fina starrte noch immer auf den Fleck, versuchte zu erkennen, ob er tatsächlich breiter wurde. Aber sie erkannte nichts. Mora musste die Augen eines Luchses haben. »Was will er?« Fina hauchte nur.
Mora trat mit seinem Holzstapel neben sie. »Bleib ruhig. Wir gehen jetzt zur Höhle, bringen das hier weg und holen den Rest.«
Fina wagte einen Blick auf Moras Gesicht. Seine Wangen wa-

ren mit Ruß beschmiert, aber in seiner Miene lagen Trotz und Stärke, während er den blauen Fleck beobachtete. Plötzlich fragte sie sich, wo der unterwürfige Diener geblieben war, den sie kennengelernt hatte. Am Anfang hatte er sich bei dem leisesten Befehlston vor ihr verneigt. Noch vor wenigen Tagen hatte er sich vor der Luke auf den Boden geworfen, als sein Herr dort aufgetaucht war. Was hatte ihn jetzt so verändert?
Mora ließ ihr keine Zeit, darüber nachzudenken. Er lief auf einmal so schnell, dass sie ihm kaum folgen konnte.
Der blaue Schatten setzte sich in Bewegung, zog sich zu einem Strich, der langsam in ihre Richtung glitt. Fina schrie auf: »Er kommt!« Ihre Schritte wurden immer schneller, sie holte Mora ein und rannte an ihm vorbei.
Kurz darauf sprangen sie in den Tunnel, kletterten hindurch und warfen das Holz in der Höhle auf den Boden. Fina keuchte erleichtert auf.
Doch Mora nahm den Wasserkessel vom Haken und zog sie zurück zur Tür. »Wir holen den Rest. Und Wasser.«
»Nein!« Fina wurde schwindelig. »Wir können auch etwas Schnee schmelzen.«
»Der Schnee ist mit Asche verschmutzt!« Mora zog sie nach draußen, führte sie an der Hand zu dem Pfad, der sich irgendwo unter der Schneedecke versteckte.
Die Schattenlinie kam unaufhaltsam heran, schlich in einem Bogen um sie herum und rückte so nah, dass sie zu einer Linie aus blaugrauen Punkten wurde.
Doch Mora setzte seinen Weg unbeirrt fort.
Plötzlich änderten die Spuren ihren Kurs, rasten direkt auf sie zu, lautlos und schnell wie ein Pfeil. Fina schrie. Sie riss an Moras Hand, wollte sich daraus winden und fliehen.
Aber Mora hielt sie so fest, dass es weh tat. »Nicht weglaufen! Das will er nur.«

Die Spuren erreichten sie, wieder schrie Fina auf, kurz bevor sie hinter ihnen vorbeirasten.
Mora ging mit schnellen Schritten weiter, hielt ihre Hand und zog sie mit sich. »Bleib ruhig.«
Sie erreichten das Quellbecken, die blauen Spuren wendeten weiter hinten und rasten wieder in ihre Richtung.
Wie paralysiert starrte Fina darauf, während Mora die Eisschicht auf dem Becken zerschlug und Wasser in den Kessel füllte. Die Spuren erreichten sie, kreuzten ein weiteres Mal ihren Weg, so dicht, dass Fina den Luftzug spüren konnte. Ihr Herzschlag stolperte. Vor ihr im Schnee leuchtete ein riesiger Fußabdruck, wie der eines Menschen, nur mit sechs Zehen!
Fina stieß einen leisen Schrei aus. Sie wollte endlich davonlaufen, wollte in die Höhle. Auch Moras Schritte wurden schneller, als sie zurückliefen, aber er hielt sie noch immer fest.
Wieder wendeten die Spuren im Schnee, rasten näher und zischten hinter ihnen vorbei. Immer dichter wurden sie von der unsichtbaren Kreatur umkreist. Sie stieß an den Wasserkessel, brachte ihn zum Scheppern und ließ das Wasser herausschwappen. Aber Mora trug ihn stoisch weiter, hielt schließlich bei dem restlichen Holz und lud es auf Finas Arme.
Die Schritte umkreisten sie, wetzten und zischten durch den Schnee, durchpflügten die dichte Decke, bis die Flocken um Finas Beine stoben und über das Holz auf ihren Armen wirbelten. Fast konnte sie die Wut des Wesens greifen, hörte sie in dem rauhen Atem, wenn es an ihr vorbeizog, in einem bösartigen Raunen, dessen Worte nicht zu verstehen waren. Dennoch blieb sie mit schlotternden Gliedern stehen und wartete auf Moras Kommando: »Wir haben alles.« Er trug den Kessel in der Rechten und hatte das letzte Holz auf seinen linken Arm gestapelt. »Lauf!«
Sie fingen an zu rennen. Etwas schoss um sie herum, runde

Bälle, die Fina fast für Schneebälle gehalten hätte. Doch sie glitzerten und leuchteten.
Sie waren aus Gold.
Mora wurde von ihnen getroffen, schrie auf, wurde immer wieder getroffen. Die Kugeln rissen das Holz von seinen Armen, brachten den Kessel zum Schwanken und trafen seinen Körper.
Mora keuchte auf, stolperte, Fina stützte ihn für einen Moment, kurz bevor sie den Eingang der Höhle erreichten. Sie kletterten hinein und drängten hintereinander durch die Tür. Mora warf die Holzbalken davor und lehnte sich dagegen.
Die Glut war fast gänzlich erloschen. Einzig die Luke warf schwaches Tageslicht in die Dunkelheit.
Ein dunkles Rinnsal lief über Moras Gesicht. Fina konnte es kaum erkennen. Es war Blut!
Mora keuchte auf, sackte auf die Knie und presste ein leises Wimmern hervor.
Fina erschrak, hockte sich neben ihn.
Lautes Getöse erhob sich im Tunnel, rollte auf sie zu und schlug gegen die Tür.
Fina schrie auf, sprang zurück.
Ein zweiter Aufprall, ein dritter, mit der dumpfen Wucht von etwas, das ein ums andere Mal Anlauf nahm. Das Holz bebte, Sand rieselte von den Wänden. Es war das Wesen selbst, das dort aufschlug. Es schien gerade so groß wie ein Kind zu sein – aber es prallte so gewaltsam gegen die Tür, dass jeder menschliche Körper daran zerbrechen würde.
Der nächste Aufschlag war heftiger als alle zuvor, die Riegel knirschten in den Verankerungen.
Fina schrie: »Mora!« Endlich konnte sie sich aus der Erstarrung lösen. Er musste etwas tun, gegen das Ungeheuer kämpfen!
Doch Mora keuchte nur und krabbelte von der Tür fort.

Er war verletzt, er konnte nichts tun! Wenn das Monster hier einbrach, waren sie verloren.
Plötzlich wurde es still. Nur ein hektisches Rascheln entfernte sich durch den Tunnel und verstummte.
Fina erstarrte, wagte es nicht mehr zu atmen. Sie horchte nach draußen, versuchte zu hören, wo er jetzt war.
Auch Mora unterdrückte sein Stöhnen und blickte die Holzdecke entlang.
Das Loch über der Feuerstelle! Moras Herr musste nicht durch die Tür brechen. Er konnte ganz einfach von oben in ihre Höhle springen.
»Mach ein Feuer!«, flüsterte Mora. »Mit deinem Wundergerät, schnell!«
Fina geriet in Panik. Sie riss ein paar Äste aus dem unordentlichen Holzhaufen und warf sie von weitem auf die Feuerstelle. Immer wieder griff sie zu, zerrte wahllos angekohlte Holzscheite und feuchte Äste aus dem Stapel und blieb schließlich mit einem Zweig zwischen den anderen Scheiten hängen. Plötzlich gab der Widerstand nach, der Holzstapel rutschte auseinander und polterte über ihre Füße.
Schmerz zuckte durch ihr Schienbein. Fina fluchte, spürte die Tränen, die in ihre Augen trieben.
Im nächsten Moment stand Mora neben ihr. »Es macht das! Hol sie ihr Wundergerät!«
Fina starrte auf das dunkle Rinnsal, das von Moras Schläfe herablief. Doch er schob sie bestimmt zur Seite.
Fina lief zu ihrem Rucksack, kramte das Feuerzeug aus dem Deckelfach und hielt es Mora entgegen. Er schichtete das Holz in Windeseile auf, nahm ihr das Feuerzeug aus der Hand und hielt es an die dünnsten Zweige.
Das Holz war nass, musste erst unter der Flamme trocknen, bevor es Feuer fing.

Plötzlich schoss etwas durch die Luke, prallte neben Mora auf den Boden und hinterließ einen Krater im Sand. Noch ehe Fina begriff, dass es ein goldener Schneeball war, kam das zweite Geschoss, schlug knapp vor ihren Knien ein.

Fina schrie, wich von der Feuerstelle zurück, aber Mora blieb dort, entzündete nach und nach die kleinen Zweige, bis die ersten Flämmchen im nassen Holzstapel züngelten.

Der nächste Goldball traf das Feuer, stieß den Stapel auseinander und ließ die Flämmchen erlöschen. Nur an wenigen Stellen glomm noch ein wenig Glut. Mora beugte sich vor, pustete dagegen, bis sich das Feuer neu entzündete.

Es war nur ein Sekundenbruchteil, in dem Fina das nächste Geschoss sah, in dem sie die Linie erkannte, in der es flog: »Mora!«, kreischte sie, doch der Ball prallte schon auf seinen Rücken und riss ihn herum.

Mora schrie, krümmte sich auf dem Boden.

Fina sprang zu ihm, wollte ihm helfen, aber er wehrte sie ab: »Das Feuer! Lass es nicht ausgehen!«

Fina fiel es schwer zu gehorchen, ihn einfach liegen zu lassen. Weitere Goldbälle flogen durch die Luke und hagelten rings um das Feuer. Draußen huschte etwas rund um die Höhle, aus nahezu allen Winkeln warf die Kreatur ihre Bälle. Dennoch gab es eine Ecke, in der kaum welche landeten. Offensichtlich bildete die Baumwurzel über ihrer Höhle einen Schutzwall, der wenigstens eine Seite abschirmte. Fina krabbelte von dort zur Feuerstelle, schob die Zweige wieder zusammen und pustete in die winzigen Flämmchen. Tatsächlich flogen die Goldbälle überallhin, nur nicht zu ihr. Auch Mora hatte sich inzwischen aus ihrer Reichweite gerettet. Schließlich begann das nasse Holz immer heftiger zu qualmen, bis eine dicke graue Säule in die Luft stieg und durch die Öffnung zog.

Fina wich ein Stück zurück, der Rauch brachte sie zum Husten – doch wenigstens war das Loch auf diese Weise endlich versperrt.

Plötzlich kam ihr ein schrecklicher Gedanke: Die Kreatur müsste das Loch nur von oben abdecken, und sie würden hier unten ersticken – es sei denn, sie würden durch den Eingang fliehen und dem Wesen in die Arme laufen.

Doch niemand deckte das Loch ab, auch die Goldbälle schossen seltener zu ihnen herunter. Ein letztes Mal trappelten die Füße über das Höhlendach, dann hörte sie, wie die Kreatur davonhuschte.

Eine ganze Weile kauerte sie regungslos auf der Erde, lauschte darauf, ob Moras Herr zurückkehrte. Aber alles blieb still. Einzig der Qualm wurde von hohen Flammen durchschlagen, und das nasse Holz begann endlich zu brennen.

* * *

Mora konnte nicht mehr. Nur mit letzter Kraft gelang es ihm, zu seinem Lager zu kriechen. Sein Rücken schmerzte, seine Beine und Arme gaben nach und ließen ihn auf den Fellen zusammensinken.

Aus den Augenwinkeln bemerkte er, wie Fina ihn ansah.

»Du bist verletzt«, flüsterte sie.

Klebrig und feucht rann das Blut über seine Wange, über seinen Rücken. Doch die Verletzungen waren nicht schlimm, kein Vergleich zu dem, was noch folgen würde.

»Sie muss sich nicht sorgen!« Mora wandte sich von ihr ab. Sie sollte ihn nicht so sehen, sollte gar nicht erst versuchen, ihm zu helfen. Nach allem, was er heute getan hatte, war er verloren. Noch nie hatte er dem Herrn auf solche Art getrotzt, noch nie hatte er sein Wissen über ihn ausgespielt, um seine Absichten zu durchkreuzen. Und doch waren seine Erkenntnisse so klar gewesen, so einleuchtend, als hätte er sich schon lange auf diesen Kampf vorbereitet.

Dort draußen war Mora so stark gewesen wie niemals zuvor, und jetzt erschien es ihm, als wäre jede Kraft von ihm gewichen, als hätte er die letzten Reserven verbraucht.

»Wie konntest du so sicher sein?« Finas Stimme ließ ihn zusammenzucken. »Du hast gesagt, er wollte uns nicht töten, er wollte uns nicht jagen – aber was wollte er dann?«

Mora drehte sich zu ihr um. Der Schein des Feuers tanzte auf ihrem Gesicht. Sie hob eine der Goldkugeln auf und strich darüber.

»Er wollte unsere Angst«, flüsterte Mora. »Er wollte uns zurück in die Höhle treiben, damit wir hier unten hungern und frieren.«

Fina sah zu ihm herüber, in ihrem Blick lag die Angst, von der er sprach.

Mora schloss die Augen, drehte sich zurück auf die Seite und rollte sich zusammen. Den Rest konnte er ihr nicht sagen. Dass der Herr sie zermürben wollte, dass er vor allem die letzte Kraft seines Dieners brechen wollte. Damit er wieder fügsam wurde, damit er bald vor Hunger und Kälte darum bettelte, wieder zu seinem Herrn zurückkehren zu dürfen – um alle seine Wünsche zu erfüllen.

… seinen Auftrag zu erfüllen. Er sollte dem Herrn etwas bringen. Moras leise Ahnung, worum es sich handelte, wurde immer deutlicher.

Vor allem deshalb war er dort draußen so stark gewesen – um Fina die Angst zu nehmen, um ihr die Ruhe zu geben, mit der sie standhalten konnte. Doch am meisten, um sie vor seinem eigenen Verrat zu beschützen, den er früher oder später begangen hätte, wenn sie weiter hungerten und froren.

Mora krallte die Hände in sein Schaffell. Im Gegenzug hatte er

heute den Herrn verraten, hatte ihm offen gezeigt, auf wessen Seite er stand. Dafür würde der Geheime ihn töten.
Auf einmal spürte er den Drang zu heulen – wie ein Weibchen, wie ein Baby, ein Gefühl, das schon so lange zurücklag wie die erste Erinnerung an die Peitsche des Geheimen.
Jetzt war er noch mit Fina hier unten – vielleicht würden es noch ein paar Tage sein, die er in ihrer Nähe verbringen durfte, so lange, bis selbst die angekohlten Kartoffeln verbraucht waren und der Hunger ihn wieder hinaustrieb – bis er dem Geheimen wieder begegnete.
Mora presste die Zähne aufeinander. Er durfte nicht heulen, nicht in ihrer Gegenwart. Stattdessen richtete er sich auf und sah zu Fina hinüber. Das Feuer strahlte auf ihr rußverschmiertes Gesicht, spiegelte sich in ihren Tränen.
Mora wollte zu ihr gehen und die Tränen von ihrem Gesicht wischen, wollte sie mit seinen Lippen aufnehmen und gemeinsam mit seinen eigenen Tränen herunterschlucken.
Er musste sich zwingen, um sitzen zu bleiben.

* * *

Fina starrte auf die schwarzen Kartoffeln in ihrer Hand, konnte sie kaum sehen unter dem Tränenschleier. Ihre Finger zitterten, während sie eine der Kartoffeln nahm und die verkohlte Kruste zerbröselte. Was, wenn sie auch innen verbrannt waren, wenn nichts mehr von ihnen übrig war?
Tatsächlich war mehr als die Hälfte der Kartoffel zu Asche zerkrümelt, ehe sie auf einen weichen, gelben Kern stieß. Fina roch daran, aber unter dem Brandgeruch konnte sie kaum wahrnehmen, ob die gekochte Kartoffel bereits verdorben war oder nicht.
Fina wischte die Tränen beiseite und atmete tief ein, um die

Verzweiflung zu besiegen. Schließlich nahm sie die restlichen Kartoffeln, ging zu Mora und legte sie vor ihm auf den Boden. »Viel ist nicht mehr übrig.« Sie zeigte ihm den mickrigen, vom Feuer gegarten Kartoffelrest, den sie bereits von der schwarzen Asche befreit hatte. »Morgen werden wir wieder hungrig sein. Falls man das hier überhaupt essen kann.«
Seine Finger berührten ihre, als er ihr die Kartoffel aus der Hand nahm und sie prüfend an die Nase hielt. »Heute sind sie noch in Ordnung – aber morgen sind sie wahrscheinlich verdorben.« Er biss in die Kartoffel und schien ihren Geschmack zu testen.
Also war alles umsonst gewesen, was sie gewagt hatten? Hieß das, sie würden morgen schon wieder an denselben Punkt kommen wie heute?
Fina betrachtete das Blut auf seiner Wange und die Platzwunde am Ansatz seiner Haare. Schließlich stand sie auf und holte einen Waschlappen und ein Schälchen mit warmem Wasser. Nur eine winzige Hoffnung gab es noch. Sie musste Mora endlich sagen, was sie heimlich geplant hatte.
»Wenn wir einen Moment abpassen, in dem dein Herr nicht da ist: Meinst du, wir haben eine Chance, durch das Moor zu entkommen?« Sie hockte sich vor ihn, tauchte den Lappen ins Wasser und fing an, das Blut von seinem Gesicht zu waschen. »Dann nehme ich dich mit in meine Welt.«
Mora zuckte zusammen.
Fina hielt kurz mit dem Lappen inne, tastete sich dann noch vorsichtiger an seine Wunde heran. »In meiner Welt gibt es genug zu essen und nichts, wovor wir Angst haben müssen.«
Moras Blick streifte sie. Furcht schimmerte darin, bevor er hastig auf die Kartoffeln sah. Er nahm eine davon in die Hand und fing an, die schwarze Kruste zu entfernen. »Ich möchte nicht im Moor sein, wenn er uns jagt.«

Es lag noch mehr in seinen Worten, Befürchtungen, von denen sie anscheinend nichts wissen sollte. Ein dunkles Gefühl zuckte durch Finas Körper, ließ sie vor dem Abgrund straucheln, der sich plötzlich vor ihr auftat.

Auf einmal begriff sie, dass sie bislang auf diesen Ausweg gehofft hatte. Nicht nur gehofft, sie hatte darauf vertraut und immer geglaubt, dass die passende Gelegenheit irgendwann kommen würde, um mit Mora zu fliehen.

Nur deshalb hatte sie tagelang so ruhig hier unten gesessen und ihm etwas über ihre Welt erzählt – beinahe so, als wäre es ein Spiel, aus dem sie jederzeit aussteigen konnte. Es war nicht schlimm gewesen, ein paar Tage zu hungern und zu frieren, denn ihre Welt war nur einen Katzensprung entfernt, und ihre Großmutter wartete nur darauf, sie beide mit einem warmen Essen und einem Kaminfeuer wieder aufzupäppeln.

Doch das Spiel endete in diesem Moment, ließ sie besser gesagt begreifen, dass es nie ein Spiel gewesen war. Die Kreatur da draußen war zwar unsichtbar, aber alles andere als fiktiv. Falls sie im Moor gejagt wurden, könnte ihr Weg tödlich enden, und wenn sie weiterhin nichts zu essen bekamen, würden sie ganz real verhungern.

Ihre Welt war nur einen Katzensprung entfernt – und doch unerreichbar.

Fina biss sich auf die Unterlippe. Sie versuchte, die Tränen herunterzuschlucken, während sie das Wasserschälchen auf den Boden stellte. Ihr Blick fiel auf die Kartoffel, die Mora ihr reichte und die er inzwischen von der verkohlten Hülle befreit hatte. Fina nahm sie entgegen und versuchte, den letzten Ruß abzuwischen. Aber es gelang ihr nicht besonders gut, und schließlich probierte sie trotzdem davon. Die Kartoffel schmeckte nach Rauch und ein wenig verbrannt. Aber die weiche Masse bezähmte das Brennen in ihrem Magen.

Auch Mora kaute mit langsamen Bewegungen auf einer Kartoffel. Doch anstatt sich weitere Kartoffeln zu schälen, rollte er sich auf seinem Lager zusammen. »Liest du mir was vor?«
Fina beobachtete sein Gesicht, wie er mit offenen Augen ins Feuer starrte. Er sah noch immer schön aus, sie waren noch immer zusammen in dieser Höhle – und schließlich spürte sie, wie ihre Hoffnung wieder aufkeimte. Eine verzweifelte Hoffnung, die ihren letzten Ausweg in der Verdrängung suchte.

* * *

Dieses Mal entschied sie sich für ihr Märchenbuch. Zum ersten Mal holte sie es aus ihrem Rucksack und las von Dornröschen und Schneewittchen, von Hänsel und Gretel und dem Tapferen Schneiderlein. Eine ganze Weile lag Mora regungslos auf seinem Lager und beobachtete sie. Als sie den Froschkönig vorlas und die Prinzessin gerade ihre goldene Kugel im Brunnen verloren hatte, stand er auf und ging zu seinem Kessel. Er schöpfte Wasser heraus und verteilte es in zwei goldene Becher.
Fina hörte auf zu lesen, als ihr plötzlich bewusst wurde, wie übermächtig ihr Durst war. Doch Mora blieb am Kessel stehen, starrte in das Wasser und streckte seinen Arm hinein. Als er ihn wieder herauszog, hielt er eine goldene Kugel in der Hand.
Ein Lachen hüpfte aus Finas Mund. Sie starrte in ihr Märchenbuch, auf die Prinzessin mit ihrem goldenen Spielzeug, hob ihren Kopf und sah zu Mora, der mit dem goldenen Ball und dem goldenen Becher auf sie zukam.
Mora stellte keine Fragen zu den Märchen. Er brauchte keine Fragen zu stellen. Es war seine Welt.
Er reichte ihr den Becher, und sie trank gierig, leerte ihn und blickte auf die goldenen Kugeln, die noch immer überall her-

umlagen. Was auch immer Moras Herr war, er warf mit goldenen Schneebällen um sich.
Mora behielt die Kugel in der Hand, ging zu seiner Truhe und holte etwas heraus. Während er sich mit dem Gold und seinem feinen Werkzeug auf sein Lager setzte, las Fina weiter. Nur aus den Augenwinkeln beobachtete sie ihn, wie er anfing, die Goldkugel zu bearbeiten.
Eine seltsame Aufregung kribbelte durch ihren Bauch. Sie hatte noch nie gesehen, wie er seine Figuren schnitzte. Nur nach dem Aufwachen hatte sie manchmal einen feinen Goldschimmer auf dem Boden bemerkt, immer dort, wo Mora gesessen hatte. Auch jetzt wirbelte der Goldstaub um ihn herum, während er feilte und ritzte und so aussah, als würde er ganz in seiner Tätigkeit versinken.
Fina wollte ihn nicht ablenken, wollte seinen Frieden nicht stören. Also las sie immer weiter. Von armen Mädchen, die in einen Turm gesperrt oder von ihren Stiefmüttern gequält wurden, bis der Prinz kam, um sie zu retten. Oder von armen Handwerkersöhnen, die es schafften, das Herz der Prinzessin zu erobern. Sie las vom ersten Kuss, vom Heiraten und vom Glücklichsein *bis an ihr Lebensende.*
Als sie schließlich die Mär von der armen Müllerstochter vorlas, die dem König Gold spinnen sollte, klopfte ihr Herz immer hastiger. Auch Mora schien immer schneller an seiner Figur zu feilen, während das Mädchen Hilfe von einem kleinen Männlein bekam. Rumpelstilzchen rettete ihr Leben, verhalf ihr und dem König zu großem Reichtum und ließ sich im Gegenzug ihr erstes Kind versprechen. Fina wurde schwindelig, während sich die Worte *Gold* und *Kind* und *Männlein* in ihrem Mund verhedderten. Sie starrte auf die nackten Füße des gezeichneten Wichtes und zählte heimlich seine fünf Zehen.

Rumpelstilzchen bekam die Tochter der Königin nicht – aber was hätte er von dem Mädchen gewollt?
»Eine Sache verstehe ich nicht.« Damit unterbrach Mora ihre verwirrten Gedanken. Er sah sie mit weit geöffneten Augen an. »Am Ende der Märchen küssen sie sich immer. Sie heiraten und werden glücklich. Was ist damit gemeint?«
Fina lachte auf und starrte Mora an. Sein Anblick brachte sie völlig durcheinander, stieß die dunkle Ahnung zurück in den Abgrund, von wo sie gerade heraufgeklettert war.
Mora glänzte und funkelte im Schein des Feuers. Seine Hände, seine Jeans und sein Pulli waren überzuckert von feinem Goldstaub.
Fina legte das Buch zur Seite und ging auf ihn zu. Seine Fragen schwirrten durch ihren Kopf, suchten sich von ganz allein eine Antwort: »Menschen küssen sich auf die Lippen, wenn sie sich lieben. Und wenn zwei Menschen heiraten, dann bedeutet das, dass sie für den Rest ihres Lebens zusammenbleiben.« Fina ging vor Mora in die Hocke, fühlte mit ihren Fingern über die Figur, die er schnitzte. Es war eine Frau, die ein Buch auf ihrem Schoß hielt. »Wenn sie sich also lieben und für immer zusammen sind, werden sie glücklich bis an ihr Lebensende.«
Moras Atem stockte. Aus den Augenwinkeln erkannte sie, wie sein Blick über ihr Gesicht strich, wie er sich in ihren Haaren fing.
»Du hast keine Ahnung, wie viel das hier wert ist, oder?« Fina tippte auf das Gold.
Er zuckte die Schultern. »Es ist nichts wert. Nur Becher, Teller und überflüssigen Schmuck kann man daraus machen. Für alles andere ist es zu weich.«
Fina musste lachen. »In meiner Welt würden die Menschen übereinander herfallen, um das hier zu besitzen. Bei uns wärst

du ein reicher Mann.« Sie schöpfte den Goldstaub in ihre hohlen Hände, pustete darüber und hüllte Mora in eine goldene Wolke.

Er lachte. Ein Klang, der plötzlich wieder so unsicher wurde wie am Anfang.

Das Goldpulver rieselte auf ihn nieder und legte einen glitzernden Schleier über seine schwarzen Haare. Es leuchtete auf seiner braunen Haut und zauberte einen Goldschimmer auf seine Wimpern. Er lachte noch immer, schöpfte selbst von dem Gold und pustete es über Fina.

Der Schwindel zog sie auf die Knie. Als die Goldwolke sie wieder freigab, war Moras Blick ernst – und so nah, dass ein schmerzhaftes Gefühl durch ihren Körper floss. »Du bist süß, Mora«, flüsterte sie. »Das Schönste und das Beste, was mir je passiert ist.«

Verwirrung huschte über sein Gesicht, zog seine Stirn in Falten und ließ ihn nach den richtigen Worten suchen. »Wie kann es süß sein? Es ist doch keine Waldbeere.«

Fina lachte und wollte heulen zugleich. Sie strich über seine gold-schwarzen Haare, über sein glitzerndes Gesicht. »Doch, du schmeckst süß. Ich zeig es dir.« Sie beugte sich zu ihm. Schwindel fegte durch ihren Kopf, während sie ihn küsste.

Mora stöhnte auf, seine Arme griffen nach ihr, schlossen sich um ihren Rücken und zogen sie an sich. Fina rutschte auf seinen Schoß. Sie öffnete ihren Mund und schmeckte seine Lippen. Ihre Hände gruben sich in seine Haare, sein Duft strömte in ihre Nase. Sie lauschte auf Moras Winseln, das im Takt seines Atems hervorkam, fühlte die Bewegung seines Mundes und fand seine Zunge an ihrer.

Fina keuchte auf, die Liebe in ihrer Brust explodierte. Sie wollte mehr von ihm.

Doch Moras Lippen verschwanden. Seine Hände packten sie

an den Schultern, wirbelten sie zur Seite und stießen sie auf den Boden.
Fina schlug mit dem Hinterkopf gegen die Höhlenwand, wurde von einem Schmerz erfasst, der durch ihren ganzen Körper zuckte.
Mora stand über ihr. Seine Muskeln bebten, während er mit hartem Blick auf sie herabstarrte. Nur eine Sekunde später sprang er zur Tür, hob die Holzbalken hoch und verschwand nach draußen.

16. Kapitel

Mora lief, so schnell er konnte, rannte immer tiefer in den Wald, der im nächtlichen Dunkel verstummt war. Er keuchte noch von dem Gefühl, das ihre enge Umarmung ausgelöst hatte. Überall dort, wo ihr Körper ihn berührt hatte, brannte seine Haut, und fast konnte er ihren Mund noch schmecken, während seine Gier ihn drängte, zu ihr zurückzukehren.

Das böse Gefühl wollte sie besitzen, wollte sich an ihr zufriedenstellen. Er hatte sie festgehalten, hatte sie an sich gerissen. In seinen Gedanken hatte er sie bereits ausgezogen. Ganz sicher hätte er ihr weh getan, wenn er geblieben wäre.

Er durfte sie nicht besitzen, nicht ihren Geist, nicht die schönen Worte, die sie vorlas, und erst recht nicht ihren Körper. Sie war viel schwächer als er, viel zarter. Sie hatte keine Möglichkeit zu entkommen, wenn er über sie herfiel.

Mora verstand auf einmal, warum der Herr mit solcher Härte gegen sein verbotenes Gefühl vorging. Weil es nur so zu kontrollieren war, weil es eine wilde Bestie aus ihm machte, wenn man ihm freien Lauf ließ.

Seit er allein lebte, war er viel zu nachlässig gewesen.

Mora blieb stehen und sackte im Schnee auf die Knie. Er vergrub die Hände in den Haaren, zog daran, bis es schmerzte.

Plötzlich entdeckte er eine Fährte vor sich auf dem Boden, noch ganz frisch und so vielversprechend, dass ihm das Wasser im Mund zusammenlief. Wildschweine!

Mit den Fingern fuhr Mora die weichen Abdrücke ihrer Hufe nach. Die Spuren waren noch nicht vereist. Die Rotte war erst vor kurzer Zeit hier vorbeigekommen.

Das gierige Gefühl verwandelte sich, suchte sich ein neues Ziel,

eines, das er jagen durfte, das endlich seinen Hunger stillen würde. Hastig streifte er die Kleidung von seinem Körper, damit ihm kein fremder Geruch anhaftete und um zu verhindern, dass das Blut sie besudelte. Nur die Unterhose, das T-Shirt und die Stiefel behielt er an, weil die Kälte ihm plötzlich viel zu hart erschien. Schließlich zog er das Wurfmesser aus seinem Gürtel und rannte mit leisen Schritten los, um die Rotte zu verfolgen. Das Blut rauschte durch seine Ohren, und er hoffte darauf, dass die Tiere seinen Tarnkreis noch nicht verlassen hatten. Doch schon kurz darauf sah er sie zwischen den Bäumen, einen großen Familienverband aus Bachen und Jungtieren, die mit ihren Rüsseln im Schnee wühlten.
Der Wind stand gut, und die Wildschweine schienen ihn nicht zu bemerken, während er in der Deckung der Bäume näher schlich.
Mora durchdachte seine Strategie. Er wäre nicht schnell genug, um sie zu hetzen und eines der Tiere von der Rotte zu trennen, wie der Herr es tun würde. Er konnte sich nur anschleichen und den Überraschungsmoment nutzen.
Schließlich suchte er sich das Jungtier, das ihm am nächsten stand, einen großen Frischling aus dem letzten Frühjahr, der neben einer Baumwurzel nach Eicheln suchte. Mora duckte sich hinter die Bäume und schlich sich entgegen der Windrichtung weiter an. Er hielt sein Wurfmesser bereit und erreichte tatsächlich die Buche, hinter der das Tier herumwühlte. Er war ein guter Messerwerfer. Seit er ein kleines Kind war, hatte der Herr ihn die Fähigkeit trainieren lassen. Wenn sie gemeinsam jagten, hetzte der Geheime die Herde, trennte ein schwaches Individuum von den anderen, und Mora lauerte im Hinterhalt und warf im richtigen Moment das Messer. Seine Würfe waren nicht immer tödlich, aber er wusste, auf welche Muskeln er zielen musste, um ein kleines oder mittelgroßes Tier zu Fall zu bringen.

Mora überlegte, wie er den Frischling erreichen konnte. Aus Sicht seines Wurfarmes befand sich das Tier in der Deckung des Baumes. Abgesehen davon konnte Mora es aus dieser Position nicht sehen. Er musste noch weiter um den Stamm herumschleichen, um zielen und werfen zu können.

Etwas knackte unter Moras Schuhen, etwas, das unter der Schneedecke verborgen war. Der Frischling quiekte auf und galoppierte los. Die Wildschweine warfen ihre Köpfe herum, erkannten die Gefahr und sprangen gemeinsam durch das Unterholz davon.

Mora wollte ihnen nachsetzen, wollte wenigstens versuchen, ein schwaches Tier einzuholen.

Ein wütendes Grunzen ließ ihn den Kopf zur Seite wenden. Dort stand ein Keiler und starrte ihn an, setzte sich in Bewegung und galoppierte auf ihn zu.

Mora hob das Messer in Wurfposition, entschied sich im letzten Moment anders und streckte ihm das Messer entgegen. Als der Keiler ihn fast erreicht hatte, sprang er zur Seite. Die kurze Klinge schlitzte die Flanke des Tieres auf.

Der Keiler quiekte und wendete, kehrte zurück und raste umso schneller auf Mora zu. Dieses Mal stoppte das Tier ab, kurz bevor es ihn erreichte, wirbelte seinen Kopf herum und schlug seine Hauer in Moras Oberschenkel.

Mora schrie auf, seine Beine wollten nachgeben. Doch er hielt sich aufrecht, musste sich aufrecht halten, um nicht getötet zu werden.

Ein weiteres Mal griff der Keiler an, stürmte auf ihn zu und schlug mit seinem Kopf zu – fetzte seine Hauer nur knapp an Moras Hüfte vorbei. Es war ein großes Tier, mindestens fünf Jahre alt und somit ausgewachsen. Seine Hauer waren riesig und zielten mit zerstörerischer Wut auf ihn. Moras Hände zuckten, wollten das Messer werfen. Doch er hätte nur einen

Wurf, nur einen Versuch. Es wäre aussichtslos, das Herz des Tieres zu treffen – und die Muskeln des Keilers waren zu kräftig, um sie mit einem Wurf zu durchtrennen.

Als Nahkampfwaffe war das Messer zu kurz, aber Mora blieb keine Wahl. Er duckte sich und hielt die Klinge vor sich. Er erwischte den Keiler am Rüssel, ritzte ihn seitlich am Kopf auf. Doch je mehr er das Tier verletzte, desto rasender wurde es, bis es mit solcher Wucht auf ihn losging, dass Mora kaum noch ausweichen konnte. Ein ums andere Mal sprang er zur Seite, immer wieder prallte der Kopf des Tieres auf seine Oberschenkel, immer wieder rissen die Hauer seine Beine auf, bis er kaum noch genug Kraft hatte, um stehen zu bleiben.

Mora strauchelte. Er durfte nicht zu Boden gehen. Sonst wäre er tot. Schwindel fegte durch seinen Kopf. Gegen die Ausdauer und die Wut des Keilers hatte er keine Chance, und mit dem kurzen Messer kam er nicht nah genug an das Tier heran, um ihm einen tödlichen Stich zu versetzen.

Es war nur noch eine Frage von Augenblicken, bis der Keiler ihn zu Boden warf, nur noch eine Frage von Minuten, bis er ihn töten würde.

Plötzlich erhob sich ein Tumult um sie herum, das Galoppieren unzähliger Hufe, panisches Quieken und Grunzen, während die Rotte in wilder Flucht an ihnen vorbeiraste. Der Keiler hielt inne und sah seinen Artgenossen nach. Ein Frischling fiel neben ihnen zu Boden, Blut spritzte aus einer Halswunde. Mora erkannte die Fußspuren, die daneben im Schnee erschienen, wendeten und auf den Keiler zurasten.

Das Tier bemerkte die Gefahr nicht, bis es aufquiekte und buckelnd um sich schlug.

Der Geheime wurde sichtbar. Er saß auf dem Rücken des Keilers, klammerte sich mit seinen Beinen fest, während das Tier tobte und im Kreis sprang. Blitzschnell beugte der Herr sich

vor, seine Klinge reflektierte das Mondlicht, bevor er sie durch den Hals des Keilers zog.
Die Beine des Wildschweins knickten ein. Der Geheime sprang von seinem Rücken herunter, landete geschmeidig auf den Füßen und sah zu, wie der Keiler hinfiel, wie seine sterbenden Herzschläge das Blut in den Schnee pumpten und das letzte Wölkchen aus seinen Nasenlöchern entwich.
Mora keuchte, seine Glieder zitterten. Er fühlte, wie seine Haut brannte und das Blut aus seinen Wunden heraussickerte. Der Herr hob seinen Blick von dem Keiler und fixierte Mora mit seinen riesigen Augen. Seine Oberlider schoben sich halb darüber und verengten sie zu Schlitzen.
Mora erschrak vor der Hässlichkeit des Geheimen. Er fiel auf die Knie, warf sich vor ihm auf den Boden.
»Nun ist Morasal ihm etwas schuldig. Meint es nicht?« Die Stimme des Herrn klirrte durch die Nachtluft.
Mora hielt den Atem an. Er drückte sich noch tiefer in den Schnee, spürte, wie das Eis anfing, auf seiner Haut zu brennen.
»Meint es nicht?«, drängte der Geheime.
Mora schloss die Augen. »Ja, Herr.«
Ein Schnurren löste sich aus der Kehle des Wichtes, kam näher, als er sich zu Mora herunterbeugte. »Dann soll es seinen Auftrag zu Ende führen. Es soll ihm das Weibchen bringen. Gleich morgen früh soll Morasal sein letztes Salz benutzen und sie in den Tarnkreis des Geheimen führen.«
Mora fühlte eine Hand auf seinen Haaren, ein zärtliches Streichen, wie der Herr es nur selten für ihn bereithielt.
»Es ist ein guter Diener, ein ehrlicher Diener, nicht wahr? Und das Weibchen ist seinem Herrn versprochen. Schon seit langem. Deshalb ist sie in den Wald gekommen. Sie wartet nur darauf, dass Morasal sie endlich zu dem Geheimen bringt.«

Moras Gedanken wirbelten durcheinander. Konnte es sein, dass Fina zu seinem Herrn wollte?
Er konnte nicht darüber nachdenken. Die Hand des Geheimen schob sich unter sein T-Shirt, entblößte seinen Rücken und streichelte über die nackte Haut. »Morasal ist gefährlich für sie. Das hat das Menschenscheusal doch inzwischen verstanden, nicht wahr?«
Mora fing an zu schlottern. Die Hand des Herrn erreichte seinen Po, streichelte mit den Fingerspitzen darüber. »Morasal will sie besitzen. Es will sein böses Gefühl an ihr stillen.« Der Geheime beugte sich zu seinem Ohr. »Aber das Menschenscheusal wird ihr sehr weh tun, wenn das passiert. Will es das? Oder sollte es das Weibchen nicht besser in die Obhut des Geheimen entlassen?«
Die Hand des Herrn verschwand. Doch kurz darauf kehrte etwas anderes zurück. Mora fühlte, wie sich die Lederbänder der Peitsche über seinen Rücken legten. Ganz langsam kratzten die harten Knötchen über seine Haut. »Wird Morasal sie also zu ihm bringen?«
Moras Hände krallten sich in den Schnee. »Ja, Herr. Sein Diener wird gehorsam sein.«
Die Messer des Herrn klirrten an seinem Gürtel, während er zur Seite trat. »Sehr gut.« Ein zufriedenes Lächeln schwang in seiner Stimme. Die Lederbänder kitzelten ein letztes Mal über Moras Rücken und zogen sich zurück. »Dann soll das Menschenscheusal ihr heute etwas zu essen kochen. Es ist nicht höflich, ein Weibchen hungern zu lassen. Und es soll ihr ein Bad bereiten. Die Weibchen mögen es nicht, schmutzig zu sein. Hat es das verstanden?«
Mora drückte seine Wange in den Schnee. »Ja, Herr.« Sein Körper zuckte, wartete noch immer auf die Schläge.
Etwas Schweres klatschte neben ihm in den Schnee, ließ

ihn zusammenfahren. Kurz darauf hörte er das schleifende Geräusch, mit dem der Geheime den Keiler auf seine Schulter lud – wenige Sekunden bevor seine Schritte davonraschelten.
Mora hob den Kopf. Neben ihm im Schnee lag der tote Frischling.

* * *

Fina konnte nicht aufhören zu heulen. Schon seit einer Ewigkeit starrte sie auf die Verriegelung der Tür, die sie hastig verschlossen hatte. Sie lauschte auf alle Geräusche von draußen. Bei jedem Knacken zuckte sie zusammen, bei jedem Trappeln und Keuchen fragte sie sich, ob es Tiere waren oder Moras Herr. Sie wollte ergründen, ob Mora noch dort draußen war – aber die meiste Zeit über war es so still, als wäre keine Menschenseele in der Nähe.
Wohin war er gegangen? Was, wenn sein Herr ihn gefangen genommen hatte? Wenn er Mora verletzt hatte? Fina hatte keine Ahnung, was sie tun sollte, wenn er nicht wiederkäme. Jederzeit fürchtete sie, dass die unsichtbare Kreatur auftauchte, um sie mitzunehmen.
Manchmal war sie kurz davor zu schreien. Sie wollte aus Leibeskräften nach Mora rufen – und gleichzeitig fürchtete sie nichts mehr als seine Rückkehr.
Also schwieg sie und rollte sich ganz klein auf ihrem Lager zusammen. Moras Berührung pulsierte noch in ihrem Körper, in ihrer Erinnerung erlebte sie den Moment immer wieder. Er hatte sie an sich gezogen, hatte sie umarmt. Sie konnte noch fühlen, wie sich seine Zunge an ihrer bewegte. Sein leises Keuchen hatte schön geklungen. Wenn sie nur daran dachte, zog sich alles in ihrem Inneren zusammen. Er wollte sie auch – und trotzdem stieß er sie zurück.

»Warum, Mora?«, flüsterte Fina in ihr Fell. »Warum bist du weggelaufen?« Sie drehte sich wieder zur Tür, starrte auf die Holzbalken. Vielleicht sollte sie nach draußen gehen und nach ihm suchen. Sie müsste nur seinen Spuren im Schnee folgen.

Plötzlich hörte sie Schritte, die sich näherten. Gleichmäßige Schritte, in ruhigem Zweitakt, wie von einem Menschen. Sie hielten vor der Höhle, warfen etwas Schweres auf den Boden und bewegten sich auf engem Raum hin und her.

»Mora?«, flüsterte Fina. Sie wagte es nicht, nach ihm zu rufen. Was, wenn es doch sein Herr war? Wenn die Kreatur dort oben auf sie lauerte?

Ein seltsames Wetzen und Streichen erklang von draußen. Geräusche von einer schnellen, schleifenden Bewegung, die sich in regelmäßigem Takt wiederholte. Etwas Metallisches klang darin und formte das Bild eines schneidenden Messers vor Finas Augen.

Falls es Mora war … Warum kam er nicht wenigstens kurz herein? Warum sagte er ihr nicht, dass er es war? Er musste sehr wütend sein, wenn ihm deshalb alles gleichgültig wurde, worum er zuvor gekämpft hatte. Er hatte um sie gekämpft, um ihre Sicherheit, um ihr Überleben – und vielleicht auch ein bisschen um seine eigene Existenz.

Alles das setzte er dort draußen aufs Spiel.

Vielleicht war er auch längst tot. Etwas Schweres war dort oben auf den Boden gefallen. Was, wenn Moras Herr gerade seine Leiche in Stücke zerlegte?

Der Gedanke trieb neue Tränen in ihre Augen, lähmte sie kurzzeitig und hielt sie gefangen.

Gleich darauf war ihr alles egal. Sie sprang auf und lief zur Tür. Falls Mora wirklich tot war, könnte sein Herr ohnehin über sie verfügen. Dann gäbe es niemanden mehr, der ihr helfen würde – abgesehen von ihr selbst.

Fina kroch in den Tunnel und machte sich darauf gefasst, etwas Furchtbares zu sehen. Wenn Mora tot war, würde sie fliehen. Wenigstens das würde sie versuchen, auch wenn sein Herr sie ins Moor jagte.

Ihre Muskeln fühlten sich weich an, als sie den Kopf aus dem Erdloch streckte.

Nicht weit von ihr entfernt stand Mora. Schwaches Mondlicht fiel durch die kahlen Zweige und brachte das Blut auf seinem Körper zum Schimmern. In breiten, nassen Schlieren tränkte es sein T-Shirt, zog sich über seine nackten Arme und Beine und sprenkelte sein Gesicht. Vor ihm im Baum hing ein totes Tier mit aufgeschnittenem Bauch. Darunter im Schnee glänzten seine Eingeweide.

Mit schnellen Bewegungen zog Mora das Messer unter der Haut des Tieres entlang, löste sein Fell ab und trennte mit einem einzigen wütenden Streich den Kopf von seinem Rumpf.

Fina zuckte zusammen. Der kleine Wildschweinschädel landete vor ihr auf dem Boden und glotzte sie an. Ein Wimmern kroch aus ihrem Mund.

Mora fuhr herum, starrte sie an. Seine Miene wirkte wild, so wütend, wie sie ihn noch nie gesehen hatte. Seine Brust bewegte sich in schnellem Rhythmus auf und ab, er wischte mit dem Handrücken über sein Gesicht und verteilte noch mehr Blut darauf. »Geh wieder rein, Fina!« Seine Augen funkelten im Mondlicht, seine Stimme duldete keinen Widerspruch.

Fina kam es vor, als würde er sie treten. Hastig zog sie den Kopf ein und kroch zurück in die Höhle. Doch sie konnte das Bild nicht vergessen, während sie sich auf ihrem Lager zusammenkrümmte: der siegreiche Krieger, der im Mondlicht sein Opfer zerteilte, so wütend und furchterregend wie der Tod selbst.

Was war mit ihm los?
Er hatte Hunger! Sie beide hatten Hunger. Und hier gab es nichts anderes als Tiere, die man jagen und schlachten konnte.
Aber warum mit dieser Wut? Wurden Menschen so, wenn sie gerade getötet hatten? Oder war er tatsächlich so schlecht gelaunt, weil sie ihn geküsst hatte?
Fina wollte sich am liebsten verkriechen, schämte sich und fürchtete sich davor, ihn wiederzusehen.
Es dauerte nicht lange, bis Mora hereinkam. Im Licht des Feuers sah er noch schlimmer aus. Das Blut war überall – und zumindest ein Teil davon schien von ihm selbst zu stammen: An seinen Beinen und Hüften war er übersät von blauen Prellungen und Wunden.
»Was ist passiert?« Fina starrte ihn an. »Wer hat dich so verletzt?«
Mora warf ihr einen finsteren Blick zu. Er trug das abgehäutete Wildschwein in seinem Arm, kaum größer als ein Ferkel. In der anderen Hand hielt er einen angespitzten Stock. »Wildschweine verteidigen ihre Familien.«
Fina zuckte zusammen. Da war es schon wieder, dieses Wort: *Familie.* Der Herr war Moras Familie. Die unsichtbare Kreatur hatte ihm dort draußen offenbar nichts getan – obwohl sie genug Zeit gehabt hätte.
Mora trieb den spitzen Stock durch den aufgerissenen Leib. Finas Magen wollte sich umdrehen, als er das Ferkel rundherum sorgfältig mit Salz einrieb und es an dem Eisengestell über das Feuer hängte.
»Du musst es regelmäßig wenden.« Moras Stimme klang noch immer hart. Ohne einen weiteren Blick griff er nach seinem großen Bottich und verschwand wieder nach draußen.
Eine Weile konnte Fina hören, wie er neben der Höhle hin und

her lief. Dann entfernten sich seine Schritte mit dem klappernden Bottich.

* * *

Seit der Jagd war das Blut des Geheimen zu aufgewühlt, um zu schlafen. Er hatte noch viel zu tun, ehe das Weibchen zu ihm kommen würde. Doch der Ring an seinem kleinen Finger wurde immer heißer, brannte schließlich so nachdrücklich auf seiner Haut, dass er den gehäuteten Keiler in der Schlachtkammer zurückließ und sich auf sein Lager legte.

Der Zeitpunkt, auf den er gewartet hatte, war gekommen: Es war mitten in der Nacht. Die Müllerstochter schlief schon seit langem, kehrte bereits aus den tiefsten Schlafphasen zurück an die Oberfläche. Bald würde sie träumen, bald konnte er sie treffen – um ihr endlich zu zeigen, was er schon so lange vor ihr verbarg.

Der Geheime griff nach dem Ring, drehte daran und schloss die Augen. Im nächsten Moment sah er Morasal vor sich, wie er mit dem Bottich durch den Wald lief, sein Körper mit Blut beschmiert und sein Gesicht so finster, dass jedes Weibchen vor ihm zurückschrecken musste.

Das Menschenscheusal war wach. Es würde die Zuschauer nicht bemerken und ihnen ein Bild zeigen, das nichts verheimlichte.

Der Geheime drehte den Ring in die andere Richtung. Er konnte wahrnehmen, wie die Müllerstochter den Wald erreichte, wie sie durch das Unterholz in seine Richtung irrte. Sie hatte noch nicht begriffen, wo sie war, von wem dieser Traum stammte. Noch nie hatte der Geheime sich in diesem Teil des Waldes mit ihr getroffen.

Er folgte Morasal durch den Schnee bis zum Bach. Mit seinen klobigen Menschenstiefeln balancierte der Diener über die Eisränder, die den Bachlauf vom Ufer aus zugefroren hatten. Nur ein schmales Rinnsal war noch frei vom Eis, zu schmal, um den Bottich hineinzutauchen.

In diesem Moment erschien die Müllerstochter auf der anderen Seite des Baches, entdeckte Morasal und hielt inne. Das Erkennen huschte über ihr Gesicht, während sie auf die bräunliche Haut des Jungen starrte, auf seine schwarzen Haare. Ihr Blick fing sich auf dem Blut, das sein T-Shirt durchtränkte und sich in dunklen Schlieren über seinen Körper zog.

Der Geheime wollte über die Schuldgefühle kichern, die sich in ihrer Miene widerspiegelten. Er wollte über die Pein spotten, die sie sich und dem Jungen zugefügt hatte – nur um ihre Tochter zu retten. Doch er hielt sich zurück. Er wollte noch eine Weile zuschauen, ohne von ihr bemerkt zu werden.

Die Müllerstochter ging auf Morasal zu, streckte ihre Hand nach ihm aus. Aber der Geheime blickte auf den Schnee zu ihren Füßen und fing an, ihren Traum zu lenken. Mit jedem Schritt, den sie machte, dachte er den Abstand zum Ufer größer, so dass sie Mora niemals näher kam. Sie fing an zu rennen, um ihn zu erreichen, rief dem Jungen zu, damit er wenigstens zu ihr aufsah.

Doch Mora bemerkte sie nicht. Er war wach, und sie schlief, er erlebte diesen Moment in der Wirklichkeit, während es für sie nur eine Illusion war.

Mora tauchte die Hand ins Wasser, brach ein Stück vom Eis ab, um das Loch zu vergrößern. Plötzlich wurde er schnell. Immer wieder griff er nach den Eisrändern, stemmte sich mit dem ganzen Körper in die Bewegung, um den Widerstand der dicken Eisschicht zu brechen. Bald flatterte sein Keuchen durch den Wald, mischte sich mit einem verzweifelten Winseln.

Die Müllerstochter blieb erschöpft stehen, stützte sich auf die Knie und starrte auf den Jungen, wie er den Bottich anhob und

auf das Eis einschlug. Das Eis klang hohl unter dem Schlag, nur das Holz knirschte, als wollte es unter der Wucht zerbersten.
Mora warf den Bottich beiseite. Mit einem wütenden Aufschrei sprang er auf dem Eisrand herum. Das Eis bebte und knirschte unter seinen Stiefeln. Moras Schreie wurden immer lauter, immer verzweifelter, erzählten immer mehr von der Qual, die in seinem Inneren tobte.
Plötzlich gab das Eis nach, eine große Platte brach vom Ufer und riss Mora mit sich ins Wasser. Er strauchelte, verlor das Gleichgewicht und fiel in die eisige Flut. Seine Knie schlugen auf den Kieselsteinen auf, sein Schrei mündete in einem schmerzerfüllten Brüllen.
Gleich darauf verstummte er. Nur sein Mund blieb geöffnet, lautlos stieg der Atemnebel vor seinem Gesicht auf. Ein heftiges Zittern lief durch seinen Körper, bevor er die Augen schloss und sich langsam nach vorne fallen ließ. Sein Bauch tauchte ein, seine Brust, seine Schultern, bis auch sein Kopf im Wasser versank. Der Bach spülte über seine Haare hinweg, wusch das Blut von seinem Oberkörper und trieb es über seine Beine davon.
Die Müllerstochter schrie, versuchte ein weiteres Mal, zu dem Jungen zu gelangen, doch der Geheime ließ ihre Bewegung erstarren, bannte sie in einem Alpdruck und zwang sie dazu, hilflos zuzusehen. Er genoss diesen Moment, in dem Moras Körper im eisigen Wasser zuckte, in dem es aussah, als würde er sterben. Der Geheime hielt die Zeit an und machte aus wenigen Sekunden lange, quälende Minuten. Er legte ein falsches Bild über das wirkliche, ließ Moras Haare zu Eis gefrieren und zog die Eisschicht von dort aus über seinen ganzen Körper, bis er umgeben war von einer gläsernen Hülle.
Die Müllerstochter wollte schreien, der Geheime spürte es, doch ihr Gesicht war in der Regungslosigkeit gefangen. Er ließ

die Zeit weiterlaufen. Mora fuhr auf, schnappte nach Luft und keuchte. Die gläserne Hülle zerbarst, regnete in tausend Eissplittern zurück ins Wasser. Es waren nur ein paar Sekunden, bevor Moras Körper in einem mächtigen Beben erzitterte und kraftlos zusammensackte. Er fiel auf die Seite, rollte sich wie ein Embryo im Bachbett zusammen und blieb liegen.

Wieder hielt der Geheime die Zeit im Traum der Müllerstochter an, ließ es so aussehen, als würde Mora einfach unter Wasser liegen bleiben, obwohl er in Wirklichkeit sofort wieder aufgesprungen war. Für die Augen des Weibchens dehnte der Geheime den Augenblick endlos, während er sich näher heranschlich.

Direkt neben Morasal blieb er stehen und sah zu der Müllerstochter am anderen Ufer. Sie erkannte ihn, rebellierte gegen ihre starre Hülle.

Der Geheime ließ ihren Alpdruck fallen, ihr hysterisches Kreischen sprang ihn an: »Wir müssen ihm helfen! Er kann dort nicht liegen bleiben! Er wird erfrieren!«

Der Geheime kniff die Augen zusammen und blickte auf seinen Diener. »Meint sie das dreckige Menschenscheusal, das sie ihm brachte? Tut es ihr nun leid, dass sie ihn betrogen hat? Fühlt sie jetzt, was sie dem fremden Kind angetan hat, um ihr eigenes zu retten?«

Die Menschenhure schrie auf, kreischte ihn mit einem bestialischen Laut an, in dem sie ihre ganze Hilflosigkeit offenbarte. Nicht einmal Worte fand sie, um ihre Wut auszudrücken.

Der Geheime kicherte über sie, sah ihr zu, wie sie ansetzte, um über den Bach zu springen, und ließ sie an einer unsichtbaren Wand zurückprallen. Sie fiel nach hinten, landete im Schnee und sprang wieder auf. »Ich habe immer gefühlt, was ich ihm angetan habe! Vom ersten Moment an! Er ist auf der Reise zu meinem Kind geworden! Wochenlang habe ich ihn gestillt, hundert Mal hat er mich angelächelt. Selbst als ich ihn hierherbrachte, hat er mir noch vertraut.« Ihre Worte versanken im Heulen, sie fiel auf die Knie, krabbelte auf die unsichtbare Wand zu, die zwischen ihr und dem Jungen lag. »Mora!« Sie rief ihm leise zu, als könnten ihre Worte ihn erreichen. Doch Mora reagierte nicht auf ihre Rufe.

»Es kann sie nicht hören!«, spöttelte der Geheime. »Für sie ist es nur ein Traum, aber für das Menschenscheusal ist es die Wirklichkeit. Es ist allein hier draußen, allein mit seiner Qual, allein mit den bösen Gefühlen, die es im Eiswasser erfrieren will!«

Die Müllerstochter zuckte mit jedem seiner Worte zusammen, versuchte immer wieder vergeblich, zu Mora zu kriechen. »Er wird sich umbringen!«

Der Geheime wiegte seinen Kopf hin und her. »Vielleicht ja, vielleicht nein. Es hat schon schlimmere Momente überlebt.« Sein kleiner Streich ließ eine hämische Freude durch seinen Bauch tanzen. Zum Glück konnte die Müllerstochter nicht wissen, dass die Zeit in ihrem Traum stillstand, während Mora dem Bach in Wirklichkeit schon längst entflohen war.

Sie sank an der unsichtbaren Wand zusammen. Ihr Heulen jammerte durch den Wald, immer wieder flüsterte sie den Namen des Jungen: *Mora.*

Der Geheime erinnerte sich an den Zettel, den er in der Decke des Babys gefunden hatte. Mit geschwungener Schrift hatte sie den Namen daraufgeschrieben. »Wie rührend. Hat sie dem armen Straßenkind etwa diesen Namen gegeben?« Der Geheime ließ seine Stimme säuseln. »Oder hat sie ihn von der armen Mutter erfahren, der sie das Kind für ein Säckchen voll Gold abgekauft hat?«

Die Müllerstochter sah erschrocken auf. Der Geheime kicherte. »Oh, erschreckt es sie, dass er das über sie weiß? Hat sie etwa geglaubt, er würde ihre Träume seit Jahren begleiten, ohne etwas über sie zu erfahren?« Er trat näher an den Bach heran, sprang über Mora hinweg und landete auf der Eisschicht des jenseitigen Ufers. Nur die unsichtbare Wand trennte ihn jetzt noch von der Müllerstochter. Dahinter war ihr Gesicht direkt vor seinem. »Da hat sie sich wohl etwas vorgemacht. Er ist derjenige, der sie am besten kennt, der Einzige, der sie überhaupt kennt. Nicht wahr?«

Die Müllerstochter wich eilig vor ihm zurück. Sie fand ihn hässlich, er spürte es genau. Sie konnte die Nähe seines Antlitzes kaum ertragen. Doch auch sie war älter geworden, hatte ihre jugendliche Schönheit schon lange hinter den Fältchen verloren, die sich durch ihre Schuld in ihr Gesicht gegraben hatten.

Der Geheime kletterte aus dem Bach, schob die unsichtbare Wand ein Stück nach hinten und trat der Müllerstochter entgegen. »Bringt sie ihm heute endlich, was sie ihm einst versprach?«

Sie fing wieder an zu kämpfen, spuckte in seine Richtung: »Du wirst meine Tochter nie bekommen! Niemals!«

Der Geheime lachte auf, spürte, wie der Sieg durch seine Adern pulsierte: »Nur hat sie ihre Tochter nicht dazu befragt. Das Mäuslein ist in seine Falle gegangen. Ganz nah ist sie bei ihm. Schon wenn der Morgen graut, ist sie seine Braut!«

Die Müllerstochter schrie auf, wollte auf ihn losgehen. Doch er hob nur die Hand und wischte sie fort aus seinem Traum. In der nächsten Sekunde war sie verschwunden, aufgewacht, allein in ihrem Bett und weit von ihm entfernt.

Der Geheime stand auf, drehte sich um und blickte auf Morasal, der bereits weiter hinten durch den Wald davonging, mit zitterndem Körper und dem vollen Bottich in seinen Händen.

* * *

Der Geheime löste sich endgültig von seinem Diener, zog sich aus der Traumwelt zurück und öffnete die Augen. Der Ring der Müllerstochter war wieder kühl unter seinen Fingern.
Wie leichtfertig sie ihn damals hergegeben hatte – ohne sich zu wundern, warum er einen kleinen Goldring gegen Berge von anderem Gold tauschte. Törichtes, gieriges Weibchen – so sehr hatte das Gold sie geblendet, dass sie nicht einmal geahnt hatte, welche Macht sie ihm mit dem winzigen Schmuckstück gab. Es war ein Geschenk ihres Liebsten gewesen, der Ring hatte ihr etwas bedeutet. Allein deshalb konnte der Geheime die Träume ihrer ganzen Familie beherrschen, die jedes einzelnen Menschen, den sie liebte – einschließlich Mora.
Und jetzt hatte er sie besiegt, nur durch die Illusion seiner Träume! Bald würde er bekommen, was ihm gehörte!
Eine Welle der Euphorie spülte über ihn hinweg. Der Geheime lachte schallend, sprang von seinem Lager auf und sah sich in seiner Hütte um. »Es ist noch viel zu tun, bevor seine Braut in ihr neues Heim kommt.« Er kniff die Augen zusammen, blickte durch die offene Tür in die Schlachtkammer und betrachtete den gehäuteten Keiler, der darauf wartete, zerteilt zu werden. Ein knuspriger Braten würde über dem Feuer brutzeln, wenn sie zu ihm kam – und saftiger Schinken würde in der Räucherkammer hängen, wenn sie in den nächsten Tagen etwas zu essen bereiten wollte.
»Ein prächtiges Hochzeitsmahl werden sie genießen.« Der Geheime schnurrte. »Bald schon, ganz bald wird sein Diener sie zu ihm bringen. Freiwillig muss sie seinen Tarnkreis betreten, dann ist sie sein. Und dem Jungen vertraut sie, ihm wird sie folgen.« Der Geheime kicherte, sprach weiter mit sich selbst, um sich noch einmal an der Geschichte zu belustigen: »Ihrem geheimen Traum ist sie nachgereist, der Geruch des Moores hat sie angelockt. So ein leichtgläubiges Kind. Lockende Träume

sind gefährlich. Hat sie das vergessen? Hat sie das nie gelernt, das arme Menschenkind?« Er wiegte seinen Kopf hin und her, verwandelte seine Worte in einen leichten Singsang. »Sie ist ein törichtes Weibchen, aber sooo ein schönes.« Er begann, im Kreis zu tanzen, sich zu wiegen im Takt ihrer Hochzeitsmusik: »Grummelscrat, Grummelscrat ist sein geheimer Name – Grummelscrat, des Moores Hüter, holt sich seine Dame.«

Er verstummte, erschrak über seinen Gesang. Es war gefährlich, den Namen des Geheimen laut auszusprechen.

Grummelscrat warf seinen Kopf herum, lauschte durch die Wände der Hütte in den Wald. Doch es schien niemand in der Nähe zu sein, der ihn gehört haben könnte. Ein zufriedenes Lächeln breitete sich auf seinem Gesicht aus. So war sein Plan doch noch geglückt. Morasal würde es nicht wagen, sich ihm noch einmal zu widersetzen.

»Bald schon wird sie bei ihm sein.« Der Geheime schnurrte wieder, kniff die Augen zusammen und betrachtete das neue Lager, das er ihr eingerichtet hatte. Mit den schönsten und weichsten Fellen, direkt neben seinem.

Er müsste nur die Hand nach seiner Braut ausstrecken, um sie endlich in Besitz zu nehmen.

17. Kapitel

Es schien eine Ewigkeit zu dauern, bevor Mora zurückkam. Mindestens eine Stunde musste vergangen sein, als er endlich von außen an die Tür klopfte.

Fina sprang auf und ließ ihn herein.

Mora war nass. Sein dunkles T-Shirt klebte schlaff an seinem Oberkörper, rötliches Wasser lief seine nackten Beine hinab, und seine Haut färbte sich bläulich. Er trug den Bottich vor sich her, der bis oben mit Wasser gefüllt war, und stellte ihn neben dem Feuer ab.

»Hast du dich im Bach gewaschen?« Fina starrte ihn an.

Mora antwortete nicht, wandte sich ab und ging wieder nach draußen.

Finas Herz fing an zu rasen. Er konnte so nicht nach draußen gehen. Er würde erfrieren!

Aber schon nach wenigen Minuten kehrte er zurück. Er trug seine Kleidung auf dem Arm und warf sie neben das Feuer. Der Goldstaub schimmerte noch darauf, die letzte Erinnerung an schönere Momente.

Fina wartete darauf, dass er sie anzog. Doch Mora holte eines der Ledertücher aus seiner Truhe. Er zog sein nasses T-Shirt über den Kopf, und für einen Augenblick sah sie seinen nackten Po, während er sich die Unterhose auszog und sich das Ledertuch umband. Auf seiner Haut glänzten noch immer die Wassertropfen, seine Wunden schimmerten in einem dunklen Blau. Schließlich ging er zu seinem Wasserbottich. Fina sah, wie seine Muskeln zitterten, als er Wasser in den Kessel schüttete und ihn über das Feuer hängte.

Fina konnte seinen Anblick kaum ertragen. »Du musst dich abtrocknen … und anziehen! Sonst holst du dir den Tod.«

Moras Blick streifte sie. Die Muskeln an seinen Wangen zuckten, und plötzlich begriff sie, gegen wen sich seine Wut richtete: nicht gegen sie. Er war wütend auf sich. So gnadenlos wütend, dass er sich selbst folterte.
Fina holte eines ihrer Handtücher, ging zu ihm und drückte es gegen seine Brust. »Trockne dich ab! Sonst muss ich es tun!«
Mora starrte sie an. Zum ersten Mal, seit er weggelaufen war, wurde sein Gesicht wieder weicher.
»Warum tust du das?« Fina schluckte. »Warum bist du so hart zu dir?«
Ein bitteres Lächeln huschte über Moras Gesicht. »Weil es das verdient.« Er hauchte die Worte nur, während er anfing, das Handtuch über seine Haut zu reiben. An seinen Beinen wurde er vorsichtig und tupfte um die Wunden herum.
»Zeig her!« Fina kniete sich vor ihn, nahm das Handtuch zur Seite und betrachtete seine Verletzungen. An zahlreichen Stellen war die Haut aufgerissen. Die meisten Wunden waren nicht tief. Doch eine bereitete ihr Sorgen, weil sie so weit auseinanderklaffte, dass sie genäht werden müsste.
Fina biss die Zähne aufeinander. Wenn er so hart war, dass er sich selbst Schmerzen zufügte, bitte sehr, dann würde er auch das aushalten. »Setz dich auf dein Lager! Ich verarzte dich.«
Fina stand auf und ging zu ihrem Rucksack. Sie holte ihr Erste-Hilfe-Set heraus und suchte nach dem Nähzeug, das sie für alle Fälle mitgenommen hatte. Wie bei guten Pfadfindern.
Mora saß auf seinen Fellen, als sie sich wieder umdrehte. Nur sein Gesicht war noch genauso verschlossen wie zuvor.
Fina spürte, wie sich seine finstere Miene auf sie übertrug, wie sie anfing, innerlich kalt zu werden. Sie holte abgekochtes Wasser aus dem Kessel und kniete sich neben ihn. Nach und nach reinigte und desinfizierte sie seine Wunden und versorgte

sie mit Pflastern und Mullbinden. Erst ganz zum Schluss hielt sie das Feuerzeug unter ihre Nähnadel, fädelte einen Faden ein und blickte Mora in die Augen. »Das wird jetzt ziemlich weh tun. Also beiß die Zähne zusammen.«

Mora nickte.

Fina drückte die Wunde zusammen und setzte die Nadel an. Es war nicht leicht, zuzustechen, der Gedanke an den Schmerz kribbelte auf ihrer Kopfhaut. Doch im nächsten Moment fand sie es gerecht, ihm weh zu tun – er hatte ihr auch weh getan.

Mora gab keinen Mucks von sich, während sie nähte. Er zuckte nicht einmal zusammen. Nur seine geblähten Nasenflügel verrieten den Schmerz.

Als Fina schließlich einen Verband um seinen Oberschenkel wickelte, hielt sie das Schweigen nicht länger aus. »Warum ist es so schlimm, dass ich dich geküsst habe? Warum bist du so wütend?«

Mora sah sie erschrocken an. Der Schmerz in seinen Augen glühte noch nach, ließ sie ahnen, wie sehr er innerlich kämpfte. Wie konnte jemand nur so beherrscht sein?

»Es war schön«, flüsterte sie. »Und ich dachte, es hätte dir auch gefallen.«

Mora starrte auf ihre Hand, die noch auf seinem Bein lag.

Fina spürte einen seltsamen Trotz, den Wunsch, ihn zu provozieren. Ganz langsam strich sie über seine Haut, ließ ihre Finger über seinen Oberschenkel gleiten.

Mora sprang hoch. »Warum tut sie das? Will sie ihn …?«

Fina stand auf. Er sollte nicht wieder von oben auf sie herabsehen. »Ja, Mora. Ich will dich.«

Mora wandte sich von ihr ab. Er ging zu seinem Feuer, drehte den Spieß mit dem Wildschwein und schüttete schließlich das kochende Wasser aus dem Kessel in den Bottich zurück. Als er

sich zu ihr umdrehte, senkte er den Blick. »Ich habe dir ein Bad bereitet.«
Fina hielt den Atem an. Plötzlich merkte sie, wie der Staub auf ihrer Haut juckte, und fühlte den Ruß, der ihr Gesicht verschmierte. Sie hatte seit Ewigkeiten nicht mehr gebadet, der Gedanke war verlockend. Doch dann wurde ihr klar, wie paradox es war. »Warum bereitest du mir ein Bad und wäschst dich selbst im eiskalten Bach? Warum machst du das warme Wasser nicht für dich?«
Mora sah sie überrascht an. Seine schwarzen Augen schimmerten. »Ich hatte noch nie ein warmes Bad.«
Fina blickte zu dem Bottich, sah wieder zu Mora, dessen Wunden frisch verbunden waren. Sie hätte nicht mehr genug Verbandszeug, um sie erneut zu verarzten. Dennoch: »Dann sollte das erst recht dein Badewasser sein.«
Mora schüttelte den Kopf. Er zeigte auf seine Verbände, als hätte er ihre Gedanken erraten. »Nein. Es ist für dich.« Er ging zur Tür.
»Halt!« Finas Stimme bebte. »Du kannst so nicht rausgehen. Ich will nicht, dass du überhaupt wieder rausgehst.«
Mora drehte sich langsam zu ihr um. Er hielt den Atem an.
Finas seltsamer Trotz kehrte zurück. »Von mir aus bade ich jetzt in dem Wasser. Aber du musst hierbleiben.« Sie ergriff den Saum ihres Pullis und zog ihn über den Kopf.
»Tu das nicht!« Mora starrte sie aus weit aufgerissenen Augen an, wandte schließlich den Blick ab, während sie ihre Jeans von den Beinen streifte. Nur die Bewegung seines Rückens verriet seinen hektischen Atem. »Hör auf, Fina. Wenn du das tust, dann … Ich bin gefährlich für dich.«
Fina hielt inne. Plötzlich tauchte der Abgrund wieder vor ihr auf, die dunkle Ahnung, dass sie nicht nur von Moras Herr bedroht wurde. »Was meinst du damit?«

Mora lachte auf, ein verzweifelter, abgehackter Laut. »Ich fühle etwas, das ich nicht unterdrücken kann. Es ist ein böses Gefühl, es ist …« Er atmete tief ein, sprach schließlich so leise, dass sie ihn kaum verstehen konnte: »Ich will dich besitzen, Fina. Ich will dich an mich ziehen und … Das Gefühl verlangt von mir, dass ich …« Seine Stimme versagte. »Ich werde dir weh tun, wenn ich dem Gefühl folge.«

Fina stieß die Luft aus. Schwindel fegte durch ihren Kopf, während sie begriff, was hier vorging. »O mein Gott.«

Moras Gesicht verhärtete sich. Er wandte sich zur Tür und hob den ersten Holzbalken an.

»Nein! Warte!« Fina rannte zu ihm, legte ihre Hand auf seine. »So hab ich das nicht gemeint. Ich habe nur gerade etwas verstanden.« Sie musste schlucken, musste die richtigen Worte erst suchen. »Niemand hat dir je erklärt, was Menschen tun, wenn sie sich lieben, oder?«

Mora sah nach unten. Die winzigen Muskeln an seinen Wangen zuckten.

»Ich fühle das Gleiche wie du.« Fina flüsterte. »Ich möchte dir so nah sein, dass es ganz furchtbar weh tut, hier drin.« Sie legte die Hand an ihre Brust. »Die ganze Zeit will ich dich berühren, manchmal kann ich an gar nichts anderes denken. Deshalb hab ich dich geküsst. Und deshalb möchte ich noch ganz andere Dinge mit dir tun, um das Gefühl endlich …« Ihre Stimme versagte, konnte die letzten Worte nur noch hauchen: »… zufriedenzustellen.«

Mora blickte wieder auf. »Ich darf dich nicht besitzen, Fina. Niemand darf das. Deine Mutter hat schon lange genug über dich bestimmt. Jetzt musst du frei sein.«

Ein warmes Gefühl strömte durch Finas Brust. »Ich möchte dich aber auch besitzen, Mora. Ich möchte dich für immer bei mir haben und mit niemandem teilen. Aber wenn wir beide es

wollen, dann nennt man es nicht *besitzen.*« Sie strich durch seine Haare, ließ ihre Finger an seiner Schläfe hinabgleiten. »Das Gefühl, das du meinst, Mora, das ist *Liebe.*«
Sie wollte seine Antwort nicht hören, wollte die Reaktion in seinem Gesicht nicht sehen. Stattdessen nahm sie ihn an der Hand und zog ihn hinter sich her. Erst vor dem Badebottich drehte sie sich um. Ganz langsam zog sie sich aus, bis sie nur noch in BH und Unterhose vor ihm stand.
Moras Augen waren geschlossen. Fina legte ihre Hand an seine Wange, damit er sie wieder öffnete. »Ich liebe dich auch, Mora. Und alles, was du mit mir tun willst, darfst du tun. Damit wirst du mich nicht verletzen.«
Mora hielt die Luft an, während Fina ihren BH öffnete und aus ihrer Unterhose schlüpfte. Seine Augen schienen noch dunkler zu werden, während sein Blick über ihren Körper glitt.
Fina fing an zu bibbern. Sie wich mit einem schnellen Schritt zurück, stieg in die Wanne und tauchte ins Wasser.
Mora fiel neben ihr auf die Knie, stützte seine Stirn auf den Rand des Bottichs. »Davon hab ich geträumt, Fina. Obwohl ich wach war. Jede Nacht, wenn du geschlafen hast.«
Fina legte die Hand in seine Haare, beugte sich vor und drückte ihr Gesicht in das dichte Schwarz. Er roch gut, noch immer so geheimnisvoll wie am Anfang.
Mora hob seinen Kopf, begegnete ihrem Mund mit seinen Lippen. Seine Hände berührten ihre Haare, streiften ihren Nacken.
Fina streckte die Arme nach ihm aus, zog ihn über den Rand des Bottichs an sich. Dieses Mal hörte er nicht auf, sie zu küssen. Ihre Lippen bewegten sich, ihre Zungen tanzten umeinander, mischten ein leises Keuchen in das Plätschern des Wassers.
Erst nach einer ganzen Weile löste Mora sich von ihr. Sein Arm

tauchte in den Bottich, strich an ihren Beinen entlang, bis zu ihren Füßen.
Fina schloss die Augen, lehnte sich an den Rand der Wanne, während Mora anfing, ihre Füße zu massieren. Seine Finger waren sanft und entschlossen zugleich. Seine Daumen strichen über ihre Fußsohlen, drückten vorsichtig zu. Winzige Stromschläge sirrten durch ihre Haut, zuckten ihre Beine hinauf. Ein leises Stöhnen mischte sich in den Takt ihres Atems. Fina biss sich auf die Unterlippe. Doch es ließ sich nicht unterdrücken. Wie konnte es sein, dass seine Finger die Punkte kannten, die sie berühren mussten? Wer hatte ihm gezeigt, was er damit auslösen konnte? Es gab nur eine Person in seinem bisherigen Leben.
Fina wollte die Antwort nicht wissen, wollte nicht erfahren, was sein Herr sonst noch mit ihm getan hatte. Irgendwann vielleicht – aber nicht jetzt. Sie öffnete die Augen. Mora hockte mit gebeugtem Nacken am Fußende ihrer Wanne. Ein unterdrücktes Keuchen löste sich aus seinem Mund.

* * *

Ihre Füße bewegten sich unter seinen Fingern, rieben sich daran und streckten sich ihm entgegen. Mora hielt den Atem an, während er sie massierte, lauschte ihrem Stöhnen, das seine eigene Gier hervorlockte. Er schloss die Augen, lehnte seinen Kopf nach vorne und versuchte, das Gefühl zurückzudrängen. Doch mit jedem Atemzug pulsierte es stärker durch seinen Körper.
Plötzlich zogen sich ihre Füße zurück. Mora sah auf, gerade rechtzeitig, um zu beobachten, wie sie aufstand. Das Wasser glänzte auf ihrem Körper. Moras Blick fing sich an den weichen Wölbungen ihrer Brust, glitt weiter zu den dunklen Haa-

ren zwischen ihren Beinen – nur kurz, bevor sie aus dem Bottich stieg und ihm den Rücken zukehrte.
Mora schluckte, um das verbotene Gefühl zu bremsen. Ganz regungslos saß er da, während sie etwas aus ihrem Rucksack holte und damit zurückkam. Sie hielt eine seltsame violette Flasche in der Hand, setzte sich wieder in die Wanne und tauchte ihren Kopf unter Wasser, bis ihre gelben Haare wie die Strahlen der Sonne um sie herumschwammen.
Mora löste sich aus der Starre, rutschte an das Kopfende des Bottichs und berührte ihre sonnigen Haare. Fina öffnete die Augen und lächelte ihn an. Sie tauchte auf, nahm die lila Flasche und spritzte eine Flüssigkeit auf ihre Hand. Der Duft seltener Blumen breitete sich aus und raubte ihm den Atem. Es war ihr Duft. Er kam aus dieser Flasche. »Was sind das für Blumen? Ich kenne den Geruch nicht. Sind sie selten?«
Fina lachte auf. »Du meinst das Shampoo?« Sie verteilte die zähe Flüssigkeit auf ihren Haaren. »Das ist Lavendel.« Sie knetete die Haare mit den Händen, bis ihr Kopf von einer weißen Schaumkrone umhüllt war. »Da, wo ich zuletzt gewohnt habe, in der Provence, da riecht die Luft überall nach Lavendel.« Ein breites Lächeln erschien auf ihrem Gesicht. »Komm mal her! Du riechst auch gleich nach Blumen!« Ihre Arme schnellten aus dem Wasser, griffen in seinen Nacken und zogen seinen Kopf über den Rand des Bottichs.
Mora schloss die Augen, während ihre Hände warmes Wasser über seinen Kopf schaufelten. Es fühlte sich schön an. Fast zärtlich schmiegte sich das Wasser in seine Haare und tropfte an seinem Gesicht herab. Der Blumenduft hüllte ihn ein, als Fina anfing, den Schaum auf seinen Haaren zu verteilen. Ganz sanft kraulten ihre Finger über seine Kopfhaut.
Mora konnte die Nähe ihres Körpers fühlen, erahnte ihre Bewegung in dem Windzug auf seinem Gesicht. Er öffnete die

Augen und erkannte ihre geheimnisvollen Wölbungen vor sich, so nah, dass er sie mit dem Mund berühren könnte. Ohne darüber nachzudenken, schloss er seine Lippen um eine der dunklen Spitzen.

Fina keuchte, ihre Hände krallten sich in seine Haare und zogen ihn näher an sich.

Moras Gier erwachte, wollte sich ihr entgegendrängen und über sie herfallen. Nur der Rand des Bottichs hielt ihn davon ab. Er fühlte ihre Spitze mit der Zunge, umrundete sie und strich darüber. Das Blut rauschte in seinen Ohren, während er von ihrer anderen Seite kostete. Er konnte kaum genug von ihr bekommen, leckte das Wasser von ihren weichen Hügeln, bis ihr Keuchen so laut wurde, dass es das Rauschen in seinen Ohren übertönte.

Finas Bewegungen wurden hektisch, während sie neues Wasser über seine Haare spülte. Der Schaum tropfte auf ihre Haut und gab ihr einen bitteren Geschmack. Mora löste sich davon und blickte in ihre Augen. Ihre Pupillen waren dunkel und weit, fast, als wollten sie ihn aufsaugen. »Ich will mit dir schlafen«, flüsterte sie.

Mora wusste nicht, was ihre Worte bedeutete, und doch trieben sie ein heftiges Kribbeln durch seinen Körper.

Mit einer schnellen Bewegung tauchte Fina unter, zog selbst ihr Gesicht unter die Wasseroberfläche. Für einen Moment betrachtete Mora ihre geschlossenen Augen, die gekräuselten Spiegelungen der Wellen, die sich auf ihrer Haut abzeichneten. Dann trieb der Schaum aus ihren Haaren darüber hinweg und ließ sie verschwinden.

Nur wenige Sekunden später tauchte sie wieder auf. Sie stieg aus dem Bottich und holte eines der Handtücher aus ihrem Rucksack, wickelte es um ihren Oberkörper und fasste nach Moras Hand. In der anderen Hand hielt sie eine schwarze

Schachtel, die er noch nie gesehen hatte. Sie führte ihn zu seinem Schlaflager, holte ihre Felle und warf sie zu seinen, bevor sie ihn nach unten zog. Sie drückte ihre Hände gegen seine Schultern, bis er sich auf den Rücken legte. »Weißt du, was das ist: miteinander schlafen?«

Mora schloss die Augen. »Nein.«

Ihre Hände schoben sich über seine Hüften, lösten sein Ledertuch und legten das frei, was er immer so sorgsam verborgen hatte. Mora keuchte auf, als ihre Finger seinen Bauch berührten und die verbotene Stelle umrundeten. »Das ist das, wovon du fürchtest, dass es mir weh tut.«

Mora brach in Schweiß aus. Er schüttelte den Kopf. »Es will ihr nicht weh tun.«

Fina streichelte ihn weiter, tastete mit ihren Händen immer näher an seine verbotene Stelle und berührte die empfindliche Spitze. Wilder Schwindel fegte durch Moras Kopf und ließ alles andere verschwimmen.

»Es wird mir nur ein kleines bisschen weh tun«, flüsterte Fina. Ihre Hände verschwanden. »Ich will es so.«

Mora öffnete die Augen. Sie hatte das Handtuch zur Seite gelegt, ihre Wölbungen zogen seinen Blick wieder auf sich. Sie bewegten sich, während Fina sich vorbeugte und ein kleines Tütchen aus der schwarzen Schachtel hervorholte. Sie riss es auf und zog etwas Rotes, halb Durchsichtiges heraus. Etwas, das er noch nie gesehen hatte.

Fina legte es auf die verbotene Stelle, rollte es wie eine zweite Haut darum herum. Ihre Finger streiften ihn so zart, dass das Gefühl darunter zuckte.

»Nein!« Mora keuchte auf, krallte seine Hände in das Fell.

»Keine Angst.« Fina beugte sich über ihn und lächelte. Ihre Lippen berührten seine, ihre Wölbungen pressten sich an seine Brust.

Mora zog sie an sich. Die Gefühle in seinem Bauch überschlugen sich, während er über ihren Rücken streichelte. Ihr Körper war so schmal in seinen Armen, so zart, dass er Angst hatte, sie zu zerbrechen.
Plötzlich schob sie ihr Bein über seine Hüfte, setzte sich auf seinen Bauch und richtete sich auf. Ihr schwarzes Dreieck berührte seine Haut. Unter ihren Haaren verbarg sich ein Geheimnis, das sich warm anfühlte.
… eine verbotene Stelle, die ganz anders war als seine. Sie rutschte tiefer, bis sie seine Spitze berührte, den Teil von ihm, der am gierigsten war.
»Hör auf!«, japste Mora.
Doch sie hörte nicht auf. Er spürte etwas Enges, das sich über ihn schob, etwas Feuchtes, das sein Gefühl immer fester umschloss.
Mora stöhnte, fasste ihre Hüften und begriff nur langsam, dass er in ihr war, verbunden mit ihrem Geheimnis. »Was tut sie da?« Ihre Augen waren geschlossen, Schmerzen zeichneten sich auf ihrem Gesicht, während sie die Lippen fest aufeinanderpresste. Nur ein unterdrücktes Wimmern drang darunter hervor.
»Sie soll aufhören«, keuchte Mora. Seine Hände strichen über ihren Po, über ihre Beine. Ohne es zu wollen, drängte er sich tiefer in sie hinein.

* * *

Fina schrie auf, biss die Zähne aufeinander und verstummte. Der Schmerz wollte sie zerreißen, trieb Tränen in ihre Augen. Sie war zu eng, er war zu groß, ließ sie mit jedem Atemzug aufjammern.
»Es tut ihr weh!« Mora klang verzweifelt. »Wir müssen aufhören.«

»Nein!« Lachen und Heulen pressten sich in Finas Stimme. Mora war in ihr, sie schlief mit ihm. Um keinen Preis der Welt wollte sie aufhören. »Es ist in Ordnung. Es ist nur, weil ich das noch nie gemacht habe.« Sie legte sich wieder auf ihn, drückte ihr Gesicht an seine Schulter. »Der Schmerz wird vorbeigehen.«
Mora wimmerte. »Wir müssen aufhören. Es ist verboten.«
Fina schüttelte den Kopf, richtete sich vorsichtig auf und sah ihn an. »Niemand kann es uns verbieten. Nicht einmal dein Herr.«
Moras Augen glühten, ließen sie ahnen, wie schwer die Konsequenzen waren, die er fürchtete. »Doch, Fina. Wir müssen aufhören, bevor es zu spät ist.« Er stöhnte auf, drückte sich an sie. Seine Hände streichelten ihren Po, hielten ihre Hüften fest und widersprachen allem, was er sagte.
Die Erregung ließ ihn verletzlich erscheinen: die Art, wie er seinen Kopf auf dem Fell nach hinten legte, die winzigen Falten, die sich auf seiner Stirn abzeichneten. Seine Zähne schimmerten zwischen seinen Lippen und lockten sie an.
»Ist es nicht schon zu spät?« Fina küsste ihn.
Ein bitteres Lächeln spielte um seinen Mund. »Ja. Der Herr wird mich …« Er keuchte auf, seine Hüfte bewegte sich.
Der Schmerz explodierte. Fina schloss die Augen, um ihn zu ertragen, um ihn zu besiegen. Sie bewegte sich mit ihm, passte sich dem Takt an, bis das Reißen nachließ, bis ihre Lust darunter hervorkam.
Schließlich küsste sie Moras Kinn, seinen Mund, lauschte seinem Keuchen, das viel höher klang, als sie es je von einer Männerstimme erwartet hätte. Seine Arme sanken neben ihm auf die Felle. Fina strich an ihnen entlang, ahnte die Kraft, die in seinen Muskeln verborgen lag, und fühlte, wie ergeben sie in diesem Moment waren. Sie legte ihre Hände um seine Handgelenke, hielt sie fest und leckte über die Haut an seiner Brust.

Der Schmerz verwandelte sich in ein mildes Pulsieren, in ein sanftes Stechen, das ihre Gier anheizte. Sie bewegte ihre Hüfte, nahm ihn tiefer in sich auf und ließ ihn wieder frei.
Moras Keuchen wurde lauter. Seine Handgelenke zuckten unter ihren Fingern. »Sie muss das nicht tun. Es tut ihr weh.«
Fina lachte leise. »Nein, nicht mehr. Es fühlt sich schön an.«
Plötzlich spürte sie, wie sein Widerstand brach, wie er die Kontrolle aufgab. Seine Hände rissen sich los, umklammerten ihre Taille und zogen sie an sich. Im nächsten Moment schrie er auf, ließ ihre Lust aufspringen und mehrere Stufen hinaufsprinten. Wilder Schwindel erfasste ihren Körper, wirbelte durch ihren Kopf. Sie drückte sich an ihn, rieb sich, bis das Gefühl explodierte.
Fina musste lachen, als es vorbei war. Sie ließ ihr Gesicht an seinen Hals sinken, leckte ihn und suchte seinen Mund. Sie schmeckte etwas Salziges, entdeckte die Tränen auf seinem Gesicht. Sein Körper zuckte in ihren Armen und ließ ihr Lachen verstummen. Mora streichelte ihren Rücken, ihre Haare, heulte so verzweifelt, dass sie wieder daran denken musste, wo sie waren.
Sie saßen noch immer in der Falle. Moras Herr musste noch immer dort draußen sein und auf sie lauern.
Wahrscheinlich würden sie nie wieder miteinander schlafen.

18. Kapitel

»Morasal ist ein guter Junge, nicht wahr?« Der Herr streichelte über seine Haare, schnurrte liebevoll in sein Ohr: »Er nimmt seine Aufgabe doch ernst, oder? Der Geheime setzt großes Vertrauen in ihn.«

Mora wurde schwindelig. Der Herr hatte aufgehört, ihn mit »Es« anzureden. Fast, als wäre er aufgestiegen in seiner Gunst, als würde der Geheime anfangen, ihn zu mögen.

Der Herr lächelte. »O ja, Mora. Aus dem zügellosen Kind ist ein würdiger Diener geworden. Er verdient die Achtung seines Herrn. Der Geheime wird sehr stolz auf ihn sein, wenn er seinen Auftrag erst erfüllt hat.«

Ein warmes Gefühl strömte durch Moras Bauch. Stets hatte er sich bemüht, alles richtig zu machen, den Wünschen des Herrn gerecht zu werden. Doch nie zuvor war der Geheime stolz auf ihn gewesen, noch nie hatte er so liebevoll zu ihm gesprochen.

»Der Geheime hat ihn doch aufgezogen.« Der Herr strich über seine Schläfe, sprach so sanft, dass sich Tränen in Moras Augen sammelten: »Er hat ihn in den Armen gewiegt, als Morasal noch ein Baby war, und er hat immer für ihn gesorgt. Der Herr ist doch alles, was Mora hat, alles, was ihm immer bleiben wird. Er ist seine Familie, nicht wahr?«

Die Tränen drängten hervor, ließen sich nicht länger aufhalten. Für immer würde er auf die Gunst des Herrn angewiesen sein. Es gab nur einen Weg, um weiterzuleben …

Mora schreckte auf, sein Herzschlag tobte. Nur langsam erkannte er, dass er auf seinem Lager saß. Der Geheime war nicht hier. Auch draußen, oberhalb der Höhle, war es still. Nur das

grelle Tageslicht fiel durch das Loch in der Decke auf die letzte Glut des Feuers.
Er hatte geschlafen, geträumt!
Wie konnte ihm das passieren? Wie konnte er nur einschlafen, wenn Fina neben ihm lag?
Mora fuhr herum. Sie lag noch da und schlief, auf seinem Lager, so nah bei ihm, dass sich ihre nackten Beine berührten. Die Wärme auf seiner Haut ließ ihn ahnen, dass er sie bis eben noch im Arm gehalten hatte.
Er sollte sie zu seinem Herrn bringen! Noch heute Morgen. Es war sein Auftrag, der Grund, warum der Geheime ihn in diese Höhle geschickt hatte.
Mora schloss die Augen. Wenn er es tat, würden sie wieder ausreichend Nahrung haben. Der Geheime würde zufrieden mit ihm sein und für sie beide sorgen. Niemand würde sie noch jagen und verfolgen, und Mora könnte für immer in Finas Nähe bleiben.
In ihrer Nähe. Aber nicht so wie in dieser Nacht. In der Hütte des Herrn müsste er sich von ihr fernhalten, dort wäre er wieder ein Diener, und Fina wäre …
Moras Hals schnürte sich zu. Sie wäre das Eigentum des Herrn. Plötzlich wusste er, was der Geheime von ihr wollte. Sie sollte mehr sein als nur seine Dienerin. Sie sollte mehr tun als das Essen zubereiten und seine Füße waschen. Der Herr wollte mit ihr schlafen, wollte ihren Körper in Besitz nehmen, ähnlich wie sie es in dieser Nacht getan hatten. Und doch ganz anders. Denn Fina würde es nicht wollen. Sie würde den Herrn hassen, sie würde sich wehren. Aber der Geheime war so stark, so schnell. Wenn er etwas wollte, dann nahm er es sich. Er würde seine Peitsche über ihren Körper ziehen, wenn sie nicht gehorchte. Er würde sie prügeln, bis sie still lag, und dann über ihr Geheimnis herfallen.

Mora konnte nichts gegen den verzweifelten Laut tun, der aus seiner Kehle drängte, gegen die Tränen, die in seine Augen strömten.
Fina murmelte, drehte sich im Schlaf, wälzte sich hin und her. Ihr Murmeln veränderte sich, wiederholte immer wieder das gleiche, unverständliche Wort, bis es schließlich zu verstehen war: *»Familie.«*
Fina schreckte auf, saß für einen Moment nackt vor ihm, bevor sie hastig die Felle über ihre Brust zog und ein kleines Stück zurückwich.
Mora wischte die Tränen beiseite, um sie besser zu sehen. Ihre Augen waren weit, entsetzt, und plötzlich schien es ihm, als wüsste sie, dass er sie verraten sollte.

* * *

»Er ist meine Familie, meine Familie, meine Familie …« Der Satz aus ihrem Alptraum drehte sich in ihrem Kopf. Sie sah Mora vor sich stehen, während er es sagte, neben der Tür, kurz bevor er sie nach draußen führte. Und sie sah ihn jetzt vor sich sitzen, mit Tränen in den Augen, so verzweifelt, als wollte er seine Schuld gestehen.
»Warum hast du das gestern gesagt?«, stammelte sie. »Warum hast du gesagt, dass dein Herr deine Familie ist?«
Mora starrte sie an, nur eine Sekunde, bevor er den Kopf in die Hände stützte und sein Gesicht dahinter verschwinden ließ. Sein Körper zuckte, unmöglich zu sagen, ob er heulte oder lachte. »Er ist meine Familie, weil … weil ich bei ihm aufgewachsen bin. So wie du bei deiner Mutter.«
Fina fing an zu zittern. Sie musste ihn fragen, musste es wissen, auch wenn seine Antwort ihr das Herz brechen würde: »Als du das gestern gesagt hast, da dachte ich, es wäre deine Ent-

schuldigung, warum du mich an deinen Herrn auslieferst. Warum du loyal sein musst … zu deiner Familie.«
Mora keuchte, löste die Hände von seinem Gesicht. Sein Blick riss ein Loch in den Boden unter ihr. Fina wollte nach Mora greifen, wollte sich an ihm festhalten – aber ausgerechnet er war derjenige, der sie in den Abgrund stieß.
Sie hatte recht! Mit allem! Mora sollte sie zu seinem Herrn bringen.
»Fina, nein!« Er winselte, heulte. »Ich werde dich nicht ausliefern.« Er fasste ihre Schultern, fing sie auf in ihrem Fall und zog sie an sich. Er strich über ihren Rücken, hauchte in ihre Haare. »Gestern, da wusste ich noch gar nicht, was Familie bedeutet. Und heute …« Er küsste ihre Schläfe, ließ seine Lippen zu ihrem Ohr wandern. »… heute weiß ich, dass du meine Familie bist.«
Fina schloss die Augen. Sie sackte in seine Arme, klammerte sich an ihn. Sie fühlte seine Tränen an ihrer Wange, schmeckte das Salz in ihrem Mund.
Mora grub sein Gesicht in ihre Halsbeuge. »Ich habe dich viel zu lange bei mir behalten. Jetzt musst du fortgehen. Sofort.«

* * *

Der Moorwald lag still und eingefroren unter der Schneedecke da, wirkte fast so harmlos wie ein verschneites Birkenwäldchen – gäbe es nicht die dunklen Mooraugen, die tückisch aus dem Weiß hervorlugten.
Mora führte sie so sicher über den Pfad, als könnte er ihn durch die Schneedecke erkennen. Schweigend lief Fina hinter ihm her, bis sie die Stelle erreichten, an der sie in die normale Welt zurückkehren konnte. Mit zitternden Händen streute Mora ein Salztor auf den Boden und drehte sich zu ihr um. Fina er-

kannte seine rotgeweinten Augen, seine bebenden Lippen, kurz bevor er sie in die Arme zog.

»Warum kommst du nicht mit mir?«, flehte sie. »Das Salztor liegt vor dir, du kannst ganz einfach darüber gehen.«

Mora antwortete nicht. Er fing nur an, sie zu küssen, so wild und verzweifelt, als wäre es das letzte Mal.

Es durfte nicht das letzte Mal sein. »Mora!« Fina drückte ihn von sich. »Du musst mitkommen! Bitte!«

Er senkte den Blick. »Es geht nicht.«

»Warum nicht?« Fina schniefte, neue Tränen strömten in ihre Augen.

Mora trat auf der Stelle. »Wenn ich jetzt mitkomme, dann wird er uns auf immer verfolgen. Nichts bedeutet ihm mehr als ein Versprechen. Und du bist ihm versprochen worden, Fina. Also muss ich ihn für dich töten. Nur so kannst du frei sein.«

Fina strauchelte, fiel in Moras Arme und lehnte sich an seine Schulter. Plötzlich wusste sie, wer sein Herr war: derjenige, der sie schon ihr Leben lang verfolgte, vor dem ihre Mutter mit ihr geflohen war.

Derjenige, dem sie versprochen war.

»Aber du musst mir folgen, Mora!« Sie klammerte sich an ihn. »Sobald er tot ist, musst du in meine Welt kommen. Geh in das nächste Dorf, das im Südosten am Waldrand liegt. Der Ort heißt Ebbingen. Dort ist eine Mühle mit einem löchrigen Dach. Ich hab sie dir auf den Fotos gezeigt.«

»Ich kenne dein Haus.« Moras Tonfall klang ausweichend, er küsste ihre Schläfe.

Fina drückte ihn von sich. »Wirst du kommen?«

Mora schloss die Augen, zog sie wieder an sich und drückte sein Gesicht in ihre Haare. »Sobald er tot ist.«

* * *

Fina rannte, heulte, konnte den Weg vor lauter Tränen kaum noch erkennen. Ihr Rucksack klapperte mit jedem Schritt, ihre Kamera und die Tagebücher darin, die sie auf die Schnelle hineingeworfen hatte. Mehr Zeit hatte Mora ihr nicht gelassen, kaum genug Zeit, um zu begreifen, was er vorhatte, dass er sie tatsächlich allein wegschickte.

Das Tageslicht hinter ihren Tränen wurde greller, ließ sie ahnen, dass der Waldrand vor ihr lag. Auf einmal musste sie an ihre Großmutter denken, an den warmen Kamin und das gemütliche Wohnzimmer der Mühle, in dem vielleicht noch der Weihnachtsbaum stand.

Sie blinzelte, als sie den Wald verließ. Die Tränen lösten sich aus ihren Augen, und plötzlich entdeckte sie den schwarzen Mercedes, der vor der Mühle parkte. Ein fremdes Auto und doch eines, das sie ahnen ließ, wem es gehörte.

Fina blieb stehen. Aber es war zu spät. Die Haustür der Mühle flog auf, ihre Mutter rannte heraus. Ein blonder Mann erschien hinter ihr.

»Fina!« Ihre Mutter lief auf sie zu, streckte die Arme aus.

Fina taumelte, wich zurück. Doch die Arme ihrer Mutter fingen sie ein, zogen sie an sich. »Hat er dich verfolgt? Hat er dich gefangen? Wir bringen dich weg, Fina. Sofort!«

Ihr wurde schwindelig. Ihre Mutter wusste alles, wusste, wer Moras Herr war, dass er Fina zu sich holen wollte. Sie kannte den Ursprung dieser ganzen abstrusen Geschichte.

Fina spürte, wie sich der Boden unter ihr öffnete. Selbst ihre Eltern waren in dieses wahnwitzige Märchen verwickelt, ausgerechnet ihre Mutter, die Phantasiegeschichten nicht mochte.

»Komm mit, Fina!« Ihre Mutter legte ihr den Arm um die Schultern. »Wir fahren, jetzt gleich!«

Fina erstarrte. Erst jetzt begriff sie, was ihre Eltern vorhatten. Sie wollten sie wegbringen, wollten sie von Mora trennen, von seinem Wald, von der Hoffnung, ihn jemals wiederzusehen!

Fina riss sich los, sprang vor ihrer Mutter zurück. »Ich werde nirgendwo mit dir hingehen!«

»Doch!« Eine Männerstimme ließ sie herumwirbeln. Ihr Vater stand direkt hinter ihr, seine Stimme klang sanft. »Du musst mitkommen, wir haben keine andere Wahl.«

Fina lachte auf. »Du? Ausgerechnet du willst mir sagen, was ich tun soll?« Sie wich weiter zurück, drehte sich zum Wald und rannte los.

Schnelle Schritte holten sie ein, kräftige Hände packten ihre Arme, hielten sie fest und zogen sie an sich. »Josefina!«, ertönte die Stimme ihres Vaters. »Wir verstehen, dass du wütend bist. Aber du bist in Gefahr! Du musst mitkommen!«

Fina wehrte sich gegen die Hände, zappelte und wollte sich losreißen. Für einen Moment hielt er sie nur noch an ihrem Rucksack fest. Fina schnallte ihn los und rannte – nur Sekunden, bevor ihr Vater sie wieder einfing, bevor er sie einfach auf seinen Arm hob und mit sich trug.

»Lass mich runter!«, schrie Fina. Sie kreischte, versuchte, sich aus seinem Griff zu winden. Aber seine Arme umklammerten sie so fest, dass sie keine Chance hatte.

»Fina, bitte!« Ihre Mutter lief neben ihnen, während ihr Vater sie zum Auto trug. »Wir lieben dich, du musst uns vertrauen.« Sie öffnete die hintere Tür des Mercedes.

»Susanne!«, peitschte die Stimme ihrer Großmutter dazwischen. »Lasst sie runter!«

Fina warf ihren Kopf herum, entdeckte Oma Klara vor der Haustür. »Hilf mir!« Sie brüllte, zappelte. »Er soll mich runterlassen! Ich muss hierbleiben!«

Ihr Vater kümmerte sich nicht um ihr Geschrei. Er beugte sich in den Wagen und setzte sie auf dem Rücksitz ab, als wäre sie ein kleines Kind.

»Hau ab!« Fina stieß gegen seine Brust, wollte an ihm vorbei nach draußen springen. Aber sein Körper versperrte ihr den Weg.

»Lasst sie los!« Ihre Großmutter kam mit wütenden Schritten zum Auto. »Ihr könnt sie nicht einfach mitnehmen! Sie ist erwachsen. Es ist ihre Entscheidung, wo sie sein will!«

»Sie ist in Gefahr!«, schrie Susanne zurück. »Das hab ich dir doch erklärt.«

»Oma!« Fina rief nach draußen, krabbelte über den Sitz auf die andere Seite und wollte die Tür öffnen. Aber sie war verriegelt. Hinter ihr fiel die zweite Tür ins Schloss, und mit einem Klacken rastete die Kindersicherung ein. »Lasst mich raus!« Fina brüllte, klopfte gegen die Scheiben, trat gegen die weißen Ledersitze und hielt erst inne, als sie sah, wie sich die Lippen ihrer Großmutter bewegten.

»… ist verliebt.« Klaras Stimme klang nur dumpf in ihrem Blechkäfig. »Ihr könnt sie nicht …« Die Fahrertür wurde aufgerissen, verschluckte einen Teil ihrer Worte und ließ nur den letzten Teil des Gesagten laut und deutlich nach innen dringen: »… wegreißen!«

»Wir bringen sie nur in Sicherheit!« Ihre Mutter öffnete die Beifahrertür.

Fina starrte ihre Eltern an, die sich nahezu zeitgleich ins Auto fallen ließen und die Türen zuschlugen. Ein letztes Mal versuchte sie, die Tür zu öffnen, aber es war vergeblich. Der Wagen fuhr los, die Reifen knirschten auf dem Schotter. Fina warf noch einen Blick auf das verzweifelte Gesicht ihrer Großmutter, kniete sich auf den Rücksitz und sah durch das Heckfenster, bis die Mühle aus ihrem Sichtfeld verschwand.

»Lasst mich raus!« Fina schrie, wirbelte herum und trommelte auf die Schulter ihres Vaters.
Ein leises Surren ertönte, nur einen kurzen Moment, bevor sich etwas gegen ihre Arme drängte: eine Glasscheibe, die sich zwischen sie und ihre Eltern schob.
Fina wich zurück, starrte auf die Trennwand, die sie auf der Rückbank der Limousine einsperrte. Unerbittlich setzte das Auto seinen Weg fort, über schmale Straßen zwischen roten Fachwerkhäuschen, Wald und Pferdekoppeln, bis es die Landstraße erreichte. In der nächsten Sekunde beschleunigte es, drückte Fina in ihren Sitz und ließ jeglichen Widerstand von ihr abfallen. Sie sackte in sich zusammen und schloss die Augen.

* * *

Mora konnte kaum noch atmen, als er durch das Moor zurücklief. Er hatte Fina belogen, hatte ihr die Wahrheit verschwiegen, damit sie bereit war zu gehen. Liebend gerne wäre er mit in ihre Welt gekommen. Für einen Moment war er versucht gewesen, einfach über das Salztor zu treten.
Doch der Herr hatte ihn davor gewarnt, den Tarnkreis zu verlassen. Sie beide seien an das Waldgebiet gebunden, das rund um das Moor liege. Nur unter der Tarnglocke, die der Geheime erschaffen habe, könnten sie leben. Wenn sie über ein Salztor hinausträten, würden sie sterben.
Der Herr persönlich hatte dafür gesorgt, dass der Bannkreis seinen Diener genauso band wie ihn selbst. Damit er ihm nicht entfliehen konnte.
Mora wusste nicht, ob er selbst befreit würde, falls sein Herr starb. Er wusste nur, dass der Geheime Tausende von Jahren alt war und dass er vermutlich niemals sterben würde.
Mora erreichte den Rand des Moorwaldes, seine Knie gaben

unter ihm nach und ließen ihn auf den Boden sinken. Allzu oft hatte er sich vorgestellt, seinen Herrn zu töten. Mit jedem Schlag, den er einstecken musste, war seine Wut glühender geworden. Mit einem Messer hatte er auf den Geheimen losgehen wollen, oder mit der Axt. Doch der Alte hatte die Glut in Moras Augen erkannt, hatte über ihn gelacht und ihn verhöhnt, dass er es nicht versuchen sollte, weil er sich nur selbst mit der Waffe töten würde.

Mora wusste nicht, ob es nur eine Drohung war oder die Wahrheit. Doch versucht hatte er es nie. Vor allem ein Grund hatte ihn davon abgehalten: Ohne den Herrn wäre er allein. Er war der Einzige, der mit Mora sprach, der Einzige, der jemals bei ihm gewesen war. Er hatte ihn großgezogen, hatte ihn als Baby auf dem Arm gehalten – wie eine Mutter.

Mit einem Schlag fiel die Einsamkeit über Mora her, dasselbe Gefühl, das ihn befallen hatte, nachdem der Herr ihn in seine eigene Höhle verbannt hatte. Auch wenn der Geheime von einem Auftrag gesprochen hatte – es fühlte sich an wie eine bestialische Strafe, fast noch schlimmer als all die Schläge, die er sein Leben lang erlitten hatte.

Selbst, wenn es möglich wäre – Mora könnte ihn nicht töten.

Der Herr hatte gesagt, dass er stolz auf ihn sei, dass Mora ein würdiger Diener sei und dass er großes Vertrauen in ihn setze. Selbst in der Erinnerung fühlten sich die Worte schön an.

Jetzt, nachdem Fina fort war, war der Herr der Einzige, der ihm blieb. Vielleicht könnte Mora sich bei ihm entschuldigen, vielleicht könnte er behaupten, das Weibchen sei ihm in der Nacht entflohen. Dann könnte er zusammen mit dem Herrn weiterleben, könnte heimlich an Fina denken, in dem erleichternden Wissen, dass der Geheime sie nicht bekommen hatte.

Mora atmete tief ein. Für einen Moment wollte er es auf diese Weise versuchen, wollte ein neues Leben beginnen, das genau-

so verlief wie sein altes, fast so, als hätte es die Monate an Finas Seite nicht gegeben.
Erst mit seinem nächsten Gedanken wurde ihm klar, dass der Geheime nur wenige Nächte brauchen würde, um die Wahrheit herauszufinden. Er müsste Mora nur in seinen Träumen besuchen, um zu wissen, was wirklich geschehen war. Und spätestens dann würde er Mora töten und Fina von neuem verfolgen.
Falls der Herr nicht schon jetzt die ganze Wahrheit kannte. Womöglich hatte er die Waffe schon gewählt, mit der er Mora töten würde, womöglich wartete er nur noch darauf, dass sein Diener zu ihm kam.
Mora vergrub die Hände in seinen Haaren. Er dachte an die vergangene Nacht, an Finas Berührungen, an die Liebe, die sie geteilt hatten. Sie hatte ihm gezeigt, wie wertvoll sein Leben war, dass sie beide zusammengehörten. Und jetzt hoffte sie, er würde seinen Herrn besiegen und ihr folgen – damit sie sich weiterhin lieben konnten.
Mora hatte ihr ein Versprechen gegeben.
Er richtete sich auf. Es gab nur eine Möglichkeit: Er musste wenigstens versuchen, den Geheimen zu töten.
Mit dem Gedanken durchzuckte ein gewaltiges Beben seinen Körper. Er konnte kaum aufstehen, konnte seine Füße kaum voreinandersetzen. Plötzlich wusste er, dass es ihm niemals gelingen würde, dass er sterben würde, sobald der Herr ihn erblickte. Mora versuchte, seine Schultern zu straffen, seine Angst zu besiegen. Er tat es für Fina! Und wenn er es nicht schaffte, dann war es egal, wenn der Herr ihn umbrachte – denn sterben würde er so oder so.
Vielleicht war dies die schlimmste Erkenntnis von allen: zu wissen, dass er in jedem Fall sterben würde, dass er das Ende dieses Tages nicht mehr erleben durfte.

Plötzlich musste er daran denken, wie der Herr ihm das Jagen beigebracht hatte, wie er ihm erklärt hatte, dass er einen Plan brauche, eine Strategie. Er müsse sein Opfer kennen, müsse wissen, welches seine Schwächen seien, wohin es seine Schritte setze und womit es sich verführen ließe. Nur so könne er sein Opfer in die Falle locken und überwältigen. Doch eines sei bei der Jagd am wichtigsten: Er müsse es wollen! Wenn er sich wünsche, dass das Tier entkam, dann würde es entkommen. Nur wenn er töten wolle, wenn ihn der Wille ganz und gar erfülle, würde er erfolgreich sein.
Mora atmete ein. Er musste es wollen! Der Wille, den Herrn zu töten, musste ihn ganz und gar erfüllen! Er kannte den Geheimen gut, kannte seine Stärken – und seine Schwächen. Und er war inzwischen ein erfahrener Jäger, erfahren genug, um seinen Plan erst kurzfristig zu beschließen, um die Situation zu beobachten und seine Strategie darauf auszurichten.
Endlich ließ das Zittern seiner Glieder nach, endlich konnte er sich zu seiner vollen Größe aufrichten und mit entschlossenen Schritten weiterlaufen. Er würde sich niemals wieder unterdrücken lassen, würde sich nie wieder vor dem Herrn ducken. Aus diesem Kampf konnte er nur als Sieger hervorgehen – und wenn er am Ende dieses Tages tot war, dann hatte er sein Leben wenigstens verteidigt.
Mora erreichte die Stelle, an der er ein Tor zum Tarnkreis des Herrn streuen musste. Er schüttete das letzte Salz aus dem Säckchen in seine Hand und ließ es in den Schnee rieseln. Einen Moment lang zögerte er. Aber schließlich zwang er sich, über das Salztor zu treten.
Die Hütte des Geheimen lag nicht weit entfernt hinter den Bäumen. Mit lautlosen Schritten schlich Mora darauf zu. Er konnte den Herrn nur töten, wenn er ihn überraschte – und er musste ihn von hinten erwischen. In einem offenen

Kampf hätte er keine Chance gegen die Schnelligkeit des Geheimen.

Mora erreichte die Hütte. Er lauschte und hörte das Summen des Alten im Inneren. Er hob einen Stock vom Boden auf, zog sein Wurfmesser und hielt es so, dass er es abwerfen konnte. Ganz dicht drückte er sich an die Wand neben der Tür, zielte mit dem Stock auf einen Baum und schleuderte ihn in die Ferne. Der Ast krachte, als er auf den Stamm prallte.

Das Summen in der Hütte verstummte. Gleich darauf flog die Tür auf, und der Geheime sprang heraus. Seine roten Haare waren ordentlich zurückgekämmt, er trug Stiefel und seine besten Kleider. Nur kurz erfasste Mora dieses Bild, bevor er zielte und warf, auf das Herz seines Herrn.

Das Messer zischte durch die Luft. Der Geheime stand noch still, suchte nach dem, was er gehört hatte. Die Klinge würde ihn treffen, Mora sah es, Millisekunden, bevor das Messer den Herrn erreichte, bevor es herumwirbelte und zu Mora zurückraste, Sonnenlicht blitzte auf der Klinge.

In einem Reflex hob Mora den Arm vor die Brust. Spitzer Schmerz durchbohrte sein Handgelenk, ließ ihn aufschreien und warf ihn zu Boden.

Seine Sicht wurde weiß, der Schmerz raste, wollte seinen Arm verschlingen. Immer neue Schreie strömten aus seiner Brust.

»Hat es etwa versucht, seinen Herrn zu töten?« Ein scheinheiliger Singsang perlte auf ihn herab.

Mora blinzelte. Er hatte verloren! Sein Blick fiel auf das Messer in seinem Handgelenk. Es steckte dort, wo seine Schlagader sein musste. Blut quoll hervor, langsam und doch beständig. Noch schien die Klinge die Ader zu verschließen. Sobald sie herausgezogen wurde, würde er ausbluten wie ein Tier.

Der Herr kniete sich neben ihn, neigte seinen Kopf und sah von unten in Moras Gesicht. »Hatte es nicht versprochen, ihm das Weibchen zu bringen?« Seine riesigen Augen verengten sich zu schmalen Schlitzen, fingen an zu glühen. »Hat Morasal sie etwa fortgeschickt? Damit der Herr sie nicht bekommt?« Er legte die Hand an das Messer. »O ja, das hat es getan, nicht wahr? Er sieht es an seinem Blick!« Mit einem Ruck zog er das Messer aus dem Gelenk.

Mora schrie auf, zeitgleich mit dem Brüllen des Herrn: »Es hat ihn betrogen!«

Ein Pulsieren sprang durch Moras Arm, fast so, als würde das Blut herausspritzen. Doch was er sah, erzählte etwas anderes: Dunkles Blut sickerte aus seinem Handgelenk, das Messer hatte die Schlagader verfehlt.

Der Herr lachte auf, sein hysterisches Giggern erfüllte den Wald. »Oh, die Wunde tötet es gar nicht! Noch nicht sofort!« Die Stimme knurrte. »Es bleibt ihm also genug Zeit, um die Strafe seines Herrn zu fühlen!«

Der Geheime sprang auf. Er packte Moras Handgelenk, zog ihn durch das Laub. Moras Schrei zerfetzte die Luft. Sein Gelenk schien zu reißen, sein Körper glitt über die Türschwelle in die Hütte. Der Herr ließ ihn los. Doch Moras Schrei blieb, irrte mit den Schmerzen durch seinen Kopf. Er krümmte sich auf dem Boden zusammen, presste die Hand um sein Gelenk.

Etwas Kaltes legte sich auf seine Hüfte, ließ ihn erstarren.

Die Finger des Herrn schoben sich in seine Hose. »Warme Menschenkleidung hat sie ihm geschenkt. Um seine Haut vor der Kälte zu schützen.« Der Geheime wurde ganz leise. Er hielt Moras Messer in der Hand, im Licht des Feuers blitzte es auf. »Morasal wird sie ausziehen müssen.« Er schob die Klinge unter das Bündchen, schnitt das Gewebe von Moras Hüften, trennte es von seinen Beinen.

Moras Schlottern kehrte zurück, erfasste seinen ganzen Körper. Er wollte stillhalten, um der Klinge auszuweichen. Doch seine Muskeln gehorchten nicht. Der Stoff ratschte unter dem Messer, ein endloses, reißendes Geräusch, bevor der Herr die Jeans in seinen Händen hielt. »So ein lächerliches Beinkleid!« Er rieb den Stoff zwischen den Fingern. »Hart wie Stroh. So wenig zählt Morasal für sie, dass sie ihn in minderwertige Lumpen kleidet.«

Moras Gedanken wirbelten durcheinander, mischten das Gift der Worte mit seinen Schmerzen. Könnte der Geheime recht haben? Könnte es sein, dass Fina ihn getäuscht hatte?

Der Herr trug die Hose zum Feuer, warf sie hinein und grinste. Mora zuckte zusammen.

»Mach es weiter!« Der Herr zeigte auf seinen Pulli, strich mit den Fingern über das Messer. »Zieh es sich aus!«

Mora fühlte den weichen Pulli an seiner Haut. Plötzlich wusste er wieder, dass Fina es gut gemeint hatte. Sie hatte das Gewebe extra für ihn angefertigt. Es hatte lange gedauert, hatte ihr viel Mühe bereitet. Davon hatte sie erzählt. Ganz gleich, was der Herr sagte, ihr Geschenk war sehr kostbar.

Mora richtete sich auf, blickte dem Geheimen in die Augen. Selbst, wenn er Fina niemals wiedersehen würde – solange sie auf ihn wartete, durfte er nicht aufgeben.

Wenn es schon nicht möglich war, eine Waffe auf den Herrn zu richten – vielleicht konnte er auf andere Weise gegen ihn kämpfen.

Die Wut verdrängte die Schmerzen, erfüllte ihn mit einer Kraft, die er nicht kannte. Er würde sich nicht ausziehen, würde nicht zulassen, dass der Herr seinen Pulli verbrannte! Mora stand auf und ging auf den Geheimen zu, blickte von oben auf ihn hinab. Er war größer als der Wicht, vielleicht sogar stärker.

Die Augen des Herrn funkelten. Mit vorgestrecktem Kinn sah er zu Mora auf.

Mora musste blitzschnell sein. Er duckte sich und trat zu: mit dem Schuh in das Gesicht des Alten.
Etwas Hartes traf Mora am Kinn, warf ihn zur Seite. Ein zweiter Aufprall landete auf seinem Rücken, wirbelte ihn zu Boden. Der Herr saß auf ihm, seine Beine klammerten sich um seine Hüften. Sein Lachen klirrte durch den Raum, drängte sich an Moras Ohr. »Hat es noch immer nicht gelernt? Es kann seinen Herrn nicht töten.« Er schob die Klinge an Moras Hals entlang, fuhr in den Ausschnitt des Pullis. Das Messer fetzte durch die Wolle, glitt über Moras Bauch, seine Arme entlang, raste über seinen Rücken.
Mora zog den Kopf ein. Er fühlte das kalte Metall und wusste, dass es nur eine Frage von Augenblicken war, bis es in seine Haut schnitt, bis es seine Muskeln zerteilte. Der Herr würde ihn schlachten wie ein Tier – und nur wenn er gnädig war, würde er ihm zuerst die Kehle durchschneiden.
Mora schloss die Augen. Wie lange würde Fina in ihrer Mühle am Fenster sitzen und auf ihn warten? Wann würde sie begreifen, dass er nicht kam?
Die Klinge verschwand, das Gewicht löste sich von seinem Rücken, und seine Haut wurde kalt.
Der Geheime hielt den zerfetzten Pulli in der Hand, zusammen mit dem zerschnittenen T-Shirt. Er schleuderte beides ins Feuer.
Die Flammen verschlangen es mit einem Fauchen, ließen den Pulli zusammenschmelzen, bis er als glühender Klumpen in der Asche versank.
Mora biss sich auf die Zunge. Er schluckte, um die Tränen zu verdrängen.
Der Geheime drehte sich langsam zu ihm um. »Morasal wollte ihn also töten.« Ein scheinheiliges Grinsen legte sich über sein Gesicht. »Was glaubt es, wird der Geheime nun mit ihm tun?«

Mora stöhnte auf, sein Blick fiel auf das Messer.
»Oh!« Der Geheime drehte die Klinge im Schein des Feuers. »Hat es etwa Angst vor dem Messer?« Er hockte sich neben Mora, pikste die Spitze des Dolches in seine Schulter. »Aber nein.« Er zog die Klinge zurück, strich ein letztes Mal darüber und steckte sie in seinen Gürtel. »So leicht wird das Menschenscheusal nicht sterben.«
Die Peitsche zischte, als der Herr sie zog – nur ein winziges Geräusch, doch Mora kannte es genau. Seine Nackenhärchen stellten sich auf, warteten auf den Hieb.
Der Schlag blieb aus. Nur die harten Knötchen rieselten auf Moras Schultern, wickelten sich um seinen Hals.
»Warum hat Morasal seinen Herrn nur verraten? War es wegen des Weibchens?« Die Stimme des Geheimen wurde weich, fast weinerlich, während er die Knoten immer enger um Moras Hals zog. »Sollte Morasal sich etwa in sie verliebt haben?«
Mora röchelte, griff mit der Hand zwischen die Schnüre, bis er wieder atmen konnte.
»Hat es etwa geglaubt, es könnte mit dem Weibchen zusammenbleiben, wenn der Herr nur tot wäre?« Der Geheime zog die Bänder enger, schnürte das Blut aus Moras Fingern.
Mora schloss die Augen, drückte mit aller Kraft gegen die Schlaufe.
Der Geheime lachte. Mit einem Ruck zog er die Schnüre zusammen, presste Moras Hand gegen seinen Kehlkopf. Nur eine Sekunde, bevor er die Bänder wieder lockerte.
Als wäre nichts geschehen, löste er sie von Moras Hals.
Mora hustete, saugte die Luft ein und sackte zu Boden.
»O ja, ganz verliebt ist Morasal in sie.« Die Stimme des Geheimen säuselte: »Alles hat das Menschenscheusal versucht, um ihr zu gefallen. Es wollte so sprechen wie sie, wollte sich so kleiden wie sie. Es wollte stark sein für sie und aufrecht gehen

neben ihr.« Der Geheime richtete sich auf. Für einen Moment herrschte Stille.

In der nächsten Sekunde zuckte sein Kampfschrei durch die Hütte. Die Peitsche knallte über Moras Rücken, knallte ein zweites Mal, ein drittes.

Moras Schreie zerfetzten die Luft, wechselten sich ab mit dem Knallen, das seine Haut zerriss, mit den Worten, die der Herr zwischen seinen Schlägen hervorstieß: »Es ist ein einfältiger … jämmerlicher … Diener … und sie … war nur … seine neue … Herrin.« Er keuchte im Takt seiner Hiebe. Von rechts und links zogen die Lederbänder über Moras Haut, zeichneten große Kreuze auf seinen Rücken und rissen das Fleisch auf. Mora schrie, der Schmerz raste, ließ das Keuchen des Herrn verschwimmen und trieb ihn in einen dunklen Tunnel.

Plötzlich verharrte die Peitsche, gab dem Schmerz eine Pause und holte Mora aus der Dunkelheit zurück.

Ein hohes Winseln fiepte in seinen Ohren, zuckte durch seinen Kopf und wollte seinen Verstand umnebeln. Bis er begriff, dass es sein eigenes Winseln war.

Das Keuchen des Herrn kam näher, warmer Atem legte sich um Moras Hals. »O ja, solch furchtbare Mühe hat es sich gegeben, um ihr zu gefallen. Aber bei allem, was Morasal für sie getan hat, ist es doch immer nur ein Diener geblieben, der sich an seine neue Herrin angepasst hat …« Seine Stimme verzerrte sich: »… damit sie ihn liebt!«

Moras Atem kämpfte gegen die Schmerzen, stöhnte und wimmerte, während das Blut auf seinem Rücken abkühlte. Immer eisiger zog die Luft über seine offene Haut, brachte seinen Körper zum Schlottern.

»Aber eines hat Morasal nicht bedacht.« Der Atem des Geheimen strich über seinen Rücken. »Herrinnen lieben ihre Diener nicht. Sie benutzen sie nur. Deshalb ist Morasal jetzt hier – und sie ist weg!«

Mora heulte auf, zog den Kopf noch tiefer zwischen seine Schultern. *Das ist nicht wahr …* Doch noch ehe der Gedanke sich festsetzen konnte, wurde er von dem Blut übertönt, das durch Moras Ohren rauschte.

Der Herr beugte sich noch dichter über ihn. Seine spitze Nase stieß in Moras Nacken. »Morasal hat immer gewusst, woran es sterben wird, nicht wahr.« Die Knötchen der Peitsche legten sich über seinen Rücken, kratzten durch die offenen Wunden. Mora heulte, stöhnte, sein Körper drückte sich auf den Boden, während die Peitsche immer weiter über seine Haut strich, während die Nase des Herrn an seinem Rücken schnupperte, daran hinabwanderte, bis zu seiner Hüfte. Plötzlich hielt er inne, seine Nase berührte Moras Haut, genau dort, wo Finas Schenkel sich an ihn geschmiegt hatten.

Der Geheime zuckte zurück, ein erschrockener Laut sprang aus seiner Kehle. Für eine Sekunde war er still, stand vollkommen regungslos da, ehe er sich erneut zu Moras Ohr beugte: »Das Blut hat den Geruch schon fast ertränkt …« Seine Stimme begann zu grollen, steigerte sich zu einem gefährlichen Knurren: »Aber die Lust klebt noch immer auf seiner Haut.«

Plötzlich sprang er auf, knallte die Peitsche über Moras Hüften. »Es wollte ihm seine Braut stehlen! Es wollte sie für sich nehmen, wollte sie benutzen, um seine Regungen an ihr zu stillen.« Der Herr brüllte, zog die Peitsche von allen Seiten über Moras Körper. Die Knötchen rissen ihn hin und her, peitschten um ihn herum bis zu seinem Bauch. Sie zogen über seinen Po, über seine Beine, setzten einen Hieb in seinen Nacken und streiften sein Gesicht. »Es ist ein Verräter seines Herrn, und Verräter verdienen den Tod!«

Die Peitsche wurde so schnell wie niemals zuvor, raste über

Mora hinweg und setzte seinen Körper in Brand. Ein heulender Schrei trieb den letzten Atem aus seiner Lunge. Für einen kurzen Moment begriff er, dass es keine Chance mehr gab zu überleben. Finas Gesicht blitzte noch einmal vor ihm auf, ihr warmes Lächeln betäubte seinen Schmerz, Sekunden, bevor der schwarze Tunnel über ihm zusammenstürzte.

19. Kapitel

Fina saß zusammengekauert auf ihrem Sitz, während sie Stunde um Stunde über die Autobahn rasten. Tränen liefen über ihr Gesicht und ließen das Blau und Weiß der Autobahnschilder ineinanderlaufen. Sie wusste nicht, wohin sie fuhren, und sie wollte es auch nicht erfahren. Die Entscheidung lag allein bei ihren Eltern, ebenso wie die, die Trennscheibe wieder herunterzulassen. Seither strömten die besorgten Fragen ihrer Mutter zu ihr nach hinten. Wo sie gewesen und was ihr angetan worden sei, wie es ihr gelungen sei zu fliehen. Ihre Mutter fragte sie, warum sie so heule, und schien zu glauben, dass im Moor schreckliche Dinge geschehen waren.

Doch Fina schwieg. Je länger sie dasaß, desto deutlicher fühlte sie den Schmerz von ihrem *ersten Mal,* spürte ihn fast so, als würde sie noch immer mit Mora schlafen. Sie schloss die Augen, um ihrer Erinnerung noch näher zu sein: die Wärme seiner Haut, die Bewegung seines Körpers, seine Hände auf ihrem Rücken. Sie wollte den Schmerz in ihrer Mitte behalten, als ewige Erinnerung, wenn es sonst schon nichts gab, was ihr von Mora blieb.

Irgendwo, im Strom der Bilder, trieben ihre Gedanken davon, veränderten sich. Eine blutige Peitsche knallte durch die Luft. Sie sah Mora, der sich schreiend auf den Boden duckte. Knotige Lederbänder zerrissen seine Haut, eine wütende Stimme kreischte über ihn hinweg. Fina erkannte die Peitsche und die Hand, die sie führte – eine riesige Hand mit einem zweiten Daumen an der anderen Seite.

Fina fuhr auf. Sie schnappte nach Luft, röchelte und keuchte, als hätte sie seit Minuten nicht mehr geatmet.

»Fina! Was ist los?« Erschrocken drehte sich ihre Mutter nach hinten. Sie saßen noch immer im Auto, waren noch immer auf der Autobahn. Nur das Licht hatte sich verändert, so als wäre die Sonne weitergewandert. Sie hatte geschlafen! Lange geschlafen.

»Nun rede doch endlich! Was hat er dir getan?«

Mora hatte es nicht geschafft, seinen Herrn zu töten! Er war in Gefahr! »Ich muss sofort zurück! Bringt mich zurück!«

Ihre Mutter stutzte, schüttelte schließlich den Kopf. »Keine Angst. Er hat dir nur einen Traum geschickt. Damit manipuliert er uns. Nur deshalb denkst du, dass du zurück möchtest.«

Fina schnappte erneut nach Luft. Wovon redete sie? Die ganze Zeit schon redete sie von *ihm* – wen meinte sie? Mora?

Nein, nicht Mora. Ihre Mutter sprach von seinem Herrn! Schon seit sie vor der Mühle aufgetaucht war, sprach sie von ihm!

Fina starrte aus dem Fenster auf die Autobahn. Sie fuhren auf der linken Spur. Die Landschaft raste an ihnen vorbei, und die Autos rechts von ihnen schienen zu schleichen, fielen eines nach dem anderen hinter ihnen zurück.

Noch nie im Leben war sie so schnell Auto gefahren. Nur in Deutschland durfte man so schnell fahren.

»Du bist ihm entkommen, Fina. Nur das zählt.« Ihre Mutter lächelte sie an. »Vergiss den Traum. Du bist in Sicherheit.«

Dies alles war ein Traum! Ihr Vater, das Auto – das Moor und Moras Herr.

Oder nicht? Fina blickte zwischen ihren Eltern hin und her. Wenn es kein Traum war, dann …

… dann wussten ihre Eltern etwas über diese Kreatur. Etwas, das sie ihr all die Jahre verschwiegen hatten.

Finas Blick fiel erneut aus dem Fenster auf die blau-weißen Schilder: *München, 55 km.* Etwas in ihrem Inneren rebellierte, stieß das Traumgefühl beiseite und ließ die Wut aufschäumen. »Wohin bringt ihr mich?«

Ihre Mutter lächelte noch immer. »Erst mal nach Hause.«
Fina lachte auf, unkontrolliert und hysterisch. »Nach Hause? Es gibt ein Zuhause? Das ist echt das Witzigste, was ich je gehört habe.«
Das Lächeln ihrer Mutter erstarb. »Wir konnten nie dorthin, Fina. Versteh das doch.«
Fina lachte weiter, konnte nicht mehr damit aufhören. »Und was ist mit dem da?« Sie zeigte auf ihren Vater. »Ist das nicht der, der dich umbringen und mich entführen wollte? Der Stalker, Mörder und Kinderschänder? Was macht der so plötzlich hier?«
Ihr Vater rührte sich zum ersten Mal, blickte zu ihrer Mutter und krauste die Stirn. »Hast du ihr das erzählt? Dass ich ein Kinderschänder wäre?«
»N… Nein!«, stammelte ihre Mutter. »Ich hab ihr nur erzählt, was wir abgesprochen haben.«
Fina verzog das Gesicht. »Was du mit mir tun würdest, wollte sie sich lieber gar nicht erst vorstellen. Kam mir irgendwie so vor, als würde da der Kinderschänder zwischen den Zeilen stehen. Keine Ahnung, wie ich darauf komme.«
Sie traf den Blick ihres Vaters im Rückspiegel. Er hatte tatsächlich die gleichen braunen Augen wie sie. Wehmut lag darin, eine stumme Entschuldigung, von der sie nichts wissen wollte.
»Aber eigentlich ist er ja ein Diplomat.« Fina ließ ihre Stimme hart klingen. »Irgendein Agent oder so. Dank meiner geheimen Quelle durfte ich das auch endlich erfahren.«
Ihr Vater blickte wieder nach vorn. Fast hatte sie den Eindruck, als würden sich seine Schultern in einem langen Seufzer anheben. Doch seine Stimme klang ruhig, als er sprach. »Ich bin kein Agent. Nur ein Diplomat. Früher war ich im auswärtigen Dienst an verschiedenen Botschaften, in Rumänien, Bulgarien … Aber inzwischen bin ich bei der OSZE, der Organisation

für Sicherheit und Zusammenarbeit in Europa. Wir setzen uns aus sechsundfünfzig Teilnehmerstaaten zusammen und sind, grob gesprochen, dafür zuständig, den Frieden in Europa zu erhalten und bei Konflikten zu vermitteln. Bei meinem derzeitigen Amt geht es aber vor allem um die internationale Bekämpfung des Menschenhandels.«

Ein weiteres Mal entschlüpfte Fina ein Lachen. Er bekämpfte den Menschenhandel! Sie konnte kaum noch aufhören zu lachen. Ausgerechnet der Mann, der sie angeblich zeit ihres Lebens entführen wollte, bekämpfte den Menschenhandel. Fina musste es ihm unbedingt sagen, presste die Worte zwischen ihrem Lachen hervor: »Das ist wirklich cool! Dass du den Menschenhandel bekämpfst!« Sie zeigte mit dem Finger auf ihn. »Weißt du: Das passt nämlich echt gut zum Thema!« Plötzlich verging ihr das Lachen, verwandelte sich in eine bittere Grimasse. »Deine Arme sind nämlich wirklich stark! Du hast mich einfach so hochgehoben und ins Auto gesetzt. Hast du das von deinen … *Kunden* gelernt?«

»Fina!«, fuhr ihre Mutter dazwischen. »Du kennst deinen Vater doch gar nicht!«

Tränen drängten sich in Finas Augen. Sie presste die Lippen aufeinander, damit sie nicht anfingen zu zittern. »Stimmt. Ich kenne ihn nicht. Dann sollte ich wohl lieber die Klappe halten, bevor ich ungerecht werde.« Sie blickte wieder aus dem Fenster. Die Entfernung nach München hatte sich auf vierzig Kilometer verkürzt. Doch mehr konnte sie nicht sehen, ehe der Tränenschleier das Bild der Autobahn verschwimmen ließ.

Ihre Mutter seufzte. »Es tut mir wirklich leid, dass wir dich so belogen haben. Aber glaub mir, Fina, wir hatten keine andere Wahl.«

Fina schnaubte. Sie lauschte dem Tickern des Blinkers und sah nach draußen, als ihr Vater auf eine Ausfahrt fuhr. Sie blinzelte, damit sie etwas erkennen konnte. Ihr Blick streifte ein McDonalds-Schild, nur wenige hundert Meter von der Autobahn entfernt. Sie wischte die Tränen beiseite, studierte hastig die Ortsnamen auf den gelben Schildern. Sie musste sich den Weg einprägen.

»Hast du früher auch schon von ihm geträumt?« Ihre Mutter durchbrach die Stille.

Fina zuckte zusammen. »Von wem?« Sie dachte an Mora, an ihren geheimen Traum. Fast jede Nacht hatte sie von ihm geträumt. Auch wenn sie sich nie daran hatte erinnern können, jetzt wusste sie, dass es immer schon Mora gewesen war. Aber ihre Mutter wäre die Letzte, der sie davon erzählen würde.

Susannes Gesicht war blass geworden. »Das ist es ja gerade. Ich weiß seinen Namen nicht. Das war mein größter Fehler. Dass ich geglaubt habe, er würde Rumpelstilzchen heißen.«

Finas Gedanken wirbelten durcheinander. Ihre Mutter sprach nicht von Mora. Sie sprach von seinem Herrn, von der unsichtbaren Kreatur, die mit goldenen Schneebällen um sich warf. Fina schüttelte sich, versuchte, sich der absurden Situation zu entziehen. Sicher würde sie gleich aufwachen.

Doch das Gesicht ihrer Mutter blieb leichenblass, der Motor des Autos brummte weiter, und der Gegenverkehr rauschte an ihnen vorbei. Sie fuhren auf einer süddeutschen Landstraße und befanden sich im 21. Jahrhundert. »Hast du gerade Rumpelstilzchen gesagt?«

Ihre Mutter lachte verzweifelt. »Mein Gott, Fina. Das ist so eine furchtbare Geschichte. Ich hab einen solchen Fehler gemacht.«

Fina starrte ihre Mutter an. Sie meinte es ernst. Sie sprach von einem Märchen, in dem sie die Hauptrollen spielten. Plötzlich fiel es Fina wie Schuppen von den Augen, die Worte *Gold* und *Kind* und *Männlein* drehten sich in ihrem Kopf. Ein viertes Wort kam dazu: *Müllerstochter.*

Ihre Mutter war die arme Müllerstochter. Rumpelstilzchen hatte ihr geholfen, das Stroh in Gold zu verwandeln. Und im Gegenzug hatte sie ihm ihr erstes Kind versprochen!

»Ach du Scheiße!« Finas Mund blieb offen stehen. »Du hast mich tatsächlich an diese Kreatur verkauft?«

Der Kopf ihrer Mutter fuhr herum. Doch ihr Blick erreichte sie nicht, blieb auf halbem Weg an der Automatikschaltung der Limousine haften. »Ich war noch so jung, Fina. Jung und verliebt und bereit, alles für meine Liebe zu tun. Der Gedanke an ein Kind war noch so weit weg. Ich habe meinen Schwur damals gar nicht richtig begriffen.« Endlich drehte sie sich zu Fina um. Tränen glitzerten auf ihrem Gesicht.

Fina wich ihrem Blick aus. Ihre Mutter hatte sie verkauft! Hatte sie an ein Monster verhökert, noch bevor sie überhaupt gezeugt worden war.

Wieder tickerte der Blinker, ihr Blick fiel aus dem Fenster. Sie musste sich den Weg merken. So schnell wie möglich musste sie fort von ihren verlogenen Eltern.

Ihr Vater lenkte den Wagen in eine Allee aus Kastanienbäumen. Nach einer Weile passierten sie ein Tor, das sich automatisch vor ihnen öffnete, und fuhren weiter durch einen Park, dessen Begrenzungen nicht zu erkennen waren. Fina starrte auf die Villa, die sich im Fluchtpunkt der Allee vor ihnen abzeichnete. Ein kleines Schlösschen, mit zahlreichen Türmchen und Erkern, das in makellosem Weiß in der Sonne leuchtete.

Zu Hause!

Fina entwich ein erneutes Lachen. Was für einer war noch mal der, der die Müllerstochter heiratete?

Ein König! Richtig!

* * *

Sie waren nicht allein in dem Schlösschen. Ein ganzes Team von Haushälterinnen und Dienstmädchen entstaubte Möbel und dekorierte Blumen auf den wertvollen Antiquitäten. Von irgendwoher drang der Duft von frisch gebackenem Kuchen, und ihre Eltern wurden so überschwenglich begrüßt wie das verloren geglaubte Königspaar.

»Schön, dass Sie das Haus Ihrer Eltern wieder einmal beehren.« Eine mollige ältere Frau trat ihrem Vater entgegen, vollführte tatsächlich einen Knicks und nickte dem restlichen Personal unauffällig zu. Nur wenige Augenblicke später waren alle verschwunden und ließen sie allein in der großen Eingangshalle.

Das Haus seiner Eltern? Fina starrte ihren Vater an. Das Letzte, was sie jetzt noch gebrauchen konnte, waren ein Paar unbekannter Großeltern – die womöglich von dem ganzen Betrug wussten.

Ihr Vater drehte sich zu ihr um. »Eigentlich wäre das hier unser Zuhause, Fina. Es ist das Haus, in dem ich aufgewachsen bin, der Hauptsitz meiner Familie. Jetzt steht es leer: Mein Vater hat seinen letzten diplomatischen Einsatz in Kenia. Ich bin bei der OSZE in Wien, und ihr …« Er räusperte sich. »Nur das Personal ist noch hier und hält alles in Ordnung.«

Finas Blick huschte die breite Freitreppe hinauf, die ins Obergeschoss führte, glitt oben an der Galerie entlang und kehrte zurück in die untere Ebene der Eingangshalle. Auf dem Boden lagen große rote Perserteppiche, die untere Hälfte der Wände war dunkel vertäfelt, und darüber hingen alte Gemälde. Alles war so weitläufig, als hätte es nur auf eine tobende Prinzessin gewartet.

Fina wusste nicht, was ihr unheimlicher war. Der Gedanke, dass sie eigentlich in diesem Schloss aufgewachsen wäre – oder die Gewissheit, dass ihre Eltern sie um all das betrogen hatten.

Sie wollte ihren Vater fragen, was genau er eigentlich war. Er musste mehr sein als ein Diplomat, musste zumindest irgendeine bedeutende Abstammung haben, wenn ein solches Anwesen zum Familienbesitz gehörte. Doch im gleichen Moment fiel ihr Mora wieder ein. Er wurde ausgepeitscht, weil sie geflohen war. Und das war womöglich nur der Anfang. Sie durfte keine weitere Zeit mit sinnlosen Fragen verlieren. Sie musste wieder zu ihm! Musste von hier verschwinden und zur Autobahn zurückkehren!

Der Autoschlüssel befand sich in der Hosentasche ihres Vaters. Selbst wenn es ihr gelingen sollte, daran zu kommen – wie sollte sie das automatische Tor am Rande des Anwesens öffnen? Vielleicht wurde es kameraüberwacht, und jemand überprüfte die Autos und Gesichter, die dort vorfuhren. Oder ihr Vater hatte unbemerkt den Knopf einer Fernbedienung gedrückt.

Ihr Fluchtplan war noch viel zu unausgereift. So einfach konnte sie nicht weg – sonst würde sie sofort wieder aufgegriffen, und ihre Eltern würden nur umso besser auf sie aufpassen.

Eine Bewegung ließ ihren Kopf zur Haustür schnellen. Zwei dunkel gekleidete Männer kamen herein. Einer von ihnen war ein großer, bulliger Typ mit finsterem Blick. Der andere war etwas kleiner, ebenfalls kräftig, aber aus seinen Augen blitzte eine wachsame Intelligenz.

»Entschuldigt mich kurz.« Finas Vater ging zu den Fremden, sprach kurz mit ihnen und kehrte zurück. Die dunklen Männer verschwanden wieder nach draußen.

»Was für welche waren das denn?«, zischte Fina. Sie ahnte die Antwort, noch bevor ihr Vater es zugab: »Das waren zwei meiner Bodyguards. Die anderen warten draußen. Sie werden dich beschützen, solange ihr hier seid.«

Fina lachte auf. Ihre letzte Hoffnung zerfiel. So würde sie es nicht einmal bis zum Auto schaffen.

Hieß das, ihre Eltern ahnten, dass sie fliehen wollte? Oder

glaubten sie tatsächlich, dass die Bodyguards sie vor Moras Herrn beschützen konnten? Finas Lachen spitzte sich zu, drohte hysterisch zu werden. »Das ist klasse. Hast du ihnen auch gesagt, dass wir uns vor Rumpelstilzchen fürchten?«

»Pscht!« Ihre Mutter legte den Zeigefinger an die Lippen. »Nicht hier, Fina. Wir werden das gleich besprechen.«

Eine junge Frau kam herein, nickte ihnen höflich zu und deutete auf eine seitliche Flügeltür. »Im Speisezimmer ist der Kaffeetisch gedeckt. Der Apfelkuchen ist frisch gebacken.«

Finas Vater lächelte ihr zu. »Danke sehr. Wir freuen uns schon darauf. Und sagen Sie doch bitte allen, sie mögen uns beim Kaffeetrinken ungestört lassen. Wenn wir etwas brauchen, klingeln wir.«

Das Mädchen nickte erneut. »Selbstverständlich.«

* * *

Das Speisezimmer war genauso groß wie die Eingangshalle. Sie saßen am Kopfende einer langen Tafel, vor ihnen ein wertvolles Service und silberne Kerzenleuchter. Finas Blick fiel aus einer breiten Fensterfront, die eine wunderschöne Aussicht über den Park eröffnete. Alles war unter einer Schneedecke begraben. Doch die kahlen Gehölze waren zu ordentlichen Formen geschnitten, leiteten ihren Blick durch eine Reihe von Torbögen bis zu einer weiten, weißen Fläche, die von Bäumen umsäumt war. Fina ahnte, dass es ein See sein musste. Ganz am Ende der Blickachse, am gegenüberliegenden Ufer, schimmerte ein gläserner Pavillon.

Fina bemerkte, wie ihr Mund offen stand. Sie spürte die Blicke ihrer Eltern auf sich ruhen, und plötzlich kehrte ihre Wut zurück. »Könnt ihr mich jetzt bitte mal aufklären! Bin ich irgend so eine verfluchte Prinzessin?«

Auf dem Gesicht ihres Vaters erschien ein entwaffnendes Schmunzeln. »Nicht ganz, aber nah dran!«

Fina starrte ihn an, betrachtete seine Augen, die ihren so verwirrend ähnlich sahen. Er sah tatsächlich immer noch so gut aus wie auf dem Foto, das sie vor langer Zeit aus dem Mülleimer gefischt hatte.

»Wir stammen aus einer langen Linie von Adeligen ab, darunter auch aus einer unbedeutenden Nebenlinie der Wittelsbacher. Wenn man bedenkt, dass es aber gar nicht mehr so viele Nachkommen in den Hauptlinien gibt, bist du schon recht nah dran an einem Prinzessinnentitel.« Sein Schmunzeln wurde noch charmanter, so einnehmend, dass Fina für einen Moment fast darauf hereinfiel.

Sie wollte sich nicht von ihm umgarnen lassen! Stattdessen kniff sie die Augen zusammen. Wittelsbacher … Als würde sie sich mit deutschen Adeligen auskennen. Wenn er jetzt Habsburger oder Hohenzollern gesagt hätte …

Diese ganze Unterhaltung konnte nicht real sein. Ihr ganzes Leben war irgendwie – abgerutscht, hatte sich in einen seltsamen Fantasyfilm verwandelt. War ihre Mutter nicht diejenige, die es nicht gut fand, wenn sie zu viel Fantasy las? Fina funkelte sie an.

Ihre Mutter räusperte sich, wich ihrem Blick aus und wandte sich dem Apfelkuchen zu. Sie suchte ein schönes Stück aus und legte es auf Finas Teller. »Magst du Sahne dazu?«

Finas Magen rebellierte. Mora war in Gefahr, womöglich wurde er gerade umgebracht, ihretwegen, weil ihre Mutter ein absurdes Versprechen gegeben hatte, das sie nun nicht hielt. Und sie saßen hier und aßen Apfelkuchen?

Fina schlug die flache Hand auf den Tisch, brachte das Geschirr und die Kerzenleuchter zum Klirren. »Verflucht noch mal! Ihr erzählt mir jetzt, was das für eine Scheiße ist, die ihr da verzapft habt! Danach überlege ich mir, ob ich jemals wieder was essen will!«

Ihre Mutter ließ den Sahnelöffel sinken. Sie wechselte einen Blick mit ihrem Vater, mit Robert.

Fina rümpfte die Nase. Sie konnte ihn nicht Papa nennen. Und sie wollte ihre Mutter nicht mehr Mama nennen. Robert und Susanne. Es wurde Zeit, dass sie anfing, sich an ihre Vornamen zu gewöhnen.

»Das ist eine sehr lange Geschichte«, erklärte *Susanne* leise.

Fina hatte keine Zeit für eine lange Geschichte. Dennoch blieb ihr keine Wahl: »Dann fang endlich an!«

Susanne räusperte sich erneut. »Es fängt in meiner Jugend an, mit deinem Großvater. Vielleicht hat Oma Klara dir davon erzählt: Als ich klein war, hatte er diesen Unfall in der Mühle, bei dem ihm beide Arme zertrümmert wurden. Danach war das Glücksspiel seine einzige Lebensfreude. Er hat jede Gelegenheit zum Spielen genutzt und dabei weit mehr verloren als gewonnen. Aber ein Mal hat er in einem Preisausschreiben den ersten Platz abgeräumt: eine Luxuskreuzfahrt für zwei Personen.« Susanne griff wieder zum Kuchenheber. Mit bebenden Händen legte sie sich selbst ein Stück auf den Teller. »Deine Oma hat ihm immer große Vorwürfe gemacht wegen seiner Spielerei. Also hat er mich auf diese Kreuzfahrt mitgenommen. Ich war damals achtzehn Jahre alt, und es war meine erste richtige Reise. Bis dahin hatten meine Eltern nicht einmal genug Geld, um die Klassenfahrten für mich zu bezahlen.« Ein trauriger Schimmer lag in Susannes Augen. Sie starrte in den Kaffee, den Robert ihr eingoss, und sprach nachdenklich weiter. »Meine Eltern waren damals so arm, dass ich keinen meiner Träume verfolgen konnte. Ich konnte kein Abitur machen, obwohl ich die besten Noten in meiner Klasse hatte. Stattdessen musste ich so schnell wie möglich eine Ausbildung anfangen

und Geld verdienen. Mein Ausbildungsplatz musste in der Nähe sein, damit ich weiter bei meinen Eltern wohnen konnte. Also hatte ich nur wenige Möglichkeiten, aus denen ich wählen konnte. Im Supermarkt in Wernigerode hab ich mich zur Einzelhandelskauffrau ausbilden lassen.«
Fina blickte zu ihrem Vater, sah ihm zu, wie er sich ebenfalls ein Stück Kuchen nahm und anfing zu essen. Sein Blick ruhte auf Susannes Gesicht, lauschte ihrer Geschichte, als wäre es sein Lieblingsmärchen, das er auch zum tausendsten Mal noch gerne hörte.
»Aber erst auf der Kreuzfahrt wurde mir mein ganzes Elend so richtig bewusst. Plötzlich war ich in einer reichen, schillernden Welt, in der es von gebildeten, eloquenten Leuten nur so wimmelte. Ich wollte nichts lieber, als dazuzugehören. Auch meinem Vater ging es so, und er fing an, den Mitreisenden Lügen über uns zu erzählen: dass er früher ein erfolgreicher Künstler gewesen sei, bis ein Autounfall und der Verlust seiner Hände seine Karriere beendet hätte. Er behauptete, dass er nun aber ein großes Immobilienunternehmen führe. Er kaufe alte Häuser, lasse sie geschmackvoll sanieren und verkaufe sie dann teuer weiter oder vermiete sie als Ferienimmobilien. Mein Vater hatte tatsächlich ein großes Faible für alte Häuser und konnte seine Lüge so glaubhaft ausschmücken, dass es nicht sofort auffiel.« Ein verträumtes Lächeln erschien auf Susannes Gesicht. Sie streifte Roberts Blick und lachte leise. »Und dann war da auf einmal Robert, ein Märchenprinz mit strohblonden Haaren und braunen Augen. Sein Lächeln hat mir den Atem geraubt, und sein Interesse hat mich in einen Glücksrausch versetzt, in dem ich plötzlich jemand ganz anderes war: ein fröhliches Mädchen, dem die Welt offenstand. Ich war beeindruckt von seinem Charme, von seinen gekonnten Worten und von der Leichtigkeit, mit der er Geld für mich ausgab. Auch

mein Vater war beeindruckt von ihm: ein junger Politik-Student, der Diplomat werden wollte – genau wie sein Vater und sein Großvater vor ihm. Er war begeistert davon, dass dieser junge Mann sich für mich interessierte, und ich konnte ihm ansehen, wie sehr er schon von unserer Hochzeit träumte. Robert war mit seiner Mutter an Bord. Irgendwann hat er mir erzählt, dass so eine Kreuzfahrt eigentlich gar nicht nach seinem Geschmack sei. Aber er tat seiner Mutter einen Gefallen, die sich eine solche Reise schon lange gewünscht hatte. Schließlich saßen wir fast immer zu viert am Tisch, haben uns über Politik und Kunst unterhalten, über die größten Probleme in der Welt und über die Ästhetik von Häusern und Gärten. Mein Vater konnte besser mithalten, als ich ihm jemals zugetraut hätte – während ich mir meistens furchtbar dumm vorkam, weil ich viel zu wenig von all diesen Dingen wusste. In den Nächten hab ich oft in meiner Kabine gelegen und geheult, weil mir klarwurde, dass ich im Begriff war, meine erste große Liebe auf einer Lügengeschichte aufzubauen. Ich hatte furchtbare Angst, dass mein Traum bald zerspringen und ich dann ohne Robert in mein trostloses Leben zurückkehren würde. Irgendwann, als er sich bei einer Abendveranstaltung mit einer mittelklassigen Sängerin furchtbar gelangweilt hat, hat er mir zugeflüstert, ich sei der einzige Lichtblick an Bord und damit allerdings ein guter Grund, warum sich die Reise für ihn doch lohne. In den Nächten danach wurde ich den Gedanken nicht los, dass ich für Robert vielleicht nur ein lustiger Zeitvertreib war, den er nach der langweiligen Schiffsreise sofort vergessen würde.«

Fina musste schlucken. Sie wusste noch nicht, worauf die Geschichte ihrer Mutter hinauslief, aber sie fing an, sie zu verstehen.

»Deine Mutter war süß damals«, mischte Robert sich ein. Seine

Stimme klang sanft, fast so, als wäre er noch immer frisch verliebt. »Eine Schönheit mit blonden Löckchen, noch so unschuldig und naiv wie ein Mädchen. Ich wusste gleich, dass sie und ihr Vater nicht das waren, was sie vorgaben. Wenn man reiche Leute gewohnt ist, dann sieht man sofort, wenn jemand anders ist: Nicht nur, weil es offensichtlich war, dass ihre Kleidung aus einem billigen Kaufhaus stammte. Die Augen ihres Vaters haben zu sehr geleuchtet, wenn er von seinen Häusern erzählte, so wie die Augen von jemandem, der von seinem Traum erzählt. Gleichzeitig wurde Susanne in solchen Momenten ganz still und hörte ihm zu wie einem Geschichtenerzähler. Und dann, später, konnte ich das schlechte Gewissen in ihrem Gesicht sehen, ihre Angst und eine Ahnung von dem traurigen Leben, das sie hinter sich lassen wollte. Susanne war wie ein ungeschliffener Diamant. Ungebildet und unsicher, aber mit einem wachen Funkeln in den Augen. Ich wusste, dass sie log. Aber ich war entschlossen, Aschenputtel aus ihrer Armut zu erlösen.«

Fina schloss die Augen. Sie hatte sich auch vorgenommen, jemanden aus seinem Elend zu erlösen. Mit dem Ergebnis, dass Mora ihretwegen gequält und gefoltert wurde – und sie war Hunderte von Kilometern von ihm entfernt. Fina sprang auf und lief zum Fenster, blickte durch den langen Korridor, der bis zu dem gläsernen Pavillon auf der anderen Seite des Sees führte.

»Ich war ganz erstaunt, als Robert auch nach der Reise noch mit mir zusammenbleiben wollte.« Susanne fuhr fort, ihre Stimme wurde etwas lauter, damit Fina sie gut hören konnte. »Gleichzeitig kam furchtbare Panik in mir auf, weil ich mir sicher war, dass er meine Lügen bald durchschauen würde. Wir konnten nur eine Wochenendbeziehung führen, weil Robert in Bonn gelebt hat. Das hat es etwas einfacher gemacht.

Die ersten Male habe ich es so eingerichtet, dass ich ihn besuchen kam. Aber die Unterschiede zwischen uns wurden mir erst jetzt so richtig klar. Obwohl er noch Student war, lebte Robert in einer geräumigen Eigentumswohnung. An seiner Seite bin ich zu wichtigen Empfängen gegangen, in einem neuen, schillernden Cocktailkleid und trotzdem so plump wie ein Bauerntrampel. Meine Allgemeinbildung hat kaum ausgereicht für die politischen Gespräche, in die ich verwickelt wurde. Ich habe mich so geschämt für das, was ich wirklich war: nicht mehr als eine Verkäuferin, die kaum etwas anderes machte, als Waren in Regale zu räumen, und deren größtes Wissen aus den Zahlencodes bestand, die sie in die Kasse tippen musste. Ich wollte Robert um keinen Preis in das Haus meiner Eltern bringen. Er sollte den Schmutz nicht sehen, der sich über Jahrzehnte auf der alten Tapete angesammelt hatte, den bröckelnden Putz dahinter und die traurigen Gesichter meiner Eltern, die noch weniger Hoffnung hatten als ich. Er sollte nicht wissen, dass mein Vater ein Hochstapler und ein Spieler war, während meine Mutter uns mit unwürdigen Putzjobs über Wasser hielt.« Susanne seufzte. Der Löffel in ihrer Tasse klirrte, während sie ihren Kaffee umrührte. »Als Robert mich das erste Mal besuchen wollte, habe ich fast meinen ganzen Monatslohn ausgegeben, um ihn in eine gemietete Ferienwohnung einzuladen. Ich habe behauptet, das Haus wäre mein Eigentum, ein Teil des Immobilienunternehmens, das ich bald gemeinsam mit meinem Vater führen würde. Doch gleichzeitig ahnte ich schon, dass Robert anfing, mich zu durchschauen. Ich habe mir immer große Mühe gegeben, mich über das politische Geschehen zu informieren. Aber für ein politisches Gespräch mit Robert hat es nie ausgereicht. Neben ihm blieb ich ein blondgelocktes Püppchen, das ihrem klugen Freund alles nachplapperte. Ich war mir sicher, dass er sich bald von mir trennen würde. Zumal ich einen zweiten Besuch in meiner *Ferienwohnung* nicht finanzieren konnte und die ganze Wahrheit ans Licht gekommen wäre, wenn er auch nur ein Mal die Idee gehabt hätte, mich spontan dort zu besuchen.«

Einer der schwarzgekleideten Bodyguards erschien unvermittelt vor Fina auf der Terrasse und patrouillierte an der Fensterfront vorbei. Fina fragte sich plötzlich, ob Moras Herr bis hierher kommen konnte. Ihre Eltern schienen das zu befürchten, wenn sie gleich eine ganze Armee von Bodyguards um das Haus postierten.

Finas Blick glitt über den verschneiten Park, hielt unwillkürlich Ausschau nach blauen Fußspuren im Schnee. Fast wäre sie froh, wenn *Rumpelstilzchen* ihr gefolgt wäre. Dann würde er wenigstens Mora in Ruhe lassen.

Doch sie konnte weit und breit keine verdächtigen Spuren erkennen.

»Deine Mutter hat sich sehr verändert, als die Reise vorbei war.« Robert erzählte weiter. »Das fröhliche Mädchen war verschwunden und wurde ersetzt von einer ernsten, jungen Frau, die eifrig darum bemüht war, mir alles recht zu machen. Dabei wirkte sie manchmal so aufgescheucht und verwirrt, dass ich Angst um sie hatte. Ich habe mehrfach angedeutet, dass ich von ihrer Lüge wusste. Ich habe gehofft, sie würde darüber reden und mir alles gestehen. Aber sie hat es geleugnet und sich so verbittert vor mir zurückgezogen, dass ich keine Chance mehr hatte, ihr näherzukommen. Ich war furchtbar enttäuscht von ihr. Gar nicht, weil sie mich belogen hat, und auch nicht, weil sie vielleicht nicht diejenige war, für die sie sich ausgegeben hat – sondern deshalb, weil sie mir so wenig Vertrauen entgegenbrachte, dass sie nichts davon zugeben wollte.«

Fina drehte sich zu ihren Eltern um. Roberts Hand lag auf der

ihrer Mutter. Er strich durch ihre Haare und blickte in ihre Augen, als würde er eigentlich mit ihr reden.
»Ich war mir sicher, dass Robert furchtbar enttäuscht wäre, wenn er die Wahrheit erfahren würde«, fuhr ihre Mutter fort. »Die wahre Susanne passte so ganz und gar nicht in seine reiche, verführerische Welt. Wir haben uns nie wirklich gestritten – er wollte manchmal damit anfangen, aber ich habe ihm nur mit meinem Schweigen geantwortet. Er sagte mir, dass er sich von mir trennen würde, wenn das so weiterginge. Und ich habe mich immer mehr in die Vorstellung hineingesteigert, dass meine Armut an allem schuld sei. In meinem Kummer habe ich lange Spaziergänge gemacht. Das habe ich immer schon getan – und dieses Mal habe ich im Grundlosen Moor eine Flüsterstimme gehört, die mir Hilfe angeboten hat. Kurz darauf ist mir ein kleines Männlein erschienen, das mir anbot, mein Problem zu lösen.«
Fina starrte ihre Mutter an, begegnete der Furcht in ihrem Blick und drehte sich schnell wieder zum Fenster.
»Er war so hässlich, Fina«, hauchte Susanne. »Er hatte riesige Augen, so groß wie Tischtennisbälle, und klobige Hände mit zwei Daumen.«
Fina schloss die Augen. Sie hatte Moras Herrn nie wirklich gesehen. Aber es schien eindeutig der Gleiche zu sein.
»Er sagte, er könne Dinge in Gold verwandeln, und hat es mir an einem Kiefernzapfen vorgeführt. Ich durfte den Zapfen behalten. Er war tatsächlich aus reinem Gold, und ich habe ihn für sehr viel Geld verkauft. Plötzlich sah ich die Lösung vor mir: Ich brauchte nur noch mehr von diesem Gold und könnte damit einfach meine Lügen in Wahrheit verwandeln. Als ich das nächste Mal ins Moor ging, kam mir alles so surreal vor wie in einem Traum. Aber das Männlein war da. Er rupfte Schilf und Gräser aus dem Moor und verwandelte sie in Gold. Als

Gegenleistung wollte er den Ring haben, den ich an meinem Finger trug. Robert hatte ihn mir geschenkt, und es war das Wertvollste, was ich besaß. Eigentlich hing ich sehr an dem Ring, weil es das größte Geschenk war, das Robert mir gemacht hatte. Aber das Gold des Männleins hatte einen viel größeren Wert, also ließ ich mich darauf ein. Ich habe nie ganz verstanden, was der Wicht mit einem Goldring wollte, wo er doch so viel Gold erschaffen konnte, wie er wollte. Aber er schien mit dem Tausch zufrieden zu sein und sagte, ich dürfe gerne wiederkommen. Nachdem ich auch die goldenen Gräser gut verkaufen konnte, ging ich zum dritten Mal ins Moor. Dieses Mal hüpfte er vor mir durch den Wald und suchte die schönsten Blätter, Früchte und Pflanzen, um sie ebenfalls zu verwandeln. Er füllte einen riesigen Sack damit. Aber bevor er ihn mir gab, stellte er mir zwei Bedingungen: Ich dürfe niemandem von unserem Pakt erzählen. Und ich solle ihm meine erste Tochter bringen, sobald sie geboren wäre.«

Fina erstarrte. Sie wagte es nicht, sich zu ihrer Mutter umzudrehen, wollte die Schuld in ihrem Gesicht nicht sehen.

»Er öffnete den Sack noch einmal und ließ das Gold im Sonnenlicht aufblitzen. Es war so eine seltsame Situation, Fina. Da lag das kunstvollste Gold vor mir, bereit, mich zu einer reichen Frau zu machen – und gleichzeitig wollte er etwas dafür, was es noch gar nicht gab, was es vielleicht auch niemals geben würde. Ich war achtzehn, ich wollte noch keine Kinder, und dieser Wicht vor mir war Rumpelstilzchen, eine Märchenfigur. Ich müsste nur seinen Namen nennen, und er würde sich in Luft auflösen. Falls er überhaupt wirklich existierte. Ich war mir fast sicher, dass ich träumte oder halluzinierte. Und irgendwann in diesem seltsamen Moment sagte ich ihm, dass ich einverstanden sei. Ich nahm das Gold und beschloss, niemals mehr in die Nähe des Moores zu gehen.« Susanne lachte auf.

Fina warf den Kopf herum und sah sie an.
Ihre Mutter saß noch immer vor ihrem Apfelkuchen. Nur Roberts Hand hatte sich zurückgezogen. »Ich weiß nicht mehr, wann ich begriffen habe, dass ich doch nicht träume, Fina. Ich habe sehr, sehr viel Geld für die ungewöhnlichen Goldkunstwerke bekommen. Von dem Erlös habe ich das Ferienhaus gekauft, das ich vorher gemietet hatte, und noch zahlreiche weitere Immobilien. Ich habe meine Lüge einfach wahr gemacht, habe meine Ausbildungsstelle gekündigt und mein Abitur nachgeholt. Aber plötzlich bekam ich Probleme, über die ich vorher gar nicht nachgedacht hatte: Wie sollte ich meinen Eltern erklären, woher das ganze Geld stammte? Ich durfte ihnen nichts von meinem Pakt erzählen. Außerdem waren sie ja selbst ein Teil der ganzen Lüge. Meine Mutter hat nie erfahren, was wir auf unserer Kreuzfahrt alles erzählt haben. Unter anderem hat Papa behauptet, er wäre Witwer, damit er nicht auch noch über seine Frau ein Lügenmärchen erfinden musste. Ich durfte ihr also um keinen Preis gestehen, wie sehr wir sie verraten hatten.«
Susanne seufzte, ihr Blick glitt an Fina vorbei durch das Fenster in eine undefinierbare Ferne. »Aber selbst meinem Vater hätte ich das alles nicht erklären können: dass ich nun tatsächlich eine Immobilienfirma besaß. Also ging ich meinen Eltern aus dem Weg und schob alle Erklärungen vor mir her. Auch wegen des Männleins habe ich mich kaum noch in die Lüneburger Heide gewagt. Die wenigen Male, die ich noch bei meinen Eltern war, hatte ich immer Angst, dass er mir draußen im Garten oder im Wald begegnen könnte. Also habe ich sie immer seltener besucht und schließlich gar nicht mehr. Natürlich haben Robert und meine Schwiegereltern mich immer wieder nach meinem Vater gefragt. Ich solle ihn zum Essen einladen, solle ihn für ein Wochenende mit zu ihnen bringen … Irgend-

wann war ich so tief in meinem Lügenkonstrukt verheddert, dass ich ihnen vorgespielt habe, er wäre gestorben. Nur so konnte ich erklären, warum ich die Einladungen immer ausschlug und warum ich mich ganz allein um die Immobilienfirma kümmern musste. Außerdem war es endlich eine Erklärung für die Verzweiflung, die mich manchmal überfiel.« Tränen färbten Susannes Stimme dumpf, ihr Blick kehrte zu Fina zurück. »Ich habe meine Vergangenheit einfach abgestoßen, Fina, habe meine Eltern verleugnet und mich nie wieder bei ihnen gemeldet. Erst als mein Vater wirklich im Sterben lag, waren wir noch einmal dort. Daran erinnerst du dich vielleicht.«

Fina wich ihrem Blick aus, wirbelte herum und starrte aus dem Fenster.

Was hatte der Postbote in der Provence noch gleich gesagt? Wer einmal log, musste weiterlügen, wer immer log, wurde schnell zum Verräter. Und wenn man erst die verriet, die man liebte, verlor man alles, was einem wichtig war.

Ihre Mutter hatte alle verraten, die sie liebte – und sie hatte alle verloren.

Fina wusste nicht, ob sie ihrer Mutter verzeihen konnte. Sie konnte sich in die Geschichte hineinversetzen, konnte verstehen, warum der eine Schritt den nächsten erforderte – und trotzdem war es unbegreiflich. »Konntest du nicht einfach irgendwann die Wahrheit sagen?«, flüsterte Fina.

Ihre Mutter schwieg.

Erst nach einer ganzen Weile antwortete ihr Vater an ihrer Stelle: »Wenn man immer gelogen hat, dann klingt die Wahrheit irgendwann wie ein Märchen.«

Fina sah ihn an, presste die Lippen aufeinander, um ihre Tränen zu unterdrücken. Ihre Wahrheit *war* ein Märchen!

»Deine Mutter war eine Zeitlang tatsächlich sehr verstört.«

Robert drehte seinen Stuhl in Finas Richtung, beugte sich ihr entgegen. »Ich habe bemerkt, dass irgendetwas ihr Leben aus dem Ruder geworfen hat. Aber sie wollte mir nie sagen, was es war. Manchmal war ich noch enttäuscht über ihr mangelndes Vertrauen. Bis ich begriffen habe, dass Vertrauen etwas ist, was bei manchen Menschen nur sehr langsam wächst. Ich dachte, deine Mutter wäre so ein Mensch, und ich wollte ihr die Zeit geben. Sie hat mich fasziniert. Denn auf der anderen Seite war sie sehr stark, sehr ehrgeizig. Sie hat sich um dieses Immobilienunternehmen gekümmert und nebenbei studiert und gelernt, als gelte es, einen Rekord zu brechen. Als sie dann erzählt hat, dass ihr Vater schon vor einiger Zeit gestorben sei, haben sich so viele Fragen geklärt, dass ich nie auf die Idee gekommen wäre, es anzuzweifeln.«
Fina sah zwischen ihren Eltern hin und her. Ihre Mutter starrte auf ihren Apfelkuchen, der noch immer unangetastet vor ihr stand. Fina wandte sich an ihren Vater. In diesem Moment fühlte sie sich ihm verbunden, weil er genauso belogen worden war. »Und? Wann hat sie dir die Wahrheit erzählt?«
Ihre Mutter sah auf. Ihr Blick wirkte reumütig. »Das war erst sehr viel später, Fina. Selbst bei unserer Hochzeit wusste er noch nicht, woher ich stammte, geschweige denn von meinem Pakt.«
Robert schüttelte den Kopf und stieß ein leises Lachen aus. »Als sie es mir endlich erzählt hat, dachte ich, sie wäre verrückt. Aber das liegt inzwischen sehr viele Jahre zurück.«
Fina schluckte. Ihre Mutter hatte doch nicht alle Menschen verloren. Ihr Vater hatte ihr offensichtlich verziehen. Trotz allem. Vielleicht konnte man das, wenn man sich liebte.
Fina blickte wieder aus dem Fenster, starrte ins Leere und dachte an Mora. Er hatte sie auch belogen, hatte ihr verschwiegen, dass er sie zu seinem Herrn bringen sollte. Deshalb hatte

er sich selbst so furchtbar gequält, weil er hin- und hergerissen war, weil er eine schreckliche Entscheidung treffen musste.
Am Ende hatte er entschieden, sich selbst zu opfern. Jetzt war er allein mit seinem Herrn, mit seiner Peitsche und seinem Zorn.
Fina konnte die Tränen nicht länger zurückhalten. Auch sie hatte Mora längst verziehen. Sie lehnte ihre Stirn gegen die Fensterscheibe, fühlte die Kälte und versuchte, möglichst leise zu weinen.
»Erst nach Jahren, als ich schon viel älter war, habe ich begriffen, was für einen furchtbaren Pakt ich geschlossen hatte.« Ihre Mutter erzählte langsam weiter. »Je länger ich mit Robert zusammen war, desto mehr haben wir uns ein Kind gewünscht. Ich konnte ihm nie sagen, warum ich solche Angst davor hatte. Also habe ich heimlich verhütet und so getan, als würde ich nicht schwanger. Schließlich ist Robert an die Deutsche Botschaft in Rumänien versetzt worden, und dort habe ich es endlich gewagt. Ich dachte, ich wäre weit genug weg, um nicht von dem Männlein gefunden zu werden. Außerdem bezog sich mein Schwur nur auf eine Tochter, und ich hoffte, einen Sohn zu bekommen. Aber sobald ich schwanger war, fing ich an, von ihm zu träumen. In den ersten Träumen hat er mich nur an mein Versprechen erinnert. Aber schließlich sagte er mir, wenn ich ihm meine Tochter nicht brächte, würde er mich finden. Dann würde er mich töten und das Baby mitnehmen. Ich war verzweifelt. Ich konnte mein Kind doch nicht an so eine Kreatur ausliefern!«
Fina hörte das Quietschen eines Stuhls, kurz darauf leise Schritte. Die Stimme ihrer Mutter näherte sich: »Als du schließlich geboren warst, nannte er mir einen möglichen Ausweg: Wenn ich zu ihm käme und ihm seinen Namen nennen würde, dürfte ich dich behalten. Ich war mir nahezu sicher, dass sein

Name Rumpelstilzchen sein musste. Das war meine letzte Hoffnung. Also habe ich dich bei Robert gelassen und bin nach Deutschland gereist.« Ihre Mutter legte die Hand auf Finas Schulter.

Fina wich ihr aus, ging ein paar Schritte und drehte ihr den Rücken zu. Ihre Mutter sollte sich von ihr fernhalten, sollte nicht sehen, dass sie weinte.

Susanne blieb stehen, Fina ahnte ihren Blick auf ihrem Rücken. Ihre Mutter schien zu zögern. Fina konnte hören, wie sie immer wieder den Mund öffnete und ihn dann wieder schloss. Als sie nach einer Weile doch noch weitersprach, klang ihre Stimme seltsam fremd: »Ich bin ihm im Moor gegenübergetreten und habe ihn Rumpelstilzchen genannt. Aber der Name war falsch, und ich habe meinen einzigen Ausweg verspielt.« Susanne machte eine weitere Pause, atmete tief ein und sprach schließlich stockend weiter. »Er nannte mir den Ort, an dem du warst, und behauptete, er würde noch vor mir dort sein, um dich zu holen. Ich wusste nicht, welche Fähigkeiten er besitzt, ob er vielleicht auf besondere Weise reisen kann. Aber ich musste damit rechnen, dass er seine Drohung wahr machte. In meiner Angst habe ich Robert angerufen, habe ihm die ganze Geschichte erzählt und ihn darum gebeten, dich in ein anderes Land zu bringen.«

Fina sah zu ihrem Vater.

Er saß noch immer vornübergebeugt auf seinem Stuhl. Kopfschüttelnd fing er an zu erzählen: »Ich habe kaum verstanden, wovon sie redete – außer, dass irgendjemand dich entführen wollte. Also bin ich mit dir nach Spanien geflogen und habe deine Mutter dort getroffen. Sie hat versucht, mir ihre ganzen Lügen zu entschlüsseln. Die ganze Sache mit ihren Eltern und ihr Pakt mit Rumpelstilzchen. Ich war entsetzt von ihrer Geschichte, von der Ernsthaftigkeit und der Verzweiflung, mit der sie mir davon erzählt hat. Ich war überzeugt davon, dass sie verrückt ist – und plötzlich hat sich unser ganzes Leben in einem ganz anderen Licht dargestellt. Auf einmal wusste ich, dass sie immer schon wahnsinnig war. Ich wollte mich von ihr trennen. Aber du solltest bei mir bleiben, Fina. Ich wollte nicht, dass du von einer Verrückten großgezogen wirst.«

»Als er mir das gesagt hat, bin ich bei Nacht und Nebel mit dir geflohen.«

Fina fuhr herum, betrachtete das Gesicht ihrer Mutter von der Seite. Tränen liefen über ihre Wangen. Susanne wischte sie beiseite. »Das war der Anfang von unserer Flucht.«

Fina schloss die Augen. Tausend Bilder ihrer Kindheit wirbelten an ihr vorbei, von ihrer Flucht und den vielen Orten, an denen sie gelebt hatte, von den Erklärungen ihrer Mutter, und dem, was sie über ihren Vater erzählt hatte. Nur langsam begriff sie, dass zumindest ein Fünkchen Wahrheit darin gelegen hatte.

Ganz langsam öffnete sie die Augen und sah ihre Mutter wieder an. »Also sind wir tatsächlich vor ihm geflohen?« Sie zeigte auf ihren Vater, drehte sich zu ihm um. Sie versuchte, die Bilder neu zu ordnen, um zu begreifen, welche Rolle er tatsächlich gespielt hatte. Auch wenn es ihr noch nicht so ganz gelang – je mehr sie darüber nachdachte, desto deutlicher spürte sie, dass er nicht länger der Böse war. Er war der Sympathieträger der Geschichte.

»Ja, in den ersten vier Jahren seid ihr vor mir geflohen.« Ihr Vater setzte die Geschichte fort: »Aber dann fing Rumpelstilzchen an, auch in meinen Träumen zu erscheinen und seinen Besitz einzufordern. Ich habe Kontakt zu Susannes Eltern aufgenommen, in der Hoffnung, dass sie wussten, wo sie war. Aber ihre Eltern konnten mir auch nicht weiterhelfen. Erst nach einigen Monaten haben sie mir gesagt, Susanne hätte sich gemeldet. Sie haben mir ihre Telefonnummer gegeben, und ich habe mich bei ihr entschuldigt.«

Susanne scharrte nervös mit ihrer Schuhspitze über den Boden. »Das war damals, als mein Vater todkrank war. Ich hätte wohl nie davon erfahren, wenn Rumpelstilzchen es nicht in meinem Traum erwähnt hätte.«

Fina drehte sich zu ihrer Mutter um. Etwas an ihrer Geschichte war unlogisch. Jahrelang hielt sie sich von der Lüneburger Heide fern – und ausgerechnet von *Rumpelstilzchen* ließ sie sich wieder anlocken. »Hattest du keine Angst, dass er mich holt, während wir dort sind?«

Susanne blinzelte. »Doch. Wahnsinnige Angst. Aber ich wollte meinen Vater wenigstens noch einmal sehen. Wir waren nur zwei Tage da, und dich hab ich in der Zeit nicht aus den Augen gelassen. Du durftest nicht in den Garten, und ich hab dafür gesorgt, dass alle Fenster und Türen verriegelt waren. Ich bin mir bis heute sicher, dass er am Waldrand stand und nur darauf gewartet hat, dass du in den Garten laufen würdest.«

Fina schauderte. Sie erinnerte sich an ihre Angst vor dem Wald, die sie überfallen hatte, sobald sie bei ihrer Großmutter angekommen war. Hatte Moras Herr sie auch dieses Mal vom Waldrand aus beobachtet?

Fina versuchte, es zu vergleichen: wie es damals gewesen war, ob sie die Bedrohung als Kind schon gespürt hatte. Sie erinnerte sich an die seltsame Stimmung in den winterdunklen Räumen. Doch damals war es ihr gemütlich vorgekommen, sie hatte sich zu Hause gefühlt. Erst als sie älter geworden war, hatte sich eine beklemmende Note in ihre Erinnerungen geschlichen. Sie war eingesperrt gewesen. Deshalb.

Fina blickte wieder nach draußen, suchte den Schnee nach blauen Spuren ab. »Und später? Hat er je versucht, mich zu holen?«

Ihre Mutter antwortete nicht. Erst nach einer ganzen Weile fing sie an, etwas zu rezitieren: *»Dort wo er sie findet, dort stirbt der Lavendel, das Lila vergeht, der Sommer verweht. Bald kommt er und holt sie, dann ist es zu Ende. Ihr Versprechen besteht, ihre Tochter bald geht.«*
Fina schauderte. »Was ist das?«
Ihre Mutter sah sie an. »Das hat er mir in der Nacht gesagt, bevor ich mit dir aus der Provence fliehen wollte. Immer, wenn wir an einem neuen Ort waren, ist er mir drei Mal im Traum erschienen. Beim ersten Mal hat er gesagt, dass er dich finden wird. Beim zweiten Mal hat er behauptet, dass er weiß, wo er dich finden wird. Und beim dritten Mal hat er stets ein Gedicht vorgetragen, mit dem er mir bewiesen hat, dass er unseren Wohnort kannte. Das war jedes Mal der Grund, warum wir umgezogen sind.«
Fina atmete scharf ein. Wenn er ihr solche Gedichte vorgetragen hätte, wäre sie vielleicht auch freiwillig nach Neuseeland geflohen. »Aber woher weißt du, dass er nicht blufft? Selbst wenn er weiß, wo ich bin – vielleicht hat er das auch nur aus unseren Träumen?«
Ihre Mutter zuckte die Schultern. »Ich wusste nie, ob er blufft. Aber hätte ich es ausprobieren sollen?«
Fina dachte an die rasend schnelle Kreatur. Vielleicht rannte er einfach, wenn er reisen wollte. Unsichtbar und unmenschlich schnell.
Wie lange würde er wohl brauchen, bis er von der Lüneburger Heide hierherkam? War er so schnell wie ein Auto? Bestimmt. Fina hoffte plötzlich, dass er kam. Dass er sie mitnahm und zu Mora brachte. Vielleicht würde er aufhören, seinen Diener zu quälen, wenn er sie endlich bei sich hatte?
Welche Rolle spielte eigentlich Mora in der Geschichte? Fina kniff die Augen zusammen, blickte zwischen den beschnitte-

nen Büschen hindurch über den See, bis zu dem gläsernen Pavillon. Für einen Moment kam es ihr vor, als bewegte sich etwas in der Spiegelung des Glases. Konnte es sein, dass er das war? Dass Moras Herr jetzt kam, um sie zu holen?

Das Flackern erlosch, falls es überhaupt da gewesen war. Dafür wusste sie plötzlich, woher Mora stammte: Er musste ein anderes Kind sein, das Rumpelstilzchen durch einen Pakt erworben hatte.

Fina schloss die Augen. Wenn ihre Mutter ihr Versprechen gehalten hätte – dann wäre sie zusammen mit Mora bei seinem Herrn aufgewachsen. Sie würde ihm dienen, er würde sie schlagen und wahrscheinlich sogar missbrauchen. Bestimmt würde Mora versuchen, sie zu schützen. Vielleicht würden sie sich schon seit ihrer Kindheit lieben. Doch vermutlich hätte der Herr sie dafür schon längst umgebracht, zumindest einen von ihnen: Mora.

Fina wollte zurück zu ihm! Um sein Leben zu retten, um ihn zu befreien.

Aber zuerst musste sie ihre Eltern loswerden, musste aus dieser Festung fliehen und gegen die schwarzen Gorillas bestehen, die vor dem Schlösschen auf und ab liefen. Sie hatte keine Ahnung, wie das gelingen sollte.

Es sei denn, ihre Eltern vertrauten ihr.

»So langsam verstehe ich die Geschichte«, flüsterte sie. Sie sah zu ihrem Vater, versuchte, ihre Frage so zu formulieren, dass kein Vorwurf darin mitschwang. »Als du angefangen hast, von Rumpelstilzchen zu träumen – hast du ihr da geglaubt?«

Robert nickte. »O ja. Wir haben Ewigkeiten telefoniert, und sie hat mir alles erklärt. Es hat uns enger zusammengeschweißt als all die Jahre zuvor. Von da an wollten wir gemeinsam für dich sorgen. Aber es wäre nicht möglich gewesen zusammenzuleben. Ihr musstet fliehen, und ich konnte nicht selbst darüber bestimmen, in welches Land ich entsendet wurde. Außerdem musste irgendwer den Bösewicht spielen, vor dem ihr flieht. Ich war der Einzige, der dafür in Frage kam. Wir waren uns einig darin, dass wir dir die Wahrheit nicht sagen wollten. Du solltest lernen, zwischen Realität und Märchen zu unterscheiden. Wir wollten nicht, dass du dich bald vor allen finsteren Märchenfiguren fürchtest.«

Fina lachte leise. »Also deshalb sollte ich nicht allzu viel Fantasy lesen.«

Wieder patrouillierte der Bodyguard an dem großen Fenster vorbei, den Blick hinaus auf den Park gerichtet.

»Warum habt ihr mir nicht die Wahrheit gesagt, als ich älter wurde?«

Ihre Mutter trat wieder näher. »Wenn ich es dir letztes Jahr gesagt hätte – hättest du mir geglaubt?« Sie legte ihre Hand auf Finas Schulter.

Fina lachte auf. »Nein! Ich hätte dich für verrückt erklärt.«

»Siehst du.« Ihre Mutter zog die Hand zurück. Ein schuldbewusstes Schimmern schwamm in ihren Augen. »Außerdem konnte ich dir nicht sagen, dass ich dich so einer furchtbaren Kreatur versprochen hatte. Wie hätte ich dir das erklären sollen, ohne dass du mich dafür hassen würdest?«

Fina wandte sich von ihr ab. Ihre Mutter hatte recht. Sie hasste sie dafür – auch wenn sie die Geschichte verstehen konnte. Aber sie durfte es nicht verraten, musste ihre Eltern in Sicherheit wiegen, damit sie aufhörten, so gewissenhaft auf sie aufzupassen.

Fina deutete aus dem Fenster. »Und? Wissen die Männer da draußen, dass der Feind unsichtbar ist? Dass er sich mit einer Tarnkappe anschleicht und als einzigen Hinweis Fußspuren im Schnee hinterlässt? Hübsche Fußspuren mit sechs Zehen daran.«

Roberts Stuhl quietschte, als er aufstand. Auch er kam zum Fenster. »Nein, das wissen sie nicht. Ich will doch nicht, dass sie mich für verrückt halten.« Ein verwegenes Lächeln erschien auf seinem Gesicht. »Aber sie sehen doch beeindruckend aus, wenn sie so um das Haus laufen. Meinst du nicht? Ich dachte mir, unser unsichtbarer Freund überlegt es sich zweimal, bevor er angreift.«

Fina war sich nicht sicher. So wie Mora seinen Herrn beschrieben hatte, war er gefährlich und nahezu unbesiegbar. Und Mora war mindestens genauso stark wie die Bodyguards da draußen.

Sie musste ihren Vater dazu bringen, die Männer abzuziehen. »Nein. Ich denke nicht, dass sie ihn beeindrucken. Solange sie nicht wissen, wonach sie suchen, sind sie sein Lieblingsfutter. Angepeilt, angesprungen, umgebracht.« Sie schnipste mit dem Finger. »Noch bevor sie einen Laut von sich geben.«

Ihr Vater wurde blass.

»Was weißt du über ihn?«, hauchte ihre Mutter.

»Mich will er lebendig, oder?« Fina ließ ein schiefes Grinsen über ihr Gesicht gleiten. »Sagen wir: Ich weiß, dass es ihm weitaus schwerer fällt, jemanden lebendig zu fangen.«

Ihre Mutter schnappte nach Luft, ihr Vater sah besorgt zu seinen Männern nach draußen.

»Morgen fliegen wir nach Neuseeland«, flüsterte Susanne. »Unser Flug geht um 14 Uhr ab München.«

Fina hielt den Atem an, versuchte, sich ihren Schrecken nicht ansehen zu lassen. Stattdessen wollte sie eine Spur von Fröhlichkeit vortäuschen. »Und, wie sieht es aus? Wenn ich morgen schon wieder weg bin: Gibt es dann heute noch eine Führung durch mein Prinzessinnenschloss?«

* * *

Fina saß mit untergeschlagenen Beinen auf ihrem Bett und ließ den Blick durch das hübsche Turmzimmer wandern. Es hatte drei Fenster zu drei Seiten, gebogene Wände und eine traumhafte Sicht über den Park. Heute Nachmittag war das Zimmer von leuchtendem Sonnenschein erfüllt gewesen. Doch jetzt war ihre Nachttischlampe die einzige Lichtquelle.
Fina konnte nicht schlafen, wollte nicht schlafen. Sie musste warten, bis alles ruhig geworden war. In Gedanken ließ sie noch einmal die Bilder an sich vorbeiziehen, die sie am Nachmittag während ihres Rundganges gesammelt hatte. Sie sah den dicken Schlüsselbund vor sich, der in der Küche an einem Bord hing. Sie dachte an den Pferdestall und die drei Pferde, die darin standen. Eines davon gehörte ihr, wie ihr Vater ihr stolz erklärt hatte. Es wurde von einer anderen jungen Frau geritten, die hier arbeitete. Aber er hatte es für Fina gekauft.
Tatsächlich war es ihr gelungen, ihren Vater zu einem Ausritt zu überreden, und sie waren gemeinsam durch den Park geritten. Ganz unauffällig hatte sie die Hecke begutachtet, die den Park umgab, und eine Stelle gefunden, an der sie schmal und niedrig genug war, um mit einem Pferd darüberzuspringen. Nebenbei hatte sie ihren Vater über die Ausbildung des Tieres ausgefragt.
Er hatte ihre Hintergedanken nicht bemerkt und ihr mit Stolz von dem Springblut der Stute erzählt, die bereits M-Springen gewonnen hatte. Er war sichtbar erleichtert gewesen, dass sie sich über solche Dinge unterhielten, fast so wie normale Väter und Töchter.
Am Ende des Nachmittags schien er ihr zu vertrauen. Ihrem fröhlichen Lachen, ihren munteren Fragen, ihrem kleinen Schauspiel, mit dem sie verbarg, wie dringend sie fliehen wollte.
Vertraue niemandem, den du zuvor betrogen hast.

Fina stand von ihrem Bett auf, blickte der Reihe nach durch ihre Fenster. Die Bodyguards waren seit heute Nachmittag verschwunden. Anscheinend wollte ihr Vater ihre Leben nicht aufs Spiel setzen. Dafür hatte er Fina darum gebeten, ihre Tür abzuschließen, bevor sie schlafen ging. Bislang hatte sie es noch nicht getan. Der Gedanke, schon wieder in einem kleinen Raum eingesperrt zu sein, gefiel ihr nicht.

Vielleicht würde sie es tun, wenn sie vorhätte, tatsächlich zu schlafen. Aber ihr Plan für diese Nacht sah anders aus.

Es klopfte an der Tür.

Fina fuhr herum. »Wer ist da?« Panik mischte sich in ihre Stimme. Vielleicht hätte sie doch abschließen sollen.

»Ich bin's nur.« Ihre Mutter öffnete die Tür und schaute herein. »Darf ich reinkommen?«

Fina erkannte die Tränen auf Susannes Gesicht. Heulende Mütter waren das Schlimmste. Trotzdem nickte sie. »Klar. Komm rein.«

Susanne trat neben sie ans Fenster. Eine ganze Weile schwieg sie und starrte nur in den Schlosspark hinaus. Immer wieder setzte sie an, um etwas zu sagen … und zögerte dann doch.

Fina wurde wütend. Ihre Mutter sollte nicht neben ihr stehen und herumdrucksen! Sie sollte entweder etwas sagen oder wieder gehen!

Fina wollte es ihr an den Kopf werfen. Aber sie durfte ihre Wut nicht zeigen. Sie musste so tun, als wäre sie die heimgekehrte Tochter, die morgen brav nach Neuseeland fliegen würde.

»Als du dort warst, bei ihm …« Endlich fing ihre Mutter an zu reden, zögerte erneut, bis Fina sie ungeduldig ansah. »War er da allein?«

Fina erstarrte. Wovon sprach sie? Wusste sie etwas von Mora? »Wer sollte denn sonst noch bei ihm gewesen sein?« Sie versuchte, nicht allzu scheinheilig zu klingen.

Neue Tränen traten in die Augen ihrer Mutter, lösten sich und liefen über ihr Gesicht. »Hast du dort einen jungen Mann gesehen? Einen mit schwarzen Haaren und brauner Haut? Der etwa so alt ist wie du?«

Fina wich zurück, starrte ihre Mutter an. »Was weißt du über Mora?« Es rutschte ihr heraus.

Das Gesicht ihrer Mutter hellte sich auf. »Also war er dort?«

Fina blickte hastig nach draußen. Susanne durfte nicht bemerken, wie wichtig er ihr war. Sie versuchte, so ruhig wie möglich zu sprechen: »Ja, er war dort.«

Ihre Mutter lachte auf, ein kurzes Heulen mischte sich in den Laut.

Fina starrte sie an: »Was weißt du über ihn?«

Susanne schwieg, eine ganze Weile. Schließlich räusperte sie sich und sprach mit sicherer Stimme: »Ich hab den Jungen in meinen Träumen gesehen. Ich habe mich immer gefragt, ob es ihn wirklich gibt.«

Fina schluckte. Ihre Mutter log! Deshalb brauchte sie so lange, um zu antworten. Aber wenn sie erst einmal so weit war, kamen ihr die Lügen wirklich glatt über die Lippen. Fina spürte, wie sich ihre Nase verächtlich kräuselte.

»Deine Oma hat gesagt, du wärst verliebt. Kurz bevor wir gefahren sind.«

Finas Atem stockte. Jetzt fand ihre Mutter heraus, dass sie fliehen wollte. Die erfahrene Lügnerin enttarnte die Anfängerin.

»Ist es der Junge?« Die Stimme ihrer Mutter fing an zu zittern. »Liebst du ihn?«

Fina schloss die Augen. Susanne war doch nicht diejenige, die dieses Gespräch kontrollierte. Es ging ihr nicht darum, Finas Flucht zu enttarnen. Susannes Gedanken waren einzig und allein bei dem Jungen mit der braunen Haut. Plötzlich musste Fina wieder an die Roma-Jugendlichen denken, an den Fünf-

zigeuroschein, den ihre Mutter ihnen gegeben hatte, an die Tränen auf ihrem Gesicht.
Sie schien etwas über Mora zu wissen. Etwas, was sie damals schon gewusst hatte.
Fina spürte den Drang, sie anzuschreien, die ganze Wahrheit aus ihr herauszupressen, jetzt gleich.
Doch wenn ihre Mutter erfuhr, was Mora ihr bedeutete, konnte sie ihre Flucht vergessen. Also setzte sie eine möglichst gleichgültige Miene auf. Gute Lügner stotterten nicht. »Zuerst gefiel er mir. Weil er ziemlich hübsch ist. Das hab ich Oma Klara wohl erzählt.« Fina kniff die Augen zusammen, zwang sich, ihrer Mutter ins Gesicht zu lügen. »Aber er ist so verrückt wie eine Kanalratte. Genau die richtige Begleitung für einen Mädchenschänder.«
Ihre Mutter keuchte auf, Tränen schossen in ihre Augen. Nur für eine Sekunde konnte Fina es sehen, bevor Susanne aus dem Zimmer stürzte.
Fina taumelte zurück, stieß gegen die Fensterbank und lehnte sich gegen die Scheibe. Was war das gerade gewesen? Warum heulte ihre Mutter? Wegen Mora? Oder wegen ihr? Weil sie in den Händen eines Mädchenschänders gewesen war?
Fina drehte sich zum Fenster, begegnete ihrem blassen Spiegelbild in den Butzenscheiben. Sie hatte Mora verleumdet, hatte eine furchtbare Lüge über ihn erfunden. *Wer einmal lügt, muss immer lügen …*
Ihr Spiegelbild schüttelte den Kopf, bewegte schließlich die Lippen: *Manchmal muss man lügen, um den zu retten, den man liebt.*
Fina schloss die Augen, legte ihre Hand an die Fensterscheibe und hauchte dagegen. »Es tut mir so leid, Mora.«
Ein seltsamer Schwindel wehte durch ihren Kopf, etwas, das sich fremd anfühlte, so, als wäre sie nicht länger allein in ihren

Gedanken. Ein zarter Luftzug streifte ihre Haare. *»Mir tut es auch leid.«*
Fina riss die Augen auf. Moras Gesicht war vor ihr, schimmerte im Fenster, als stünde er auf der anderen Seite. Ein blutiger Striemen zog sich über seine Wange, wurde von einem matten Lächeln zur Seite geschoben.
Finas Herz raste. Das fremde Gefühl wurde immer deutlicher, immer unheimlicher. Auch wenn Mora derjenige war, den sie sehen konnte, mit dem sie sprach – noch jemand anderes war bei ihnen. Sie konnte fühlen, wie die fremde Macht nach ihrer Seele griff, wie sie ihre Schwäche nutzte, um ihr die Bilder zu zeigen.
Doch Fina ließ es willig geschehen. Sie wollte bei Mora sein, ganz egal unter welchen Bedingungen.
Er hob die Hand und legte sie gegen ihre. Sein Mund näherte sich und wollte sie küssen.
Fina beugte sich vor, berührte das kalte Glas und zuckte zurück. Moras Kopf fiel nach vorne. Für einen Moment sah sie nur seine schwarzen Haare. Sein Atem keuchte. Sein Kopf rollte hin und her, während er versuchte, ihn wieder anzuheben. Schließlich blinzelte er sie an. *»Ich sterbe, Fina.«* Sein Gesicht trieb vor ihr zurück, seine Hand rutschte an der Scheibe herab. *»Es war schön mit dir.«*
»Mora, nein!« Fina schrie, wollte nach seiner Hand greifen. Sie stieß gegen die Scheibe. Moras Bild zerplatzte, verwandelte sich in ihr eigenes Spiegelbild.
Hämisches Gekicher wehte aus weiter Ferne zu ihr herüber.
»Mora!« Fina schrie ihm nach, starrte in ihr blasses, entsetztes Gesicht.
Im nächsten Augenblick wich sie davor zurück, taumelte gegen ihr Bett und sackte darauf zusammen.
Sie musste zu ihm!

20. Kapitel

Aus unzähligen kleinen Butzenscheiben fielen die Bilder über sie her: Moras geduckte Gestalt am Boden, eine Peitsche, die über seinen Rücken fegte. Aus drei Fenstern, von drei Seiten hörte sie seine Schreie. Sie sah die Hand, in der die Peitsche lag, den zweiten Daumen neben dem kleinen Finger. Er glühte auf, und die Peitsche wurde so schnell, dass ihre Bewegung nicht mehr zu sehen war. *»Sterben …«* Das Wort zischte aus den Schreien hervor. *»Sterben … Töten … Sterben … Töten …«*

Fina schloss die Augen, presste die Hände auf ihre Ohren. Doch es war gleich, ob sie in die Fenster sah oder in die Schwärze unter ihren Lidern: Die Bilder blieben. Sie wusste schon lange nicht mehr, ob sie träumte oder halluzinierte. Schon seit Stunden saß sie in der Dunkelheit und wartete darauf, dass sie endlich aus diesem Turmzimmer fliehen konnte. In der ganzen Zeit spürte sie die fremde Macht, die ihr immer schlimmere Bilder zeigte. Eine ganze Weile hatte sie versucht, sich dagegen zu wehren, doch ihr Verstand war zu schwach, um den Alptraum fernzuhalten. Immer wieder wirbelte der gleiche Gedanke durch ihren Kopf: Es war Moras Herr, der ihr die Trugbilder schickte, er wollte sie zu sich locken. Gleichzeitig spürte sie, dass diese Dinge wirklich mit Mora geschahen – und nach ihnen zu urteilen, hatte die Kreatur schon lange gewonnen.

Sie wollte zurückkehren und sich Moras Herrn stellen. Er sollte sie haben, sollte sie endlich bekommen, wenn er Mora im Austausch dafür das Leben ließ.

Fina heulte Rotz und Wasser, als die Bilder in den Butzenscheiben endlich verblassten. Um sie herum wurde es so dunkel und still, als wäre sie in die Tiefen des Weltraumes gestürzt.

Sie musste sich zusammenreißen, musste es jetzt tun oder nie. Ganz leise stand sie auf und schlich aus dem Zimmer. Auf Socken huschte sie durch die Gänge, die Treppen hinab, bis sie die Küche erreichte. Der Schlüsselbund hing noch dort, wo er am Nachmittag gewesen war. Fina nahm ihn an sich. Sie wusste nicht, welche Schlüssel zu welchen Türen gehörten. Aber sie hoffte, dass sie alle finden würde, die sie brauchte.
Am hinteren Ende der Küche gab es einen Dienstbotenausgang. Fina zog ihre Schuhe an, fand einen passenden Schlüssel und schlich nach draußen. Es war eisig. Sie kuschelte sich eng in ihre Jacke und verfluchte es, dass sie keine Mütze und keinen Schal dabeihatte. Sie horchte noch einmal auf knirschende Schritte im Schnee, blickte in die Ferne und versuchte, Fußspuren zu entdecken. Doch der Mond war in dieser Nacht nur eine schmale Sichel, und das Licht der Sterne reichte kaum aus, um viel zu sehen. Einzig der Schnee rettete ihre Sicht, gerade ausreichend, um bis zum Pferdestall zu finden.
Ein Bewegungsmelder ließ das Licht vor der Stalltür anspringen. Fina zuckte zusammen, sah sich hastig um, ob womöglich doch noch einer der Bodyguards draußen unterwegs war.
Aber alles blieb ruhig. Der Pferdestall war abgeschlossen. Es gab nur einen einzigen Schlüssel an ihrem Bund, der für das alte Schloss in Frage kam.
Er passte.
Hastig schlüpfte sie in den Stall, hoffte, dass das Licht vor der Stalltür bald wieder ausgehen würde, und lief zu ihrem Pferd. Die weiße Stute schien sie wiederzuerkennen, begrüßte sie freundlich und ließ sich bereitwillig satteln.
Fina versuchte, ruhig zu bleiben, als sie das Tier aus dem Stall führte. Ein Turnierpferd war es nicht gerade gewohnt, nachts im Dunkeln auszureiten. Wenn die Reiterin dann noch selbst nervös war, konnte es übel enden.

Doch die Stute schien starke Nerven zu besitzen. Sie sah sich neugierig um, als Fina aufsaß, ließ sich bereitwillig hinter dem Stall entlanglenken und galoppierte übermütig an, als Fina ihr das Kommando dazu gab.

Die eisige Luft zischte um Finas Ohren, die Mähne flatterte vor ihrem Gesicht, während sie sich tief über den Hals der Stute duckte. Sie preschten durch den Park, so weit wie möglich vom Schloss entfernt. Immer wieder sah Fina sich um. Aber hinter ihr blieb alles ruhig. Die Fenster im Obergeschoss, wo ihre Eltern schliefen, waren noch immer dunkel.

Fina hielt auf die Stelle in der Hecke zu, die sie ausgesucht hatte. Es war gefährlich, in der Nacht, bei Schnee und mit einem fremden Pferd über ein unbekanntes Hindernis zu springen. Aber ihr blieb keine Wahl. Ohne weiter darüber nachzudenken, trieb sie die Stute darauf zu. Das Tier spielte munter mit den Ohren, schien sich über die Aufgabe zu freuen und sprang ab. Fina glich sich der Bewegung an, duckte ihren Kopf neben den Hals und richtete sich wieder auf, als die Vorderhufe den Boden berührten. Für eine Millisekunde rutschte die Stute vorwärts, doch sie fing sich und galoppierte weiter.

Fina lachte. »Wir haben es geschafft, Josi!« Sie klopfte der Stute den Hals, konnte nicht aufhören zu lachen, während sie darüber nachdachte, dass ihre Eltern das Tier nach ihr benannt hatten: Josefina. Was für ein Schwachsinn. Nur heute ritt sie ihr Pferd und dann nie wieder. Aber gut, dass es die Stute gab. Schön für das Mädchen, das sie normalerweise reiten durfte. Und gut für sie, weil ihr Vater den Autoschlüssel mit auf sein Zimmer genommen hatte. Ganz zu schweigen von den Bodyguards, von denen bestimmt noch einer für das Tor zuständig war.

Zu Fuß hätte sie einfach zu lange gebraucht, um bis zur Autobahn zu kommen.

Doch so preschte sie weiter über die Felder, kürzte die Wege zwischen den Orten ab und ritt in Luftlinie auf das gelbe McDonalds-Schild zu, das in der Ferne leuchtete.
Irgendwann gab es nur noch ein kleines Wäldchen, das sie von dem Schild trennte. Fina ritt im Schritt hindurch, sprang schließlich von dem Rücken ihrer Stute und band sie an einen Baum. »Keine Angst. Sie werden deinen Spuren folgen und dich morgen hier finden.« Sie klopfte Josefina den Hals, presste ihr Gesicht ein letztes Mal in die weiße Mähne und lächelte. »Danke. Ohne dich hätte ich es nicht geschafft!«
Dann wandte sie sich ab und lief eine Böschung hinauf, bis sie den Parkplatz des Fast-Food-Restaurants erreichte. Eine Reihe von Lkws parkte darauf, ansonsten war er leer.
Fina betrat das Hauptgebäude durch die automatische Tür, atmete den Geruch von heißem Frittierfett ein und sah sich um. Eine Handvoll Fernfahrer saßen an den Tischen, aßen ihre Burger und tranken Kaffee.
Fina suchte sich einen aus, an dessen Ringfinger ein Ehering leuchtete. Er sah aus, als wäre er zweifacher Familienvater, ungefährlich und freundlich – alt genug, um ihr eigener Vater zu sein. Fina nahm sich den Stuhl, der ihm gegenüberstand, und setzte sich. »Ich suche eine Mitfahrgelegenheit Richtung Norden.«
Er hob den Kopf, wischte sich etwas Soße vom Mund und sah sie an. Ein besorgtes Kräuseln huschte über seine Stirn. »Wie alt bist du? Von zu Hause ausgerissen?«
Vielleicht war es doch nicht so klug gewesen, einen Familienvater auszusuchen.
Fina atmete tief ein. Selbstbewusst und frech! Im Zweifelsfall kam man damit am weitesten.
Sie lehnte sich auf ihrem Stuhl zurück und verschränkte die Arme. »Erstens: Alt genug, um selbst zu entscheiden, in wel-

chem Schloss ich leben will. Und zweitens: Geht dich gar nichts an.« Sie kniff ihre Augen zusammen. »Wenn du mich nicht fährst, finde ich einen anderen.« Sie deutete mit dem Kopf in die Runde.

Sie wurden bereits beobachtet. Zwei Tische weiter saß ein bulliger Fahrer mit Boxernase und tiefliegenden Augen. Er griente sie einladend an.

Der Familienvater folgte ihrem Blick. »Autsch.« Er sah sie wieder an. »Du meinst es ernst, oder?«

Fina nickte.

Er seufzte. »In Ordnung. Ich bin auf dem Weg nach Hamburg. Passt die Richtung?«

Fina lächelte. »Könnte nicht besser passen.«

* * *

Der Morgen graute bereits, als Fina sich an der Autobahnabfahrt in Walsrode absetzen ließ. Sie kaufte sich im Supermarkt ein Päckchen Salz und trampte weiter Richtung Ebbingen. Doch sie stieg an der Landstraße aus, noch bevor sie das Dorf erreichten, genau dort, wo der letzte Zipfel des Waldes endete. Ihre Großmutter sollte nicht erfahren, dass sie wieder hier war. Fina wollte nur so schnell wie möglich zurück zu Mora.

Im Schein der Morgensonne rannte sie um den Wald herum und schließlich über den Wanderweg bis zum Grundlosen See. Es war nicht mehr so eisig wie in den letzten Wochen, der Schnee taute und ließ ein vielstimmiges Plätschern durch das Moor hallen.

Fina rannte um den See herum, bog in den Pfad ab, der zwischen den Torfstichen entlangführte, bis zu der Stelle, an der sie ihr Tor streuen musste. Rechts und links spiegelte sich der blaue Himmel in den Moortümpeln, während sie das Salz auf den schwankenden Moosteppich streute. Wie die Male zuvor trat sie über das Tor. Sie erwartete den provisorischen Bohlenweg aus Baumstämmen unter ihren Füßen, doch der Grund blieb weich, vor ihr glänzte ein Moorauge und ließ sie straucheln.

Fina fing sich, sah sich um und suchte den Pfad zwischen den schmelzenden Schneefeldern. Aber sie entdeckte nur das dunkle Grün des Schwingrasens, die tückischen Wasserlöcher der Torfstiche und dazwischen die kleinen Birken und Kiefern des Moorwaldes.

Das Tor funktionierte nicht mehr! Fina hielt den Atem an. Der Boden unter ihren Füßen schwankte. Ihre Füße sanken im Moos ein und standen bereits in einer Pfütze. Hastig sprang sie zurück auf den schmalen Pfad.

Erst im nächsten Moment begriff sie, was gerade passiert war. Moras Welt ließ sie nicht mehr herein! Sie konnte nicht zu ihm, konnte ihn nicht retten!

Aber sein Herr wollte doch, dass sie kam! Er wollte sie haben. Dann musste er doch dafür sorgen, dass sie ihn erreichen konnte!

Fina drehte sich um sich selbst, suchte nach dem Wicht, den ihre Mutter ihr beschrieben hatte. Sie blickte über die letzten Schneehäufchen und hoffte darauf, seine Fußspuren darin zu finden. Doch es gab nichts, was auch nur im Entferntesten an Fußspuren erinnerte. »Wo bist du?«, schrie sie.

Ihr Echo hallte an den Bäumen des Moorwaldes wider, aber auf eine Antwort wartete sie vergeblich. Fina formte die Hände vor ihrem Mund zu einem Trichter: »Ich bin hier! Wenn du mich haben willst, dann zeig dich endlich!«

Sie hielt inne, wartete, bis das letzte Echo verklungen war, und lauschte: auf irgendein Flüstern oder das Knirschen seiner Schritte.

Doch nur das Plätschern des Tauwassers erfüllte das Moor.
»Verflucht! Wo steckst du? Wenn du nicht kommst, dann geh ich wieder!« Finas Blick fiel in einen der Torfstiche, der dicht mit Torfmoosen bewachsen war. Vielleicht sollte sie sich wieder hineinfallen lassen, vielleicht musste erst der Moment kommen, in dem sie starb, bevor Moras Herr sie retten konnte und sichtbar werden würde. »Soll ich mich umbringen? Ist es das, was du willst? Soll ich hier ins Moor springen?« Sie trat an den äußersten Rand des Pfades, ließ ihre Zehenspitzen darüber hinausragen. »Bitte sehr! Es ist mir egal! Ich springe, und dann kannst du sehen, ob du mich willst!«
»Was ist sie denn so verzweifelt?« Die Stimme knarrte, so dicht hinter ihr, dass sie erstarrte.
»Er ist doch längst hier und wartet auf sie.« Seine Worte drangen von unten zu ihr herauf, ließen sie ahnen, wie klein die Kreatur war, gerade so groß wie ein Kind.
Fina drehte sich langsam um, versuchte, in der klaren Luft etwas zu erkennen. Aber Moras Herr blieb unsichtbar.
»Folge sie ihm! Er wird sie dorthin führen, wo sie ihn erreichen kann.« Mit schmatzenden Schritten lief er vor ihr über den Torfpfad, führte sie auf den Wanderweg und um den See herum. Finas Atem ging gepresst. Wie in Trance folgte sie ihm. Nur ganz allmählich wurde ihr klar, was sie hier tat: Sie lieferte sich selbst aus, gab sich in seine Hände – ohne zu wissen, ob sie Mora damit helfen würde, ob er überhaupt noch lebte.
Sein Tarnkreis hatte sie nicht mehr hereingelassen. Vielleicht war das der Beweis dafür, dass er längst tot war.
Moras Herr bog schließlich vom Wanderweg ab. Fina konnte seine Fußspuren im feuchten Untergrund erkennen, während er sie auf einen anderen Seitenpfad führte. Zwischen Birken und Kiefern hindurch in einen besonders dichten Teil des Moorwaldes.

Plötzlich sah sie eine Linie aus Salz vor sich. Als sie darüber trat, wurde vor ihr eine Gestalt sichtbar, ein kleines Männchen, das ihr knapp bis zur Brust reichte. Seine roten Haare standen drahtig und wirr von seinem Kopf ab. Es trug einen grünen Wams, der an die Zeichnungen alter Märchen erinnerte, und darunter eine braune Lederhose. In seinem Gürtel steckte eine Reihe von Messern, und dazwischen, griffbereit neben seiner rechten Hand: eine Peitsche.

Er drehte sich zu Fina herum. Ein breites Lächeln teilte sein Gesicht in zwei Hälften und ließ eine Reihe von klobigen Zähnen sichtbar werden.

Fina erstarrte. Wie große, runde Tischtennisbälle stachen seine Augen aus den Höhlen hervor und glotzten sie an. Seine riesigen Lider schoben sich darüber, als müssten sie dafür sorgen, dass die Augäpfel nicht aus dem Kopf fielen.

»So ist sie also doch noch zu ihm gekommen. Wie schön.« Das Schwarz seiner Pupillen weitete sich, verdrängte das wässrige Grau seiner Iris wie die Linse einer Kamera. »Ein gutes Weibchen ist sie, schön und gehorsam.«

Finas Furcht explodierte, Adrenalin fegte durch ihren Körper. Sie wich zurück, wollte rennen, schreien, wollte den hässlichen Anblick aus ihrem Kopf schütteln. Doch sie musste ruhig bleiben, musste sich fügen, um Mora zu retten.

Der Wicht sprang näher, stach seine spitze Nase in die Luft. »Und wie gut sie riecht.« Sein Kinn streckte sich ihr entgegen, verjüngte sich zu einem spitzen Bart, der über ihre Jacke kitzelte. Plötzlich griff er nach ihrer Hand, umschloss sie von allen Seiten.

Fina fühlte die beiden Daumen, die sie umklammerten. Zähe Kraft strömte aus seinen Fingern, ließ sie ganz stillhalten.

»Sein kleines Weibchen ist sie.« Er schob die Nase an ihrer Jacke aufwärts, stellte sich auf die Zehenspitzen und stieß mit der

Nase gegen ihren Hals. »Und noch dazu so ein wohlriechendes Weibchen.«
Ein Ekelschauer zuckte über Finas Haut. Sie wich zurück, spürte den Druck seiner Hand.
Das Lächeln fiel von seinem Gesicht, seine Augen verengten sich. »So bleib sie doch«, knurrte er. »Sie ist doch seine Braut.«
Er schob die Finger in ihren Ärmel. Wie kalte Schnecken glitten sie ihren Arm hinauf.
Abscheu legte sich über Finas Gesicht, ließ es zu einer Grimasse erstarren. Seine Finger erreichten ihren Oberarm, krabbelten weiter.
»So lange hat er auf sie gewartet.« Er schloss die Augen, streckte seine Nase noch näher, bis sie fast ihre Wange berührte.
Panik wirbelte durch ihren Brustkorb, wollte ihre Kraft sammeln, um sich loszureißen.
Seine Finger schienen es zu ahnen, schlossen sich so fest um ihren Arm, dass es weh tat. Eine seltsame Kälte strömte daraus … und plötzlich zog er seine Hand zurück.
Fina sprang zur Seite, starrte ihn an. Sie wollte davonlaufen, durch das Moor zu ihrer Großmutter, vielleicht sogar zu ihren Eltern! Es war ein Fehler gewesen, hierherzukommen!
Der Wicht kniff die Augen zusammen, bannte sie in seinen Blick, bis sie sich nicht mehr rühren konnte. »Komm sie mit! Er zeigt ihr sein Heim. Er hat alles für sie vorbereitet.«
Fina schloss die Augen. Sie dachte an Mora, an das Bild seines nackten Körpers, wie er am Boden kauerte, während die Peitsche über seinen Rücken wirbelte. Vielleicht war er dort, wo sein Herr wohnte. Vielleicht wäre sie endlich wieder bei ihm, wenn sie dem Wicht folgte.
»Nun komm sie schon!«, schnurrte Moras Herr, versuchte, sie mit sich zu locken.
Fina fühlte sich seltsam, während sie hinter ihm herging, als

würde sich eine Glaswand um sie herum ziehen, die sie gegen ihn schützte. Sie war bis hierher gekommen, und jetzt musste sie weitermachen, musste Mora retten, wenn es irgendwie möglich war.

Das Männlein führte sie durch den Moorwald, bis der Boden unter ihren Füßen fester wurde. Fina verlor jegliches Zeitgefühl, während sie hinter ihm herstapfte, bis vor ihnen zwischen großen Buchen und knorrigen Eichen eine Hütte auftauchte. Moras Herr sprang mit langen Sätzen darauf zu, öffnete die Tür und hielt sie auf.

Fina musste sich ducken, um hindurchzutreten. In der Hütte war es finster. Alle Fenster schienen mit dicken Stoffen verhangen zu sein, und das Feuer glimmte nur schwach. Fina richtete sich vorsichtig auf, um nicht an die Decke zu stoßen, die nur wenige Zentimeter über ihr war.

Ein Keuchen löste sich aus der Dunkelheit. Das Licht aus dem Türspalt fiel auf einen Käfig.

Fina erkannte eine menschliche Gestalt darin, die sich zu einem kleinen Häuflein zusammenkrümmte. Eine dunkle Blutkruste überzog den Körper und klebte in den schwarzen Haaren.

Fina schrie auf: »Mora!« Sie rannte zum Käfig und fiel auf die Knie. »Mora! Ich bin's. Ich bin zurückgekommen!«

Ein leises Wimmern durchdrang seinen Atem, fast so, als wollte er antworten und könnte es nicht.

Er lebte noch! Fina streckte ihre Hand durch das Gitter, berührte die Blutkrusten auf seiner Haut und zuckte zurück.

Er fühlte sich heiß an!

Er lebte noch, aber nur noch gerade so.

Tränen strömten in ihre Augen, vernebelten ihre Sicht, während sie durch Moras Haare strich. Die Haut an seiner Stirn glühte.

Wilder Zorn loderte in ihrer Brust auf. Ihr Blick fiel auf seinen Herrn, der eilig das Feuer schürte und sich im flackernden Licht der Flammen zu ihr umdrehte. Ein breites Grinsen legte sich über sein Gesicht.
Fina wollte aufspringen, wollte ihn anschreien und in sein Feuer stoßen. Doch sie ahnte, dass sie gegen ihn keine Chance hatte. Also blieb sie auf dem Boden hocken und versuchte, wenigstens mit ihren Worten zu kämpfen: »Lass ihn frei! Ich muss seine Wunden säubern. Damit sie sich nicht entzünden.«
Das Grinsen des Wichtes erstarb. Er strich sich mit seiner zweidaumigen Hand durch den Bart und starrte sie aus Schlitzaugen an.
Mora regte sich, raschelte im Stroh. »Fina?«
Ihr Blick fuhr zu ihm herum. Seine Augen waren weit, noch schwärzer als sonst. Ein blutverkrusteter Striemen lief quer über seine Wange.
Fina wollte ihn berühren, trösten. Ihre Hände zuckten und wagten es doch nicht, wurden ganz still, während sich die Schritte des Herrn von hinten näherten.
»Hat sie sich etwa in seinen Diener verliebt?« Die Stimme des Wichtes knurrte, sein Atem strich von oben über ihre Haare.
Fina erstarrte. Sie durfte es nicht zugeben! Plötzlich begriff sie, dass sie schon viel zu viel gezeigt hatte.
Ihr Körper fing an zu zittern. Sie bemerkte die Furcht in Moras Augen, fast so, als wollte er ihr etwas sagen. Sie verstand nicht, was es sein könnte.
Würde er es verstehen, wenn sie ihre Liebe verleugnete, wenn sie den Alten anlog?
Der Wicht stampfte auf. »Nun sag sie schon! Liebt sie Morasal?«
Fina drehte sich in der Hocke zu ihm herum. Er stand dicht

hinter ihr und sah von oben auf sie herab. Sein Bart bebte, und Fina glaubte, ein schwaches Leuchten in seinem zweiten Daumen zu erkennen.

Sie hatte keine Wahl! Sie musste lügen! Sie musste gut lügen, sonst würde er sie sofort durchschauen.

Abscheu legte sich auf Finas Gesicht, während sie dem hässlichen Wicht in die Augen sah. »Nein. Ich liebe ihn nicht. Wie könnte ich, er ist dreckig und ungepflegt.«

Ein unkontrollierter Laut wich aus Moras Kehle. Fast war es ihr, als hörte sie sein Herz darin zersplittern.

Der Wicht warf seinen Kopf in den Nacken, sein schallendes Lachen klirrte durch die Hütte, rieselte so eisig über Finas Haut, dass sie ihre Worte sofort bereute. Warum hatte sie das gesagt? Warum hatte sie gesagt, dass Mora dreckig und ungepflegt war? Sie hatte es nie so empfunden. Sie liebte seinen Geruch. Seine Haare waren nicht mehr ungepflegt und seine Zähne – sie hatte gesehen, wie er sie putzte, mit einer Bürste, die aus seltsamen Fasern bestand.

Ihr Blick streifte Mora, wollte sich bei ihm entschuldigen. Doch er duckte den Kopf zwischen seine Arme, vergrub die Hände in den Haaren.

Er hatte es nicht verstanden. Er hielt ihre Lüge für die Wahrheit.

Schwindel fegte durch ihren Kopf. Warum hatte sie den letzten Satz hinzugefügt? *»Ich liebe ihn nicht«*, hätte doch auch gereicht.

Hätte es nicht! Der Alte hätte sie durchschaut. Erst die Beleidigung überzeugte ihn.

Das Lachen des Männleins verstummte. Er sah wieder auf sie herab, hob die buschigen roten Brauen und ließ seine Tischtennisballaugen fast aus den Höhlen fallen. »Das Weibchen gefällt dem Geheimen. Sie gefällt ihm wirklich.«

Fina widerstand dem Drang, die Augen zu schließen. Der Geheime. So nannte er sich also.

* * *

Den ganzen Tag lang wartete Fina auf eine Gelegenheit, um sich bei Mora zu entschuldigen. Sie wollte ihm erklären, warum sie gelogen hatte, wollte ihm sagen, dass sie ihn liebte und dass er gesund werden sollte.

Aber der Geheime ließ sie keine Sekunde allein in der Hütte. Unentwegt tänzelte er um Fina herum, verrichtete Hausarbeiten, die sie nicht ganz durchschaute, und schenkte ihr sein hässliches Grinsen. Fina versuchte, höflich zurückzulächeln, ahnte aber, wie gezwungen es wirkte.

Die meiste Zeit saß sie auf einem Stuhl am Tisch, und wann immer der Geheime ihr den Rücken zukehrte, versuchte sie, Moras Blick zu erhaschen. Doch er hockte regungslos in seinem Käfig, versteckte den Kopf unter seinen Armen und sah nicht ein einziges Mal zu ihr auf.

Irgendwann begannen Finas Muskeln und Knochen von dem harten Stuhl zu schmerzen. Aber sie fürchtete die Aufmerksamkeit des Wichtes, wenn sie aufstand. Abgesehen davon, dass sie gar nicht wüsste, wo sie hingehen sollte. Also rührte sie sich so wenig wie möglich.

Je weiter der Tag voranschritt, desto mehr galten ihre Sorgen der bevorstehenden Nacht. Immer wieder schielte sie auf die drei Schlaflager, die es in der Hütte gab. Die beiden schönsten lagen direkt nebeneinander, in einer Ecke hinter dem Feuer, so nah beisammen wie ein Ehebett – und ein drittes Lager befand sich neben dem zugigen Eingang der Hütte, nur mit dreckigen, dünnen Fellen ausgestattet.

Fina musste nicht fragen, um zu wissen, welches Lager wem

gehörte. Und sie musste keine Gedanken lesen, um die Gier des Männleins in seinem Gesicht zu sehen.
Es war noch mitten am Nachmittag, als er anfing, ein großes Fleischstück in Kräuter einzulegen. Während es über dem Feuer briet, holte er Gemüse und Kartoffeln aus einer Vorratsecke und fing an, sie zuzubereiten. Fina spürte ihren Hunger. Seit Wochen hatte sie kaum etwas gegessen. Aber das opulente Mahl, das er für sie zubereitete, konnte nichts Gutes bedeuten. Als es draußen dunkel wurde, servierte er ihr den knusprigen Wildschweinbraten und gab ihr aus goldenen Bechern zu trinken. Der Blick seiner hässlichen Augen ruhte unablässig auf ihrem Gesicht, solange sie gemeinsam an seinem massiven Holztisch saßen und aßen.
Fina zwang sich, ihn anzulächeln, und lobte sein Essen, das tatsächlich gut schmeckte. Dennoch musste sie jeden Happen herunterquälen, während sie aus den Augenwinkeln wahrnahm, dass Mora wach geworden war. Sie ahnte seinen Blick, konnte seine Qual beinahe spüren – und bemerkte kaum, wie die Finger des Alten anfingen, nach ihren Händen zu tasten. Plötzlich streiften sie ihre Haut.
Fina zuckte zusammen und zog ihre Hand weg. Hastig tarnte sie ihren Schrecken mit einem Lächeln und griff möglichst beiläufig zu ihrem Messer.
Aber seine Finger suchten beständig nach ihrer Nähe, bis es ihrer ganzen Aufmerksamkeit bedurfte, ihnen unauffällig auszuweichen. Immer, wenn sie seine Hand kommen sah, griff sie nach ihrer Gabel oder nach ihrem Becher, lehnte sich zurück und lächelte ihn an. Doch es fiel ihr immer schwerer, ihn zu täuschen.
»Der Geheime fühlt sich geehrt, wenn das Hochzeitsmahl ihr mundet.« Die Stimme des Wichtes durchbrach das Schweigen. Fina hielt im Kauen inne. »Was für ein Hochzeitsmahl?«

Das Gesicht des Wichtes formte sich zu einem Grinsen. »Sie ist doch seine Braut – hat sie das nicht gewusst?«

Der Bissen blieb Fina im Hals stecken, brachte sie zum Husten. Er hatte es schon einmal gesagt, heute Morgen im Moor. Plötzlich fiel es ihr wieder ein.

Moras Stöhnen mischte sich in ihr Röcheln, ein gequältes Winseln, als hätte er ihrem Gespräch gelauscht.

Finas Blick huschte zu ihm, endlich ließ sich ihr Husten bezähmen. In der nächsten Sekunde wurde ihr klar, dass sie vorsichtiger sein musste. Schnell sah sie zurück zu dem Wicht, lächelte ihm zu und stach in eine Kartoffel. Sie hatte kein Bedürfnis mehr weiterzuessen. Die Kartoffel lag klebrig in ihrem Mund und ließ sich nur mit einem Schluck Wasser herunterspülen.

Am liebsten wollte sie Mora ihr Essen bringen. Seit sie hier war, hatte er nicht einmal etwas zu trinken bekommen. Fina hatte nicht gewagt, danach zu fragen. Aber wenn sie es jetzt nicht tat, würde er verdursten.

»Was ist mit dem Diener?« Sie versuchte, ihre Stimme fest klingen zu lassen. »Wenn wir ihm nichts zu trinken und zu essen geben, stirbt er.«

Der Wicht lehnte sich zurück, verschränkte seine kurzen Arme vor der Brust und hob die Augenbrauen. »Es stirbt?« Er warf einen Blick zu Mora. »O ja. Es stirbt wohl bald. Aber der Geheime hat sein Weibchen ja jetzt gefunden. Sie brauchen das Menschenscheusal nicht mehr.«

Ein harter Sog riss Fina nach unten. Ihr Körper saß noch, aber ihre Gedanken stürzten, tief hinab in einen dunklen Abgrund. Ihr Blick fiel auf Mora, streifte den verletzten Ausdruck in seinen Augen. Er lebte noch! Sie wollte sich an ihm festhalten, bei ihm bleiben.

Sie musste für ihn kämpfen! Musste ihn retten! Fina zwang sich, dem Sog zu widerstehen – und plötzlich waren ihre Gedanken glasklar. Sie sah die Strategie eindeutig vor sich, die sie anwenden musste, um ein herzloses Monster zu überzeugen: Sie musste genauso herzlos erscheinen.

Fina richtete sich auf, sprach so kühl, als würden sie über das Leben einer Fliege verhandeln: »Ja, ich weiß, wir brauchen ihn nicht mehr. Aber wenn er verdurstet, dann stirbt er schon in dieser Nacht. Will der Geheime das?«

Mora keuchte auf.

Wieder klirrte das Lachen des Wichtes durch die Hütte. Erst nach einer ganzen Weile neigte er seinen Kopf zur Seite, und sein Lachen verwandelte sich in ein scheinheiliges Knurren. »Findet sie ihn unmenschlich, wenn er den Diener verdursten lässt?«

Finas Herz flatterte. Was sollte sie auf diese Frage erwidern? Was war die richtige und was die falsche Antwort? Sie ermahnte sich, ihre Rolle unbedingt beizubehalten. So entspannt wie möglich lehnte sie sich zurück und zuckte die Schultern. »Na ja, besonders menschlich ist es jedenfalls nicht.«

Ein breites Grinsen glitt über das Gesicht des Geheimen: »Menschlich, menschlich, das ist so ein Wort der Menschen, mit dem sie sich selbst belügen.« Er beugte sich über den Tisch, seine Augen blitzten sie an. »Zerstören, Vernichten und Töten ist menschlich, hat sie das noch nicht begriffen?« Er grinste, schüttelte langsam den Kopf: »Nein, natürlich hat sie das noch nicht verstanden. Immer, wenn es schrecklich wird, dann sterben die Menschen. Wahrscheinlich fällt es ihnen deshalb so leicht, ihr wahres Wesen zu verdrängen.« Er verzerrte die Oberlippe zu einer Grimasse, fast so, als würde er die Zähne fletschen. »Aber der Geheime … der Geheime hat so viele tausend Jahre in ihrer Nähe verbracht, dass er selbst schon ganz menschlich geworden ist.« Er hob sein Messer, ließ es herabfahren und trieb es in das Fleisch auf seinem Teller.

Fina zuckte zusammen.
Der Geheime lachte. »Aber sie ist noch so ein zartes, junges Weibchen. Sie kennt die Menschen noch gar nicht.« Er winkte beiläufig mit der Hand, ließ seine beiden Daumen hin- und herschlackern. »Ihre Unschuld will er ihr nicht nehmen. Dann bring sie dem Menschenscheusal eben Essen und Wasser.«
Fina hielt den Atem an. Möglichst gleichgültig nahm sie ihren Teller. Sie goss frisches Wasser in einen Becher und ging mit beidem zu Mora.
Sein Blick streifte sie, als sie sich vor ihn hockte. Fina wollte eine Entschuldigung mit ihren Lippen formen. Aber der Herr beobachtete sie. Also starrte sie auf ihre Hände, während sie das Wasser durch das Gitter reichte. Sie wollte Moras Fingerspitzen berühren, wenigstens das.
Doch er nahm den Becher nicht an.
Fina erwartete Trotz oder Stolz in seinem Gesicht. Aber seine Augen waren trauriger als je zuvor, gleichgültig und leer.
Die Verzweiflung tobte durch ihr Inneres, sprang gegen ihre Rippen. Fina wollte ihn anbetteln, dass er trinken solle, wollte sich endlich bei ihm entschuldigen.
Sie presste den Mund zusammen, um sich daran zu hindern. Der Geheime lauerte nur darauf, ihr Schauspiel zu enttarnen.
Wieder brach der Wicht in sein Gelächter aus.

* * *

Das Gelächter des Herrn klirrte in Moras Ohren, wirbelte durch seinen Kopf und goss Öl in das Feuer auf seiner Haut. Nur verschwommen konnte er sehen, wie der Geheime auf den Käfig zukam. Direkt neben Fina blieb er stehen, legte seinen Kopf zur Seite und sah auf Mora herab. »Tiere wissen, wann ihr Ende gekommen ist.«

Mora zuckte vor seinem Blick zurück, starrte auf den Becher, der vor ihm im Käfig stand. Seine Kehle war trocken vom Durst, mit jedem Atemzug sah er das glitzernde Quellbecken vor sich. Er wollte sich hineinstürzen und trinken, wollte das kühle Wasser auf seiner Zunge fühlen, während er es in tiefen Zügen in sich einsaugte.
Jetzt stand ein Becher mit Wasser vor ihm. Er könnte ihn nehmen und trinken.
Aber wozu? Finas Bild schob sich über das Glitzern des Wassers. Er wünschte sich ihr Lächeln, ihre Berührung. Stattdessen erkannte er die Abscheu auf ihrem Gesicht. Sie liebte ihn nicht. Sie hatte ihn nur benutzt, um zu seinem Herrn zu gelangen.
Der Geheime schob seinen Fuß zwischen den Gitterstäben hindurch. »Wenn es nicht trinken will, so soll es sterben.« Er stieß den Becher an. Doch er wackelte nur, Wasser schwappte über den Rand.
»Trink!«, zischte Fina.
Moras Hand zuckte unter ihrem Befehl zusammen, gab nach und griff nach dem Becher. Er trank in schnellen Zügen, sein Durst brannte, ließ das wenige Wasser in dem Feuer verdampfen. »Mehr«, flüsterte er, hob den Kopf und versuchte, Fina anzusehen.
Ihr Blick zuckte vor ihm zurück. Sie ging mit aufrechter Haltung zum Tisch und goss neues Wasser in den Becher. Kälte lag in ihrem Gesicht, als sie wieder zu ihm kam. Die gleiche Kälte, mit der sie ihn schon den ganzen Tag bedachte, mit der sie über ihn sprach und die nur dann von ihrem Gesicht wich, wenn sie dem Geheimen zulächelte.
Moras Gedanken wirbelten durcheinander. Der Schmerz verbrannte seine Haut, fraß sich bis in sein Inneres. Er trank das Wasser und konnte die Flammen dennoch nicht löschen. Es war nicht genug. Aber er wollte nicht mehr darum bitten.

Schließlich sah er einfach zu, wie der Herr Finas Hand ergriff und sie zurück zum Tisch führte. Sein gütiges Lächeln ruhte auf ihrem Gesicht, sein freundlichster Blick, den Mora sich immer gewünscht hatte, für den er alles gegeben hätte und den der Herr ihm dennoch fast niemals zuteilwerden ließ.
Plötzlich wurde ihm klar, wie einfältig er gewesen war. Wie hatte er nur glauben können, dass Fina ihn liebte, dass sie gleichwertig mit ihm war? Sie war keine Dienerin und auch keine Gefangene. Sie war eine Herrin, an der Seite des Geheimen.
Moras Schmerzen loderten auf. Wilder Schwindel trieb seine Gedanken davon. Er schloss die Augen und legte den Kopf auf seine Arme. Er wollte schlafen, wollte verschwinden. Doch die brennende Qual wurde mit jedem Atemzug stärker. Wann immer er ins Leere abtrieb, riss der Schmerz ihn zurück und ließ ihn aufkeuchen.
Irgendwann erkannte er, dass Fina und der Herr zu Bett gegangen waren. Er konnte sie nicht sehen. Ihre Schlafstätten lagen verborgen hinter dem Feuer. Doch ihr leises Flüstern und das Rascheln der Felle mischten sich in das Zischen der Flammen. Moras letzter Gedanke galt dem, was sie dort taten.

21. Kapitel

Fina versuchte, das Zittern zu besiegen, während sie sich unter ihren Fellen zusammenrollte. Der Wicht lag kaum eine Armlänge hinter ihr. Sie hörte seinen gierigen Atem. Etwas bewegte sich, krabbelte über das Lager auf sie zu … Seine Finger!

Sie erreichten ihren Rücken, stupsten gegen das Schaffell!

Fina war wie versteinert. Sie wollte verschwinden, unsichtbar werden. Aber die Finger kamen unaufhaltsam näher, raschelten dicht an ihren Ohren, legten sich in ihren Nacken!

Sie wirbelte herum, starrte in sein Gesicht. Riesige Augen blinzelten sie an, seine spitze Nase schnupperte.

Fina rückte weiter nach hinten.

»Es ist doch ihre Hochzeitsnacht. Freut sie sich nicht?« Sein Grinsen teilte sein Gesicht, seine Mundwinkel zuckten. »Sie ist ihm doch schon so lange versprochen. Heute Nacht macht er sie zu seinem Weib.«

Schwindel erfasste sie, wirbelte durch ihren Kopf. Sie wollte schreien, aufspringen. Sie musste sich wehren!

Doch wie? Nicht einmal Mora war es gelungen, gegen den Alten zu bestehen.

Wieder krabbelten seine Finger über das Fell, näherten sich ihrer Hüfte.

Sie musste etwas tun! Musste sich etwas ausdenken! Eine List! Nur das könnte helfen.

»Es ist nicht unsere Hochzeitsnacht«, stammelte Fina, flüsterte so leise, dass sie sich selbst kaum hörte. »Wie könnte es das sein, wir haben ja nicht geheiratet!«

Das Grinsen des Alten fiel zusammen, seine Augen verengten sich zu Schlitzen.

Fina zwang sich zu einem Lächeln, gab sich Mühe, in seiner Sprache zu reden. »Nur, wenn sie richtig geheiratet haben, darf der Geheime sie anrühren.«

Seine Augenlider zuckten, verengten sich und weiteten sich wieder, fast so, als müsste er ihre Worte erst erforschen.

Finas Atem setzte aus. Sie musste noch mehr Argumente finden, um ihn fernzuhalten, noch bessere. »Wir brauchen einen Pfarrer, der uns traut. Nur dann ist es eine Hochzeit! Wenn wir uns vorher zu nah kommen, dann …« Sie schluckte. »Dann bringt es Unglück, dann …« *Noch mehr Argumente, noch bessere.* »… dann werden alle unsere Kinder sterben.«

Die Augen des Geheimen wurden noch weiter, fielen fast aus ihren Höhlen.

Was für ein Schwachsinn! Dass ihre Kinder starben … Dieser seltsame Gnom war womöglich unsterblich, so alt wie der Ursprung aller Märchen. Wie sollte ausgerechnet sie ihm etwas vormachen? Er musste längst wissen, dass das Überleben von Kindern nichts mit einer kirchlichen Hochzeit zu tun hatte.

Falls er überhaupt Kinder wollte. Falls eine Kreatur wie er überhaupt mit einer Menschenfrau …

Fina wurde übel, Panik strömte durch ihren Körper. Sie wollte wegrennen, fliehen, musste um jeden Preis verhindern, dass so etwas passierte!

Mora! Er war verletzt! Er war eingesperrt! Sie konnte nicht fliehen!

Sie konnte nicht einmal schreien. Was auch immer jetzt passieren würde, was auch immer der Wicht mit ihr tat, Mora sollte es nicht mitbekommen. Sie musste leise sein, musste ihm ersparen, auch noch das mitzuerleben.

»Und wenn der Geheime einen Pfarrer findet – wird sie ihn dann heiraten?«, flüsterte der Alte ihr zu.

Finas Atem stolperte. Glaubte er ihr etwa?
Ein zärtliches Schimmern glänzte in seiner Iris. Ja, er glaubte ihr tatsächlich! Er hatte ihr einen Antrag gemacht und wartete auf ihre Antwort.
Nie im Leben würde er einen Pfarrer finden! In seiner Welt gab es keinen Pfarrer. Und in ihre Welt konnte er nicht gehen. Plötzlich war sie sich sicher. Sonst hätte er sie schon viel eher geholt. Dann hätte er sie nicht erst in diese Falle locken müssen.
Er hatte ihr einen Antrag gemacht, sie musste antworten.
Wenn sie nein sagte, war sie verloren.
Fina schloss die Augen, sammelte die Worte und zwang sich, sie auszusprechen. »Ja, wenn er einen echten Pfarrer findet, heiratet sie ihn.«
Seine Lippen verzogen sich erneut – und zum ersten Mal wurde sein Blick so weich, dass es fast wie ein richtiges Lächeln erschien.
Die sechsfingrige Hand glitt zurück unter sein eigenes Schaffell. Mit einem wohligen Laut drehte er sich auf den Rücken. »Der Geheime wird sich umsehen. Er wird bald einen Pfarrer finden.«
Ein schwarzes Loch tat sich unter Fina auf, saugte die Gefühle aus ihr heraus und ließ sie hinabstürzen. Sie versuchte, sich zu fangen, zu halten, drehte sich zur Seite und vergrub ihr Gesicht in den Fellen. Er würde keinen Pfarrer finden, es war unmöglich.
Und was, wenn doch?
Panik sirrte durch ihren Körper. Fina kämpfte gegen das Gefühl an. Einatmen, ausatmen … Angespannt lauschte sie auf die Geräusche des Wichtes, hörte, wie er sich mit einem schläfrigen Grummeln zusammenrollte. Schließlich rührte er sich nicht mehr, schien sie tatsächlich in Ruhe zu lassen.

Ihr Atem ging endlich wieder ruhiger. Vielleicht hatte sie wenigstens Zeit gewonnen. Er würde sicher eine Weile nach einem Pfarrer suchen müssen – bis dahin konnte sie an ihrem Fluchtplan arbeiten.

Fina rückte so weit wie möglich an den Rand ihres Lagers. Am liebsten wollte sie einfach ihre Felle nehmen und sich auf das freie Lager legen, das eigentlich Mora gehörte. Doch sie war sich nicht sicher, ob der Geheime schon schlief. Jedes Mal, wenn sie sich bewegte, raschelten auch seine Felle, als würde er sie von hinten beobachten.

Fina starrte ins Feuer, versuchte, durch die Flammen hindurchzusehen, um einen Blick auf Moras Käfig zu erhaschen. Aber sie loderten noch zu heftig, um etwas zu erkennen – und wahrscheinlich war die Feuerstelle auch zu hoch gemauert, um Mora am Boden des Käfigs zu sehen.

Ob er noch wach war? Ob er etwas von ihrem Gespräch gehört hatte? Der Abgrund zerrte an ihren Gefühlen. Sie hatte Mora verraten, hatte ihre Liebe verleumdet. Sie musste sich endlich bei ihm entschuldigen, musste eine Gelegenheit finden, um aus dem Bett zu schlüpfen und zu ihm zu gehen.

Es tut mir leid, Mora. Fina bewegte ihre Lippen, lauschte und wollte wenigstens seinen Atem in der nächtlichen Stille ausmachen.

Ein seltsames Keuchen und Stöhnen drang zu ihr, so leise, dass sie sich nicht sicher war. Es konnte genauso gut das Ächzen des Feuers sein.

Sie war hierhergekommen, um Mora zu retten. Ganz gleich, was der Wicht mit ihr vorhatte – sie durfte ihr Ziel nicht aus den Augen verlieren.

Der Atem des Geheimen ging ruhig und regelmäßig. Fina horchte noch eine Weile, bis sie sich sicher war, und schlug schließlich leise die Felle zurück.

»Wohin geht sie denn?«

Fina wirbelte herum, der Alte blinzelte sie an. Hastig zwang sie sich zu einem Lächeln, suchte nach einer Ausrede.

Sie könnte sagen, dass sie pinkeln musste.

Würde der Wicht ihr dann nach draußen folgen? Damit sie nicht auf die Idee kam zu fliehen?

Fina schauderte. Wahrscheinlich. Sie suchte sich besser eine andere Ausrede. »Sie wollte nur noch etwas trinken.«

Der Geheime kniff die Augen zusammen, richtete sich auf und sah ihr zu.

Finas Beine trugen sie kaum zum Tisch, so schwach fühlten sie sich an. Nur mühsam konnte sie das Beben ihrer Hände unterdrücken, als sie den Krug anhob. Sie goss sich etwas ein, trank den Becher leer und lächelte dem Wicht zu.

Wieder hörte sie das seltsame Keuchen. Aus den Augenwinkeln ahnte sie Moras Bewegung. Er schien wach zu sein, schien sie zu beobachten. Sie wollte seinen Blick erwidern, wollte ihm zulächeln und sich wenigstens mit ihren Lippen entschuldigen.

Doch der Alte sah ihr zu. Also zwang sie sich, das Lächeln an den Wicht zu richten. Mit langsamen Schritten ging sie zu ihm und schlüpfte unter ihre Felle.

Auch der Geheime legte sich zurück, kuschelte sich mit einem zufriedenen Schmatzen in sein Kissen.

Fina drehte sich auf den Rücken und schloss die Augen. Hin und wieder schielte sie zu dem Alten hinüber, bemühte sich, seinen Schlaf zu beobachten.

Schon bald sah er aus, als wäre er eingeschlafen. Sein Mund blieb halb geöffnet, während das Grinsen auf seinen Lippen zusammenfiel.

Aber Fina wollte sich sicher sein. Ein zweites Mal könnte sie ihm nicht erklären, dass sie etwas trinken wollte. Noch schlimmer wäre es, wenn er erst einen Moment später erwachte und sie neben Moras Käfig erwischte. Was sollte sie dann sagen?

Doch je länger sie zögerte, desto deutlicher wurde ihre nächste Ausrede: Sie musste tatsächlich pinkeln. Der Drang wurde immer stärker, bis sie wusste, dass sie niemals die ganze Nacht aushalten würde.

Früher oder später musste sie aufstehen. Wenn der Alte nicht aufwachte, könnte sie sich zu Mora setzen – und falls doch, würde sie dem Geheimen sagen, was sie vorhatte, und nach draußen gehen.

Ob er ihr tatsächlich folgen würde?

Der Gedanke hielt Fina noch eine Weile zurück. Der Wicht sollte ihr nicht zusehen, wenn sie halbnackt im Gebüsch kauerte.

Schließlich hatte sie das Gefühl, dass seit ihrem letzten Versuch Stunden vergangen sein mussten, eine Ewigkeit, in der er regungslos dalag. Ganz langsam schob sie ihre Beine unter dem Fell hervor und stand auf. Sie blickte zu dem Geheimen, der sich noch immer nicht rührte, und sah endlich zu Moras Käfig hinüber.

Auch Mora schien zu schlafen, sein Kopf lag unter seinen Armen. Sein Atem ging stoßweise und ließ sie ahnen, welche Schmerzen er hatte.

Ob er sie hören würde, wenn sie zu ihm ging? Ob er schnell genug aufwachte?

Fina trat einen leisen Schritt nach vorne.

»Mag sie schon wieder etwas trinken?«, knirschte die Stimme des Alten.

Fina erstarrte. Sie atmete tief ein, drehte sich langsam um. »Nein. Dieses Mal muss sie …« Sie suchte nach den passenden Worten, hoffte, dass er von selbst darauf kam.

Er neigte den Kopf zur Seite, als wäre er neugierig, was sie zu sagen hatte.
Fina verzog die Nase. »Sie muss mal kurz nach draußen. Was man eben so muss, wenn man etwas getrunken hat.«
Der Blick des Alten fuhr über ihren Körper, sein Mund zog sich zu einem Grienen, während er die Felle zur Seite schlug.
Fina wurde übel. Er durfte ihr nicht folgen, durfte ihr nicht zusehen! »Warte er nur hier. Sie ist gleich zurück.« Sie verhaspelte sich, war bemüht, dass sich die Panik nicht auf ihrem Gesicht widerspiegelte.
Hastig wandte sie sich ab, ihr Blick streifte Moras Käfig, seine geduckte Gestalt.
Wann konnte sie endlich zu ihm? Würde der Geheime sie jemals unbeobachtet lassen?
Ohne dass sie es merkte, begannen ihre Füße zu laufen. Sie zwang sich, langsamer zu werden und mit normalem Schritt bis zur Tür zu gehen.
Sie musste schauspielern, musste so tun, als wäre sie gerne bei dem Alten. Fina nahm all ihren Mut zusammen, rang sich ein charmantes Lächeln ab, das sie ihm über die Schulter zurückwarf.
Seine glubschigen Augen saugten ihr Lächeln auf, wollten auch den Rest ihres Körpers verschlingen.
Er war so hässlich!
Fina riss die Tür auf und lief nach draußen. Die Übelkeit in ihrem Bauch tobte, während sie in den Wald huschte. Sie musste so weit wie möglich weg von der Hütte, in irgendein Gebüsch, in dem er sie nicht finden würde, falls er herauskam. Ihre Beine wurden weich, ließen sie stolpern. Sie fiel auf die Knie, fing sich mit den Händen und sprang wieder auf. Vor ihr lag ein dichtes Gestrüpp.
Warum floh sie nicht einfach? Mora war verloren, er lag im

Sterben – und bis es so weit war, würde der Alte sie niemals mit ihm allein lassen.
Wenn sie jetzt floh, würde Mora wenigstens wissen, dass sie in Sicherheit war. Allein aus diesem Grund hatte er sie fortgeschickt und sich selbst geopfert.
Der Wald verschwamm vor ihren Augen. Sie erreichte das Gestrüpp, taumelte und stützte sich an einem Baumstamm ab. In ihrem Inneren fühlte sie wieder das schwarze Loch, das vor ihr aufklaffte und sie in den Abgrund hinabstarren ließ.
Sie konnte das nicht tun! Sie durfte Mora nicht alleinlassen. Selbst wenn sie dafür neben seinem Herrn schlafen musste.
Fina sackte auf dem Waldboden zusammen, krümmte sich nach vorne. Der dunkle Abgrund zog an ihr, ließ sie das schwarze Netz erahnen, mit dem er ihre Seele einfangen würde.
Ganz egal, was sie tat, sie würde hinabstürzen – in dem Moment, in dem Mora starb. Oder an dem Tag, an dem der Alte sie zu seinem Weib nahm.

* * *

Die Flammen legten eine brennende Decke über seinen Rücken, fraßen sich immer tiefer in seine Haut und zischten das letzte Wort, das er in seinen Gedanken verwahrte: *Fina … Fina … Fina …*
Eine ganze Weile versuchte er, die Erinnerungen zu behalten, das Gesicht heraufzubeschwören, das zu diesem Wort gehörte. Aber die Bilder verloren ihren Zusammenhang, bis sie nur noch manchmal vor ihm aufblitzten: eine junge Zauberin, die ein seltsames Gebilde auf ihrem Schoß hielt, ein schlafendes Mädchen, das hilflos dalag, gelbe Haare, die wie Sonnenstrah-

len im Wasser trieben – ein nackter Körper, der so anders war als seiner.
Nur schwach ahnte er noch, dass es ein Gefühl gegeben hatte, das zu diesen Bildern gehörte, etwas, wonach er suchen musste, was er wiederfinden wollte.
Doch das Brennen hatte es für immer verschlungen.
Immer wieder zuckte er zusammen. Hände berührten seine Haut, seinen Nacken, seinen Rücken, für Sekunden schienen sie ihn zu streicheln … bis er aufwachte und den rasenden Schmerz spürte, der alles andere unter sich begrub.
Plötzlich dröhnte eine Stimme durch seinen Kopf, schreckte ihn auf und ließ ihn blinzeln. Ein seltsames Keuchen hauchte um seine Ohren, war viel zu nah bei ihm. Er drehte seinen Kopf hin und her, um ihm zu entkommen. Doch das Geräusch verfolgte ihn!
Schließlich konnte er etwas sehen: das Mädchen, das zur Tür hereinkam, ihr kühles Gesicht unter den blonden, zerzausten Haaren. Sie sah ihn nicht an, blickte an ihm vorbei …
… zu jemand anderem. Ein Lächeln flog über ihr Gesicht.
Das Gefühl, das eben noch zu Asche verbrannt war, loderte in Moras Brust auf, und für einen Moment bekamen die Erinnerungen einen Sinn: Monatelang war sie bei ihm gewesen. Er hatte sie beschützt, wenn sie schlief, hatte versucht, sie zu verstehen – warum sie gekommen war, warum sie bei ihm blieb. Das Gefühl in seiner Brust war mit jedem Tag gewachsen – bis sie ihm gezeigt hatte, was es bedeutete.
Doch jetzt brauchte sie ihn nicht mehr, das hatte sie deutlich gesagt. Es war ihr egal, wenn er starb. Sie hatte ihm noch ein bisschen Wasser gebracht, um nicht unmenschlich zu sein. Aber eigentlich war sie gekommen, um das Weib des Geheimen zu werden.
Diese Nacht war ihre Hochzeitsnacht!

Mora hörte ein schweres Stöhnen, erkannte erst jetzt, dass er es war, der dieses seltsame Keuchen von sich gab.
Es musste schlimm sein, wenn er so klang – wie ein Tier, das in seinen letzten Zügen dalag.
Der Schmerz in seiner Brust veränderte sich, er nahm Abschied von seinem verwirkten Leben, an das er sich bis jetzt geklammert hatte, von dem Wort, das endlich nicht mehr durch seinen Kopf zischen sollte: *Fina …*
Sie hatte ihn nur benutzt, hatte seine Dienste missbraucht. Jetzt war es egal, wenn er starb, vielleicht sogar das Beste – denn alles, was noch folgen würde, wollte er nicht mehr miterleben.

* * *

Ein furchtbarer Schrei riss Fina aus dem Schlaf, gefolgt von einem Stöhnen und Wimmern. Es war ein Geräusch, das ihre Nackenhaare sträubte, das den dunklen Abgrund in ihrem Inneren zum Klingen brachte. Von einem Moment auf den anderen wusste sie, was in dem Abgrund lauerte, womit das Geräusch kommunizierte: Dort unten lag die Antwort auf den Tod, der Wahnsinn, der in jedem schlummerte, bis der Verlust eines geliebten Menschen ihn weckte.
Mora!
Mit einem Schlag war Fina hellwach. Sie warf die Felle zur Seite und sprang auf.
Er lag noch immer in seinem Käfig, und doch sah er ganz anders aus als am Vorabend. Seine Haut war bleich unter ihrer dunklen Farbe, Schweiß überzog seinen Körper, und seine Arme hingen schlaff zur Seite. Stoßweise presste sich der Atem aus seiner Brust, vermischt mit einem Stöhnen, das kaum noch nach einem Menschen klang.
»Mora!« Fina lief zu ihm, fiel neben dem Käfig auf die Knie.

Erst jetzt dachte sie wieder an den Wicht. Hastig sprang sie auf, sah zu dem Lager, auf dem sie eben noch gelegen hatte.
Der Geheime war verschwunden. Seine Felle lagen ordentlich auf seinem Schlafplatz.
Finas Blick huschte durch die Hütte, suchte nach ihm, fand aber niemanden außer Mora.
Der Herr hatte sie mit ihm allein gelassen. Für eine Sekunde atmete sie auf, fiel zurück auf die Knie. Endlich konnte sie Mora sagen, dass sie gelogen hatte, warum sie gelogen hatte.
»Mora«, flüsterte sie. »Mora, wach auf. Es tut mir leid, was ich gesagt habe. Ich liebe dich, daran hat sich nichts geändert. Ich musste nur lügen, um ihn zu beschwichtigen. Damit er dich nicht umbringt.«
Mora rührte sich nicht, nur das Keuchen presste sich aus seinem Mund.
Er musste etwas trinken! Vielleicht war es das, vielleicht reichte das schon, damit er sich wieder erholte.
Fina sprang auf und lief zum Tisch, goss einen Becher voll Wasser und nahm den Krug gleich mit zum Käfig. »Hier, Wasser für dich.« Sie hielt den Becher durch das Gitter, setzte ihn an Moras Mund und hob ihn leicht an.
Mora stöhnte, das Wasser lief aus seinen Mundwinkeln, tropfte auf den Boden und sammelte sich zu einer Pfütze.
»Komm schon! Trink was!« Fina versuchte, seinen Kopf zu drehen, versuchte, ihn so weit aufzurichten, dass das Wasser wenigstens in seinem Mund blieb.
Doch Mora war zu schwer, um ihn mit ausgestreckten Armen zu halten – und er war zu weit von den Gitterstäben entfernt, um näher an ihn heranzurücken.
»Verflucht, Mora! Jetzt trink! Sonst stirbst du!« Fina wollte ihn anschreien, aufrütteln. Nur der Anblick seiner Verletzungen hinderte sie daran. Gelbliche Ränder umrahmten die

Striemen auf seinem Rücken, hoben den Schorf von den Wunden an und quetschten eine klebrige Flüssigkeit darunter hervor.

Fast sein ganzer Rücken hatte sich entzündet. Wie lange würde es dauern, bis die Sepsis sein Blut vergiftete, bis er daran starb? Vielleicht war es schon so weit, womöglich ging es ihm deshalb so schlecht.

Tränen traten in ihre Augen. Sie durfte ihn nicht aufgeben, musste ihn irgendwie retten. »Verdammt, Mora! Jetzt komm schon!« Sie setzte wieder den Becher an seinen Mund, hob ihn an, immer wieder, bis er leer war.

Doch nur die Pfütze unter ihm wurde breiter.

Vor der Hütte stapften schwere Schritte, etwas polterte gegen die Tür.

Fina sprang auf, wich vor dem Käfig zurück und starrte zum Eingang.

Die Tür flog auf, und der Geheime trug einen Wasserkessel herein. Er hielt ihn mit der gleichen Leichtigkeit, mit der Mora es getan hatte. Nur dass der riesige Kessel vor dem Körper des Wichtes so unecht aussah wie ein Styroporgewicht in den Händen eines schmächtigen Clowns.

Mit einem schnellen Blick zeichnete der Herr den Weg von Mora zu Fina nach, analysierte ihren Gesichtsausdruck mit zusammengekniffenen Augen und trug den Kessel schließlich so unbewegt an ihr vorbei, als hätte sie die Prüfung bestanden.

Wenn irgendjemand Mora helfen konnte, dann dieses seltsame Männchen. Es verwandelte Dinge in Gold, besaß unmenschliche Kräfte. Warum sollte es nicht auch einen Menschen gesund zaubern können?

Doch wie sollte sie den Geheimen dazu bringen? Ihm konnte es nur recht sein, dass Mora im Sterben lag. Dann musste er

seine Konkurrenz nicht mehr fürchten, musste sie nicht mehr fragen, ob sie den Diener liebte.
Fina beobachtete, wie der Alte den Kessel in die Hängevorrichtung hob – und plötzlich wusste sie, wie sie ihn austricksen konnte. »Muss der Geheime das jetzt immer selbst tun?«
Der Wicht wischte seine feuchten Hände an der Hose ab und drehte sich zu ihr um.
Fina durfte ihm keine Zeit lassen, musste ihn einwickeln, bevor er reagieren konnte: »Wenn der Diener stirbt – dann muss der Geheime ja alle schweren Arbeiten selbst verrichten: Holz schlagen, Wasser holen, Tiere schlachten.« Fina schluckte, zwang sich dazu, ihre Argumente zu erweitern. »Dann hat er ja gar keine Zeit mehr, um sich mit seinem neuen … mit …« *Zum Teufel, Fina, sprich es aus!* »Um sich mit seinem neuen Weibchen zu befassen.«
Die Augen des Alten wurden groß, weiße Tischtennisbälle, die fast aus ihren Höhlen sprangen. Er blickte zu Mora, legte seinen Kopf zur Seite, als würde er überlegen.
Sie musste seine Gedanken in die richtige Richtung lenken, musste es jetzt tun, bevor er sie durchschaute: »Nur einmal angenommen, er könnte den Diener heilen – wäre das nicht sinnvoll? Wenn der Geheime und sie einen Diener hätten, würde es ihr auch viel leichter fallen, sein Weibchen zu werden. Schließlich möchte sie ungern so harte Arbeit verrichten.«
Die Augen des Wichtes wurden schmal, er stieß ein seltsames Brummen aus und kniete sich neben den Käfig. Sein Blick glitt über Moras Körper, seine Hand griff zwischen den Stäben hindurch und berührte Moras Nacken, strich über seinen Rücken.
Ein gequältes Heulen mischte sich in Moras Stöhnen, beru-

higte sich auch dann nicht, als der Herr seine Hand zurückzog.

Fina hielt den Atem an. Wahrscheinlich war es längst zu spät. Ohne Antibiotika würde Mora nicht mehr zu retten sein. Vielleicht sollte sie das vorschlagen: dass sie in ihre Welt gehen könnte, um wirksame Medizin zu holen?

Der Geheime grummelte ein weiteres Mal, betrachtete Mora noch einen Moment und drehte sich zu ihr um. Ein seltsames Schimmern lag in seinen grauen Augen. Eine Spur von väterlicher Zuneigung?

Fina konnte nicht sagen, was es war.

»Wenn er sich eilt, wird er den Diener vielleicht retten können.« Er streckte seine Finger nach Finas Hand aus. »Wenn sein Weibchen es wünscht, mehr Zeit mit ihm zu verbringen …« Er legte seine Hand um ihre, strich mit seinem sechsten Finger über ihr Handgelenk. »Wie könnte er ihr den Wunsch abschlagen?«

Fina zwang sich, nicht zurückzuzucken, bemühte sich um ein Lächeln.

Der Alte sah zu ihr auf, entblößte sein breites Gebiss.

Schließlich zog er seine Hand zurück und ging zur Tür. »So wache sie über den Diener. Er geht etwas holen.«

* * *

Die grüne, glitschige Paste, die der Geheime auf Moras Haut strich, schien zu leben. Als würde sie aus winzigen Würmern bestehen, kroch die Masse in einer ständigen Bewegung umeinander, schloss die letzten Lücken über Moras Rücken und fraß sich an den Wunden entlang, bis zu seinem Bauch.

»Was ist das?« Finas Stimme vibrierte. Sie konnte das Zeug kaum aus den Augen lassen, während sie neben Moras Lager

hockte, auf das der Alte ihn gebettet hatte. Fast fürchtete sie, der grüne Schleim könnte Moras Körper ganz umschlingen und auffressen.
Der Geheime giggerte, verstrich den letzten Rest aus seiner Schale. »Was das ist, will sie wissen?« Er wusch sich die Hände in einer Schüssel und kicherte, als würde er über einen Witz lachen, den nur er verstand.
Ein kaum hörbares Surren zischte aus der Schüssel. Die grünen Schleimspuren schwammen umeinander, drehten muntere Wirbel im Wasser, als wäre es ein Planschbecken.
»Kennt sie nicht die Helfer des Moores – Wesen, die weder Pflanze sind noch Tier und dennoch beides zugleich?« Die Stimme des Alten knarrte. Er sah sie an und schenkte ihr ein mitleidiges Grinsen. »O nein, natürlich kennt sie so etwas nicht. Nichts, was den Menschen so große Furcht einflößt, lebt noch in ihrer Welt.« Er stand auf, trug die Schale zum Feuer und schüttete das Wasser hinein.
Ein panisches Quietschen mischte sich in das Zischen der Flammen, nur Sekunden, bevor das Geräusch verstummte.
Der Alte sprang zu Fina herum, seine Augen funkelten sie an. »Nur ihre Hexen wussten sie zu nutzen – bis ihr Menschenvolk beides gemeinsam vernichtet hat.«
Fina schnappte nach Luft. *Nicht wir, nicht ich, das ist lange her.* Die Worte lagen ihr auf der Zunge. »Das haben die Menschen früher getan. Jetzt wissen wir, dass unsere Vorfahren unrecht hatten.« Sie flüsterte, konnte sich nicht beherrschen, wenigstens das zu sagen.
Der Geheime kicherte. »Oh, törichtes Weibchen. So muss sie sich doch nicht rechtfertigen!« Er legte den Kopf zur Seite, sprach so leise weiter, dass sie angestrengt zuhören musste, um seine Worte zu verstehen. »Alles, was großen Nutzen verspricht, birgt auch große Gefahr. Alles, was sich kontrollieren

lässt, kann außer Kontrolle geraten. Die Menschen vergessen gern die Gefahr, wenn sie den Nutzen sehen – oder misstrauen dem Nutzen, wenn der, der ihn kontrolliert, auch ein Feind sein könnte.«

Fina erstarrte. Worüber sprach er? Darüber, dass die grünen Biester nicht nur Nutzen, sondern auch Schaden anrichten konnten? Oder darüber, dass er selbst den Schaden provozierte – weil er ihr Feind war und im Grunde nur Moras Tod wollte.

Ihr Blick kehrte zurück zu Mora, beobachtete das Gewimmel auf seiner Haut. »Was machen sie mit ihm?« Ihre Stimme zitterte.

Der Geheime huschte näher, ging neben Moras Lager in die Hocke und betrachtete die Helfer so voller Stolz, als wären sie seine Kinderchen. »Sie nähren sich von der Fäulnis seiner Wunden, fressen das giftige Sekret und wachsen daran. Sie sind seine letzte Rettung oder sein Tod.« Er kicherte, schloss die Lider halb über seinen Tischtennisballaugen und blinzelte Fina an. »Sie folgen der Fäulnis bis in jeden Winkel – auch in sein Blut, wenn sie schon bis dorthin vorgedrungen ist. Dort fressen sie und wachsen, bringen seine Adern zum Platzen, bis sein Körper stirbt und fault und sie das Menschenscheusal ganz fressen können.«

Fina wich seinem Blick aus. Er war derjenige, der kontrollierte, er war der Feind – sie hatte ihn um Hilfe gebeten, und er nutzte es, um seinen Angriff darunter zu tarnen.

Das Lachen des Wichtes schallte durch die Hütte. Er sprang auf und lief zur Tür. »Oh. Sie hat recht. Er hat so viel zu tun, seit sein Diener nicht mehr für ihn arbeitet. Achte sie doch darauf, die Helfer rechtzeitig von seinem Rücken zu waschen. Bevor sie in seiner Haut verschwinden – und bevor sie beginnen zu wachsen.« Ein haltloses Kichern folgte auf seine Worte,

Sekunden, bevor er die Hütte verließ und die Tür hinter sich zuschlug.
Fina zuckte zusammen. Das Lachen des Wichtes hallte draußen durch den Wald, trieb rasend schnell davon und löste sich in weiter Ferne auf.
Fina starrte auf Moras Rücken, auf das gefräßige Gewimmel. Ihr Herzschlag tobte, fegte heißes Blut durch ihre Adern und trieb Schweiß über ihre Haut. Jetzt hing alles an ihr, daran, ob sie den richtigen Moment erkannte. Wenn sie die Biester zu spät abwusch, würden sie Mora innerlich verbluten lassen, und wenn sie es zu früh tat, würde die Sepsis ihn vergiften.
Alles in ihr wollte heulen, wollte die Ungerechtigkeit hinter dem Monster herschreien, das draußen in den Wald entschwunden war. Doch sie durfte weder ihre Tränen zulassen, die nur ihre Sicht vernebelten, noch durfte sie den Zorn des Alten auf sich ziehen.
Stattdessen starrte sie weiter auf den grünen Schleim, bemühte sich, die einzelnen Individuen darin auszumachen. Sie musste erkennen, wann sie anfingen zu wachsen, musste beobachten, ob die Masse weniger wurde. Wie es wohl aussah, wenn die Biester in Moras Blut eindrangen?
Die Masse waberte und flirrte, sammelte sich entlang der Wunden und floss wieder auseinander.
Fina blinzelte, strich sich die Tränen aus den Augen und versuchte, sich besser zu konzentrieren. Plötzlich erschien ihr der Schleim klumpig, so ähnlich wie geronnene Milch, die sich zu kleinen Häufchen zusammenschloss.
Jetzt! Sie fingen an zu wachsen!
Hastig tauchte Fina das Tuch in die Wasserschüssel, wrang es aus und wischte über Moras Rücken. Die Biester zischten, während sie das Tuch in der Schüssel auswusch. Das Geräusch

vibrierte im Wasser, sirrte durch ihre Finger und sträubte die Haare an ihren Armen. Die Helfer wollten nicht abgewaschen werden. Fina ahnte ihren Hunger, ahnte es in der seltsamen Formation, mit der die grünen Schlieren zurück zu ihrer Hand strebten, in der Art, wie sich der Schleim daran klammerte, als wollte er wieder zu seinem Opfer zurückkehren. Fina nahm die zweite Hand zu Hilfe, wischte die Biester mit dem Tuch von ihrer Haut und versuchte, sie im Wasser abzuschütteln, ohne hineinzufassen. Doch das Zeug blieb hartnäckig, schwamm immer wieder zum Tuch zurück, ganz gleich wie rasch sie es abstreifte.

»Verflucht!« Finas Nackenhaare stellten sich auf, der Schweiß lief in einem Rinnsal über ihren Rücken. Die Viecher mussten intelligent sein, erstaunlich intelligent für so winzige Organismen.

Sie hatte keine Chance, das Tuch sauber zu bekommen. Sie musste es im Wasser lassen, musste ein neues nehmen.

Fina sah sich um. Der Geheime schien nicht gerade üppig mit Tüchern ausgestattet zu sein. Oder er hatte sie absichtlich vor ihr verborgen.

Fina zog sich hastig den Pulli aus, das T-Shirt und ihr Unterhemd. Schließlich streifte sie den Pulli wieder über und begann, ihre Unterwäsche in Stücke zu reißen. Sie zog den Wasserkrug heran, aus dem sie Mora eigentlich zu trinken geben wollte, und tauchte die Stofffetzen hinein.

Die Klümpchen auf Moras Rücken waren noch größer geworden, entfernten sich von seinen Wunden, als wären sie auf der Suche nach neuer Nahrung. Die Biester strebten nach oben, über Moras Nacken zu seinem Gesicht. Was wollten sie dort? Was würden sie mit ihm tun, wenn sie in seine Nase krochen, in seinen Mund? Wie sollte sie die Biester aus seinen Ohren entfernen, wenn sie dort hineinschlüpften?

Sie musste sie aufhalten! Fina wischte über seine Wangen, über seinen Nacken, seinen Hals entlang. Immer schneller fuhr sie über Moras Haut, über seinen Rücken. Auch den letzten Winkel seiner Wunden musste sie erwischen, auch die letzte grüne Spur, bevor sie sich neue Nahrung innerhalb seines Körpers suchten.

Mora stöhnte unter dem kalten Wasser auf. Aber Fina hatte keine Zeit, um warmes zu holen. Sie nahm immer neue Stofffetzen, tauchte sie in den kalten Krug …

Sie wischte noch über seine Haut, als sie schon lange keinen grünen Schleim mehr entdeckte. Erst, nachdem der letzte Stofffetzen verbraucht war und die Tränen vollends ihre Sicht vernebelten, sackte ihr Arm erschöpft zu Boden.

Dabei konnte sie nicht einmal sagen, ob sie es geschafft hatte. Was, wenn die winzigen Monster schon in seinem Blut waren, wenn sie zu spät begonnen hatte, ihn abzuwaschen?

Hastig wischte sie die Tränen zur Seite. »Mora.« Sie strich durch seine Haare, wollte ihn wecken, wollte wenigstens ein Lebenszeichen.

Mora rührte sich nicht. Doch sein Atem ging gleichmäßig, als würde er tief schlafen, endlich ohne Schmerzen. Erst jetzt fiel Fina auf, dass die Wunden besser aussahen. Die gelben Ränder und die dreckigen Blutkrusten waren verschwunden. Auf den Striemen schien sich sauberer Schorf zu bilden.

Die Erschöpfung erfasste ihren Körper und wollte sie niederzwingen. Fina ließ ihren Kopf sinken, tauchte ihr Gesicht in Moras Haare. »Werd gesund! Bitte! Bleib bei mir!«

* * *

Der Geheime rannte weit, umrundete fast sein ganzes Gebiet, ohne auch nur einmal innezuhalten. Die letzten Helfer kribbelten noch auf seinen Händen, wanden sich seinen Arm herauf und suchten vergeblich nach der Fäulnis, von der sie sich nährten. Das Kribbeln sprudelte durch seine Haut, lockte das Leben zurück in seine Adern und vertrieb die Langeweile seiner vielen tausend Jahre. Warum hatte er die Helfer schon so lange nicht mehr eingesetzt? Wie hatte er das herrliche Spiel mit ihnen nur vergessen können? Sie gaben Leben oder nahmen es, in einem qualvollen Tod, dem er lange zusehen konnte.

Zu gerne hätte er verfolgt, wie das Weibchen versuchte, den Diener zu retten. Doch dann wäre es ihm schwergefallen, die Lust vor ihr zu verbergen.

Besser war es, sich ihren Kampf nur vorzustellen und vielleicht noch das Ende zu betrachten.

Doch als er schließlich in die Hütte zurückkehrte, räumte sie bereits auf. Lautlos blieb der Geheime in der Tür stehen. Er sah dem Weibchen zu, wie sie die Helfer zusammen mit Wasser und Stofffetzen ins Feuer schüttete. Er erkannte ihre angeekelte Miene, als die Biester aufkreischten.

Auch wenn er ihren Kampf verpasst hatte – die letzten Spuren davon lagen noch in der Luft. Er atmete den Duft ihres Schweißes, schmeckte ihre Angst darin und betrachtete die Wölbung ihrer Brüste, die sich noch stärker durch ihre Kleidung drückten. Fast konnte er sehen, wie sie die schützenden Schichten darunter geopfert hatte, um den Diener zu retten.

Der Geheime versuchte noch immer zu begreifen, was ihr Antrieb war, sich so für das Menschenscheusal einzusetzen. Sie hatte ihm geschworen, dass sie Morasal nicht liebte, hatte so abfällig über seinen dreckigen Körper geurteilt, dass er ihr glauben musste. Sie hatte sich dem Geheimen versprochen, hatte ihm die Heirat aus freiem Willen zugesagt. Mehr noch: Sie wünschte sich, mehr Zeit mit ihm zu verbringen.

Angeblich wollte sie das Leben des Dieners erhalten, damit er für sie arbeiten konnte. Der Geheime wunderte sich nicht darüber: Es war die Art, in der die Menschen dachten.
Dennoch ahnte er, dass es mehr sein musste. Sie fühlte etwas für Morasal, etwas, das sie in seine Nähe zog, das sie um sein Leben kämpfen und flehen ließ. Seit ihrer Kindheit hatte er eine Verbindung zwischen ihr und dem Scheusal hergestellt. Doch seit ihrer Ankunft im Moor war er sich nicht sicher, ob sein Plan glückte oder ob er über sein Ziel hinausschoss.
Der Diener empfand heftige Lust für sie, daran gab es keinen Zweifel. Die Spuren auf seiner Haut waren von solcher Gier, dass der Geheime das Weibchen gleich mit verdächtigt hatte.
Doch wenn sie sich bis nach ihrer Hochzeit verwahren wollte, dann musste es ein Irrtum sein. Sie selbst hatte ihn an die Regeln der Menschen erinnert, die schon seit Jahrhunderten galten und körperliche Kontakte vor der Hochzeit verboten. Also hatte das Menschenscheusal die Lust wohl nur an seinem eigenen Körper gestillt.
Was die Menschenfrau empfand, musste etwas anderes sein, etwas, das ebenso stark wirkte. Der Geheime war in seinem langen Leben nur wenigen Weibchen begegnet, zu wenigen, um zu erfahren, wie sie fühlten, aber dennoch genug von ihnen, um zu wissen, welches ihrer Gefühle am stärksten war: Gleich, welcher Art und Rasse ein Weibchen war, für seinen Nachwuchs war es bereit, zu töten und zu sterben. Und besonders mütterliche Individuen erwärmten sich für jede schwache Kreatur, die ihre Hilfe benötigte.
Ein solches Mütterchen musste sie sein.
Der Geheime legte seinen Kopf zur Seite und hoffte, dass sie noch eine Weile in das Feuer starren mochte, bevor sie ihn an der Tür entdeckte. Er sog ihren Duft ein und ahnte, wie leben-

dig er werden würde, wenn er endlich sterblich geworden war. Die Angst vor dem Tod lauerte in ihrem Aroma, und er wusste, dass sie alles tun würde, um das Leben zu erhalten, ihres und das ihrer Lieben. Ein Mütterchen, das kämpfte und pflegte. Erneut strömte das Kribbeln durch seine Adern. Sie war die Richtige.

22. Kapitel

Wann immer der Geheime sie unbeobachtet ließ, kauerte Fina neben Moras Lager. In dichten Abständen goss sie Wasser zwischen seine Lippen, in der Hoffnung, dass er wenigstens einen Teil davon schluckte. Gleichzeitig flüsterte sie ihm zu, versuchte, ihn aus seinem Schlaf hervorzulocken, und erklärte ihm, warum sie gelogen hatte. Im Laufe der Tage verbrachte sie viele Stunden bei ihm, in denen der Alte draußen fischte und jagte, in denen er Holz holte oder das Fleisch seiner Beute verarbeitete. Manchmal kam es Fina noch so vor, als beobachtete er sie argwöhnisch, bevor er ging – doch jedes Mal, wenn sein Blick über Moras Lager glitt, breitete sich ein hämisches Grinsen auf seinem Gesicht aus.

Je häufiger Fina sein Grinsen beobachtete, desto unruhiger wurde sie. Moras Wunden sahen mit jedem Morgen besser aus, bis sich sogar der erste Schorf von der neuen Haut löste. Dennoch wartete sie vergeblich darauf, dass er aufwachte. Immer größer wurde ihre Angst, dass die Helfer des Moores seinem Körper womöglich einen Schaden zugefügt hatten, der oberflächlich nicht zu sehen war. Was, wenn sie einen Weg in sein Gehirn gefunden hatten, wenn sie sein Bewusstsein zerstört hatten und er bis zum Ende seines Lebens im Koma liegen würde?

Mit jedem Tag wurde Finas Angst größer, mit jedem Mal, wenn sie die Häme im Gesicht des Alten sah. Manchmal wollte sie auf ihn losgehen, wollte ihm die Wahrheit entlocken – aber sie wusste, wie vergeblich eine Auseinandersetzung mit ihm wäre.

Solange sich der Alte in der Hütte aufhielt, gab sie vor, sich kaum für den Diener zu interessieren. Dennoch schien es ihr

bald, als würde der Geheime ahnen, was sie während seiner Abwesenheit tat. Immer häufiger trug er ihr Arbeiten auf, bevor er ging: Sie sollte kochen oder die Wäsche waschen, sollte aufräumen und den Boden fegen.
Fina tat alles, was er von ihr verlangte. Aber sie schälte die Kartoffeln neben Moras Lager, beeilte sich mit allem anderen und machte bei allem, was sie verrichtete, einen Umweg an ihm vorbei, um wenigstens durch seine Haare zu streichen oder ihm ihre Sorgen und Gedanken ins Ohr zu flüstern.

* * *

Ihre Stimme fing an, ihn zu begleiten. Er konnte die Worte nicht verstehen, doch ihr Ton klang zärtlich, wärmte seinen Körper und schien die Schmerzen daraus zu verbannen. Manchmal streifte ihr Atem seine Haut, etwas Weiches legte sich an seine Stirn, strich über seine Wange. Doch wann immer er versuchte, sie anzusehen, fand er nicht einmal die Kraft, die Augen zu öffnen.
Zwischendurch hörte er das Lachen des Herrn. Dann schien sie weit fort zu sein, und er wartete vergeblich auf ihre Nähe. Manchmal ahnte er auch die Ruhe der Nacht, lauschte den beiden atmenden Stimmen in der Stille, die aus der gleichen Richtung zu ihm drangen. In solchen Momenten zog ein Schmerz durch seine Brust, den er kaum ertragen konnte.
Irgendwann begriff Mora, dass er schlief. Vage erinnerte er sich an die Schmerzen, an seinen letzten klaren Gedanken, der ihn glauben ließ, er würde sterben. Jemand musste ihn gerettet haben, er würde weiterleben, warum auch immer. Noch bevor er wieder stark genug geworden war, um seine Augen zu öffnen, wusste er, dass alles an dieser Stimme hing, die hin und wieder neben ihm auftauchte. Er wollte sie ansehen, wollte

ihre Worte verstehen und herausfinden, ob ihre Zärtlichkeit nur ein Traum war.

Schließlich war es ein Duft, der sich durch seine Nase schlängelte, sich zu einem Geschmack auf seiner Zunge sammelte und ihm endlich die Kraft gab, seine Augen zu öffnen.

Fina stand hinter der Feuerstelle und bemühte sich, die riesigen Kessel in den Halterungen hin- und herzuschwenken. Schweiß glänzte auf ihrem Gesicht, und an ihren Schläfen klebten verschwitzte Haarsträhnen. Sie wischte sich darüber, schniefte und blinzelte, bis er sich fragte, ob die Nässe womöglich von ihren Tränen stammte.

Wie eine kleine hilflose Dienerin stand sie dort hinter dem Feuer, wie er in seiner Kindheit, als die Kessel noch viel zu schwer für ihn gewesen waren.

Was tat sie hier? Warum war sie zurückgekommen? Der Herr durfte sie nicht versklaven, durfte sie nicht besitzen!

Ein furchtbares Nagen zog durch Moras Magengrube. Er musste ihr helfen, richtete sich auf.

Sterne trieben vor seinen Augen, seine Arme sackten zusammen. Mit einem Keuchen sank er zurück auf das Lager.

»Mora!« Fina schrie auf, rannte auf ihn zu und fiel neben ihm auf die Knie.

Er versuchte, seine Hand zu heben, brauchte all seine Kraft, um seine Finger bis zu ihrem Bein zu schieben.

»Es tut mir so leid!« Fina beugte sich über ihn, strich durch seine Haare. »Was ich deinem Herrn über dich gesagt habe, war gelogen! Ich musste es tun, damit er dich nicht umbringt.« Tränen lösten sich aus ihren Augen, tropften von ihren Wangen und fielen auf sein Gesicht. »Ich liebe dich, Mora. Daran hat sich nie etwas geändert, deshalb bin ich zurückgekommen.«

Die Dunkelheit in seinem Inneren zerplatzte, wurde zur Seite geschleudert von dem Gefühl, das beinahe gestorben war. Er stöhnte auf, wollte sie in die Arme nehmen und schaffte es kaum, seine Hände bis zu ihrem Rücken zu heben.

Fina brach über ihm zusammen. Ihr Körper zuckte in seinen Armen, ihr leises Weinen strich über seinen Hals. Und plötzlich begriff er, was tatsächlich in den letzten Tagen geschehen war, was er unter seinen Schmerzen falsch gedeutet hatte.

Sie war hierhergekommen, um ihn zu retten – und war nichts Geringeres geworden als die Sklavin des Herrn … die für ihn kochte, die ihm ein Lächeln vortäuschte und die nachts sein Lager teilte.

Mit der Verzweiflung kehrte die Kraft in seine Arme zurück. Endlich konnte er sie an sich ziehen, konnte seine Hände über ihren Rücken streifen lassen und in ihren Haaren vergraben. »Warum musste sie Mora retten? Sie sollte in ihrer Welt bleiben und das Menschenscheusal vergessen!«

Fina heulte auf. »Das kann ich nicht. Begreifst du das nicht? Ich hab dich im Fenster meines Zimmers sterben sehen! Wenn ich nicht hergekommen wäre, dann wäre ein Teil von mir mit dir gestorben!«

Schwindel fegte durch Moras Kopf, zeitgleich mit einem Geräusch, das von Bedeutung war.

»Der Herr!« Er schob Fina von sich, zischte in einem kaum hörbaren Flüstern. »Er kommt zurück. Wisch die Tränen fort, fülle Suppe auf seinen Teller.«

Fina gehorchte und sprang auf. Für einen Moment zitterte sie so heftig, als würde sie wieder zusammensacken. Dann strich sie die Tränen aus den Augen und lief zum Feuer.

Die Schritte erreichten die Hütte, wenige Sekunden, bevor die Tür aufgestoßen wurde.

Mora schloss die Augen, bemühte sich, gleichmäßig zu atmen,

und ahnte den Blick des Herrn, der über sie beide hinwegstrich. »Hat er nicht die Stimme des Dieners gehört?«

Die Suppenkelle klirrte gegen den Rand des Kessels. Doch Finas Räuspern klang kontrolliert. »Es hat im Schlaf geredet. Vielleicht wacht es ja bald auf. Dann kann es endlich wieder arbeiten, und der Geheime hat Zeit für seine Braut.«

Mora zuckte unter der Schärfe in ihrer Stimme. Das Lachen des Herrn giggerte über ihn hinweg, labte sich an der Bosheit ihrer Worte.

Die Dunkelheit zog an Moras Körper. Sie war eine gute Lügnerin. Doch wen von ihnen betrog sie wirklich?

Er fühlte noch ihr Zittern unter seinen Händen. Vielleicht konnte sie mit ihren Worten lügen, doch nicht mit ihrem Körper.

Mora öffnete die Augen und sah sich um. Er versuchte, so zu tun, als würde er zum ersten Mal erwachen, richtete sich auf und streifte den Blick des Herrn.

»O ja. Es ist wach.« Ein sadistisches Funkeln glühte in der Iris des Alten. »Dann soll es Suppe bekommen, um schnell wieder ein kräftiger Diener zu werden.« Er sah Fina an, als erwarte er ihr Lachen.

Tatsächlich hüpfte ein dreckiger Laut aus ihrer Kehle.

Ein spitzer Schmerz trieb durch Moras Brust – ihr Lachen war kein normales Lachen mehr, nicht der Klang, den er so liebte. In dem abgehackten Laut klirrte die Grausamkeit, die sie ertragen musste.

Was auch immer der Herr bereits mit ihr getan hatte, sie würde es nicht mehr lange durchstehen.

* * *

Ein leichtes Vibrieren zog durch ihr Lager. Fina brauchte eine Weile, um das Geräusch zu orten, um zu erkennen, dass es dem Atem des Wichtes entsprang. Plötzlich erahnte sie die Hände, die sich ihr näherten, spürte, wie ihr Fell angehoben wurde.

Der fremde Atem rieselte über ihre Haut, sträubte jedes ihrer winzigen Härchen. Sie wollte zurückweichen, doch ihr Körper war zu schwer, um sich zu rühren.

Seine Finger erreichten ihre Hüfte, tasteten auf dem harten Stoff ihrer Jeans entlang, die sie niemals auszog, wanderten aufwärts.

Kalter Schweiß drängte durch ihre Haut. Ihr Pulli war das Einzige, was ihren Oberkörper noch schützte. Seine Hände strebten unter den Saum, heiße Finger glitten über ihre Haut.

»Sie ist so ein braves Weibchen.« Die Stimme des Herrn schnurrte. »Gefällt ihr das?«

Fina schrie. Endlich zuckte sie zurück, sprang in die Hocke und wich auf dem Lager zur Seite.

Erst jetzt fiel ihr auf, dass sich etwas verändert hatte. Es war dunkler in der Hütte, das Feuer halb heruntergebrannt, so als würden sie schon seit Stunden schlafen. Auch der Geheime war weit von ihr entfernt. Er lag regungslos auf seinem eigenen Lager, beinahe regungslos: Nur seine Hände wanderten langsam über sein Schaffell, ein anzügliches Grinsen lag auf seinem Gesicht.

Hatte sie geträumt?

Finas Herz raste, sie schluckte und wischte den Schweiß aus ihrem Nacken.

Plötzlich klappten die Augen des Wichtes auf. »Hat es ihr gefallen?«

Fina schnappte nach Luft! Es musste noch immer ein Traum sein, einer, der sich ineinander verschachtelte, in dem sie fünfmal hintereinander aufwachte und doch immer weiterschlief.

Das Grinsen des Alten wurde noch breiter. »In ihren Träumen können sie sich schon einmal näherkommen.«
Fina schwankte, ihre Beine wollten nachgeben und aufspringen zugleich. Sie war wach – plötzlich wusste sie es –, und der Alte manipulierte ihre Träume.
Das hatte er schon immer getan: der geheime Traum, das Mysterium ihrer Kindheit und Jugend; die Bilder in den Fensterscheiben, als er ihr gezeigt hatte, wie er Mora in den Tod prügelte. Selbst ihre Mutter hatte davon gesprochen, dass er ihnen Träume schickte. Dennoch war es, als würde sie einen Teil davon erst jetzt begreifen, irgendeine Spur, die sie nicht fassen konnte.
»Es ist eine schöne Kunst, nicht wahr?«, schnurrte der Geheime weiter. »So echt können seine Träume sein.«
Ein eigenartiges Gefühl rieselte durch ihren Körper, floss ihre Luftröhre hinauf und löste sich in einem Lachen, das so fremd klang, als käme es von jemand anderem. Irgendein Teil von ihr schien nachzudenken, ohne dass sie sich dessen bewusst war, verfolgte die Spur und brachte sie auf den Punkt: »Von dir sind die ganzen Träume. Du hast das alles geplant: Selbst den Geruch des Moores hast du mir geschickt. Damit ich ihn lieben lerne, damit ich mich vertraut und geborgen fühle, sobald ich hierherkomme.«
Der Geheime schloss die Augen, drehte sein Gesicht hin und her, als wollte er sich unter ihren Worten sonnen. »O ja. Ein Zuhause hat er ihr geschenkt. Ihr einziges Zuhause. Merkt sie jetzt, dass sie immer schon für ihn bestimmt war?«
Eine Falle! Er hatte sie manipuliert und in eine Falle gelockt, nichts weiter!
Ihr zweites Ich kehrte zu ihr zurück, ließ sie an den Gedanken teilhaben und riss das Tuch zur Seite, unter dem sich ihre Angst versteckt hatte. Plötzlich gab es nichts mehr, das sie schützte.

Der Wicht saß ihr leibhaftig gegenüber, verschaffte sich Zugang zu ihren Träumen und konnte sie dort nach Belieben missbrauchen.
Fina fing an zu bibbern, versuchte, es zu unterdrücken.
»In den Träumen kann sie schon einmal seine Geliebte sein.« Der Alte säuselte. »Schon vor der Hochzeit.«
»Nein!«, schrie Fina ihn an.
Der Geheime blinzelte, Argwohn schimmerte aus dem Spalt zwischen seinen Lidern.
Sie musste ihre Panik abmildern, musste ihn wieder in Sicherheit wiegen. »Sie dürfen es nicht vor der Hochzeit tun.« Fina verhaspelte sich, entwickelte ihre Rettung erst Satz für Satz: »Nicht einmal im Traum. Nicht in so einem echten Traum. Das wäre die gleiche Sünde.«
Sünde. Niemals hatte sie an so etwas geglaubt, an ein Wort, das aus einer längst vergangenen Zeit zu stammen schien. Aber der Trick hatte schon einmal funktioniert. Vielleicht hatte er noch nicht bemerkt, wie sehr sich die Welt in den letzten hundert Jahren verändert hatte.
Der Geheime brummte. Eine Spur von Enttäuschung glitt über sein Gesicht. »Dann wird er es nicht wieder tun.«
Fina atmete auf, aber aus irgendeinem Grund war sie noch unsicher. »Verspricht er es?«
Der Alte zuckte zusammen, Argwohn blitzte in seinen Augen. Doch schließlich bekam sein Gesicht einen milden Ausdruck: »Wenn es ihr so wichtig ist, dann verspricht er es.«
Fina bemühte sich, die Erleichterung zu verbergen. »Danke.« Das Zittern ließ sich nicht länger unterdrücken, würde sich in ihre Stimme schleichen, wenn sie noch einen Ton sagte.
Hastig legte sie sich zurück auf ihr Lager und schloss die Augen.

* * *

Die Stunden, in denen der Geheime sie zu zweit in der Hütte allein gelassen hatte, waren gezählt. Nur zwei Tage lang durfte Fina das Essen noch an Moras Lager bringen. An diesen Tagen lebte sie für den winzigen Moment, in dem er die Schale aus ihren Händen nahm, in dem sie seine Finger streifte, bevor der Blick des Herrn sie auseinanderweichen ließ.

Doch schon ab dem dritten Tag waren auch diese Momente vorüber. Der Geheime scheuchte seinen Diener aus dem Bett und trug ihm Arbeiten auf, die er mit seinem geschwächten Körper kaum verrichten konnte. Der Alte ließ ihn die schweren Wasserkessel schleppen und lachte lauthals, wenn sie aus seinen Händen glitten. Stundenlang musste Fina zusehen, wie Mora Holz hackte, während sein Herr hinter ihm stand und ihn mit der Peitsche bedrohte. Sie zuckte unter Moras Qual, bemerkte das Zittern seiner Muskeln, den Schweiß auf seiner Haut und streifte den gepressten Ausdruck auf seinem Gesicht. Aber über seine Lippen kam kaum ein Laut, und in seinem Blick lag eine Beherrschung, die sie schaudern ließ.

Nach wenigen Tagen erklärte der Alte ihr, dass sie bald eine Herrin sei und lernen müsse, ihrem Diener zu befehlen. Er nannte ihr die Aufgaben, die Mora verrichten sollte, und lauerte darauf, ob sie ihre Befehle hart genug bellte. Er erkannte jedes mitleidige Schimmern in ihren Augen und wies sie für ihre Weichheit zurecht.

Jedes Mal, wenn sie ihm befehlen musste, war sie versucht, Moras Blick zu erhaschen. Wenigstens aus ihren Augen sollte er die Entschuldigung lesen.

Doch Mora hielt seinen Kopf tief gesenkt und warf sich pflichtschuldig vor ihr auf den Boden. Nur das schnelle Heben und Senken seiner Schultern verriet die Nervosität, wenn er vor ihr lag.

Während Mora sich in stundenlangen Arbeiten verausgabte, hockte sich der Alte schließlich an den Tisch und schnitzte etwas, das Fina am ersten Tag noch nicht erkennen konnte. Erst als er begann, lange Lederschnüre daran zu binden und sie mit harten kleinen Knötchen zu versehen, ahnte sie, was es werden würde.
Mit einem grimmigen Lächeln band der Geheime schließlich einen Gürtel um Finas Hüften und hängte die neue Peitsche hinein.
Es war am Abend des fünften Tages. Der Wicht stand noch vor ihr und zurrte den Gürtel fest, als Mora mit einem Stapel Feuerholz hereinkam.
Fina begegnete seinem Blick. Seine Augen weiteten sich, als er die Situation erfasste, die Peitsche entdeckte und Fina in die Augen sah.
Kaum merklich schüttelte sie den Kopf. Sie würde es nicht tun! Sie würde ihn nicht schlagen, auch dann nicht, wenn der Herr es verlangte.
Der Schreck ließ Moras schwarze Augen aufleuchten. Sein Mund bewegte sich, und sie meinte, ein Wort von seinen Lippen zu lesen: *Doch.*
Fina wollte sich wehren, wollte ihn mit lautlosen Worten anflehen. Aber sie wusste, dass er recht hatte: Wenn der Herr es verlangte, musste sie es tun. Jeder Widerstand konnte ihr Spiel enthüllen.
Plötzlich fuhr der Wicht zu Mora herum, fast so, als hätte er ihn erst jetzt bemerkt.
Mora duckte sich, trug das Holz zum Feuer und begann, es daneben aufzuschichten. Seine Muskeln zitterten, und Fina fragte sich, ob es seine Angst war oder die Erschöpfung oder die winterliche Kälte, die über seinen halbnackten Körper herfiel. Wenigstens durfte er inzwischen eine Art Fellweste und

eine halblange Fellhose tragen, wenn er nach draußen ging. Doch auch das reichte wohl kaum aus.

»Das Menschenscheusal ist unerträglich langsam heute, meint sie nicht auch?« Die Stimme des Geheimen klang scheinheilig. »Ein fauler Diener, der endlich lernen sollte, seine neue Herrin nicht so anzustarren.«

Ein panisches Gefühl zuckte durch Finas Körper. Sie musste Mora retten, musste es schaffen, bevor der Geheime seine Bestrafung verlangen konnte: »Der Diener starrt sie nicht an. Er ist gehorsam und macht alles richtig.«

Der Herr sprang zu ihr herum, stieß seine spitze Nase in ihre Richtung. *»Er?* Es ist ein *›Es‹*. So wird sie die Kreatur nie beherrschen. Ruf sie das Scheusal zu sich!«

Fina wich seinem Blick aus, sie wusste, dass sie nicht zögern durfte, dass sie ihr Schauspiel beibehalten musste. Sie ließ den Hass auf das Männlein durch ihre Kehle rinnen. Nur so konnte sie den Befehl bellen, wie der Herr es sie gelehrt hatte: *»Morasal!«*

Mora wirbelte herum, warf sich vor ihr auf den Boden. »Ja, Herrin?« Seine Stimme klang beherrscht und unterwürfig. Doch Fina glaubte, sie in einem winzigen Knacksen brechen zu hören.

Der Geheime gluckste. Er hob seinen Fuß an und streifte Moras Fellweste mit den Zehen nach oben, bis sein Rücken freilag. Schließlich trat er hinter Fina, legte von beiden Seiten die Arme um ihre Hüften. »Will sie einmal ihre Macht fühlen?« Er fasste ihre Hand mit seiner, führte sie zu der Peitsche und zwang sie, ihre Finger darumzulegen.

Fina hielt den Atem an und erstarrte. Sie schloss die Augen, spürte den zähen Körper des Wichtes hinter ihrem, der harte Knauf der Peitsche drückte sich in ihre Hand. Eisiger Schweiß jagte über ihren Rücken.

»Ja. Sie muss ihre Macht fühlen. Vielleicht wird sie Geschmack daran finden.« Der Geheime lenkte ihre Hand weiter, zog die Peitsche gemeinsam mit ihr aus dem Halfter. Ganz langsam ließ er die Lederbänder über Moras Rücken regnen.

Ein winziges Aufjammern ertönte vom Boden zu ihren Füßen. Fina wollte zurückzucken, wollte Mora erlösen.

Aber die beiden Daumen des Herrn umklammerten ihre Hand, schoben sie von rechts nach links, ließen die knotigen Bänder über Moras Haut kratzen. In Finas Fingern kribbelte der Widerstand, mit dem sich die Lederbänder verfingen und losrissen.

»Fühlt sie es jetzt?« Die Stimme des Alten klang heiser. »Nur ein Schlag, und es wird ihren Befehl für immer achten.« Er hob Finas Hand, ließ sie in der Luft verharren.

Mora winselte, nur ein winziger Laut, der sofort wieder verstummte.

Fina riss die Augen auf, gerade rechtzeitig, um zu sehen, wie Moras Arme nachgaben. Sein Gesicht fiel in den Dreck, sein Atem flatterte, wirbelte den Staub über den Boden, während seine Hände nach Halt suchten.

Fina wollte vor ihm in die Knie gehen, wollte ihn vom Boden hochheben und in den Arm nehmen.

Doch der Geheime hielt ihre Hand noch immer, ließ sie die Kraft ahnen, mit der er jederzeit zuschlagen konnte, auch gegen ihren Widerstand.

Ihr Körper zuckte, kämpfte gegen das Heulen, das aus ihr herausbrechen wollte.

»Jämmerlich!« Mit einem Ruck löste der Alte die Peitsche aus ihrer Hand, warf sie auf Moras Rücken und wich hinter ihr zurück. Im nächsten Moment brach ein schallendes Lachen aus ihm hervor. »Sieht sie? Der Diener hat ihre Macht gespürt! Auch ganz ohne den Schlag.«

Finas Beine wurden weich. Sie konnte sich kaum aufrecht halten, während ihr Blick auf Mora haften blieb. Sein Zittern ebbte ab, so plötzlich, wie es gekommen war. Gleich darauf sprang er auf, streifte seine Weste herunter und stapelte das letzte Holz an die Wand.

Sie versuchte, noch einmal seinen Blick zu erhaschen. Doch für den Rest des Tages klebte er so dicht am Boden, dass sie keine Chance bekam, ihm in die Augen zu sehen.

In dieser Nacht schlüpften die Finger des Herrn ein weiteres Mal unter ihre Decke, berührten die Haut an ihrer Hüfte, schoben sich ein Stückchen daran entlang und ließen sie aus dem Traum aufschrecken.

Wieder war der Geheime weit von ihr entfernt, seine Hände tasteten über sein eigenes Fell. Doch dieses Mal erwachte er nicht. Stattdessen verfiel er in ein tiefes, befriedigtes Schnarchen, das Fina noch nie von ihm gehört hatte. Es klang so gleichmäßig, als wäre er fest eingeschlafen, und schließlich erschien es ihr wie ein Wort, das sich immer wiederholte, zwei Silben, die sich um zwei lange *rrr*s rollten. Während Fina sich so weit wie möglich an den Rand des Lagers drehte und sich davor fürchtete, noch einmal einzuschlafen, sprach sie das sonderbare Wort in Gedanken bei jedem Schnarchen mit.

* * *

Wenn Mora an den Abenden auf seinem Lager zur Ruhe kam, waren seine Muskeln fast gelähmt vor Erschöpfung. Innerhalb weniger Sekunden wurde er tief in einen traumlosen Schlaf hinuntergezogen – bis er daraus aufschreckte, wie er es sein Leben lang getan hatte. Unfähig, wieder einzuschlafen, starrte er Nacht für Nacht in die letzte Glut des Feuers, die das Lager des Herrn verbarg. Stundenlang lag er wach und lauschte Finas

Atem. Seine Gedanken drehten sich im Kreis, ließen ihn die Peitsche spüren, die über seinen Rücken fiel. Finas Peitsche, geführt von ihren Händen, und doch in der Lage, den gleichen höllischen Schmerz auszulösen, einen viel schlimmeren Schmerz, weil er ihn tief in seinem Inneren treffen würde. Schon allein die Ahnung dessen hatte ihn zusammenbrechen lassen.

Aber erst in den Nächten begriff er, was an ihren Schlägen am schlimmsten gewesen wäre: nicht die Schmerzen seines Körpers, nicht die Tatsache, dass ausgerechnet sie ihm das zufügte, sondern das Wissen, dass sie es tun musste, um zu überleben, dass es sie genauso quälte wie ihn, und dass er allein die Schuld daran trug – weil er sie im Moor verfolgt und zu sich in die Höhle geholt hatte.

Nächtelang starrte Mora in die Glut und bereute es, Fina so lange bei sich behalten zu haben, er bereute dieses Gefühl, das er für sie empfand, das schönste und grausamste, was er jemals durchgemacht hatte. Er war nur ein Diener, der nichts davon für sich beanspruchen durfte – und seine schlimmste Strafe war die, dass ausgerechnet Fina für ihn büßen musste.

Während er Nacht für Nacht ihrem Atem lauschte, konnte er fast die Furcht spüren, die es sie kosten musste, so nah neben dem Herrn zu liegen – und irgendwann hörte er ihr leises Jammern, vermischt mit dem Keuchen des Geheimen. Noch im gleichen Moment wusste er, was der Herr mit ihr tat. Die Wut explodierte in seinen Adern, er wollte aufspringen und ihn von ihr fortzerren.

Doch damit würde er nur sich selbst umbringen! Und Fina endgültig an den Herrn ausliefern! Mit bebenden Fäusten drückte er sich in seine Felle und versuchte, keinen Laut von sich zu geben.

Es endete mit Finas Schrei, einem winzigen, verzweifelten

Laut, der schließlich in ein leises Weinen überging, während der Geheime anfing, laut zu schnarchen.
In der folgenden Zeit lernte Mora, dass es ein grausameres Folterinstrument gab als die Peitsche. Er lernte einen Schmerz kennen, der um vieles höllischer war als der tödliche Schmerz eiternder Wunden.
Nahezu jede Nacht musste er Finas Jammern von nun an lauschen. Das Keuchen des Herrn wurde mit jedem Mal gieriger. Abgesehen davon war es immer das gleiche Rascheln und Jammern, bis Fina aufschrie, bis der Alte anfing zu schnarchen und nur noch ihr leises, verzweifeltes Weinen in Moras Ohren sickerte.
In diesen Momenten musste er in sein Fell beißen, um nicht zu schreien, krallte die Finger in irgendein Stück seiner Haut und kämpfte darum, seinen Atem zu kontrollieren. Mit jeder Nacht rauschten grausamere Bilder durch seinen Kopf. Bald reichte es nicht mehr, den Alten im Schlaf zu töten und mit Fina zu fliehen. Viel lieber wollte er den Wicht an einem Baum aufhängen wie ein Tier, wollte ihn bei lebendigem Leib häuten und langsam sterben lassen.
Doch wann immer Mora aus den blutigen Bildern erwachte, wurde ihm klar, dass es keinen Weg gab, den Geheimen zu töten. Ganz gleich, was er versuchte, er konnte Fina nicht helfen. Seine Wut erstickte in einem brennenden Gefühl, das sich Nacht für Nacht durch seinen Körper fraß, bis am Morgen nichts als Asche von ihm zurückblieb. Wie ein folgsamer Schatten verbrachte er die Tage im Dienste seines Herrn und seiner zukünftigen Herrin. Er wagte es kaum noch, Fina in die Augen zu sehen, und war fast froh über die geduckte Haltung, die der Geheime von ihm verlangte. Innerlich erstarrte er unter der Härte, zu der Finas Stimme versteinert war, zuckte unter ihren Befehlen zusammen und war beinahe dankbar, wenn er

sich vor ihr auf den Boden werfen musste. Manchmal wünschte er sich sogar, sie möge ihre Peitsche ziehen und ihn schlagen, wenigstens das, damit er einen Teil ihrer Schmerzen übernehmen konnte.

Aber sie tat es nicht, und dem Herrn schienen die Nächte zu genügen, um seine Neigungen zu stillen.

Nur manchmal wagte Mora doch einen Blick zu Fina, immer dann, wenn er sich unbeobachtet fühlte. In diesen Augenblicken erkannte er ihre Blässe und die Furcht in ihrem Gesicht. Je weiter ein Tag voranschritt, desto größer und schreckhafter wurden ihre Augen, so, als würden sie ein schwarzes Bild von dem spiegeln, was in den Nächten mit ihr geschah.

Der Geheime hatte ihren Körper in Besitz genommen, zwang sie neben sich auf das Lager und verfügte Nacht für Nacht über sie. Aber jeder noch so vage Gedanke daran, was hinter dem Feuer mit Fina geschah, öffnete ein schwarzes Loch in Moras Eingeweiden, das sein Inneres in einem brodelnden Sturm verschlang. Und bald schon prallten seine Gedanken an einer unsichtbaren Grenze ab, die es ihm verbot, sich die Übergriffe des Herrn vorzustellen.

Vielleicht war das der Grund, warum er mehr als eine Woche brauchte, ehe er begriff, was wirklich hinter der Glut des Feuers vorging.

Es war eine Nacht, in der sie lauter weinte als in allen vergangenen Nächten, so laut, dass es ihn aufschreckte wie keines der Geräusche zuvor: Urplötzlich stürzte die Grenze ein, die Mora von ihr trennte. Auf einmal wusste er, dass Fina niemals so beherrscht sein könnte, wenn der Herr sie in seine Gewalt zwang. Niemals könnte sie ihre Stimme zu diesem leisen Jammern zähmen, während der Herr ihr Geheimnis raubte. Wenn er auch nur halb so brutal war, wie Mora ihn kannte, müsste sie schreien vor Qual.

Mit einem Schlag begriff er, was tatsächlich mit Fina passierte: Sie war deshalb so leise, weil nur ein Echo der Ereignisse in dieser Hütte ankam. Das eigentliche Geschehen tobte in ihrem Traum, in einem Traum, der sich so echt anfühlte wie die Wirklichkeit und sich kaum davon unterscheiden ließ.
Mora schnappte nach Luft. Er kannte diese Art von Träumen, kannte sie genauer, als ihm lieb war.

* * *

Es war immer der gleiche Traum, in jeder Nacht. Doch mit jedem Mal schlichen sich die Finger des Alten weiter. Zuerst berührte er nur die Haut zwischen ihrer Jeans und dem verrutschten Bündchen ihres Pullis. Aber bald schon glitten seine Finger in das Tal hinab, das ihre Taille bildete. Im Traum darauf eroberten sie ihren Bauch. Sein Daumen begann, mit ihrem Bauchnabel zu spielen, manchmal glühte er drohend auf, und in den folgenden Nächten ließ der Alte seine Finger aufwärtswandern, stieß an ihre Brüste und fing an, sie mit heißen Händen zu kneten.
Fina wollte ihm ausweichen, wollte ihn von sich stoßen und anschreien. Doch sie war wie gelähmt. Was auch immer er mit ihr tun wollte, es fühlte sich so echt an wie die Wirklichkeit, und ihr Alptraumkörper ließ es einfach geschehen.
Es ist nur ein Alptraum, nur ein Traum, nur ein Alptraum. Wie ein Mantra beherrschte der Gedanke die Reste ihrer zerträumten Nächte. Wenn sie morgens ihrem Lager den Rücken kehrte, gelang es ihr manchmal, den Satz in den Hintergrund zu drängen. Aber spätestens am Nachmittag war er wieder da: *Es ist nur ein Alptraum, nur ein Traum, und heute wird er wiederkommen, wird sich fortsetzen.*
Es dauerte nur wenige Tage, bis das Mantra auch am Mittag

keine Pause mehr machte. *Wenn er meine Brüste hat, was nimmt er dann? Wie nimmt er es, und wie lange wird er brauchen, bis er mich ganz in Besitz genommen hat?*

Alles andere trat in den Hintergrund. Sie bemerkte nicht, wie bittere Kälte Einzug in ihre Stimme hielt, hörte kaum das Lachen des Geheimen, wenn sie Mora mit dieser Stimme befahl, wenn sie ihn vor sich auf den Boden zwang, einfach nur, weil der Herr ihr in einer Laune den Auftrag dazu gab.

Nur manchmal ahnte sie die Qual, die sie Mora damit zufügte – spürte sie in dem dunklen Schmerz, der sich anfühlte, als würde sie ihn verlieren. Ganz selten fand sie die Kraft, dagegen anzugehen, dann versuchte sie, Moras Blick zu finden. Wenigstens eine Spur ihrer Verzweiflung wollte sie ihm zeigen, damit er sie verstehen konnte.

Aber Moras Kopf blieb so tief gesenkt, dass es ihr nicht gelang, seinen Blick zu erhaschen.

Doch so schlimm die Träume auch waren – während sie Stunde um Stunde in ihre Felle weinte und dem Schnarchen des Herrn lauschte, fand sie heraus, was sein Schnarchen bedeutete: Wann immer er dieses eigentümliche Wort um seine Zunge rollte, schien er so fest zu schlafen, dass ihn nichts störte. Er reagierte nicht auf ihr Weinen, reagierte nicht auf ihre Bewegung, wachte nicht einmal auf, als sie eines Nachts aus dem Bett sprang, weil sie seine Nähe nicht länger ertrug.

Fina warf einen langen Blick auf den Herrn, lauschte dem grummelnden Wort, das sich unablässig wiederholte, und begriff allmählich, dass dies ihre Chance war. Schließlich schlich sie um das Feuer herum, blieb neben Moras Lager stehen und zögerte. Sie hatte so furchtbare Dinge mit ihm getan, hatte ihn so grausam gequält, dass sie ihn wohl längst verloren hatte.

Wahrscheinlich war es zu spät, ihm noch etwas zu erklären, viel zu spät, um noch auf ihn zu hoffen.

Mora zuckte zusammen, seine Felle raschelten, und plötzlich saß er aufrecht vor ihr. Mit weit aufgerissenen Augen starrte er sie an. Matter Schweiß schimmerte auf seiner dunklen Haut, seine Haare standen wirr um seinen Kopf.

»Fina!«, keuchte er, seine Stimme brach mit der letzten Silbe zu einem Flüstern.

Finas Herz stolperte, ihre Beine gaben nach und ließen sie fallen.

Mora sprang auf, fing sie und schloss die Arme um ihren Rücken. Ein winziges Wimmern strich durch seinen Atem, flüchtig und doch verräterischer als alles, was er hätte sagen können.

Was auch immer sie ihm angetan hatte – er schien ihr zu verzeihen.

»Fina.« Er flüsterte in ihren Haaren. »Was tut er dir an? Was tut er mit dir?«

Fina schloss die Augen, drückte ihr Gesicht an seine Schulter. Ihr Körper fing an zu schlottern, verlor den letzten Halt und drückte sich noch enger in seine Arme.

Sie standen mitten in der Hütte! Wenn der Herr erwachte, würde er sie töten – oder Schlimmeres.

Als hätte er den gleichen Gedanken, schob Mora sie von sich, hielt sie nur noch an den Armen fest.

»Wir müssen hier raus.« Fina flüsterte, erinnerte sich daran, was sie schon vor vielen Nächten geplant hatte, noch bevor der Alte mit seinen Träumen über sie hergefallen war.

Mora warf einen hastigen Blick zum Lager des Geheimen. Einen Moment lang lauschten sie dem seltsamen Schnarchen. Aber schließlich zog Fina Mora zur Tür. »Wenn er so klingt wie jetzt, dann wacht er nicht auf.«

* * *

In Moras Ohren rauschte es, während er hinter Fina durch den Wald lief. Immer schneller rannte sie vor ihm her, immer panischer klang ihr Atem.

»Wo willst du hin?«, rief er ihr nach. Er versuchte, sie zurückzuhalten, und glitt an ihren Fingern ab, sobald er sie zu fassen bekam.

Fina erreichte eine kleine Lichtung, sprang über vermoderte Baumstümpfe und lief auf eine Fallgrube zu, die der Herr im Boden versteckt hatte, um Tiere darin zu fangen. Fina kannte sie nicht, konnte das verdeckte Loch nicht sehen.

Mora rannte schneller, bekam ihre Hand zu fassen und riss sie aus dem Gleichgewicht. Sie strauchelte, fiel zu schnell, als dass er sie noch auffangen könnte, aber gerade rechtzeitig, bevor sie die Grube erreichte.

Mora ging neben ihr in die Knie, griff ihre Handgelenke und hielt sie so fest, dass sie nicht wieder aufspringen konnte. »Wohin willst du?« Er rief noch immer, ahnte bereits ihre Antwort.

Ihre Tränen schimmerten im Mondlicht. »Ich will nach Hause, zurück in meine Welt, zusammen mit dir!«

Mora atmete ein. Wie sollte er ihr sagen, was er sagen musste? Wie sollte sie begreifen, dass es keine Chance gab zu fliehen?

Fina riss sich los, sprang wieder auf. »Na, komm schon! Wir müssen weg sein, bevor er aufwacht!«

»Nicht da lang!« Mora ergriff ihre Hand, deutete auf den Boden. »Darunter ist eine Fallgrube!«

Fina starrte ihn an, riss sich im nächsten Moment los und lief in weitem Bogen um die Grube herum. Mora rannte hinter ihr her, folgte ihr in den Wald, ohne sie noch einmal aufzuhalten.

Schließlich blieb sie keuchend stehen, lehnte sich an einen

Baum und starrte in das dunkle Laub, das durchnässt war von Regen und Tauwasser. »Wann kommen wir endlich ins Moor?« Sie drehte sich zu ihm um, schien sein Gesicht im Schatten der Bäume erst suchen zu müssen. »Oder können wir das Tor auch hier streuen?«

Mora blinzelte zwischen den Fichten nach vorne, erahnte weiter hinten das, was er befürchtet hatte. Er tastete nach Finas Hand, zog sie mit sich und führte sie zwischen den Bäumen hindurch.

Vor ihnen erschien die Hütte des Geheimen, kaum mehr als hundert Meter entfernt.

Fina keuchte auf. »Sind wir im Kreis gelaufen?« Ihre Stimme wurde panisch. »Sag doch endlich, wo das Moor ist! Und dann gib mir dein Salz!«

»Ich habe kein Salz«, flüsterte Mora.

Ihr Atem stockte, kehrte kurz darauf mit einem unkontrollierten Winseln wieder zurück. »Dann müssen wir welches holen! Wo bewahrt ihr es auf? In dem Erdkeller?« Sie deutete auf den Erdhügel neben der Hütte, in dem die meisten Lebensmittel lagerten.

Mora schüttelte langsam den Kopf. »Ich weiß nicht, wo er das Salz lagert. Er gibt mir immer nur das, was ich für seine Aufträge brauche.«

»Dann das Salz in der Hütte! Du hast heute noch damit gekocht.«

Mora trat auf sie zu, legte die Hände an ihre Arme. »Das wäre zu wenig. Der Herr füllt nie genug Salz in das Fässchen, dass es für ein Tor reichen würde.«

»Verflucht noch mal!« Fina drückte ihn von sich. »Es muss doch einen Weg geben! Irgendwo ist doch das Salz, irgendwo muss er es verstecken.«

Moras Hals schnürte sich zu. Er musste es endlich sagen, hätte

es gleich sagen müssen. »Selbst wenn wir Salz hätten – ich würde sterben, sobald ich über das Tor trete.«
Fina taumelte zurück, fing sich an einem Baum. »Wer sagt das? *Er?*« Sie deutete auf die Hütte. »Bestimmt belügt er dich! Ja, ganz sicher, damit du ihm nicht wegläufst!«
»Ich weiß nicht, ob er lügt.« Mora sprach so leise, dass er sich selbst kaum hörte. »Seit ich klein bin, sagt er mir, ich sei an seinen Tarnkreis gebunden. Ob das stimmt, weiß ich nicht. Ich habe nur einmal etwas ausprobiert, von dem ich dachte, es könnte eine Lüge sein.« Er trat näher an Fina heran, wagte es nicht, sie zu berühren. »Ich wusste immer, dass er unsterblich ist. Er hat stets behauptet, jede Waffe, die auf ihn gerichtet würde, ändere die Richtung und töte den Angreifer. Als du fort warst, hab ich dennoch versucht, ihn umzubringen. Das Messer ist im Flug herumgewirbelt und hat mich fast ins Herz getroffen.« Er hob seine Hand vor die Brust, deutete an, wie er das Messer abgefangen hatte.
Fina starrte auf sein Handgelenk und schien die Narbe im Dunklen zu suchen. Doch gleich darauf lief ein Beben durch ihren Körper, ließ sie zusammensacken, als wäre das Leben aus ihr gewichen.
»Fina!« Mora sprang zu ihr, fiel neben sie und legte die Hand auf ihre Schultern. Ihre hellen Haare wehten im Wind, streiften seine Beine und fanden Ruhe.
Erst im nächsten Moment setzte ihr Atem wieder ein, unterbrochen von einem lautlosen Zucken. Der Schmerz in Moras Brust kehrte zurück, erinnerte ihn an das, was er Nacht für Nacht gehört hatte: ihr Jammern und das Keuchen des Herrn. Auf einmal war auch die Grenze wieder da, ließ seine Hand zurückweichen und hinderte ihn daran, sie noch einmal zu berühren. Was musste es bedeuten, dem Herrn so nah zu kommen, seinem kleinen, hässlichen Körper, seiner verbotenen

Stelle, die Mora noch niemals zu Gesicht bekommen hatte? Selbst wenn es nur ein Traum war …

»Was tut er mit dir?« Moras Stimme versagte, ließ nur ein Flüstern übrig: »Was tut er dir in deinen Träumen an?«

Fina fuhr auf, wich zurück gegen den Baum und starrte ihn an. »Woher weißt du das?«

Mora zuckte zusammen. Er hatte die Grenze übertreten, war dorthin vorgedrungen, wo niemand sein durfte.

»Woher weißt du das?«, fauchte Fina.

Es war zu spät. Er hatte die Grenze niedergerissen, war über das Tor zu seinen eigenen Träumen gesprungen. Die Schmerzen fielen über ihn her, das Grauen, mit dem der Herr ihn niederzwang. »Weil er es mit mir auch getan hat.«

Finas Gesicht kam näher, drehte sich in einer Spirale auf ihn zu. »Was? Was hat er mit dir getan?« Ihre Gestalt tanzte unter dem Knallen der Peitsche, unter dem Keuchen des Herrn. Ihre Hände suchten nach ihm, streiften seine Haut, die längst tot sein musste. »Mora! Was hat er getan? Hat er dich vergewaltigt? Missbraucht? Sag es mir!«

Mora schloss die Augen. *Vergewaltigt? Missbraucht?* »Es versteht ihre Worte nicht.«

Finas Hände erreichten seine Haare, sein Gesicht. »Hat er dich … hat er …« Sie stammelte, hauchte in sein Ohr: »Hat er dich berührt, gestreichelt? An Stellen, an denen es eklig war. Hat er deinen Körper mit seinem genommen – so wie wir es in der einen Nacht getan haben, nur schrecklicher, ohne dass du es wolltest?«

Mora fiel nach vorne, fand Halt an ihrer Schulter. Ihre Hände streichelten seinen Rücken, bekämpften den Schmerz, der darin brannte. »Er hat es nicht … mit seinem Körper … nicht so. Er hat es nur getötet.«

»Er hat was getan?«

Mora tauchte in ihre Haare. »Mit seiner Peitsche, in seinen Träumen. Jede Faser seiner Haut hat er zerrissen, hat Morasal geprügelt, bis es starb.« Er hörte das Fiepen seines Atems, das Heulen und Wimmern, mit dem das Leben aus seinem Körper wich. Es geschah nicht jetzt, nicht hier, war nicht mehr als eine Erinnerung. Dennoch konnte es wiederkehren, jederzeit. »Manchmal hat er es Nacht für Nacht getan, und dann wieder monatelang gar nicht. Aber die Furcht kommt jeden Abend, reißt es aus dem Schlaf, sobald ein Traum beginnt. Morasal hat immer gewusst, wie es sterben wird.«

Warme Hände schoben sich über seinen Rücken, legten sich in seinen Nacken. Das Heulen des Mädchens riss ihn fort aus dem Alptraum, zurück in den kühlen Wald, in die dunkle Nacht …

… die jederzeit zu einem neuen Alptraum werden konnte. Was sie taten, war verboten, ihr Versuch zu fliehen, ihre Hände auf dem Körper des anderen.

Doch auf einmal war es gleich, ob sie starben, solange sie diesen Augenblick erlebten. Mora fühlte ihre Lippen auf seinem Gesicht, fing sie ein und vereinte seinen Mund mit ihrem. Um ihr zu begegnen, hatte er so lange überlebt. Seine Hände streiften ihre Kleidung, gerieten unter ihren Pulli und fanden sich auf ihrer Haut wieder.

Er hatte vergessen, wie sie sich anfühlte, weich und warm, so schmal in seinen Armen, als könnte sie zerbrechen. Jedes einzelne Sterben war sie wert, fast als hätte der Geheime geahnt, wofür er ihn im Voraus bestrafte.

Auch sie träumte von dem Herrn! Plötzlich erinnerte er sich. Wahrscheinlich nahm er sich ihren Körper, zwang sie in seine Gewalt. So wie sie es beschrieben hatte.

Mora zuckte zusammen, zog die Hände von ihr fort. »Deine Träume … Ich sollte nicht …«

»Doch!« Finas Stimme klang heiser, ihr Gesicht schimmerte blass in der Dunkelheit. »Bleib bei mir! Damit ich mich erinnere, wie schön es sein kann.« Sie fasste nach seinen Händen.

Aber der Moment, in dem alles egal war, war vorüber. Mora blickte über ihre Schulter auf die Hütte. Der Herr würde seinen tiefen Schlaf bald verlassen. Sie mussten zurück, so schnell wie möglich! »Ich wünschte, er würde in den Träumen wieder zu mir kommen. Damit er dich in Ruhe lässt.«

»Nein!« Sie schüttelte den Kopf. »Was er mit mir tut, ist nicht so schlimm. Es sind nur seine Finger …« Sie schluckte, presste die Lippen aufeinander und begann von neuem: »… seine Finger auf meiner Haut. Das halte ich noch eine Weile …« Ihre Stimme versagte.

Als sie weitersprach, brachte sie nicht mehr hervor als ein Flüstern: »Dabei hat er mir versprochen, dass er meine Träume in Ruhe lässt.«

Mora erstarrte. »Er hat es dir versprochen?«

Sie nickte. Verzweifelte Fältchen kräuselten sich auf ihrer Stirn. »Nach dem ersten Traum hab ich ihm gesagt, dass ich es nicht will. Daraufhin hat er versprochen, er werde es nicht wieder tun.«

Der Herr hatte ein Versprechen gebrochen? Mora blickte zur Hütte, seine Gedanken rasten. Wie konnte das sein? »Nichts ist dem Geheimen wichtiger als ein Versprechen. Er tut vieles, was grausam und hinterhältig ist. Aber auf ein Versprechen von ihm kann man sich verlassen. Wenn du sagst, dass er es bricht, dann ist es das erste Mal.«

Fina fing an zu bibbern. Ihre Zähne schlugen aufeinander. »Was bedeutet das?«

Mora starrte noch immer auf die Hütte. Sie mussten zurück! Dringend! Doch plötzlich kroch ein Gefühl durch seinen Körper, das er fast vergessen hatte. Bilder blitzten auf, ließen ihn zurückkehren in die dunkelsten Zeiten seiner Jugend. »Manchmal, wenn es besonders schlimm war, wenn keine Nacht verging, ohne dass er über meine Träume herfiel, dann war er am Tag besonders nett zu mir, beinahe so, als täte es ihm leid. Sein Blick kann so gütig sein.« Mora senkte den Kopf, spürte die Tränen, die unter seinen Augenlidern lauerten. Er hatte es nie gewagt, über diese Zeit nachzudenken, über das, was er gefühlt hatte, was so verwirrend gewesen war.

Erst jetzt wusste er, mit welchem Gefühl es sich vergleichen ließ: Er hatte seinen Herrn geliebt für seinen gütigen Blick, hatte alles in Kauf genommen, was er dafür geben musste.

Aber was hatte der Geheime dabei gefühlt? Wenn Mora jetzt darüber nachdachte ... »Ich denke, er wollte gar nicht so grausam zu mir sein. Nur seine Mordlust ist nachts außer Kontrolle geraten.«

Warme Finger berührten seine Wange. Mora fuhr herum, blickte in Finas Gesicht. Er musste sie retten, konnte sie retten. »Vielleicht passiert bei dir das Gleiche. Manchmal schläft er selbst, wenn er uns seine Träume schickt. Vielleicht verliert er im Schlaf die Kontrolle und zieht dich in seinen Traum.« Mora atmete tief ein, hoffte inständig, dass er sich nicht irrte: »Du musst es ihm sagen. Du musst ihn an sein Versprechen erinnern und darum bitten, es einzuhalten.«

»Das kann ich nicht!« Finas Finger zuckten zurück. »Ich kann doch nicht mit ihm darüber reden.«

Mora fing ihre Hand, hielt sie fest. »Versuch es, bitte! Sonst wird er weitermachen.«

Auf einmal änderte sich etwas, ein winziges Geräusch unter dem Rauschen der Blätter, etwas, das sie die ganze Zeit begleitet hatte und plötzlich aussetzte: das Schnarchen des Herrn.

»Wir müssen zurück!« Mora sprang auf, zog Fina auf die Füße.
Ihr Blick fuhr zur Hütte, ihr Körper erstarrte. Auch sie hatte es gehört.
Gleich darauf setzte das Geräusch wieder ein.
Fina entspannte sich. Doch Mora ließ ihr keine Zeit, zerrte an ihrer Hand und lief mit ihr auf die Hütte zu.
Vor der Tür blieben sie stehen, lauschten dem Schnarchen, das unregelmäßig aussetzte.
»Ich gehe zuerst.« Mora flüsterte. »Falls er wach wird, fliehst du und versteckst dich. Nur, wenn er weiterschnarcht, folgst du mir. In Ordnung?«
Fina nickte.

* * *

Es war der längste Moment, den sie je erlebt hatte. Obwohl es sicher nicht einmal eine Minute war, erschien es ihr wie eine halbe Ewigkeit, in der sie draußen wartete und darauf lauschte, was in der Hütte geschah. Das Schnarchen des Alten stolperte, verfing sich, als würde er aufwachen, als würde er Mora entdecken und feststellen, dass sie verschwunden war. Ihre Beine zuckten bereits, hin- und hergerissen, in welche Richtung sie rennen sollte, und gleichzeitig unschlüssig, Mora tatsächlich im Stich zu lassen.
Doch in der nächsten Sekunde setzte das Geräusch wieder ein, das seltsame, grummelnde Wort, so zufrieden, als wäre nichts geschehen.
Ob Mora schon auf seinem Lager lag? Ob sie ihm endlich folgen konnte?
Wahrscheinlich!
Fina öffnete die Tür und schlüpfte hinein. Ihr Blick streifte Moras Schlafplatz, sah ihn dort liegen und glitt weiter zu der

Gestalt des Alten. Er lag unverändert unter seinem Fell. So schnell sie konnte, huschte sie auf ihn zu, legte sich neben ihn und schloss die Augen. Gerade rechtzeitig, bevor sein Schnarchen ein letztes Mal stolperte und in ein ruhiges Atmen überging.

23. Kapitel

Fina konnte kaum einen Bissen herunterbringen, als sie dem Geheimen beim Frühstück gegenübersaß. Er beugte sich tief über seinen Teller, stützte die Ellbogen auf und hielt eine Wildschweinkeule zwischen den Händen. Schmatzend und schnaubend trieb er die Zähne hinein, riss das Fleisch von den Knochen und zerquetschte das Fett zwischen seinen Fingern. In dicken Schlieren rann die Brühe über seine Hände, tropfte von den Gelenken hinab und färbte das Holz der Tischplatte dunkel.

»Warum isst sie nichts?« Er schlürfte die Spucke aus seinen Zahnlücken, schluckte gurgelnd und grinste sie an.

Fina konnte nichts sagen, konnte ihn nur anstarren, während das Alptraumgefühl ihren Hals umklammerte. Es musste einen Weg geben, ihm zu entkommen. Irgendeinen, auf dem auch Mora überleben konnte. Kein Märchen endete mit dem Sieg des Bösewichtes.

»Was ist sie denn so traurig?« Der Geheime ließ seine Keule auf den Teller sinken, richtete sich auf und blinzelte. Plötzlich erschien ein warmes Schimmern in seinen Augen, beinahe wohlwollend strich sein Blick über ihr Gesicht.

Gütig – sein Blick konnte gütig sein. Plötzlich wusste sie, was Mora meinte.

»Sie kann ihm alles sagen, was sie betrübt«, schnurrte der Geheime.

Hastig senkte sie den Kopf. Dies war der Moment, in dem sie es sagen könnte. Aus den Augenwinkeln erkannte sie, wie Mora zu ihr herübersah. Er hockte auf dem Boden neben der Tür, stippte trockenes Brot in seine Gemüsebrühe und schien auf ihre Antwort zu warten.

Fina sammelte ihren Mut, blickte weiter auf ihren Teller und quälte die Worte über ihre Lippen. »Er hat ihr doch etwas versprochen, nicht wahr? Dass er sich aus ihren Träumen heraushält und sie vor der Hochzeit nicht anrührt.«

Der Geheime brummte. »Das hat er wohl. Hat sie ihre Meinung geändert?«

Fina schloss die Augen. Dann hatte Mora recht, dann wusste der Alte tatsächlich nichts von seinen Schandtaten. Sie räusperte sich, zwang sich weiterzusprechen. »Nein, sie hat ihre Meinung nicht geändert. Sie wäre nur sehr froh, wenn der Geheime sich an sein Versprechen halten würde.«

Der Alte sprang auf, sein Stuhl krachte nach hinten – plötzlich erschien er fast groß, wie er so von oben auf sie herabsah. »Was redet sie da? Er hält jedes seiner Versprechen!«

Fina duckte sich, fürchtete zum ersten Mal die Peitsche des Herrn. Dennoch musste sie weitermachen, durfte sich jetzt nicht zur Lügnerin erklären. »Es mag sein, dass es nicht seine Absicht war.« Sie duckte sich noch tiefer. »Aber seine Finger streicheln sie jede Nacht.«

Er trat den Stuhl gegen die Wand. Für eine Sekunde sah sie, wie sein Daumen aufglühte, bevor er sich umdrehte und zur Tür hastete.

Mora sprang vor ihm aus dem Weg, warf sich neben der Tür auf den Boden und zuckte zusammen, als das Männlein sie hinter sich zuwarf.

Gleich darauf erhob Mora sich wieder. Seine Augen funkelten, ein tröstendes Lächeln huschte um seine Mundwinkel.

Fina konnte sich nicht rühren. Ihre Beine würden nachgeben, wenn sie aufstand. Was würde der Alte tun, wenn er zurückkehrte? Würde er sie schlagen, bestrafen für ihre freche Anschuldigung?

Mora trat ein paar Schritte in ihre Richtung, so aufrecht, dass er beinahe die Deckenbalken streifte. Er lächelte noch immer, schien mit dem zufrieden zu sein, was sie dem Herrn gesagt hatte. Sein Gesicht wirkte weich und glatt an diesem Morgen, so als wäre er schon in der Dämmerung beim Bach gewesen, um sich zu rasieren.

Fina schluckte. Sie wollte bei ihm sein, wollte ihn berühren, mit ihm reden.

Doch Mora blieb stehen. Er gab nicht ein Wort von sich, so wie jedes Mal, wenn er wusste, dass der Herr noch in der Nähe war. Stattdessen drehte er sich um und kehrte zu seinem Essplatz zurück.

Es dauerte nicht lange, bis die Tür neben ihm wieder aufflog.

»Morasal!« Der Geheime brüllte in die Hütte.

Mora fiel ihm zu Füßen. »Ja, Herr?«

Der Blick des Alten streifte durch den Raum, wich Fina aus und blieb auf ihrem Schlaflager haften. »Räum es die Schlaffelle des Weibchens an einen anderen Platz!«

* * *

Ihr neues Lager lag noch immer auf derselben Seite des Feuers wie die Schlafstätte des Geheimen. Den ganzen Morgen beobachtete sie, wie Mora es nach den Anweisungen des Alten umbaute. Sie hoffte auf jeden Zentimeter zwischen sich und dem Geheimen und zweifelte zugleich daran, dass der Abstand irgendetwas an ihren Träumen ändern würde. Einzig das aufmunternde Lächeln, das Mora ihr zuwarf, wann immer es möglich war, ließ ihr leise Hoffnung.

Als sie sich am Abend zum ersten Mal auf ihrem Schlafplatz zusammenrollte, glitt ihr Blick plötzlich an der Feuerstelle vorbei, ganz knapp nur, und dennoch ausreichend, um Moras Gesicht zu sehen. Seine schwarzen Augen funkelten im

Licht des Feuers, sein Mund verzog sich zu einem schelmischen Lächeln.

Ein wildes Gefühl zog durch Finas Bauch, eines, das zu groß war für diesen Moment, das sich kaum begreifen und zuordnen ließ. Sie konnte nicht aufhören, das Funkeln seiner Augen zu betrachten – und plötzlich sah sie wieder die Roma-Jugendlichen in Siena, bemerkte den unbezwingbaren Stolz in ihren Gesichtern. Auf einmal wusste sie, was sie fühlte: Sie bewunderte Mora für die winzige Rebellion, mit der er die Anweisungen seines Herrn umgedeutet hatte, für seine innere Stärke, mit der er immer wieder aufstand, ganz gleich, welche Qual ihm angetan wurde. Und für dieses Lächeln, das tatsächlich frech aussah, obwohl er noch vor wenigen Tagen mit dem Tod gerungen hatte.

Auf einmal fühlte sie sich sicher auf ihrem neuen Lager. Ein breites Lächeln glitt über ihr Gesicht, wollte sich zu einem Lachen formen. Hastig presste sie das Schaffell auf ihren Mund.

Mora legte den Finger an seine Lippen, ließ seine Augen aufblitzen und machte ihr klar, von wem sie in dieser Nacht träumen wollte.

* * *

Tatsächlich ließen die Träume des Herrn sie in Ruhe, ließen ihr Zeit, sich zu erholen – bis sie endlich wieder klar genug denken konnte, um eine Strategie zu entwickeln. Sie musste den Geheimen austricksen. Nur er wusste, ob Mora seinen Tarnkreis verlassen konnte, nur von ihm konnte sie erfahren, wo er das Salz lagerte. Sie musste versuchen, sein Vertrauen zu gewinnen. Vielleicht konnte sie dann das ein oder andere Geheimnis aus ihm hervorlocken.

Ein unwirkliches Gefühl überfiel sie, als sie schließlich anfing, mit dem Alten zu flirten. Eine schützende Glaswand schob sich zwischen sie, als wäre es nur ein Spiel, ein Theaterstück, bei dem sie einer hässlichen Marionette ins Gesicht blicken musste. Wann immer sich eine Gelegenheit ergab, versuchte sie, den Wicht in ein Gespräch zu verwickeln. Sie erklärte ihm, dass sie ihn gerne besser kennenlernen würde, stellte zaghafte Fragen und bekam mit jedem Tag längere Antworten. Bald sprudelte der Geheime vor Eifer, ließ sie ahnen, dass er seine Vorsicht allmählich vergaß.

Es war ein erstaunlich milder Tag, als Fina ihn darum bat, ihr sein *ganzes Reich* zu zeigen.

Der Geheime war sofort begeistert von ihrer Idee. Er wies Mora an, einen Picknickkorb zu packen – und Fina beobachtete den Alten mit Argusaugen, um zu sehen, ob er irgendwohin ging, um Salz zu holen. Doch sie bemerkte nichts Verdächtiges. Als sie schließlich vor der Hütte standen, um loszugehen, wusste sie nicht, ob er überhaupt welches bei sich trug.

Gut gelaunt sprang der Wicht vor ihr her und führte sie über einen schmalen Pfad. Fina spürte den bevorstehenden Frühling in der lauen Luft, ahnte den ersten Geruch von frischem Grün und lauschte dem Gezwitscher der Vögel, das an diesem Tag so vielfältig klang, als seien Hunderte von Arten aus ihrem Winterschlaf erwacht.

Doch ganz egal, worauf sie ihre Wahrnehmung konzentrierte – am deutlichsten spürte sie Mora, der einige Meter hinter ihnen ging und den Picknickkorb trug. Seit der Nacht, in der sie zusammen nach draußen geschlichen waren, hatte sie kein Wort mehr mit ihm gewechselt, hatte keine Gelegenheit mehr gefunden, um ihn zu berühren. Nur mit ihren Blicken waren sie noch zusammen, mit ihrem Lächeln, das sie einander nachts an dem Feuer vorbei zusandten.

An den Tagen erschien es Fina, als würde sich jede Faser ihres Körpers auf ihn ausrichten – es war ein Gefühl, als würde sie zerrissen, wenn sie nicht endlich zu ihm gelangen konnte. Sie wusste immer, wo er war und was er tat, und sie versuchte, aus seinen Blicken zu lesen, was er fühlte. Fast ahnte sie, dass Mora auf die gleiche Weise zerrissen wurde. Einer von ihnen würde bald unvorsichtig werden, wenn es so weiterging.

Der Geheime blieb stehen, sprang von einem Bein auf das andere und ließ Fina zusammenzucken. Er erzählte ihr etwas – allem Anschein nach hatte sie schon den ganzen Anfang seiner Rede verpasst. »... so ist er der Hüter des Moores! Hat sie das gewusst?«

Fina räusperte sich, schüttelte den Kopf. »Nein.« Sie musste sich zusammenreißen, musste zuhören! Er gab ihr Antworten, die sie vielleicht gebrauchen konnte.

Das Männlein machte eine ausschweifende Geste. »Und der ganze Wald ist das Schutzschild des Moores. Hier geht der Geheime um. Dies ist sein Revier, das er kontrolliert.«

Fina spähte zwischen schmalen Birken und Kiefernstämmchen hindurch, entdeckte die Moortümpel und die Schwimmgräser auf dem Grund. Sie hatten den Moorwald erreicht. »Wovor hütet er das Moor denn?«

Der Geheime neigte den Kopf und blitzte sie an. »Vor den Menschen!«

Natürlich! Fina senkte hastig den Kopf. Natürlich vor den Menschen, vor wem sonst!

»Ein Hüter beschützt das Gleichgewicht seines Reviers.« Die Stimme des Alten wurde sanfter, umsäuselte sie, als wollte er ihren Fauxpas verzeihen. »Und die Menschen zerstören das Gleichgewicht, wo auch immer sie hinkommen.«

Fina lächelte ihn beschämt an. »Ja, das tun sie wohl.«

Der Wicht erwiderte ihr Lächeln nur flüchtig, verzog plötzlich das Gesicht zu einer Grimasse und sah sich um. »Seit Jahrtausenden ist er nun schon Hüter des Moores, eines Reiches, das einst viel größer war, so unüberschaubar groß, dass nur ein Wächter von besonderer Stärke es beherrschen konnte. Dennoch hat er mehr und mehr von seinem Gebiet an die Gier der Menschen verloren. Sie überweideten den Wald mit ihrem Vieh, legten die Moore trocken und stachen Torf, um ihn zu verbrennen. Fast alles, was sein Land zu bieten hatte, wurde von den Menschen ausgebeutet.« Die Stimme des Geheimen knurrte. Er drehte sich um sich selbst, und Fina bemerkte, wie sein Daumen anfing zu glühen.

Sie wich ein paar Schritte zurück, hörte, wie Moras Füße langsam in ihre Richtung kamen: leise, vorsichtig, so als würde eine Gefahr auf sie lauern, vor der er sie beschützen wollte.

»Vor vielen Jahrtausenden, als er noch jung war, gab es auch noch andere seiner Art, die angrenzende Gebiete bewachten.« Der Alte blieb stehen, wandte Fina den Rücken zu und blickte durch den Moorwald. »Meistens lebten sie allein. Aber manchmal, wenn ihr Leben schon zu lange Zeit andauerte, um noch im Gleichgewicht zu bleiben, traten sie in die Tarnkreise der anderen. Damals gab es noch Weibchen seiner Art, mit denen sich ein Männchen verbinden konnte.« Der Geheime wirbelte herum und sah in Finas Augen.

Sie zuckte zusammen, sein Blick bannte sie an Ort und Stelle.

»Aber je weiter die Menschen vordrangen, desto mehr wurden die Gebiete der Hüter auseinandergerissen, wurden andere seiner Art verdrängt und getötet. Ob es jetzt noch andere Naturwächter an anderen Orten gibt, weiß der Geheime nicht.« Er kniff die Augen zusammen, sein Daumen glühte immer stärker. »Schon so lange ist er allein, schon viel zu lange dauert sein Leben, aus dem Gleichgewicht geraten durch die Gier der

Menschen.« Er hob einen Zweig auf, schloss seine Finger darum und ließ das Gold aus seinem Daumen hineinfließen. In Sekundenschnelle verfärbte sich das Stöckchen in ein goldenes Kunstwerk.
Er verneigte sich mit einer höfischen Geste und reichte Fina den Zweig. »Möge sie ihm die Ehre erweisen?«
Fina fröstelte. Sie wusste nicht, ob sie das Gold berühren durfte, ob sie es annehmen oder ablehnen sollte. Sie horchte auf Moras Schritte, hörte die Stille, die von ihm ausging, so als wäre es besser, sich nicht zu rühren.
Der Gesichtsausdruck des Herrn änderte sich. Ein zärtliches Lächeln strich darüber. »Oh. Hat er sie erschreckt? Nun nimm sie schon das Gold. Es ist ein Geschenk an sie.«
Fina streckte zögernd die Hand aus. Wahrscheinlich wäre es unhöflich, es abzulehnen.
Der Geheime schob den Stock zwischen ihre Finger, drehte sich um und sprang wieder vor ihr her. Mit einem Winken lockte er sie mit sich. Ein eifriges Lachen giggerte aus seiner Kehle, während er Blätter aufsammelte und kleine Bäume ausriss, während er alles in Gold verwandelte und Fina in die Hände drückte. »Das ist alles für sie! Für sie! Für sein wunderschönes Weibchen!« Er fing an zu singen und zu hüpfen, drehte sich um sich selbst und suchte die schönsten Pflanzen, die er finden konnte.
Bald konnte sie das Gold kaum noch halten, musste es auf ihren Armen zusammenraffen und aufpassen, dass nichts herunterfiel.
»Nur seinen Goldzauber besitzt er, um die Gier der Menschen zu zähmen, um sie zu befriedigen, zu kaufen und abzulenken.« Er kicherte, riss weitere Zweige von den Bäumen und legte sie in Finas Arme.
Er wollte sie kaufen! Das war es! Ihre Liebe, ihren Körper!

»Alles geben die Menschen für sein Gold, sogar ihre Kinder versprechen sie einem dafür.« Seine Augen blitzten.
Der Alte sprach von ihrer Mutter! Was hatte sie Fina erzählt? Das Männlein hatte sie mit goldenen Blättern und Stöckchen überhäuft, bis sie glaubte, all ihre Probleme damit lösen zu können – und dann hatte er sie um ein klitzekleines, absurdes Versprechen gebeten.
Das Gold auf Finas Armen wurde schwer, wollte sie in die Knie zwingen. Mit einem schnellen Entschluss bückte sie sich und legte die Goldpflanzen auf den Boden. »Das Gold bedeutet ihr nichts.« Sie richtete sich langsam auf.
Der Wicht blieb stehen, musterte sie mit zusammengekniffenen Augen.
Fina zwang sich, seinem Blick standzuhalten. Ganz von allein formte sich eine Erklärung auf ihren Lippen: »Gold und Geld war das Einzige, was sie immer im Überfluss besaß. Deshalb weiß sie, dass es nicht glücklich macht. Dass es die Liebe nicht ersetzt und die Einsamkeit nicht heilt.«
War das die Antwort, die er hören wollte? Oder eine Antwort, mit der sie sich in Gefahr brachte? Fina wusste es nicht.
Der Geheime blinzelte – fast schien es ihr, als würden seine Augen feucht schimmern. »Sie ist ein so kluges Weibchen.« Seine Stimme klang brüchig. Er blinzelte noch einmal, wandte sich hastig nach vorn. Seine Schritte waren ruhiger, als er weiterging. Sein Daumen hatte aufgehört zu glühen, und er zupfte keine Zweige mehr von den Bäumen.
Das Gold ließen sie einfach liegen.
Plötzlich fiel Sonnenlicht vor ihnen auf den Waldboden. Fina folgte den Strahlen, erkannte die Sonne hinter den Baumstämmen, die sich vor ihnen auf ein weites Feld öffneten.
Weiter hinten entdeckte sie ein Haus, ein Menschenhaus.
Fina schluckte. Hatten sie wirklich das Ende seines Gebietes

erreicht? Lag dort hinter den Bäumen tatsächlich ihre Welt, nur ein paar Schritte entfernt?

Der Geheime blieb stehen, drehte sich zu ihr um und strahlte über das ganze Gesicht. »Ein schöner Platz für ein Picknick, meint sie nicht?« Er winkte Mora, deutete auf den Waldboden. »Bereite es alles vor!«

Fina fühlte sich wie in Trance. Mit langsamen Schritten ging sie zum Waldrand, blickte auf das weite Land hinaus. Es war kein brauner, winterlicher Acker, der vor ihr lag. Zwar war es noch immer so kalt, dass sich Wölkchen aus ihrem Atem formten – aber auf dem Feld vor ihr wuchs Gemüse. Die Sonne brachte die Tautropfen auf den dunkelgrünen Kohlblättern zum Funkeln. Grünkohl – und Wirsing. Wintergemüse.

Fina lief das Wasser im Mund zusammen. Nur einmal etwas anderes essen als Fleisch, Kartoffeln und Buchweizenfladen. Sie ging auf das Gemüse zu, trat aus dem Wald hinaus – und erstarrte.

Das Feld vor ihr war verschwunden. Plötzlich stand sie in einem dichten Kiefernwald, soweit das Auge reichte. Fina schnappte nach Luft.

»Das ist sein Tarnkreis.« Der Geheime trat hinter sie in den Kiefernwald. Seine Stimme säuselte. »Sie kann hinausblicken. Aber wenn sie ihn verlassen will, kehrt sie auf der anderen Seite in ihn zurück.«

Fina wirbelte herum. Ihr Blick fiel an dem Geheimen vorbei, dorthin, wo eben noch Mora das Picknick vorbereitet hatte – er war verschwunden. Stattdessen erstreckte sich ein anderes Feld vor ihr, ein brauner, lebloser Winteracker.

»Ich wollte nur Gemüse«, stammelte Fina.

Mora war verschwunden! Sie war allein mit dem Herrn!

Der Geheime entblößte seine riesigen Zähne zu der grausigen Grimasse, die sein Lächeln sein sollte.

Fina senkte den Blick, erkannte nur vage, wie sich seine Hand nach ihr ausstreckte.
Sie war mit ihm allein!

* * *

Die Demut des Weibchens floss durch seinen Körper, strömte durch seine Adern und erweckte ihn zu glühendem Leben. Nichts hatte sich je so angefühlt wie ihr Anblick, wenn sie den Kopf senkte, wenn ihre goldenen Haare in ihr Antlitz fielen und nur die Sicht auf ihren weichen Mund frei ließen. Sie war größer als er, und doch sah sie zart und klein aus, wenn sie so dastand. So zerbrechlich, wie nur die Weibchen der Menschen sein konnten, wenn sie noch jung und unberührt waren.
Der Geruch ihrer Angst zog durch die Luft, fing sich in seiner Nase und prickelte auf seiner Zunge. Ganz langsam schloss er seine Finger um ihre, fühlte, wie die Furcht aus ihrer Haut sickerte.
Er konnte kaum genug von ihr bekommen, von diesen Augenblicken, in denen sie sich auslieferte. Sie fürchtete sich vor ihm, und dennoch hatte sie eingewilligt, ihn zu heiraten. Ihr Herz raste in seiner Gegenwart, und trotzdem suchte sie beständig nach seiner Nähe. Sie wies seine Berührung zurück, aber das Lächeln, mit dem sie seinen Worten antwortete, streichelte über sein Gesicht.
Solange sie nicht verheiratet waren, bestand sie darauf, getrennt von ihm zu schlafen – doch Nacht für Nacht atmete er die Lust, die ihr Körper verströmte.
Bei jeder anderen Kreatur genoss er die Angst, bis sie verbraucht war. Es waren die einzigen Momente, in denen er etwas fühlte: wenn ein Tier vor seinen Augen ausblutete, wenn

seine Peitsche Moras Körper versehrte. Nur in diesen Momenten lebte er noch.
Doch bei dem Weibchen war es anders. Ihre Furcht durfte nicht so stark werden, dass sie daran zerbrach. Er wollte sie behalten, hatte zum ersten Mal das Bedürfnis, ein Wesen zu trösten.
Seit sie bei ihm war, versuchte er, das Gefühl zu verstehen, das sich in ihm bildete. Aber erst jetzt fing er an, es zu durchschauen, fing an zu begreifen, dass es das war, was die Menschen als Liebe bezeichneten.
Er liebte ihr Lächeln, ihre Fragen, das Glitzern ihrer Augen. Er freute sich auf jede Minute mit ihr und erzählte ihr so gerne von sich, dass er aufpassen musste, nicht zu viel zu verraten. Ja, sogar sein Name spukte unaufhörlich durch seinen Kopf, wann immer sie in seiner Gegenwart war.
Grummelscrat spürte den Drang, über ihr demütiges Haupt zu streichen, ihre goldfarbenen Haare zu berühren.
Sie war die Richtige, um sich mit ihr zu vereinen. Sie war es wert, ihretwegen in die Sterblichkeit überzugehen.
»Hat er ihr schon verraten, was so schlimm ist an einem unsterblichen Leben?«
Das Weibchen schüttelte den Kopf.
»Dass sich die Gefühle in der Endlosigkeit verlieren und absterben. Nur das, was wirklich stark ist, kann er noch spüren.«
Ihre Angst explodierte, rieselte so gierig durch seinen Körper, dass er sich kaum beherrschen konnte.
Doch trotz ihrer Furcht hob sie den Kopf, blickte in seine Augen und weckte einen Sog, mit dem er sich vor ihr entblößen wollte.
Er musste es ihr gestehen: »Der Geheime kann *sie* fühlen.«
Ihr Blick blieb ernst, ihre Hand lag noch immer in seiner. Dennoch schrie die Panik aus jeder ihrer Poren.

Wenn er wenigstens einmal ein Versprechen brechen könnte, wenn er sie hier und jetzt auf den Boden werfen dürfte …
Grummelscrats Herz schlug hart gegen seine Brust, pumpte das Blut so spürbar durch seine Adern wie niemals zuvor. Er wollte sich ihr noch weiter ausliefern, wollte das Lied singen, mit dem die Seinen ihren Bund besiegelten – wenn sie den seltenen Schritt gingen und sich miteinander verbanden.
Unaufhörlich spukte die Melodie durch seinen Kopf, die er vor so vielen tausend Jahren von seiner Mutter gelernt hatte. Ohne dass er es verhindern konnte, drängte sie sich in seine Stimme, wollte sich mit den geheimen Worten vermischen: *Grummelscrat, Grummelscrat …*
Sie war ein Mensch! Auch wenn sie etwas Besonderes war, vor ihr durfte er das Lied nicht singen.
Die Melodie schlüpfte durch seine geschlossenen Lippen, die Worte formten sich in seinem Kopf.
Grummelscrat, Grummelscrat ist sein geheimer Name, Grummelscrat, Grummelscrat liebt seine junge Dame.
Wenn er es sänge, besäße sie alle Macht über ihn. Sobald sie seinen Namen erfuhr, konnte sie ihn töten.
Er musste endlich die Kontrolle zurückgewinnen!

* * *

Der Geheime ließ ihre Hand los, wich vor ihr zurück, als hätte er sich verbrannt. Nur sein unheimliches Summen hallte noch durch den Wald, vibrierte mit einem letzten Ton auf seinen Lippen, bevor er verstummte.
Er hatte gesagt, er könne sie fühlen.
Es war eine Liebeserklärung! Von einem Monster. Sie selbst hatte es provoziert.
Fina wollte davonlaufen, wollte zurückrennen zu Mora. Er

musste dort sein, wo sie das leere Feld sah. Doch sie wagte es nicht, sich zu rühren.

Im nächsten Moment wurde ihr klar, dass die Schwäche des Geheimen ihre Chance war. Vielleicht konnte sie jetzt endlich das aus ihm hervorlocken, weshalb sie sich ausgeliefert hatte.

»Sie wollte so gerne etwas von dem Gemüse haben.« Fina ließ ihren Blick zurück auf den Boden gleiten. »Kann er nicht mit dem Salz ein Tor streuen und hinausgehen? Um etwas von dem Wirsing zu holen?«

Nur aus den Augenwinkeln ahnte sie, wie er seinen Kopf neigte, wie er sie eine ganze Weile ansah, als würde er sich die Antwort überlegen.

»Er würde sterben, wenn er hinausträte«, erklärte er schließlich leise.

Fina hörte auf zu atmen. Sie hatte ihn dort, wo sie ihn haben wollte. Er offenbarte seine Geheimnisse, hatte anscheinend vergessen, dass ihre Mutter glaubte, er könnte sie bis an jeden Ort der Welt verfolgen.

Jetzt musste er nur noch mehr verraten, die alles entscheidende Frage: »Und Morasal? Könnte der Diener den Wirsing nicht holen?«

Der Wicht hüllte sich in Schweigen, eine halbe Ewigkeit lang, die sie erahnen ließ, wie seine Vorsicht langsam zurückkehrte. Plötzlich brach sein Lachen über sie herein, hallte so spöttisch durch den Wald, dass sie zusammenzuckte. »Will sie das denn?« Seine Stimme klang scheinheilig. »Soll der Diener wirklich für sie hinausgehen?«

Fina hielt erneut den Atem an. Auf einmal musste sie an die Helfer des Moores denken, an ihren Wunsch, der Alte möge etwas tun, um Mora zu heilen. Dem Geheimen war es egal gewesen, ob Mora starb. Er hatte einfach nur ihren Wunsch erfüllt.

Genauso würde es wieder sein. Er würde Mora anordnen, was sie sich wünschte. Aber ihre Frage würde sich erst beantworten, wenn Mora über das Salztor trat.

»Morasal!« Der Alte wirbelte herum.

Finas Blick huschte an ihm vorbei, fiel auf Mora, der ganz am Rand des Waldes stand, genau dort, wo das Feld begann. Er schien schon länger dort zu stehen, bestimmt lange genug, dass er das Lachen und die Fragen des Herrn gehört hatte. Fina erkannte den Schreck in seinen Augen.

»Hat es mitbekommen, was seine Herrin verlangt?« Der Geheime ging mit entschlossenen Schritten auf Mora zu. »Es soll ihr von dem Kohl holen! Es gelüstet sie nach etwas Abwechslung auf dem Speiseplan!«

Fina wollte dazwischenfahren, wollte dem Herrn zurufen, dass sie es sich anders überlegt hatte.

Doch der Geheime hatte Mora bereits erreicht, legte die Hand gegen seine Brust und schob ihn rückwärts über die Grenze. Plötzlich waren beide verschwunden.

Fina brauchte eine Sekunde, um ihre Verwirrung zu ordnen. Mora und sein Herr mussten auf der anderen Seite des Tarnkreises sein, dort, wo das Kohlfeld angrenzte.

Finas Starre löste sich. Endlich konnte sie rennen, lief auf den leeren Acker zu und stolperte schließlich beinahe über die Picknickdecke.

Sie war zurück in dem Laubwald, in dem ihre Wanderung begonnen hatte. Mora hatte das Picknick vorbereitet, hatte die Wildschweinkeulen und das Brot auf der Decke ausgebreitet.

Fina wirbelte herum, erkannte, wie er mit dem Geheimen am Waldrand stand. Der Herr hielt ein Säckchen in der Hand, streute eine weiße Linie auf den Boden, während Moras Blick zu ihr herüberfiel. Angst glühte in seinen Augen. Er würde sterben, wenn er über die Linie trat!

Das Kichern des Alten giggerte durch den Wald.
Fina rief dazwischen: »Aufhören!«
Der Geheime richtete sich auf, drehte sich langsam zu ihr um.
»Der Kohl ist nicht so wichtig.« Finas Stimme bebte. »Wir müssen den Diener nicht in Gefahr bringen.«
Der Herr kicherte erneut. »O nein, ihr Wunsch soll dem Scheusal stets Befehl sein.« Er fasste nach seiner Peitsche, zog sie aus dem Halfter und nickte Mora zu.

* * *

Ein letztes Mal sah Mora sie an, ihr bleiches, verstörtes Gesicht, die Schuld darauf, die sich so schmerzhaft in seine Brust bohrte. Gerne hätte er ihr gesagt, dass er ihr verzieh, dass es für ihn keine Bedeutung besaß, ob er starb oder lebte.
Doch was noch vor kurzer Zeit die Wahrheit gewesen war, wäre inzwischen eine Lüge. Er wollte leben – um für sie zu sorgen, um sie zu beschützen, um bei ihr zu sein.
Wie in Zeitlupe befolgte er den Befehl, ging auf die Salzlinie zu. Wenn er jetzt über das Tor trat, ließ er sie allein mit dem Herrn!
Mora blieb stehen, wollte sich umdrehen und dem Herrn seinen Trotz beweisen.
»Weiter!« Die Peitsche knallte, wickelte sich um seine Beine und riss ihn von den Füßen.

* * *

Fina schrie auf! Nur gerade so konnte sie erkennen, wie Mora nach vorne stürzte, wie er fiel und hinter dem Körper des Geheimen verschwand. Der Wicht sprang von einem Fuß auf den anderen, verdeckte den Rand des Feldes, die Stelle, an der Mora

liegen musste. Nur für eine Sekunde tanzte er weit genug zur Seite, dass sie Mora hätte sehen müssen.
Aber sie fand ihn nicht. Oder doch? Etwas lag dort in einer Feldfurche. Sie konnte nur einen winzigen Streifen davon sehen. Ob es Mora war oder nicht – es war vollkommen regungslos, vielleicht nur eine bräunliche Folie, mit der das Gemüse abgedeckt worden war.
Fina wollte loslaufen, wollte Mora nachrennen. Sie konnte ihn nicht einfach hinter dem Tor sterben lassen – musste wenigstens bei ihm sein und ihm zu Hilfe kommen.
Vielleicht lebte er auch noch. Womöglich hatte der Herr tatsächlich gelogen, und Mora geschah rein gar nichts. Dann könnte sie endlich mit ihm fliehen.
Doch sie kam nicht weit. Der Geheime sprang auf sie zu und ließ sie erstarren. Fina spürte, wie ein schwerer Druck ihre Muskeln lähmte, genau so, wie es in den Alpträumen mit ihr geschah. Der Blick des Alten nutzte ihre Hilflosigkeit und strich über ihr Gesicht, bannte sie an ihrem Platz, während er sich vor sie stellte und ihr erneut die Sicht versperrte.
Nur für eine Sekunde konnte sie die Feldfurche noch einmal sehen. Das, was dort gelegen hatte, war verschwunden.
Fina geriet in Panik. Das Gefühl machte sich in ihrem Inneren breit, ehe der Alpdruck zerplatzte und ihre Muskeln wieder freiließ. Ihr Blick huschte an dem Geheimen vorbei, suchte das Feld dahinter ab, doch jetzt wurde ihre Sicht von den Bäumen verdeckt, die zwischen ihr und dem Feld standen.
Was hatte das zu bedeuten? Konnte Mora auf der anderen Seite einfach verschwinden? In dem Märchen war es so, Rumpelstilzchen löste sich einfach in Luft auf, sobald die Müllerstochter seinen Namen nannte. Wenn für Mora die gleichen Regeln galten wie für seinen Herrn …

Der Boden drehte sich unter ihren Füßen. Der Geheime griff nach ihrer Hand und hielt sie fest.
Fina zuckte zusammen. Plötzlich erkannte sie, wie sein zweiter Daumen glühte, wie er nur wenige Zentimeter über ihrer Handfläche schwebte. Ein Kribbeln strömte aus seinen Fingern, nur eine Vorahnung dessen, was geschehen würde, wenn er seinen Golddaumen auf ihre Haut legte.
Fina schauderte. Sie hielt den Atem an und verharrte so regungslos wie möglich.
Wenn Mora starb, war sie verloren, allein mit dem Herrn.
Fina schloss die Augen. *Komm zurück. Bitte komm zurück.* Sie stellte sich vor, wie Mora den Grünkohl schnitt, irgendwo dort hinten auf dem Feld, das sie nicht einsehen konnte. Sie sah ihn vor sich, wie er sich hinkauerte und die Kohlblätter anhob, um den Strunk abzuschneiden – bis er den Kohl in Händen hielt und in den Wald zurückkehrte.
Plötzlich hörte sie ein Knacksen, ein gleichmäßiges Rascheln kam durch das Laub auf sie zu – die Schritte eines Menschen.
Fina öffnete die Augen.
Mora stand vor ihnen. Sein Atem ging hastig, so als wäre er gerannt. Auf seinen Armen stapelten sich fünf oder sechs Kohlköpfe.
Finas Knie wurden weich, knickten ein. Sie versuchte, sich zu fangen, konnte gerade noch sehen, wie der Geheime seinen Golddaumen zurückzog.
Mora lebte noch, er war zurückgekommen. Was bedeutete das? Es war wichtig! Fina fiel es schwer zu denken.
Sie konnten das Reich des Geheimen verlassen! Also doch. Zumindest, wenn sie endlich herausfanden, woher sie ausreichend Salz bekamen.

* * *

Der Geheime hielt Fina am Arm zurück, als sie die Hütte erreichten. Er nickte Mora zu und schickte ihn hinein, um aus dem Kohl ein Abendessen zu bereiten.
Mora zögerte, bevor er ging, musterte die Hand, die Fina festhielt, und warf ihr einen besorgten Blick zu.
Fina wich seinem Blick hastig aus. Sie mussten vorsichtiger sein. Der Herr sollte nicht bemerken, wie sie sich ansahen.
Tatsächlich wandte Mora sich ab, nahm den Kohl und verschwand in der Hütte.
Der Alte wartete kaum, bis die Tür ins Schloss gefallen war: »Soll er ihr ein Geheimnis zeigen?« Er trat von einem Bein aufs andere, entblößte seine Zähne in einem aufgeregten Grinsen.
Fina wusste nicht, ob sie ja sagen sollte, ob sie das Geheimnis sehen wollte.
Hatte sie überhaupt eine Wahl? Vermutlich war es das Beste, wenigstens Interesse zu heucheln: »Gerne.« Sie zwang sich zu einem Lächeln.
»Dann komme sie mit.« Der Wicht fasste nach ihrer Hand, zog sie hinter sich her wie ein verliebter Schuljunge. Er führte sie zu einer Stelle im Wald, an der es noch nicht einmal einen Pfad gab. Nur wenn sie genauer hinsah, erkannte sie, dass das Laub eine schmale Rille bildete, als würde gelegentlich jemand hier entlanggehen.
Die Stelle, an der er schließlich stehen blieb, war beinahe genauso unauffällig. Erst als er sich hinhockte und mit den Händen Laub zur Seite schaufelte, erkannte sie, dass die braunen Blätter an dieser Stelle bröseliger waren als anderswo. So als würden sie hier häufiger durchwühlt.
Unter dem Laub kam eine Holzluke zum Vorschein.
Finas Herzschlag flatterte, als der Geheime die Luke öffnete. Er stieg vor ihr ein paar Stufen ins Dunkel, nahm eine Öllam-

pe, die dort unten an einem Haken hing, und kurze Zeit später schien gelbliches Licht zu ihr herauf.

Der Wicht sah zu ihr hoch, bedachte sie mit einem spöttischen Grinsen. »Sie sagt, Gold würde ihr nichts bedeuten?«

Fina fühlte, wie sie in Schweiß ausbrach. Sie hatte einen Fehler gemacht. Jetzt führte er sie in seine unterirdische Folterkammer, weil sie sein Gold abgelehnt hatte.

Sie musste fliehen, weglaufen, zurück zu Mora und dann hinaus aus dem Tarnkreis. Wenn sie nur Salz hätten, wenn es irgendeine Chance gäbe …

Der Geheime kniff die Augen zusammen. »Wenn Gold ihr nicht wichtig ist, wird ihr dieser Anblick sicher auch nichts bedeuten.« Er winkte sie zu sich.

Fina fing an zu zittern. Sie hatte keine Wahl. Sie musste ihm folgen – und konnte nur hoffen, dass es keine Falle war. Zögernd kletterte sie in das Loch hinab, konzentrierte sich auf die Sprossen der schmalen Leiter und hörte, wie der Wicht unter ihr hin und her sprang. Es wurde immer heller. Auf der hölzernen Wand, an der sie hinabkletterte, reflektierte ein gleißender, goldfarbener Schimmer.

Schließlich stand sie auf festem Boden. Fina drehte sich um, stellte sich auf das hässliche Gesicht des Wichtes ein und gab einen unkontrollierten Laut von sich.

Alles um sie herum war aus Gold. Sie befand sich in einer Schatzkammer, in einer Goldhöhle. Der Ort erinnerte ein wenig an die Erdhöhle, in der Mora gelebt hatte, nur dass diese so groß war, dass der hintere Teil in völliger Dunkelheit verschwand. Bis dorthin war alles überfüllt mit Gold: Berge von goldenen Zweigen, Bäumchen, Blättern und Gräsern. Dazwischen gab es goldene Steine in allen Formen und Größen. Erst auf den zweiten Blick fielen Fina die vielen Öllampen auf, die der Geheime im vorderen Teil an den Wänden angebracht hat-

te, so, als wollte er seine Sammlung in besonders eindrucksvolles Licht setzen.
»Gefällt es ihr?« Der Alte klang scheinheilig.
Fina musste lachen, ein hysterisches, unkontrollierbares Lachen. Was sollte sie darauf sagen? Eine ehrliche Antwort? Was wollte er hören?
Endlich konnte sie ihr Lachen zügeln, brachte wenigstens ein paar Worte heraus. »Es ist beeindruckend«, stammelte sie. »Es sieht schön aus.«
Der Wicht grinste sie an. »Möchte sie es haben?«
Fina wich seinem Blick aus. Sie wusste nicht, worauf er hinauswollte. Ihr blieb nichts anderes übrig, als ehrlich zu antworten. »Nein. Sie möchte es nicht. Sie hat doch schon erwähnt, dass die Liebe ihr mehr bedeutet.« Plötzlich dachte sie an Mora, konnte es bei diesen Worten nicht vermeiden.
Sie biss sich hastig auf die Lippen. Hatte sie sich verraten?
Der Geheime stieß ein wohliges Schnurren aus und schloss die Augen. Offensichtlich hatte er es auf sich bezogen. »Sie ist so ein gutes Weibchen.«
Fina schauderte. Plötzlich fiel ihr Blick an ihm vorbei auf etwas, das weiter hinten lag, in den Schatten, die von dem Schein der Öllampen kaum berührt wurden. Es hatte die Form eines Menschen, nein, die Form von zwei Menschen – und wirkte doch unvollständig.
Wie in Trance trat Fina an den Rand des Schattens und blickte in die Tiefe der Höhle. Ein eiskaltes Frösteln glitt über ihren Rücken. Dort hinten lagen zwei goldene Skelette. Daneben erkannte sie die Konturen von Käfigen – die gleichen Käfige wie der, in dem der Herr Mora eingesperrt hatte. Nur dass es dort hinten mindestens vier oder fünf von ihnen gab.
Ihre Augen gewöhnten sich an die Dunkelheit, konnten endlich bis zum Ende der Höhle sehen. Ganz hinten schien es wie-

der heller zu werden – fast so, als würde dort etwas liegen, was das schwache Licht reflektierte. Es sah aus, als würden sich die ältesten goldenen Gegenstände in etwas Weißes verwandeln. Salz!

»Sie ist ein sehr neugieriges Weibchen.« Der Geheime trat neben sie, ein gefährlicher Unterton klang in seiner Stimme.

Fina wirbelte herum. Hastig suchte sie nach einer Ausrede: »Sie hat nur die Größe seiner Goldkammer bewundert.«

Seine Augen verengten sich zu Schlitzen. Er griff wieder nach ihrem Arm und zog sie zum Ausgang. Ein breites Grinsen teilte sein Gesicht. »Nun geh sie schon. In der Hütte wartet Grünkohl auf sie!«

* * *

In dieser Nacht trat er an ihren Schlafplatz. Fina bemerkte es erst, als er das Fell hinter ihrem Rücken anhob und sich zu ihr legte. Sein Atem schnarrte, während er sich an sie drängte.

Er war nackt! Fina fühlte seine Haut an ihrer, seinen kleinen Körper, der sich von hinten an sie klammerte.

Sie selbst war ebenfalls nackt! Die Erkenntnis traf sie mit voller Wucht, nur Sekunden, bevor der Alte anfing, sich an ihr zu reiben. Sein Keuchen rauschte in ihren Ohren. Sie spürte etwas Hartes an ihrem Po, etwas, das wuchs, immer größer wurde, unmenschlich groß.

Fina wollte schreien, kreischen, sich aus seiner Umarmung winden.

Aber sie war wie gelähmt.

Warum war sie nackt? Sie schlief immer in ihrer Kleidung. Seit Wochen hatte sie sich nicht ausgezogen! Die Hütte um sie herum begann sich zu drehen, herumzuwirbeln, immer schneller.

Es war ein Traum!

Endlich konnte sie schreien. Ein irrsinniger Laut, der die Stille zerriss.
Im nächsten Moment saß sie aufrecht da. Das Feuer war heruntergebrannt. Es war mitten in der Nacht, und sie lag allein unter ihren Fellen. Fast wartete sie darauf, das zufriedene Schnarchen des Herrn zu hören – doch als sie zu seinem Lager hinübersah, spiegelte sich die Glut in seinen riesigen Augen.

* * *

Nackter Ekel schrie aus ihrem Gesicht, eine Grimasse aus Abscheu, schlimmer noch als der Klang, mit dem sie ihn geweckt hatte.
Es war schön gewesen, ihren Körper in den Armen zu halten, ihre Weichheit zu fühlen – ein Gefühl, das er mit ihr teilen wollte.
Doch sie wollte ihn nicht! Plötzlich sah er es ganz deutlich. Sie hatte ihn nie gewollt, weder vor noch nach ihrer Hochzeit.
Oder lag es daran, dass er sein Versprechen gebrochen hatte? Nur aus Versehen hatte sie miterlebt, was er träumte, nur weil der Traum so stark war, dass er auf sie übergriff. Wahrscheinlich hatte er im Schlaf den Ring ihrer Mutter berührt.
Grummelscrat spürte, wie es an seiner Ehre kratzte. Er musste sich bei ihr entschuldigen, musste alles dafür tun, dass es nicht wieder geschah …
Nein! Er musste sich nicht entschuldigen. Das Weibchen hatte ihn belogen, hatte ihm selbst ein Versprechen gegeben, das sie nicht halten wollte. Er sah es in ihrem Gesicht: Nie im Leben würde sie ihn heiraten!
Sie wollte ihm nur entkommen! Alles andere war gespielt, um ihn in Sicherheit zu wiegen, um ihn womöglich – er wagte es kaum, daran zu denken – in eine Falle zu locken.

Seinen Namen wollte sie erfahren! Darum hatte sie ihm ihre Liebe vorgespielt. Damit sie ihn endlich töten konnte.
Grummelscrat kniff die Augen zusammen, lauschte dem Knurren, das zwischen seinen Zähnen hervorrollte.
Von nun an war es egal, ob er seine Versprechen hielt. Sie wollte ihn nicht? Nun gut. Ihn hatte noch nie ein Weibchen gewollt.
Aber dieses Weibchen würde er bekommen!

24. Kapitel

Fina konnte nicht aufhören, an die glühenden Augen des Geheimen zu denken, an das tiefe Knurren, das er ausgestoßen hatte. Er hatte sie durchschaut, hatte erkannt, dass sie ihn verabscheute! Wahrscheinlich war ihm längst klargeworden, dass sie ein anderes Ziel verfolgte, und sie fragte sich, wie viel er von ihren Fluchtplänen erahnte.

Zwei Nächte lang lag Fina wach, während sie spürte, wie die Träume des Herrn nach ihr suchten. Sie konnte die Gier fühlen, mit der er über sie herfallen wollte. Sobald sie einschlief, würde er ihren Körper in Besitz nehmen, würde sie bestrafen, für ihr falsches Schauspiel und ihre Liebe zu Mora.

Sie ahnte schon, wie er seine Peitsche bereithielt, und begriff schließlich, dass sie in dieser Hütte nie wieder schlafen durfte.

Mora schien die Bedrohung genauso zu spüren wie sie. Seine Augen waren dunkel vor Sorgen, wenn sie sich nachts am Feuer vorbei ansahen. Stundenlang hielten sie den Blick des anderen, kämpften gemeinsam gegen den Schlaf und schenkten sich ihr Lächeln. Manchmal formten sie unhörbare Worte, führten ein Gespräch, in dem sie nicht wussten, ob der andere sie wirklich verstand. Doch Fina spürte den Mut und die Hoffnung, die Mora ihr zusprach. Sie mussten nur warten, bis der Herr sein seltsames Schnarchen von sich gab. Dann konnten sie nach draußen schleichen, konnten das Salz aus der Kammer holen und fliehen.

In der ersten Nacht warteten sie vergeblich auf das Schnarchen des Alten. Er erwachte mit jeder Regung, die Fina wagte. Mehr als einmal sah sie die Glut in seinen geöffneten Augen, erkannte, wie sich die Lippen über seinen Zähnen anhoben, und hörte sein leises Knurren.

So schnell wie möglich mussten sie fliehen!
Doch schon in der zweiten Nacht verlor Fina die Hoffnung, dass der Geheime noch einmal in sein seltsames Schnarchen verfallen würde. Stattdessen zog die Müdigkeit ihren Körper nach unten, ihre Augen wollten sich schließen …
Nur Moras Blick hielt sie davon ab. Es war noch immer die einzige Berührung, die ihnen blieb, der einzige ungestörte Moment – und plötzlich wurden seine Augen noch schwärzer als zuvor. Seine Furcht verschwand daraus, wurde abgelöst von einer dunklen Ruhe, so als wäre dies ihr letztes Mal, als müssten sie ihre letzte gemeinsame Nacht auskosten, bevor ihr Leben verloren war. Sein Blick strich über ihre Haut, rieselte durch ihren Körper und ließ sie zu dem Abend zurückkehren, an dem sie mit ihm geschlafen hatte. Mora tauchte seine Hand in das Badewasser, strich an ihren Beinen entlang und massierte ihre Füße. Er wusste genau, wo er sie berühren musste, sandte ein gieriges Prickeln durch ihre Haut, trieb es ihre Beine hinauf, bis es sich in ihrer Mitte sammelte. Schließlich küsste er sie, noch immer im Wasser, nahm ihre Brüste mit seinen Lippen …
Fina musste das Fell vor ihr Gesicht pressen, um alle Laute darin zu ersticken. Sie erkannte, wie Mora sich auf den Rücken gedreht hatte. Seine Augen waren geschlossen, sein Mund zuckte in einem stummen Keuchen und ließ seine weißen Zähne darin aufblitzen.
Fina schluckte. Wenn sie ihn wenigstens einmal berühren könnte – wenn sie nur für wenige Minuten unter sein Fell schlüpfen dürfte … Sie wollte ihn mit den Händen befriedigen, wollte ihre Lippen an seine Wange legen und bei ihm sein, wenn er kam.
Moras Körper zuckte, sein Mund öffnete sich noch weiter, ließ sie fast glauben, dass die Macht ihrer Gedanken ausreichte …

Einen Moment später sah er sie wieder an, seine Augen so dunkel und schuldig, als würde er bereuen, was er getan hatte.
Fina fühlte das Bedürfnis, ihn zu trösten. Sie lächelte ihm zu. Er sollte verstehen, dass es nicht schlimm war.
Gleich darauf wollte sie es selbst tun, wollte sich wenigstens vor seinen Augen befriedigen, wenn sie schon voneinander getrennt waren. Sie drehte sich auf den Bauch, spürte ihre Lust, die sich kaum noch aufhalten ließ.
Moras Augen wurden weit. Er schüttelte den Kopf, nickte in die Richtung des Geheimen.
Fina erstarrte. Plötzlich ahnte sie, dass der Alte es spüren würde, dass sie ihn wecken würde, selbst wenn sie vollkommen lautlos blieb.
Womöglich war er schon wach und beobachtete sie. Hatte er irgendetwas bemerkt? Konnte er Mora von seinem Platz aus sehen?
Nein. Mora lag hinter dem Feuer.
Hastig drehte Fina sich zurück auf die Seite, winkelte die Beine an, um die Lust zu besiegen.
Moras Blick glühte noch immer, drang so tief in sie ein, als könnten sie sich auf diese Weise vereinigen.
Ihre Gedanken wirbelten durcheinander, zogen sie in einen Strudel. Sie schloss die Augen, tauchte in die Schwärze, ahnte den Traum auf der anderen Seite, ahnte denjenigen, der nach ihr suchte, der sie haben wollte …
Ein Zischen riss sie zurück. Fina zwang sich, die Augen zu öffnen, und begegnete der Panik in Moras Blick. Seine Lippen sagten etwas: *Nicht einschlafen, nicht jetzt.*
Plötzlich war sie wach. Ihr Herz pochte wild und hart, pumpte genug Adrenalin durch ihren Körper, um sie durch den Rest der Nacht zu bringen.
Der Tag danach wurde unerträglich. Ganz gleich, was sie tat,

wo sie auch hinsah – weiße Schatten huschten über den Boden, sammelten sich in den Ecken ... und lösten sich auf, sobald sie nachsehen wollte, was es war. Alles um sie herum schien aus Watte zu sein. Die Wände gaben nach, wenn sie sich dagegen stützte, und ihre Knochen waren aus Gummi, als müsste sie jederzeit in sich zusammensacken.

Beim Mittagessen fiel sie in Sekundenschlaf. Sie konnte nichts dagegen tun – nicht einmal der misstrauische Blick des Alten konnte sie daran hindern, die Augen zu schließen.

»Sie schläft nachts wohl schlecht.« Seine Stimme knarrte, riss sie zurück in die Gegenwart.

Ein nervöses Kichern löste sich aus Finas Mund. Sie ahnte noch, dass es die falsche Reaktion war, doch alles um sie herum war weich, würde sie auffangen, wenn sie fiel.

Der Alte kniff die Augen zusammen. »Hat er ihr bereits berichtet, dass er einen Pfarrer gefunden hat? Schon morgen werden sie heiraten.«

Finas Kichern verstummte. Ihre Augen fielen zu, die Dunkelheit wollte sie herabziehen ...

Im letzten Moment konnte sie zurückkehren. Der Alte wollte sie heiraten! Morgen schon! Sie hatte es ihm versprochen.

Fina versuchte, die Müdigkeit aus ihrem Kopf zu schütteln, versuchte nachzudenken.

Plötzlich schnellte der Wicht von seinem Stuhl. Er rannte zur Tür, stieß sie auf und verließ die Hütte.

Fina zuckte zusammen. Ihr Blick fiel auf Mora. Er hockte an seinem Essplatz auf dem Boden und sah erschrocken zu ihr hoch.

Sie waren allein. Fina erhob sich, ging auf ihn zu. Sie mussten sich endlich wieder berühren.

Mora sprang auf, als sie ihn erreichte. Er stand direkt vor ihr, groß und schön, sein Gesicht so verwirrt, dass es weh tat.

Sie streckte ihren Arm aus.
»Fina, nein!« Mora zischte. »Geh zurück, er darf uns nicht sehen.«
Fina blieb stehen, ließ nur ihren Arm sinken.
»Sie müssen vorsichtiger sein.« Mora flüsterte, sprach so aufgeregt, dass er ihre Sprechweise vergaß. »Was letzte Nacht geschah, tut ihm leid. Es sollte so etwas nicht tun. Es war nur …« Mora senkte den Blick, schien sich zu sammeln. »Ich hätte es sonst nicht ausgehalten. Ich wollte so dringend zu dir.«
Finas Atem überschlug sich. »Es war schön.«
Mora hob überrascht den Kopf. Seine Augen fingen wieder an zu glühen.
Fina konnte sich nicht länger beherrschen, streckte die Hände nach ihm aus und fiel ihm entgegen. Mora fing sie auf, seine Arme streiften ihren Rücken. Fina fühlte seine Haut an ihrem Mund. Ohne darüber nachzudenken, küsste sie seine Schulter, seinen Hals.
»Fina, nein!« Mora stieß sie von sich.
Fina taumelte nach hinten, konnte sich kaum fangen. Ein Kichern bildete sich in ihrer Kehle, rutschte heraus und verstummte sogleich.
Mora sammelte hastig sein Geschirr vom Boden. Mit schnellen Bewegungen räumte er auch den Tisch ab, trug die Teller zum Waschbottich und fing an zu spülen. »Jedes Mal, wenn ich koche, sammle ich Salz«, flüsterte er. »Ich weiß nicht, ob es schon reicht. Aber heute Nacht müssen wir fliehen.«
Fina wollte ihm sagen, dass sie wusste, wo das Salz war, dass sie es nur noch zu holen brauchten. Aber etwas anderes war noch wichtiger: »Nur wenn er von mir geträumt hat, schläft er so tief, dass wir aus der Hütte gehen können.«
Mora hob den Kopf. Panik lag in seinen Augen. »Du darfst nicht schlafen. Er wird dich …«

»Versprich mir einfach, dass du mich weckst.« Fina knirschte mit den Zähnen.
Die Schritte des Geheimen polterten vor der Tür. Mora senkte den Kopf mit einem schnellen Nicken.
Der Geheime stieß die Tür auf. Ein Rebhuhn baumelte kopfüber in seiner Hand. »Will sie sehen, was er gefangen hat?« Er hielt Fina das Huhn entgegen. »Ihr Hochzeitsmahl.« Im nächsten Moment brüllte er über seine Schulter: *»Morasal!«* Er schleuderte ihm das tote Huhn entgegen.
Mora fing es, als wäre es eine gewohnte Übung, hielt es an den Beinen und wartete auf weitere Anweisungen.
»Rupfen und vorbereiten!«
Mora nickte. »Jawohl, Herr.«

* * *

Von allen Gefahren, denen er schon begegnet war, war die Müdigkeit diejenige, die ihm am vertrautesten war. Er hatte sie schon so oft mit sich herumgetragen, dass er gelernt hatte, sie so lange wie möglich zu kontrollieren. Er kannte den Nutzen, den sie hatte, wenn sie die Gedanken vor allen Reizen abschottete, wenn sie unempfindlich machte gegen die Erniedrigung und die Gewalt des Herrn. Ganz genau wusste er, ab wann die Müdigkeit zur Gefahr wurde. Er kannte das Gefühl, wenn der Körper nicht mehr gehorchte, wenn Gegenwart und Erinnerungen durcheinandergerieten. Spätestens dann musste er schlafen, musste jeglichen Traum in Kauf nehmen, um nichts zu tun, mit dem er sich in noch größere Gefahr brachte.
Doch eines wusste Mora nicht: wie sich die Müdigkeit bei jemand anderem kontrollieren ließ. Bei jemandem, der um keinen Preis der Welt schlafen durfte.

Schon am Tag war Finas Augenaufschlag so langsam, als würde sie jeden Moment einschlafen. Nur der Herr hinderte sie daran, riss sie aus ihrer Ruhe und schien genau zu wissen, dass er sie in der nächsten Nacht bekommen würde. Sie hatte den gefährlichen Punkt schon lange überschritten, und es gab nichts mehr, was sie jetzt noch aufhalten konnte: Fina würde einschlafen und in den Traum des Herrn gleiten.

Alles, was danach geschah, hing von Mora ab. Er musste sie wecken – erst in dem Augenblick, in dem sie träumte, aber noch bevor etwas Schlimmes mit ihr geschah.

Das alles ging nur, wenn er wach blieb, wenn er den Moment abpasste. Doch er spürte allzu deutlich, dass der gefährliche Punkt auch bei ihm überschritten war. Nach drei Tagen und zwei schlaflosen Nächten drohten Wachsein und Traum ineinanderzufließen.

Als der Herr sie zu Bett geschickt und sich selbst zum Schlafen gelegt hatte, drehte Mora sich so, dass er Finas Gesicht betrachten konnte. Eine ganze Weile sahen sie sich an. Doch schließlich wurden Finas Lidschläge langsamer, immer länger blieben ihre Augen geschlossen, bis sie sich gar nicht mehr öffneten.

Mora wünschte ihr, dass sie eine Weile schlafen konnte, bevor der Traum begann. Wenigstens ein kleines bisschen Erholung sollte sie finden.

Doch wie er selbst die Zeit überstehen sollte, wusste er nicht. Es wäre so leicht, nachzugeben, sich in den Schlaf ziehen zu lassen … Mora kämpfte gegen seine Augenlider, ließ sie für eine Sekunde zufallen. Nur ganz kurz. Dann würde es besser …

Ein Poltern riss ihn zurück. Er erkannte, wie der Herr aus seinem Bett sprang, wie er Finas Felle zur Seite zog. Er hielt die Peitsche in der Hand. Abgesehen davon war er nackt, so nackt, wie Mora ihn noch nie gesehen hatte. Zum ersten Mal lag die geheime Stelle des Herrn entblößt, in einer Form, in der Mora sich niemals zeigen durfte – und dennoch anders, um so vieles größer … spitzer.

Fina!

Sie schlief noch immer. Schutzlos und nackt lag ihr Körper zwischen den Fellen, dem Herrn dargeboten.

Mora wollte schreien, wollte sich aus seiner Starre lösen und ihr helfen. Aber seine Muskeln waren zu schwer, zu müde, um sich noch zu rühren.

Die Finger des Alten streichelten die Peitsche, ließen die Lederbänder auf Finas Bauch fallen.

Sie schreckte auf, starrte auf seine geheime Stelle. Ihr Mund öffnete sich zu einem stummen Schrei – nur für eine Sekunde, bevor ein Laut daraus hervorkam, ein Brüllen, die Stimme eines Mannes.

Mora sprang aus dem Bett, begriff erst jetzt, dass es sein eigenes Brüllen war, dass sich die Situation geändert hatte.

Der Geheime lag wieder auf seinem Lager, unter seinen Fellen, weit von Fina entfernt. Doch ihr Mund war geöffnet, ihr Atem flatterte, kämpfte um den Schrei, der nicht herauswollte.

Mora rannte zu ihr, fiel neben ihr auf die Knie und rüttelte an ihren Schultern. Er wollte ihr zurufen, wollte sie aus dem Schlaf reißen. Aber er musste sich beherrschen, durfte ihr nur zuflüstern: »Fina! Wach auf! Du träumst!«

Endlich schrie sie, eine Sekunde, bevor er die Hand auf ihren Mund legte. Fina fuhr auf, der Schrei presste sich gegen seine Finger, ihre Augen starrten ihn an.

»Du hast geträumt.« Mora streichelte durch ihre Haare, wischte den Schweiß von ihrer Stirn. »Es ist vorbei, du bist wieder wach.«

Fina fiel in seine Arme, ihr leises Weinen schlich sich in seine

Ohren, verstummte schon kurz darauf, während ihr Körper schlaff wurde.
Sie schlief wieder ein!
»Fina, nein!« Mora schob sie von sich. »Nicht einschlafen!« Er schüttelte sie, wartete, bis sie die Augen öffnete, und deutete auf den Herrn.
Der Geheime träumte noch immer. Sein Arm zuckte, als würde er Fina schlagen, sein Daumen glühte, und sein Atem keuchte, so gierig, wie Mora ihn noch nie gehört hatte.
»Was tut er da?«, flüsterte Fina.
»Das möchtest du nicht erfahren.« Mora stand auf, zog an ihrer Hand, bis sie aufstand.
Finas Blick haftete auf dem Herrn, schien sich kaum von dem Bild lösen zu können – wie sein Arm unaufhörlich zuckte, wie sich sein Becken bewegte, während tierische Laute aus seiner Kehle grunzten.
»Komm mit!« Mora legte ihr einen Arm um die Schultern, löste sie von dem Anblick und schob sie zur Tür.
Vor der Hütte drehte Fina sich noch einmal um. Das tierische Grunzen löste sich in einem Brüllen, verstummte kurz darauf und verwandelte sich in das seltsame Schnarchen.
»Es ist ein Wort.« Fina flüsterte. »Er schnarcht ein Wort, hörst du das?«
Mora hörte nur ein langgezogenes Grummeln, im gleichen Takt, in dem der Herr ein- und ausatmete. »Es ist egal, Fina. Wir müssen fort.« Wieder zog er an ihrem Arm. »Ich hab etwas Salz. Ich weiß nicht, ob es reicht, aber wir müssen es versuchen.«
Fina schüttelte den Kopf, riss sich zum ersten Mal von den Geräuschen des Alten los und sah Mora an. »Ich weiß, wo er das Salz versteckt. Wir können so viel davon holen, wie wir brauchen.«

* * *

Fina konnte sich kaum aufrecht halten, während sie Mora in die Goldkammer hinabführte. Der Schlaf wollte sie wieder an sich ziehen, wollte sie mitten auf der Leiter in die Knie zwingen. Mit zitternden Fingern fand sie eine der Öllampen. Doch sie konnte das Licht nicht anzünden, musste es erst Mora geben, damit es endlich hell wurde.

Wilde Schatten flohen vor ihnen, als sie durch die Kammer nach hinten gingen. Nur vage bemerkte Fina, wie Mora auf das viele Gold reagierte, wie er sich in der Höhle umsah. Doch für ihn schien es nichts Besonderes zu sein. Erst als sie das hintere Ende der Kammer erreichten, schnappte er nach Luft. Vor ihnen lag ein riesiger Haufen Salz. Weiße Zweige und Bäumchen lugten halb zerfallen daraus hervor.

Fina berührte einen Birkenzweig aus Salz, beobachtete, wie er in Tausende von kleinen Kristallen zerfiel. Dieses Salz würde sie retten, würde ihnen die Freiheit zurückgeben!

Sie versuchte, nur noch daran zu denken, versuchte, die Käfige zu ignorieren, die neben dem Salzberg aufgereiht standen. Nur einer davon war nah genug, um von der Öllampe erhellt zu werden. Aus den Augenwinkeln erkannte sie undeutlich, dass etwas darin lag.

Mora hockte sich neben sie, sein Atem ging hastig, während er Salz in ein Säckchen füllte und schließlich ein zweites Säckchen hervorholte.

Weiße Schatten huschten um sie herum. Fina schwankte, wollte endlich einschlafen, musste sich irgendwo festhalten. Sie klammerte sich an Mora, brachte ihn aus dem Gleichgewicht, bis sie mit ihm zu Boden fiel. Plötzlich war er so nah. Seine Haut fühlte sich warm an. Ihre Hand berührte seine Brust, strich sanft darüber.

»Wir müssen weiter.« Mora schob sie von sich, setzte sich auf. Doch Fina konnte nicht aufstehen. Ihr Körper war zu schwach, zu müde. Sie fiel zurück in Moras Arme, streichelte seine Haare, seinen Rücken, tastete mit ihren Lippen über seine Wange, bis zu seinem Mund.

* * *

Finas Berührung blitzte durch Moras Körper, die Müdigkeit drehte sich in seinem Kopf und wirbelte alles durcheinander. Plötzlich konnte er nur noch fühlen, wie sie sich in seine Arme schmiegte, wie sich ihre Lippen auf seinem Mund bewegten. So lange hatte er auf diese Berührung gewartet. Sie waren wieder zusammen, allein in seiner Höhle.

Nein! Nicht in seiner Höhle! Mora zuckte zusammen. Scharfer Salzgeruch brannte in seiner Nase. Er schüttelte den Kopf, um den beginnenden Traum zu verscheuchen. Sie waren nicht in seiner Höhle, sie waren woanders, eine dunkle Gefahr lag in Finas Berührung.

Was hatte er gerade tun wollen? Es war wichtig.

»Fina, nein.« Mora versuchte, sie von sich zu schieben. Er musste sich konzentrieren, musste sich daran hindern, einzuschlafen. Aber ihr schläfriger Körper fiel ihm immer wieder entgegen, ihre Arme umklammerten ihn.

Sie fühlte sich zart an, verletzlich, er musste sie beschützen. Wie durch Zufall rutschten seine Hände unter den Stoff ihres Pullis, berührten die Haut an ihrem Rücken.

Mora keuchte auf. Er wollte sie an sich ziehen, ihre Lippen suchten seinen Mund.

Irgendein Geräusch störte die Stille …

Plötzlich war er hellwach! Sie durften es nicht, nicht jetzt! Sie waren nur hier, um das Salz zu holen! Ihnen blieb nur noch wenig Zeit, um zu fliehen!

»Fina, nein!« Er wollte sie an den Schultern packen und wach rütteln – aber im gleichen Moment erstarrte sie in seinen Armen. Ihr Mund löste sich von seinem, ihr Blick fiel an ihm vorbei.

Mora erkannte den verzerrten Schatten, den die Öllampen hinter Fina auf den Salzberg warfen, die übergroße Statur des Herrn, der direkt hinter ihm stehen musste. Er hörte das schleifende Geräusch, mit dem die Peitsche aus dem Halfter glitt, sah den Schatten der Bänder auf das Salz herabfallen.

Der Herr sagte nichts, schwieg so bedrohlich, wie er es noch nie getan hatte. In der nächsten Sekunde knallte der Schmerz über Moras Haut, einmal, zweimal, wollte ihn von Fina fortreißen ... zog sich zurück und zielte dorthin, wo Finas Rücken noch immer entblößt war.

Sie schrie auf, duckte sich an seinen Hals.

Mora zog sie näher, legte seine Arme um ihren Rücken und versuchte, sie mit seinem Körper zu beschützen.

Doch die Bänder peitschten nur umso schneller um sie herum, rissen die Knötchen über ihre Haut und konzentrierten sich auf das Mädchen in seinen Armen. Finas Schreie zerfetzten Moras Ohren, ihre Hände klammerten sich an ihn, zerkratzten seine Schultern und glitten schließlich kraftlos daran herab.

»Er soll aufhören!« Mora schob sie von sich und sprang auf, stellte sich vor sie und starrte von oben auf den Herrn hinab. »Es ist Moras Schuld! *Ich* habe sie genommen, habe sie dem Geheimen gestohlen. Weil er ein schäbiger, alter Wicht ist, dem es nicht zusteht, so etwas Schönes zu besitzen!«

Das Gesicht des Herrn verzerrte sich, seine Peitsche zuckte vor Fina zurück, Sekunden, bevor sie über Moras Brust knallte, immer wieder, bevor sie ihn in die Knie zwang, auf den Boden, während der Schmerz über ihn hinwegraste. Sein Blick fiel ein letztes Mal in Finas Augen, erkannte, wie sie am Boden lag, nur eine Armlänge entfernt, wie sich ihr Mund zu einem Schrei formte. Im nächsten Moment wurde er von ihr fortgerissen, von einem Schmerz, den er noch nicht kannte, der ihn mit voller Wucht traf und ihn zum letzten Mal in die Dunkelheit schickte.

* * *

Mora rührte sich schon lange nicht mehr, als der Geheime endlich aufhörte, mit den Stiefeln auf ihn einzutreten.

Fina lag zusammengerollt am Boden. Ein hohes Winseln presste sich durch ihren Kopf, ein stetes Geräusch, das irgendwann begonnen hatte und sich im Takt ihres Atems fortsetzte. Es flatterte in einer zähen Flüssigkeit vor ihrer Nase, betäubte das Brennen ihres Körpers und ließ nichts anderes in ihre Gedanken als Moras letzten Blick. Sie hatte ihn verloren, als der Herr ihn zum ersten Mal trat, hatte sekundenlang gehofft, seinen Blick wiederzufinden, bis die Tritte seinen erschlafften Körper hin und her warfen.

Erst jetzt lag sein Gesicht wieder vor ihr, kaum zu erkennen zwischen den blauen Schwellungen und dem Blut, das seine Haut verschmierte. Ganz langsam sickerte es noch aus seiner Nase – als wollte ihn das Leben nicht verlassen, ohne ihr noch einmal zuzuflüstern.

Das Winseln in ihrem Kopf wurde zum Heulen, das Bild vor ihren Augen verschwamm, und durch ihren Kopf drängten sich die Worte, von denen sie nichts wissen wollte: Mora war tot, nicht wieder lebendig zu machen, einfach aus seinem Körper verschwunden.

Fina versuchte, auf ihn zuzurobben, wollte das klebrige Blut aus seinen Haaren streichen.

Doch der Herr kam ihr zuvor, fasste Moras Handgelenk und zog ihn mit sich, zerrte ihn in einen der Käfige und ließ ihn fallen. Moras Körper schlug dumpf auf den Boden, blieb in verrenkter Haltung liegen, während der Alte die Käfigtür mit einem Schloss verriegelte.

Es war diese eine Geste, die einen Rest von Hoffnung in ihr weckte. Warum sollte er einen Toten einsperren?

In der nächsten Sekunde starb die Hoffnung und ließ nichts zurück als ihr Zittern und Heulen: Der Herr kam auf sie zu, fixierte sie mit zusammengekniffenen Augen und griff nach ihrem Handgelenk. Der Schmerz jagte durch ihren Arm, als wollte er ihn mit einer Drehung aus ihrer Schulter reißen. Schwindel tobte durch ihren Kopf, ließ sie für eine Sekunde nichts anderes mehr wahrnehmen.

Als er sie losließ, fand sie sich in einem der Käfige wieder. Das Schloss vor ihr schnappte zu, brachte ein goldenes Gitter zwischen sie und den Wicht.

Der Geheime blieb vor ihr stehen, betrachtete sie wie einen exotischen Vogel. »Morgen werden sie heiraten.« Er legte den Kopf zur Seite, ließ seinen Blick über ihren Körper gleiten. »Und dann wird sie bei ihm liegen, wie sie es ihm versprochen hat.«

Es war ein rasendes Gefühl, das in Finas Bauch wuchs, das in Sekundenschnelle explodierte und sie gegen die Gitterstäbe springen ließ. »Gar nichts werde ich tun!« Sie spuckte ihm ins Gesicht. »Vielleicht kannst du mich vergewaltigen und versklaven – aber du kannst mich niemals zwingen, dich zu lieben! Du bist ein hässlicher, bösartiger Wicht. Vielleicht bist du schon zu alt, um dich an deine Mutter zu erinnern. Vielleicht hattest du auch niemals eine und hast nie erlebt, was Liebe bedeutet. Aber solange du schlägst und mordest, wirst du es niemals erfahren – und wenn du noch weitere tausend Jahre lebst!«

Der Geheime wischte sich ihre Spucke von der Wange. Sein spitzer Bart bebte, als er anfing zu sprechen: »Es ist interessant, dass sie ausgerechnet von der Liebe einer Mutter spricht.« Er kniff seine Augen zusammen. »Hat sie gewusst, wer ihren Mora als Baby zu ihm brachte?«

Fina hielt inne. Das rasende Gefühl zog sich jaulend zurück.

Triumph glühte in seinen Augen. »Ihre eigene Mutter war es. Sie hat ihm das falsche Baby überreicht.«

Fina schnappte nach Luft. »Du lügst!«

Der Geheime ließ sein spöttisches Lachen durch die Goldkammer klirren, hörte nicht wieder auf, bis sie wusste, dass er recht hatte. Sie erinnerte sich an ihre Mutter, wie sie zu ihr ins Turmzimmer geschlüpft war und nach dem schwarzhaarigen Jungen gefragt hatte. Fina hatte sie belogen, hatte Mora mit einer dreckigen Kanalratte verglichen.

Plötzlich begriff sie, warum ihre Mutter heulend aus dem Zimmer gelaufen war – nicht, weil sie Mora in ihren Träumen gesehen hatte, nein, auch damit hatte ihre Mutter gelogen. Sie heulte, weil sie Mora ausgeliefert hatte, ein kleines unschuldiges Baby, das Kind einer anderen Mutter …

Zum ersten Mal fügte sich die Geschichte zu einem schlüssigen Bild zusammen: Susannes Reaktion an der Ampel in Siena, die fünfzig Euro, die sie dem braunhäutigen Jungen durch das Fenster gereicht hatte, und die Tränen auf ihrem Gesicht.

Woher auch immer sie Mora bekommen, genommen oder gestohlen hatte – er war ein Roma, wie diese Jugendlichen an der Ampel.

Finas Blick glitt zu Moras Käfig, auf seinen reglosen, blutverschmierten Körper. Ihre eigene Mutter hatte ihn auf dem Gewissen – im Austausch für das Leben ihrer Tochter.

Sie taumelte zurück, fiel gegen das Gitter und sackte daran zu Boden. Ihre Hand berührte etwas Kaltes, ließ sie zusammenzucken.

Sie war nicht allein in dem Käfig! Neben ihr lag ein Mädchen, kaum älter als dreizehn oder vierzehn, mit einem hübschen Gesicht und langen goldenen Haaren. Doch nicht nur ihre Haare waren aus Gold. Ihr ganzer Körper war zu Gold versteinert.

Fina wich zur Seite, drückte sich an das Gitter und klammerte die Arme um ihren Körper.

»Oh!« Der Geheime trat zu dem goldenen Mädchen, blinzelte auf sie hinab. »Sie hat ihre neue Freundin entdeckt. Sie ist schön, nicht wahr? Ein vollkommenes Kunstwerk.«

Finas Atem flatterte. Das also war es, was ihr bevorstand, zu einem vollkommenen Kunstwerk zu werden.

»O nein. Sie versteht ihn ganz falsch«, säuselte der Geheime. »Er hat sich schon so oft eine Braut gewünscht. Aber die Menschenweibchen wollten ihn nie. Gewehrt und gewunden haben sie sich – bis seine Wut ihre Körper verwandelt hat.« Er hielt ihr seine Hand entgegen, ließ seinen zweiten Daumen aufglühen. »So viele Mädchen waren es. So schöne Mädchen. Ein Jammer. Dabei hätten sie nur stillhalten müssen, hätten ihm besser geben sollen, was er sich wünschte.«

Finas Blick glitt an dem Alten vorbei, durchdrang das Zwielicht der Höhle und stieß auf das, was in den Ecken lauerte. Ganz hinten an der Höhlenwand lag ein Mädchen neben dem anderen, manche aus Gold, andere zerfielen bereits zu Salz. Sie fingen an, sich zu bewegen.

Fina blinzelte, bemerkte, wie sich auch das Mädchen neben ihr bewegte. Sie schüttelte den Kopf, versuchte, die Müdigkeit endlich loszuwerden.

»Oh, keine Angst.« Der Geheime kicherte. »Es ist lange her. Er hat inzwischen gelernt, sich besser zu beherrschen. Mit ihr wird er nur ein Kind zeugen.«

Seine Worte detonierten in ihrem Kopf, hinterließen eine Wolke aus weißen Sternchen, ein strukturloses Nichts, das ihr jeden Gedanken ersparte.

Bis seine Stimme sie daraus hervorholte: »Soll er ihr etwas verraten? Ihre Mutter hat einen Fehler begangen. Sie hätte ihm ihre Tochter überlassen sollen, als kleines, unschuldiges Baby. Dann hätte die kleine Fina nie etwas Schlimmes an ihm gefunden. Er wäre gut zu ihr gewesen, und sie hätte ihn geliebt. So sind die Menschenkinder, hat sie das gewusst? Selbst Morasal hat ihn geliebt, o ja. Sie hätte den kleinen Mora sehen sollen, wie das Kind ihm nachgelaufen ist, wie es ihm gefallen wollte. So lange Zeit haben seine Schläge gebraucht, um Morasals Liebe zu brechen. Bis zum Schluss war sie nicht ganz verschwunden.«

Die Stäbe des Gitterkäfigs verschwammen vor Finas Augen, ihre Zähne schlugen aufeinander. Erst jetzt bemerkte sie, wie sich ihr Körper unter seinen Worten schüttelte. Sie wollte Moras Bild festhalten, wollte das verlorene Kind zurückholen …

»Wie sehr muss dann erst ein Kind lieben, das zurückgeliebt wird.« Der Geheime schnurrte weiter. »Er wäre so gut zu ihr gewesen, wenn sie bei ihm aufgewachsen wäre. O ja, er hätte sie geliebt, und sie hätte ihn geliebt – und ihm gerne ein Kindchen geschenkt.« Sein Gesicht rückte näher, hielt direkt hinter dem Gitter. »Doch nun …« Er schüttelte traurig den Kopf. »… wird es ihr weitaus größere Schmerzen bereiten. Er versteht das. Aber er will nicht länger warten. Sein Leben war lang genug, er möchte endlich sterben. Doch nur, wenn er sein Reich an einen leiblichen Erben abgegeben hat, kann er dieses Leben verlassen. Also wird sie ihm geben, was sie versprochen hat. Sie wird sein Kind austragen, sie wird ihm Milch geben – und wenn sie mag, darf sie es aufwachsen sehen.«

Fina starrte den Geheimen an, das wenige, was hinter ihren Tränen von ihm zu sehen war. Das weiße Nichts kehrte zu-

rück, füllte ihren Kopf und hüllte sie in eine schützende Leere. Fina schloss die Augen. Sie musste schlafen, endlich.
»Ja. Ruh sie sich aus. Morgen ist ihr großer Tag.« Die Stimme kicherte ein letztes Mal, löste sich von ihrem Käfig und verschwand in der Ferne.

25. Kapitel

Als sie erwachte, lag sie auf etwas Hartem, auf etwas, das sich glatt unter ihre Finger schmiegte. Fina blinzelte und erkannte das Gold im Schimmer der Öllampe. Vor ihr lag ein Kopf, das goldene Gesicht eines Mädchens. Sie blickte direkt in die leblosen Augen.

Fina fuhr auf, wich vor dem Kopf zurück. Etwas Kaltes drückte sich in ihren Rücken, goldene Gitterstäbe.

Mora! Mit einem Schlag kehrte die Erinnerung zurück. Sie sah zu seinem Käfig, fand ihn dort, wo der Herr ihn hingeworfen hatte, noch immer in derselben verrenkten Haltung.

Finas Blick heftete sich auf seinen Körper. Sie hoffte auf eine Regung, lauschte und suchte nach einem Anzeichen, dass er noch atmete.

Aber solange sie ihn auch ansah – er blieb vollkommen regungslos liegen.

Wie lange hatte sie geschlafen? Wie lange lag er schon dort? Es gab keine Öffnung in der Höhle, keinen Hinweis darauf, ob es noch Nacht oder bereits Tag war. Wenn er noch lebte – wäre er dann so liegen geblieben? Hätte er sich nicht wenigstens in eine bequemere Haltung gedreht?

Fina zischte ihm zu: »Mora! Sieh mich an!« Eine Sekunde lang wartete sie, auf irgendeine Bewegung, irgendein Zeichen. Doch Mora blieb still.

»Sieh mich endlich an!« Finas Panik explodierte, ließ sie schreien, damit er sie endlich hörte: »Beweg dich wenigstens! Mora!« Sie klammerte sich an das Gitter, rüttelte daran und sprang dagegen. »Na los! Sieh mich an! Du kannst nicht tot sein! Du musst leben!«

Mora rührte sich nicht.

Finas Schreie versiegten, ihre Beine gaben nach und ließen sie zurück auf den Boden sinken.

Erst jetzt bemerkte sie die Gestalt, die seelenruhig an ihren Käfig getreten war.

»Es nutzt nichts, wenn sie so schreit. Das Menschenscheusal ist tot.« Der Geheime sah sie an. Ein kaltherziges Lächeln glitt über sein Gesicht. »Aber sie muss nicht traurig sein. Er wird ihr ein Hochzeitsgeschenk bereiten. Er wird Morasal für sie in Gold verwandeln. Als ewiges Andenken.« Der Wicht hockte sich hinter sie, sprach durch das Gitter in ihr Ohr. »So wird ihr Diener wenigstens nicht von Würmern zerfressen und bleibt für ewig so hübsch, wie sie ihn mit ihrer Haarschere und ihrem Rasierer hergerichtet hat.«

Fina kämpfte gegen die Tränen, gegen das flatternde Heulen, das sich zwischen ihren Lippen hervorpresste.

Der Alte streckte seine Hand durch das Gitter und streichelte ihr Haar.

Sie erstarrte unter seinen Fingern, schluckte die Tränen herunter. Doch sie brannten in ihrer Brust, versengten ihr Herz und raubten ihr die Luft.

Der Wicht sprang auf, öffnete ihren Käfig. »Sie muss sich eilen. Der Herr Pfarrer wartet schon auf sie.« Er ging zu einer Truhe, öffnete den Deckel und zog etwas Goldenes hervor: ein langes prächtiges Kleid aus goldener Spitze und mit goldenen Perlen besetzt. Er hielt es ihr grinsend entgegen.

Fina kam sich vor wie in Trance, als sie nach dem Kleid griff. Ihr verbranntes Herz fing an zu frieren, ließ eine eisige Kälte durch ihren Körper strömen. Mora war tot. Es gab nichts mehr, worauf sich noch hoffen ließ.

Warum waren sie gestern nicht einfach geflohen? Warum hatten sie nicht das Salz genommen und waren um ihr Leben gerannt? Die Erinnerung erschien ihr wie ein Traum.

Sie selbst hatte angefangen, Mora zu küssen, noch halb im Schlaf.

Sein Tod war ihre Schuld!

Oder die Schuld ihrer Mutter? Susanne hatte ihn als Baby ausgeliefert, hatte ihn in die Gewalt eines Monsters gegeben. Kein Wunder also, dass sie von furchtbaren Träumen verfolgt wurde und rastlos von einem Ort zum nächsten fliehen musste.

Nur flüchtig nahm Fina wahr, wie der Herr die Höhle verließ. Reglos hielt sie das goldene Kleid in den Händen und starrte darauf. Plötzlich kam es ihr richtig vor, den Alten zu heiraten. Es wäre ihre Bestimmung gewesen, in diesem finsteren Wald und dem nebligen Moor aufzuwachsen, es wäre ihr Leben gewesen, zwischen goldenen Käfigen und der Peitsche des Herrn.

Mora hatte das alles für sie ertragen, hatte sie trotz ihres Verrates geliebt. Jetzt war es an der Zeit, dass sie ihre Schuld allein trug.

Aber vor allem war es eine gerechte Strafe für ihre Mutter, wenn sie ihre Tochter nun doch noch verlor!

Fina zog sich aus, streifte das goldene Kleid über ihre nackte Haut. Es fühlte sich kalt an, so starr wie das goldene, leblose Mädchen. Fast mutete es Fina wie ein Schutzschild an, das ihren Körper kalt halten würde.

Nacht für Nacht würde sie von nun an bei dem Alten liegen. Er würde ein Kind mit ihr zeugen, das sie austragen musste, ein hässliches Monster, das in ihrem Körper heranwachsen sollte. Doch wenn sie so kalt blieb wie in diesem Augenblick, würde sie all das ertragen.

Fina schloss die Schnürung des Gewandes über der Brust, sah sich um und bemerkte die beiden goldenen Skelette, die sie bei ihrem ersten Besuch in der Goldkammer entdeckt hatte. Die goldenen Mädchen waren bei weitem nicht die einzigen Toten in der Höhle. Nicht weit von der Truhe entfernt lag ein goldener Junge, etwas jünger als Mora.

Hatte der Alte um all diese Kinder einen Pakt geschlossen? Oder hatte er sie einfach über sein Salztor gelockt?

In jedem Fall würde es ein Ende haben, wenn sie ein Baby von ihm bekam. Wenn er endlich einen Erben hatte und sterben konnte.

Für einen winzigen Moment geriet sie ins Schwanken. Die Kälte wollte aus ihr herausfließen, drohte etwas anderes in die Leere hineinzuziehen, ein Gefühl, eines, das sie nicht zulassen durfte …

Finas Blick fiel auf einen Schlüsselbund neben der goldenen Truhe. Es war der Schlüsselbund des Herrn, achtlos zur Seite gelegt, als er das Gewand hervorgeholt hatte.

Der Schlüssel für Moras Käfig hing daran!

Wenn er noch leben würde, könnte sie ihn befreien. Dann könnten sie versuchen zu fliehen.

Aber Mora war tot – und ohne ihn würde sie nicht fliehen.

Dennoch hob Fina den Schlüssel auf, ging zu seinem Käfig und öffnete das Schloss. Zum ersten Mal war sie nah genug, um sein bleiches Gesicht zu sehen, das getrocknete Blut, in dem er lag. Sie ging neben ihm in die Hocke, wollte wenigstens sein Haar noch einmal streicheln, wünschte sich, seinen Mund noch einmal zu küssen.

Weiter hinten drang ein Lichtstrahl in die Höhle, die Stiefel des Herrn knirschten auf der Leiter.

Fina sprang auf, wich vor Moras Käfig zurück und warf den Schlüssel zurück neben die Truhe. Sie zog die Schnürung des Gewandes noch einmal auf, bemerkte, wie der Wicht auf sie zukam, und knotete das goldene Band zu einer neuen Schleife.

Der Geheime hatte sich ebenfalls umgezogen. Er trug einen

Anzug aus Gold. Seine Augen wurden weit, als er vor ihr stehen blieb. Das goldene Funkeln ihres Kleides spiegelte sich in seinen Augäpfeln, ließ sie ahnen, wie schön sie darin aussah.

Er räusperte sich, seine Stimme krächzte: »Sie ist so weit. Sehr gut.« Für eine Sekunde schien sein Blick weich zu werden.

Doch gleich darauf packte er ihr Handgelenk, führte sie aus der Höhle und zerrte sie durch das nasse Laub.

Mit jedem Schritt zog sich ihre Wahrnehmung weiter aus der Gegenwart zurück. Sie fühlte kaum noch die Hand, die das Blut aus ihrem Handgelenk presste, erkannte kaum den Weg, den sie gingen. Nur schwach nahm sie die dunklen Tümpel und die Bretterwege wahr, als sie den Moorwald erreichten. Ihre Gedanken wichen allem aus, was mit ihr geschah, gingen die letzten Stunden durch und betrachteten die Bilder so teilnahmslos wie das Fotoalbum einer Fremden: Sie erkannte Moras verrenkte Haltung in dem Käfig, sah noch einmal zu, wie der Herr mit den Stiefeln auf ihn eintrat. Sie bemerkte das Blut, das über den Rücken des Mädchens lief, beobachtete, wie es dunkle Streifen in ihren Pulli zeichnete.

Sie verharrte in dem Moment, bevor der Herr in der Goldkammer auftauchte: Zum allerletzten Mal kehrte sie in ihren Körper zurück, spürte Moras Haut auf ihrer, schmeckte seinen Mund und strich durch seine Haare. Für einen Augenblick drohten ihre Gefühle zurückzukehren.

Sie riss sich von ihm los, ging weiter zurück, bis zu dem Moment, in dem sie etwas vergessen hatte, in dem ein wichtiger Gedanke abgebrochen war: Noch einmal stand sie mit Mora vor der Hütte, hörte das Schnarchen des Alten, die beiden Silben des sonderbaren Wortes: *Grrrrummml,* wenn er ausatmete, und *Scrrrraaat* beim Einatmen. *Grrrrummml-Scrrrraaat,*

Grrrrummml-Scrrrraaat. Immer enger umkreisten ihre Gedanken das Wort, konnten sich nicht mehr davon losreißen, während sie dem Alten durch das Moor folgte.

Plötzlich tauchte jemand vor ihnen auf.

Fina zuckte zusammen. Seit Wochen hatte sie keinen Menschen gesehen außer Mora. Tatsächlich hatte sie noch nie jemanden unter dem Tarnkreis des Herrn gesehen, nicht einmal auf ihren Wanderungen durch den Wald.

Doch jetzt kam jemand auf sie zu: eine verschwommene Gestalt hinter einem dichten Nebelfeld. Ein Mann, der mit unsicheren Bewegungen über den provisorischen Bohlenweg balancierte. Er blieb schwankend stehen, stützte sich an eine kleine Birke und sah sich panisch um.

Kurz darauf entdeckte er sie. Seine Hand winkte durch den Nebel, er rief ihnen zu: »Entschuldigen Sie? Ich finde den Wanderweg nicht wieder. Wissen Sie, in welche Richtung ich gehen …«

Sie traten aus dem Nebelfeld heraus. Der Mann erstarrte, fixierte sie, als könnte er sich nicht mehr rühren. Nur seine Hand zuckte, hob sich zu seiner Brille und schob sie zurecht.

Inzwischen waren sie so nah, dass Fina den weißen Kragen erkennen konnte, der aus seinem schwarzen Mantel hervorlugte.

Der Pfarrer!

Er stierte sie mit weiten Augen an, während sie vor ihn traten. Fina meinte zu sehen, wie das Gold ihrer Gewänder in seinen Brillengläsern reflektiert wurde: zwei Gestalten aus einer anderen Welt, ein hässlicher Wicht und eine goldene Jungfrau. Sie schimmerten überirdisch im Morgennebel. Vereinzelte Sonnenstrahlen drangen zwischen den Nebelfeldern hindurch und brachten die Perlen auf ihrem Kleid zum Funkeln.

Der Pfarrer bekreuzigte sich, wich einen Schritt zurück und

breitete die Arme aus, um nicht zu fallen. Im letzten Moment fand er Halt an der Birke.

Der Herr umfasste Finas Hand fester und verneigte sich: »Der Geheime hat den Herrn Pfarrer hierhergeführt, damit er das Brautpaar traut.«

Der Mund des Pfarrers öffnete sich. Er blinzelte und blickte zwischen ihnen hin und her. An Finas Gesicht blieb er schließlich hängen, ließ sie ahnen, dass sie ihn genauso ungläubig anstarrte.

Vor ihnen stand tatsächlich ein Pfarrer! Der Alte musste gewusst haben, dass er hier spazieren ging. Er hatte ein Salztor für ihn ausgelegt, durch das er unter den Tarnkreis geraten war. Nur so war es zu erklären.

Jetzt irrte er umher, hilflos verloren zwischen schwankendem Torfmoos und tödlichen Moortümpeln.

Der Geheime wurde ungeduldig: »Er soll sie trauen! Jetzt!«

Der Blick des Pfarrers riss sich von Fina los. Sie konnte sehen, wie sein Kehlkopf zuckte. »Wie bitte?«, flüsterte er.

»Worauf wartet er noch?« Der Geheime kniff die Augen zusammen. »Der Herr Pfarrer soll sie endlich trauen!«

Wieder schluckte der Fremde, schüttelte verwirrt den Kopf, als würden sie dadurch verschwinden. Aber sie verschwanden nicht, und schließlich öffnete er zögernd den Mund: »Führen Sie mich dann zurück zum Wanderweg?«

Der Geheime neigte seinen Kopf. Es war weder ein Nicken noch ein Kopfschütteln. Er versprach nichts.

Und plötzlich wusste Fina, dass der Pfarrer ihre Begegnung nicht überleben würde. Sie dachte an die Skelette und Leichen in der Goldkammer. Abgesehen von ihrer Mutter hinterließ das Männlein wohl nicht viele lebende Zeugen.

Das Gesicht des Pfarrers verschwamm vor Finas Augen. Sie wischte ihre Tränen ab und ahnte das Mitleid in seinem Lächeln. Als er sich an den Wicht wandte, verwandelte es sich in Abscheu. »Was für eine Kreatur bist du eigentlich? Will sie dich überhaupt heiraten?«

Der Alte richtete sich auf. »Sie ist ihm versprochen! Sie muss ihn heiraten!«

Der Pfarrer drehte sich zurück zu Fina, sein Gesicht verschwamm immer weiter, aber seine Stimme wurde sanft: »Vor Gott wird niemand gezwungen zu heiraten. Du musst aus freiem Willen ja sagen, mein Kind.«

Fina schniefte, kämpfte gegen das Heulen, das aus ihr herausbrechen wollte. Plötzlich schien es ihr, als würde jemand ihren Namen flüstern. Fast glaubte sie, Moras Stimme zu erkennen. Sie wischte die Tränen zur Seite, sah sich hastig um.

Niemand war zu sehen.

»Er soll sie endlich trauen!« Blanker Zorn glühte in den Augen des Geheimen.

Der Pfarrer wurde bleich, seine Hände begannen zu zittern. »Nun …« Er sprach so leise, dass es kaum zu hören war. »Wir haben uns heute hier versammelt …«

Wieder flüsterte jemand.

Fina widerstand dem Drang, sich umzudrehen. Stattdessen senkte sie den Blick.

Das Flüstern wurde lauter. Zwei Silben, immer wieder: *»Fi-na. Fi-na.«*

So würde sie enden: als verrückte Frau an der Seite dieses Koboldes, in ihren Armen ein verunstaltetes Kind, hinter ihr der Geist ihrer ermordeten Liebe.

Vielleicht war es auch der Alte, der ihr die Halluzination schickte – um sie abzulenken, damit sie im richtigen Moment *»ja«* sagte. Ja, er war es, er konnte nicht nur Träume schicken, er konnte auch am Tag über sie herfallen. Ihr Geist musste nur schwach genug sein.

Fina schloss die Augen. Es war ihr egal, ob Moras Stimme einem Gespenst oder einer Halluzination entstammte – solange er nur bei ihr blieb. Er sollte ihr noch einmal zuflüstern!

»Ja, er will!« Es war die Stimme des Geheimen, laut und deutlich.

Der Pfarrer räusperte sich. »Mädchen …« Er sprach noch immer mit sanfter Stimme. »Wie heißt du?«

Fina öffnete die Augen. Vielleicht sollte sie einen falschen Namen nennen. Ob ihre Hochzeit dadurch ungültig wäre?

»Fina!« Der Herr sprach dazwischen. »Der Name des Weibchens ist Fina!«

Der Pfarrer zuckte zusammen, räusperte sich ein weiteres Mal und fuhr fort: »Fina! Möchtest du den hier anwesenden … *Geheimen* … zu deinem dir angetrauten Ehemann nehmen, ihn …« Er räusperte sich erneut. »… lieben und ehren. In guten wie in schlechten Zeiten, bis dass der Tod …« Seine Stimme versagte, er sammelte sich und fuhr fort: »… euch scheidet. So antworte mit *ja, ich will.*«

Fina spürte einen kalten Druck an ihrer Hand. Der Golddaumen des Männleins kribbelte auf ihrer Haut, ließ sie ahnen, was mit ihr geschehen würde, wenn sie nein sagte. Vielleicht wäre es besser, sich in Gold verwandeln zu lassen? Dann hätte das alles hier wenigstens ein Ende.

Es war irgendein unbekannter Teil von ihr, irgendein Zweig ihres Unterbewusstseins, der sie antworten ließ, noch bevor sie sich entschieden hatte. So leise allerdings, dass sie sich selbst kaum hörte: »Ja. Ich will.«

»Ich habe dich nicht richtig gehört.« Der Pfarrer straffte seine Schultern. »Es gilt nur, wenn du es lauter sagst.«

Der Geheime stieß ein Knurren aus. »Sein Gott wird es gehört haben!« Er drückte die Hand gegen die Brust des Pfarrers. Sein

Daumen glühte auf, prägte einen goldenen Handabdruck auf den schwarzen Mantel, der sich rasend schnell ausbreitete.
Der Pfarrer schnappte nach Luft, taumelte und stürzte in den Torfstich, der hinter ihm lauerte.
Ein schriller Schrei gellte in Finas Ohren, hielt an, während sein Körper im Moorteppich einsank, immer tiefer, bis nur noch sein Kopf hervorschaute. Das Gold zog sich über sein Gesicht und ließ ihn erstarren, kurz bevor er in dem braunen Wasser untertauchte.
»Fina!« Ein zweiter Schrei mischte sich in das Kreischen.
Fina wirbelte herum, riss sich von dem Herrn los. Auch das Kreischen verstummte. War es ihr eigenes Kreischen gewesen?
Mora lehnte an einer Kiefer, auf einem der Pfade zwischen den Torfstichen. Sein Gesicht war blass, seine Beine schienen ihn kaum zu halten. Doch er lächelte. Er lebte!
Fina versuchte zu rennen, stolperte über den morastigen Steg auf ihn zu.
Kurz hinter Mora leuchtete eine weiße Linie auf dem Boden. Ein Salztor, ihre Freiheit!
Fina rutschte auf den glitschigen Brettern. Sie wollte Mora zurufen, dass er vorlaufen solle. Doch plötzlich sprang der Geheime an ihr vorbei. Schneller, als Menschen es könnten, raste er auf Mora zu, glitt über die schwankenden Bretter hinweg, als berührten seine Füße nicht einmal den Boden.
Fina schrie auf: »Mora, lauf!«
Mora löste sich vom Baum, humpelte ein paar Schritte auf das Tor zu und stürzte zu Boden.
»Mora!« Finas Stimme kreischte, wollte ihn wieder hochjagen.
Der Geheime erreichte ihn, ließ sich fallen und fasste nach Moras Bein. Ein schauriges Lachen hallte durch den Moorwald, mischte sich mit einem gellenden Schrei: Moras Schrei! Sein

Gesicht verzerrte sich, ein goldener Handabdruck prangte auf seinem Bein, breitete sich aus.

Der Brettersteg schwankte unter Finas Füßen. In ihren Ohren rauschte es. Obwohl sie rannte, kam sie kaum vorwärts und musste um jeden Meter kämpfen. Das Ohrensausen verwandelte sich, wurde zu einem Schnarchen, zu zwei langgestreckten Silben, die sich immer wiederholten: *Grrrruuumml-scrrrraaaat, Grrrruuumml-scrrrraaaat.*

Plötzlich wusste sie, dass es einen Ausweg gab. Sie musste nur schneller sein, schneller als das Gold, das Moras Herz und seine Lunge nicht erreichen durfte.

»Ich kenne seinen Namen!«, rief sie dem Alten zu.

Der Wicht riss den Mund auf. Starrer Schreck überfiel sein Gesicht.

Fina sprang von dem Steg auf festen Boden, taumelte und fing sich ab, darauf bedacht, nicht in die Reichweite seiner tödlichen Hände zu geraten. »Sein Name ist Grummelscrat!«

Der Geheime erstarrte. Seine riesigen Augen blickten sie ungläubig an.

Finas Herzschlag raste.

Was, wenn er jetzt auflachte? Wenn sie sich getäuscht hatte?

Doch sein Blick verwandelte sich, blanke Angst erschien darin. Er fasste sich an die Brust und schrie auf, ein grausiges, krächzendes Brüllen, das sich mit Moras Schrei vermischte.

Fina sah hastig zu Mora. Sie erkannte noch das Gold, das seine Hüfte umfing, kurz bevor es sich über seine Beine zurückzog und ihn freigab.

Moras Schrei verstummte, er sackte auf dem Pfad zusammen. Doch der Todesschrei des Alten hallte in einem endlosen Kreischen durch den Wald. Seine Gestalt wurde durchsichtig, hob vom Boden ab und tanzte durch die Luft. Plötzlich zerfiel sie zu einer Aschewolke. Für eine Sekunde klebten die Partikel

noch in der Form seines Körpers zusammen – dann stoben sie auseinander und wehten über die Torfstiche davon. Auch sein Schrei wurde mitgerissen, driftete in alle Richtungen auseinander und verhallte in der Ferne.
Schließlich blieb nur noch das Rauschen des Windes und das Gluckern des Moores, das Plätschern des Grundlosen Sees, dessen Wellen rhythmisch gegen das Ufer schlugen.
Finas Blick fing sich auf einem winzigen Gegenstand, der noch vor ihr in der Luft hing, genau dort, wo bis eben die Hand des Geheimen gewesen war. Das Ding fiel herunter, schlug gegen eine Baumwurzel, sprang klirrend zur Seite und kam in einem Moosnest zur Ruhe.
Es war ein goldener Ring.
Fina ging darauf zu, starrte ungläubig auf das winzige Schmuckstück. Der Geheime hatte sich in Luft aufgelöst. Einfach so? Nur, weil sie seinen Namen ausgesprochen hatte? Sie konnte nicht glauben, dass es so einfach war.
Fina hob den Kopf und sah sich um. Vielleicht hatte er nur seine Gestalt gewechselt, womöglich tauchte er woanders wieder auf und wartete nur darauf, dass sie ihm in die Falle gingen. Fina hatte nie gesehen, wie er sich unsichtbar machte. Vielleicht sah es so aus, wenn er sich seinen Tarnzauber überstülpte.
Sie geriet in Panik, wirbelte herum und suchte nach ihm. Sie hatte ihn geheiratet, hatte *ja* gesagt. Wenn er zurückkehrte, würde sie ihm gehören!
Doch sie erkannte nur den Wanderweg hinter den Torfstichen. Das Moor hatte sich verwandelt, hatte wieder die zahme Gestalt angenommen, die es in der realen Welt besaß. Nur Mora war noch immer hier, auf dem Boden zusammengesunken, aber lebendig. Das Gold an seinen Beinen war verschwunden.
Fina ging langsam auf ihn zu.

Plötzlich dachte sie an den Pfarrer. Ihr Blick huschte noch einmal über das Moor, suchte nach ihm und hoffte, dass auch er von dem Goldzauber befreit war.

Doch dort, wo er in den Torfstich gefallen war, war keine Spur mehr zu sehen. Selbst wenn das Gold ihn freigegeben hatte, und auch, wenn sein Herz wieder begonnen hätte zu schlagen – wäre er wohl längst in den Tiefen des Moores ertrunken. Er war für sie gestorben, vollkommen unschuldig. Fina hob ihre Hand und schlug ein zaghaftes Kreuz, das Letzte, was sie jetzt noch für ihn tun konnte. »Es tut mir leid«, murmelte sie.

Ihre Beine zitterten, als sie sich zu Mora umdrehte. Er hatte sich aufgesetzt und lehnte an einer Birke. Seine schwarzen Augen blickten durch sie hindurch, kehrten nur langsam aus der Ferne zurück und sahen sie an.

Fina fiel neben ihm auf die Knie, lehnte ihre Stirn an seine Schulter und sackte an seiner Brust zusammen.

Moras Hände schoben sich über ihren Rücken, streichelten ihre Haare.

»Ist er wirklich fort?« Fina flüsterte in die Dunkelheit seiner Umarmung, ihre Tränen perlten über seine Haut.

Mora antwortete nicht. Er strich nur über ihre Wange, legte die Hände an ihre Schultern und zog sie an sich. Fina ahnte seine schmerzvolle Bewegung, fühlte die Schwäche in seinen Armen. Seine Finger streiften den Stoff ihres Kleides, raschelten darin und erinnerten sie daran, dass sie noch immer das Brautgewand trug.

Doch das grelle, goldene Strahlen war verschwunden. Ihr Kleid war grün: besetzt mit Spitzen und Perlen, in der Farbe von dunklem, schimmerndem Moos.

Ein leises Keckern drängte sich zwischen sie.

Fina rückte zur Seite. Sie strich die Tränen aus ihren Augen und betrachtete das Eichhörnchen, seinen wippenden, buschi-

gen Schwanz, während es Moras Arm hinaufhuschte und sich auf seine Schulter setzte.
Mora streichelte das weiche Fell, doch sein Blick blieb bei Fina. Das Schwarz seiner Augen erschien weit und ließ sie ahnen, welcher Schmerz ihn quälte.
»Lass uns gehen«, flüsterte sie.
Mora nickte. Er streichelte das Eichhörnchen ein letztes Mal und setzte es zurück auf den Boden.
Fina stand auf, reichte ihm die Hand und half ihm hoch. Sie musste ihn stützen, während sie auf die Stelle zugingen, an der eben noch das Salztor geleuchtet hatte.
Doch das Salz war verschwunden.
Fina hoffte, dass sie es nicht mehr brauchten, dass sich alles aufgelöst hatte, was dem Zauber des Geheimen entsprang. Auch sein Tarnkreis.
Plötzlich fiel ihr Blick auf das kleine Moosnest, in dem noch immer der goldene Ring lag. Fina bückte sich und hob ihn auf. Er fühlte sich warm an, ein seltsames Kribbeln flüsterte durch ihre Finger. Für einen Moment war sie versucht, das Ding wieder loszulassen. Doch sie verdrängte ihr Unbehagen und betrachtete den Ring von nahem. In seiner Innenseite war etwas eingraviert. Zwei Namen: Susanne und Robert.
Finas Nackenhaare stellten sich auf.
Mora beugte sich zu ihr, sein Kinn berührte ihre Schulter. »Den hat er Tag und Nacht getragen. Im Schlaf hat er ihn oft berührt.«
Fina wog den Ring in ihrer Hand. Vielleicht sollte sie ihn in einen der Torfstiche werfen, damit er für immer versank und kein Unheil mehr über sie bringen konnte. Doch schließlich nahm sie den Ring und schob ihn mit einer langsamen Bewegung über ihren Finger. »Er ist von meiner Mutter.«

26. Kapitel

Der Weg nach Hause war noch niemals so lang gewesen. Mora konnte sich kaum aufrecht halten, und Fina versuchte, ihn zu stützen, so gut sie konnte. Doch seine Beine gaben immer wieder nach und ließen ihn auf die Knie sinken. Dann blieben sie gemeinsam am Boden sitzen, hielten sich im Arm und warteten, bis seine Kräfte wieder ausreichten, um weiterzulaufen.

Schließlich erreichten sie die Stelle, an der sie aus dem Wald hinausgehen und für eine Weile am Feldrand entlanglaufen mussten, wenn sie zurück nach Ebbingen wollten. Mora blieb stehen, genau dort, wo er den Wald mit seinem nächsten Schritt verlassen musste. Wenn es den Tarnkreis des Herrn noch gab, dann würden sie das Feld niemals erreichen. Mit ihrem nächsten Schritt würde sich nur der Baumbewuchs ändern, und sie wären auf der anderen Seite des Waldes, für immer unter der Tarnglocke gefangen.

Mora sagte nichts, doch Fina spürte, wie er anfing zu zittern. Sie nahm ihn in die Arme, strich über seine Haare und schmiegte ihr Gesicht in seine Halsbeuge. »Wir gehen zusammen. Wir schließen die Augen, gehen einen Schritt und schauen dann, ob wir es geschafft haben.«

Mora atmete tief ein. Sie fühlte den Luftzug in ihren Haaren. Schließlich nickte er.

Sie lehnten sich aneinander, schlossen die Augen und gingen vorwärts. Die Geräusche blieben gleich: das Zwitschern der Vögel, das sich so anhörte, als würde der Frühling endlich beginnen, das kühle Windrauschen in den Kiefernzweigen und dazwischen das Klopfen eines Spechtes. Nur aus der Ferne kam ein Rauschen, das sich schnell näherte, ein Geräusch, das

Fina kannte und das sie doch schon lange nicht mehr gehört hatte.
Mora zuckte zusammen, aber Fina atmete auf. »Das ist ein Auto!« Sie lachte, öffnete die Augen und blickte auf das Feld hinaus, auf ein rotes Auto, das dahinter über die Landstraße raste. »Sieh es dir an!« Sie drückte Moras Hand.
Mora blinzelte, riss schließlich die Augen auf und starrte auf das schnelle Gefährt, das gerade hinter dem Wald verschwand. Ein leises Keuchen wich aus seiner Kehle.
»Wir haben es geschafft!« Fina strahlte ihn an. »Wir sind in meiner Welt!«
Mora starrte noch immer auf die Stelle, an der das Auto verschwunden war. Eine Sekunde lang war er sprachlos, abwesend, dann sah er sie an und erwiderte ihr Lächeln: »Das war ein Auto?« Seine Augen leuchteten wie bei einem kleinen Jungen, der einen ferngesteuerten Polizeiwagen geschenkt bekam.
Fina musste lachen, gleichzeitig schossen Tränen in ihre Augen. »Ja!« Sie presste die Lippen aufeinander, um das Heulen zu verdrängen. »Und weißt du was? Du wirst lernen, damit zu fahren!«
Moras Blick wurde noch erstaunter. »Ich?«
Fina nickte. »Ja, du.« Ihre Tränen ließen sich nicht länger aufhalten, lösten sich und liefen über ihre Wangen. »Und ich denke, du wirst es mögen. Die meisten Jungs mögen das.«
Moras Lächeln schien seine Schmerzen zu vertreiben. Er sah aufgeregt auf die Landstraße. »Kommt gleich noch eins?«
Fina folgte seinem Blick. »Schon möglich.« Plötzlich wurde sie unruhig. Es gab nicht nur die entfernte Landstraße. Sie sah sich um, sah die beiden asphaltierten Wege entlang, die von zwei Seiten auf sie zuführten. Dort, wo sie jetzt standen, waren sie schon von weitem gut zu sehen. Es war zwar noch immer früh,

und über den Feldern lag dünner Nebel, aber das erste Sonnenlicht spiegelte sich bereits in den Tautropfen auf dem verwelkten Gras. Und wenn der Pfarrer um diese Zeit schon im Moor unterwegs gewesen war, kamen womöglich bald noch andere Spaziergänger.

Zum ersten Mal wurde ihr klar, wie schrecklich Mora zugerichtet war, wie es auf Außenstehende wirken musste, wenn sie einen blutverschmierten, halbnackten Mann in einem Lendenschurz erblickten.

»Wir müssen schnell weiter!« Sie sah den Wald entlang, dorthin, wo sie wieder in den Schutz der Bäume abbiegen würden. »Hier könnten bald Menschen auftauchen. Und wenn dich jemand so sieht, dann rufen sie die Polizei. Dann müssen wir tausend Fragen beantworten – woher du kommst und was mit dir passiert ist.«

Moras Lächeln verschwand. Sie ahnte, dass er nicht genau wusste, wovon sie sprach. Doch er schien den Ernst zu begreifen. So schnell wie möglich humpelte er neben ihr her. Mit jedem Schritt wurde sein Keuchen lauter, bis er so klang, als hätte er einen halben Marathon hinter sich.

Sie schafften es ungesehen bis in den Wald. Aber auch hier war der Weg breit und die Entfernung zum Dorf so kurz, dass bestimmt jeder zweite Hundebesitzer hier morgens seine Runde drehte.

Es dauerte nicht lange, bis ihnen tatsächlich eine Frau entgegenkam. Mora blieb stehen und erstarrte, Fina überlegte, ob sie seitlich in den Wald fliehen sollten. Doch auch dort standen die Buchen so licht, dass die Spaziergängerin sie gut sehen würde, wenn sie auf ihrer Höhe ankam.

Im nächsten Moment erkannte Fina den Gang der Frau, ihre Frisur und die blonden Locken. Nur Sekunden später schrie ihre Mutter auf und rannte auf sie zu. Ihr Geschrei klang unmenschlich, ein wortloses Heulen, wie Fina es noch nie gehört hatte.

Mora wich zurück. Fina konnte spüren, dass er am liebsten davonlaufen wollte. Doch seine Schwäche ließ ihn nur aufkeuchen.

»Keine Angst«, flüsterte sie. »Sie tut uns nichts.«

Susanne erreichte sie. Ihr Schrei verstummte, nur ihr Gesicht war noch verzerrt, nass und rot, als würde sie schon seit Tagen weinen. Ihre Lippen bewegten sich, stießen ein leises Krächzen hervor: »Mora.« Sie strauchelte auf ihn zu, fiel in seine Arme und brachte ihn fast aus dem Gleichgewicht. »Es tut mir so leid, was ich mit dir getan habe. Es tut mir so leid!«

Fina fühlte sich schwindelig. Es war ein seltsames Bild, wie ihre Mutter dastand und sich an Mora festklammerte, so surreal, als würde sie träumen.

»Ich hab dich nie vergessen«, hauchte Susanne. »Kein Tag ist vergangen, an dem ich es nicht bereut habe, an dem es nicht mehr weh getan hat.«

Fina begriff nur langsam, dass es kein Traum war. Der Wicht hatte recht gehabt mit seiner Behauptung: Ihre Mutter hatte Mora an ihn ausgeliefert, hatte ihn verraten und für Gold verkauft, ein fremdes Baby, das sie vermutlich einer anderen Mutter gestohlen hatte – und jetzt heulte sie seinetwegen.

Mora stand wie erstarrt in der Umarmung da, seine Arme hingen leblos herab, und sein Blick wirkte verzweifelt.

Fina hatte genug! »Mama, das reicht!« Sie wollte ihre Mutter anschreien, wollte sie vertreiben, doch aus ihrem Mund kam nur ein kraftloses Flüstern: »Er kennt dich nicht. Lass ihn los.«

Susanne wich tatsächlich zurück. Ihr Blick fiel auf Fina. »Du bist wieder da«, hauchte sie, wollte auf sie zukommen.

Doch Fina hob die Hand, um sie abzuwehren.

Susanne verstand die Geste. Sie blieb stehen und starrte ihre

Tochter an. Im nächsten Moment brach sie auf dem Waldweg zusammen und blieb heulend liegen.
Fina blickte auf ihre Mutter hinab. Es gab nicht viel, was sie ihr sagen wollte. Nur das eine: »Wir haben ihn besiegt. Sein Name war Grummelscrat. Er hat sich tatsächlich in Luft aufgelöst, wie in dem Märchen.«

* * *

Es war ein seltsames Heimkommen, als sie durch die Tür in den Flur der Mühle traten. Mora stützte sich so schwer auf Finas Schulter, dass ihre Kraft kaum noch ausreichte. Doch die Stärke in ihrem Inneren glühte umso heftiger. Ihre Oma kam aus der Küche auf sie zu, auch die Wohnzimmertür öffnete sich, und ihr Vater erschien vor ihnen.
Fina spürte Moras Angst vor den fremden Menschen. In jedem Schritt lag seine Scheu und machte ihr klar, dass sich nicht nur sein Körper auf sie stützte. Sie durfte ihn nicht enttäuschen, musste alles tun, um ihn zu schützen.
Ihre Oma blieb direkt vor der Küche stehen, schien die Stimmung zu spüren und zu wissen, dass sie ihnen nicht zu nahe treten durfte. Doch ihr Vater kam langsam auf sie zu. Er sah Mora an, musterte ihn vorsichtig, aber so gründlich wie jemand, der es gewohnt war, schwierige Situationen einzuschätzen. »Wer ist das?« Seine Frage klang freundlich, ohne Vorwurf und dennoch so, als gäbe es keinen Weg, ihr zu entrinnen.
Fina schluckte. Hieß das, ihr Vater wusste nichts von Mora? Gab es tatsächlich noch eine Lüge, die ihre Mutter ganz für sich behalten hatte? Sie deutete auf Susanne, die wie ein Schatten hinter ihnen zur Tür hereinkam. »Das musst du sie fragen.«
Roberts Blick wanderte weiter, richtete sich fragend an seine Frau.

Fina wollte nicht länger dabei sein. Nicht jetzt, nicht mit einem verstörten Mora in ihrem Arm. »Wir gehen nach oben. Lasst uns bitte eine Weile in Ruhe!« Sie schob Mora an ihrem Vater vorbei zur Treppe.

Der Flur im oberen Stockwerk kam ihr auf einmal eng vor. Sie fragte sich, wie es auf Mora wirken musste, ob er sich in einem solchen Haus geborgen fühlte oder ob es ihm wie ein Gefängnis anmutete.

Einen Moment lang wusste sie nicht, was sie jetzt mit ihm tun sollte. Er musste sich ausruhen, schlafen, seine Wunden mussten versorgt werden. Doch Dreck und Blut vermischten sich zu einer Kruste auf seiner Haut und verklebten seine Haare, unmöglich zu sehen, wie schlimm es tatsächlich war.

Fina wurde sich plötzlich klar darüber, dass sie ihn nicht zum Arzt bringen konnten, nicht, wenn es nicht unbedingt sein musste. Denn, wie sollten sie erklären, was mit ihm passiert war? Die Wahrheit ließ sich unmöglich erzählen, und nicht einmal seine Herkunft konnten sie nachweisen. Er war ein braunhäutiger Junge ohne Pass und mit dunkler Vergangenheit. Der Weg zum Arzt würde ihn gnadenlos den Ausländerbehörden ausliefern.

Fina schauderte. Sie musste selbst herausfinden, wie ernst seine Verletzungen waren. Gleichzeitig spürte sie das Bedürfnis, den ganzen Dreck von ihrer Haut zu waschen, diese merkwürdige Geschichte unter dem warmen Strahl einer Dusche hinwegzuspülen.

Vor dem Badezimmer drehte sie sich zu Mora. »Bist du müde?«

Mora zuckte die Schultern. »Ich kann jetzt nicht schlafen.«

Fina ahnte, was er meinte. Er fühlte sich nicht sicher. Selbst wenn er todmüde wäre, würde er es nicht wagen einzuschlafen.

Fina strich über seine Wange. »Wenn du noch ein bisschen Kraft hast, dann zeige ich dir was.«

Moras Augen waren weit im Halbdunkel des Flures, dennoch schien es, als würde eine Spur von Neugierde darin aufleuchten. »Solange du bei mir bist …«
Fina lächelte. Sie griff nach seiner Hand und führte ihn ins Badezimmer.

* * *

Alles in ihrem Menschenhaus war verwunderlich. Das glatte, ebene Holz auf dem Boden, die kunstfertige Stiege, die sie hinaufgingen, und die gedrehten Stäbe, die ihr Geländer hielten. Doch am wundersamsten war der Raum, in den Fina ihn dann führte: die glänzenden blau-weißen Karos an den Wänden, in denen sich das Licht spiegelte, die durchsichtige Tür, die Fina zur Seite schob und hinter der eine kleine Kammer lag.
Fina ließ seine Hand los. Sie löste die Schnürung des grünen Kleides und hob es an. Nach und nach kam ihre Haut darunter hervor, bis sie es über den Kopf zog und nackt vor ihm stand. Mora sah sie an, konnte den Blick nicht mehr von ihr abwenden – und zum ersten Mal, seitdem sie das Moor verlassen hatten, spürte er, wie lebendig sein Herz noch schlug.
Als Fina sich zu der durchsichtigen Kammer umdrehte, erkannte er die roten Streifen auf ihrem Rücken, dort wo der Herr sie geschlagen hatte. Er streckte die Hand danach aus, strich in der Luft darüber, als könnte er es damit ungeschehen machen.
Fina bemerkte es nicht. Sie drehte sich zu ihm um und lächelte. Ihre Hände legten sich an seine Seiten, lösten das Hüfttuch und ließen es herabfallen. Für einen Moment waren seine Schmerzen verschwunden, während Fina ihn in die durchsichtige Kammer führte und sich ganz eng zu ihm stellte. Sie nahm ei-

nen silbernen Griff in die Hand, drehte an einem silbernen Rad, und plötzlich spritzte Wasser daraus hervor.

Mora stieß einen leisen Laut aus, sprang zurück und musste lachen. Fina sah zu ihm auf. Sie hängte den Griff an eine silberne Stange und zog Mora zu sich.

Das Wasser lief über seinen Kopf, über seinen Körper. Er stöhnte auf, wartete auf den eisigen Schmerz, auf das Brennen in seinen Wunden. Aber das Wasser tat nicht weh. Es war wärmer als seine Haut – und es fühlte sich schön an, sanfter noch als das Streifen des Windes, weicher als das Fell eines Tieres.

Doch am zärtlichsten waren Finas Hände, während sie zusammen mit dem Wasser über seine Haut strichen. Es war ein unwirkliches Gefühl, Arm in Arm mit ihr hier zu stehen, in dieser durchsichtigen Kammer, deren Wände mit grauem Nebel beschlugen. Er fühlte ihren Körper an seiner Haut und gleichzeitig seine Schmerzen, die noch da waren – nicht in den offenen Wunden, wie die Peitsche sie hinterlassen hatte, sondern tiefer, unter seiner Haut, dort wo die Stiefelspitze des Herrn ihn ein ums andere Mal getreten hatte.

Sie standen lange so da, dicht an dicht, während Finas Hände durch seine Haare strichen. Manchmal glaubte er, dass das verbotene Gefühl unter ihren Berührungen hervorkommen müsste. Aber dieser Augenblick war anders. Sie mussten sich nur festhalten, mussten nur fühlen, dass der andere noch da war, während das Wasser die Grausamkeit des Herrn von ihrer Haut spülte. Sie blieben so stehen, bis das Wasser kalt wurde und Fina es ausdrehte.

Dennoch dauerte der seltsame Moment an … Sie hüllten sich in große Tücher, und Fina führte ihn in ein anderes Zimmer. Dort gab sie ihm warme Kleidung und zeigte ihm ein weiches Lager. Ein unwirkliches Gefühl erfüllte Moras Gedanken, so

als würden sie träumen, als könnten sie jede Sekunde daraus erwachen und wären wieder in der Hütte des Geheimen.
Doch die Sekunde kam nicht. Sie blieben hier und krochen zusammen auf das warme Lager. Fina hüllte sie in weiche Decken und kuschelte sich an ihn. Mora fühlte, wie die Müdigkeit an ihm zog, wie sie versuchte, ihn fortzureißen. Aber er wollte nicht schlafen, wollte diesen Moment nicht verlieren.
Wenn es doch nur möglich wäre, für immer in diesem Augenblick zu verharren … Er lehnte seine Stirn an Finas Schulter, atmete ihren Duft ein und schloss die Augen.

* * *

Fina schlich sich aus dem Zimmer, als Mora eingeschlafen war. Ganz langsam ging sie die Treppe nach unten und lauschte den Stimmen, die leise aus dem Wohnzimmer hervordrangen. Es waren ihre Eltern. Vor allem ihre Mutter, in deren Stimme noch immer Tränen mitschwangen, und gelegentlich ihr Vater, der in ernstem Ton dazwischenfiel. Vor allem in seinem Tonfall lag etwas, was Fina Unbehagen bereitete – eine Spur von Verzweiflung, die kaum zu der Sicherheit passte, die er bislang in ihrer Gegenwart ausgestrahlt hatte. Was ihre Mutter ihm zu erzählen hatte, musste schlimm sein, wenn es selbst ihn aus der Fassung brachte.
Fina blieb im Flur vor der Wohnzimmertür stehen. Sie atmete den Essensgeruch ein, der aus der Küche zu ihr strömte. Es roch nach geschmolzenem Käse, nach einem warmem Auflauf mit Fleisch und Kartoffeln. Finas Magen fing an zu knurren, und das Wasser lief ihr im Mund zusammen. Sie fragte sich, ob ihre Großmutter auch bei ihren Eltern war, während der Auflauf im Ofen brutzelte.
Doch als sie sich umdrehte, stand Oma Klara in der Küchen-

tür. Sie wischte ihre Hände an einem Handtuch ab und lächelte Fina zu. »Wie geht es ihm?« Sie nickte zur Treppe.
Fina schluckte. Ihre Kehle sperrte sich gegen die Worte, brachte sie nur als leises Krächzen hervor: »Er schläft.«
Das Herzgesicht ihrer Oma wirkte besorgt. »Und seine Verletzungen? Er sah schlimm aus. Soll ich ihn mir ansehen?«
Fina schüttelte zögernd den Kopf. »Nein. Er hat noch Angst vor euch. Ich denke, er schafft es auch so. Es sieht schon viel besser aus, nachdem wir das Blut abgewaschen haben. Er hat nur ziemlich böse Prellungen.«
Ihre Oma nickte. »Dann gebe ich dir eine Salbe dagegen. Ich habe etwas, das den Schmerz lindert.«
Fina zwang sich zu einem Lächeln. Doch die Stimme ihres Vaters lockte sie zurück zur Wohnzimmertür. Er sprach zu leise, um etwas zu verstehen, aber sein Tonfall klang aufgewühlt.
Sie fühlte sich schwindelig, als sie die Hand auf die Klinke legte. Sie wusste nicht, ob sie schon so weit war. Doch die Fragen drängten sie, würden nicht lockerlassen … »Ich muss es wissen«, flüsterte Fina, versuchte, sich Mut zuzusprechen. Schließlich öffnete sie die Tür, trat ins Wohnzimmer und blickte in die verstörten Mienen ihrer Eltern. Ihre Mutter sah vom Sofa aus zu ihr auf, sie hielt ihre Knie umschlungen, und ihr Gesicht war noch immer nass von den Tränen. Ihr Vater lief vor den beiden Fenstern auf und ab und blieb stehen, als er Fina bemerkte. Er war so bleich, als hätte er gerade einen Geist gesehen.
Fina starrte zu ihrer Mutter, am liebsten wollte sie Susanne anschreien, aber wieder kam nur ein Krächzen aus ihrem Mund: »Was hast du mit Mora getan?«
Susanne wich ihrem Blick aus, ihre Finger zwirbelten an den Zipfeln einer Wolldecke.
Fina hielt es nicht mehr aus. »Er ist ein Roma, oder?«

Susanne sah überrascht zu ihr auf. »Woher …?«

Der Boden unter Finas Füßen begann sich zu drehen. »Woher ich das weiß? Weil ich eins und eins zusammengezählt habe. Weil du geheult hast damals, als wir in Siena an der Ampel standen und du dem Roma-Jungen fünfzig Euro gegeben hast. Und weil Mora so aussieht wie dieser Junge, der unsere Autoscheiben geputzt hat. Selbst sein Name ist ein Anagramm: Mora – Roma. *Du* hast ihn so genannt! Bevor du ihn ins Moor zu dem Alten gebracht hast. Ist es nicht so?«

Susanne zuckte unter ihren Worten zurück. Fina konnte sehen, wie neue Tränen aus ihren Augen strömten, doch ihre Mutter tat ihr nicht leid. Sie sollte endlich die Wahrheit sagen!

»Ich weiß nicht genau, ob er ein Roma ist.« Susanne flüsterte. »Ich habe es nur immer angenommen, weil er so aussah und weil seine Mutter so aussah.«

Fina wurde still, selbst ihr Körper erstarrte, um keines der Worte zu verpassen.

»Seine Mutter war ein rumänisches Straßenkind, höchstens dreizehn oder vierzehn Jahre alt. Sie hätte ihr Baby auf jeden Fall verkauft, wenn nicht an mich, dann an jemand anderen.«

Fina taumelte, wich zur Seite und fing sich an dem Sessel, der vor dem Kamin stand. Sie setzte sich langsam hinein, starrte Susanne an und lauschte der abstrusen Geschichte, die ihre Mutter nach und nach enthüllte. Sie lauschte der Verzweiflung, die Susanne erfüllt hatte, als sie schwanger geworden war, damals in Rumänien, als sie mit Robert in Bukarest gelebt hatte, weil er dort in der deutschen Botschaft arbeitete. Susanne erzählte, wie sie erfahren hatte, dass ihr Kind tatsächlich ein Mädchen werden würde, und wie der Wicht von da an Nacht für Nacht in ihren Träumen erschienen war, um seinen Lohn zu verlangen. Fina konnte die Angst um das ungeborene Kind verstehen, konnte die schwangere Frau fast vor sich sehen, wie sie Tag für Tag durch die Straßen von Bukarest streifte, um sich von den furchtbaren Träumen abzulenken.

Und schließlich lernte sie die Straßenkinder kennen, die auf den Plätzen und in den Bahnhöfen herumlungerten. Sie sah die kleinen dreckigen Gesichter und die ausgestreckten Hände, wenn sie bettelten. Sie hörte ihre rauhen Stimmen und beobachtete die Gruppen, in denen sie durch die Stadt zogen. Es waren lose Gruppen, in denen es keine Freundschaft gab, keine Fürsorge und keine Liebe, und die sich nur bildeten, weil sie gemeinsam stärker waren und leichter überlebten.

Fina kannte solche Bilder, in Bombay hatte sie Straßenkinder beobachtet. Sie waren ihr wie ein wildes Rudel erschienen, dem jede Grundlage zum Leben entzogen war und in dem jeder für sich kämpfte, um den nächsten Tag zu überstehen.

Während ihre Mutter weitererzählte, sah Fina die Kinder vor sich, beobachtete ihr Gerangel, wenn sie um etwas stritten. Und sie stritten sich um fast alles, um jedes dreckige Brotstück, das eines von ihnen gefunden hatte, um jede Münze, die ihnen zugeworfen wurde, und um neues Aurolac für ihre Klebstofftüten. Tag und Nacht hielten sie die Plastiktüten mit der silbrigen Flüssigkeit in ihren Händen, tauchten ihre Nasen hinein und schnüffelten die giftigen Lösungsmittel – um ihre Gefühle zu betäuben, um stumpf zu werden und die Pein ihres Lebens nicht mehr wahrzunehmen.

Die kleinen Kinder bekamen noch Geld, wenn sie bettelten, weil sie süße Gesichter besaßen und große Augen. Aber wenn sie größer wurden, mussten sie stehlen, um zu überleben, mussten auf den Strich gehen und ihre Körper an grausame Freier verkaufen.

Es waren wilde und verlorene Kinder, für die nur ein Gesetz galt: das des Stärkeren. Jegliches Mitleid erstickten sie in den Dämpfen des Klebstoffes, bis sie selbst in der Hierarchie auf-

stiegen und zu brutalen Zuhältern wurden, die sich die kleineren Straßenkinder unterwarfen. Falls sie so lange überlebten.
Während Susanne ihre Geschichte erzählte, sah Fina das Leid der Kinder vor sich. Sie begleitete ihre Mutter, als sie sich mit einer Gruppe von kleineren Kindern anfreundete, als sie mit ihnen in die Kanalisation eintauchte, in der die Kleinen lebten. Fina roch den Gestank der Fäkalien und wusste plötzlich, dass das hier weitaus schlimmer war als das seltsame Märchen, das ihre Mutter durchlebte.
Aber plötzlich war die eigene Bedrohung zurück. Susannes Tochter wurde geboren, und der Wicht verlangte seinen Lohn. Er drohte damit, sie zu ermorden, wenn er Fina nicht bekam – und es schien keinen Ausweg zu geben, um seiner Rache zu entkommen.
Susanne hatte nicht geplant, was sie schließlich in die Tat umsetzte. Es ergab sich einfach, als sie plötzlich in einer Seitengasse neben dem Markt diesem Straßenmädchen und ihrem Baby gegenüberstand. Beide hatten braune Haut, viel dunkler als die Haut der Rumänen, so wie die der Roma, die ebenfalls zu Tausenden auf den Brachflächen der Stadt hausten und um ihr Überleben kämpften. Auch dieses Mädchen war ein Straßenkind, verstoßen und verloren, wie all die anderen Straßenkinder. Ihr Baby trug ein Schild um den Hals, auf dem stand, dass es zu verkaufen sei.
Susanne wusste, dass das Kleine verloren war. Entweder das Mädchen würde einen Käufer finden, jemanden, der das Kind weiterverkaufen oder prostituieren würde, wie es täglich mit Tausenden Kindern geschah – oder das Kleine würde auf der Straße aufwachsen, in der Kanalisation hausen und früher oder später an den Drogen zugrunde gehen. Susanne betrachtete das Lächeln des Babys und wollte nicht, dass es dieses Schicksal erfuhr. Doch gleichzeitig formte sich ein klarer Plan vor ihrem

inneren Auge, ein schrecklicher Plan, vor dem sie am liebsten zurückzucken würde: Dieses Kind wäre ihr Ausweg, die einzige Möglichkeit, wie sie die Forderung des Wichtes erfüllen und Fina trotzdem behalten könnte. Sie müsste es nur kaufen und zu Rumpelstilzchen ins Moor bringen.

Susanne zögerte. Sie wollte es nicht tun. Kein Kind dieser Welt sollte bei so einem Wicht aufwachsen. Aber wenn sie das Kind nicht kaufte, würde es jemand anderes tun – und ein weitaus schlimmeres Schicksal besiegeln.

Susanne musste sich entscheiden, musste handeln, bevor das Mädchen mit dem Baby auf Nimmerwiedersehen verschwinden würde. Also kaufte sie das Kind.

Doch als sie den Jungen schließlich bei sich hatte, brachen die Zweifel über sie herein. Sie hatte ein Kind gekauft und wollte es gegen Gold eintauschen – wie eine Menschenhändlerin. Aber schon, als sie ihn auf dem Arm hielt, brachte sie es nicht mehr übers Herz. Es war ein süßer, hübscher Junge, der sie anlächelte und ihr vertraute.

Susanne zögerte. Sie konnte so etwas nicht tun, nicht sofort, sie musste erst überlegen. Also mietete sie sich mit dem Kind in einem Hotel ein und ließ Fina mit dem Kindermädchen und Robert allein.

Doch bereits in der ersten Nacht musste sie anfangen, das Baby zu stillen, weil es Hunger hatte und ihre Milch das Einzige war, was sie dabeihatte. Sie nannte den Jungen Mora und verliebte sich in seine schwarzen Augen, in sein hübsches Gesicht und das süße Lächeln – bis sie ihn genauso wenig wieder hergeben wollte wie ihre eigene Tochter. Wochenlang suchte sie nach einer anderen Lösung, aber sie fand keine. Stattdessen wurden die Forderungen des Wichtes immer energischer, und sie wollte immer dringender zu Fina zurückkehren. Also ging sie den schrecklichen Weg zu Ende, den sie eingeschlagen hatte, und brachte den Jungen zu dem Alten, in der Hoffnung, dass er gut zu dem Kind sein würde, besser als die Zukunft, die in Rumänien auf Mora gewartet hätte.

Für einen Moment sah Fina Mora vor sich, mit zerschlissener Kleidung in einem dunklen U-Bahn-Tunnel, wie er einen kleineren Straßenjungen am Arm fasste und mit lallender Stimme das Geld von ihm verlangte, das er an diesem Tag erbettelt hatte. Sie sah die Tüte mit dem Klebstoff, die er zusammengeknüllt in der anderen Hand hielt, und begegnete dem Blick seiner Augen, in denen jedes Gefühl abgetötet war. Das Bild zerplatzte, und schließlich fand sie einen jüngeren Mora in demselben U-Bahn-Tunnel, sah ihn als kleinen Jungen, wie er mit einem fremden Mann mitgehen musste, während ein Größerer den Lohn dafür kassierte.

Womöglich hätte er auch gar nicht so lange überlebt. Vielleicht hätten die Drogen bereits sein Kindergehirn zerstört, bis er nur noch jämmerlich vor sich hin vegetierte und schließlich in der Dunkelheit der Kanalisation zu einer unbeachteten Leiche wurde. Oder seine Mutter hätte ihn ausgesetzt, weil sie ihn nicht verkaufen konnte, und er wäre schon als Baby zwischen den Mülltonnen in einem Hinterhof verhungert.

Fina wollte die Bilder nicht länger sehen, wollte die Geschichte ihrer Mutter nicht länger hören. Vielleicht konnte sie verstehen, warum ihre Mutter so gehandelt hatte – aber verzeihen konnte sie ihr nicht.

Sie sprang auf, starrte Susanne noch einmal an und rannte schließlich zur Tür. Sie musste zurück zu Mora, musste ihn sehen, um zu wissen, dass es ihm gutging, dass er gesund werden würde … dass er eine Zukunft hatte.

Fina riss die Tür auf und stürmte in den Flur.

»Fina, warte!« Es war ihr Vater, sie konnte hören, wie er ihr nachlief.

Zögernd blieb sie stehen. Er konnte nichts dafür, er war genauso betrogen worden wie sie. Langsam drehte sie sich zu ihm um.

Er schloss die Wohnzimmertür hinter sich, so dass sie allein im Flur standen. Sein Gesicht wirkte im Halbdunkel noch bleicher. »Ich möchte, dass du eins weißt, Fina.« Er sprach leise und so tief, dass seine Stimme in dem schmalen Flur kaum zu hören war. »Ich werde dafür sorgen, dass der Junge eine Zukunft bekommt. Eine Identität und einen Pass.«

Ein heißer Schauer lief durch Finas Körper. Erst jetzt wurde ihr klar, dass solche Dinge ein ernsthaftes Problem waren. »Geht das so einfach?«

Ihr Vater atmete tief ein, Sorgenfalten gruben sich in seine Stirn. »Ich muss meine Machtbefugnisse missbrauchen und verwickle mich in eine schwere Straftat. Wenn das ans Licht kommt, nutzt mir meine Immunität als Diplomat rein gar nichts mehr. Die OSZE selbst wird dafür sorgen, dass Susanne und ich wegen schweren Menschenhandels ins Gefängnis kommen.«

Fina sah hastig nach unten. Für einen Moment wünschte sie sich, sie wäre noch mit Mora im Wald – und nicht in dieser Welt, in der über jeden Menschen genau Buch geführt wurde. »Können wir nicht einfach so tun, als hätte ich ihn irgendwo gefunden und gerettet? Es muss doch niemand erfahren, was Susanne damals getan hat.«

Die Schuhe ihres Vaters scharrten über den Boden, und schließlich wurde seine Stimme noch leiser: »Es gibt immer wieder diese Fälle von Menschenhandel, in denen die Herkunft des Opfers nicht geklärt werden kann. Entweder, weil es so stark traumatisiert ist, dass es darüber keine Auskunft geben kann, oder weil die Verschleppung schon so lange zurückliegt, dass es sich nicht mehr daran erinnert. Gerade solche Opfer benötigen Schutz und Wiedereingliederungshilfe. Das Land, in dem sie aufgegriffen werden, muss für sie sorgen.«

Fina schluckte. Plötzlich ahnte sie die Geschichte, die bald in irgendeiner Akte stehen würde: männliches Opfer von Folter und mutmaßlichem Menschenhandel, ungeklärte Herkunft, Hautfarbe Braun, geschätztes Alter zwischen siebzehn und zweiundzwanzig Jahren. Einzige Sprache Deutsch, daher mutmaßlich schon in früher Kindheit illegal in die Bundesrepublik Deutschland verschleppt. Aufgewachsen bei einem unbekannten Täter mit sadistischer Neigung, der sich als »Herr« bezeichnen ließ und das Opfer als Sklaven gehalten hat. Aufgegriffen von einer neunzehnjährigen Urlauberin in einem Wald in der Nähe von Walsrode.

Nein, nicht in Walsrode, in der Nähe von XY, wo der Wald noch viel größer war und es unmöglich wäre, der Wahrheit auf die Spur zu kommen …

Fina fröstelte. Sie konnte die Tränen nicht länger zurückhalten. In einem heißen Strom liefen sie über ihre Wangen. »Was auch immer du tust …« Sie hob ihren Kopf, blickte in das verschwommene Gesicht ihres Vaters. »Er soll nicht in die Fänge der Behörden geraten, sie sollen ihn nicht mit stundenlangen Verhören quälen – und vor allem …« Sie stockte, der Gedanke, dass so etwas passieren könnte, trieb eine grausige Übelkeit durch ihren Magen: »… bitte lass nicht zu, dass sie Mora von mir wegbringen.«

Ihr Vater nickte. Er legte die Hand an ihre Schulter. »Ich werde mein Bestes versuchen. Auch, wenn es mich Kopf und Kragen kostet, das bin ich dir und dem Jungen schuldig.«

Fina hielt es nicht länger aus. Sie musste weg von hier, musste zurück zu Mora! Mit einem Ruck riss sie sich los, drehte sich um und sprang die Treppe hinauf.

* * *

Schon der erste Traum ließ Mora aufschrecken. Als er die Augen aufschlug, wusste er nicht, wo er war – doch nach und nach kehrte die Erinnerung zurück: an das Menschenhaus, in dem er eingeschlafen war, an den fremden Mann und die beiden Frauen, die er unten gesehen hatte, und an das Mädchen, das eben noch neben ihm gelegen hatte. Fina.

Jetzt war sie fort!

Mora sprang auf. Schmerzen zuckten durch seinen Körper und zwangen ihn halb in die Knie. Keuchend richtete er sich wieder auf und betrachtete das seltsame Lager, auf dem er gelegen hatte, die weichen Kissen und bunten Decken.

Fina war weggegangen, hatte ihn allein gelassen! Was, wenn die Fremden von unten heraufkamen? Wenn sie über ihn herfielen wie die Frau im Wald?

Es war Finas Mutter gewesen. So viel hatte er verstanden. Aber der Rest drehte sich in seinem Kopf: Er wusste nicht, warum sie ihn umarmt hatte, warum sie geweint hatte? Wofür sie sich bei ihm entschuldigen wollte?

Was, wenn sie jetzt hier nach oben kam?

»Fina«, flüsterte er und kämpfte gegen den Drang, sich zu verstecken.

Erst jetzt nahm er das Gemurmel wahr, das aus dem unteren Teil des Hauses zu ihm heraufdrang. Er hörte Finas Stimme, die sich mit den fremden Stimmen abwechselte, ganz leise nur, und doch konnte er sie erkennen.

Sein Herzschlag beruhigte sich ein wenig. Sie war noch in der Nähe. Vielleicht würde sie die Menschen daran hindern, zu ihm heraufzukommen.

Mit langsamen Schritten trat Mora ans Fenster und sah nach draußen. Wie hoch so ein Menschenhaus war, so als wäre man auf einen Baum geklettert.

Mora blickte zum Waldrand und erinnerte sich an den Tag, an

dem er dort draußen gesessen und das Haus beobachtet hatte. Ganz deutlich konnte er die Mulde zwischen den Buchenwurzeln erkennen, in der er geschlafen hatte.

Dies hier musste das gleiche Fenster sein, hinter dem Fina damals erschienen war. Sie hatte in seine Richtung geblickt, und es war ihm vorgekommen, als hätte sie ihn bemerkt – obwohl er unter seinem Tarnkreis verborgen gewesen war.

Mora schloss die Augen. Wenn er damals gewusst hätte, dass er irgendwann selbst in diesem Haus wohnen durfte, wenn er auch nur geahnt hätte, wie nah er Fina kommen würde. Er hatte sich damals schon verliebt, plötzlich wusste er es, erinnerte sich an das schmerzvolle Gefühl, das durch seinen Körper gekrochen war, während er dort unten in der Mulde gelegen hatte.

Mora atmete tief ein. Auf einmal fühlte er sich noch schwächer. Weil Fina nicht hier war, weil er sie nicht in den Arm nehmen konnte. Auch ihre Stimme im unteren Teil des Hauses war verstummt. Stattdessen redete jemand anderes. Ein Mann, der so tief sprach, dass Moras Nackenhaare sich sträubten.

»Bleib bei mir, Fina.« Mora öffnete die Augen, um das Gleichgewicht zu halten, seine Hände fingen sich an einem seltsamen Metallkörper. Er fühlte sich heiß an!

Mora zuckte zurück, starrte auf das weiße Gebilde, das unter dem Fenster hing.

War es deshalb so warm in diesem Raum? Er erinnerte sich an das, was Fina über ihre Menschenhäuser erzählt hatte, dass sie eine Technik besaßen, mit der sie die Luft erwärmten, Metallkörper, durch die heißes Wasser floss. Fina hatte es Heizung genannt. So etwas musste das hier sein.

Mora lächelte und legte seine Hände an die Metallrippen. Die Wärme beruhigte ihn ein wenig. Er hob den Kopf und sah wieder nach draußen. Auf einmal entdeckte er das Eichhörnchen. Es hüpfte am Waldrand entlang, als würde es ihn suchen.

Mora streckte seine Hand nach dem Tier aus, berührte die kalte Glasscheibe.

Etwas Lautes polterte hinter ihm, so als würde eine große Kreatur die Stiege heraufspringen und auf die Tür zuhechten.

Mora wirbelte herum, wich zurück. Die Tür wurde aufgerissen.

Fina stand keuchend vor ihm, ihr Gesicht war überströmt von Tränen. »Mora!« Sie rannte auf ihn zu, fiel ihm in die Arme und brachte ihn aus dem Gleichgewicht.

Zusammen sackten sie auf den Boden, Moras Schmerzen flammten auf und brachten ihn zum Stöhnen. Doch er zog Fina an sich und hielt sie fest. Ihre Arme klammerten sich an ihn, ihr Weinen drang leise zu seinen Ohren. Das Pochen seiner Verletzungen klang allmählich ab, und schließlich blieb nur noch der warme Schmerz in seinem Inneren, der gleiche, den er schon gefühlt hatte, als er sie vom Waldrand aus beobachtet hatte.

Mora atmete den Geruch von Blumen in ihren Haaren ein. »Was ist passiert? Warum weinst du so?«

Fina drückte ihr Gesicht noch fester an seine Schulter. »Ich weiß jetzt, woher du kommst«, wimmerte sie. »Und ich bin so froh, dass du noch lebst, dass du so geworden bist, wie du bist. Dass du noch etwas fühlen kannst. Dein Leben hätte noch viel schrecklicher sein können.«

Mora verstand nicht, wovon sie sprach. Doch es war nicht wichtig. Alles, was zählte, war der warme Schmerz, der mit dem Blut durch seine Adern pulsierte. Sie waren zusammen, ganz nah. Er fühlte ihr Gewicht auf seinem Schoß, ihren Atem, der seinen Nacken streifte. Was auch immer in ihrer Welt mit ihnen passieren würde – jetzt gab es nur noch eine Sache, vor der er Angst hatte: »Bitte lass mich nicht mehr allein.«

Fina heulte auf. Sie nickte und löste sich von ihm. »Niemals«, hauchte sie. Ihre Lippen zitterten, ihre Tränen ließen das Braun ihrer Augen verschwimmen. »Jeden Tag und jede Nacht werde ich bei dir sein. Ich bewache deinen Schlaf und bin da, wenn du aufwachst.«

Mora wischte die Tränen von ihrem Gesicht, ließ seinen Finger auf ihren Lippen liegen, damit sie ruhig wurde. Und irgendwann in diesem Moment wurde er selbst ganz ruhig. Nur das warme Gefühl breitete sich in seinem Inneren aus und erfüllte ihn. Er zog Fina wieder an sich, hielt sie fest und flüsterte ihr zu: »Ich werde auch immer da sein.«

Epilog

Fina duckte sich tief über die Mähne der weißen Stute. Der Wald flog an ihr vorbei, während sie den Weg entlangpreschte, der den See umrundete. Sie wollte keine Zeit verlieren, wollte endlich ankommen, nachdem sie fast den ganzen Tag darauf gewartet hatte.

Der gläserne Pavillon schimmerte vor ihr zwischen den Bäumen. Fina richtete sich auf, bremste den Galopp der Stute und sprang auf den Boden. Sie brachte Josefina auf die kleine Wiese, die Mora für sie umzäunt hatte, und ging das letzte Wegstück zu Fuß.

Der Pavillon spiegelte das Licht der Abendsonne. Die Oberfläche des Sees lag regungslos unter der Wärme des Sommertages da. Nur ein gleichmäßiges Schleifgeräusch durchbrach die Stille.

Auch wenn es Fina schwerfiel, sich so lange von Mora fernzuhalten – sie wusste, dass er die Ruhe brauchte, dass es diese Tage gab, an denen er sich völlig zurückziehen musste, um zu begreifen, was mit ihm geschehen war.

Mora beschwerte sich nie, aber Fina spürte, wie ihn die Gesellschaft von Menschen verwirrte, die Vielzahl von Beziehungen, in die er hineingeraten war. Im Laufe des letzten halben Jahres hatte sich beinahe ihre ganze Familie im Schloss versammelt: Oma Klara, weil sie irgendwo wohnen musste, solange die Mühle saniert wurde, ihr Vater, der sich endlich einmal freigenommen hatte, um die Zeit mit seiner verlorenen Tochter nachzuholen, und ihre Mutter, die ein neues Projekt plante: eine Art mobiles Klassenzimmer in Bukarest, in dem rumänische Straßenkinder und obdachlose Roma-Familien lesen, schreiben und rechnen lernen sollten. Es war ein ehrgeiziges

Projekt, für das sie laufend neue Sponsoren und Mitarbeiter rekrutierte, mit ihnen Konzepte entwickelte und mögliche Probleme erörterte. Die meiste Zeit über saß sie in ihrem Büro, telefonierte und organisierte und arbeitete so besessen, als wäre sie noch immer auf der Flucht.

Nur in Moras Gegenwart wurde sie ruhig. Nur, wenn er sie ansah, huschte ein Lächeln über ihr Gesicht.

Anfangs hatte Fina einen Anflug von Eifersucht verspürt, wenn sie Mora mit ihrer Mutter beobachtete. Aber seit Susanne ihr einen Stapel von Tagebüchern gegeben hatte, hatte sie angefangen, sich nach und nach auf ihre Perspektive einzulassen. Inzwischen kannte sie nicht nur den furchtbaren Anfang, sondern die ganze Geschichte – ihre neunzehnjährige Odyssee aus der Sicht ihrer Mutter. Und ganz gleich, wie viele Jahre verstrichen waren, die quälende Schuld, die Susanne auf sich geladen hatte, war in jedem ihrer Sätze spürbar. Fina hatte dennoch eine Weile gebraucht, um ihrer Mutter zu verzeihen.

Wahrscheinlich war es einzig Mora zu verdanken, dass sie wieder zusammenfanden – seiner stillen Art, mit der er die Liebe ihrer Mutter annahm. Obwohl er erfuhr, was sie ihm angetan hatte, machte er ihr keinen Vorwurf. Sie war die Einzige im Schloss, die ihn nicht mehr verwirrte, die ihm ein Lächeln entlockte, wenn sie ihn in die Arme nahm und durch seine Haare streichelte.

Alle anderen irritierten ihn. Am Anfang war er zusammengezuckt, wenn er unvermittelt die Stimme von ihrem Vater hörte. Oma Klara war er lange Zeit ausgewichen, nachdem sie ein paar Mal versucht hatte, sich mit ihm zu unterhalten, und irgendwann hatte er Fina gestanden, dass es ihm schwerfiel, sich nicht vor dem Lehrer zu ducken, den ihre Eltern für ihn engagiert hatten. Es war ein freundlicher junger Mann – doch schon ein Funke von Autorität reichte aus, um Mora innerlich in einen Diener zu verwandeln.

Am schwersten fiel es ihm jedoch, mit dem Personal umzugehen, das im Schloss arbeitete. Er hatte lange gebraucht, um ihre Rolle als Haushälterin, Köchin und Lehrlingsmädchen zu verstehen, um zu begreifen, warum sie dienten, ohne sich zu ducken, warum sie sogar Fehler machen oder Kritik äußern durften, ohne bestraft zu werden. Am Anfang war er ihnen mit einer Mischung aus Mitleid und Scheu begegnet, es fiel ihm sichtbar schwer, sich bedienen zu lassen, ohne selbst vom Tisch aufzuspringen und zu helfen. Irgendwann war dem Mädchen eine Tasse zu Boden gefallen, und in Moras Gesicht war eine Panik erschienen, als befürchte er, dass sie für ihr Vergehen getötet würde. Er war zu ihr gesprungen, hatte ihr geholfen, die Scherben einzusammeln, und hatte mit einem so finsteren Blick zu Finas Vater aufgesehen, als wäre er bereit, ihn zu töten, falls er dem Mädchen etwas antun wollte.

An diesem Nachmittag hatte Fina vorgeschlagen, dass Mora doch in den gläsernen Pavillon am Rande des Sees umziehen könnte. Sie waren oft dorthin gegangen und hatten die Ruhe genossen, und ihr war klar, wie sehr Mora den Ort mochte.

Es war ein guter Entschluss gewesen. Seit drei Monaten lebte Mora jetzt hier, geschützt und verborgen im Schatten der Erlen. Er kam nur noch ins Schloss, um sich mit dem Lehrer zu treffen – und manchmal zu den Mahlzeiten. Aber seitdem er selbst wählen durfte, ob er in Gesellschaft von Menschen sein wollte, wurde er zunehmend sicherer. Er begrüßte die Leute mit einem Lächeln, wenn er ins Schloss kam. Das Zögerliche war aus seinen Bewegungen verschwunden, wenn er durch die Säle und Flure wanderte, und wenn er am Tisch saß, fing er sogar an, sich an den Gesprächen ihrer Familie zu beteiligen.

Fina erreichte den Pavillon. Obwohl sie schon wusste, dass

Mora nicht darin war, spähte sie durch die Scheiben hinein. Sie mochte das runde Zimmer, das breite Bett unter den großen Fensterscheiben, das noch so zerwühlt war, wie sie es heute Morgen verlassen hatten. Gegenüber, mit Blick auf den See, stand ein alter Schreibtisch, und überall im Raum stapelten sich Bücher.

Ein Anflug von Stolz brachte Fina zum Lächeln. Nur wenige Wochen hatte Mora gebraucht, um Lesen zu lernen. Seitdem verschlang er ein Buch nach dem anderen. Sachbücher und Romane aus den verschiedensten Genres, scheinbar wahllos durcheinander. Abgesehen davon arbeitete er den größten Teil des Tages an den Hausaufgaben, die der Lehrer ihm gab. Am liebsten mochte er alles, was mit Mathematik und Naturwissenschaften zu tun hatte. Obwohl er erst seit einem halben Jahr unterrichtet wurde, fing er bereits an, Gleichungen zu lösen, und mit Physik, Chemie oder Biologie konnte er sich stundenlang beschäftigen.

Nur bei allem, was mit Menschen zu tun hatte, brauchte er ihre Hilfe. Wenn er Geschichtsbücher las, sprachen sie tagelang über Kriege, über Macht und darüber, wie Angst, Verlust und Lieblosigkeit jemanden in ein mordendes Monster verwandeln konnten.

Schließlich suchte Fina Historienromane, die zu den Themen passten, die ihn beschäftigten. Nächtelang lagen sie zusammen auf Moras Bett, lasen sich abwechselnd daraus vor und redeten darüber.

Sie bewunderte Mora dafür, wie er schließlich anfing, das Wesen der Menschen zu begreifen, wie er ihre Abgründe nach und nach durchschaute, bis er die Gefühle der Menschen fast besser erklären konnte als Fina.

Das Schleifgeräusch wurde lauter, als sie den Pavillon umrundete. Eine kurzgemähte Rasenfläche öffnete sich vor ihr, schmiegte sich zwischen Seeufer und Wald. Fina entdeckte Mora in der Mitte der kleinen Wiese. Er hatte ihr den Rücken zugewandt und beugte sich über eine Holzskulptur, die hinter ihm kaum zu erkennen war. Feiner Holzstaub wirbelte durch die Luft, und die Muskeln an seinen Armen zuckten, während er mit schnellen Bewegungen das Holz glatt schmirgelte. Etwas Kleines, Braunes wuselte hinter ihm über die Statue, sprang auf die Wiese und raste auf Fina zu.

Das Eichhörnchen. Es keckerte, als es sie erreichte, sprang an ihrem Bein hinauf und kletterte auf ihre Schulter.

Fina legte den Zeigefinger an ihre Lippen und streichelte durch das weiche Fell. *»Verrat mich nicht.«* Sie bewegte nur ihren Mund, während sie wieder zu Mora sah.

Er hatte sie noch nicht entdeckt, schien so vertieft zu sein, dass er die Begrüßung seines Eichhörnchens nicht bemerkte. Fina mochte diesen Moment, in dem sie ihn so sehen konnte, wie er wirklich war. Ihr Blick fing sich in den Wassertropfen, die auf seinen Armen glitzerten, auf den nackten Beinen unter seiner kurzen Hose. Sie tropften aus seinen schwarzen Haaren, perlten über seinen Nacken und sickerten in das blaue T-Shirt.

Fina musste schmunzeln. Fast konnte sie sehen, wie er im See schwamm, aus dem Wasser stieg und nur einmal kurz die Haare schüttelte, bevor er sich anzog. Nur wenn es kalt war, benutzte er ein Handtuch – oder wenn sie bei ihm war und ihr eigenes Handtuch mit ihm teilte.

Ihr Herzschlag wurde schneller, drängte sie zu ihm. Das Eichhörnchen sprang zurück auf den Boden, raste an Mora vorbei zum Waldrand und kletterte am Stamm einer Erle hinauf.

Finas Lächeln erstarrte. Sie entdeckte Moras Herrn, der am Fuß der Erle hockte. Er hielt den Kopf zur Seite geneigt und beobachtete seinen Diener mit zusammengekniffenen Augen.

Fina schnappte nach Luft. Der Alte war nur aus einer Baum-

wurzel geschnitzt. Doch Mora hatte sein Gesicht so originalgetreu getroffen, dass es ein grausiges Schaudern über ihren Rücken trieb.
Seitdem er kein Gold mehr besaß, schnitzte Mora seine Figuren aus Holz. Inzwischen hatte er ein wahres Gruselkabinett aus lebensgroßen Grummelscrat-Skulpturen angefertigt.
Rechts neben Mora gab es den Herrn ein weiteres Mal. Mit breiten Beinen stand er auf der Wiese, hielt die Hand an der Peitsche und brüllte eine Anweisung. Ein dritter Grummelscrat sprang hinten im Wald von einem Bein auf das andere und sah mit verschlagenem Blick zu ihnen hinüber. Ein vierter huschte halb geduckt durch das Unterholz, als würde er jemanden verfolgen, und ein fünfter saß rittlings auf dem Rücken eines Wildschweines und schnitt ihm die Kehle durch.
Doch am schlimmsten waren die drei Skulpturen, die Mora aus den lebenden Kopfweiden am Seeufer geschnitzt hatte. Sie zeigten den Geheimen aus einer starken Unterperspektive. Selbst, wenn man vor den Figuren stand, kam es einem so vor, als würde man sich auf den Boden ducken. Aus einer schief wachsenden Weide hatte Mora einen Grummelscrat geformt, der sich zurücklehnte, während er sich die Füße waschen ließ – auf seinem Gesicht dieses seltsame Lächeln, das Mora als gütig bezeichnete. Daneben stand der Herr im Riesenformat, mit verzerrtem Gesicht und einer fliegenden Peitsche in der Hand, deren knotige Bänder aus langen Weidenzweigen geformt waren.
Auch der dritte Grummelscrat stand aufrecht, in seinem Blick eine wilde Gier. Die Weide, aus der er geschnitzt war, hatte einen leichten Knick in der Mitte, der aussah, als würde der Alte seine Hüfte vorschieben. Genau in der Mitte des Knicks hatte Mora einen Ast stehen lassen, der aufrecht nach oben wuchs wie eine gigantische Erektion.

Fina wandte ihren Blick ab, kämpfte gegen einen Anflug von Übelkeit. Mit langsamen Schritten ging sie auf Mora zu. Sie hatten nie darüber geredet, warum er diese Figuren schnitzte, aber sie ahnte, dass es seine Art war, die Qual zu verarbeiten. Auch wenn er äußerlich stark erschien – aus diesen Figuren sprach das Trauma, das in seiner Seele schlummerte.
Vielleicht war das der Grund, warum sie ihn so oft allein ließ. Mora würde mit keinem Therapeuten reden, er würde zu keiner Selbsthilfegruppe von Gewaltopfern gehen – und wahrscheinlich brauchte er auch nichts davon, solange er diese Figuren schnitzte.
Fina biss sich auf die Unterlippe. Er sollte nicht sehen, wie sehr die Szenerie sie mitnahm. Diese Skulpturen waren seine Sache, nicht ihre.
Sie versuchte, zu lächeln und das Beben aus ihrer Stimme fernzuhalten: »Hey!«
Moras Arm hielt inne, das Schleifgeräusch verstummte. Gleich darauf sprang er auf und wirbelte zu ihr herum. Das Schwarz seiner Augen erschien weit, eine Ahnung von dem Abgrund, aus dem seine Skulpturen stammten. Doch sein Blick verwandelte sich. Ein sanftes Gefühl blitzte in seinen Pupillen auf, sprang zu ihr herüber und zuckte durch ihren Körper. Er kam auf sie zu, nahm sie in die Arme und zog sie an sich. Sein Mund begrüßte ihren, seine Hände schoben sich über ihren Rücken.
Fina vergaß alles, was sie gerade noch gedacht hatte. Sie sprang auf seinen Arm, ließ sich von ihm festhalten und klammerte sich an ihn. Fast schon war es ein Ritual geworden, mit dem sie abends übereinander herfielen – ohne zu reden, ohne Fragen zu stellen, beinahe so, als schlüge ihr Herz in der gleichen Frequenz. Mit jeder Berührung wussten sie, was sie gewonnen hatten und was sie für immer behalten wollten.
Fina strich durch Moras Haare, fühlte die Nässe zwischen ih-

ren Fingern und wrang die Tropfen heraus. Sie drückte ihr Gesicht in seine Halsbeuge, leckte das Wasser von seiner Haut und wollte die Tropfen in seinem Nacken glitzern sehen. Fina blinzelte – und erstarrte!

Zum ersten Mal fiel ihr Blick auf die neue Statue, die hinter Mora am Boden lag, auf eine zweite Statue direkt dahinter. Sie hatte gewusst, dass er an zwei neuen Figuren arbeitete, aber bis heute Morgen hatte er sie mit einem Tuch verhüllt. Jetzt erkannte sie das nackte Mädchen, dessen Haut er eben noch glatt geschmirgelt hatte. Sie erkannte sich selbst, wie sie auf dem Rücken lag, die Beine aneinandergedrückt und den Arm über ihre Augen gepresst, als wollte sie nicht wahrhaben, was gleich mit ihr geschehen würde. Direkt hinter ihr lag Mora, in verrenkter, unnatürlicher Haltung, sein Rücken entstellt von Narben und Wunden. Er lag so da, wie ihn der Herr in den Käfig geworfen hatte, reglos und tot. Nur dass es dieses Mal keinen Zweifel gab, denn sein Körper war durch und durch in Gold verwandelt.

Fina keuchte auf. Ihre Muskeln wurden schlaff, sie ließ sich an Mora hinabgleiten, bis sie zitternd auf dem Boden stand.

Seine Arme umfassten ihre Hüften und hielten sie fest. »Du solltest das gar nicht sehen.«

Fina zuckte zusammen. Er lebte! Er stand neben ihr. Das vor ihr war nur eine Holzstatue, die er mit goldenem Lack gestrichen hatte.

Fina riss sich los, wirbelte herum. Doch ganz egal, wohin sie sah – sie blickte in die Augen des Herrn. In sein verzerrtes Gesicht, mit dem er die Peitsche durch die Luft wirbelte. Sie sah seinen geneigten Kopf, mit dem er sie beobachtete, sah ihn von weitem, wie er sie jagte – und erblickte schließlich die Gier, mit der er über ihr stand, kurz bevor er ihren Körper in Besitz nahm.

Was Mora geschaffen hatte, war die alternative Gegenwart, das, was geschehen wäre, wenn sie Grummelscrat nicht getötet hätten.

Ein Schrei löste sich aus ihrer Kehle, ihre Beine sackten unter ihr zusammen.

Mora fing sie auf, hob sie hoch. »Du solltest das gar nicht sehen.« Sein Mund drückte sich in ihre Haare. »Ich habe sie nur für mich gemacht. Eigentlich sollte immer ein Tuch darüber bleiben.«

Fina klammerte sich an ihn, schloss die Augen und kämpfte gegen ihre Tränen an. Sie nahm wahr, wie er sie auf seinen Armen wegtrug. Schließlich hörte sie, wie das Rauschen des Waldes leiser wurde, wie Moras Füße über die Fliesen des Pavillons tapsten. Gleich darauf spürte sie das Bett unter ihrem Rücken.

Moras Gewicht drückte die Matratze nach unten, seine Wärme kuschelte sich an sie. »Ich habe sie nur für mich gemacht, damit ich es begreifen kann. Damit ich mich daran erinnere, was er dir antun wollte.« Er lehnte seine Stirn an Finas Schläfe, seine Lippen flüsterten ihr ins Ohr: »Ich brauchte ein Bild von seiner Bosheit, bevor es verblasst. Ich hatte Angst, dass ich irgendwann die Augen schließe und nur noch sein Lächeln sehe.« Mora zögerte. »Und ich wollte ihn endlich nicht mehr vermissen.«

»Du vermisst ihn?« Fina öffnete die Augen.

Mora nickte. Sein Blick wirkte traurig. »Er war immer bei mir, er war alles, was ich hatte. Ganz egal, was er getan hat – ich hab ihn geliebt.«

Die Abendsonne leuchtete durch die Glasscheiben, färbte Moras Haut in einem tiefen Karamellbraun.

Ein sanfter Schmerz explodierte in Finas Brust. Sie zog ihn an sich, fühlte die Verzweiflung, mit der er sie küsste. Sein Körper war lebendig in ihren Armen, trieb die Liebe durch ihre Adern

und tröstete sie mit seiner Wärme. Er lebte noch! Sie waren zusammen!
Für einen winzigen Moment mussten sie sich trennen, mussten die Kleidung von ihrer Haut streifen.
Moras Blick glühte, bevor er zu ihr zurückkehrte. Plötzlich war die letzte Spur eines Dieners verschwunden. Er hatte den Herrn besiegt und führte nun sein eigenes Leben. Der neue Mora wusste, was er wollte, wusste, dass es ihm gehörte. Sein Gesicht rückte näher, ein Lächeln huschte darüber. Fina konnte kaum auf ihn warten … wollte, dass er ihr *Geheimnis* in Besitz nahm.
Sie keuchte auf, als er es endlich tat, klammerte sich an ihn und fühlte seine nackte Haut an ihrer.
»Die Tage ohne dich werden zu lang.« Mora presste seine Lippen an ihren Hals. »Ich bin fertig mit ihm. Von nun an soll das Gras über unsere Körper wachsen. Bald werden auch die Weiden ausschlagen und sein Gesicht überwuchern. Dann ist es vorbei, Fina. Dann brauche ich nur noch dich.«
Sie schloss die Augen, streichelte seinen Rücken, wanderte daran hinab bis zu seinem Po.
Mora stöhnte, bewegte sich, hauchte an ihrer Wange: »Ich werde dir folgen, Fina, wohin du auch willst – in das Schloss, in irgendeine Stadt, irgendwohin, wo du studieren kannst.«
Fina spürte die Erleichterung, stieß auf einen Gedanken, der unter Moras Stimme verlorenging. Sie liebte seine Stimme, wenn sie miteinander schliefen. Lust und Qual mischten sich darin, spiegelten sich auf seinem Gesicht.
Fina konnte nicht aufhören, ihn anzusehen, die Bewegung seines Körpers, seine braune Haut unter ihren Händen. Die letzten Sonnenstrahlen strichen darüber hinweg, fingen sich in seinen Haaren und legten einen rötlichen Schimmer über das Schwarz.

Fina drängte sich an ihn, nahm sich den schönsten Jungen auf Erden und ließ sich mit ihm davontreiben. Ihre Stimmen wirbelten umeinander, stiegen zusammen mit der Lust immer weiter hinauf. Finas Herz raste. Der Schwindel färbte sich schwarz vor ihren Augen …

Moras Schrei explodierte, mischte sich mit ihrem, kurz bevor sie fielen, rasend schnell, immer tiefer hinab … Ihre Schreie zuckten durch den Pavillon, hallten an den Glaswänden wider und kehrten zu ihnen zurück.

Kurz darauf lagen sie still. Fina fühlte Mora noch immer in sich, hielt ihn fest, damit es so blieb. Sie ließ ihre Finger über seinen Rücken streichen, über seine Narben, als würden sie durch ihre Berührung heilen. Schließlich kehrte der verlorene Gedanke zurück, die Erleichterung, weil sich endlich alles fügte. »Ich habe schon einen Studienplatz bekommen. In Berlin. Ich muss mich nur noch entscheiden, ob ich zusage oder absage.«

Mora hob den Kopf. Das Schwarz seiner Augen schimmerte. »Seit wann weißt du das?«

Fina küsste ihn, wickelte die Haare in seinem Nacken um ihren Zeigefinger. »Schon eine Weile. Ich wollte dich nicht unter Druck setzen. Bis eben dachte ich, dass ich absage und es einfach in den nächsten Jahren noch einmal versuche.«

Mora stöhnte auf. »Warum sagst du mir so was nicht? Du darfst dich nicht von mir aufhalten lassen. Ich möchte nicht der Grund sein, warum du deinen Traum wegwirfst!«

Fina musste lächeln. Sie nahm sein Gesicht in ihre Hände. »Mein Traum?« Sie küsste sein Kinn, seinen Mund, flüsterte an seinem Ohr. »Mein Traum bist du, Mora. Mein *geheimer Traum*, hast du das vergessen?«

Mora lachte. Sein Mund fing an, mit ihrem zu spielen, wich ihr aus und fing sie ein, bis sich ihre Lippen in einer langsamen

Bewegung vereinten. Schließlich rollte er sich zur Seite und zog sie in seine Arme.
Fina fühlte seine Wärme an ihrem Rücken, seine Hand, die auf ihrem Bauch ruhte. Sie schloss die Augen, atmete tief ein und dachte an die Zukunft. Es gab nichts mehr, was ihnen im Weg stand. Selbst ihr Vater hatte sein dubioses Versprechen gehalten: In Moras Schreibtischschublade lag ein grüner Personalausweis, mit seinem Namen und seinem Foto, mit einem Geburtsdatum und deutscher Staatsbürgerschaft. Und darunter lag eine Geburtsurkunde, mit angeblichen Eltern, deren Namen Fina noch nie gehört hatte. Jedoch lebten sie beide nicht mehr, denn selbst ihre Sterbeurkunden waren in Moras Besitz. Fina wusste nicht, wie ihr Vater es angestellt hatte, und sie ahnte, dass es besser war, ihm keine Fragen zu stellen. Aber er hatte ihr versichert, dass Mora mit diesen Papieren sicher war. Angeblich so sicher, dass sie damit ohne Probleme heiraten könnten.
Fina musste lächeln, ein leises Flattern huschte durch ihre Magengegend. Irgendwann würden sie es tun, ganz bestimmt. Sie nahm Moras Hand in ihre, zog seinen Arm noch enger um ihren Körper.
Als sie die Augen öffnete, fiel ihr Blick auf die Holzfiguren, die draußen in den Schatten der Dämmerung versanken. Das schemenhafte Gesicht des Herrn blickte zu ihr herüber. Es war die große Weidenfigur am Ufer, diejenige, die sich die Füße waschen ließ und *gütig* lächelte.
Fina schauderte. Sie drehte sich hastig zu Mora um, wollte sein Lächeln sehen, um die hässlichen Augen des Wichtes zu vergessen.
Doch Moras Blick war regungslos in die Ferne gerichtet, er starrte an ihr vorbei und betrachtete das Lächeln seines Herrn – fast so, als würde er schon lange dorthin sehen.

Fina schluckte. Sie vergrub das Gesicht an Moras Brust und lauschte seinem Herzschlag. Es kam ihr wie eine Ewigkeit vor, in der das gleichmäßige Pulsieren die einzige Regung war, die Mora von sich gab.

Erst als sich die Dunkelheit endgültig über den Pavillon und den See gesenkt hatte, erwachten seine Hände zum Leben. Sie streichelten über ihren Rücken, über ihre Schultern und vergruben sich in ihren Haaren. »Jetzt bist du meine Familie«, flüsterte er. »Für immer.« Sein Mund berührte ihre Stirn, während sich seine Arme ganz eng um ihren Körper schlossen.

Fina nickte und kuschelte sich an ihn. »Ja, für immer.«

Danksagung

Wenn man einmal von den »fiktiven Freunden« eines Autors absieht, ist das Schreiben von Büchern eine recht einsame Beschäftigung, bei der man sehr, sehr viel Zeit allein an seinem Schreibtisch verbringt. Dennoch gibt es immer ein paar Menschen, die einen Teil dazu beitragen, bis ein Buch fertig wird und seinen Weg in die große weite Welt findet.

Wenn ich an die Zeit mit Fina, Mora und Grummelscrat zurückdenke, dann muss ich auch an die Sommerferien bei meinen Eltern denken, in denen ich mich um nichts kümmern musste, außer um meine Geschichte – und um die Frage, an welcher Stelle des Gartens oder des Hauses ich nun meinen Schreibtisch aufstellen will. Es ist unglaublich wertvoll, für ein paar Wochen ganz und gar in die Welt eines Buches einzutauchen, und dafür danke ich euch sehr.

Außerdem muss ich an das Herbstwochenende mit Hanno denken, an dem wir gemeinsam durch das Grundlose Moor und das Naturschutzgebiet hinter Ebbingen gewandert sind, an dem wir die Untiefen der Moortümpel ergründet und uns vorgestellt haben, wie es wäre, wenn jetzt so ein Wicht vor uns erscheinen würde.

Ach, und wo wir gerade dabei sind, Hanno: Ich weiß, ich äußere meine Dankbarkeit vielleicht nicht immer in spontanem Jubel – aber du kannst mir glauben, ich bin sehr froh über deinen Röntgenblick, mit dem du meine Texte unter die Lupe nimmst und Unstimmigkeiten gnadenlos aufdeckst, bevor es irgendjemand anderes tut. Dazu müsst ihr nämlich eins wissen, Leute: Es heißt ja immer, die Freunde und Partner von Autoren seien deren schlechteste Kritiker – aber der Mann, den ich geheiratet habe, ist definitiv mein schärfster Kritiker, und wenn

Hanno am Ende eines Buches sagt, dass es gut ist, dann weiß ich, dass ich mir den Schweiß abwischen kann.
Nun aber einmal zurück zum Anfang. Wenn die Idee zu einem Buch entsteht, beginnt es zumeist mit einem Funken, der plötzlich irgendwo herabfällt und die Geschichte in meinem Kopf entzündet. Für den Funken zu diesem Roman muss ich meiner Agentin, Anja Koeseling, danken. Es war nur ein einziger Satz am Telefon, als wir uns gerade über Märchenadaptionen unterhalten haben. Auf einmal meinte sie: »Über Rumpelstilzchen hat noch keiner geschrieben.« In dem Moment wusste ich: *Das ist es! Rumpelstilzchen, in unserer Zeit, und zwar aus Sicht der versprochenen Tochter!*
Nur wenige Tage später gab es das erste Exposé, und ich bin sehr froh darüber, wie schnell dieser Funken auch auf andere übergegriffen hat. In dem Zusammenhang danke ich meiner Lektorin Anne Rudolph, die mich zwischen all den anderen Autoren gefunden hat und die von Fina und Mora sofort genauso begeistert war wie ich. Es hat wirklich Spaß gemacht, mit dir zu arbeiten, Anne, und ich bin immer noch verblüfft, wie einig wir uns immer waren, wenn es darum ging, was man der Geschichte noch hinzufügen könnte.
Ich danke auch meinen anderen Lektorinnen: Martina Wielenberg, die meinen Weg durch den Verlag mit der gleichen Begeisterung begleitet hat, und Alexandra Baisch für das letzte, sorgfältige Feilen an meinem Manuskript und für die eifrigen Nachtschichten, die sie zum Schluss noch für mich eingelegt hat.
Außerdem danke ich meiner Lieblingsfotografin Jenny Woste, aber auch Tanja und Katharina für unser tolles Fotoshooting. Jenny, du hast ein paar tolle Fotos hervorgezaubert, und Kati, so hübsch hätten meine ungeübten Hände das Make-up bestimmt nicht hinbekommen. Mein Gott, was haben wir gefro-

ren, Mädels. Aber was soll man erwarten, wenn man Daniela auf dem Winterfeld ablichtet.
Neben den Menschen, die direkt zu einem Buch beitragen, gibt es immer auch Menschen, denen man auf lange Zeit dankbar sein kann. Bei mir ist das meine Autorenarbeitsgruppe. Über sieben Jahre lang haben wir gemeinsam an unseren Texten gearbeitet und voneinander gelernt. Franzi, Marthe, Astrid, Klara, Conny und Clemens, ich danke euch dafür. Und ganz besonders danke ich unserem Mentor Werner Gerber, der unseren Erfolg leider nicht mehr miterleben durfte. Manchmal ist das Schicksal wirklich ungerecht.
Aber nun, last, but not least, möchte ich den beiden danken, für die ich dieses Buch geschrieben habe: Finnja und Jasmin, meine süßen, liebenswerten und klugen Töchter. Nicht um alles Gold der Welt würde ich euch hergeben, und während ich dieses Buch geschrieben habe, habt ihr mich Tag für Tag daran erinnert, was der Sinn dieses Rumpelstilzchen-Märchens ist: Die Kinder sind die wahren Schätze in dieser Welt!

Brom

Der Kinderdieb

Roman

Leise wie ein Schatten streift ein Junge durch die Straßen von New York. Er nennt sich Peter und ist auf der Suche nach Kindern und Teenagern, die dringend Hilfe brauchen. Peter rettet sie – und bietet ihnen an, sie in sein magisches Reich zu führen, in dem niemand je erwachsen werden muss. Doch er verrät ihnen nicht, dass dieses Land im Sterben liegt und dort nicht nur magische Geschöpfe und das Abenteuer ihres Lebens auf sie warten, sondern auch größte Gefahr …

»Brom hat mit *Der Kinderdieb* ein Meisterwerk
der phantastischen Literatur erschaffen!
Er mischt gekonnt das Grundgerüst der
Peter-Pan-Geschichte mit Mythen aus verschiedenen
Kulturen und einer Prise *Herr der Fliegen*.
Der ideale Buchtipp für jeden Fantasy-Horror-Fan.«
Virus

Knaur Taschenbuch Verlag

Diana Menschig

Hüter der Worte

Roman

Der junge Autor Tom Schäfer steht unter Druck. Nach dem großen Erfolg seines ersten Buches über den Fantasy-Helden Laryon warten Verlag und Leser auf die Fortsetzung, und ausgerechnet jetzt leidet er unter einer Schreibblockade. Doch dann findet er sich eines Tages plötzlich in seiner Buchwelt wieder. Im ersten Moment ist Tom geschockt, doch auf den zweiten Blick gefällt ihm der Gedanke hervorragend: Das könnte die Lösung seiner Probleme sein! Aber Tom hat die Rechnung ohne Laryon gemacht. Der ist von Toms Auftauchen nämlich alles andere als begeistert, wird seine Heimat doch von einer Gefahr bedroht, die Laryons ganze Aufmerksamkeit fordert …

Knaur Taschenbuch Verlag